KB125936

李太白 文賦集

이태백 문부집

上

李太白 文賦集

이태백 문부집

이백李白 저 · 황선재 역주

上

1

천재시인으로 널리 알려진 이백(李白; 701-762)은 중국 문학사상 최정상에 군림한 세계적 대문장가로서, 당대의 번성기에서 쇠퇴의 길로 접어드는 전환기에 주로 활동했다. 일생의 대부분을 은거와 방랑 생활로 보내고, 짧은 기간 동안의 출사(出仕)와 유배(流配)를 거치는 등, 영예(榮譽)와 굴곡(屈曲)으로 점철된 파란만장한 삶이 유불선(儒佛仙)을 비롯한 다양한 사상과 함께 그의 시가(詩歌)와 산문(散文) 및 고부(古賦)에 잘 나타나 있다.

2

이렇게 현전하는 이백의 작품을 청대 왕기(王琦)가 주석한 《이태백전집(李太白全集)》에 분류된 내용과 편수를 살펴보면, 시(詩)가 987수, 고부(古賦)와 산문이 66편으로, 도합 1,043편이다. 여기서 시가를 제외한 본 주석서(註釋書)의 역주 대상 작품은 《이태백전집》 권1의 고부(古賦) 8편과 권26에서 권29까지 산문 58편인데, 이 중 산문을 구체적으로 분류하면 ① 표(表) 3편, ② 서(書) 6편, ③ 서(序) 20편, ④ 기(記) 1편, ⑤ 송(頌) 2편, ⑥ 찬(讚) 17편, ⑦ 비(碑) 5편, ⑧ 명(銘) 2편, ⑨ 제문(祭文) 2편이다.

3

이렇듯 다양한 체재가 갖춰진 산문과 부 작품(※ 이하 「문부(文賦)」라

칭함) 66편은 실제로 이백 특유의 호매(豪邁)한 기운이 가득 넘치는 명문장으로 그의 성격적 특성이 잘 표현되고 있다. 이 문부 작품들은 내용면에서도 당대의 시대 상황, 개인의 신변잡기, 유교 · 불교 · 도교의 내용, 애국충군 사상 등 각 방면을 두루 섭급하여 그의 생애와 역사적 사실을 이해하는 데 많은 도움을 주고 있으며, 풍격면에서도 청신(淸新)하고 호방(豪放)한 기세를 보이고 있다. 이러한 점은 이백의 문부가 낭만주의의 문풍(文風)을 구현하여 스스로 일가를 이루었음을 방증해 준다. 또한, 성당(盛唐) 이전까지의 산문과 부 작품들은 대다수가 육조(六朝)의 영향으로 조탁(彫琢)과 미사여구에 치중한 데 비하여, 이백의 문부들은 이러한 폐단 없이 주옥같은 단어와 구절들이 적재적소에 배치되어 문장의 품격을 한층 제고시키고 있다. 이렇듯 중국 문학사상 가장 선명한 성격을 지닌 시인으로 인정받는 이백은 시가에서 정점을 이루었을 뿐만 아니라 문부 작품에서도 「천하문장 이태백」이라 일컬을 정도의 높은 성취를 이룩하였다.

4

그러나 이백의 문부는 그의 시명(詩名)에 가려져 역대로 사람들에게 중시 받지 못했다. 다만 《고문진보(古文眞寶)》와 《고문관지(古文觀止)》에 〈춘야연종제도화원서(春夜宴從弟桃花園序)〉와 〈여한형주서(與韓荊州書)〉가 수록되면서 널리 유전되어 비로소 문장의 존재가 알려졌지만, 그 밖의 산문과 부 작품들은 명문장이 대다수임에도 불구하고 난해하여 일반적으로 발표된 전례가 많지 않았다. 역대로 이백 전집의 편찬과정에서도 송대 증공(曾鞏) · 송민구(宋敏求) 등이 편집한 《이태백문집(李太白文集)》에서 산문과 부는 원문만 수록(※ 본 책 下卷 부록에 수록된 靜嘉堂本 영인본 참조)한 채 주석은 빠져 있었지만,

다행히도 이백 연구의 집대성자인 청대 왕기(王琦)가 주석한 《이태백전집(李太白全集)》에 이르러 시와 문부가 합주(合註)되면서 문부의 존재와 중요성이 부각되었으나 그다지 주목받지 못했다. 근현대로 접어들어서도 중국을 비롯한 한국, 대만, 일본 등지에서도 이백의 시에 관련된 연구저작 및 논문은 천여 편을 웃돌 정도로 성황을 이루었지만, 문부에 대한 전문적인 연구는 시가에 비교하여 아주 미미한 실정이다. 실제로 이백의 산문과 부 작품에는 주옥같은 문장들이 많은 양을 차지하고 있음에도 불구하고 중국 문학사에서 거의 언급하지 않은 것은 아마도 그의 시가가 차지하고 있는 비중 때문일 것이다.

현대로 접어들어도 이백 전체 시가의 원문에 대한 현대어 번역은 중국에서는 첨복서(詹福瑞) 등이 번역한 《이백시전역(李白詩全譯)》(河北人民出版社, 1997)과 일본에서는 대야실지조(大野實之助)가 번역한 《이태백시가전해(李太白詩歌全解)》(早稻田大學出版部, 1979), 그리고 우리나라에서는 이영주 교수 등이 역주한 《이태백시집》(학고방, 2015) 등이 있다. 그러나 이백의 문부에 대한 원문은 아직도 중국이나 일본은 물론 우리나라에서도 각국의 현대 언어로 번역되지 않은 실정이다. 그래서 십여 년 전부터 이백의 문부에 대한 역주의 필요성을 느껴 틈틈이 준비하던 차 마침 한국연구재단의 명저번역연구지원사업에 선정되어 4~5년 동안 집중적으로 연구작업을 마쳐 출간하기에 이르렀다.

5

먼저 본 번역연구의 텍스트는 역대로 이백 시문의 주석서 가운데 가장 주목을 받으며 완벽한 자료로 인정받은 청대 왕기 주 《이태백전집》(중화서국, 1977년 출간)을 저본(底本)으로 삼았다. 그러나 이 책은 2백6십여 년 전 청대에 발간된 책(36권본, 1758년 처음 발행)인 만큼 당시 왕기의 관점에서 주석하여 취사선택의 여지가 많았다. 그리고 당시에 미처 발견하지 못한 점들이 현대의 주석 및 연구자들에 의해 추가로 자세하게 정리되었다. 그래서 왕기 주석본을 저본으로 하고, 현대에 출간된 이백문부관련 주석서인 주금성(朱金城) · 구태원(瞿蛻園)이 주석한 《이백집교주(李白集校注)》(상해고적출판사, 1979), 안기(安旗)등이 주석한 《이백전집편년주석(李白全集編年注釋)》(成都巴蜀書社, 1990), 첨영(詹鍈)이 주편한 《이백전집교주휘석집평(李白全集校注彙釋集評)》(百花文藝出版社, 1993), 욱현호(郁賢皓)가 교주한 《이백전집교주(李白全集校注)》(남경봉황출판사, 2015) 등의 서적을 참고 텍스트로 정하여 이들을 토대로 현대 감각에 적합하도록 취사선택하고, 여기에 필자가 그동안 연구하며 쌓았던 이백에 대한 지식을 가미하여 주석과 해설에 활용하였다.

6

중국 고대 개인문집 가운데 특히 천재적 문장 구사 능력으로 청아(淸雅)하면서도 난해하게 쓰인 이백 문부에 대한 번역 및 주석 작업은 기본적으로 번역자의 안목도 중요하지만, 원저자에 대한 심층적이고 광범위한 이해, 유교경전 · 역사서 · 제자백가서 · 개인문집 등 고문에 대한 학습과 해박한 지식, 참고도서 활용 능력 등에 따라 종합적으로 수행하는 연구 작업이다. 그래서 수십 년간 이백 시문을 학습한 필자의 경력을 바탕으로 산문 58편과 부 8편에 대하여 하나하나의 작품마다 우리 언어로 번역과 주석 및 해설 작업을 실시하였는데, 문부의 난해한 문장에 대한 정확한 해석과 저작 의도 및 대의 등을 파악하려고 오랜 기간 동안 노력하였다. 본 번역연구 작업은 판본상에서 나타나는 이체자(異體字)를 대조하고 기존 참고자료를 검토하는 등의 작업을 실시하였으며, 일러두기에서 밝혔듯이 본문에서는 해설(解說), 번역(飜譯), 주석(註釋), 각주(脚註) 부분으로 나누어 연차적으로 작업을 수행하였다. 이러한 역주작업을 하면서 느낀 점은 천재적인 문장가인 이백도 이전에 나온 고대의 경사자집(經史子集) 등 수많은 전적들을 학습하고 섭렵하여 자신의 문장을 짓는데 적재적소에 활용했다는 점이다. 그래서 특히 주석부문에서 이백이 문부작품에서 사용했던 단어나 문구들에 대해 기존 전적에서의 전고는 물론 인용문장의 출처를 찾아서 소개하고 해당하는 단어가 속한 문장의 유래 등을 해석하여 자세하게 수록하였다.

7

이렇게 이번에 발간하는 이백 문부작품을 번역 연구한 본 주석서의 학문적 기여도를 살펴본다.

이백의 산문과 부는 중국 문학사상 일정한 지위를 차지하고 있지 못하므로 마땅히 연구와 평가가 정확히 이루어져야 한다. 중국의 산문사에서 당대에는 당송팔대가인 한유(韓愈)와 유종원(柳宗元)을 주로 거론하였지만, 기실 이전에 기초를 닦은 진자앙(陳子昂), 왕유(王維), 이백(李白), 원결(元結) 등의 산문에 주목할 필요가 있다. 그 가운데에서 특히 이백은 건안풍골(建安風骨)을 주창하여 육조시대의 화려하고 미약한 문풍을 비판하고 복고(復古)를 강조하여 시와 산문에서 후대 문학발전에 상당한 영향을 끼쳤을 뿐만 아니라 당대 복고운동의 선하(先河)를 이루었음을 이번 실제 산문에 관한 번역연구 작업을 통하여 확인할 수 있었다.

또한, 이백의 고부(古賦)는 초나라 굴송(屈原 · 宋玉) 사부의 우수한 전통을 계승하여, 육조의 배부(俳賦)와 당 초기의 율부(律賦)가 이후 송대 문부(文賦)로 이어지는 과정의 과도기에 탄생한 승선계후의 중요한 작품이었음을 확인할 수 있었으며, 아울러 이백의 고부도 산문과 같이 육조의 화려하기만 한 배부(俳賦)에 대하여 일정한 혁신을 하였음을 알 수 있었다. 그래서 이백이 당송대 산문 대가들의 선하를 이룬 점과 고부를 혁신한 점이 부각되어서 중국 문학사에서 이백 문부에 대한 위상이 재평가되어야 할 것이다.

이러한 맥락에서 이번 역주서의 출판 결과 이백 산문과 부에 대한 학풍이 진작되어서, 이백 연구자들에게 그 사상을 쉽게 접근할 수 있는 안내서로 정착되기를 바란다. 지금까지는 이백의 생애나 사상을 연구하려면 곽말약(郭沫若), 첨영(詹鍈), 안기(安旗) 등 근현대 유명한 학자들이 이백 시가와 문부 작품의 원문을 읽고 선별하여 학문적으로 평가해 놓은 제2차 자료를 재인용하였지만, 이번 이백 문부 전체에 대한 역주서의 실제 번역연구결과를 토대로 일반 연구자들도 직접 원문에 대한 번역문을 읽고 개인적으로 분석할 수 있는 제1차 자료의 역할을 하게 될 것이다. 그리고 국내에서는 (高麗時代 이후) 아직 이백 문부 전체에 대한 번역서가 전무한 상황에서 이를 우리말(한글)로 번역하여 소개하는 것은 일반인들의 이백에 대한 이해 증진은 물론 학문적 연구에 있어서 또 하나의 지침서가 될 것으로 여겨진다.

8

이러한 이백 문부에 대한 역주서의 출판이 다음과 같은 효과가 있을 것으로 기대한다.

첫째, 이백은 시로 유명하지만, 그의 산문과 부 작품도 시가에 못지않게 훌륭하고 심금을 울리는 명문장들이 많이 존재한다는 것을 전체 문부작품의 원문과 역주본을 독서함으로서 실제로 증명할 수 있는 계기가 될 것이다.

둘째, 이백의 생애와 성격, 사상과 예술성 등을 종합적으로 이해하는 기초자료로서의 역할을 증대시킬 수 있다. 특히 이백의 시는 세계문학사상 독보적인 위치를 점하는바, 이를 정확하게 이해하기 위해서는 먼저 이백에 대한 원시자료격인 산문과 부에 대한 번역서가 필요한데, 본 주석서가 그 요구를 충족시킬 수 있을 것이다.

셋째, 이백의 산문과 부는 시여(詩餘)라 하여 시를 쓰듯 지어져서, 아름다운 단어 하나하나가 적재적소에 구슬이 굴러가듯 명쾌하고 호방한 문장으로 이루어졌는데, 이렇듯 웅려(雄麗)한 이백 문부 작품들이 그의 시가에 못지않은 명문장임을 널리 인식시켜 문장학습의 전범(典範)으로 삼을 필요성이 있다.

넷째, 이백의 주옥같은 문부 작품을 독서함으로서 물질을 중시하는 현대사회에서 낭만적인 사고와 청아(淸雅)한 심성을 도야하는데 일조할 수 있기를 기대한다.

9

끝으로 본 번역연구를 물심양면으로 지원해준 한국연구재단과 국민대학교, 그리고 본 주석서의 발간에 성심껏 힘써준 학고방출판사와 원고를 산뜻하게 꾸며주신 명지현 디자인팀장님의 노고에 감사의 뜻을 전한다.

일러두기

1. 본 책은 상중하 3권으로 나누었는데, 상권은 표서(表書)와 서기(序記), 중권은 송찬(頌讚)과 비명(碑銘), 하권은 제문(祭文)과 고부(古賦), 그리고 부록(附錄)으로 구성되었다.

2. 기존의 이백 전집류에서는 문부작품을 10여 가지 장르별로 세분한 것을 본 주석서에서는 문부를 내용과 서체에 따라 6장으로 통합하여 분류하고, 여기에 각 장르의 제목에 대한 어원과 용도를 설명하여 소속된 작품들을 이해하기 쉽도록 인도하였다.

3. 이백 문부 전체 작품 66편에 대하여 차례로 일련번호를 적고, 각각의 작품에는 본문의 내용에 따라 단락으로 나누어 숫자로 구분하였다. 예로 본문 [11-2]에서 앞 번호 11은 작품 연번이고, 뒷 숫자 2는 그 작품의 두 번째 단락임을 표시한 것이다.

4. 본 이백 문부집에 수록된 작품은 청대 왕기의 《이태백전집》에 실린 작품 배열 순서에 따랐다.

5. 본문 66편에 대한 작품마다 다음 체제로 구성하였다.

① 해설(解說) : 각각 작품의 내용을 비교적 쉽게 파악할 수 있도록, 첫째 작품을 창작하게 된 배경과 의도, 둘째 작품을 쓴 시기 및 장소, 셋째 작품의 내용에 따라 단락을 나누어 주요 골자를 설명하였으며, 넷째 제목과 내용에 관련된 사건의 전후 관계 및 작품에 대한 평가 등을 종합적으로 밝혔다. 그러나 일부의 작품에서 설명할 자료나 근거가 부족하고 설명의 필요성이 없는 경우에는 예외로 하였다.

② 번역(飜譯) : 원문의 번역은 직역을 위주로 하되, 우리말에 맞도록 의역과 직역을 적절히 배합하여 본래의 뜻과 내용을 전달하는데 주안점을 두었다. 그러나 이백의 천재적인 재주로 표현된 문장과 성당의 미묘한 배경 등으로 직역하면 이해하기 힘든 부분에 대하여는 문맥을 쉽게 파악할 수 있고 전체적인 맥락이 통하도록 의역에 치중하였다.

③ 주석(註釋) : 다양한 관련 참고서적을 활용하여 정확하고 자세한 주석을 달되, 가능한 역사적 전고(典故) 등 산문 내용을 이해하는데 중요한 사항, 난해하고 생소한 고어(古語), 원문 속에 등장하는 당시의 인명이나 지명 등에 대한 주석을 제공하였다.

④ 각주(脚註) : 위와 같이 각 작품에 대하여 해설과 역주(譯註)하는 과정에서 이해하기에 부족하고 보충 설명을 필요로 하는 부분은 추가로 각주를 달아서 이해하기 쉽도록 작성하였다.

6. 하권(下卷)의 부록에서는 이태백의 연보 및 문부 편년, 송대에 발간된《이태백문집(李太白文集)》(靜嘉堂本)에 실린 이백의 고부와 산문작품 원문(영인본) 등을 참고자료로 수록하였다.

上

中

목차

제2장 서序·기記 (21首)

제1장

표·서
表·書

9首

표表

서書

「표表」와 「서書」는 비록 다른 문체로 구분되지만, 그 연원을 살펴보면 진(秦)나라 조정문서인 주의류(奏議類)에서 비롯되었다. 그러나 후대로 내려오면서 표문(表文)은 주소(奏疏)에 속하는 공적인 문서로 남아 있었으나, 서문(書文)은 주로 친우나 개인 간에 왕래하는 서신으로 쓰였다. 이렇듯 표문은 한문 문체의 하나로 장(章)과 함께 신하가 진정(陳情), 사은(謝恩), 천거(薦擧) 등의 내용으로 군왕에게 사리(事理)를 밝혀 올리는 공문서로 쓰였다. 서문은 두 가지 종류로 쓰였는데, 하나는 신하가 군왕에게 올리는 주의류 서신으로 상서(上書)나 주서(奏書) 등이며, 또 하나는 친구나 개인 사이에 주고받는 편지류로 서독(書牘), 서차(書箚), 서간(書簡) 등이 있다.

이백의 산문 가운데 중요한 위치를 차지하고 있는 표문과 서문은 다른 사람을 대신해서 짓거나 혹은 자신을 위해서 짓기도 하였는데, 이백이 작성한 「표」와 「서」문을 받은 대상은 당시 황제이거나 관료들로 아랫사람이 위 사람에게 헌정하는 문서형태였다. 그래서 표문은 비교적 엄숙하고 법도에 맞았으며 서문은 탄력적이고 민첩하였으니, 이들 문장 대부분이 유창(流暢)하고 전아(典雅)하게 쓰였음을 볼 수 있다.

현재 전해지는 이백의 표문은 3편이다. 첫 번째 문장인 〈위오왕사책부행재지체표(爲吳王謝責赴行在遲滯表)〉는 이백이 오왕을 대신하여 써준 것으로 오왕이 숙종에게 귀경하면서 명령을 지체한 사유에 대해 진정을 표하는 사은류(謝恩類) 표문이고, 두 번째 〈위송중승청도금릉표(爲宋中丞請都金陵表)〉는 송중승을 대신하여 금릉으로 천도하도록 요청하는 논사류(論事類) 표문이며, 세 번째 〈위송중승자천표(爲宋中丞自薦表)〉는 송중승을 대신하여 이백 자신을 조정의 고위관료로 추천해 주기를 부탁한 천거류(薦擧類) 표문이다.

다음으로 이백의 서문 6편은 모두 서독류(書牘類)다. 남을 대신하여 지은 서문은 2편인데, 맹소부에게 수산의 명의를 빌려 자신의 이상을 밝힌 〈대수산답맹소부이문서(代壽山答孟少府移文書)〉와 선성태수 조열을 대신하여 우승상 양국충에게 드리는 〈위조선성여양우상서(爲趙宣城與楊右相書)〉이다. 나머지는 이백이 지방의 관리들에게 자신의 포부나 원망, 간알(干謁)이나 설원(雪冤) 등의 처지를 밝힌 서신으로 4편인데, 안주의 장사 이경지에게 드리는 〈상안주이장사서(上安州李長史書)〉, 현위 가소공에게 드리는 〈여가소공서(與賈少公書)〉, 형주장사 한조종(韓朝宗)에게 드리는 〈여한형주서(與韓荊州書)〉, 안주의 배 모 장사에게 드리는 〈상안주배장사서(上安州裵長史書)〉등이 있다.

1.

爲吳王謝責赴行在遲滯表

오왕을 대신하여 행재소로 달려오다 지체한 책임에 대하여 용서를 바라며 올리는 표문

천보(天寶) 15년(756) 5월, 오왕(吳王) 이지(李祗)는 바로 전년도 말에 있었던 동평(東平)에서의 안사란(安史亂) 반군토벌 전투에서 용감하게 싸워 세운 공으로 태복경(太僕卿)에 임명되면서 동시에 입경하라는 명령을 받았다. 그러나 그해 7월 숙종(肅宗)이 즉위하고 연호가 지덕(至德)으로 바뀐 상황이므로, 황제가 머물던 행재소(行在所)인 영무(靈武)로 가는 도중, 노병으로 지체한 것에 대하여 정해진 기일 이내에 도착할 수 없는 원인과 이유를 들어 용서를 바라며 숙종에게 올린 표문으로, 이백이 오왕을 대신하여 지었다. 「행재(行在)」는 고대 제왕들이 수도를 떠나 순행할 때 밖에서 임시로 머물던 장소다.

문장의 내용으로 보면 이 표문은 안사의 난으로 중원이 적의 수중에 떨어진 상황에서, 현종(玄宗)은 촉(蜀) 지방으로 피난하고 태자인 숙종(肅宗)이 영무(靈武)에서 즉위한 후에 지어졌음을 알 수 있다. 이백 연구 대가인 욱현호(郁賢皓)는 《이백교유잡고(李白交遊

雜考)》*에서 "당시 황하 유역의 낙양과 장안은 모두 안녹산의 군대에 함락당하여 오왕 이지는 수로를 이용할 수밖에 없었으므로 운하를 따라 남쪽으로 내려갔다가 다시 장강의 서쪽으로 돌아서 올라갔다. 그때 이백은 금릉(金陵) 일대에 머물고 있었으므로 금릉에서 수로를 따라가서 오왕을 만나 그를 대신하여 이 표를 지었을 가능성이 있는데, 이 시기는 당연히 지덕 원년(756)이다"라고 하였는데 타당한 견해이다.

이 표문의 내용은 4개 단락으로 구성되었다. 첫 번째 단락에서는 호땅 말(胡馬), 월 지방 새(越禽), 흐르는 파도(流波), 낙엽(落葉) 등의 단어를 사용하여 오왕이 숙종을 지극히 그리워하는 심정을 비유하였으며, 두 번째 단락에서는 오왕은 재능이 노둔하여 중책을 감당하지 못할 처지였는데, 다행히 숙종이 총사령관의 직무를 면하게 해주어 행재소로 귀임하는 것에 대한 감사의 마음을 적극적으로 표현하였다. 세 번째 단락에서는 연로하고 병이 많아서 기한 내에 부임지에 도착하지 못할 것임을 설명하였고, 네 번째 단락에서는 행재소로 가는 역참(驛站)에 있는 병마로 교대하기가 매우 불편하므로 먼저 표문을 올리니 숙종께서 제 사정을 살펴주시기를 바라는 마음을 알리고 있다. 문장의 언어가 간략하나 의미가 점층적으로 뚜렷하게 나타나며, 어구(語句)가 간절하고 곡진하여 설복시키는 강력한 힘을 지니고 있다.

「오왕(吳王)」 이지(李祗)는 당 태종의 아들인 이각(李恪)의 손자다. 《구당서(舊唐書)·태종제자(太宗諸子)》에 "이지는 신룡 연간에

---

* 《당대문학논총(唐代文學論叢)》 제3집 (1983).

오왕으로 세습되어 봉해졌으며, 경운 원년(710) 은청광록대부에 더해졌다. 천보 14년(755) 동평 태수로 임용되었을 때 안녹산이 반란을 일으켜 군사를 이끌고 황하를 건너 침범하였는데, 흉맹한 기세가 대단하였다. 하남의 진류(陳留)·형양(滎陽)·영창(靈昌) 등 여러 군이 모두 적에게 함락당하자, 이지는 군사를 일으켜 충성을 다하니 현종이 그를 장하게 여겼다. 천보 15년(756) 2월, 영창태수를 제수받고 다시 좌금오대장군과 하남도지병마사에 임명되었다. 그달에 또 어사중승과 진류태수를 겸하고 지절충하남도절도채방사를 제수받으면서도 본래의 관직은 그대로 간직하였다. 5월, 태복경에 제수한다는 조서를 내리고, 어사대부 괵왕(虢王) 이거(李巨)를 파견하여 그를 대신하게 하였다(祗, 神龍中封爲嗣吳王, 景雲元年, 加銀青光祿大夫. 天寶十四載, 爲東平太守. 安祿山反, 率衆渡河, 凶威甚盛, 河南陳留·滎陽·靈昌等郡皆陷於賊, 秖起兵勤王, 玄宗壯之. 十五載二月, 授祗靈昌太守, 又左金吾大將軍·河南都知兵馬使. 其月, 又加兼魚史中丞·陳留太守, 持節充河南道節度採訪使, 本官如故. 五月, 詔以爲太僕卿, 遣御史大夫虢王巨代之.)"라고 기록되었다.

1-1

臣某言[1], 伏蒙聖恩[2], 追赴行在[3], 臣誠惶誠恐[4], 頓首頓首[5]。臣聞胡馬矯首[6], 嘶北風以跼顧[7], 越禽[8]歸飛, 戀南枝而刷羽[9]。所以流波思其舊浦[10], 落葉墜於本根[11]。在物尙然, 矧[12]於臣子。

신(臣) 아무개(李祗)는 성은을 입고 행재소(行在所)로 달려가면서 진실로 황공하여 머리를 조아리며 엎드려 아뢰옵니다.

저는 호(胡)땅 말은 머리를 들어 북풍을 돌아보며 나아가지 않은 채 울부짖고, 월(越)지방 새는 둥지로 날아 돌아와서 남쪽 가지를 그리워하며 깃털을 턴다고 들었습니다. 그리고 흐르는 물결은 옛 포구를 생각하고 낙엽은 본래 자랐던 나무뿌리에 떨어진다고 하였으니, 미물들도 이러할진대 하물며 신은 어떻겠습니까?

....

1 **臣某言**(신모언) : 「臣」은 옛날 관료들이 군주에 대하여 자신을 낮춘 칭호. 「某」는 자기의 이름을 대신한 것으로, 여기서는 오왕 이지를 가리킴. 「臣某言」이하 「臣誠惶誠恐, 頓首頓首」까지는 신하가 황제에게 올리는 표문의 격식이다.

2 **伏蒙聖恩**(복몽성은) : 엎드려 군왕의 성스런 은혜(聖恩)를 입은 것을 표현한 말.

3 **追赴行在**(추부행재) : 숙종이 내린 명령으로 오왕 이지가 행재소로 달려가는 것을 설명한 말. 「行在」는 옛날 제왕이 수도를 떠났을 때 임시로 머무는 곳으로 행재소(行在所)라 부르며, 여기서는 영무(靈武)를 가리킨다. 《한서(漢書) · 무제기(武帝紀)》에 "삼노*와 효제에 뛰어난 사람들을 백성의 스승으로 삼도록 하고, 높은 지조를 지닌 군자를 천거하여 행재소로 불러들이도록 유서(諭書)를 내렸다(諭三老孝弟以爲民師, 擧獨行之君子, 徵詣行在所.)"는 기록이 있는데, 여순(如淳)은 주에서 "채옹이 말하기를, 천자는 천하를 집으로 삼으므로 스스로 거처하는 곳을 행재소라고 부른다**고 하였는

---

* 삼노(三老)는 한(漢)나라 때 마을의 교화(敎化)를 맡아보던 사람

** 채옹(蔡邕)은 《독단(獨斷)》에서 "천자는 사해를 집으로 삼으므로 거처하는 곳을 행재소라 부른다(天子以四海爲家, 謂所居爲行在所.)"라 했다.

데, 요즈음엔 서울에 있으면서도 행재소에 이르렀다고 말한다(蔡邕云天子以天下爲家, 自謂所居爲行在所. 言今雖在京師, 行所在至耳.)"라 하고, 안사고(顏師古)의 주에서는 "이는 잘못된 말이다. 천자는 서울에 있기도 하고 혹은 사냥을 나가기도 하므로 미리 정할 수 없어서 행재소라고 말하는 것 뿐이며, 서울을 행재라고 부를 수는 없는 것이다(此說非也. 天子或在京師, 或出巡狩, 不可豫定, 故言行在所耳, 不得亦謂京師爲行在也.)"라고 했음.

4 **誠惶誠恐**(성황성공) : 「誠」은 확실한 것. 「惶」은 두려운 것, 「恐」은 외구(畏懼), 즉 무서워하고 두려워함을 이른 말로, 원래는 봉건시대의 관리들이 황제에게 상주(上奏)할 때 문장에 사용하는 상투어로 대단히 황송(惶悚)함을 표현한 말이다. 한 허충(許沖)의 《설문해자를 올리는 서문(上說文解字書)》에서 "저 허충은 진실로 황공하여 머리를 조아립니다(臣沖誠惶誠恐, 頓首頓首.)"라 했음.

5 **頓首**(돈수) : 머리를 조아리는 것. 서신의 첫머리나 끝에 상대편에게 경의를 표하기 위하여 쓰는 인사말. 계수(稽首), 돈수(頓首), 공수(空首)를 삼배지례(三拜之禮)라 하는데, 그 가운데 돈수는 바닥에 이마를 두드리며 동시에 일으킨 다음 다시 한 번 더 두드리는 예법이다.

6 **胡馬矯首**(호마교수) : 「胡馬」는 북쪽 오랑캐 지방에서 살던 말이고, 「矯首」는 머리를 추켜드는 것. 여기서는 남쪽 지방에 있는 호 땅 말이 자신이 태어난 북쪽을 그리워하는 것으로, 고향을 떠난 사람들의 사향(思鄕)하는 심정을 비유하였다. 《문선》권29 〈고시(古詩)19수〉에 "호 땅 말은 북쪽 바람을 그리워하고, 월 지방 새는 남쪽 나뭇가지에 깃든다네(胡馬依北風, 越鳥巢南枝.)"라 읊었으며, 이선(李善)은 주에서 "《한시외전》에 이르기를, 시에서 「대(代)지방 말은 북풍에 의지하고, 나는 새는 옛 둥지에 깃든다」고 하였는데, 모두 근본

을 잊지 않는 것을 이른 것이다(韓詩外傳曰, 詩曰, 代馬依北風, 飛鳥棲故巢. 皆不忘本之謂也.)"라 했음.

7 **跼顧**(국고) : 말이 옛날 머물던 곳이 그리워서 고개를 돌려 쳐다보면서 앞으로 나아가지 않는 것을 가리킨다. 반악(潘岳)은 〈과부부(寡婦賦)〉에서 "말이 슬프게 울면서 돌아보며 나아가지 않는구나(馬悲鳴而跼顧)"라고 읊었으며, 유량(劉良)은 주에서 "「국고」는 몸을 굽히고 돌아보며 나아가지 못하는 것이다(跼顧, 踡跼顧眄不前也.)"라 했음.

8 **越禽**(월금) : 남쪽 월(越)지방에 사는 공작(孔雀)의 별명인데, 여기서는 남방의 새를 널리 가리킨다. 반악(潘岳)은 〈하양현에서 지은 시(河陽縣詩)〉에서 "다만 월지방 새가 지닌 마음을 품고, 남녘가지를 돌아보며 그리워한다네(徒懷越鳥志, 眷戀想南枝.)"라고 읊었음.

9 **刷羽**(쇄우) : 새 무리들이 부리로 깃털을 털어 청결하게 하는 것. 양간문제(梁簡文帝)는 〈짝잃은 오리를 읊다(詠單鳧)〉란 시에서 "이끼를 물고 얕은 물로 들어갔다가, 깃을 털며 사주를 향해 날아가네(銜苔入淺水, 刷羽向沙州.)"라고 읊었음. 여기서는 북쪽으로 날아간 새가 남쪽방향으로 뻗은 나무가지에 둥지를 틀고 깃털을 턴다는 뜻이다.

10 **流波思其舊浦**(유파사기구포) : 《문선》권29 장협(張協)의 〈잡시(雜詩)10수〉중 8번째 시에 "흐르는 파도는 옛 포구를 그리워하고, 떠가는 구름은 옛날 머물던 산을 생각한다네(流波戀舊浦, 行雲思故山.)"라 했는데, 여기서는 그 뜻을 이용하였음.

11 **落葉墜於本根**(낙엽추어본근) : 곧 낙엽이 본래의 뿌리로 떨어진다는 말. 《악부시집(樂府詩集)》권37 진(晉) 장준(張駿)의 〈동문행(東門行)〉에 "운이 막혀도 그 끝이 있으며, 떨어진 잎도 본래의 줄기를 생각한다네(休否有終極, 落葉思本莖.)"라 했음.

12 矧(신) : 더군다나, 하물며. 《서경 · 대고(大誥)》에 "아버지가 땅을 일구어 놓았으나 아들은 씨를 뿌리려 하지 않으니, 더더욱 어찌 거둬들일 수 있겠소?(厥父菑, 厥子乃弗肯播, 矧肯獲.)"라 했음.

1-2

臣位叨[13]盤石[14], 辜負[15]明時[16], 才闕總戎[17], 謬當強寇。駑拙[18]有素[19], 天實知之。伏惟[20]陛下重紐乾網[21], 再清國步[22], 愍臣不逮[23], 賜臣生全[24]。歸見白日[25], 死無遺恨。

신은 외람되게 높은 지위에 앉아 청명한 시기를 바라는 기대를 저버린 채, 적은 재주로 군대의 총수(總帥)를 맡아 굳센 적들을 잘못 대적하였으니, 본래 노둔하고 졸렬한 점은 하늘이 실제로 알고 있습니다. 엎드려 생각건대 폐하께서는 군왕의 권한을 바로잡고 나라의 운명을 거듭 청명하게 하시면서도, 신의 재능이 미치지 못함을 불쌍히 여기고 내직(內職)으로 불러들여 생명을 보전토록 하셨습니다. 돌아가서 폐하를 알현할 수 있다면 죽어도 여한이 없을 것입니다.

....

13 叨(도) : 겸양의 말로, 외람되게 높이 받들어 지다는 뜻. 《운회(韻會)》에 "「도」는 외람된 것(叨, 濫也)"이라고 했음.

14 盤石(반석) : 큰 바위. 견고함을 비유하는데, 여기서는 권위가 큰 것을 가리킨다. 《사기 · 효문제기(孝文本紀)》에 "고황제(劉邦)가 자제들을 왕으로 봉하면서 그 땅이 마치 개의 이빨처럼 서로 엇갈리게

하였으니, 이것이 이른바 반석과 같은 종국(宗國)이라고 하는 것이다(高帝封王子弟, 地犬牙相制, 此所謂盤石之宗也.)"라 했으며, 사마정(司馬貞)은 《색은(索隱)》에서 "그 견고함이 반석과 같음을 말한 것(言其固如盤石.)"이라 했음.

15 **辜負**(고부) : 은혜를 저버림. 기대에 어긋나는 것. 《삼국지(三國志)》 73회 〈현덕(玄德)이 한중왕위에 오르다(玄德進位漢中王)〉에서 "비록 동맹을 규합해 힘을 떨쳐 싸우려 하였지만 나약한데다가 굳세지 못했습니다. 세월이 흘러도 공을 세우지 못한 채 그대로 추락해 나라의 은혜를 갚지 못할까 걱정이 되어서 자나 깨나 길게 탄식하니, 밤마다 무서운 역병처럼 두렵사옵니다(雖糾合同盟, 念在奮力, 懦弱不武. 歷年未效, 常恐殞越, 辜負國恩, 寤寐永歎, 夕惕若厲.)"라 했음.

16 **明時**(명시) : 정치가 맑고 깨끗한 시기.

17 **總戎**(총융) : 군사(軍事)와 군대를 지휘 통솔하는 총관으로 통수(統帥)를 가리킨다. 《주서(周書) · 무제기하(武帝紀下)》에서 "황제가 총융이 되어 북쪽을 공격하였다(帝總戎北伐.)"고 하였으며, 《위서(魏書)》권50 〈위원전(尉元傳)〉에서는 "저는 천안 초기에 통수의 지위를 받들어 회수(淮水) 오른쪽 지방을 편안하게 하니, 세상이 이미 평안해졌습니다(臣以天安之初, 奉律總戎, 廓寧淮右, 海內既平.)"라 했음.

18 **駑拙**(노졸) : 「駑」는 본래 능력이 없다는 말로, 자신의 능력이 열등함을 비유한 겸사(謙辭)다. 수나라 노사도(盧思道)는 〈고홍부(孤鴻賦)〉서(序)에서 "재주는 본래 열등하며, 성품은 실로 서투르고 게으릅니다(才本駑拙, 性實疎懶.)"라 했음.

19 **有素**(유소) : 자신이 본래부터 우둔함을 이른 말.

20 **伏惟**(복유) : 삼가 엎드려 생각건대. 고대에 윗사람에게 진술할 때

겸손과 공경을 표시하는 말이다. 이선(李善)의 〈문선에 주를 내고 올린 표문(上文選注表)〉에서 "엎드려 생각건대 폐하께서는 상하좌우로 덕을 이루고, 문장에 담긴 사상으로 가르침을 베풀었습니다(伏惟陛下經緯成德, 文思垂風.)"라 했음.

21 **重纽乾網**(중뉴건망) : 군왕의 권위를 다시 잡는 것. 「纽」는 물건을 잡아매는 물건. 「乾網」은 군왕의 권위, 곧 군권(君權)을 가리킨다. 범녕(范甯)의 《춘추곡량전서(春秋穀梁傳序)》에서 "옛날 주나라 도가 무너지자, 군왕의 권위로 끊어진 것을 이었다(昔周道衰陵, 乾網絶紐.)"라 하고, 양사훈(楊士勛)은 소에서 "「건망」에서 「건」은 양으로 천자와 같고, 「곤」은 음으로 제후와 같다. 천자는 모든 만물을 거느리므로 그물에서 모든 끈을 잡아주는 벼리와 같아서 「건망」이라 불렀으며, 「절뉴」라고 부르는데 「뉴」는 연계시켜 준다는 말이다. …… 제후가 배반하여 사해가 나눠지고 무너지는 것이 마치 끈이 끊어지는 것과 같으므로 「절류」라고 불렀다(乾網者, 乾爲陽, 猶天子. 坤爲陰, 猶諸侯. 天子摠統萬物, 若網之紀衆紐, 故曰乾網. 云絶紐者, 紐是連繫之辭, …… 諸侯背叛, 四海分崩, 若紐之絶, 故曰絶紐.)"라 했음.

22 **國步**(국보) : 나라의 운명(國運). 「步」는 시운(時運)을 가리킴. 《시 · 대아 · 상유(桑柔)》에 "아아 슬프도다, 나라의 운명이 이리도 급해졌구나(於乎有哀, 國步斯頻.)"라 하고, 주희(朱熹)는 《시집전(詩集傳)》에서 "「보」는 운명과 같다(步, 猶運也.)"고 했음.

23 **愍臣不逮**(민신불체) : 자신의 재주가 총융의 중임을 감당하기가 어려움을 말한 것. 「愍」은 「총명하다(聰)」와 「불쌍히 여기다(憐)」는 뜻이 있는데, 왕기(王琦)는 여기서는 후자의 뜻으로 「愍」으로 쓰여야 한다고 하였다. 「不逮」는 미치지 못하는 것으로, 《초사 · 복거(卜居)》에서 "무릇 한 자(尺)라도 짧아 보이는 수가 있고, 일촌(寸)이라

도 길어 보이는 수가 있으며, 물건도 부족할 경우가 있으며, 지혜로워도 밝지 못한 경우가 있으며, 숫자에도 헤아릴 수 없는 것이 있으며, 신령함에도 통하지 못한 것이 있습니다(夫尺有所短, 寸有所長. 物有所不足, 智有所不明, 數有所不逮, 神有有所通.)"라 했음.

24 **賜臣生全**(사신생전) : 총융의 중임을 감당하기 힘든 저를 내직인 태복경으로 임명하고, 전선에서 불러들여 생명을 보전토록 하였다는 뜻.

25 **白日**(백일) : 천자를 비유한 것으로, 여기서는 숙종(肅宗)을 가리킴.

1-3

然臣年過耳順[26], 風瘵日加[27]。鋒鏑殘骸[28], 劣有餘喘[29]。雖決力上道[30], 而心與願違。貴貪尺寸[31]之程, 轉增犬馬之戀[32]。非有他故, 以疾淹留[33]。

그러나 제 나이 예순이 지나니 풍병(風病)은 나날이 더해만 갑니다. 칼끝과 화살촉으로 상처 난 몸을 끌고 겨우 남은 숨만 헐떡이면서, 힘을 다해 길을 재촉하고 있지만, 마음과 바라는 것이 어긋나고 있습니다. 폐하가 계신 곳으로 조금씩 더 옮겨 갈수록 군왕을 그리워하는 마음은 더해지고 있으나, 다른 이유가 아닌 질병 때문에 지체하고 있습니다.

……………………

26 **耳順**(이순) : 60세. 《논어 · 위정(爲政)》에 "육십 세를 이순이라 한다(六十曰耳順)"라 하고, 하안(何晏)의 《집해(集解)》에서는 정현(鄭玄)의 말을 인용하여 "이순이란 말은 깊고 미묘한 속뜻을 안다는

것(耳順其言, 而知其微旨.)"이라 하였음. 후에는 「耳順」이 나이 예순을 대신 부르는 말이 되었다.

27 **風瘵日加**(풍채일가) : 「風瘵」는 본래 풍(風)이 원인이 되어 일으킨 질병으로 풍병(風病)이며, 「瘵」는 현재의 폐결핵으로, 《이아(爾雅)·석고하(釋詁下)》곽박(郭璞)의 주에 "요즘 강동에서는 병을 채라고 부른다(今江東呼病曰瘵.)"고 하였음. 「日加」는 날이 갈수록 병이 더욱 위중해진다는 말.

28 **鋒鏑殘骸**(봉적잔해) : 「鋒」은 칼날이고, 「鏑」은 화살촉으로 병기를 가리킴. 여기서는 칼과 화살로 입은 상처로 인해 손상당한 신체를 말한 것이다.

29 **劣有餘喘**(열유여천) : 「劣」은 약하고 적은 것으로 다만의 뜻, 「劣有」는 겨우 지니는 것. 「餘喘」은 아직 죽지 않고 겨우 숨만 헐떡이며 부지하고 있는 목숨을 말함.

30 **決力上道**(결력상도) : 진력하여 쫓아가는 것. 「決力」은 갈력(竭力), 진력(盡力)으로, 《진서(陳書)·고조기상(高祖紀上)》에 "함께 수많은 죽을 고비에서 벗어나는 것이 옳은 일이지만, 힘을 다하여 그것을 빼앗아야 합니다(正當共出百死, 決力取之.)"라 했음. 「上道」는 길을 재촉하다. 서둘러 간다는 뜻.

31 **尺寸**(척촌) : 아주 작은 량. 여기서는 높이 올라 먼 곳을 바라보는 것으로, 천리 고향이 가까운 곳에 있는 것 같음을 표현한 말.

32 **犬馬之戀**(견마지련) : 「견마연주(犬馬戀主)」와 같은 뜻, 개와 말이 주인에 대한 충성심으로 주인을 떠날 수 없음을 말하는 것으로, 신하가 군왕을 그리워하는 충성심을 비유하였다. 《문선》권20 조식(曹植)의 〈책궁시와 응조시를 올리는 표문(上責躬應詔詩表)〉에서 "날뛰는 마음으로 높은 곳을 쳐다보고 잠 못 이루면서, 군왕을 그리는 마음을 이기지 못하고 있습니다(踴躍之懷, 瞻望反側, 不勝犬馬戀主之情.)"

라 했음.

33 淹留(엄류) : 체류하다. 머무르는 것.

1-4

今大擧天兵[34], 掃除戎羯[35]。所在郵驛[36], 徵發交馳。臣逐便[37]水行, 難於陸進, 瞻望丹闕[38], 心魂若飛。慚墜履之還收[39], 喜遺簪之再御[40]。

不勝涕戀屛營[41]之至。謹奉表以聞。

지금 조정에서 대대적으로 일으킨 군대로 서북쪽 오랑캐들을 모조리 제거하고, 역참(驛站)에서 징발한 말들을 교체하면서 달려가고 있습니다. 그러나 신이 가고 있는 수로(水路)는 육지로 가는 것보다 어려워서, 궁궐 쪽을 바라보며 마음과 혼백만 날아가고 있습니다. 떨어뜨린 신발을 다시 찾는 것은 부끄럽지만, 잃어버린 비녀로 다시 뵐 수 있어 기쁘기 그지없습니다.

눈물을 흘리며 그리워하고 두려운 마음을 이기지 못하면서 삼가 표(表)를 받들어 올립니다.

....

34 天兵(천병) : 당 왕조의 군대를 가리킴.

35 戎羯(융갈) : 중국 서북부에 있는 소수민족을 널리 가리키지만, 여기서는 안사란의 반란군을 말한다. 「戎」에 대하여 《예기 · 왕제(王制)》에서 "서방 오랑캐를 융이라 부르는데, 머리를 풀어헤치고 가죽옷을 입으며 쌀밥을 먹지 않는다(西方曰戎, 被髮衣皮, 有不粒食者

矣.)"고 했으며, 「羯」에 대하여는 《운회(韻會)》에서 "갈은 지명으로, 상당(上黨)과 무향(武鄕)은 갈의 거처였다. 진(晉)나라 때 흉노의 다른 부족이 들어와 거주하면서, 뒤에는 호(胡)와 융(戎)을 갈이라고 부르게 되었다(羯, 地名. 上黨武鄕羯室, 晉匈奴別部入居之, 後因號胡戎爲羯.)"고 했음.

36 **郵驛**(우역) : 문서를 전달하는 역참(驛站). 옛날에 말을 타고 전하는 것을 「驛」이라 하고, 걸어서 전하는 것을 「郵」라 하였다. 《설문해자》에 "「우」는 문서를 전달하는 가옥(관청)이고, …… 「역」은 각 역참에 비축해 둔 말이다(郵, 境上行書舍, …… 驛, 置騎也.)"라고 설명했으며, 《후한서 · 원안전(袁安傳)》에 "공적인 일은 역참에서 처리하는데, 사적으로 청하니 공조에서 관장할 일이 아닙니다(公事自有郵驛, 私請則非功曹所持.)"라 했음.

37 **逐便**(축편) : 타고 가는 편(乘便), 순편(順便).

38 **丹闕**(단궐) : 붉은 색으로 칠한 궁궐 문인데, 여기서는 궁궐의 안 뜰(內庭)을 가리킴.

39 **慚墜履之還收**(참추리지환수) : 「墜履」는 떨어뜨린 신발. 가의(賈誼)의 《신서(新書) · 유성(諭誠)》권7에 "초(楚)나라 소왕(昭王)이 오(吳)나라와 전쟁을 하였는데, 초군이 패하자 소왕이 달아나다가 신발 등이 터져 길에서 잃어버렸다. 3십 걸음을 달아났다가 다시 돌아가서 신을 주워서 뒤따라오자 주위의 신하들이 「왕께서는 신발 한 짝을 왜 그토록 아끼십니까?」하고 물으니, 소왕은 「초나라가 비록 가난하지만 어찌 신발 한 짝을 아끼겠는가? 함께 나갔다가 같이 돌아오지 못한 것을 언짢게 여긴 것이다」라고 하였다. 이후로 초나라에는 지닌 것을 버리지 못하는 풍속이 생겼다(楚昭王與吳人戰, 楚軍敗, 昭王走, 履決背而行失之. 行三十步, 復旋取履. 及至於隨, 左右問曰, 王何曾惜一踦履乎? 昭王曰, 楚國雖貧, 豈愛一踦履

哉？ 惡與偕出，勿與俱反也. 自是之後，楚國之俗無相棄者.)"고 했는데, 이 사건이 있은 이후로 「墜履」는 옛 물건을 쉽사리 버리지 못하거나 혹은 옛것을 잊지 못한다는 전고로 사용되었다.

40 **喜遺簪之再御**(희유잠지재어) : 「遺簪」은 잃어버린 비녀로, 오래된 물건이나 옛 친구를 잊지 못함을 이르는 말. 《한시외전(漢詩外傳)》 권9에 "공자가 가까운 교외로 나가 노닐 때, 어떤 부인이 연못가에서 통곡하는데 그 소리가 매우 슬펐다. 공자가 이상하게 여기고 제자를 시켜 「부인은 왜 이리 슬피 우십니까?」하고 연유를 묻도록 하니, 부인이 「지난번 시초 풀을 베어 만든 시초 비녀를 잃어버려서 이렇게 슬피 우는 것 입니다」하였다. 제자가 「시초 풀을 베어 만든 비녀를 잃어버린 것이 어째서 슬픕니까?」하니, 부인이 「다만 비녀를 잃어버려서 슬픈 것이 아니라 옛날을 잊지 못해서 슬퍼하는 것입니다」고 대답했다(孔子出遊少源之野，有婦人中澤而哭，其音甚哀. 孔子怪之，使弟子問焉，曰，夫人何哭之哀？ 婦人曰，鄉者刈著薪而亡吾著簪，吾是以哀也. 弟子曰，刈著薪而亡著簪，有何悲焉？ 婦人曰，非傷亡簪也，蓋不忘故也.)"고 하였는데, 여기서 「시잠(著簪)」은 시초 풀을 베어서 만든 비녀임. 이 구에서는 위 「墜履」구절과 같은 뜻으로 숙종이 이지를 잊지 않은 것을 칭찬한 말이다.

41 **屛營**(병영) : 두려워하는 모습. 《국어(國語)·오어(吳語)》에 "왕이 홀로 갔다가 산속 숲에서 두려워하며 방황하다, 3일 만에 부하인 연인 주(疇)를 발견하였다(王親獨行，屛營仿偟於山林之中，三日乃見其涓人疇.)"는 기록이 있으며, 이릉(李陵)은 〈소무에게 드리는 시(與蘇武詩)〉3수 중 첫 번째 시에서 "갈림길에서 헤어지기 두려워서, 손을 잡은 채 들판에서 머뭇거리네(屛營衢路側，執手野踟躕.)"라고 읊었다.

2.

爲宋中丞請都金陵表

송중승을 대신하여 금릉으로 천도하도록 요청하는 표문

지덕(至德) 2년(757) 2월, 이백은 영왕(永王)의 동순(東巡)에 참여했다 실패한 후, 팽택(彭澤)으로 달아났다가 심양옥(潯陽獄)에 투옥되었다. 다행히 선위대사(宣慰大使) 최환(崔渙)과 어사중승(御史中丞) 송약사(宋若思)의 도움으로 풀려났을 때, 그 해(757) 7-8월 사이에 송중승이 숙종에게 금릉(金陵; 지금의 南京)으로 천도하도록 요청하면서 올린 표문이다. 이 표문은 이백이 송중승의 심양 막부(幕府)에서 그를 대신하여 초안을 잡은 것으로, 문장은 비록 송중승을 대신하여 쓴 것이지만 이백 자신의 견해와 인식이 잘 드러나고 있으며, 도도히 흐르는 강물처럼 문장의 기세가 웅장하고 활달하다.

「송중승(宋中丞)」은 어사중승을 지낸 송약사로서, 송지제(宋之悌)*의 아들이며 동시에 〈영은사(靈隱寺)〉란 시로 유명한 시인 송

---

* 〈원화성찬(元和姓纂)〉권8 송씨(宋氏) 편에 송지제는 태원윤(太原允), 익주장사(益州長史), 검남절도사(劍南節度使)를 지냈으며, 단도현령(丹徒令)을 지낸 약수(若水)와 어사중승 약은(若恩; 若思를 若恩으로 잘못 기재한 것으로, 곧 송약사임) 두 아들을 두었다고 기록 되었다.

지문(宋之問)의 조카이다. 그는 천보(天寶) 15년(756) 감찰어사(監察御史) 겸 어사중승이 되었으며, 지덕 2년(757) 강남서도채방사(江南西道采訪使) 겸 선성군태수(宣城郡太守)가 되었다. 이백이 이들 부자와 교유한 시로는 먼저 청년 시절인 개원 연간 부친에게 드린 〈강하에서 송지제와 헤어지며(江夏別宋之悌)〉와 만년에 중승에게 준 〈중승 송공이 오병 3천 명을 거느리고 하남으로 달려가다가 심양에 주둔하면서 죄인인 나를 풀어주고 막부의 참모로 삼기에 이 시를 지어 드리다(中丞宋公以吳兵三千赴河南, 軍次尋陽, 脫余之囚, 參謀幕府因贈之)〉란 작품 등에서 송중승 부자와의 정의가 잘 나타나 있다.

이 표문의 내용은 6개 단락으로 나눌 수 있는데, 첫 번째 단락에서는 역사적으로 왕조가 바뀐 사실에서 사직은 항상 받들어지는 것이 아니므로 현명한 군주만이 나라를 지킬 수 있는 반면, 혼미한 군주는 나라를 잃는다는 이치를 설명하였으며, 두 번째 단락에서는 주나라 태왕(太王)이 기산(岐山)에서 제업(帝業)을 일으키고 후한 광무제(光武帝)가 중흥한 것을 예로 들면서, 숙종황제께서 성인의 덕을 밝히고 안사란을 평정하여 당나라를 중흥시킬 것을 희망하였다. 세 번째 단락에서는 간신 양국충(楊國忠)이 폐하의 총명을 가리고 여동생 양귀비(楊貴妃)는 국가가 기울도록 농권(弄權)하여 안사란이 발발한 원인을 밝히면서, 반란의 도적들을 평정하려면 안전한 책략을 세워야 함을 주장하였으며, 네 번째 단락에서는 지금 황하(黃河) 이북과 이남이 오랑캐에게 점거당하여 불안한 형세가 매우 엄중하므로, 용반호거(龍蟠虎踞)의 형상인 금릉(金陵)으로 천도할 것을 건의하였다. 다섯 번째 단락에서는 은(殷) 탕왕(湯王)과 반경(盤庚), 위(衛) 문공(文公) 등이 역사적으로 편안하게 천도한 경험을 열거하면서 그 결정은 폐하의 복심에 달려있다고 하였으며, 여섯 번째 단락에서는 금릉이 속한 강동에는 짐승가죽과 새털, 목재와 어패류, 강철 야련(冶鍊), 구리와 소금 등이 풍부하게 생산되고, 군사와 지리적으로 중요한 위치에 있는 교통의 편리함 등을 열거하면서 금릉 천도의 이점을 밝히고 있다.

이렇듯 이백은 금릉이 천험의 요새, 풍부한 물산, 지리적 이점 등으로 천도하기에 좋은 곳이라고 거듭 주장하는 것에서 말년으로 접어든 나이임에도 아직까지 창생을 구제하고 사직을 안정시키고자 하는 웅심을 품고 있음을 엿볼 수 있는 작품이다. 전체적으로 문서형식의 격조를 띠고 대우구(對偶句)가 많지만, 풍부한 내용·정련된 언어·호방한 필력이 돋보인다.

2-1

臣某言, 臣誠惶誠恐, 頓首頓首[1]。臣聞社稷無常奉[2], 明者守之[3], 君臣無定位[4], 暗者失之[5]。所以父作子述[6], 重光疊輝[7]。天未絶晉[8], 人惟戴唐[9]。

以功德有厚薄[10], 運數有修短[11]。功高而福祚[12]長永, 德薄而政教陵遲[13]。三后之姓, 於今爲庶[14], 非一朝[15]也。

신하 아무개(宋中丞)는 진실로 황공(惶恐)하여 머리를 조아리며 아뢰옵니다. 제가 듣기에 사직(社稷)은 영구히 유지될 수가 없는 것으로 현명한 군주만이 그것을 지킬 수 있으며, 군왕과 신하의 관계는 정해진 것이 아니므로 혼미한 군주는 그 지위를 잃는다고 들었습니다. 그래서 아버지는 창업하고 아들은 계승하여 거듭 빛나게 했기 때문에, 하늘은 진(晉)나라를 멸망시키지 않았으며 사람들은 당(唐)을 추대했던 것입니다.

공덕(功德)에는 넉넉함과 모자람이 있고 운수(運數)에는 길고 짧음이 있어서, 공이 높으면 복록(福祿)이 오래가고 덕이 엷으면 정교(政敎)가 쇠락해 무너진다고 하였으니, 우(虞) · 하(夏) · 상(商) 세 왕조의 성씨들이 지금은 평민이 된 것은 하루아침에 그렇게 된 일이 아닙니다.

....

1 **誠惶誠恐, 頓首頓首**(성황성공, 돈수돈수) : 신하가 천자에게 올리는 글에 쓰이는 상투어(常套語)로, 앞 표문과 같이 여기서도 대단히 황송(惶悚)함을 표시한 것임.

2 **社稷無常奉**(사직무상봉) : 「社」는 토지신(土地神), 「稷」은 곡식신(穀神)을 상징하는데, 국가와 왕조를 대신 가리킨다. 「常奉」은 오래도록 받들어 모시는 것. 《좌전》소공(昭公) 32년에 "사직은 항상 받들어지지 않고 군신 간에는 정해진 위치가 없다는 것은 옛날부터 이미 있어 왔다(社稷無常奉, 君臣無定位, 自古已然.)"고 하였으며, 두예(杜預)는 주에서 "받드는 사람이 항상 있는 것이 아니고, 오로지 덕에 있음을 말한 것(奉之無常人, 言有德也.)"이라고 했음.

3 **明者守之**(명자수지) : 영명한 군주가 그것(국가정권)을 보호하고 지킬 수 있음을 말한 것.

4 **君臣無定位**(군신무정위) : 군주의 왕위와 신료들의 관직은 모두 고정불변한 것이 아님.

5 **暗者失之**(암자실지) : 「暗者」는 혼미하고 무능한 군주로, 이러한 군

주는 그 지위를 잃는다는 말임.

6 父作子述(부작자술) : 「作」은 창업, 창작하는 것, 「述」은 창업한 것을 계승하는 것.

7 重光疊輝(중광첩휘) : 후대 왕이 전대 왕의 공덕을 계승하는 것. 《서경(書經) · 고명(顧命)》에 "옛적 임금이신 문왕과 무왕이 거듭 빛남을 베푸시어 의지할 바를 정하고 가르침을 펴시니, 곧 익히고 익혀서 어기지 않았다(昔君文王武王, 宣重光, 奠麗陳敎, 則肄肄不違.)"라 하고, 공안국(孔安國)의 〈공전(孔傳)〉에서 "옛 선왕인 문왕과 무왕이 거듭해서 여러번 성인의 덕을 베풀어서, 천명을 안정시키고 가르침을 널리 펴서 부지런히 닦았음을 말한 것이다(言昔先君文武, 布其重光, 累聖之德, 定天命施陳敎則勤勞.)"라 하였으며, 육덕명(陸德明)은 〈음의(音義)〉에서 "중광에 대하여 마씨가 말하기를 …… 해와 달은 겹쳐진 옥과 같고, 오성은 연이은 구슬과 같으므로 중광이라 불렀다(重光, 馬云, …… 日月如疊璧, 五星如連珠, 故曰重光.)"고 하였음.

8 天未絶晉(천미절진) : 《좌전》희공(僖公) 24년에 "개자추(介子推)가 말하기를, 「헌공은 아들이 아홉인데, 오직 우리 임금만 있을 뿐이다. 혜공과 회공에게는 친한 사람이 없어서 안팎으로 모두에게 버림받았다. 하늘이 진이 멸망하도록 하지 않았으니 반드시 임금이 나와서 진나라의 제사를 지내게 될 것인데, 그대가 아니면 누가 하겠는가?」(推曰 ... 獻公之子九人, 唯君在矣. 惠懷無親, 內外棄之. 天未絶晉, 必將有主, 主晉祀者, 非君而誰.)"고 하였음. 여기서는 춘추오패 가운데 하나인 진(晉) 문공(文公; 重耳)이 진나라를 부흥시킨 일을 사용하여 당나라 숙종(肅宗)의 영명함을 비유하였다.

9 人惟戴唐(인유대당) : 「戴」은 옹호하다, 추대하다, 우러러 섬기는 것. 바로 지금 천하 백성들이 당조를 두둔하며 추대한 것을 말한다.

10 **功德有厚薄**(공덕유후박) : 《한서 · 곡영전(谷永傳)》에 "공덕에는 넉넉함과 모자람이 있고, 기질에는 길고 짧음이 있으며, 때에는 중간과 끝이 있으며, 천도에는 번성과 쇠락이 있다(功德有厚薄, 氣質有修短. 時世有中季, 天道有盛衰.)"라 하였음.

11 **運數有修短**(운수유수단) : 「運數」는 자연의 규율로 고대에는 대부분 천운, 국운, 명운을 가리켰다. 「修短」은 길고 짧은 것.

12 **福祚**(복조) : 행복. 여기서 「祚」는 복(福)과 같은 뜻으로, 동의사를 연용한 것임.

13 **政教陵遲**(정교능지) : 정사와 교화의 쇠락이 구릉(丘陵)의 아래로 무너져 내리는 것과 같음을 말한다. 「陵遲」는 극성에서 쇠락해 무너지는 것. 《시경 · 왕풍(王風) · 대거(大車)》편의 모시서(毛詩序)에서 "〈대거〉는 주나라 대부를 풍자하였다. 예의가 무너지고 남녀가 음탕한 행동을 하였으므로 옛날 일로서 지금을 풍자하였다(大車, 刺周大夫也. 禮義陵遲, 男女淫奔, 故陳古以刺今.)"라 하였으며, 공영달(孔穎達)은 《정의(正義)》에서 "「능지」는 고개가 무너지는 것과 같아서 예의가 폐지되고 붕괴 된다는 뜻이다(陵遲, 猶陂陁, 言禮義廢壞之意也.)"라 했다. 또 《후한서 · 원소전(袁紹傳)》에 "순우경(淳于瓊)이 말하기를, 「한실이 이미 쇠락한지 오래 되었으니 지금 일으키려 해도 어렵지 않겠는가?」(淳于瓊曰, 漢室陵遲, 爲日久矣, 今欲興之, 不亦難乎.)"라고 했음.

14 **三后之姓於今爲庶**(삼후지성어금위서) : 「三后」는 순(舜)임금의 우(虞)나라, 우(禹)임금의 하(夏)나라, 탕(湯)임금의 상(商)나라 등 세 왕조. 「爲庶」는 평민이 되는 것으로, 고대에는 백성을 「庶」라 했다. 《좌전》소공(昭公) 32년에 "삼후의 성씨가 지금은 서민이 되었음은 주상께서 아시는 일입니다(三后之姓, 於今爲庶, 主所知也.)"했으며, 두예는 주에서 "「삼후」는 우 · 하 · 상나라(三后, 虞夏商.)"라고

했음.

15 非一朝(비일조) : 하루아침이나 저녁(一朝一夕)에 된 것이 아니다.

2-2

伏惟[16]陛下欽[17]六聖[18]之光訓[19], 擁[20]千載之鴻休[21]。有國之本[22], 群生屬望[23]。粵自明兩[24], 光岐之陽[25]。昔有周太王之興, 發跡於此[26], 天啓有類[27], 豈人事[28]歟?

皇朝百五十年[29], 金革不作[30]。逆胡竊號[31], 剥亂中原[32]。雖平嵩丘[33]·塡伊洛[34], 不足以掩宮城之骸骨[35], 决洪河[36]·灑秦雍[37], 不足以蕩犬羊之羶腥[38]。毒浸區宇[39], 憤盈穹旻[40]。此乃猛士奮劍之秋[41], 謀臣運籌[42]之日。夫不拯橫流[43], 何以彰聖德, 不斬巨猾[44], 無以興神功[45]。

十亂[46]佐周而克昌[47], 四凶[48]及虞而乃去。去元凶[49]者, 非陛下而誰。且道有興廢, 代有中季[50]。漢當三十七[51], 莽[52]亦爲災, 赤伏再起[53], 丕業終光[54]。非陛下至神至聖, 安能勃然[55]中興乎。

오직 폐하께서는 선대 여섯 왕의 빛나는 유훈(遺訓)을 받들어 천년의 대통(大統)을 점유하셨습니다. 나라의 근본인 세자는 모든 백성의 촉망을 받았으니, 아아! 이 두 광채가 기산(岐山) 남쪽을 두루 비췄습니다. 옛날 주(周)나라 태왕(太王)이 여기 기산 아래에 살면서 제업(帝業)을 크게 일으켰는데, 하늘은 덕(德)이 같은 군주에게만 열어주는 법이니, 이것이 어찌 인위적인 일이겠습니까?

당나라 왕조 1백5십 년 동안 전쟁이 없어 병기와 갑옷이 쓰이지 않았으나, 호인(胡人; 安祿山 무리)들이 반란을 일으켜 국호(國號)를 도둑질하고 중원(中原)을 강탈하여 어지럽혔습니다. 비록 숭산(嵩山)의 언덕을 평평하게 깎아 이수(伊水)와 낙수(洛水)를 메울 수는 있어도 낙양성(洛陽城)의 해골을 가릴 수는 없으며, 거대한 황하(黃河)를 터뜨려서 진옹(秦雍; 長安) 지역을 청소할 수는 있어도 반란군들이 저지른 지저분하고 더러운 기름을 씻기에는 부족합니다. 해독이 강토(疆土)의 사방으로 침투하여 분함이 하늘에 가득하니, 이것은 바로 용감한 장수가 적군을 칼로 벨 시기이며 모신(謀臣)이 작전 계획을 세우는 날입니다. 오랑캐가 횡행하는 것을 막지 못한다면 어떻게 성인의 덕을 밝힐 수 있겠으며, 거대한 간적(奸賊)을 베지 못하면 위대한 업적을 세울 수 없을 것입니다.

열 사람의 현신(賢臣)이 보좌하여 주(周)나라가 크게 창성하였으며, 순(舜)임금에 이르러 사흉(四凶)을 내쫓았으니, 지금 원흉(安祿山 · 史思明)을 제거하는 일은 폐하가 아니면 누가 할 수 있겠습니까? 또한, 제도는 일어남과 사라짐이 있으며 왕조(王朝)는 성세와 말세가 있으니, 한나라 2백십 년 동안 왕망(王莽)은 재앙이 되었지만, 광무제(光武帝)가 중흥하여 대업이 마침내 회복되었습니다. 폐하께서 지극히 신통하고 지극한 성인이 아니었다면, 어찌 이토록 왕성하게 중흥시킬 수 있었겠습니까?

················

16 伏惟(복유) : 엎드려 생각하건데. 지위가 낮은 사람이 높은 사람에게 진술할 때 공경을 표시하는 말.

17 欽(흠) : 천자에 관한 일에 존경을 표시하여 붙이는 말.

18 六聖(육성) : 고조(高祖; 李淵), 태종(太宗; 李世民), 고종(高宗; 李治), 중종(中宗; 李哲), 예종(睿宗; 李旦), 현종(玄宗; 李隆基) 등 여섯 군주.

19 光訓(광훈) : 성스러운 큰 교훈. 《서경 · 고명(顧命)》에 "천하를 조화롭게 빛냄으로써, 문왕과 무왕의 빛나는 가르침에 보답하고 드날린다(燮和天下, 用答揚文武之光訓.)"라 하였으며, 공안국전(孔安國傳)에 "조화로운 도리를 이용하여 천하를 화합한 뒤에야 가히 문왕과 무왕의 빛나는 가르침에 대답하고 드날릴 수 있음을 말한 것이다(言用和道和天下, 用對揚聖祖文武之大敎.)"라 했음.

20 擁(옹) : 소유, 점유하는 것.

21 鴻休(홍유) : 대통(大統), 대업(大業). 당(唐) 도공(陶拱)의 〈하늘이 맑으니 상서로운 별이 나타나다(天晴景星見賦)〉는 부에서 "아름다운 도리가 임금의 덕에 화합하니, 대업이 하늘에서 만들어져 드러났네(叶妙理於上德, 表鴻休於天造.)"라 읊었음.

22 國之本(국지본) : 고대에는 황위를 계승할 사람을 정하는데, 태자를 세워 나라의 근본으로 삼았음. 《당대조령집(唐大詔令集)》권28 〈충왕을 황태자로 책봉하는 글(冊忠王爲皇太子文)〉에 "개원 26년(738) 무인 7월 초 2일 기묘날에 황제가 말하기를, 「아아 천명을 받은 자여, 황제의 대업은 크나니, 나라의 근본인 태자는 버금가는 높은 자리이로다」(維開元二十六年, 歲次戊寅朔七月二日己卯, 皇帝若曰, 於戱, 受天命者, 皇王之業大, 爲國本者, 儲副之位崇.)"고 하였는데, 여기서 충왕(忠王)이 곧 후에 숙종(肅宗)이 된 태자 이형(李亨)임.

23 群生屬望(군생촉망) : 나라의 백성들이 태자에게 희망을 거는 것.

24 粤自明兩(월자명량) : 「粤」은 문장의 첫머리에 나오는 어조사로 조심하고 삼감의 어세를 표시함. 「明兩」은 전후 두 종류의 광채로서,

《주역, 이괘(離卦)》에 "상(象)에 이르기를 밝은 것 둘*이 리(離)를 지었으니, 대인이 이로써 밝은 것을 이어서(밤과 낮) 사방을 비춘다(象曰, 明兩作離, 大人以繼明照于四方)"고 하였는데, 공영달은 《정의》에서 "「명양작리」에서 '리'는 해가 되고 해는 밝다. 지금 상하로 두 개의 체(體)가 있으므로, 「명양작리」라고 하였다(明兩作離者, 離爲日, 日爲明. 今有上下二體, 故云明兩作離也.)"라 했으며, 《설괘전》에서도 "이(離)는 밝아서 만물이 모두 상으로 드러나는 것(離也者, 明也, 萬物皆相見.)"이라 하였음.

25 **光岐之陽**(광기지양) : 기산의 태양이 두루 비치는 것. 당대에 수도(장안)에서 3백7십리 떨어져 있는 기산주(岐山州)는 관내도에 속하였는데, 기산현, 부풍현(扶風縣), 봉상현(鳳翔縣) 등 9개 현을 두었다. 주나라 태왕(太王)이 나라를 기산 아래로 옮긴 곳이 바로 여기다. 천보 원년 기산주(岐山州)를 부풍군(扶風郡)으로 개칭하였고, 숙종이 영무에서 즉위한 해(756) 다시 봉상군으로 고쳐서 불렀으며, 다음해인 지덕 2년(757) 봉상군에 주둔하다가 10월에 두 서울을 수복하고 장안으로 돌아왔다**. 여기서는 기산의 남쪽이 숙종이 공적을 세운 상징으로 삼은 것을 가리킴.

26 **昔有周太王之興, 發跡於此**(석유주태왕지흥, 발적어차) : 「周太王」은 고공단보(古公亶父)로서, 전설에 나오는 주나라 선조인 후직(后稷)의 12대손임. 《사기 · 주본기(周本紀)》에 "고공단보는 다시 후직(后稷)과 공류(公劉)가 했던 사업을 다스리고, 덕을 쌓고 의로움을 실행하니 백성들이 모두 그를 추대하였다. …… 이에 집안의 식솔과 함께 빈(豳)을 떠났으며, 칠수(漆水)와 저수(沮水)를 건너고 양산

---

* 해와 달을 말함.
** 왕기 주 참조.

(梁山)을 넘어서 기산 아래에 정착하였다. 빈 땅 백성들은 온 나라에서 노인은 부축하고 어린이는 이끌면서, 전부 기산의 아래에 있는 고공에게 다시 귀의하였다. 게다가 그 주변 나라에서까지 고공이 어질다는 것을 듣고 많은 사람들이 그에게 귀의하였다. 그래서 고공은 오랑캐(戎狄)의 습속을 폐지하고 성곽과 집을 건축하여 백성을 별도의 읍락에 거주하도록 하였다. 또 다섯 종류의 관직*을 설치하고 관리를 두자, 백성들은 모두 노래를 부르며 그의 은덕을 칭송하였다(古公亶父復修后稷·公劉之業, 積德行義, 國人皆戴之. …… 乃與私屬遂去豳, 度漆·沮, 踰梁山, 止於岐下. 豳人擧國扶老攜弱, 盡復歸古公於岐下. 及他旁國聞古公仁, 亦多歸之. 於是古公乃貶戎狄之俗, 而營築城郭室屋, 而邑別居之. 作五官有司. 民皆歌樂之, 頌其德.)"라 했음. 이 두 구에서는 고공단보가 기산의 남쪽에 거주하면서 황제의 대업(帝業)을 크게 시작하였음을 가리킨다.

27 **天啓有類**(천계유류) : 「天啓」는 천제(天帝)가 계시(啓示)한다는 뜻이고, 「有類」는 덕과 재주가 서로 같은 부류의 사람에게 준다는 뜻으로, 숙종과 주나라 태왕은 성스럽고 밝은 군주에 속한다는 의미임.

28 **人事**(인사) : 인력, 인위적인 것.

29 **皇朝百五十年**(황조백오십년) : 당 고조 무덕(武德) 원년(618)에서 숙종 천보 14년(755)까지 138년의 기간. 여기서 150년이라고 한 것은 대략의 수를 말한 것임.

30 **金革不作**(금혁부작) : 전쟁이 없는 태평스런 시기를 비유한 것임. 「金」은 병기이고, 「革」은 피혁으로 만든 갑옷으로 전쟁을 가리킨다. 《중용(中庸)》에 "갑옷과 무기를 깔고 자면서 죽게 되더라도 후회하

---

* 오관(五官)은 사도·사마·사공·사사·사구로, 《예기·곡례(曲禮)下》에 "天子之五官, 曰司徒·司馬·司空·司士·司寇"라 하였음.

지 않는 것이 북방의 강함이니, 억세고 거친 사람들은 그렇게 행한다(衽金革, 死而不厭, 北方之強也, 而強者居之.)"라 했음.

31 **逆胡竊號**(역호절호) : 「逆胡」는 반란을 일으킨 안록산과 사사명으로, 모두 호인(胡人)임. 「竊號」는 국호(國號)를 도둑질한 것으로 안록산이 낙양에서 황제라고 참칭(僭稱)한 것을 가리킨다.

32 **剥亂中原**(박란중원) : 「剥」은 강력하게 탈취하는 것. 「中原」은 황하 중류와 하류 지역으로 하남성의 대부분 지역, 산동성 서부와 하북성, 산서성의 남부 지역을 포함한다.

33 **嵩丘**(숭구) : 숭산(嵩山)으로, 하남(河南)지역의 큰 군진(軍鎭)이 있던 곳.

34 **伊洛**(이락) : 이수(伊水)와 낙하(洛河)로, 하남성에 흐르는 두 개의 거대한 수계(水系)임.

35 **宮城之骸骨**(궁성지해골) : 안사(安史)의 반란군이 낙양성을 점령한 후에 살인하여 매장한 해골이 매우 많은 것을 말함.

36 **决洪河**(결홍하) : 「决」은 갈라 열어젖히는 것. 「洪河」는 큰 강으로 황하를 가리킴. 《문선》권1 반고(班固)의 〈서도부(西都賦)〉에 "오른쪽으로는 포사계곡과 농수의 험난함을 경계로 하고, 큰 강과 경수와 위수의 내를 띠처럼 두르고 있다(右界褒斜 · 隴首之險, 帶以洪河涇渭之川)"라 하고, 유량(劉良)은 주에서 "「홍하」는 거대한 강이다(洪河, 大河也)"라 했다. 반악(潘岳)의 〈하양현에서 짓다(河陽縣作)〉시에서 "해저물자 검은 구름이 일어나니, 성에 올라가 황하를 바라보네(日夕陰雲起, 登城望洪河.)"라 하고, 이주한(李周翰)은 주에서 "「홍하」는 황하(洪河, 黃河也.)"라고 했음.

37 **秦雍**(진옹) : 장안 일대를 가리킴. 왕기의 주에 " 당나라의 서경은 예전 진(秦) 땅인데, 《우공》에서의 옹주 지역이므로 진옹(秦雍)이라 불렀다(唐之西京, 古秦地, 在禹貢爲雍州之城, 故曰秦雍.)"고 했음.

38 **蕩犬羊之羶臊**(탕견양지전조) : 「蕩」은 쓸어 없애다, 「犬羊」은 반란군 장병을 비유한 것이고, 「羶臊」는 정강성(鄭康成)의 《주례(周禮)》주에 “두자춘은 단(羶)는 개기름이고, 조(臊)는 양기름이라 했다(杜子春云, 羶, 犬膏, 臊, 羊脂也.)”라고 하였는데, 여기서는 오랑캐들이 조성한 지저분하고 더러운 기운을 비유하였음.

39 **區宇**(구우) : 강토(疆土)와 영역(領域). 「區」는 강토의 구역, 「宇」는 상하 사방을 가리킨다. 《문선》권3 장형(張衡)의 〈동경부(東京賦)〉에 “온 세상이 평온하니, 생각이 온화하고 치우치지 않는데서 구하네(區宇乂寧, 思和求中.)”라 했음.

40 **穹旻**(궁민) : 하늘. 《이아(爾雅) · 석천(釋天)》에 “궁은 푸르고 푸른 하늘인데, 봄에는 창천, 여름에는 호천, 가을에는 민천, 겨울에는 상천이라고 부른다(穹, 蒼蒼, 天也. 春爲蒼天, 夏爲昊天, 秋爲旻天, 冬爲上天.)”고 했으며, 형병(邢昺)은 소에서 이순(李巡)의 말을 인용하여 “봄에는 만물이 비로소 생겨나 그 색이 푸르므로 창천이라 부르고, 여름에는 만물이 무성하게 자라나 그 기운이 호대하므로 호천이라 부르며, 가을은 만물이 성숙하여 모두 문장을 지니므로 민천이라 부르고, 겨울에는 음기가 위로 나타나 만물이 엎드려 숨어 있으므로 상천이라 부른다(春, 萬物始生, 其色蒼蒼, 故曰蒼天. 夏, 萬物盛壯, 其氣昊大, 故曰昊天. 秋, 萬物成熟, 皆有文章, 故曰旻天. 冬, 陰氣在上, 萬物伏藏, 故曰上天.)”고 했음.

41 **奮劍之秋**(분검지추) : 분발하여 적군을 칼로 벨 시기.

42 **運籌**(운주) : 산가지를 놀리다. 곧 전쟁의 작전 계획을 세우는 것. 《사기 · 고조본기》에 “군대의 장막 가운데에서 산가지를 움직여 천리의 밖에서 승리를 결정짓는 것은 내가 장자방(張良)만 못하다(夫運籌策帷帳之中, 決勝於千里之外, 吾不如子房.)”고 했음.

43 **橫流**(횡류) : 강하를 범람하여 재난이 되는 것으로, 곧 오랑캐들이

반란을 일으킨 혼란스런 국면을 비유하였다. 《맹자 · 등문공》에 "요임금의 시대에는 세상이 아직 평온하지 못하였는데, 홍수가 역류하여 천하에 범람하였다(當堯之時, 天下猶未平. 洪水橫流, 泛濫於天下.)"라 했으며, 《문선》권36 부량(傅亮)의 〈송공을 위하여 장량의 사당을 수리하도록 시키다(爲宋公修張良廟敎)〉에서는 "항우를 평정하고 한나라를 안정시켜서 큰 재난을 구하였네(夷項定漢, 大拯橫流.)"라 했음.

44 **巨猾**(거활) : 매우 간악하고 교활한 사람, 혹은 거대한 간적(奸賊)으로, 여기서는 안록산을 가리킨다. 《문선》권3 장형(張衡)의 〈동경부〉에서 "거대한 간적이 틈을 타서, 몰래 신성한 기물을 농단하였다(巨猾間釁, 竊弄神器.)"고 하였으며, 이선은 주에서 "「거」는 왕망의 자가 거군임을 나타내고, 「활」은 교활한 것(巨, 王莽字巨君也. 猾, 狡也.)"이라 했음.

45 **神功**(신공) : 신성한 공훈. 큰 공과 위대한 업적.

46 **十亂**(십란) : 주나라 무왕(武王)의 정치를 보좌한 열 사람의 공신(功臣)으로, 주공단(周公旦) · 소공석(召公奭) · 태공망(太公望) · 필공(畢公) · 영공(榮公) · 태전(太顚) · 굉요(閎夭) · 산의생(散宜生) · 남궁괄(南宮适) · 문모(文母)를 가리킴.

47 **克昌**(극창) : 「克」은 능한 것이고, 「昌」은 창성한 것.

48 **四凶**(사흉) : 고대 요순시대의 흉악한 네 사람으로, 제홍씨(帝鴻氏) · 소호씨(少皞氏) · 전욱씨(顓頊氏) · 진운씨(縉雲氏)인데, 우순이 비로소 이들을 소멸시켰다고 하였으며, 또한 순임금 때 네 사람의 악인(惡人)인 공공(共工) · 환도(驩兜) · 삼묘(三苗) · 곤(鯀)이라고도 한다. 《서경 · 순전(舜典)》에 "순(舜)임금이 공공을 유주로 유배하고, 환두를 숭산으로 추방하고, 삼묘를 삼위로 내쫓고, 곤을 우산에서 죽이니, 네 죄인들이 처벌받자 천하가 모두 복속했다

(流共工于幽洲, 放驩兜于崇山, 竄三苗于三危, 殛鯀于羽山, 四罪而天下咸服.)"라 했음.

49 **元凶**(원흉) : 여기서는 반군의 수령인 안록산과 사사명을 가리킨다. 《송서(宋書)》에 "사나운 원흉을 제거하여 원수의 치욕을 조금이라도 덜고자 하네(志梟元凶, 少雪仇耻.)"라 했음.

50 **代有中季**(대유중계) : 「代」는 조대(朝代), 「中」은 중흥의 시기인 성세(盛世)이고, 「季」는 말운(末運)의 시기인 말세임. 《한서 · 곡영전(穀永傳)》에 "공덕에는 많고 적음이 있고, 기질에는 길고 짧음이 있으며, 시대에는 중흥과 말운이 있고, 천도에는 성함과 쇠함이 있습니다. 폐하께서는 8대의 공업을 계승하고 양수(9)의 말단을 만나셨습니다(功德有厚薄, 期質有修短, 時世有中季, 天道有盛衰. 陛下承八世之功業, 當陽數之標季.)"고 했음.

51 **漢當三七**(한당삼칠) : 전한(前漢) 210년. 《한서 · 곡영전(穀永傳)》에 "37(210년)의 절기를 건너다(涉三七之節紀.)"라 했는데, 맹강(孟康)은 주에서 "평제에 이르러 삼칠 210년의 액운을 만났는데, 지금이 그 절기에 이르렀다(至平帝乃三七二百十歲之厄, 今已涉向其節紀.)"라 하였으며, 또한 《송서(宋書) · 부서지(符瑞志)상》에 "한나라 원제와 성제시대에 도사가 말하기를 「참서에서 '삼칠에 적색 액운이 있다'고 했는데, 삼칠은 210년으로 외척의 찬탈이 있었다. 복이 삼육(18)에 끝나니 마땅히 용처럼 나는 유수(劉秀)가 있어 임금의 조상이 다시 흥성할 것이다」라 했다. 왕망이 한을 찬탈할 때 한이 건국한지 210년이었다. 왕망이 18년 만에 패하고 광무제가 일으켜 세웠다(漢元 · 成世, 道士言, 讖者云, 赤厄三七. 三七, 二百一十年, 有外戚之簒. 祚極三六, 當有龍飛之秀, 興復祖宗. 及莽簒漢, 漢二百一十年矣. 莽十八年而敗, 光武興焉.)"라 했음.

52 **莽**(망) : 왕망(王莽). 중국 전한 말 정치가이며, 「신(新)」나라(8~23)

왕조를 세운 건국자.

53 **赤伏再起**(적복재기) : 광무제 유수가 기병하여 한나라를 중흥한 것. 「赤伏」은 적복부(赤伏符)의 간칭. 《후한서》권1 〈광무제기〉에 "광무제가 앞서 장안에 있을 때, (광무제와) 같이 공부했던 강화(彊華)가 관중에서 적복부를 받들고 왔는데, 거기에는 「유수가 군사를 일으켜 무도한 자를 토벌하니 사방 오랑캐가 구름처럼 모여들어 용이 들판에서 싸우다가 28년째 되는 해에 화덕으로 군주가 되리라」라고 쓰여 있었다(光武先在長安時, 同舍生彊華自關中奉赤伏符曰, 劉秀發兵捕不道, 四夷雲集龍鬪野, 四七之際火爲主.)"라 하여, 광무제가 28세시 왕망을 뒤집고 한조를 회복한 것을 기록하고 있음.

54 **丕業終光**(비업종광) : 「丕業」은 큰 사업(大業)으로, 《사기 · 사마상여열전》에 "참으로 아름다운 일입니다. 천하의 장관이고 군왕의 대업으로 가벼이 여길 수 없는 일입니다(皇皇哉斯事, 天下之壯觀, 王者之丕業, 不可貶也.)"라 했음. 「終光」은 광복으로, 대업을 마침내 회복하는 것.

55 **勃然**(발연) : 분발하는 모양.

2-3

以臣料人事得失, 敢獻疑[56]於陛下。臣猶望愚夫千慮, 或冀一得[57]。

何(向)者[58], 賊臣楊國忠蔽塞天聰[59], 屠割黎庶, 女弟席寵[60], 傾國弄權[61]。九土泉貨[62], 盡歸其室[63]。怨氣上激[64], 水旱薦臻[65], 重罹暴亂, 百姓力屈[66]。即欲平殄螽賊[67], 恐難應期[68]。且圖萬

全之計[69], 以成一擧之策。

제가 인사(人事)의 득실을 헤아려 감히 폐하에게 의심되고 어려운 일에 대하여 계책을 바치고자 하오니, 신은 오히려 어리석은 사람이라도 천 번 생각에 하나의 수확이 있기를 바라고 있습니다.

지난번 사악한 신하인 양국충(楊國忠)은 천자의 총명을 가린 채 백성들을 도륙하였으며, 여동생 양귀비(楊貴妃)는 총애를 받아 권력을 마음대로 휘둘러 국가가 기울도록 하였습니다. 구주(九州)의 토지와 화폐들이 모두 그들의 사택으로 귀속되었고, 백성들의 원성이 비등하여 홍수와 가뭄이 거듭 일어났으며, 포악한 반란을 만나게 되어 백성들의 힘이 고갈되었습니다. 그래서 곡식을 갉아먹는 곤충과 백성들을 해치는 도적들을 평정하여 소멸시키려고 하지만, 기약에 부응하기 어려울 듯하여 아주 안전한 계획을 세워서 단번에 성공시킬 수 있는 책략(策略)을 만들도록 하겠습니다.

....

56 **獻疑**(헌의) : 의문을 제기하다. 의심되고 어려운 일에 대하여 계책을 바치는 것. 《열자 · 탕문(湯問)》에 "그 아내가 의심하며 말하기를, 당신 힘으로는 조그만 괴부(魁父)의 언덕 하나조차 파헤치기도 어려운데, 이 큰 태형산(太形山)과 왕옥산(王屋山)을 어떻게 옮기시렵니까?(其妻獻疑曰, 以君之力, 曾不能損魁父之丘. 如太形王屋何?)"라 하고, 장담(張湛)은 주에서 "「헌의」는 어려움에 부딪친 것이다(獻疑, 猶致難也.)"고 했음.

57 **愚夫千慮, 或冀一得**(우부천려, 혹기일득) : 어리석은 사람이 천 번 생각하여 한 가지라도 수확하기를 바라는 것. 《한서 · 회음후열전(淮陰侯列傳)》에 "광무군이 말하기를 「저는 지혜로운 자도 천번 생

각에 반드시 한번 실수하고, 어리석은 자도 천번 생각에 반드시 한번 얻는다고 들었습니다」(廣武君曰, 臣聞智者千慮, 必有一失, 愚者千慮, 必有一得.)"라 했음.

58 **何者**(하자) : 왕기는 마땅히 「向者(접때, 지난번)」로 쓰여야 한다고 했다.

59 **賊臣楊國忠蔽塞天聰**(적신양국충폐새천총) : 「楊國忠」은 당 현종때 양귀비의 6촌 오빠로서, 재상에 올라 국정을 농단한 결과 안사란이 일어나게 한 장본인. 「天聰」은 제왕이 총명하게 보고 듣는 말을 칭송한 것으로, 조식(曹植)의 〈구통친친표(求通親親表)〉에 "폐하께서는 총명을 빼어나게 발휘하시어 신(神)처럼 들으시기를 바랍니다(冀陛下儻發天聰而垂神聽也.)"라 했음.

60 **女弟席寵**(여제석총) : 「女弟」는 양귀비를 가리키는데, 《구당서 · 양국축전(楊國忠傳)》에 "태진왕비는 양국충의 종조(6촌) 누이동생이다(太眞妃卽國忠從祖妹也.)"라고 했음. 「席寵」은 총애를 받는 것으로, 《상서 · 필명(畢命)》에 "이에 은(殷)나라의 여러 선비들이 총애를 받음이 오래되었다(茲殷庶士, 席寵惟舊.)"라 하고 공안국(孔安國)은 전(傳)에서 "총애받은 날이 오래되었다(居寵日久.)"고 했으며, 공영달은 소(疏)에서 "「석」은 사람이 있는 곳으로, 그 자리를 차지하고 있다는 뜻(席者, 人之所處, 故位居之義.)"이라고 했다.

61 **傾國弄權**(경국농권) : 양씨 일문이 큰 권력을 독점한 것. 「傾國」은 미인인 양귀비(楊貴妃)를 가리키기도 하고, 또 국가를 기울게 전복시킨다는 뜻도 있는 쌍관어(雙關語)임. 《당서 · 양태진외전(楊太眞外傳)》상권에 "양씨의 권력은 천하를 기울게 할 정도였으니, 매번 청탁할 일이 있으면 대 · 성 · 부 · 현에서는 임금의 조서를 받드는 것 같았다. 사방의 기이한 재화와 어린 종 · 낙타와 말 등을 날마다 그의 집안으로 실어 날랐다(楊氏權傾天下, 每有囑請, 臺省府縣,

若奉詔勅. 四方奇貨, 童僕駝馬, 日輸其門.)"고 했음.

62 **九土泉貨**(구토천화) : 「九土」는 구주의 토지로, 전국 각 지역을 가리키며 지극히 많은 것. 「泉貨」는 천폐(泉幣)와 화물로, 「泉」은 고대 화폐의 명칭. 《주례(周禮)·지관서(地官序)》천부주(泉府注)에 "정사농이 말하기를, 옛날에는 천(泉)이라고 썼으며 혹은 전(錢)이라고도 했다(鄭司農云, 故書泉, 或作錢.)"라 하고, 소(疏)에서 "풀어서 말하면, 「泉」과 「錢」은 옛날과 지금의 다른 이름이다(釋曰, 泉與錢, 古今異名.)"라고 했음.

63 **其室**(기실) : 양국충의 사택.

64 **怨氣上激**(원기상격) : 백성들의 원성이 비등한 것을 말함.

65 **水旱荐臻**(수한천진) : 홍수와 가뭄이 번갈아 가며 일어난 것. 《자치통감(資治通鑑)》에 "천보 13년(754), 지난해부터 홍수와 가뭄이 계속이어져 관중지방이 크게 굶주렸다(天寶十三載, 自去歲水旱相繼, 關中大饑.)"는 기록이 있음. 「荐臻」은 계속해서 거듭 일어나는 것으로, 해마다 재난이 끊이지 않는 것. 《시경·대아·운한(雲漢)》에 "지금 사람들이 무슨 허물이 있어서, 하늘이 재난을 내리고 기근이 연이어 일어나는가(何辜今之人, 天降喪亂, 饑饉荐臻.)"라 하고, 정전(鄭箋)에 "멸망의 길로 가는 가뭄과 재난, 기근의 폐해가 거듭해서 이르는 것이다(旱災亡亂之道, 饑饉之害, 復重至也.)"라고 했음.

66 **百姓力屈**(백성역굴) : 백성들의 물력과 재력, 인력이 고갈된 것.

67 **平殄蝥賊**(평진모적) : 「平殄」은 평정하여 소멸시키는 것, 「蝥」는 곡식의 뿌리와 싹을 갉아먹는 곤충, 「賊」은 백성들을 해치는 도적의 비유. 《좌전》성공(成公) 13년에 "해충과 도적이 나타난 이후, 우리 변경이 심하게 흔들렸다(率我蝥賊以來, 搖蕩我邊疆.)"고 하였으며, 두예(杜預) 주에 "「모적」은 벼이삭을 갉아 먹는 벌레이름(蝥賊, 食禾稼蟲名.)"이라고 하였음. 여기서는 안사의 반란군을 가리킨다.

68 應期(응기) : 시기에 따르는 것.

69 萬全之計(만전지계) : 모든 조건과 가능성을 십분 고려한 아주 안전한 계책이나 꾀를 의미하는 말로, 춘추전국시대 정나라 장공(鄭莊公)이 책사인 제족(祭足)의 탁월한 계략을 이같이 극찬했음.

2-4

今自河以北, 爲胡所凌[70], 自河之南, 孤城四壘[71]。大盜蠶食[72], 割爲洪溝[73], 宇宙嶢屼[74], 昭然可睹。

臣伏見金陵舊都[75], 地稱天險[76]。龍盤虎踞[77], 開扃[78]自然。六代皇居[79], 五福[80]斯在。雄圖霸跡, 隱軫由存[81]。咽喉控帶[82], 縈錯如繡[83]。天下衣冠[84]士庶, 避地東吳, 永嘉南遷[85], 未盛於此。

지금 황하(黃河) 이북은 오랑캐에게 침략당하고, 황하 이남은 외로운 성과 사방 교외에 보루(堡壘)만 남았습니다. 큰 도적들이 국토를 갉아 먹어 홍구(洪溝)를 분계선으로 차지하고 있으니, 온 세상의 불안한 상황을 분명하게 볼 수 있습니다.

신이 엎드려 살펴보니 옛 수도인 금릉(金陵)은 천연적으로 험요(險要)한 지세를 가졌으며, 용이 서리고 호랑이가 걸터앉아 있는 형상으로 여닫는 것을 자연스럽게 하고 있습니다. 여섯 왕조의 황제가 거주하였으며 다섯 가지 복이 이곳에 있으니, 웅장한 계획과 패왕(霸王)의 흔적이 아직도 성대한 모습으로 남아있습니다. 금릉의 지세는 목구멍과 같아 통제하기 쉬우며, 물이 감싸고 있어 수놓은 비단이 둘러 싼 모습입니다. 천하의 벼슬아치와 백성들이 동오(東

吳)로 피난하니, 영가(永嘉)시기에 남쪽으로 천도(遷都)할 때도 이보다 성하지 않았습니다.

....

70 **凌**(능) : 「陵」과 통하며, 침범, 짓밟는다(踐踏)는 뜻. 굴원의 《구가(九歌) · 국상(國殤)》에 "(적군이) 우리 진지를 능멸하고 우리의 행렬을 짓밟았네(凌余陣兮躐余行.)"라 했음.

71 **四壘**(사루) : 사방 교외에 쌓아 놓은 보루(堡壘). 《예기 · 곡례(曲禮)상》에 "사방 성밖에 보루가 많으니, 이것은 경 · 대부들의 수치이다(四郊多壘, 此卿大夫之辱也.)"라 하고, 정현(鄭玄)은 주에서 "「루」는 군진(壘, 軍壘.)"이라고 했음.

72 **大盜蠶食**(대도잠식) : 「大盜」는 안록산의 반군 무리들이고, 「蠶食」은 누에가 뽕을 갉아 먹는 것인데, 여기서는 국토를 갉아 먹는 것을 말함. 《시경 · 위풍(魏風) · 석서(碩鼠)》서(序)에서 "석서는 과중하게 세금을 거두는 것을 풍자한 것이다. 국민들이 누에가 뽕잎을 먹듯이 백성에게서 과중하게 세금을 거둬들이는 군주를 풍자한 것이다(碩鼠, 刺重斂也. 國人, 刺其君重斂, 蠶食於民.)"라 하고, 공영달(孔穎達)은 《모시정의(毛詩正義)》에서 "「잠식」이란 것은 누에가 뽕을 먹는데 조금씩 먹어 들어가다가 뽕잎 전체를 다 먹어 치우는 것(蠶食者, 蠶之食桑, 漸漸以食, 使桑盡也.)"이라 했음.

73 **洪溝**(홍구) : 홍구(鴻溝)와 같으며, 하남성 형양(滎陽) 동남쪽에 있는 옛 운하(運河). 항우와 유방이 서로 천하를 쟁패할 때 양군이 서로 이곳을 경계로 임시 분계선으로 삼았는데, 여기서는 황하를 쌍방의 경계선으로 삼아 잠시 인정한 것을 비유하였다. 《사기 · 항우본기(項羽本紀)》에 "항우는 한나라와 천하를 둘로 나누기로 하고, 홍구를 쪼개어 서쪽을 한나라가 동쪽을 초나라가 차지하기로

약속하였다(項王乃與漢約, 中分天下, 割鴻溝以西者爲漢, 鴻溝而東者爲楚.)"고 했음.

74 **宇宙嶢屼**(우주얼올) : 「宇宙」는 온 세상이고, 「嶢屼」은 위태롭고 불안한 모습.

75 **金陵舊都**(금릉구도) : 금릉은 지금의 남경(南京)으로, 옛날에는 건업(建業), 건강(建康), 백하(白下) 등으로 불렀으며, 육조가 이곳에 도읍을 정했으므로 옛 수도라 칭하였다.

76 **天險**(천험) : 천연적으로 지세가 험요(險要)한 것, 곧 험하여 방어하기에 좋은 지역.

77 **龍盤虎踞**(용반호거) : 「盤」은 서리다는 뜻의 반(蟠)이라고도 씀. 송(宋)나라 때 간행된 역사 지리서인 《육조사적편류(六朝事跡編類)》에서 금릉의 지세를 묘사하면서 제갈량(諸葛亮)의 말을 인용하여, "종부(鐘阜)는 용이 서린 듯한 모습이고 석성(石城)은 호랑이가 걸터앉아 있는 형상으로, 제왕이 거처할 만한 곳이다(鐘阜龍盤, 石城虎踞, 帝王之宅也.)"라고 하였음.

78 **開扃**(개경) : 열고 닫는 것. 「扃」은 창문 위에 있는 빗장.

79 **六代皇居**(육대황거) : 오(吳), 동진(東晉), 송(宋), 제(齊), 양(梁), 진(陳)의 여섯 나라의 황제가 금릉을 수도로 삼고 거주하였음.

80 **五福**(오복) : 《서경 · 주서(周書) · 홍범(洪範)》에서 오복은 수(壽), 부(富), 강녕(康寧), 유호덕(攸好德), 고종명(考終命)의 다섯 가지라고 하였으며, 공전(孔傳)에서 유호덕(攸好德)은 "복덕의 도리를 좋아하는 것(所好者福德之道.)"이라 하고, 고종명(考終命)은 "각자의 길고 짧은 수명에 따라 종말을 맞이하되, 젊어서 죽지 않는 것이다(各成其長短之命以自終, 不橫夭.)"고 했음.

81 **隱軫由存**(은진유존) : 「隱軫」은 「은진(殷賑)」과 통하여 번성하고 넉넉(富饒)한 모양. 송 사령운(謝靈運)의 〈동쪽 길로 들어가며(入

東道路〉시에 "성대한 마을들이 빽빽하고, 아득한 강과 바다가 멀리 있구나(隱軫邑里密, 緬邈江海遼.)"라고 읊었다. 「由存」은 「유존(猶存)」으로, 아직도 남아있는 것.

82 **咽喉控帶**(인후공대) : 「咽喉」는 금릉의 지세가 험요하여 사람의 목구멍과 같음을 비유하고, 「控帶」는 「공요(控繞)」와 같으며 통제하는 것으로, 강남 일대를 제어하다는 뜻.

83 **縈錯如繡**(영착여수) : 「縈」은 물이 안아 둘러 흐르는 모양이고, 「錯」은 산이 고리같이 감싸고 있는 모양으로, 지형이 서로 교차하면서 수놓은 그림처럼 감싸고 있음을 형용한 것. 《사기 · 범휴채택열전(范睢蔡澤列傳)》에 "진(秦)과 한(韓)나라의 지형이 서로 수놓은 그림같이 감싸고 있다(秦韓之地形, 相錯如繡.)"고 했음.

84 **衣冠**(의관) : 관직에 있는 사람의 비유.

85 **永嘉南遷**(영가남천) : 영가는 서진(西晉) 회제(懷帝; 307-312재위)의 연호. 영가 5년(311), 전조(前趙)의 흉노족 군주인 유요(劉曜; 318-329 재위)가 낙양을 함락시키고 회제를 포로로 잡자 중원의 사대부들이 강남으로 피난하였는데, 이때 죽은 관료와 백성들이 3만 명이었다고 한다. 이를 사서(史書)에서는 「영가의 난」이라고 부르는데, 천보 15년(756)에 발발한 안록산의 난도 이와 정황이 비슷하였다. 《송서(宋書)》에 "진 영가대란 때 유주, 기주, 청주, 병주, 연주와 서주지역의 회수(淮水) 북쪽에 있는 유민들이 서로를 이끌고 회수를 건넜으며, 또 강 왼편 진릉군의 경계를 넘은 자들도 있었다(晉永嘉大亂, 幽冀青并兗州及徐州之淮北, 流民相率過淮, 亦有過江左晉陵郡界者.)"고 했음.

2-5

臣又聞湯及盤庚, 五遷其邑[86], 典謨訓誥[87], 不以爲非, 衛文徙居楚丘[88], 風人流詠[89]。

伏惟陛下因萬人之蕩析[90], 乘六合之譸張[91], 去扶風萬有一危[92]之近邦, 就金陵太山必安之成策[93]。苟利於物[94], 斷在宸衷[95]。

저는 또 은(殷)나라 탕왕(湯王)부터 반경(盤庚)까지 다섯 차례나 그 수도를 옮겼다고 쓴 서경의 전(典)·모(謨)와 훈(訓)·고(誥) 편이 잘못 전한 것이 아니며, 위(衛)나라 문공(文公)이 이 초구(楚丘)로 옮겨와 살면서 풍류 문인들이 노래했던 장소였다고 들었습니다.

지금 폐하의 백성들이 흩어져 살면서 천하 사방이 횡포에 놀라 두려워하고 있으니, 지극히 위험한 곳에서 가까운 부풍(扶風)을 떠나 태산처럼 안정된 금릉으로 옮겨오시면 반드시 고명한 계책이 될 것입니다. 진실로 만물에 유리하오니, 천도(遷都) 결정은 폐하의 복심에 달려있습니다.

....

86 **湯及盤庚, 五遷其邑**(탕급반경, 오천기읍) : 은나라 탕왕(湯王)과 반경(盤庚)이 도읍을 다섯 차례 옮긴 것. 《서경·반경·서(序)》에 "탕은 다섯 번 옮겨 박을 다스렸다(盤庚五遷, 將治亳.)"라 하고, 공안국전(孔傳)에도 "탕 임금부터 반경에 이르기까지 도읍을 다섯 차례 옮겼다(自湯至盤庚, 凡五遷都.)"고 하였다. 《사기·은본기(殷本紀)》에서도 "반경 임금 때 은은 이미 하북에 도읍했는데, 반경은 다시 하남으로 옮겨 성탕(成湯)의 옛 도읍에 거주하려고 하였으니, 이미 다섯 차례나 천도하면서 정해진 거처가 없었다. 은나라 백성들은 모두 탄식하고 원망하면서 옮기려고 하지 않았다. 반경이 이에

제후와 신하들에게 알려 깨우쳐주며 말하기를, 「옛날 태조인 성탕은 여러분의 조상과 함께 천하를 평정하였고, 그들이 정한 법도와 원칙으로 다스렸다. 이런 좋은 것들을 버리고 실현에 힘쓰지 않으면 무엇으로써 덕치를 이루겠는가!」하였다. 이에 드디어 황하 남쪽으로 건너와서 박(亳) 지역을 정돈하고 탕(湯)의 정치를 실행하였으며, 그런 연후에 백성들은 평안하게 되었고, 은나라의 도덕이 다시 흥성하였다(帝盤庚之時, 殷已都河北, 盤庚渡河南, 復居成湯之故居, 迺五遷, 無定處. 殷民咨胥皆怨, 不欲徙. 盤庚乃告諭諸侯大臣曰, 昔高后成湯與爾之先祖俱定天下, 法則可修. 舍而弗勉, 何以成德! 乃遂涉河南, 治亳, 行湯之政, 然後百姓由寧, 殷道復興.)"라 하고, 장수절(張守節)은 정의(正義)에서 "탕은 남박(南亳)에서 서박으로, 중정은 오(隞)로, 하단갑은 상(相)으로, 조을은 경(耿)으로, 반경은 도하하여 남쪽 서박으로 옮겼으니, 이것이 다섯 번 천도한 것이다(湯自南亳遷西亳, 仲丁遷隞, 河亶甲居相, 祖乙居耿, 盤庚渡河, 南居西亳, 是五遷也.)"라 했음.

87 **典謨訓誥**(전모훈고) : 여기서는 오경의 하나인 《서경》을 가리킴. 「典謨訓誥」*는 《서경》 중 〈요전(堯典)〉·〈대우모(大禹謨)〉·〈탕고(湯誥)〉·〈이훈(伊訓)〉등으로, 《서경》 전체를 대표해서 부르는 말.

88 **衛文徙居楚丘**(위문사거초구) : 《시경 · 용풍(鄘風) · 정지방중(定之方中)》편의 모서(毛序)에 "〈정지방중〉은 위나라 문공을 찬미한 시이다. 위나라가 오랑캐에게 침략 당하자 동쪽으로 옮겨 황하를 건너 조읍(漕邑)의 들판에 머물렀는데, 제나라 환공이 오랑캐를 무찌르고 다시 위나라를 봉해 주었다. 문공이 초구로 옮겨와 살면서 비로소 도읍과 거리를 세우고 궁실을 세워 경영하였는데, 때와 제도에

---

* 「典」은 법칙, 「謨」는 꾀(謀劃), 「訓」은 교도(敎導), 「誥」는 고계(誥誡)임.

맞도록 하니 백성들이 기뻐하였으며 나라가 번성하고 부유하게 되었다(定之方中, 美衛文公也. 衛爲狄所滅, 東徙渡河, 野處漕邑, 齊桓公攘戎狄而封之, 文公徙居楚丘, 始建城市而營宮室, 得其時制, 百姓悅之, 國家殷富焉.)" 고 했음.

89 **風人流詠**(풍인류영) : 「風人」은 시인으로, 문인들이 운율(韻律)을 남긴다는 뜻. 금릉은 역대 문인들이 모여서 노래한 장소였다.

90 **蕩析**(탕석) : 「蕩散」과 같은 말로, 망하여 집을 떠나 뿔뿔이 흩어져 없어지는 것(動蕩離散). 《서경 · 반경하(盤庚下)》에 "지금 나의 백성이 망하여 흩어져 떨어져 사니, 안정되지 않음이 지극하구나(今我民用蕩析離居, 罔有定極.)"라고 했음.

91 **六合之譸張**(육합지주장) : 「六合」은 천지사방. 「譸張」은 횡포를 부린다는 뜻의 「주장(輈張)」과 통하는 말로 놀라서 두려워하는 모양. 유곤(劉琨)의 〈답노담서(答盧諶書)〉에 "스스로 「주장」에 빠지고, 역풍에 곤란을 당하였다(自頃輈張, 困於逆風.)"라 하고, 이선은 주에서 "「주장」은 놀라고 두려워하는 모양(輈張, 驚懼之貌也.)"이라고 했다.

92 **去扶風萬有一危**(거부풍만유일위) : 「去」는 떠나는 것, 「萬有一危」은 지극히 위험한 것.

93 **就金陵太山必安之成策**(취금릉태산필안지성책) : 「就」는 가까운 데로 옮기는 것. 「太山」은 태산(泰山)으로 안정과 견고함을 상징한 것이며, 「成策」은 고명한 계책으로 오래도록 이익이 되는 책략.

94 **苟利於物**(구리어물) : 「苟」는 가설하는 말로 '만일'이고. 「利於物」은 '만물에 유리하다'는 말. 《주역 · 건괘(乾卦)》에 "사물을 이롭게 하여 의로움과 조화를 이루게 한다(利物足以和義.)"라 하고, 공영달은 《정의》에서 "「이(利)」는 의로움과 조화를 이루는 것으로, 하늘은 만물을 이익되게 하여 물건들이 각자의 마땅함을 얻어 함께 조화됨을 말한

것(利者, 義之和者, 言天能利益庶物, 使物各得其宜而和同也.)"이 라 했음.

95 斷在宸衷(단재신충) : 금릉으로의 천도 결정은 제왕의 내심에 달려 있다는 말. 「斷」은 결정, 판단. 「宸」은 제왕을 대신 부르는 말이고, 「衷」은 속마음. 《위서(魏書) · 왕춘전(王椿傳)》에 "제왕의 간절한 마음이 조칙에 갖추어져 있다(宸衷懇切, 備在綵綸.)"고 있음.

2-6

況齒革羽毛[96]之所生, 楩楠豫章[97]之所出, 元龜大貝[98], 充物[99]其中, 銀坑鐵冶[100], 連綿相屬[101]。剗銅陵爲金穴[102], 煮海水爲鹽山[103]。以征則兵強, 以守則國富[104]。橫制八極[105], 克復兩京[106], 俗畜來蘇之歡, 人多徯后之望[107]。

陛下西以峨嵋爲壁壘[108], 東以滄海爲溝池[109], 守海陵之倉, 獵長洲之苑[110]。雖上林五柞[111], 復何加焉? 上皇居天帝運昌之都[112], 儲精[113]眞一之境[114]。有虞則北閉劍閣, 南扃瞿塘[115], 蚩尤共工[116], 五兵莫向[117], 二聖高枕[118], 人何憂哉? 飛章問安[119], 往復巴峽[120], 朝發白帝, 暮宿江陵[121], 首尾相應[122], 率然之擧[123]。

不勝屛營[124]瞻雲望日[125]之至。謹先奉表陳情[126]以聞。

더욱이 금릉지역에는 상아와 짐승 가죽과 새의 깃털이 나오고, 경(楩) · 남(楠) · 예장(豫章) 같은 목재들이 생산되고 있으며, 큰 거북과 조개들이 그 가운데 가득하고, 은광(銀鑛)에서는 강철 야련(冶鍊) 작업이 계속 이어지고 있습니다. 구리가 나오는 산릉(山陵)을 깎아 금맥을 찾고 바닷물을 달여서 소금을 만드는데, 이들을 기반으로 전쟁을 하면 군대가 강해지고 국가를 부유하게 다스릴 수 있을 것입니다. 전국을 종횡으로 통제하여 두 서울(長安과 洛陽)을 수복할 수 있으니, 세상에서는 조국이 되살아난 기쁜 소식 듣기를 기대하고 군왕께서 이곳으로 오시기를 많은 사람이 희망할 것입니다.

폐하께서는 서쪽으로는 아미산(峨眉山)을 군사 진지로 삼고, 동쪽으로는 푸른 바다를 방어하는 해자(垓字) 못으로 삼으면, 해릉(海陵)의 양식창고를 지킬 수 있고 오 땅 장주(長洲)의 궁원에서 사냥하실 수 있으니, 장안의 상림원(上林苑)과 부풍의 오작궁(五柞宮)에서 더 머무르실 필요가 있겠습니까? 상황께서는 천제가 복을 내려준 도읍인 성도(成都)에 계시면서 도교의 선경(仙境)으로 정성스럽게 가꾸셨습니다. 근심되는 일이 있을 때는 북쪽 검문관(劍門關)을 폐쇄하고 남쪽 구당협(瞿塘峽)을 봉쇄시킨다면 치우(蚩尤)와 공공(共工)의 다섯 병장기로도 감히 공격하지 못할 것이니, 두 성상(聖上)*께서는 베개를 높이 벨 수 있을 뿐만 아니라 백성들도 무슨 근심이 있겠습니까? 날아다니듯 신속한 문서로 파협(巴峽)을 왕래하면서 문후(問候)를 여쭐 수 있고, 아침에 백제성(白帝城)을 출발하여 저녁에는 강릉(江陵)에서 잠잘 수 있을 것이니, 머리**와 꼬리***가 서로 호응하는 솔연(率然)이란 뱀의 용병술(用兵術)과 같습니다.

황송함을 이기지 못하며 가뭄에 구름을 바라고 장마에 해를 바라듯, 삼가 먼저 표(表)를 올려 충정(衷情)으로 아뢰옵니다.

---

* 현종과 숙종

** 촉중에 있는 현종

*** 금릉에 있는 숙종

....

96 **齒革羽毛**(치혁우모) : 「齒」는 상아(象牙), 「革」은 짐승의 가죽, 「羽毛」는 깃과 털로, 모두 야외에서 나오는 것을 가리킨다. 《서경 · 우공(禹貢)》에 "양주(揚州)에서는 치혁 · 우 · 모와 나무를 공물로 바쳤다(揚州厥貢齒革羽毛惟木.)"라 했는데, 공안국은 전에서 "「치」는 상아, 「혁」은 코뿔소의 가죽, 「우」는 새의 깃털 장식, 「모」는 긴 털을 가진 소꼬리, 「목」은 경 · 남 · 예장이다(齒, 象牙, 革, 犀皮, 羽, 鳥羽, 毛, 旄牛尾, 木, 楩楠豫章.)"라고 했음.

97 **楩楠豫章**(편남예장) : 모두 진귀한 목재로서 숲에서 생산되는 것을 가리킨다. 《서경 · 우공(禹貢)》편의 공영달 《정의(正義)》에 "편 · 재 · 예장이란 세 가지 나무는 양주에서 생산되는 훌륭한 목재이므로 이들을 예로 들어서 말했는데, 공물로 바치는 목재는 이들에 그치지 않았을 것(楩梓豫章此三者是揚州美木, 故傳擧以言之, 所貢之木, 不止於此.)"이라고 하였음.

98 **元龜大貝**(원구대패) : 「元龜」는 큰 거북. 「貝」는 껍질(貝殼)이 있는 대합 · 조개 등으로, 상고시대에는 보배로운 폐물로 여겼다. 《상서 · 대우모》에 "짐의 뜻이 먼저 결정되고나서, 나중에 큰 거북에게 명하였다(惟先蔽志, 昆命于元龜.)"고 했으며, 또 한나라 초 복생(伏生; 伏勝)이 지은 《상서대전(尙書大傳)》에 "문왕이 유리(羑里)에 갇히자 산의생(散宜生)은 수레크기만한 큰 조개를 잡아 주왕(紂王)에게 바쳤다(文王囚于羑里, 散宜生得大貝如車渠, 以獻紂.)"라 했다. 또한 《백호통의(白虎通義) · 봉선(封禪)》에서는 "황하(黃河)에서 용마가 그림을 가지고 나오고, 낙수(洛水)에서 거북 등에 쓴 글이 나왔으며, 강에서 큰 조개가 나오고 바다에서 빛나는 진주가 나왔다(河出龍圖, 洛出龜書, 江出大貝, 海出明珠.)"고 했음.

99 **充牣**(충인) : 충만한 것. 수량이 많은 것. 사마상여의 〈자허부(子虛賦)〉에 “다른 지방의 특수한 온갖 물건들과 진기하고 기이한 조수들이 여러 가지 물고기들과 모여 그 가운데 가득차서 헤아릴 수 없이 많구나(異方殊類, 珍怪鳥獸, 萬端鱗崪, 充牣其中, 不可勝記.)”라 하고, 이선은 주에서 《광아(廣雅)》를 인용하여 “충과 인은 가득한 것(充 · 牣, 滿也.)”이라 했음.

100 **銀坑鐵冶**(은갱철야) : 은광(銀鑛)과 강철(鋼鐵)을 야련(冶鍊)하는 것. 금릉 일대에는 무수한 금 · 은 · 동 · 철 등이 생산되어 야련하는 곳이 많음을 말한 것임*.

101 **相屬**(상속) : 서로 잇달아 이어지는 것.

102 **剗銅陵爲金穴**(잔동릉위금혈) : 왕기는 주에서 「剗」는 깎는 것(鏟)이고, 「銅陵」은 구리광이 나오는 산이며, 「金穴」은 「금굴(金窟)」 곧 금이 묻혀 있는 굴이라고 하였음. 구리가 나오는 산을 평평하게 깎아 금이 나오는 굴로 만드는 것이다.

103 **煮海水爲鹽山**(자해수위염산) : 강동은 바다와 가깝기때문에 해수를 달여서 소금산을 만든 것을 말한다. 《한서 · 오왕비전(吳王濞傳)》에 “오 땅의 예장군에 구리 산이 있는데, 천하의 망명자들을 불러들여 몰래 돈을 주조하도록 하고, 동쪽 바닷물을 달여서 소금을 만들었다(吳有豫章郡銅山, 即招致天下亡命者盜鑄錢, 東煮海水爲鹽.)”는 기록이 있음.

104 **以征則兵强, 以守則國富**(이정즉병강, 이수즉국부) : 이상의 풍부한 자원 등의 유리한 조건을 기반으로 전쟁에서는 군대가 강해지고 국가를 부유하게 지킬 수 있다는 말임. 「以」는 ‘의지하다’ ‘기반으로 하다’는 개사로, 뒤에 「之」가 생략되었다.

---

* 《신당서 · 지리지(地理志)5》회남도 양주편 참조

105 **橫制八極**(횡제팔극) : 「橫制」는 「종횡통제(縱橫統制)」의 준말이며, 「八極」은 팔방의 끝으로 전국을 가리킴.

106 **克復兩京**(극복양경) : 반란군들이 점령한 장안과 낙양을 돌격하여 수복하는 것.

107 **俗畜來蘇之歡, 人多徯后之望**(속축래소지환, 인다혜후지망) : 「俗」은 세속인, 「畜」은 저축, 축적, 「蘇」는 회복, 다시 살아나는 것. 「徯」는 기다리다, 「后」는 군왕. 여기서는 세상 사람들은 조국이 되살아났다는 기쁜 소식 듣기를 바라는 기대와 많은 사람이 군왕께서 이곳으로 오시기를 희망함을 말한 것이다. 《서경 · 중훼지고(仲虺之誥)》에 "처음 갈(葛) 땅부터 정벌을 시작하였는데, 동쪽을 정벌하면 서쪽 오랑캐들이 원망하고 남쪽을 정벌하면 북쪽 오랑캐들이 원망하면서, 「어째서 우리만을 뒤로 미루시는가」라고 말했습니다. 가는 곳의 백성들은 온 집안이 서로 경축하며 이르기를 「우리 임금님을 기다리고 있었는데 이제야 오셔서 우리를 다시 살려 주셨다」고 하였습니다(初征自葛, 東征西夷怨, 南征北狄怨, 曰奚獨後予. 攸徂之民, 室家相慶, 曰徯予后, 后來其蘇.)"라 하고, 공전(孔傳)에서는 "탕왕이 가는 곳에는 백성들이 모두 기뻐하면서 「우리 왕이 오시기를 기다리세, 다시 살아 날 수 있다네」고 말하였다(湯所往之, 民皆喜曰, 待我君來, 其可蘇息.)"라 했음.

108 **峨嵋爲壁壘**(아미위벽루) : 「峨嵋」는 아미산으로 촉(蜀)땅을 대신 가리키며, 「壁壘」는 군사진지.

109 **溝池**(구지) : 천연적인 방어 해자(垓字) 연못.

110 **守海陵之倉, 獵長洲之苑**(수해릉지창, 엽장주지원) : 「海陵」은 오나라 태창(太倉)에 있는 현 이름으로, 지금의 강소성 태주시(泰州市)이며, 「海陵之倉」은 원래는 오왕 유비(劉濞)의 양식창고로 바다 가운데 있는 산릉위에 세웠음. 「長洲之苑」은 오나라 궁원으로

소주 고소대 남쪽 태호(太湖)의 북쪽 언덕에 있는 수렵하기 좋은 장소로, 조조(曹操)가 일찍이 이곳을 칭찬한바 있으며, 지금의 강소성 소주시(蘇州市)에 있다. 《한서 · 매승전(梅乘傳)》에 "곡식을 서쪽으로 운반하는데 육로로 계속 가고 수로로도 강에 가득하지만, 해릉(海陵)의 창고만큼 많지 않았다네. 상림원을 수리하여 이궁(離宮)으로 삼고 즐길 거리를 모아놓아 날짐승과 길짐승을 잡아 가두었지만, 장주(長洲)의 궁원만큼 못하구나(轉粟西鄕, 陸行不絶, 水行滿河, 不如海陵之倉. 修治上林, 雜以離宮, 積聚玩好, 圈守禽獸, 不如長洲之苑.)"라는 기록이 있음. 금릉 근처에 있는 해릉의 창고에서 양식이 풍부하게 생산될 뿐만 아니라 장주의 동산이 현재 수도인 장안의 궁원보다 우수함을 말한 것이다.

111 **上林五柞**(상림오작) : 「上林」은 상림원(上林苑)으로 한나라 때 장안에 있던 천자의 궁원이며, 「五柞」은 오작궁(五柞宮)으로 부풍(扶風)에 있던 한나라 이궁(離宮)이다*.

112 **上皇居天帝運昌之都**(상황거천제운창지도) : 「上皇」은 현종을 가리키며, 당시 숙종이 이미 황제라 칭제하였으므로 현종을 높여 태상황으로 불렀음. 「天帝」는 옥황상제(玉皇上帝)이고, 「運昌之都」는 천제가 내려준 복운이 창성한 도읍으로 민산(岷山)지역의 성도(成都)를 말한다. 좌사(左思)의 〈촉도부(蜀都賦)〉에 "멀리 민산의 정기를 받고 위로는 정성(井星)과 이어져서, 천제의 복운과 만나 창성을 기약할 것이네(遠則岷山之精, 上爲井絡, 天帝運期而會昌.)"라 했음.

113 **儲精**(저정) : 정성스럽게 가꾸는 것. 《문선》권7 양웅(揚雄)의 〈감천부(甘泉賦)〉에 "정성껏 쌓아서 은혜를 받는다(儲精垂恩.)"라 하

---

* 상림원(上林苑)과 오작궁(五柞宮)은 대렵부에 자세히 나옴.

고, 이선은 주에서 “쌓는 것을 정성스럽게 하여 신이 은혜를 내려 주도록 바람을 말한 것(言儲畜精誠, 冀神垂恩也.)”이라고 했음.

114 **眞一之境**(진일지경) : 촉 땅에 대해 도교의 선경임을 칭찬한 것. 「眞一」은 도교에서 쓰는 명사(名詞)로, 본래는 본성을 지키면서 아무것도 하지 않는 자연스러운 것을 말하지만, 후에는 양생(養生)의 방법을 가리켰다. 양곡(楊谷)의 〈수도기(修道記)〉에 “황제는 천황의 진일지경을 보고 해결하지 못한 채 사방을 두루 떠돌아 다니다가, 아미산에서 황인을 알현하고 진일지도에 대하여 물었다(黃帝見天皇眞一之境而不決, 遂周流四方, 謁皇人于峨眉山, 而問眞一之道.)”고 하였다. 또한 《포박자 · 내편 · 지진(地眞)》에 “옛날 황제는 아미산으로 가서 천진황인을 옥당에서 뵙고 진일지도에 대하여 물었다. 황인이 말하기를, 「그대는 이미 사해의 임금이 되었는데 다시 장생을 구한다면 탐욕이 아니겠는가? 그 핵심을 다 말할 수는 없지만 대략 한 부분만 얘기하겠네. 장생 신선술은 오로지 금단(金丹)에 있는데, 형체를 지키고 추한 것을 버려서 홀로 진일(眞一)함을 지닐 수 있으므로 고인들이 더욱 중시하였다네」라고 말했다(昔黃帝 …… 到峨眉山, 見天眞皇人於玉堂, 請問眞一之道. 皇人曰, 子既君四海, 欲復求長生, 不亦貪乎? 其相覈不可具說, 粗舉一隅耳. 夫長生仙方, 則唯有金丹, 守形卻惡, 則獨有眞一, 故古人尤重也.)”는 기록이 있음.

115 **有虞則北閉劍閣, 南扃瞿塘**(유우즉북폐검각, 남경구당) : 「虞」는 우환, 환란, 「劍閣」은 검문관(劍門關). 「扃」은 본래 바깥쪽으로 잠그는 빗장인데, 여기서는 동사로 관문을 봉쇄한다는 말이다. 「瞿塘」은 촉 땅의 동남쪽 문호(門戶)로 삼협(三峽)의 하나. 이 두 구에서는 나라에 우환이 되는 일이 일어나면 북쪽으로는 검문관을 폐쇄하고 남쪽으로는 구당협을 봉쇄하는 것을 말함.

116 **蚩尤共工**(치우공공) : 「蚩尤」는 고대 중국 동쪽 부족의 수령으로, 황제(黃帝)와 맞서 싸우다 패했다는 신화 속의 인물. 《사기 · 오제본기(五帝本紀)》에 "치우가 난을 일으키면서 황제의 명령도 듣지 않았다. 그래서 황제는 제후들의 군사를 징발해 탁록(涿鹿) 벌판에서 치우와 전투하여 마침내 치우를 사로잡아 죽였다(蚩尤作亂, 不用帝命. 於是黃帝乃徵師諸侯, 與蚩尤戰於涿鹿之野, 遂禽殺蚩尤.)"라 했음. 「共工」은 중국 고대 신화에서 서북방 홍수의 신으로 알려져 있는데, 전설에 따르면 공공은 황제족(黃帝族)인 전욱(顓頊)과의 전쟁에서 승리하지 못하자 분노하여 머리로 부주산(不周山)을 치받아 하늘과 땅의 축이 기울어지도록 만들었으며, 결국 훗날 전욱의 군대에게 전멸당했다고 한다. 《회남자 · 천문훈(天文訓)》에 "옛날 공공이 전욱과 황제자리를 다투다가 화가 나서 부주산에 부딪쳤는데, 하늘을 바치는 기둥이 부러지고 땅을 지탱하는 밧줄이 끊어졌다. 하늘이 서북쪽으로 기울어지자 일월성신도 이동하였다(昔者, 共工與顓頊爭爲帝, 怒而觸不周之山, 天柱折, 地維絕. 天傾西北, 故日月星辰移焉.)"는 기록이 있는데, 고유는 주에서 "「공공」은 벼슬이름으로 복희씨와 신농씨 시대에 백작을 지냈다. 그 뒤 자손이 지형(智刑)에 임용되어 강해졌으므로 황제의 자손인 전욱(顓頊)과 제위쟁탈전을 벌렸다(共工, 官名, 伯於宓羲 · 神農之間, 其後子孫任智刑以强, 故與顓頊皇帝之孫爭位.)"는 기록이 있음. 치우와 공공은 모두 고대의 반역한 무리의 수괴였으므로, 여기서는 안록산과 사사명을 비유하여 가리켰다.

117 **五兵莫向**(오병막향) : 「오병」은 다섯가지 병기. 《주례 · 하관(夏官) · 사병(司兵)》에 "다섯가지 병기와 다섯가지 방패를 주관하다(掌五兵五盾.)"이라 하고, 정현은 주에서 정사농(鄭司農)의 말을 인용하면서 "「오병」은 과 · 모 · 극 · 추모 · 이모 등의 무기다(五兵

者, 戈,矛,戟,酋矛,夷矛也.)"라 했음. 「莫向」은 감히 서로 향하여 상대하지 못하게 하는 것.

118 **二聖高枕**(이성고침) : 「二聖」은 현종과 숙종. 「高枕」은 근심이 없는 것.

119 **飛章問安**(비장문안) : 나는 듯 신속한 문서를 사용하여 현종에게 문후를 여쭙는 것.

120 **往復巴峽**(왕복파협) : 파협을 지나면서 왕래하다. 「巴峽」은 파동삼협(巴東三峽).

121 **朝發白帝, 暮宿江陵**(조발백제, 모숙강릉) : 아침 일찍 사천성 봉절현에 소재한 백제성을 출발하여 저녁에는 강릉(江陵)에 도착하여 투숙하는 것. 이백은 〈아침에 백제성을 출발하다(早發白帝城)〉시에서 "아침나절 채색구름 뜬 백제성을 떠나 천리 길 강릉까지 하루 만에 돌아왔네(朝辭白帝彩雲間, 千里江陵一日還.)"라고 읊었는데, 천리가 넘는 물길을 하루 동안에 돌아왔다는 것은 물이 신속하게 흘러 사천성에서 금릉까지의 교통이 편리함을 말한 것이다.

122 **首尾相應**(수미상응) : 촉땅에서 피난중인 현종(首)과 금릉에 있는 숙종(尾)이 서로 호응하는 것.

123 **率然之擧**(솔연지거) : 솔연이란 뱀과 같은 행동. 《손자(孫子) · 구지(九地)》에 "유능한 장수의 용병술은 상산에 서식하는 솔연이란 큰 뱀의 몸놀림과 같아야 한다. 머리를 치면 꼬리가 달려들고 꼬리를 치면 머리가 덤벼든다. 또 몸통을 치면 머리와 꼬리가 한꺼번에 덤벼든다(善用兵者, 譬如率然. 率然者, 常山之蛇也. 擊其首則尾至, 擊其尾則首至, 擊其中則首尾俱至.)"고 하였으며, 후에 「수미상응(首尾相應)」은 서로 보면서 호응하는 것을 가리켰음.

124 **屛營**(병영) : 「황구(惶懼)」와 같은 말로, 즉 놀라고 두려워하는

모양.

125 **瞻雲望日**(첨운망일) : 큰 가뭄에 구름을 바라고, 장마 때 맑은 날을 바라는 것. 《사기 · 오제본기》에 "요임금은 방훈(放勳)이다. …… 그는 하늘과 같이 어질고, 그의 지혜는 신과 같으며, 그에게 가는 것은 태양에 가는 듯하고, 그를 바라보면 구름을 바라보는 듯하다(帝堯者, 放勳. …… 其仁如天, 其知如神, 就之如日, 望之如雲.)"고 했으며, 사마정(司馬貞)의 《색은(索隱)》에서 "해가 비추는 곳이 있으면 사람들 모두 그곳으로 나아가니, 해바라기와 콩이 해를 향하여 마음을 기울이는 것과 같다. 구름이 덮어 적시는 것과 같이 덕화가 넓고 커서 백성들에게 혜택을 준다고 말할 수 있으니, 사람들이 모두 그를 우러러 본다. 그러므로 백가지 곡식이 단비를 바라는 것과 같다고 할 수 있다(如日之照臨, 人咸依就之, 若葵藿傾心以向日也. 如雲之覆渥, 言德化廣大而浸潤生人, 人咸仰望之, 故曰如百穀之仰膏雨也.)"고 했음. 후에는 「瞻雲望日」은 신하가 군왕에 대한 충성과 존경을 표시하는 성어로 사용되었다.

126 **陳情**(진정) : 충정(衷情)으로 진술하는 것.

3. 宋中丞自薦表

송중승을 대신하여 자신을 추천하는 표문

이 글은 이백이 어사중승 송약사(宋若思)의 명의로 자신을 발탁하여 고관에 임명하도록 숙종(肅宗)에게 요청하며 올린 표문이다. 이백이 장안(長安) 원년(701)에 태어났으므로 본문 가운데 "예전에 한림공봉을 지낸 이백은 나이가 57세(前翰林供奉李白, 年五十有七)"라고 한 구절을 유추해 보면, 이 표문은 숙종 지덕(至德) 2년(757)에 지었음을 알 수 있다.

이백이 지덕 2년 영왕(永王)의 군대에 참가한 사건에 연루되어 심양옥에 갇혔을 때, 송약사가 출옥시켜 그의 막부에 머물도록 하였으며, 더욱이 이백으로 하여금 자신의 명의로 이 글을 짓게 했다. 이렇듯 송약사의 이름으로 이백을 발탁해 주도록 조정에 올린 표문을 이백에게 직접 작성하게 한 것을 볼 때, 이백과 송약사의 관계가 보통이상임을 알 수 있다.

이 표문은 군자가 쓰이는 태평한 치세(治世)와 현인이 숨는 어지러운 난세(亂世)를 인용하여 이백의 경력을 설명하면서 조정에 천거하는 이유를 밝힌 문장인데, 내용을 3개 단락으로 나눌 수 있다.

첫 번째 단락에서는 이백이 천보 초년(742) 현종을 찾아뵙고 한림공봉(翰林供奉)에 제수되어 총애를 한 몸에 받은 이력과 또한 안사란(安史亂)이 발발하였을 때 영왕의 위협을 받아 동순(東巡)에 참여한 경과를 기술했다. 이 두 가지의 중대한 역사적 사실은 명약관화한 일로서, 전자는 본인이 이미 현종에게 중용되었지만, 간신들의 참소로 방축 당한 것이며, 후자는 영왕의 협박으로 동순에 참여했다가 중도에서 도망친 사실을 적어 원인과 결과를 분명히 밝혀 자신의 정당성을 공표한 것이다. 두 번째 단락에서는 추천한 이유를 설명했는데, 자신의 정치적 포부와 문학 방면의 재주, 즉 경국제세(經國濟世)의 웅지를 품었고 문장은 풍속을 변화시킬 정도이며, 학문은 하늘과 사람의 지극한 이치를 궁구했다고 자찬하고 있다. 마지막 세 번째 단락에서는 이렇듯 현능(賢能)한 이백에게 특별히 경사(京師)의 관직을 제수하여 조정을 빛나게 하면 온 세상의 현사들이 조정에 귀의할 것이니, 이를 숙종이 받아들여 주도록 간청했는데 전체적으로 이치에 맞고 자연스럽게 자신의 의견을 표출하고 있다.

일반적으로 자신을 추천하는 문장은 사실보다 지나치게 부풀리는 경향이 있다고 보는 탓에 사실대로 서술했어도 남에게 감동을 주기 쉽지 않다. 그러나 이백은 이 두 가지를 교묘하게 결합하여 명문장을 만들었는데, 어떤 곳에서는 과장한 측면도 있지만 이렇게 작성해야만 비로소 숙종의 마음을 움직일 수 있었을 것이며, 사실 송약사를 대신해서 이백이 쓴 점을 고려하면 문제가 되지 않는다.

문장의 형식에서 당시에 유행한 사륙변려체(四六騈儷體)를 사용했지만, 논리가 정연하고 전고(典故)가 합당하여 전체적으로 흔적이 나지 않는 명문장이다.

3-1

臣某聞[1]，天地閉而賢人隱[2]，雲雷屯而君子用[3]。

臣伏見前翰林供奉李白，年五十有七。天寶初[4]，五府交辟[5]，不求聞達[6]，亦由子眞谷口[7]，名動京師。上皇[8]聞而悅之，召入禁掖[9]。既潤色於鴻業[10]，或間草於王言[11]，雍容揄揚[12]，特見褒賞[13]。爲賤臣詐詭[14]，遂放歸山[15]。閑居制作，言盈數萬。

屬逆胡暴亂[16]，避地廬山[17]，遇永王東巡[18]脅行，中道奔走，却至彭澤[19]，具已陳首[20]。前後經宣慰大使崔渙[21]及臣推覆清雪[22]，尋經奏聞[23]。

저 송중승은 천지가 혼탁해지면 현인이 세상을 피해 숨고, 구름과 우레가 모이면 군자들이 등용된다고 들었습니다.

제가 굽어살펴보니 전에 한림공봉(翰林供奉)을 지낸 이백은 나이가 57세가 되었습니다. 천보 초년 다섯 관부(官府)에서 교대로 초빙하였으나 명성과 영달을 구하지 않았는데, 곡구(谷口)에 살던 자진(子眞)처럼 이름이 장안에 진동하자 상황께서 이를 듣고 기뻐하며 금액전(禁掖殿)으로 불러들였습니다. 시문으로 왕실의 업적을 빛내고 간혹 황제의 유지(諭旨)를 기안하였는데, 온건하게 찬양하여 홀로 각별한 포상을 받았습니다. 그러나 간신들의 참소로 마침내 산으로 돌아갔지만, 한가롭게 지내면서도 많은 양의 시문을 지었습니다.

오랑캐 역도들이 반란을 일으켜 여산(廬山)으로 피난하였을 때 영왕(永王)의 동순(東巡)에 위협당하여 따랐으나, 중도에서 도망쳤다가 팽택(彭澤)에 이르러 출두하여 모든 상황을 진술하였으니, 전후 사정을 듣고 강남선위대사(江南宣慰大使) 최환(崔渙)과 제가(송중승) 이백의 죄안(罪案)을 바로잡아 억울함을 풀어주고 그 경과를 상주하기에 이르렀습니다.

....

1 **某**(모) : 이백을 추천하는 표를 대신 올린 송약사를 가리킴.

2 **天地閉而賢人隱**(천지폐이현인은) : 세상의 도가 혼탁해지면 현사들이 산림에 은거하는 것. 《주역 · 건괘(乾卦)》에 수록된 내용("天地閉, 賢人隱.")으로 공영달(孔穎達)은 《정의(正義)》에서 "두 기운이 서로 교통되지 않으면 천지가 막혀서 현인이 잠행하거나 은거하는 것을 말한다(謂二氣不相交通, 天地否閉, 賢人潛隱.)"고 하였음. 여기서 현인은 재덕이 겸비된 사람.

3 **雲雷屯而君子用**(운뢰둔이군자용) : 정치가 맑고 깨끗하면 현사들이 발탁되기를 바라는 것. 《주역 · 둔괘(屯卦)》에 "구름과 우레가 모이니, 군자가 보고서 경영한다(雲雷屯, 君子以經綸.)"라 하였으며, 왕필(王弼)은 "군자가 경륜을 펼칠 때다(君子經綸之時也.)"라고 주석하였음. 현량한 선비가 바로 무(武)를 사용할 때라는 뜻이다.

4 **天寶初**(천보초) : 「천보(742-756)」는 당 현종의 연호. 천보 초년은 기원 742년으로, 이백이 현종의 부름을 받고 입경한 해임.

5 **五府交辟**(오부교벽) : 「五府」는 다섯 관료들의 간칭. 《후한서(後漢書)》권66 〈장해전(張楷傳)〉에 "오부에서 연달아 불러 현량과(賢良科)와 방정과(方正科)에 천거하였지만 나아가지 않았다(五府連辟, 擧賢良方正, 不就.)"라는 기록이 있으며, 장회태자(章懷太子) 이현(李賢)은 주에서 "「오부」는 태부 · 태위 · 사도 · 사공 · 대장군(五府, 太傅太尉師徒司空大將軍也.)"이라 하였다.

6 **聞達**(문달) : 영달하거나 칭찬을 받는다는 뜻. 《삼국지(三國志) · 촉서(蜀書) · 제갈량전(諸葛亮傳)》에 "제갈량은 한 말 (황건적의) 난으로 어지러워지자, 숙부 제갈현(諸葛玄)을 따라 형주로 피난하여

들에서 몸소 농사지으며 영달을 구하지 않았다(諸葛亮遭漢末擾亂, 隨叔父玄避難荊州, 躬耕於野, 不求聞達.)"라는 기록이 있음.

7 **子眞谷口**(자진곡구) : 한나라 때 곡구에 살던 정자진(鄭子眞). 《화양국지(華陽國志)》의 〈선현사녀총찬(先賢士女總讚)〉에 "정자진은 포중(褒中) 사람이다. 깊고 조용히 도를 지키며 최고의 덕행을 닦은 사람이다…… 집이 곡구에 있어 곡구의 자진이라 불렀다(鄭子眞, 褒中人也. 玄靜守道, 履至德之行, 乃其人也. …… 家谷口, 號谷口子眞.)"고 하였으며, 또한 《한서 · 정자진전(鄭子眞傳)》에서는 "그 후 곡구에는 정자진, 촉에는 엄군평(嚴君平)이 있었는데, 모두 수양을 잘하여 자신을 보존하였다. 분수에 맞는 옷과 음식이 아니면 입지 않고 먹지 않았다. 성제(成帝) 때, 원구(元舅)대장군 왕봉(王鳳)이 예를 갖추어 자진을 초빙하였지만, 자진은 끝내 응하지 않은 채 죽었다. …… 양웅이 세상의 선비를 논평한 저서에서 두 사람을 칭찬하기를, 곡구 정자진은 뜻을 굽히지 않고 자연에 묻혀 농사를 지었으나 그 명성이 장안에 진동하였다(其後有谷口鄭子眞, 蜀有嚴君平, 皆修身自保, 非其服弗服, 非其食弗食. 成帝時, 元舅大將軍王鳳以禮聘子眞, 子眞遂不詘而終. …… 及雄著書言世士, 稱此二人. 其論曰 …… 谷口鄭子眞不詘其志, 耕於嚴石之下, 名震於京師.)"는 기록이 있음. 이 구에서는 이백 자신이 곡구에 살던 자진처럼 학덕을 갖추었으므로 명성이 당시 장안에 진동하였음을 말한 것이다.

8 **上皇**(상황) : 현종을 가리킴. 천보 15년(756)에 숙종이 즉위하자 현종을 존중하여 태상황(太上皇)으로 삼았다.

9 **禁掖**(금액) : 본래는 궁중의 전각이지만, 여기서는 군왕의 처소를 지칭함. 「禁」은 《정자통(正字通)》에서 "천자가 거처하는 곳을 「금」이라 불렀다(禁, 天子所居曰禁.)"고 했다. 「액(掖)」에 대하여 《한

서 · 두연년전(杜延年傳)》에서 "선제는 액정에서 성장하였다(宣帝養於掖廷.)"라 했는데, 안사고(顔師古)는 주에서 "액문은 정문이 아니고, 그 양 옆에 위치하니 사람들의 팔이나 겨드랑이와 같다(掖門, 非正門, 而在兩旁, 若人之臂掖也.)"라고 액문에 대하여 설명했다. 따라서 「금액」은 궁중에 있는 건물, 곧 궁전이나 넓은 의미의 궁중을 가리킨다.

10 **潤色於鴻業**(윤색어홍업) : 이백의 시문이 왕업을 빛나게 함. 「潤色」은 문자를 수식하여 문채나는 것을 가리키며, 「鴻業」은 대업 즉 왕업을 가리킨다. 《문선(文選)》권1 반고(班固)의 〈양도부서(兩都賦序)〉에 "무제와 선제 때에 이르러 예관을 존중하고 문장을 상고하였으니, 안으로는 장서를 보관하는 금마(金馬)와 석거(石渠)*라는 관서를 두었고, 밖으로는 악부(樂府)에서 음률을 고르는 사업을 일으켜서, 폐지된 것을 부흥시키고 끊어진 것을 이어 왕업을 윤택하게 하였다(至於武宣之世, 乃崇禮官, 考文章, 內設金馬石渠之署, 外興樂府協律之事, 以興廢繼絕, 潤色鴻業.)"라 했으며, 이선(李善)은 주(註)에서 "남아 전해지는 문장을 발흥시켜서, 대업을 빛내고 기리는 것을 말한다(言能發起遺文, 以光讚大業也.)"고 하였음.

11 **間草於王言**(간초어왕언) : 틈틈이 황제의 말에 근거하여 조서(詔書)를 기초한 것. 위호(魏顥)의 《이한림집서(李翰林集序)》에 "이백이 한림원(翰林院)에 들어가니 그 명성이 장안을 진동하였다…… 상황이 행락시 미리 이백을 부르면 그는 이미 권세가의 연회에서 반취한 상태였지만, 군대를 출동하는 조서를 짓도록 명하자 초를 잡지 않고 완성시켜 상황이 중서사인(中書舍人)에 임명하였다(白亦因之入翰林, 名動京師. …… 上皇豫遊召白, 白時爲貴門邀飮, 比至

---

* 서한시대 황제들이 사용했던 장서각(藏書閣) 이름.

半醉, 令制出師詔, 不草而成, 許中書舍人.)"라 했고, 범정전(范傳正)은 〈당 좌습유 한림학사 이공(李白) 신묘비(唐左拾遺翰林學士李公新墓碑)〉에서 "당세의 책략을 밝히고 오랑캐의 글에 답서를 작성하는데, 언변은 유창하고 붓놀림은 막힘없이 써내려 가니 현종이 가상하게 여겼다(論當世務, 草答蕃書, 辯如懸河, 筆不停綴, 玄宗嘉之.)"는 기록이 있음.

12 **雍容揄揚**(옹용유양) : 「雍容」은 태도가 각박하지 않고 올바르며 조용한 것, 「揄揚」은 선양하거나 찬양하는 것. 반고(班固)는 〈양도부서(兩都賦序)〉에서 " …… 온화하고 조용히 끌어올려서 후대까지 이어지며 드러났다(…… 雍容揄揚, 著於後嗣.)"고 했음.

13 **特見褒賞**(특견포상) : 현종이 이백을 특별하게 대해준 일들, 예를 들어 「수레에서 내려 영접하고(步輦降迎)」,「말을 하사하고(賜馬)」, 「궁금포를 하사한(賜宮錦袍)」일 등을 가리킨다. 이양빙(李陽氷)은 《초당집서(草堂集序)》에서 "현종이 수레에서 내려 영접하는데 마치 한 고조(高祖)가 상산사호(商山四皓)를 대하 듯, 칠보상에 음식을 차려 손수 국에 간을 맞추어 떠서 먹였다. …… 금란전에 머물면서 한림원에 출입하였으며, 국정을 자문하고 몰래 조서를 작성하였는데, 아는 사람이 없었다(降輦步迎, 如見綺皓. 以七宝牀賜食, 御手調羹以飯之 …… 置於金鑾殿, 出入翰林中. 問以國政, 潜草詔誥, 人無知者.)"고 당시 상황을 기록했음.

14 **賤臣詐詭**(천신사궤) : 「賤臣」은 고력사(高力士), 양국충(楊國忠), 장계(張垍) 등 간신들을 가리킴. 「詐詭」는 속이고 기만하며, 중상모략을 당하는 것.

15 **遂放歸山**(수방귀산) : 「歸山」은 돈을 받고 조정에서 물러나는 것, 곧 「사금환산(賜金還山)」을 가리킨다. 범정전(范傳正)은 〈당 좌습유 한림학사 이공의 신묘비〉에서 "이미 상소를 올려 옛날 은거하던

산으로 돌아가기를 청하니 현종은 그 재주를 깊이 아꼈지만, 취한 채 관청에 출입하는 것이 염려되고 조정 내부사정을 말할 수가 없어서 후환을 부를까 걱정되어 애석하게 여기면서도 돌아가도록 허락했다(既而上疏請還舊山, 玄宗甚愛其才, 或慮乘醉出入省中, 不能言温室樹, 恐掇後患, 惜而遂之.)"라고 기록했음.

16 **逆胡暴亂**(역호포란) : 안록산(安祿山), 사사명(史思明)이 일으킨 반란을 가리킴. 이들은 모두 호인(胡人)으로 북방 소수민족 출신이다.

17 **避地廬山**(피지여산) : 이백이 강서성 구강시(九江市)에 위치한 여산 오로봉(五老峰) 밑에 있는 병풍첩(屛風疊)으로 들어가 피난한 일을 가리킴.

18 **永王東巡**(영왕동순) : 「永王」은 이린(李璘)으로 현종의 16번째 아들. 현종과 숙종, 그리고 영왕 이린과의 복잡한 관계는 곽말약의 《이백과 두보》에서 이백의 〈영왕동순가〉를 감상 평가하면서 자세히 설명하였다. 「東巡」은 영왕이 현종의 명에 따라 안사의 난을 평정하려고 서쪽 강릉(江陵)에서 동쪽 강한(江漢)지방으로 군대를 이동하였으므로 「동순(東巡)」*이라고 불렀다.

19 **彭澤**(팽택) : 팽택현, 지금의 강서성 호구현(湖口縣) 동쪽을 가리킴.

20 **具已陳首**(구이진수) : 영왕이 다른 뜻이 있음을 모두 고발한 것. 「陳首」는 출두하여 진술하는 것.

21 **宣慰大使崔渙**(선위대사최환) : 최환은 당시 강남선위대사로 있었으며, 이전에는 촉군태수(蜀郡太守)를 지냈다. 《신당서(新唐書) · 재상표(宰相表)》에 "지덕 원년(756) 7월 경오일, 촉군태수 최환을 문하시랑 겸 중서문하평장사로 삼고, 11월 무오일에 강남선위사로 임명하였다(至德元載七月庚午, 蜀軍太守崔渙爲門下侍郎 · 同中書

---

* 동순(東巡) : 동방으로의 순행.

門下平章事. 十一月戊午, 渙爲江南宣慰使.)"는 기록이 있음.

22 推覆淸雪(추복청설) : 「推覆」은 잘못된 죄안(罪案)을 다시 올바르게 심리하는 것, 「淸雪」은 시비를 밝혀 누명을 확연하게 풀어주는 것.

23 尋經奏聞(심경주문) : 바로 이상의 경과를 상주하여 군왕께서 듣도록 보고 드린다는 말

3-2

臣聞古之諸侯進賢受上賞, 蔽賢受明戮[24]。若三適[25]稱美, 必九錫[26]光榮, 垂之典謨[27], 永以爲訓。

臣所薦李白, 實審無辜。懷經濟之才[28], 抗巢由之節[29]。文可以變風俗[30], 學可以究天人[31], 一命[32]不霑[33], 四海[34]稱屈。

저는 옛날 제후(諸侯)들은 현능한 인재를 추천하면 큰 상(賞)을 받지만, 은폐시키면 명문의 규정에 따라 죽임을 당한다고 들었습니다. 만약 세 가지(好德 · 愛賢 · 有功)에 적합한 인물이라면 반드시 아홉 가지 항목(車馬 · 衣服 등)의 상을 하사하여 영광스럽게 할 뿐만 아니라, 역사에 드리워서 영원토록 교범으로 삼는다고 하였습니다.

제가 추천한 이백은 실제 조사해보니 허물이 없었으며, 경세제민(經世濟民)의 재주를 간직하여 소보(巢父)와 허유(許由)의 절개에 필적합니다. 문장은 풍속을 변화시킬 만하고 학식은 하늘의 뜻(天理)과 인사(人事)의 지극한 이치를 궁구하였음에도, 낮은 관직조차 부여받지 못하였으므로 세상 사람들도 억울하다고 말합니다.

················

24 **進賢受上賞, 蔽賢受明戮**(진현수상상, 폐현수명륙) : 《한서 · 무제기(武帝紀)》에 "원삭 원년(紀元前 128년) 10월, 「현능한 재사를 추천하면 상을 받고, 은폐시키면 죽임을 당한다는 것이 고대의 도리이다」라는 조서를 내렸다(元朔元年冬十月, 詔曰, 進賢受上賞, 蔽賢蒙顯戮, 古之道也.)"는 기록이 있음. 여기서 「明戮」은 명문(明文)의 규정에 따라 처형하는 것. 원래는 「현륙(顯戮)」이지만, 이백은 중종(中宗; 李顯)의 이름을 피휘하여 「명(明)」으로 고쳤다.

25 **三適**(삼적) : 호덕(好德), 애현(愛賢), 유공(有功)의 세 가지에 부합되는 인물. 《한서 · 무제기》에 "원삭 원년에 …… 관청에서 주의(奏議)를 내렸는데, 옛날 제후가 관리를 추천할 때 가장 적합한 인물은 첫 번째는 덕을 좋아하고, 두 번째는 현인을 아끼며, 세 번째는 공을 세운 자(元朔元年, 有司奏議曰, 古者諸侯貢士, 一適謂之好德, 再適謂之愛賢, 三適謂之有功.)"라는 기록이 있음.

26 **九錫**(구석) : 앞의 삼적(三適)에 적합한 관료에 대하여 《한서 · 무제기》에서 "구석을 더 내려주었다(乃加九錫.)"라 하였는데, 「구석」에 대하여 안사고는 응소(應劭)의 말을 인용하여, 아홉 가지를 황제가 상으로 내리는 것으로, 곧 거마(車馬), 의복(衣服), 악기(樂器), 납폐(納陛), 주호(朱戶; 주홍칠을 한 대문), 호분(虎賁; 범 같은 용사)1백인, 부월(鈇鉞; 도끼), 궁시(弓矢; 활과 화살), 거창(秬鬯; 찰기장과 제사용 芳香酒) 등 9개라고 주를 달았음.

27 **典謨**(전모) : 《서경》의 서문에 "전 · 모 · 훈 · 고 · 서 · 명의 문장은 모두 백편이다(典 · 謨 · 訓 · 誥 · 誓 · 命之文凡百篇.)"라 하였는데, 원래는 《서경》의〈요전(堯典)〉과〈대우모(大禹謨)〉이지만, 후에는 경전이나 역사서 등의 전적(典籍)이나 전범(典範)을 널리 가리

켰다.

28 **經濟之才**(경제지재) : 경세제민, 즉 나라를 다스리고 백성을 구제하는 재주. 《진서(晉書)·은호전(殷浩傳)》에 "그대는 학식을 오래도록 쌓았고 사고를 집중시켜 널리 단련하였으니, 분기하여 환하게 밝힌다면 나라를 다스리고 백성을 구제하기에 족할 것이다(足下沈識淹長, 思綜通練, 起而明之, 足以經濟.)"라는 기록이 있으며, 두보는 〈강을 따라 올라가며 회포를 풀다(上水遣懷)〉라는 시에서 "옛날부터 경세제민의 재주를 가진 자들이 왜 드물게 나타났나요(古來經濟才, 何事獨罕有.)"라 읊었다.

29 **抗巢·由之節**(항소유지절) : 소보(巢父)와 허유(許由)의 절조로, 이들은 태평성대인 당요(唐堯)시절 절개가 곧은 고사(高士). 허유는 요임금의 선양 요청을 사양하면서 더러운 말을 들었다고 영수에 귀를 씻었으며, 소보는 송아지에게 그 물을 먹이지 않으려고 상류로 올라가서 물을 먹인 고사가 있음. 《문선》권37에 수록된 유곤(劉琨)의 〈권진표(勸進表)〉에 "바라건대 폐하께서는 순임금과 우임금 같은 지극히 공평한 마음을 간직하시고, 소보와 허유와 같은 초연한 절조를 지니시기를 바랍니다(願陛下存舜禹至公之情, 狹巢由抗矯之節.)"라 했으며, 장선(張銑)은 주에서 "소보·허유는 모두 고상한 절개를 가졌지만, 벼슬길에 나아가지 않았다(巢父·許由皆擧高節不仕.)"고 했음.

30 **文可以變風俗**(문가이변풍속) : 이백의 문장이 《시경》처럼 풍속을 변화시킬 수 있음을 이름. 시경 〈대서(大序)〉에 "득실을 바르게 하고 천지를 움직이며, 귀신을 감동시키는 것으로 시(詩) 만한 것이 없다. 선왕은 이로써 부부를 다스리고 효도와 공경을 이루며 인륜을 후덕하게 하고 아름답게 교화시켜 풍속을 좋은 방향으로 나가게 하였다(故正得失, 動天地, 感鬼神, 莫近於詩. 先王以是經夫婦, 成

孝敬, 厚人倫, 美教化, 移風俗.)"라 했음.

31 **學可以究天人**(학가이구천인) : 이백의 학문이 《사기》의 내용처럼 하늘과 사람의 이치를 깊이 궁구한 것을 이름. 《한서 · 사마천전(司馬遷傳)》의 〈임안에게 드리는 답서(報任安書)〉에 "(史記) 1백3십 편은 하늘과 사람의 일을 궁구하였으며, 고금의 변화에 통달하여 일가의 언어를 이루었습니다(凡百三十篇, 亦欲以究天人之際, 通古今之變, 成一家之言.)"라 했으며, 《양서(梁書) · 종영전(鍾嶸傳)》에는 "문장은 일월과 같이 빛나고, 학문은 하늘과 사람의 일을 궁구하였다(文麗日月, 學究天人.)"는 기록이 있음.

32 **一命**(일명) : 「命」은 관직의 단계. 주나라 시대에 관직은 '일명'부터 '구명'까지 있었는데, 일명은 가장 낮은 단계의 관리. 후세에서는 처음 관직을 부여받는 것을 '일명'이라 했다. 《주례(周禮) · 춘관(春官) · 대종백(大宗伯)》에 "(천자가) 일명은 직책, 이명은 의복, 삼명은 품위, 사명은 제기, 오명은 법칙, 육명은 관직, 칠명은 나라, 팔명은 목민관, 구명은 백작을 수여한다(一命受職, 再命受服, 三命受位, 四命受器, 五命賜則, 六命賜官, 七命賜國, 八命作牧, 九命作伯.)"는 기록이 있음.

33 **不霑**(부점) : 「霑」은 「두루 미쳐 적시다」로, 곧 가뭄에 비와 이슬과 같은 천지의 은혜를 받지 못한다는 뜻.

34 **四海稱屈**(사해칭굴) : 「四海」는 온 세상으로, 사방바다(四海) 안에 있는 사람을 가리킴. 여기에서는 조정에서 처음 내려주는 낮은 직책조차 받지 못하였으므로 천하 사람들이 모두 억울하다고 호소하는 것을 말한다.

3-3

伏惟陛下大明[35]廣運, 至道無偏, 收其希世之英[36], 以爲清朝之寶。昔四皓[37]遭高皇而不起, 翼惠帝[38]而方來。君臣離合, 亦各有數[39], 豈使此人名揚宇宙[40]而枯槁[41]當年[42]?

傳曰, 擧逸人而天下歸心[43]。伏惟陛下, 回太陽之高輝, 流覆盆之下照[44], 特請拜一京官[45], 獻可替否[46], 以光朝列[47], 則四海豪俊, 引領知歸。

不勝慺慺[48]之至, 敢陳薦[49]以聞。

엎드려 생각건대 폐하께서는 일월처럼 밝아 널리 비추시고 어느 한쪽으로 치우치지 않는 지극한 도(道)를 지닌 분이시니, 이 희세의 영웅(李白)을 발탁하여 맑은 조정의 보배로 삼으시옵소서. 예전에 상산사호(商山四皓)는 고조(高祖)의 초청에도 응하지 않다가 혜제(惠帝)를 보좌하려고 마침내 하산했습니다. 군신 간에 만나고 헤어짐은 각기 운수가 있는 법이니, 어찌 이 사람(李白)으로 하여금 온 세상에 이름을 날리도록 해야지 한창나이에 시들도록 하시렵니까?

전하는 말에 의하면 뛰어난 인재를 등용하면 천하의 민심이 귀의한다고 하였습니다. 부디 폐하께서는 태양의 빛나는 광채를 돌리시어 동이의 밑바닥까지 비춰주시기 바랍니다. 특별히 조정의 관직 하나를 내리도록 청하노니, 옳은 것을 진헌하고 잘못된 것을 바로잡는 충신으로 대체하시어 조신(朝臣)들의 열위(列位)를 빛내시면, 온 세상의 준걸들이 옷깃을 여미고 귀의할 곳을 알 것입니다.

삼가 지극히 두려운 마음을 이기지 못하며 감히 추천하여 아룁니다.

....

35 **大明**(대명) : 일월과 같이 큰 광명.

36 **希世之英**(희세지영) : 이백은 인간 세상에서 극히 드문 비범한 인물이라는 뜻으로, 「귀양 온 신선(謫仙人)」임을 암시하고 있다. 「希」는 「稀」와 통하며, 「英」은 영웅호걸이란 뜻.

37 **四皓遭高皇而不起**(사호조고황이불기) : 「四皓」는 진시황의 폭정을 피해 상산(商山)에 은거하고 있던 흰 수염의 늙은 네 명의 고사(高士; 東園公, 甪里先生, 綺里季, 夏黃公). 「高皇」은 한 고조 유방(劉邦). 《사기 · 유후세가(留侯世家)》에 "한고조 12년 왕이 경포(黥布)를 격파하고 장안으로 돌아와서 병이 위중해지자 더욱 태자를 바꾸려는 마음을 먹었다. 유후가 간해도 듣지 않고 병을 핑계로 정사를 보지 않았다. 숙손(叔孫)태부가 죽기를 각오하고 태자를 잘못 교체한 고금의 역사를 인용하면서 그 부당성을 간하자 황제도 어쩌지 못해 겉으로는 허락하는 척 했지만 바꾸려는 마음만은 더욱 간절했다. 연회에서 술상을 차려 놓고 태자도 왔는데, 태자를 따르는 네 사람은 모두 여든 살이 넘은 고령으로 수염과 눈썹이 흰색이며 의관은 매우 위엄이 있었다. 황제가 이상하게 여기고 누구냐고 물으니, 네 사람이 앞으로 나와 동원공, 녹리선생, 기리계, 하황공이라는 각자의 성명을 말했다. 고조가 크게 놀라 「내가 몇 해 동안 공들을 불렀을 때에는 피해 은거하더니, 지금은 어떻게 내 아들과 함께 있는가?」하니, 네 사람이 모두 「폐하께서는 선비를 경시하여 잘 꾸짖으므로 우리들은 모욕 받는 것을 원치 않아 은거하였던 것입니다. 지금 태자는 인자하고 효성이 지극하며 선비를 사랑하고 공경한다는 소문이 자자하니, 천하 사람들이 모두 태자를 위해 목숨을 바치려 합니다. 그래서 신들이 온 것입니다」(漢十二年, 上從擊破布軍

歸, 疾益甚, 愈欲易太子. 留侯諫, 不聽, 因疾不視事. 叔孫太傅稱說引古今, 以死爭太子. 上詳許之, 猶欲易之. 及燕, 置酒, 太子侍. 四人從太子, 年皆八十有餘, 須眉皓白, 衣冠甚偉. 上怪之, 問曰, 彼何爲者? 四人前對, 各言名姓, 曰東園公, 甪里先生, 綺里季, 夏黃公. 上乃大驚曰, 吾求公數歲, 公闢逃我, 今公何自從吾兒遊乎, 四人皆曰, 陛下輕士善罵, 臣等義不受辱, 故恐而亡匿. 竊聞太子爲人仁孝, 恭敬愛士, 天下莫不延頸欲爲太子死者, 故臣等來耳.)"라 하여, 사호의 당시 행적에 대하여 설명하고 있다.

38 **惠帝**(혜제) : 여후(呂后) 치(雉)의 아들인 혜제 유영(劉盈). 한고조 유방은 천하를 얻은 뒤 태자인 혜제를 폐하고 총애하는 후비 척부인(戚夫人)의 아들인 조왕(趙王)을 세우려 했음. 여기서는 이러한 일들을 인용하여 한고조를 현종에 비유하고, 혜제는 숙종, 상산사호는 이백 자신에 비유하였다.

39 **數**(수) : 운수, 필연성. 옛날에는 천명(하늘의 명령), 즉 명운(命運)을 가리켰음.

40 **宇宙**(우주) : 일반적으로 공간인 상하 사방을 「宇」라 하고, 시간인 과거 · 현재 · 미래를 「宙」라 하지만, 여기서는 전국을 뜻함.

41 **枯槁**(고고) : 뜻을 얻지 못하여 몰골이 초췌하고 수척해진 것. 《초사(楚辭) · 어부사(漁父詞)》에 "굴원이 추방당하여 강가에서 노닐었는데, 강둑에서 배회하며 읊조릴 때 안색은 초췌하고 용모는 수척하였다(屈原旣放, 遊於江潭, 行吟澤畔, 顔色樵悴, 形容枯槁.)"라 했음. 여기서는 재주가 있지만 쓸데가 없음을 비유한 말이다.

42 **當年**(당년) : 신체가 강건하고 마음이 한창 나이인 때. 이런 일을 당한 해를 말함.

43 **擧逸人, 天下歸心**(거일인, 천하귀심) : 「擧逸人」은 은거한 현인을 추천하는 일이고, 「天下歸心」은 전국의 현명한 인재와 백성들이 모

두 조정에 마음을 기울이는 것을 말한다. 《논어 · 요왈(堯曰)》에 "멸망한 나라를 부흥시키고 끊어진 세대를 이어주며 숨은 인재를 천거한다면, 천하의 민심을 얻을 것이다(興滅國, 繼絶世, 擧逸民, 天下之民歸心焉.)"라 했음.

44 **回太陽之高輝, 流覆盆之下照**(회태양지고휘, 유복분지하조) : 「太陽」은 숙종(肅宗)을 가리키고, 「高輝」는 큰 은덕의 비유. 「覆盆」은 뒤집혀 놓인 동이가 햇빛을 받지 못하므로 억울함을 당한 사람이 말하지 못함을 비유하고, 「下照」는 억울함을 풀어 주는 것을 각각 비유했다. 《포박자(抱朴子) · 변문(辯問)》편에 "일월도 비추지 못하는 곳이 있고 성인도 알지 못하는 것이 있는데, 어찌 성인이 하지 않는다 하여 바로 세상에 신선(仙人)이 없다고 할 것인가. 이것은 해 · 달 · 별의 빛이 뒤집힌 동이 안을 비추지 못한다고 책망하는 것과 같다(日月有所不照, 聖人有所不知, 豈可以聖人所不爲, 便云天下無仙, 是責三光不照覆盆之內也.)"라는 기록이 있으며, 또한 이백은 〈백가지 근심을 적은 글을 최 재상에게 올리며(上崔相百憂章)〉란 시에서 "엎어진 동이가 해를 다시 볼 수 있듯, 차가운 재 같은 처지인 저를 다시 비쳐주시기 바랍니다(覆盆儻擧, 應照寒灰.)"와 〈옥중에서 재상 최환에게 올리며(獄中上崔相渙)〉란 시에서 "응당 저의 처지가 넘어진 동이의 속과 같은 줄 알았는데, 이제 눈물을 닦으며 천자의 은혜에 감사드립니다(應念覆盆下, 雪泣拜天光.)"라고 표현했음.

45 **特請拜一京官**(특청배일경관) : 이백으로 하여금 조정의 관직 하나를 내려주시기를 특별히 청함을 말한 것.

46 **獻可替否**(헌가체부) : 정확하고 긍정적인 것을 진헌하고, 잘못되고 부정적인 것을 폐지함. 《좌전》소공(昭公) 20년에 "군왕이 옳다고 한 것에도 그릇된 것이 있으므로 신하는 그 잘못된 것을 진헌하여 일을

옳게 이루고, 군왕이 그르다고 한 것에도 옳은 것이 있으니 신하는 그 옳은 것을 진헌하여 그 일의 잘못된 것을 제거한다. 이렇게 하여야 정사가 공평하면서도 서로 범하지 않게 된다(君所謂可, 而有否焉, 臣獻其否, 以成其可, 君所謂否, 而有可焉, 臣獻其可, 以去其否, 是以政平而不干.)"는 기록이 있으며, 《후한서 · 호광전(胡廣傳)》(권74)에 "제가 듣기에 군왕은 넓게 비추어 고르게 보는 것으로서 덕을 삼으며, 신하는 옳은 것을 진헌하여 잘못을 바로 잡는 것을 충성이라고 하였습니다(臣聞君以兼覽博照爲德, 臣以獻可替否爲忠.)"라 했음.

47 **以光朝列**(이광조열) : 조정 신하들의 열위(列位)를 빛나게 하는 것. 반악(潘岳)은 〈추흥부서(秋興賦序)〉에서 "재능이 모자라는 사람이 벼슬길에 나아가서 함부로 조신들의 열위를 더럽혔습니다(攝官承乏, 猥厠朝列.)"라 했음.

48 **僂僂**(루루) : 공손하고 삼가는 모습을 형용한 말. 《후한서 · 양사전(楊賜傳)》(권84)에서 "어찌 죽는 날을 애석하게 여겨 정성스러운 마음을 다하지 않으리오(豈敢愛惜垂沒之年, 而不盡其僂僂之心哉.)"라 했으며, 장회태자 이현은 주에서 "「루루」는 삼가고 조심하는 것(僂僂, 猶勤勤也.)"이라 했다.

49 **陳薦**(진천) : 표장(表章) 올릴 때 쓰는 상투어. 추천의 사유를 진술하는 것.

4.
壽山答孟少府移文書
수산을 대신하여 맹소부의 이문에 답하는 서신

이백은 청년시절 촉 지방에서 나온 이후, 남쪽으로는 창오(蒼梧)까지 가보고 동쪽으로는 바다까지 이르렀다가 다시 안륙(安陸)으로 돌아와서 재상을 지낸 허어사(許圉師)의 손녀를 처로 삼고 수년 동안 그곳에서 머물렀다. 이 산문은 개원 15년(727) 그가 안륙 북쪽에 있는 수산(壽山)의 풍광에 도취되어 은거하고 있을 때, 유양(維揚) 현위인 맹소부(孟少府)가 이백이 이러한 조그마한 이름 없는 지방에 안주하는 것에 대한 힐책성 공문서 형식인 이문(移文)을 보고 자신의 포부를 담아 쓴 답장이다. 곧 이백이 수산을 인격화시키고, 그 이름으로 작성한 서신을 수산의 동쪽 봉우리에 사는 황학(黃鶴)을 시켜 맹소부에게 전달한 서문(書文)으로서, 부(賦)형식을 취하였다.

「수산(壽山)」은 이백이 머문 안륙현(安陸縣)에 있는 산으로, 《방여승람(方輿勝覽)》권31 〈덕안부(德安府)〉편에 "수산은 안륙현 서북쪽 60리에 있고, 예전에 산에는 백 세까지 장수한 자가 있었다(壽山在安陸縣西北六十里, 昔山民有壽百歲者.)"고 하여, 목숨 수(壽) 자가 산 이름으로 사용되었으며, 또 안륙현 성 북쪽에 위치하므로 북수산(北壽山)이라고 불렀다 한다.

「맹소부(孟少府)」는 이백이 출촉(出蜀)한 이후 유양 지방을 유람할 때 사귄 친구로 생평사적은 자세하게 밝혀지지 않고 있지만, 다음 제2장에 나오는 이백의 〈가을밤 안륙부에서 장안으로 돌아가는 찬부 맹형을 보내면서 지은 서문(秋夜於安府送孟贊府兄還都序)〉속의 맹찬부가 바로 같은 사람이다. 소부(少府)는 현위(縣尉)의 경칭으로, 당나라에서는 현령을 명부(明府)라고 부르고, 현령을 보좌하는 현위를 소부라고 불렀다.

「이문(移文)」은 격문(檄文)과 같은 말로 분명하게 알리거나 공개적으로 탄핵하는 글을 말하며, 고대 관공서 사이에 간편하게 쓴 일종의 공문서 형식의 문장이다.

이 서신의 내용은 4개 단락으로 나눌 수 있는데, 첫 번째 단락에서는 수산의 입을 빌려 과장법으로 의인화시켜 수산의 지리적 위치와 형세를 언급하였으며, 두 번째 단락은 맹소부의 질책에 대한 회답인데, 도가에서 만물이 같다는 관점을 인용하여 수산이 비록 작고 이름없지만 오히려 삼산오악(三山五嶽)의 아름다움과 견줄 수 있다고 주장하였다. 세 번째 단락에서는 맹소부가 산에 보물과 현명한 사람이 숨어 있다고 책난한 것에 대하여 수산이 명군(明君)의 기용에 응할 수 있는 어진 인재를 양성하는 장소임을 밝혔으며, 네 번째 단락에서는 이백이 지향하는 정치적 이상과 포부, 공성신퇴(攻成身退)의 처세관을 진술하였다.

이렇게 본 서신에서는 도가(道家)의 관점을 이용하여 무명(無名)과 유명(有名), 작음(小)과 큼(大)의 관계를 논술하면서 이름 없는 작은 산과 삼산오악같은 큰 산은 구별할 필요가 없음을 수산의 입장에 서서 맹소부의 논점을 반박하였다. 이렇듯 답서에서 유명하지는 않지만 아름답고 웅장한 수산을 이백 자신의 회재불우(懷才不遇)의 처지에 비유하면서 원대한 정치적 이상을 피력했다. 곧 이백 자신의 적극적 인생 목표였던 군왕을 바로잡아 세상을 구제하려는 유가의 겸제천하(兼濟天下)와 공업을 이루고 난 후 은퇴한다는 공성신퇴(攻成身退)의 도교적 행동강령을 주장했다. 본문에서 「관중(管仲)과 안영(晏嬰)을 얘기하고 제왕의 계책을 도모하며, 지혜와 능력을 발휘해 제왕을 보필하여 천하를 크게 안정시켜 맑게 다스리고자 하며, 임금을 섬기는 도리를 이루고 어버이를 영광되게 하는 일을 마친 후에는 범려(范蠡)와 장량(張良)처럼 오호를 떠돌면서 신선이 사는 창주에 은거하고자 한다(申管晏之談, 謀帝王之術. 奮其智能, 願爲輔弼, 使寰區大定, 海縣淸一. 事君之道成, 榮親之義畢, 然後與陶朱留侯, 浮五湖, 戲滄洲, 不足爲難矣.)」는 의사를 명확하게 표출하였는데, 유가와 도가사상이 혼합된 이백의 고오(高傲)한 성품이 잘 드러나고 있다. 여기서 이백의 주도적인 사상은 유가의 출사(出仕) 사상이며 공업을 이룬 뒤에는 도가의 이상처럼 은퇴한다는 점을 분명히 밝히고 있으니, 이는 이백이 일생동안 추구한 목표이기도 하다.

4-1

淮南小壽山[1]謹使東峰金衣雙鶴[2], 銜飛雲錦書[3]於維揚[4]孟公

足下[5], 曰.

僕包大塊[6]之氣, 生洪荒[7]之間, 連翼軫之分野[8], 控荊衡之遠勢[9]。盤薄萬古, 邈然星河[10]。憑天霓以結峰[11], 倚斗極[12]而橫嶂。頗能攢吸霞雨[13], 隱居靈仙。產隋侯之明珠[14], 蓄卞氏之光寶[15], 罄宇宙之美[16], 殫造化之奇[17]。

方與崑崙抗行, 閬風接境[18]。何人間巫廬台霍之足陳耶[19]?

회남(淮南)에 있는 작은 수산(壽山)이 동쪽 봉우리에 사는 두 마리 황학(黃鶴)에게 비단 편지를 물고 날아가 유양(維揚; 揚州) 땅 맹공(孟公) 앞으로 전달하도록 시키면서 다음과 같이 말하였도다.

저(수산)는 대자연의 기운을 품은 채 넓고 황량한 곳에서 태어났으니, 익성(翼星)과 진성(軫星)의 별자리 분야와 연결되고 멀고 먼 초(楚)땅 징저우(荊州)와 헝저우(衡州)의 산세까지 통제하고 있습니다. 먼 옛날부터 오랜 세월동안 아득한 은하수와 함께하였으니, 하늘의 무지개를 따라서 봉우리들이 만들어졌고, 북두칠성에 의지하여 가파른 산들이 가로지르고 있습니다. 노을과 비를 모아 호흡할 수 있으므로 신령스러운 신선이 은거하고 있으며, 수후(隋侯)의 밝은 구슬이 생산되고 변화(卞和)씨의 빛나는 보옥(寶玉)을 품고 있으므로 우주의 아름다움을 갖추었을 뿐만 아니라, 자연의 조화와 신비함을 모두 지니게 되었습니다.

바야흐로 신선이 사는 곤륜산(崑崙山)과 견줄 만하고 낭풍산(閬風山)과 이웃할 수 있으니, 인간 세상의 명산인 무산(巫山) · 여산(廬山) · 천태산(天台山) · 곽산(霍山)들과 같이 언급하여도 부족하지 않을 것입니다.

....

1 **淮南小壽山**(회남소수산) : 「淮南」은 안주(安州)의 안륙군(安陸郡)을 가리키는데, 《신당서》권41 〈지리지(地理志)〉에 "안주 안육군은 회남도에 속한다(安州安陸鄕, 隷屬淮南道.)"고 하였으므로, 「회남소수산」이라고 불렀음.

2 **東峯金衣雙鶴**(동봉금의쌍학) : 「雙鶴」은 수산의 지맥인 대학산 · 소학산(大 · 小鶴山)을 가리킴. 《호북통지(湖北通志)》권7 〈여지지(輿地志)〉에 "대학산은 안륙현 동북쪽 45리의 길양(吉陽)과 완정(蜿蜓) 남쪽에 있는데, 높이가 4십여 길로 학이 날개를 편 듯하다. 그 남쪽으로 소학산이 있는데, 높이가 십여 길로 정상에 맑은 연못이 있다(大鶴山在縣東北四十五里, 自吉陽蜿蜓而南, 高四十餘仞, 如鶴展翅. 其南有小鶴山, 高不十仞, 頂有淸池.)"고 했음. 왕기는 학(鶴)은 본래 흰색인데, 「금의쌍학(金衣雙鶴)」이라고 묘사한 것은 황학(黃鶴)임을 나타낸 것이라고 하였다.

3 **銜飛雲錦書**(함비운금서) : 「銜」은 「함(含)」과 같으며, 품어서 간직한다는 뜻하며, 「錦書」는 섬세하고 화려한 편지지에 쓴 서신을 가리킴.

4 **維揚**(유양) : 양주(揚州)로, 지금의 강소성 양주시. 《서경 · 우공(禹貢)》에 "회수와 바다 사이가 양주다(淮海維揚州.)"라고 하였는데, 후대 사람들은 「維揚」두자를 취하여 양주의 별칭으로 삼았다.

5 **足下**(족하) : 상대방에 대한 존칭어로 쓰는 말.

6 **大塊**(대괴) : 여기서는 대자연을 가리킴. 《장자 · 제물론(齊物論)》에 "자연이 내뿜는 기운을 바람이라고 부른다(夫大塊噫氣, 其名爲風.)"고 하였고, 성현영(成玄英)은 소(疏)에서 "「대괴」는 조물주의 이름이며, 자연이라 일컫는다(大塊者, 造物之名, 亦自然之稱也.)"라고 하였으며, 또한 《회남자 · 숙진훈(俶眞訓)》에서는 장자(莊子)를 인용하여 "대괴(자연)는 우리에게 형체(모습)를 주어 젊어지게

하고, 삶을 주어 수고롭게 한다(夫大塊載我以形, 勞我以生.)"라 하고, 고유(高誘)는 주에서 "「대괴」는 하늘과 땅 사이(大塊, 天地之間也)"라 했음. 이백전집에는 대괴에 대하여 여러 곳에서 언급했는데, 〈해가 뜨고 지는 노래(日出入行)〉에서 "나는 장차 온 천하를 자루에 넣고서, 호연지기로 자연의 원기와 동류가 되리라(吾將囊括大塊, 浩然與溟涬同科.)"라 읊었으며, 뒤에 나오는 〈봄밤 집안의 여러 동생들과 도화원 연회에서 지은 서문(春夜宴從弟桃花園序)〉에서 "화창한 봄이 아지랑이 낀 경치로 나를 부르고, 대괴가 나에게 문장을 빌려 주었네(況陽春召我以烟景, 大塊假我以文章.)"고 읊었다.

7 **洪荒**(홍황) : 「홍황(鴻荒)」과 같으며, 혼돈(混沌)하고 몽매(蒙昧)한 상태의 먼 태고시대를 가리킴. 왕연수(王延壽)는 〈노영광전부(魯靈光殿賦)〉에서 「홍황」의 세상은 질박하고 소략해서, 그 모습을 우러러 볼 수 있을 뿐이라네(鴻荒朴略, 厥狀睢盱.)"라 했는데, 이선은 주에서 "상고의 시기를 「홍황」의 세상이라고 한다(上古之世, 爲鴻荒之世也.)"고 했음.

8 **連翼軫之分野**(연익진지분야) : 「分野」에 대하여, 고대 천문학에서 천상에 있는 별의 위치와 지상에 있는 주(州)와 국(國)의 위치가 대응되므로 지리상에서 분야라고 불렀음. 하늘의 28숙(宿) 가운데 익(翼)과 진(軫) 두 별자리에 대응되는 곳이 형초(荊楚)지방이었으므로, 형초를 「翼軫之分野」라고 불렀다. 《한서 · 지리지》(권28)에 "초 땅은 익과 진의 분야에 속한다. 지금의 중국 남부로 강하 · 영릉 · 계양 · 무릉 · 장사와 한중 · 여남군 모두가 초의 분야에 속한다(楚地翼軫之分野也. 今之南郡, 江夏 · 零陵 · 桂陽 · 武陵 · 長沙及漢中, 汝南郡, 盡楚分野也.)"고 했으며, 또한 왕발(王勃)은 〈등왕각서〉에서 남창(南昌)을 「성분익진(星分翼軫)」이라 하였는데, 남창이 옛 초 지방에 속하므로 이렇게 불렀다. 여기서 「익진의 분야」

라고 한 것은 곧 안륙이 옛 초나라 땅에 속한 것을 가리킨다.

9 **控荊衡之遠勢**(공형형지원세) : 「控」은 공제(控制)로, 통제나 점거하는 것. 「荊衡」은 형주(荊州)와 형주(衡州), 혹은 형산(荊山)과 형산(衡山)을 가리킴. 형산(荊山)은 양양부 남장현*에, 형산(衡山)은 형주부 형산현**에 있는데 모두 옛날 초나라에 속하였다. 「遠勢」는 요원한 기세.

10 **盤薄萬古, 邈然星河**(반박만고, 막연성하) : 「盤薄」는 「방박(磅薄)」 혹은 「반박(盤礴)」과 통하며, 웅장하고 광대한 모습. 양형(楊炯)은 〈서릉협(西陵峽)〉시에서 "웅장한 형주의 문이여, 넓고 큰 남쪽의 벼리이네(盤薄荊之門, 滔滔南國紀.)"라 읊었음. 「邈然」은 아득히 멂을 뜻하고, 「星河」는 은하수. 앞 구는 시간에서, 뒷 구는 공간에서 수산의 웅장하고 유구함을 가리키고 있다.

11 **憑天霓以結峯**(빙천예이결봉) : 「天霓」는 「천예(天倪)」와 같은 뜻으로, 하늘 끝에 있는 무지개의 기운. 《장자 · 제물론(齊物論)》에 "하늘의 공평함으로 조화시키고 무한한 변화에 맡겨두는 것이 천수를 다하는 것(和之以天倪, 因之以蔓衍, 所以窮年也.)"이라고 하였음. 여기서는 봉우리가 하늘의 끝에 닿도록 높은 것을 말한다.

12 **斗極**(두극) : 북두성. 《이아 · 석지(釋地)》에 "북쪽으로 두극(북두성)을 떠받쳐서 공동(空桐)이 되었다(北戴斗極爲空桐.)"라 하고, 형병(邢昺)은 소에서 "「두」는 북두이며, 「극」은 중궁 천극성이다. …… 하늘의 가운데에 거처하므로 극이라고 불렀으며, 극은 가운데이다. 북두가 극을 받들고 있으므로 두극이라 불렀다. 이것(북두성)이 두극의 아래에 있으므로 그 곳을 공동(空桐)이라고 이름지었다

---

* 지금의 호북성 남장현(南漳縣).

** 지금의 호남성 형산현(衡山縣).

(斗，北斗也．極者，中宮天極星．…… 以其居天之中，故謂之極．極，中也．北斗拱極，故云斗極．值此斗極之下，其處名空桐.)"고 했음.

13 **攢吸霞雨**(찬흡하우) :「攢吸」은 모아서 빨아 들이는 것.「霞雨」는 아침 노을과 비로 천지간 정령(精靈)의 기운.

14 **隋侯之明珠**(수후지명주) : 수후의 빛나는 진주. 《회남자 · 남명훈(覽冥訓)》에 "수후의 진주, 화씨의 옥(隋侯之珠，和氏之璧.)"이라 하였는데, 고유(高誘)는 주에서 "수후가 몸이 잘려서 상처 난 뱀을 발견하고 약을 발라 주었는데, 후에 그 뱀이 강 가운데에서 큰 구슬을 입에 물고와 보답하였다. 그래서 수후의 구슬이라고 불렀으며, 명월처럼 빛나는 구슬이다(隋侯見大蛇傷斷，以藥敷之，蛇於江中銜大珠以報之．因曰，隋侯之珠，蓋明月珠也.)"고 하였으며, 진(晉) · 간보(干寶)의 《수신기(搜神記)》권20 에서도 "수후가 길을 가다가 큰 뱀의 중간이 잘려져 상처난 것을 보고 신령스럽고 기이하게 여겨서 사람에게 약을 바르고 꿰매주도록 하니 뱀이 바로 갈 수 있었으므로 그 곳을「단사구」라 불렀다. 그해 말에 뱀이 빛나는 구슬을 물고 와서 보답하였는데, 구슬의 지름은 한 치가 넘고 순백색으로 밤에는 빛이 나서 달처럼 비쳐서 방을 밝힐 수 있었다. 그래서「수후의 구슬」, 혹은「신령스런 뱀의 구슬」, 또는「명월같은 구슬」라고도 불렀다(隋侯出行，見大蛇被傷中斷，疑其靈異，使人以藥封之，蛇乃能走，因號其處斷蛇丘．歲餘，蛇銜明珠以報之．珠盈徑寸，純白，而夜有光明，如月之照，可以燭室．故謂之隋侯珠，亦曰靈蛇珠，又曰明月珠.)"고 했음. 수산(壽山)이 수주와 같은 보물을 생산할 수 있음을 가리킨 것이다.

15 **卞氏之光寶**(변씨지광보) : 초나라 변화(卞和)가 바친 빛나는 구슬. 《한비자 · 화씨(和氏)》편에 "초나라 사람 화씨는 초산에서 박옥(璞

玉; 다듬지 않은 옥돌)을 얻어 여왕(厲王)*에게 바쳤다. 왕은 옥공에게 감정토록 하였는데 「돌이다」라고 하자, 왕은 화씨가 속였다고 하고 그 왼쪽 발꿈치를 베었다. 여왕이 죽고 무왕(武王)이 즉위하자 화씨는 다시 박옥을 들고 무왕에게 바쳤지만, 왕이 옥공에게 감정하게 하였는데 또 「돌이다」하니, 왕은 또 변화가 속였다하고 그 오른쪽 발꿈치를 베었다. 무왕이 죽고 문왕(文王)이 즉위하자 변화는 그 박옥을 안고 초산아래에서 3일 낮밤 동안 울었는데, 눈물이 다하자 이어서 피가 흘렀다. 왕이 이를 듣고 그 이유를 묻기를 「세상에 월형(刖刑)**을 받은 사람은 많은데 그대는 어째서 슬피 통곡하느냐」하자, 화씨는 「제가 슬퍼하는 것은 발꿈치가 잘려서가 아니라 보석을 돌이라 말하고 곧은 사람을 미치광이로 여기는 것이 슬퍼서 우는 것입니다」고 말했다. 왕은 옥공에게 옥돌을 가져와 다듬어 아름다운 옥을 얻고 나서, 「화씨의 구슬(和氏之璧)」이라고 명명했다(楚人和氏得玉璞楚山中, 奉而獻之厲王. 厲王使玉人相之. 玉人曰, 石也. 王以和爲誑, 而刖其左足. 及厲王薨, 武王即位. 和又奉其璞而獻之武王. 武王使玉人相之. 又曰, 石也. 王又以和爲誑, 而刖其右足. 武王薨, 文王即位. 和乃抱其璞而哭於楚山之下, 三日三夜, 淚盡而繼之以血. 王聞之, 使人問其故, 曰, 天下之刖者多矣, 子奚哭之悲也? 和曰, 吾非悲刖也, 悲夫寶玉而題之以石, 貞士而名之以誑, 此吾所以悲也. 王乃使玉人理其璞而得寶焉, 遂命曰, 和氏之璧.)"는 기록이 있음. 이 화씨가 바로 변화이며, 수산이 화씨의 구슬(和氏璧)과 같은 진귀한 보물을 간직하고 있음을 가리

---

* 초나라 여왕(厲王; 蚡冒)은 기원전 757년에 즉위하고, 무왕(武王)은 기원전 740년에, 문왕(文王)은 기원전 689년에 즉위하였다.

** 월형(刖刑)은 고대 중국에서 시행한 오형의 하나로, 범죄인의 발꿈치를 베는 형벌.

킨 것이다.

16 **罄宇宙之美**(경우주지미) : 「罄」은 '다하다'는 뜻으로, 천지의 정화(精華)를 모두 거두어들였음을 말함.

17 **殫造化之奇**(탄조화지기) : 「殫」은 힘을 다하는 것이고, 「造化」는 자연계의 창조와 화육(化育)을 말함.

18 **方與崑崙抗行, 閬風接境**(방여곤륜항행, 낭풍접경) : 《수경주 · 하수(河水)》(권1)에 "곤륜산에는 세 층이 있으니, 맨 아래층은 번동(樊桐)으로 일명 판동이라 부르며, 두 번째 층은 현포(玄圃)로 일명 낭풍이라 부르며, 맨 윗 층은 층성(層城)으로 일명 천정이라 부르니, 상제가 거주하는 곳이다(崑崙之山三級, 下曰樊桐, 一名板桐, 二曰玄圃, 一名閬風, 上曰層城, 一名天庭, 是爲太帝之居.)"라고 하였음. 「抗行」은 견주는 것. 여기서 수산은 바로 신선이 거주하는 곤륜산과 견줄 수 있으며, 낭풍과 서로 이웃할 수 있음을 말한 것이다.

19 **何人間巫廬台霍之足陳耶**(하인간무려태곽지족진야) : 「巫」는 지금의 사천성 무산현(巫山縣) 곧 중경과 호북성의 접경지에 있는 무산(巫山)이고, 「廬」는 강서성 구강시 남쪽에 있는 여산(廬山)이며, 「台」는 지금의 절강성 천태현 동북쪽에 있는 천태산(天台山)이며, 「霍」은 안휘성 곽산현 남쪽에 있는 곽산(霍山)을 가리킨다. 「陳」은 진술하다, 언급하다. 이 구는 수산이 비록 작은 산이지만, 그 기묘하고 아름다움은 여기서 언급한 천하의 네 명산과 비교해도 손색이 없음을 말한 것이다.

4-2

昨於山人[20]李白處奉見吾子[21]移文, 責僕以多奇, 叱僕以特秀[22], 而盛談三山五嶽[23]之美, 謂僕小山, 無名無德[24]而稱焉。觀乎斯言，何太謬之甚也！

吾子豈不聞乎，無名爲天地之始，有名爲萬物之母[25]。假令登封禋祀[26]，曷足以大道譏耶[27]？然能損人費物[28]，庖殺致祭[29]，暴殄草木[30]，鐫刻金石，使載圖典[31]，亦未足爲貴乎！且達人莊生[32]，常有餘論[33]，以爲尺鷃不羡於鵬鳥[34]，秋毫可並於太山[35]。由斯而談，何小大之殊也？

어제 은사 이백이 머무는 곳에서 그대가 보낸 이문(移文)을 읽어 보았는데, 공은 제가(수산) 기이한 것이 많고 특별히 빼어나다고 질책하였습니다. 그리고 천하의 삼산(三山)과 오악(五嶽)들의 아름다움을 크게 칭송하면서, 저는 작은 산으로 명성도 없고 덕행도 없다고 하였는데, 이러한 말들을 볼 때 큰 오류가 있다고 할 수 있습니다.

공께서는 무명(無名)은 천하의 시작이요, 유명(有名)은 만물의 어머니라는 말을 듣지 못했는지요. 만약 태산에 올라 하늘에 제사를 지낸다면 어찌 그 큰 도리를 책망할 수 있겠습니까? 그러나 제사를 지내느라 사람을 상하게 하고 재물을 소비하며, 요리사는 희생을 죽여 제사를 지내고 포악하게 나무와 풀을 훼손한다면, 쇠붙이나 돌에다가 글씨를 새기고 도서와 전적에 기록한다 하더라도 이 역시 귀한 것이 되지 못할 것입니다. 또한, 통달한 장자(莊子)는 높은 경지의 말을 남겼으니, 메추라기는 붕새를 부러워하지 않으며, 가을의 가는 털도 태산과 나란히 할 수 있다고 하였습니다. 이들을 보면 어찌 크고 작음에 차이가 있다고 말할 수 있겠습니까?

....

20 **山人**(산인) : 산에 숨어 사는 은사(隱士). 초당 시인 왕발(王勃)의

〈이십 사에 드리는 시(贈李十四)〉에서 “벼슬하지 않은 사람은 띳집을 그리워하고, 은사는 대숲을 좋아한다네(野客思茅宇, 山人愛竹林.)”라고 읊었음.

21 **吾子**(오자) : 「子」는 고대 중국에서 남자에 대한 미칭, 여기서는 맹소부에 대한 존칭임.

22 **叱僕以特秀**(질복이특수) : 「叱」은 큰 소리로 꾸짖는 것. 「特秀」는 앞 구의 「多奇」와 같이 탁월하여 비범한 것.

23 **盛談三山五嶽**(성담삼산오악) : 「盛談」은 크게 칭찬하는 것. 「三山」은 전설에 나오는 봉래(蓬萊) · 영주(瀛洲) · 방장(方丈)등 신선이 산다는 세 산이며, 「五嶽」은 태산(泰山) · 형산(衡山) · 화산(華山) · 항산(恒山) · 숭산(崇山)으로 중국의 다섯 명산인데, 여기서는 천하의 명산을 널리 가리킨다.

24 **無名無德**(무명무덕) : 「無名」은 명성이 없는 것. 「無德」은 덕행이 없는 것.

25 **無名爲天地之始, 有名爲萬物之母**(무명위천지지시, 유명위만물지모) : 무명은 천지의 시작이요, 유명은 만물의 어머니라는 말. 《노자》제1장에 나오는 말로, 하상공(河上公)은 주에서 “「무명」은 도를 말한다. 도는 모양이 없으므로 이름을 부를 수 없다. 「처음」이라는 것은 도의 근본인데, 기운을 토하고 변화를 펼치며 허무에서 나와서 천지의 근본이 시작된다. 「유명」은 천지를 말하는데, 천지는 모습과 위치를 갖추고 있으며, 음양은 부드러움과 강함이 있으므로 이것을 유명이라고 한다. 「만물의 어머니」라는 것은 천지가 기운을 머금고 만물을 탄생시켜 자라게 하며 성숙하게 하는 것이 어머니가 아들을 기르는 것과 같음을 말한 것이다(無名者, 謂道. 道無形, 故不可名也, 始者, 道之本也. 吐氣布化, 出於虛無, 爲天地本始也. 有名謂天地. 天地有形位, 陰陽有柔剛, 是其有名也. 萬物母者, 天地含氣

生萬物, 長大成熟, 如母之養子.)"고 했음. 여기서는 맹소부가 수산이 유명하지 않다고 비난하자, 이백이 《노자》의 무명(無名)을 인용하여 반박한 것이다.

26 登封禋祀(등봉인사) : 고대의 제왕들이 태산에 올라 봉선(封禪), 즉 흙으로 단을 쌓아 하늘에 제사 지내고, 땅을 깨끗이 쓸어 산천에 제사 지내던 일을 말함. 「登封」은 전국시대 제노(齊魯) 지방의 선비들이 오악 중 태산이 가장 높다고 여겨서 제왕이 태산에 제사 지내는 것을 「封」이라 하고, 태산 남쪽에 있는 양보(梁父)에서 땅에 제사 지내는 것을 「禪」이라 불렀음. 진시황 · 한무제 · 당현종은 모두 태산에 올라가 봉선을 하면서 자신들의 공업을 하늘에 보고하였다. 「禋祀」는 청결하게 재계하고 하늘에 제사를 지내는 의식으로, 신에게 제사 지내는 희생물을 땔나무 위에 올려놓고 연기를 피워 올려 하늘에 고함을 표시하는 것이다. 《주례 · 춘관(春官) · 대종백(大宗伯)》에 "「인사」로 하늘의 상제에게 제사를 지낸다(以禋祀昊天上帝.)"고 하였으며, 또한 《한서 · 무제기(武帝紀)》에도 "원봉 원년(기원전 110년), 여름 4월 계묘일에 무제가 태산에 올라 하늘에 제사를 지냈다(元封元年, 夏四月, 癸卯, 上還登封泰山.)"고 하였는데, 안사고는 주에서 "맹강이 말했다. 왕이 된 자는 공업을 이루어 정치가 안정되면 성공을 하늘에 고한다. 봉은 높은 것으로 하늘의 높음을 돕는 것이다. 돌에 호를 새겨서, 황금 죽간으로 쓴 돌함과 금으로 반죽한 옥제 문갑에 봉하였다. 응소가 말했다. 봉선하는 자는 단의 넓이를 12장, 높이를 2장, 계단은 3층으로 하고 그 위에서 봉제사를 지내는데 넓고 높게 보이도록 한 것이다. 각석은 공적을 기록하는 것이다. …… 내려와서는 양보에서 봉선하는데 땅의 주인에게 제사하여 널리 보이도록 하였으니, 이것은 옛날 제도이다(孟康曰, 王者功成治定, 告成功於天. 封, 崇也, 助天之高也. 刻石紀號, 有金策

石函·金泥玉檢之封焉. 應劭曰, 封者, 壇廣十二丈, 高二丈, 階三等, 封於其上, 示增高也. 刻石, 紀績也. …… 下禪梁父, 祀地主, 示增廣, 此古制也.)"고 했음.

27 **大道譏耶**(대도기야) : 「大道」는 큰 도리. 「譏」는 책망이나 비난함을 뜻함.

28 **損人費物**(손인비물) : 「損人」은 백성을 수고롭게 하는 것. 「費物」은 재물을 소비하는 것.

29 **庖殺致祭**(포살치제) : 「庖」는 요리사. 「致」는 보내는 것. 요리사가 제사에 쓸 희생을 죽이는 것을 말한다.

30 **暴殄草木**(포진초목) : 잔혹하게 나무와 풀을 훼손하는 것. 「暴殄」은 본래는 임의로 해치는 것이지만, 여기서는 훼멸이나 제거하는 것을 가리킨다.

31 **鐫刻金石, 使載圖典**(전각금석, 사재도전) : 「鐫刻」은 새기는 것. 「金石」은 종(鐘)과 솥(鼎)이나 비석에 공적을 새기는 것. 「載」는 기재하다. 「圖典」은 도서와 전적. 《사기·진시황본기》에 "군신들이 서로 황제의 공덕을 칭송하고 금석에 새겨서 다스리는 본보기로 삼았다(群臣相與誦皇帝功德, 刻于金石, 以爲表經.)"고 했음.

32 **達人莊生**(달인장생) : 「達人」은 통달하여 운명을 아는 사람. 「莊生」은 전국시대 도가사상의 철학자인 장주(莊周).

33 **常有餘論**(상유여론) : 「餘論」은 미담, 훌륭한 의론, 높은 경지의 말로, 남의 언론에 대하여 존경을 표하는 언사이다. 《문선》권7 사마상여의 〈자허부〉에 "초 땅에도 그런 즐거움이 있는지 물은 것은, 대국의 풍모에 관해 선생의 고견을 듣고자 한 것입니다(問楚地之有無者, 願聞大國之風烈, 先生之餘論也.)"라 하고, 이선은 주에서 장안(張晏)의 말을 인용하여 "선현들이 남긴 훌륭한 의론을 듣기 바란 것이다(願聞先賢之遺談美論也.)"라고 했음.

34 **以爲尺鷃不羡於鵬鳥**(이위척안불선어붕조) : 「尺鷃」은 작은 새인 메추라기이고, 「鵬鳥」는 전설 중의 아주 큰 새인 붕새를 말하며, 메추라기는 작고 붕새는 크므로 사람의 식견이나 도량이 넓고 좁은 것을 비유한다. 《장자 · 소유요(逍遙遊)》에 "이름이 붕(鵬)이라는 새가 있다. 등은 태산과 같고 날개는 하늘에 드리운 구름과 같다. 회오리바람을 타고 날개를 쳐서 빙글돌며 구만리를 올라가 구름 위에 솟구치면 푸른 하늘을 이고 비로소 남쪽을 향해 바다로 간다. 메추라기가 이를 비웃으며 「저새가 도대체 어디를 가는 것일까? 나는 힘껏 날아올라도 불과 몇 자 못 올라가고 내려와서 쑥 풀 사이를 날아다닌다. 이것도 가장 높이 난 것인데, 저새는 어딜 가려고 하는 것일까?」라고 한다. 이것이 작은 것과 큰 것의 차이다(有鳥焉, 其名爲鵬. 背若泰山, 翼若垂天之雲. 摶扶遙羊角而上者九萬里. 絶雲氣, 負靑天, 然後圖南, 且適南冥. 斥鴳笑之曰, 彼且奚適也? 我騰躍而上, 不過數仞而下. 翱翔蓬蒿之間. 且亦飛上之至也. 而彼且奚適也? 此小大之辨也.)"라고 하였음.

35 **秋毫可並於太山**(추호가병어태산) : 「秋毫」는 본래 새나 짐승이 가을에 새로 나는 가는 털을 가리켰는데, 후에는 아주 적은 물건에 비유하였다. 《장자 · 제물론(齊物論)》에 "세상에 가을 털끝만큼 큰 것이 없으니, 태산은 오히려 작은 것이다(天下莫大於秋毫之末, 而太山爲小.)"라 했다. 「太山」은 높고 큰 산인데, 장자는 고의로 추호가 가장 크다고 말하여 상대적으로 태산을 작게 만들었음. 이 두 구에서는 장자의 말을 빌려 작은 메추라기가 큰 대붕을 부러워하지 않고, 가을의 가는 털도 태산과 함께 나란히 할 수 있음을 설명한 것이다.

4-3

又怪於諸山藏國寶，隱國賢，使吾君牓道[36]燒山[37]，披訪不獲，非通談也[38]。夫皇王登極，瑞物昭至[39]，蒲萄翡翠[40]以納貢，河圖洛書以應符[41]。設天網而掩賢[42]，窮月窟以率職[43]。天不秘寶，地不藏珍，風威百蠻[44]，春養萬物。王道無外[45]，何英賢珍玉而能伏匿[46]於巖穴耶？所謂榜道燒山，此則王者之德未廣矣。

昔太公[47]大賢，傅說明德[48]，棲渭川之水[49]，藏虞虢之巖[50]，卒能形諸兆眹，感乎夢想[51]。此則天道暗合[52]，豈勞乎搜訪哉？果投竿詣麾[53]，舍築作相[54]，佐周文，贊武丁[55]。總而論之，山亦何罪？

乃知巖穴爲養賢[56]之域，林泉非秘寶之區。則僕之諸山，亦何負於國家矣？

또 여러 산에 나라의 보물이 감춰져 있고 현명한 사람들이 숨어있는 것을 이상하게 여기어서, 임금이 길가에 방(榜)을 붙이거나 산을 태워서 어진 선비를 구하려 하였지만, 인재를 얻지 못하였으니 이것은 도리에 맞는 이야기가 아닙니다. 무릇 군주가 등극(登極)하면 상서로운 일들이 환하게 도래하나니, 포도와 비취가 공물로 바쳐지고 하도(河圖)와 낙서(洛書)같은 영험있는 조짐들이 나타났습니다. 그래서 하늘의 그물을 설치하여 천하의 어진 인재를 찾았으며, 서쪽 월굴(月窟)까지 가서 맡은 일을 봉행하도록 하였습니다. 하늘이 보물을 숨기지 않고 땅이 보배를 감추지 않았지만, 바람은 모든 오랑캐 땅까지 위엄을 떨치고 봄은 삼라만상들을 자라게 합니다. 임금의 인의(仁義) 정치가 예외 없이 천하에 베풀어진다면, 어찌하여 뛰어난 현인과 진귀한 보배들이 바위나 동굴 속에 엎드려 숨어있겠습니까? 이른바 인재를 구하려고 길가에 방문(榜文)을 붙이거나 산에 불을 지르는 행위는 왕의 은덕을 널리 베푸는 일이 아닙니다.

예전에 강태공(姜太公)은 크게 현명하고 부열(傅說)은 덕행이 밝았기 때문에, 각각 위수(渭水) 가에서 거주하고 우(虞)와 괵(虢)나라에 있는 부암(傅巖) 지방에 숨어있었지만, 마침내 태공은 점괘(占卦)의 징조로 드러나고 부열은 꿈속에서 형상이 미리 나타나도록 하였던 것입니다. 이는 곧 천도(天道)는 의식하지 않아도 합치되는 것이니, 어찌 수고롭게 찾아서 만날 수 있는 것이겠습니까? 결과적으로 강태공은 낚싯대를 내던지고 군대 깃발에 참여하였으며, 부열은 흙을 다지는 나무판을 버리고 재상에 발탁되어서, 각각 주(周)나라 문공(文公)을 보좌하고 은(殷)나라 무정(武丁)을 도왔으니, 종합적으로 말해서 산이 무슨 허물이 있다고 하겠습니까?

저는 바위와 동굴들은 어진 선비를 기르는 장소이며, 숲과 샘은 보물만을 감추는 장소가 아니었다는 것을 비로소 알게 되었습니다. 그러므로 제가 머무는 산들이 어찌 나라에 짐이 될 수 있겠습니까?

....

36 **榜道**(방도) : 도로의 곁에 고시문(告示文)을 붙여 현명한 사람을 구하는 것. 《진서(晉書)·손혜전(孫惠傳)》에 "손혜는 남악의 은사 진비지(秦秘之)라고 속이고, 편지로 동해왕 월(越)에게 인재를 구하도록 하였다. …… 월왕이 편지를 살펴보고 길가에 방문을 붙여 구하니, 손혜가 나타나 월왕을 알현하였다. 월왕이 그를 기실참군으로 임명하여 문장을 기초하게 하고 정치에 참여토록 하였다(惠乃詭稱南嶽逸士秦秘之, 以書干東海王越 …… 越省書, 榜道以求之, 惠乃出見

越. 越卽以爲記室參軍, 專掌文疎, 預參謀議.)"는 고사가 있음.

37 **燒山**(소산) : 산에 불을 놓아 어진 선비를 초빙하는 것. 《삼국지 · 위서 · 완우전(阮瑀傳)》의 배송지(裴松之) 주에서 "《문사전》에서 이르기를 태조(曹操)는 완우가 유명하다는 소문을 듣고 그를 불렀으나 응하지 않았다. 연달아 보기를 재촉하자 산으로 들어가 숨었다. 태조가 사람을 시켜 산에 불을 놓아 완우가 나오도록 한 후에, 사람을 보내 그를 불러들였다(文士傳曰, 太祖雅聞瑀名, 辟之, 不應, 連見迫促, 乃逃入山中. 太祖使人焚山得瑀, 送至, 召入.)"고 하였는데, 그 후 조조는 그에게 사공군모제주(司空軍謀祭酒) 등의 관직을 주어 군대의 격문을 작성하는 일을 맡겼다고 하였다. 양나라 소릉왕(邵陵王) 소륜(蕭綸)의 〈은사 정백선생 도군의 비문(隱居貞白先生陶君碑)〉에도 "길에 방을 붙여 어진 이를 구하고, 숲을 태워 선비를 불러들였네(榜道求賢, 焚林招士.)"라고 했음.

38 **披訪不獲, 非通談也**(피방불획, 비통담야) : 「披訪」은 두루 방문하는 것. 「通談」은 인정과 도리에 맞는 언변.

39 **皇王登極, 瑞物昭至**(황왕등극, 서물소지) : 개명한 황제가 즉위하면 상서로운 일들이 환하게 도래하는 것. 「瑞物」은 경사가 나타날 조짐을 보이는 물건.

40 **葡萄翡翠**(포도비취) : 왕기는 주에서 "포도는 서역(西域)에서 생산되고 비취는 남월(南越)에서 생산되는데, 이 두 가지를 거론한 것은 먼 곳에서 공물로 바쳤음을 나타낸 것이다"라고 했음.

41 **河圖洛書以應符**(하도낙서이응부) : 전설에 나오는 복희(伏羲)시대에 용마(龍馬)가 황하에서 등에 하도를 짊어지고 나타났으며, 신령스런 거북이가 등에 낙서를 짊어지고 낙수(洛水)에서 출현하였다고 전한다. 복희씨는 이 그림(圖)과 책(書)을 근거로 8종류의 부호를 그려 팔괘(八卦)가 되었다고 하였는데, 자연과 사회현상의 발전과

변화를 상징하였다. 《주역·계사전(繫辭傳)》에 "황하에서 그림이 나오고 낙수에서 글이 나오자, 성인이 이것을 본받았다(河出圖, 洛出書, 聖人則之.)"라 하고, 공영달은 소에서 "《춘추위》에서 이르기를 황하에서는 건(乾)과 통하여 천포(天苞)가 나오고, 낙수에서는 곤(坤)이 흘러 지부(地符)가 나왔다. 황하에서는 용의 그림으로 나왔고 낙수에서는 거북이의 글씨로 감응하였으니, 하도는 9편이고 낙서는 6편이다. 공안국은 하도는 바로 팔괘이며, 낙서는 바로 구주(九疇)라고 하였다(春秋緯云, 河以通乾出天苞, 洛以流坤吐地符. 河龍圖發, 洛龜書感. 河圖有九篇, 洛書有六篇. 孔安國以爲河圖則八卦是也, 洛書則九疇是也.)"고 했음. 「應符」는 상서로운 징조에 들어맞아 영험한 것.

42 **設天網而掩賢**(설천망이엄현) : 하늘의 그물을 설치하여 현자들을 얻는 것. 《문선》권42 조식(曹植)의 〈양덕조에게 드리는 편지(與楊德祖書)〉에서 "우리 왕이 하늘의 그물을 설치하여 문학가들을 초빙하고, 여덟 방향에서 재주있는 선비를 받아들이니, 지금의 모든 인재들이 위(魏)나라에 모이게 되었다(吾王于是設天網以該之, 頓八紘以掩之, 今悉集玆國矣.)"라 하여, 조조가 천하의 먼 곳에 있는 문학가들을 모두 다 초빙하였음을 말하였다. 「天網」은 하늘의 그물. 《노자》73장에 "하늘 그물은 넓고 넓어서 성긴듯해도 놓치는 일이 없다(天網恢恢, 疏而不失.)"라 하였고, 「掩」은 여기서는 '초빙하다'의 뜻.

43 **窮月窟以率職**(궁월취이솔직) : 매우 먼 서방 끝에 있는 사람들까지 맡은 일을 봉행하는 것으로, 먼 변방 지역으로 깊이 들어간 것을 뜻함. 「窮」은 끝까지 다하는 것. 「月窟」은 월굴(月窟)과 같은 말로, 서쪽의 가장 먼 지역, 《문선》권27 안연년(顔延年)의 〈송교사가(宋郊祀歌)〉에 "월굴에서 손님이 왔다(月窟內賓.)"고 하였으며, 여연

제(呂延濟)는 주에서 "「취」는 굴이며, 「월굴」은 서쪽 끝이다(窟, 窟也. 月窟, 西極.)"라 했음. 「率職」은 맡은 일을 봉행하는 것으로, 안연년은 〈붉은 백마를 노래한 부((赭白馬賦)〉서문에서 "다섯 방향으로 나가 근무하도록 하고, 사방 오지에서 입궁토록 하였네(五方率職, 四隩入宮.)"라 읊었음.

44 **風威百蠻**(풍위백만) : 「百蠻」은 중국 주변의 오랑캐(夷狄)들로서, 화하(華夏)와 대칭되는 모든 소수민족을 가리킴. 《사기 · 공자세가(孔子世家)》에 "옛날 무왕이 상나라를 점령하고, 아홉 동이족과 많은 남만족들과 길을 뚫어 통하였다(昔武王克商, 通道於九夷百蠻.)"라 했으며, 반고(班固)는 〈동도부(東都賦)〉에서 "안으로는 제후국이 없고, 밖으로는 많은 오랑캐들이 있구나(內無諸夏, 外有百蠻.)"라 읊었음. 이 구는 나라의 세력이 사방에 있는 먼 오랑캐 땅까지 위엄을 떨치는 것을 말한다.

45 **王道無外**(왕도무외) : 「王道」는 인의(仁義)로 천하를 다스리는 것으로, '패도(覇道)'와 상대되는 말. 「無外」는 가장 큰 범위로, 군주의 은혜가 보편적으로 천하에 다 베풀어졌음을 말함. 《춘추공양전(春秋公羊傳)》희공(僖公) 24년에 "천왕이 궁을 나와 정 땅에서 거주하니, 왕의 은혜가 온 천하에 베풀어졌다(天王出居鄭, 王者無外.)"고 하였으며, 《관자(管子) · 판법해(版法解)》에서는 "무릇 임금이 된 자는 모든 백성을 떠받들어야 그들을 다스릴 수 있다. …… 하늘이 빠짐없이 덮듯이, 임금의 덕은 어디에나 있다(凡人君者, 覆載萬民而兼有之 …… 天覆而無外也, 其德無所不在.)"고 하였음.

46 **伏匿**(복익) : 엎드려 숨는다는 뜻.

47 **太公**(태공) : 강태공(姜太公), 곧 주나라 여상(呂尙). 위수(渭水)에서 낚시하다가 후에 문왕(文王)을 보좌하였으며, 무왕(武王)이 은나라를 멸망시키는데 큰 공을 세워 제(齊) 땅에 봉해졌음. 《전국

책 · 진책(秦策)》에 "요가가 말하기를 「태공망은 제 지방에서 쫓겨난 지아비였고, 조가에서 버림받은 백정이었다」고 했다(姚賈曰, 太公望齊之逐夫, 朝歌之廢屠.)"라고 하였으며, 《사기 · 제태공세가》에서는 "여상은 곤궁하고 연로하자, 낚시로 주 서백(西伯)에게 접근하려고 했다. 서백이 사냥 나가면서 점을 쳤는데, 「잡을 것은 용도 이무기도 아니고, 호랑이도 곰도 아니다. 잡을 것은 패왕의 보필이다」라는 점괘가 나왔다. 그리하여 주서백이 사냥을 나갔다가 과연 위수 남쪽에서 여상을 만났는데, 그와 이야기를 나눈 후 크게 기뻐하며 말하기를, 「우리 선대 태공 때부터 반드시 성인이 주나라에 와서 주나라가 흥성할 것이라고 했는데, 선생이 진정 그분이십니다. 우리 태공께서 그대를 기다린지 오래되었습니다」고 하였다. 그를 「태공망」이라고 부르며, 수레에 함께 타고 돌아와서 스승으로 삼았다(呂尙蓋嘗窮困, 年老矣, 以漁釣奸周西伯. 西伯將出獵, 卜之, 曰所獲非龍非彲, 非虎非羆, 所獲霸王之輔. 於是周西伯獵, 果遇太公於渭之陽, 與語大說, 曰自吾先君太公曰當有聖人適周, 周以興. 子眞是邪. 吾太公望子久矣. 故號之曰太公望, 載與俱歸, 立爲師.)"라 했음.

48 **傅說明德**(부열명덕) : 「傅說」은 상(商)나라 무정(武丁)의 재상. 원래는 우와 괵 땅의 경계인 부암(傅巖) 지방에서 흙을 다지는 미장일을 하는 노예였는데, 무정에게 발탁되어 재상에 임용되어 국정을 맡은 이후로 국세가 강성하게 되었다. 《서경 · 열명(說命)상》에 "왕이 글을 지어 훈계하기를, 「꿈에 상제가 나에게 좋은 보필을 보내주셨으니, 그가 나를 대신하여 말할 것이오」라 하였다. 그래서 그 형상을 자세히 생각해내어 모습을 그려 가지고, 온 천하에 두루 찾게 하였다. 부열이 부암 들판에서 흙일을 하였는데 모습이 닮았으므로, 마침내 그를 세워 재상으로 삼고, 임금 곁에 두었다(王庸作書以誥

曰, 夢帝賚予良弼, 其代予言. 乃審厥象, 俾以形, 旁求于天下. 說築傅巖之野, 惟肖. 爰立作相, 王置諸其左右.)"고 하였음. 「明德」은 완전하고 아름다운 덕의 성품으로, 《대학(大學)》에 "대학의 도는 밝은 덕을 밝히는데 있다(大學之道, 在明明德.)"고 했음.

49 **棲渭川之水**(서위천지수) : 「棲」는 거주하는 것. 「渭川」은 섬서성 중부에 있는 황하의 지류인 위수(渭水). 강태공이 문왕을 만나기 전에 위수에서 낚시를 드리운 일을 가리킴.

50 **藏虞虢之巖**(장우괵지암) : 여기서는 부열이 무정을 만나기 전에 부암에서 노역하던 일을 가리킴. 「虞虢」은 주 문왕 때 건립된 제후국으로, 지금의 산서성 평륙(平陸)과 하남(河南)의 삼문협(三門峽) 일대에 있었다.

51 **卒能形諸兆朕, 感乎夢想**(졸능형제조짐, 감호몽상) : 「兆朕」은 일이 발생하기 전에 나타나는 징조. 여기서는 위수가에 숨어있던 강태공과 우괵지방에서 노역하던 부열 두 사람이 각각 문왕의 점괘와 무정의 꿈에 미리 나타난 후에 중용되었음을 말한 것.

52 **天道暗合**(천도암합) : 「天道」는 일월성신이 자연적으로 운행하는 규율. 「暗合」은 의도하지 않은 채 서로 교묘하게 합치되는 것.

53 **投竿詣麾**(투간예휘) : 「投竿」이란 강태공이 낚싯대를 던져 버린 것. 「詣麾」에서 「詣」는 앞으로 나아가는 것이며, 「麾」는 군대의 기치(旗幟)로서, 강태공이 문왕 군대의 깃발 아래로 갔다는 뜻.

54 **捨築作相**(사축작상) : 부열이 흙을 다지는 공사를 그만두고 무정의 재상으로 발탁된 것.

55 **佐周文, 贊武丁**(좌주문, 찬무정) : 「佐」는 보좌하는 것, 「贊(讚)」은 돕는 것.

56 **養賢**(양현) : 자기의 재능과 덕을 배양하는 것.

4-4

近者逸人[57]李白自峨眉而來[58], 爾其天爲容, 道爲貌[59], 不屈己, 不干人, 巢由[60]以來, 一人而已。乃虯蟠龜息[61], 遁乎此山。僕嘗弄之以綠綺[62], 臥之以碧雲, 嗽之以瓊液, 餌之以金砂[63]。既而童顏益春, 眞氣愈茂[64]。將欲倚劍天外, 卦弓扶桑[65]。浮四海, 橫八荒[66]。出宇宙之寥廓, 登雲天之渺茫[67]。

俄而李公仰天長吁[68], 謂其友人曰, 吾未可去也。吾與爾, 達則兼濟天下, 窮則獨善一身[69]。安能飡君紫霞[70], 蔭君青松[71], 乘君鸞鶴[72], 駕君虯龍[73], 一朝飛騰, 爲方丈·蓬萊之人耳[74], 此則未可也。乃相與卷其丹書[75], 匣其瑤瑟[76], 申管·晏之談[77], 謀帝王之術[78]。奮其智能, 願爲輔弼[79], 使寰區大定[80], 海縣清一[81]。事君之道成, 榮親之義畢[82], 然後與陶朱[83]留侯[84], 浮五湖, 戲滄洲[85], 不足爲難矣。

即僕林下之所隱容[86], 豈不大哉。必能資其聰明, 輔以正氣, 借之以物色, 發之以文章[87], 雖煙花中貧[88], 沒齒無恨[89]。其有山精木魅[90], 雄虺猛獸[91], 以驅之四荒[92], 磔裂原野[93], 使影跡絶滅, 不干[94]戶庭。亦遣清風掃門, 明月侍坐。此乃養賢之心, 實亦勤[95]矣。

孟子[96]孟子, 無見深責耶[97]! 明年青春[98], 求我於此巖也。

요즈음 은자(隱者) 이백이 아미산(峨眉山)에서 왔는데, 하늘 같은 풍채와 도인다운 모습으로 비굴하지 않고 지조를 지키며 남에게 어떠한 것도 구하지 않았으니, 소보(巢父)와 허유(許由) 이후로 그들과 짝할 이는 이백 한 사람 뿐입니다. 그래서 규룡(虯龍)이 서리어 있고 거북이가 숨 쉬듯이 이 수산에 은둔하고 있을 때, 저(수산)는 녹기(綠綺) 거문고를 보내서 타게 하고, 푸른 구름에 누워 쉬게 하며, 옥구슬 즙으로 양치질하게 하며, 선약(仙藥)을 먹도록 하였습니다. 오래지 않아 동안(童顔)은 더욱 젊어지고 원기는 더욱 무성해졌으니, 장차 칼에 의지한 채 하늘 밖으로 나아가 부상(扶桑)나무에 활을 걸어놓고, 천하를 돌아다니며 팔방을 가로질러 적막한 우주를 벗어나서 아득한 하늘로 오르고자 할 것입니다.

갑자기 이백이 하늘을 우러러 길게 탄식하며 친구에게 말하기를, 「나는 떠날 수 없도다. 나와 그대는 영달하면 천하를 함께 구제하고, 곤궁하면 자신의 한 몸을 닦아야 한다네. 수산이 선경(仙境)의 보랏빛 안개를 마시게 하고, 푸른 소나무 그늘에서 쉬게 하였으며, 난(鸞)새와 학(鶴)을 타게 하고, 규룡(虯龍)을 몰게 해주었는데, 어찌 하루아침에 날아올라 방장(方丈)과 봉래(蓬萊)산의 신선이 되려고 하겠는가! 이것은 옳지 않은 일이로다. 그래서 함께 연단(鍊丹)을 쓴 도교 서적을 접어두고 아름다운 비파를 궤 속에 넣어 둔 다음, 관중(管仲)과 안영(晏嬰)을 얘기하면서 제왕의 계책을 도모해 보세나. 지혜와 능력을 발휘해 제왕을 보필하여 천하를 크게 안정시켜 하나같이 맑게 다스리고자 하노라. 임금을 섬기는 도리가 이루어지고 어버이를 영광되게 하는 의로운 일을 힘써 다한 후에는 도주공(陶朱公; 范蠡)과 유후(留侯; 張良)처럼 함께 오호(五湖)를 떠돌며 신선이 사는 창주(滄洲)에서 노니는 것이 어렵지 않으리로다」라고 했습니다.

그러므로 나 수산이 수풀 아래에 은거하도록 받아 주는 것이 어찌 큰일이 아니겠습니까? 반드시 산속에서 이백의 총명을 배양케 하고 대자연의 정기를 보충 받도록 해주며, 만물의 경치를 빌려주어 이백이 문장을 짓는 재주를 발휘할 수 있도록 하였으니, 비록 산의 봄 경치가 쇠락해질지라도 종신토록 원망하지 않을 것입니다. 수산 속에는 산정(山精) 요괴와 나무 도깨비, 괴이한 뱀과 사나운 호랑이가 날뛰고 있지만, 그들을 먼 황야로 내쫓고 사지와 몸통을 찢어 그림자조차 없애버려서, 내 뜨락에 침범하지 못하도록 할 것입니다. 또한, 맑은 바람을 보내서 깨끗이 청소해 놓고 밝은 달로 하여금 이백을 모시고 앉아 기다리도록 할 것이니, 이것이 바로 제가 어진 선비를 기르는 마음이며 실제로 수고를 보답 받는 일입니다.

맹소부여! 맹소부여! 저를 너무 책망하지 마시고, 내년 봄에 이 바위로 저를 찾아오시기 바라옵니다!

....

57 **逸人**(일인) : 숲에 숨어 사는 은사.

58 **峨眉而來**(아미이래) : 「峨眉」는 산 이름. 이백은 청년 시절 아미산 근처에 있는 고향인 면주(綿州)의 창융(昌隆)에서 나와서, 중국 동남지방을 유람하다가 안륙에 정착하였다.

59 **爾其天爲容, 道爲貌**(이기천위용, 도위모) : 「爾其」는 어조사로, ... 에 이르기까지. 여기서는 이백이 선풍도골의 모습을 지녔음을 뜻한다. 《장자 · 덕충부(德充符)》에 "장자가 말하기를 도가 그에게 용모를 부여하였고, 하늘이 그에게 형체를 부여하였으니, 어찌 사람이 말하지 않을 수 있겠습니까?(莊子曰, 道與之貌, 天與之形, 惡得不謂之人.)"고 했음.

60 **巢由**(소유) : 소보(巢父)와 허유(許由)로, 요임금 때 은사(隱士). 두 사람의 사적은 《장자 · 소요유》와 황보밀(皇甫謐)의 《고사전(高士傳)》에 자세히 나오는데, 요(堯)임금이 소보와 허유에게 제위를 물려주려고 하였으나 받지 않고 두 사람 모두 기산(箕山)에 은거하였

다고 전해 온다. 여기서는 소보와 허유 이후로 고상한 절개를 지닌 은자는 오로지 이백 한사람뿐임을 말한 것임.

61 蚪蟠龜息(규반구식) : 도가(道家)에서 쓰는 용어. 뿔이 없는 규룡처럼 몸을 감은 채 서리어 있고, 먹지도 않은 채 장생하는 거북처럼 호흡함을 말한 것으로, 이백이 신선술을 좋아함을 나타내면서 다른 한쪽으로는 탈속적인 인격을 비유한 말이다. 「蚪蟠」은 규룡이 몸을 감고 있는 모습으로, 좌사(左思)의 〈오도부(吳都賦)〉에 "꼬불꼬불한 것이 마치 규룡이 서려 있는 것 같다(輪囷蚪蟠.)"고 하였으며, 《설문해자》에 "규는 용의 새끼로 뿔이 없다(蚪, 龍子無角者.)"고 하였음. 「龜息」은 거북이가 숨 쉬는 것으로, 《포박자(抱朴子) · 대속편(對俗篇)》에서 《사기 · 구책전(龜策傳)》을 인용하여 "장강(長江)과 회하(淮河) 사이에 사는 사람이 어린아이였을 때 거북으로 침대다리를 받쳐두었는데, 그가 죽은 후 가족이 침대를 옮겼을 때도 거북은 여전히 살아있었다. 거북은 5-6십 년이 지나도록 음식을 먹지도 않고 물을 마시지 않았어도 죽지 않고 일반 동물과는 다르게 오래 살았던 것이다. 신선들이 거북처럼 숨을 쉬는데 어찌 까닭이 없겠는가!(江淮間居人爲兒時, 以龜支牀, 至後死, 家人移牀而龜故生, 此亦不減五六十歲也. 不飮不食如此之久而不死, 其與凡物不同亦遠矣. 仙經象龜之息, 豈不有以乎.)"라고 하였음.

62 綠綺(녹기) : 중국 4대 명금(名琴) 중 하나. 거문고 안에 「동재합정(桐梓合精)」이라는 명문(銘文)이 쓰여 있으며, 음색이 절묘하여 옛 거문고(古琴)의 별칭이 되었다. 전설에 의하면 사마상여가 양왕(梁王)을 위하여 〈여옥부(如玉賦)〉를 지어 주니, 양왕이 기뻐하며 본래 자기가 소유하고 있던 녹기 거문고를 하사했다고 함. 진(晉) 부현(傅玄)의 〈금부(琴賦)〉서(序)에 "신농씨가 거문고를 만들었는데, 천하 사람들의 성품을 화합시킨 까닭에 지극히 조화로운 주인공이 되

었다. 제환공에게는 호종(號鍾), 초장왕에게는 요양(繞梁), 사마상여에게는 녹기(綠綺), 채옹에게는 초미(焦尾)라는 거문고가 있었으니, 모두가 이름난 악기다(神農氏造琴, 所以協和天下人性, 爲至和之主. 齊桓公有鳴琴曰號鍾, 楚莊有鳴琴曰繞梁, 中世司馬相如有琴綠綺, 蔡邕有琴焦尾, 皆名器也.)"라고 하였음. 이백의 〈촉 승려 준이 타는 거문고 소리를 들으며(聽蜀僧濬彈琴)〉시에 "촉 땅 스님이 녹기 거문고를 안고서 서쪽 아미산에서 내려왔다네. 나를 위해 한번 휘둘러 연주하니 만 골짜기의 솔바람 소리를 듣는 듯하구나(蜀僧抱綠綺, 西下峨嵋峰. 爲我一揮手, 如聽萬壑松.)"라 읊었다.

63 **漱之以瓊液, 餌之以金砂**(수지이경액, 이지이금사) : 「瓊液」은 신선이 마신다고 전하는 옥처럼 귀한 진액(玉液). 「金砂」는 단사(丹砂)로 신선이 먹는 선약(仙藥). 「餌」는 '먹여주다'는 뜻의 동사로 사용되었음.

64 **既而童顏益春, 眞氣愈茂**(기이동안익춘, 진기유무) : 「既而」는 얼마 되지 않아서, 혹은 길지 않은 시간의 뜻. 「眞氣」는 원기(元氣)로, 인체의 조직과 생리적 기능을 유지시켜주는 근본적인 물질과 활동하는 능력을 가리킴.

65 **將欲倚劍天外, 掛弓扶桑**(장욕의검천외, 괘궁부상) : 「劍」은 이백이 공을 세우려는 정치포부를 상징하는 말. 송옥의 〈대언부(大言賦)〉에서 "빛나는 장검을 하늘 밖 먼 곳에 의지하네(長劍耿耿倚天外.)"라 했음. 「扶桑」은 신화가운데 해가 뜨는 곳의 나무로 해는 군주를 상징한다. 완적(阮籍)의 〈영회시(詠懷詩)〉82수 중 38수에서 "굽은 활은 부상나무에 걸어놓고, 긴 칼을 하늘 밖에서 의지한다(彎弓挂扶桑, 長劍倚天外.)"고 하였음. 여기서는 이백이 승천하여 신선이 되고 싶은 심정을 나타낸 것이다.

66 **浮四海, 橫八荒**(부사해, 횡팔황) : 「四海」는 천하이며, 「橫」은 뛰어

넘다. 「八荒」은 팔방의 먼 지방.

67 **出宇宙之寥廓, 登雲天之渺茫**(출우주지요곽, 등운천지묘망) : 「寥廓」은 광활한 모양. 「渺茫」은 끝없이 넓은 모양.

68 **李公仰天長吁**(이공앙천장우) : 「李公」은 이백으로서 수산을 대신하여 대답한 것이므로 이공이라고 하였음. 「吁」는 탄식하는 소리.

69 **達則兼濟天下, 窮則獨善一身**(달즉겸제천하, 궁즉독선일신) : 《맹자 · 진심(盡心)상》에 "옛사람들은 뜻을 얻으면 은택을 백성에게 더 베풀었고, 뜻을 얻지 못하면 몸을 닦은 후 세상에 드러냈으니, 어려운 상황에 처하면 홀로 자신의 몸을 잘 수양하고, 영달하면 천하 사람들과 함께 이롭게 했다네(古之人, 得志澤加於民. 不得志修身見於世. 窮則獨善其身, 達則兼善天下.)"라고 했음.

70 **紫霞**(자하) : 보랏빛 노을. 《문선》권28 육기의 〈전완성가(前緩聲歌)〉에 "술잔을 주거니 받거니 하며 주흥이 다하니, 몸이 가벼워져 자하를 탄 듯하구나(獻酬旣已周, 輕擧乘紫霞.)"라고 읊었음.

71 **青松**(청송) : 푸른 소나무. 사계절 푸르므로 변치 않는 지조에 비유. 이백은 〈고풍(古風) 20수〉에서 "그대는 푸른 소나무와 같은 마음으로 힘쓰시게나(勖君青松心.)"라고 읊었음.

72 **鸞鶴**(난학) : 난새와 학으로, 전설에 의하면 신선이 타고 다녔다 한다. 송 탕혜휴(湯惠休)의 〈초명비곡(楚明妃曲)〉에 "난새와 학을 타고 신선들과 왕래하였네(驂駕鸞鶴, 往來仙靈.)"라고 하였음.

73 **虬龍**(규룡) : 전설 속의 새끼용으로 이무기에서 뿔이 자란 상태의 용. 《광아(廣雅) · 석어(釋魚)》에 의하면 비늘(鱗)이 있는 것은 교룡(蛟龍), 날개(翼)가 있는 것은 응룡(應龍), 뿔(角)이 있는 것은 규룡(虬龍), 뿔이 없는 것은 이룡(螭龍)이라 했다.

74 **爲方丈 · 蓬萊之人耳**(위방장 · 봉래지인이) : 방장과 봉래는 신선이 사는 곳. 《사기 · 봉선서(封禪書)》에 "(齊나라) 위왕(威王), 선왕(宣

王)과 연(燕)나라 소왕(昭王)은 사람을 바다로 보내 봉래, 방장, 영주(瀛洲)를 찾도록 하였다. 이 삼신산은 발해에 있다고 전하는데, 인간 세상으로부터 멀리 떨어져 있지 않으므로 신선들은 배가 닿을 것을 걱정하여 바람을 일으켜 배를 떠나보낸다는 곳이다. 일찍이 그곳에 가본 사람이 있었는데, 여러 선인과 불사약이 모두 그곳에 있었으며, 또 그곳의 물건과 금수들은 모두 희고, 황금과 백은으로 궁궐을 지었다고 한다. 도착하기 전에 바라보면 구름 같은데, 도착해보면 삼신산은 반대로 물아래 있다고 한다. 다가가서 배를 대려하면 바람이 갑자기 끌고 가버려 끝내 도달할 수 없다고 한다(自威宣燕昭使人入海求蓬萊方丈瀛洲. 此三神山者, 其傳在渤海中, 去人不遠. 患且至, 則船風引而去. 蓋嘗有至者, 諸仙人及不死之藥皆在焉. 其物禽獸盡白, 而黃金白銀爲宮闕. 未至, 望之如雲, 及至, 三神山反居水下. 臨之, 患且至, 風輒引船而去, 終莫能至云.)" 라고 하였고, 《사기 · 진시황본기》에도 "제나라 사람 서불 (徐市)등이 상소를 올려 이르기를 「바다에 있는 삼신산은 봉래 · 방장 · 영주라 부르는데 선인들이 거주오니, 청컨대 목욕재계하고 동남동녀와 더불어 구하고자 하옵니다」. 이에 서불이 동남동녀 수천명을 이끌고 바다로 들어가 선인에게(不老草를) 구해 오도록 하였다(齊人徐市等上書, 言海中有三神山, 名曰蓬萊 · 方丈 · 瀛洲, 僊人居之. 請得齋戒, 與童男女求之. 於是遣徐市發童男女數千人, 入海求僊人.)"는 기록이 있음.

75 **丹書**(단서) : 연단(鍊丹)을 기록한 도교의 경전.

76 **匣其瑤瑟**(갑기요슬) : 「瑤瑟」은 옥으로 장식한 섬세하고 화려한 비파. 남송 포조(鮑照)의 〈의고(擬古)〉7번째 시에 "맑은 거울은 상자 속에서 먼지를 뒤집어썼고, 옥 비파는 거미줄이 쳐져 있네(明鏡塵匣中, 瑤琴生網羅.)"라고 읊었다.

77 **管晏之談**(관안지담) : 춘추시대 제나라의 명재상인 관중(管仲)과 안영(晏嬰)의 관점에서 천하의 패권을 잡을 수 있는 방법을 말함. 《사기 · 관안열전(管晏列傳)》에 의하면, 관중은 제(齊) 환공(桓公)을 도와 패자(覇者)로 이름을 떨치게 해주었고, 백여 년 뒤의 제 영공(靈公) · 장공(莊公) · 경공(景公)을 섬긴 안영은 임금에게 간언할 때 조금도 임금의 얼굴빛에 개의치 않았으며 절검역행(節儉力行)을 주장하여 제나라가 제후들로부터 중시 받도록 했다고 하였다.

78 **帝王之術**(제왕지술) : 이백이 촉 지방에 있을 때, 재주(梓州)사람 조류(趙蕤)를 따라서 왕패지술(王覇之術)을 배웠는데, 이것이 바로 통치하는 술책인 패왕지도(霸王之道)임.

79 **奮其智能, 願爲輔弼**(분기지능, 원위보필) : 지혜롭게 재능을 발휘하여 직접 재상이 되어 천자를 보좌하기를 바라는 것.

80 **寰區大定**(환구대정) : 「寰區」는 「환우(寰宇)」 · 「우내(宇內)」와 같은 뜻으로, 인간 세상을 말함. 《후한서 · 일민전서(逸民傳序)》에 "매미가 허물을 벗고 시끄러운 속세로 왔다가 스스로 인간세상 밖으로 날아가 버리니, 교묘한 지혜로 꾸며서 헛된 이익만을 쫒는 자와는 다르구나(蟬蛻囂埃之中, 自致寰區之外, 異夫飾智巧以逐浮利者乎!)"라고 하였음.

81 **海縣清一**(해현청일) : 바다에 이르기까지 하나같이 맑게 하겠다는 것으로, 천하 곧 중국을 태평하게 만들겠다는 뜻임. 「海縣」은 신주(神州), 즉 중국을 말한다. 장열(張說)은 〈천추절(千秋節)〉에서 "해현(天下, 곧 나라)의 은혜를 오래도록 받아서, 조정의 의식에 새로운 춤을 바쳤네(海縣銜恩久, 朝章獻舞新.)"라고 읊었음.

82 **事君之道成, 榮親之義畢**(사군지도성, 영친지의필) : 군왕을 섬기려는 뜻이 이루어지고, 가문을 빛내는 일을 완성하는 것. 여기서 「榮

親」은 부모를 영광되게 하는 것으로, 《문선》권37 조식의 〈구자시표(求自試表)〉에 "어버이를 섬기는 것으로, 영친을 소중히 여긴다(事父尙於榮親.)"라 하고, 여향(呂向)은 주에서 "영친은 작록과 명예를 말한다(榮親, 謂爵祿名譽.)"고 했음. 「義」는 반드시 해야 할 일.

83 **陶朱**(도주) : 춘추시대 말기 월나라 대부인 범려(范蠡). 《사기 · 월왕구천세가(越王句踐世家)》에 월왕 구천을 도와 오나라를 멸망시킨 후에 월왕과 부귀를 함께 할 수 없다고 여겼으므로, 배를 타고 오후(五湖)를 유람하다가 도(陶)*땅에 이르러 도주공(陶朱公)이라 칭하면서 장사를 하여 큰 부자가 되었다고 하였다.

84 **留侯**(유후) : 한고조 유방의 모사로 뛰어난 신하(謀臣)인 장량(張良). 한나라가 천하를 통일한 후에 유(留) 땅에 봉해져서 만호후(萬戶侯)가 되었지만, 적송자(赤松子)를 따라 은거하여 벽곡(辟穀)** 하면서 신선술을 배웠다. 《사기 · 유후세가(留侯世家)》에 "유후가 말하길 「집안이 대대로 한나라에서 재상을 지냈지만, 한이 멸망하자 천금의 재산을 아끼지 않고 한을 위하여 강한 진나라에 원수를 갚고자 천하를 진동시켰습니다. 지금 세치의 혀로 황제의 스승이 되고 만호에 봉해져 지위가 제후에 올랐으니, 이것은 포의로서 최고 지위까지 오른 것으로 저는 만족합니다. 다만 인간사를 버리고 적송자를 따라 함께 노닐기만을 바랄 뿐 입니다」(留侯乃稱曰, 家世相

---

* 지금의 산동성 정도현(定陶縣) 서북쪽. 《사기 · 월왕구천세가(越王句踐世家)》에 "句踐以霸, 而范蠡稱上將軍, 還反國, 范蠡以爲大名之下, 難以久居, 且句踐爲人可與同患, 難與處安, 爲書辭句踐. …… 齊人聞其賢, 以爲相 范蠡喟然嘆曰, 居家則致千金, 居官則至卿相, 此布衣之極也. 久受尊名不祥, 乃歸相印, 盡散其財, 以分與知友鄕黨, 而懷其重寶, 閒行以去 止于陶, 以爲此天下之中, 交易有無之路通, 爲生可以致富矣. 於是自謂陶朱公."라 했음.

** 도교에서 신선이 되기 위한 양생술(養生術)의 하나로, 오곡(五穀)을 섭취하지 않고, 화식(火食)을 피하는 수행법.

韓, 及韓滅, 不愛萬金之資, 爲韓報讎彊秦, 天下振動. 今以三寸舌爲帝者師, 封萬戶, 位列侯, 此布衣之極, 於良足矣. 願棄人間事, 欲從赤松子遊耳.)"라고 했음.

85 **滄州**(창주) : 강 가운데의 섬. 고대에는 은사가 거주하는 곳으로 사용하였다.

86 **僕林下之所隱容**(복림하지소은용) : 「隱容」은 숨어있도록 용납하는 것. 이백을 수산의 숲 아래에서 은거하도록 용납한 것을 말한다.

87 **資其聰明, 輔以正氣, 借之以物色, 發之以文章**(자기총명, 보이정기, 차지이물색, 발지이문장) : 「資」는 공급함을 뜻하는데, 여기에서는 배양하는 것. 「正氣」는 대자연의 굳센 기운, 「輔」는 도움을 받는 것. 「物色」은 자연계의 경치. 「文章」은 본래 문장의 글을 말하지만, 여기서는 문장을 쓰는 재주를 가리킨다.

88 **烟花中貧**(연화중빈) : 「烟花」는 봄 경치를 가리킴. 「中貧」은 몸이 쇠락해진 것. 《문선》권5 좌사의 〈오도부(吳都賦)〉에 "시내와 산골짜기가 모두 비고, 냇물과 도랑이 쇄락해졌구나(谿壑爲之一罄, 川瀆爲之中貧.)라 하였음. 「烟花中貧」은 수산의 영기(靈氣)가 이백과 같은 어진 선비를 길러냈으나 지금은 몸이 쇠락해졌음을 말한다.

89 **沒齒無恨**(몰치무한) : 「沒齒」는 종세(終歲)나 종신(終身)으로, 목숨이 다하여 죽을 때까지 조금도 후회하지 않는 것. 《논어 · 헌문(憲問)》에 "관중의 인품을 물으니, 대답하기를 「이 사람은, 군주가 백씨(齊 大夫)의 병읍에서 삼백 호를 빼앗아 주었는데도, 백씨는 거친 밥을 먹으며 평생을 원망하는 말이 없었다」(問管仲, 曰人也奪伯氏騈邑三百, 飯疏食, 沒齒無怨言.)"라고 했음.

90 **山精木魅**(산정목매) : 「山精」은 어린이 모습의 요괴, 발이 하나로 깊은 산속에서 산다. 《회남자 · 범론훈(氾論訓)》에 "산에서 효양이 나오는 것을 사람들은 괴이하게 여기지만, 이는 견문이 적고 만물을

아는 것이 천박하기 때문이다. 천하의 괴물은 성인에게만 보인다(山出梟陽, 人怪之, 聞見鮮而識物淺也. 天下之怪物, 聖人之所獨見.)"라고 기록되었으며, 고유의 주에 "「효양」은 산의 정기(山精)이다. 사람의 모습으로 키가 크며, 얼굴은 검고 몸에 털이 나있으며, 발의 발꿈치가 반대로 있는데, 사람을 보면 웃는다(梟陽, 山精. 人形, 長大, 面黑色, 身有毛, 足反踵, 見人而笑.)"라고 하였음. 「木魅」는 사람의 얼굴에 짐승의 몸을 가지고 발이 네 개인 괴물로, 송 포조의 〈무성부(蕪城賦)〉에 "고목에 요괴와 산에 귀신이 있네(木魅山鬼)"라 읊고, 이백은 〈상산사호의 묘를 지나며(過四皓墓)〉시에서 "고목 요괴는 바람소리를 내며 가고, 산 귀신은 비뿌리는 소리를 내며 돌아오네(木魅風號去, 山精雨嘯旋.)"라고 읊었다.

91 雄虺猛獸(웅훼맹수) : 「虺」는 전설상의 큰 독사(毒蛇)로, 《초사 · 초혼(招魂)》에 "웅훼는 머리가 아홉 개로, 빠르게 왕래하면서 사람을 집어삼켜 주린 배를 채운다(雄虺九首, 往來倏忽, 呑人以益其心些.)"라고 하였으며, 《문선》권5 좌사(左思)의 〈오도부(吳都賦)〉에도 "「웅훼」는 머리가 아홉개다(雄虺之九首)"고 했음. 「猛獸」에서 「獸」는 원래 「虎」인데, 이는 당고조 이연의 조부의 이름이 '호(虎)'이기 때문에 당나라 사람들은 피휘(避諱)하여 호를 '수(獸)'라고 불렀다.

92 四荒(사황) : 「팔황(八荒)」을 말하며, 변두리의 먼 곳.

93 磔裂原野(책열원야) : 「磔裂」은 제사에 쓰이는 동물의 사지와 몸통이 나뉘어 찢어지는 것을 말함. 「原野」는 사람이 살지 않는 황량한 들판.

94 干(간) : 방해 혹은 침범하는 것.

95 勤(근) : 「수로(酬勞)」의 뜻으로, 노력을 보답 받는 것.

96 孟子(맹자) : 맹소부에 대한 경칭.

97 無見深責耶(무견심책야) : 나를 너무 깊이 꾸짖지 말아 달라는 말. 「無」는 무(毋)와 통하여 「하지 마라」는 뜻이다.

98 靑春(청춘) : 봄날을 가리킴. 봄에는 초목이 푸르게 자라기 때문에 이렇게 부른다. 《초사 · 대초(大招)》에 "봄날이 물러가니 흰 해가 밝게 빛나노라(靑春受謝, 白日昭只.)"고 했음.

5.

安州李長史書

안주의 이 장사에게 드리는 서신

개원 15년(727) 이백이 안주(安州)에 도착한 지 얼마 되지 않은 시기에 안주의 이장사에게 올린 서신이다. 「안주」는 당시 회남도(淮南道)에 속한 주 이름으로, 지금의 안륙시(安陸市)이며, 「장사(長史)」는 벼슬 이름으로, 이 장사는 이경지(李京之)다. 안주에는 도독부(都督府)가 설치되었으므로, 도독부 장사는 정5품상(上)이며 장관인 도독 다음가는 중요한 직위이다.

이 글은 이장사가 타는 수레에 부딪힌 사건의 원인을 제재로 삼아 사죄와 함께 자신의 견해를 밝히며 추천해 주기를 바란다는 서신으로 5개 단락으로 나눌 수 있는데, 내용은 대략 다음과 같다. 이백이 안륙(安陸)의 수산(壽山)에 은거하던 무렵, 아직 결혼하지 않은 시기에 한번은 멀리서 찾아온 친구와 반갑게 만나 술에 대취했다. 다음날 아침 작취미성(昨醉未醒)의 상태에서 안주의 대로를 지나는 도독부 장사(이경지)가 탄 수레를 미처 피하지 못하는 실수를 범하였다. 이러한 실수로 이장사로부터 관료의 위엄을 훼손시켰다는 훈계를 들은 후, 본 사건에 대하여 사과함과 동시에 오해를 풀고 선처

해주기를 바란다는 내용이다. 먼저 수레가 충돌한 원인은 이 장사의 모습이 이백의 친구인 위흡(魏洽)과 매우 닮아 오인하여 저지른 잘못임을 설명하였으며, 이어서 본인은 어려서부터 어두운 곳에 들어가서도 속이지 않았을 뿐 만 아니라 예절을 지키는 도리를 잘 알고 실천하는 사람임을 주장하였다. 곧 역사적으로 서한의 대장군 위청(衛靑)은 급암(汲黯)이 무례를 범하였어도 더 존경하였으며, 동한의 사도 원봉(袁逢)은 일개 계리인 조일(趙壹)이 장읍한 무례를 용서한 고사가 있으니, 이 장사도 이들처럼 어진 덕을 갖춘 사람이므로 지금 이백이 범한 잘못에 대해 아량을 베풀어 줄 것을 요청하였다. 이렇듯 5품의 낮은 지방관에게 웅지를 품은 이태백이 전전긍긍하며 죄를 선처해 달라는 내용에서 당시 관리들의 계급에 대한 규율이 엄하게 지켜졌음을 알 수 있다. 그리고 서신 말미에서 이장사의 문재(文才)가 조식(曹植)과 육기(陸機)보다도 뛰어나다고 공손한 태도로 칭찬한 반면, 거만한 태도로 자신을 단속하지 못한 예형(禰衡)과 혜강(嵇康)을 이백 스스로에 비유하면서 사죄를 요청하였으며, 아울러 새로 지은 시 3수도 함께 지어 올린다는 내용으로 보아서, 이 장사에게 자신의 재주를 드러내고 인정을 받고자 하는 측면도 다분히 있음을 알 수 있다.

그러나 이렇게 지어진 〈봄에 구고사에서 노닐며(春遊救苦寺)〉, 〈석암사(石岩寺)〉, 〈양도위에게 올리며(上楊都尉)〉등 시 3수는 이백전집에 전해지지 않아 그 내용을 알 수 없다.

5-1

白, 嶔崎歷落可笑人[1]也。雖然[2], 頗嘗覽千載, 觀百家[3]。

至於聖賢, 相似厥衆[4]。則有若似其仲尼[5], 紀信似於高祖[6], 牢之似於無忌[7], 宋玉似於屈原[8]。

而遥觀君侯[9], 竊疑魏洽[10], 便欲趨就[11], 臨然擧鞭, 遲疑之間, 未及回避。且理有疑誤而成過, 事有形似而類眞[12], 惟大雅含弘[13], 方能恕之[14]也。

저 이백은 특이한 품격과 준수한 용모로 사랑받는 사람이지만, 일찍부터 역대전적을 훑어보고 제자백가서(諸子百家書)를 제법 많이 읽었습니다.

성현들에게는 모습이 서로 닮은 예들이 많았으니, 곧 유약((有若)은 공자(孔子)와 비슷하고 기신(紀信)은 한 고조(高祖)와 비슷하며, 유뢰지(劉牢之)는 외조카 하무기(何無忌)와 비슷하고 송옥(宋玉)은 굴원(屈原)과 흡사하였습니다.

그래서 저도 군후를 멀리서 바라보고 암암리에 친구 위흡(魏洽)이라 짐작하고는 곧바로 가까이 다가가려고 황급히 채찍을 들었는데, 머뭇거리는 사이에 피할 수 없이 부딪히는 상황이 되었습니다. 이렇게 이치상으로는 오인한 것으로 의심되지만 결과적으로 중대한 잘못을 저질렀으며, 실제 상황에서는 비슷했던 모습이 진짜가 되었으니, 오직 도량이 넓으신 대아(大雅)께서 용서해 주시기 바랍니다.

....

1 **嶔崎歷落可笑人**(금기역락가소인) : 「嶔崎」는 본래 산이 높은 모습

인데, 여기서는 품격이 특이하고 인물이 걸출하여 일반인들과 같지 않음을 형용하였다. 「歷落」은 뇌락(磊落)과 같은 말로 용모가 준수하거나 태연자약한 모습으로, 앞 「금기(嶔崎)」와 함께 쌍성(雙聲)으로 함께 쓰인 말임. 《진서 · 환이전(桓彝傳)》에 "환이는 자가 무륜이다. …… 유량(庾亮)과 깊은 교유를 맺었는데, 우아한 행동으로 주의(周顗)에게 중시 받았다. 주의는 일찍이 탄식하면서, 「무륜은 뛰어난 품격과 준수한 용모를 가져서, 진실로 흠모받는 사람이다」고 했다(桓彝字茂倫, …… 與庾亮深交, 雅爲周顗所重. 顗嘗嘆曰, 茂倫嶔崎歷落, 固可笑人也.)"라는 기록이 있음. 「笑」는 희애(喜愛)나 선모(羨慕)의 뜻으로, 조소(嘲笑)라는 말과 다르다*.

2 **雖然**(수연) : 설사 이와 같더라도.

3 **頗嘗覽千載, 觀百家**(파상람천재, 관백가) : 일찍이 역대전적을 훑어보고 제자백가서를 읽은 것. 「千載」는 천년 동안의 역대전적을 가리키고, 「百家」는 학술상의 여러 종파인 제자백가. 《한서 · 예문지》에 의하면, 춘추전국시대 일가를 이룬 제자들이 189가나 실려 있으므로 백가라고 불렀음.

4 **相似厥衆**(상사궐중) : 서로의 모습이 같은 예들이 매우 많은 것.

5 **有若似其仲尼**(유약사기중니) : 「有若」은 공자의 제자인 유자(有子; 곧 子有)로 공문십철(孔門十哲) 가운데 한 사람. 「仲尼」는 공자. 《사기 · 중니제자열전(仲尼弟子列傳)》에 "공자가 서거하자 제자들은 사모하는 마음이 간절하였다. 유약의 외모가 공자와 흡사하므로 제자들은 모두 스승으로 섬기기로 하고, 부자께서 생존하신 것처럼 스승으로 여겼다(孔子既沒, 弟子思慕, 有若狀似孔子, 弟子相與共立爲師, 師之如夫子時也.)"고 했음.

---

* 《시사곡어사회석(詩词曲語辭汇釋)》에 "笑, 欣羡之辭. 與嘲笑之義別."라 했다.

6 **紀信似於高祖**(기신사어고조) : 「紀信」은 한 고조때 장군. 형양(滎陽)에서 항우(項羽)의 군사들에 포위되었을 때, 고조로 가장하고 수레를 타고 거짓으로 항우에게 항복함으로써 유방(劉邦)을 탈출시켰음. 왕기는 《사기》와 《한서》에서 기신이 초의 항우를 속인 일이 수록되었지만 그 모습이 고조와 흡사하다는 말은 하지 않았으며, 다만 《백첩(白帖)》에서 기신의 모습이 한왕과 흡사하여 황옥 수레를 타고 한왕으로 사칭하고 항우에게 항복하였다고 기술했다.

7 **牢之似於無忌**(뢰지사어무기) : 「牢之」는 유뢰지(劉牢之; 곧 劉道堅)로, 동진(東晉)때의 장수. 비수(淝水)의 전투에서 선봉장이 되어 적을 격파한 전공으로 용양장군(龍驤將軍)과 팽성내사(彭城內史)에 임명되었으며, 이후 동진 내부에서 분쟁이 있을 때마다 항상 병권을 장악하여 여러 차례에 걸쳐 조정의 정사에 관여하였는데, 후에 병권을 환현(桓玄)에게 빼앗기자 자살하였다. 「無忌」는 하무기(何無忌)로, 《진서 · 하무기전(何無忌傳)》에 "하무기는 유뢰지의 외조카로 그 외삼촌과 많이 닮았다(何無忌, 劉牢之之外甥, 酷似其舅.)"고 하였음.

8 **宋玉似於屈原**(송옥사어굴원) : 「宋玉」은 전국시대 굴원보다 약간 뒤에 활동한 초나라 사부(辭賦)작가로, 일찍이 초 양왕(襄王)을 섬겼다. 《예문유취(藝文類聚)》권43에서 《양양기구전(襄陽耆舊傳)》을 인용하여 "송옥은 소리를 알고 문장에 뛰어났으며 양왕은 음악을 좋아하고 부를 사랑하였으므로, 그의 재주를 칭찬하였지만 굴원과 닮은 것을 싫어하였다. 그래서 「그대는 초나라의 풍속을 따르지 않는데도, 어떻게 초인들로 하여금 그대의 행위를 귀하게 여기도록 하는가?」라 했다(宋玉識音而善文, 襄王好樂而愛賦, 既美其才, 而憎其似屈原也. 乃謂之曰, 子盍從楚之俗, 使楚人貴子之德乎.)"는 기록이 있음. 「屈原」은 낭만주의 시가의 창시자로, 초 회왕(懷王)의

좌도(左徒)가 되었으나 후에 참소를 당하여 동정호(洞庭湖)로 추방당했다가 멱라강(覓羅江)에 투신하였다.

9 **君侯**(군후) : 이장사에 대한 존칭. 진한시대에는 열후(列侯)나 승상(丞相)에 대한 경칭이었지만, 뒤에는 영달한 관리나 귀인들의 존칭으로 쓰였다.

10 **魏洽**(위흡) : 당시 안주(안륙) 사람으로, 이백의 친구이지만 누구인지 밝혀지지 않고 있다.

11 **便欲趨就**(편욕추취) : 바로 위흡에게 접근하도록 했다는 말.

12 **形似而類眞**(형사이유진) : 사물 사이에 외형적으로 비슷한 것이 진짜가 되었다는 말.

13 **大雅含弘**(대아함홍) : 「大雅」는 인품과 재덕이 고상한 자에 대한 찬사이고, 「含弘」은 넓고 깊은 아량(雅量)으로 포용해 주기를 바란다는 말. 《문선》권25에 노심(盧諶)의 〈유곤에게 드리다(贈劉琨)〉시 서문에서 "대아께서는 도량이 넓고 커서, 산과 늪을 끌어안을 만 합니다(大雅含弘, 量苞山藪.)"라 했으며, 이선은 반고의 《한서찬(漢書贊)》을 인용하여 "대아께서는 무리 짓지 않고 뛰어나 하간헌왕과 가까우니, 주역에서 「넓게 포용하고 크게 빛나서, 온갖 만물이 모두 막힘이 없다」는 말과 같다(大雅卓爾不群, 河間獻王近之矣. 周易曰, 含弘光大, 品物咸亨.)"고 주석을 달았음.

14 **方能恕之**(방능서지) : 「恕」는 용서하다, 「之」는 대명사로 길로 뛰어든 사건을 가리킨다.

5-2

白少頗周愼[15], 忝聞義方[16], 入暗室而無欺[17], 屬昏行而不變[18]。

今小人履疑誤形似之跡[19]，君侯流愷悌矜恤之恩[20]。戢秋霜之威[21]，布冬日之愛[22]，睟容有穆，怒顏不彰[23]。

雖將軍息恨於長孺之前[24]，此無慚德[25]，司空受揖於元淑之際[26]，彼未爲賢。一言見冤，九死非謝[27]。

저는 젊어서부터 매우 주도면밀하고 신중하여 의로운 행동을 들으면 부끄럽게 여겼으므로, 어두운 방에 들어가서도 예법에 어긋나지 않았으며, 밤길을 가면서도 정도에서 벗어나지 않았습니다.

지금 제가 길을 가다가 범한 과실은 외모가 비슷하여 오인한 것이니, 군후(君侯)께서 가엾게 여기시고 은혜를 베풀어 주시기 바랍니다. 추상같은 위엄을 추운 겨울의 태양처럼 따뜻하게 해주셔서, 온화한 모습으로 성내는 기색을 드러내지 마시기 바랍니다.

장군 위청(衛靑)이 큰 선비인 급암(汲黯)을 앞에서 원망하지 않은 것은 덕행에 부족함이 없었기 때문이며, 사도 원봉(袁逢)이 원숙 조일(趙壹)에게만 인사 받은 것은 그가 현명해서가 아닌 것처럼, 만약 한 번만 저의 행동을 용서해 주신다면 아홉 번 죽는다 해도 사죄하는 마음을 다 표현할 수 없을 것입니다.

················

15 周愼(주신) : 일을 처리하는데 신중하고 주도면밀한 것. 《후한서·호광전(胡廣傳)》에 "상서복야 호광을 살펴보니, …… 자기의 능력을 아끼지 않고, 그 영달을 자랑하지 않으며, 공경하고 삼가하여 행동에 잘못이나 흠결이 없었다(竊見尙書僕射胡廣, …… 不矜其能, 不伐其榮, 翼翼周愼, 行靡玷漏.)"는 기록이 있으며, 또한 《문선》권23 혜강의 〈유분시(幽憤詩)〉에도 "만석꾼이면서도 삼가고 근신하여, 부모를 편안케 하고 영화를 지켰다(萬石周愼, 安親保榮.)"

고 읊었다*.

16 **忝聞義方**(첨문의방) : 「忝」은 자겸지사(自謙之詞)로 욕(辱)되다, …… 에 대해 부끄럽다는 뜻. 「義方」은 도덕(예법)을 준수하는 행동으로, 《좌전》은공(隱公) 3년에 "석작(石碏)이 간하며 이르기를, 신은 「사랑하는 자식은 올바른 방향으로 교육시켜서 간사함이 없도록 해야 한다」고 들었습니다(石碏諫曰, 臣聞愛子敎之以義方, 弗納於邪.)"라 하여, 후에는 가정교육에서 자식을 가리키는 정도로 삼았다.

17 **入暗室而無欺**(입암실이무기) : 소세찬(蕭世讚)과 완장지(阮長之)처럼 어두운 곳에 들어가도 예법에 따라 행동한다는 뜻. 《남사 · 양간문제기(梁簡文帝記)》에 "양(梁)나라 곧은 선비인 난릉(蘭陵)사람 소세찬은 뜻을 세워 도를 행함에 처음과 끝이 똑같아서 비바람 치는 어둠속에서나 닭이 우는 새벽에도 그치지 않았다. 어두운 방에서도 속이지 않았으니, 하물며 해달별이 비치는 곳에서는 어떠하였으리오?(有梁正士蘭陵蕭世讚, 立身行道, 終始若一, 風雨如晦, 鷄鳴不已. 弗欺暗室, 豈況三光?)"고 했으며, 《남사 · 완장지전(阮長之傳)》에서는 "(완장지는) 중서랑에서 부서의 숙직을 설 때, 밤에 이웃 부서로 가다가 나막신을 잘못 신고 집 밖에 나섰지만, 의례에 따라 줄을 맞추어 섰다. 아랫사람이 어두운 밤에 아무도 알아보지 못하므로 대열을 맞추지 않아도 된다고 하자, 장지는 그를 내보내면서, 「일생동안 남이 보지 않는 암실에서도 규칙을 지켰다」고 꾸짖었다(爲中書郞直省, 夜往隣省, 誤着屐出閤, 依事自列, 門下以暗夜人不知, 不受列, 長之固遣送曰, 一生不侮暗室.)"는 기록이 있음. 여기

* 여기서는 당시 천자가 만석군(萬石君)이라 부른 석분(石奮) 5부자에 대하여 칭찬한 내용임.

서는 초당 낙빈왕(駱賓王)의 〈형화부(螢火賦)〉에서 반디벌레는 어두운 곳에서도 한결같이 빛을 내므로 "공명정대한 도덕을 지닌 군자처럼, 어두운 방에 들어가서도 속이지 않아야 한다(類君子之有道, 入暗室而無欺.)"라는 성구를 직접 인용하였다.

18 *屬昏行而不變*(속혼행이불변) : 위나라(衛) 대부(大夫) 거백옥(蘧伯玉)처럼 남이 보지 않는 어두운 밤길을 가면서도 정직하게 예절을 준수한다는 뜻. 《열녀전(烈女傳) · 인지(仁智)》에 "위나라 영공(靈公)이 부인과 함께 밤에 앉아 있는데, 바깥에서 수레 소리가 덜컹거리며 오다가 대궐에 이르러 그쳤다가 대궐을 지나자 다시 소리가 나는 것을 들었다. 영공이 부인에게 「저 사람이 누구인지 알겠소?」라 물으니, 부인은 「저 사람은 거백옥일 것입니다」 공이 「어떻게 알았소?」하니, 부인은 「제가 알기로 예법에 이르기를, 대궐문에서는 수레에서 내려서 어가(御駕)를 보고 예의를 표한다고 들었습니다, 그것은 군왕에 대해 공경하는 마음을 넓게 쓰기 때문입니다. 충신과 효자는 날이 밝다고 해서 예를 더 행하지 않으며 날이 어둡다고 해서 게을리 하지 않습니다. 거백옥은 위나라의 어진 대부입니다. 어질면서 지혜를 지니고 윗사람을 공경하니, 그 사람은 반드시 어둡다고 해서 예를 그만두지 않을 것입니다. 그래서 아는 것입니다」 영공이 사람을 시켜 알아보게 했는데, 과연 거백옥이었다(衛靈公與夫人夜坐, 聞車聲轔轔, 至闕而止, 過闕復有聲. 公問夫人曰, 知此爲誰? 夫人曰, 此蘧伯玉也. 公曰 何以知之. 夫人曰 妾聞禮下公門, 式路馬, 所以廣敬也. 夫忠臣與孝子不爲昭昭信伸節, 不爲冥冥惰行. 蘧伯玉, 衛之賢大夫也. 仁而有智, 敬於事上, 此其人必不以闇昧廢禮, 是以知之. 公使人視之, 果伯玉也.)"라 하여, 부인의 정확한 판단을 증명한 기록이 있음.

19 *履疑誤形似之跡*(이의오형사지적) : 「履」는 길 위로 가는 것. 「跡」은

발자국, 족적. 「流恩」은 「은택을 널리 베풀다」라는 말로, 채옹(蔡邕)의 〈화희 등황후의 시호 논의(和熹鄧后謚議)〉에 "은택을 널리 펴시어 천하에 대사면을 베푸십시오(流恩布澤, 大赦天下.)"라 했다. 지금 제가 길을 가다가 과실을 범했는데, 외모가 비슷하여 오인하였다는 뜻이다.

20 **流愷悌矜恤之恩**(유개제긍휼지은) : 「愷悌」는 「화락하고 평이하다」는 말로, 구하는 것을 얻어서 마음이 기쁘고 편안하다는 뜻. 「矜恤」은 가엽게 여겨 동정하고 돌보아 주는 것. 《후한서 · 유림열전 · 주택전(周澤傳)》에 "(주택은) 나라를 위해 자신을 절제하여 외롭고 약한 자를 가엾게 여기니, 관리들이 그를 따르면서 친밀하게 대했다(奉公克己, 矜恤孤羸, 吏人歸愛之.)"고 했음. 여기서는 군후께서 가까운 저에게 온화한 용모와 기상으로 대하여 가엾게 여겨 주시기를 바란다는 뜻이다.

21 **戢秋霜之威**(집추상지위) : 「戢」은 수렴하다. 신중하게 받아들이는 것. 「秋霜之威」은 가을에 서리가 내려 만물이 시드는 것으로 이장사의 직위가 위엄이 있는 것을 비유하였다. 순열(荀悅)의 《신감(申鑒) · 잡언(雜言)》상에 "봄 햇빛같이 기뻐하고, 가을 햇빛처럼 화를 낸다(喜如春陽, 怒如秋陽.)"고 했다.

22 **布冬日之愛**(포동일지애) : 「布」는 베풀다. 보시하는 것. 「冬日之愛」는 겨울 추운 날씨에 온화한 태양을 보듯이 따뜻하게 해준다는 것으로, 이장사가 큰 아량으로 자신의 과오를 용서해줄것을 비유한 말. 《문선》58권 왕검(王儉)의 〈저연의 비문(褚淵碑文)〉에서 "군왕께서 겨울 햇빛처럼 따듯한 은혜를 베풀어 주셨으니, 저는 온힘을 다하여 가을 서리처럼 주의하고 살피겠습니다(君垂冬日之溫, 臣盡秋霜之戒.)"라 했다.

23 **睟容有穆, 怒顏不彰**(수용유목, 노안불창) : 「睟」는 빛나는 모습으로

온화한 안색. 「穆」은 순박하고 온화한 것, 화목한 것. 《문선》권46 왕융(王融)의 〈3월3일 곡수에서 지은 시(三月三日曲水詩序)〉서문에 "빛나는 모습이 온화하니, 손님의 예법으로 서문을 쓰노라(睟容有穆, 賓儀式序.)"라 했으며, 장선은 주에서 "「수」는 윤택한 모습이고, 「목」은 온화한 것이다(睟, 潤澤之貌也. 穆, 和也.)"라 했음. 「怒顏」는 성내는 얼굴, 「彰」은 현저하여, 뚜렷하게 드러내는 것. 여기서는 태도가 온화하여 성내는 기색을 드러내지 않기를 바란다는 말이다.

24 **將軍息恨於長孺之前**(장군식한어장유지전) : 「將軍」은 한나라 대장군 위청(衛靑). 「息恨」은 원한을 제거하는 것. 「長孺」는 한나라 급암(汲黯)으로, 성격이 고오(高傲)하여 작은 예절에 구애받지 않았다. 여기서는 권세가 대단한 위청과 같은 대장군에게도 급암은 항상 길게 읍(揖)만 하고 절하지 않았지만, 위청은 도리어 평소보다 더욱 그를 존경하였음을 말한 것. 《한서 · 급암전(汲黯傳)》에 "급암은 자가 장유(長孺)다. …… 대장군 위청은 더욱 존귀해지고 그의 누이가 황후가 되었음에도 불구하고, 급암을 높은 예(亢禮)로 대하였다. 어떤 사람이 암에게 말하기를, 「천자가 여러 신하들에게 영을 내려 대장군에게 몸을 낮추라고 하였으니, 대장군은 존귀하고 진실로 중하므로 그대가 절(拜)하지 않는 것은 옳지 않다」고 하자, 급암이 말하길 「무릇 대장군으로서 읍(揖)만 할 수 있는 상대를 두었으니, 도리어 귀중하지 않은가?」 대장군이 이를 듣고 더욱 급암을 현명하게 여겨서, 조정의 의문나는 일을 자주 청하여 묻고 급암과 만나는 것을 평일에도 더하였다(汲黯字長孺, …… 大將軍靑旣益尊, 姊爲皇后, 然黯與亢禮. 或說黯曰, 自天子欲令群臣下大將軍, 大將軍尊貴, 誠重, 君不可以不拜. 黯曰, 夫以大將軍有揖客, 反不重耶. 大將軍聞, 愈賢黯, 數請問以朝廷所疑, 遇黯加於平日.)"는 기록이 있다.

25 **慚德**(참덕) : 덕행이 부족함을 가리키는데, 곧 도덕적 수양에 대해 부끄럽다는 의미임.

26 **司空受揖於元淑之際**(사공수읍어원숙지제) : 「司空」은 사도(司徒) 원봉(袁逢)이고, 「元淑」은 조일(趙壹)의 자이며 한양(漢陽) 사람이다. 《후한서(後漢書) · 조일전(趙壹傳)》에 "광화 원년(178)에 모든 계리들이 서울에 도착하였다. 사도 원봉이 계리들을 만났을 때, 수백 사람이 모두 뜰 안에서 엎드려 절하며 감히 우러러보지 못하였지만, 유독 조일이 길게 읍만 할 뿐이었다. 원봉이 기이하게 여겨 좌우에게 명하며 꾸짖어 말하기를, 「낮은 군의 계리가 삼공에게 읍 만하는 것은 어째서인가?」 대답하기를, 「옛날 역이기(酈食其)는 한왕(劉邦)에게 길게 읍만 하였는데, 지금 삼공에게 읍하는 것이 무엇이 이상하단 말입니까?」하니, 원봉이 곧 옷깃을 여미고 마당으로 내려가 그의 손을 잡고 상좌에 앉히고 서쪽 지방의 일을 물으면서 크게 기뻐하였다. 좌중을 돌아보면서, 「이 사람이 한양의 조원숙이다. 조정에 있는 신하 중에 그보다 뛰어 난 자가 없으므로 내가 제군(손아랫사람)에게 자리를 나누어 준 것이다」라 하니, 앉아 있는 자들이 모두 쳐다보았다(光和元年, 擧郡上計到京師. 是時司徒袁逢受計, 計吏數百人皆拜伏庭中, 莫敢仰視. 壹獨長揖而已. 逢望而異之, 命左右讓之曰, 下郡計吏而揖三公, 何也? 對曰, 昔酈食其長揖漢王, 今揖三公, 何遽怪哉? 逢卽斂衽下堂, 執其手, 延置上坐, 因問西方事, 大悅, 顧謂座中曰, 此漢陽趙元叔也, 朝臣莫有過之者, 吾請爲諸君分坐. 坐者皆屬觀.)"는 기록이 있다*.

27 **一言見冤, 九死非謝**(일언견원, 구사비사) : 「冤」은 「免」이 되어야

---

* 조일에게는 자기의 재능만을 믿고 남을 깔보다는 「시재거오(恃才倨傲)」라는 성어가 있음.

합당하므로, 「見免」은 '면제되다'는 말. 「九死」는 구세(九世)와 같은데, 굴원의 《이소(離騷)》에 "내 마음에 선하다고 믿기에, 아홉 번 죽더라도 후회하지 않으리라(亦余心之所善兮, 雖九死其猶未悔.)"고 하였음. 「非謝」는 사의를 표현할 수 없는 것. 여기서는 무례한 행동을 용서해주면, 여러 번 죽는다 해도 고마움을 잊지 않겠다는 말이다.

5-3

白孤劍誰托[28], 悲歌自憐, 迫於悽惶, 席不暇暖[29]。寄絕國而何仰[30], 若浮雲而無依, 南徙莫從[31], 北遊失路, 遠客汝海[32], 近還郣城[33]。

昨遇故人, 飲以狂藥[34], 一酌一笑, 陶然樂酣[35], 困河朔之清觴[36], 飫中山之醇酎[37]。屬早日初眩[38], 晨霾[39]未收, 乏離朱之明[40], 昧王戎之視[41]。青白其眼[42], 瞢[43]而前行, 亦何異抗莊公之輪, 怒螗螂之臂[44]? 禦者趨召[45], 明其是非, 入門鞠躬[46], 精魄飛散[47]。

昔徐邈緣醉而賞, 魏王卻以爲賢[48], 無鹽因醜而獲, 齊君待之逾厚[49]。白妄人[50]也, 安能比之。上掛國風相鼠之譏[51], 下懷周易履虎之懼[52]。慭以固陋, 禮而遣之[53]。幸容甯越之辜, 深荷王公之德[54]。

銘刻心骨[55], 退思狂愆[56], 五情冰炭[57], 罔知所措[58]。晝愧於影, 夜慚於魄[59]。啓處不遑[60], 戰跼[61]無地。

외로운 검을 지닌 저(이백)는 누구에게도 의탁할 길 없어 비장한 노래를 부르면서 스스로 가련하게 여겼으며, 바쁘고 분주한 일들을 겪으면서 자리가 따뜻할 겨를이 없었습니다. 고향을 떠난 몸이니 누구를 바라보며 의지하겠으며, 뜬구름이 머무를 데가 없듯 남쪽으로 가려 해도 갈 곳을 알지 못하고 북쪽으로 가려 해도 길을 잃어버려서, 멀리 여해(汝海) 땅 나그네가 되었다가 가까운 운성(鄖城)으로 돌아왔습니다.

어제 친구를 만나 미치게 하는 약(藥; 술)을 마셨는데, 한잔 따르고 한번 웃으며 거나하게 취한 채 즐거워서, 하삭(河朔)지방 맑은 술로도 부족하여 중산(中山) 땅 진한 술까지 실컷 마셨습니다. 마침 일찍 뜬 해로 눈이 아찔하고 새벽에 내린 흙비가 가시지 않았을 때, 이주(離朱)처럼 밝은 시력도 없고 왕융(王戎)처럼 예리한 눈이 아니면서, 청안(青眼)과 백안(白眼)으로도 보이지 않은 상태에서 앞으로 나아갔으니, 이는 제(齊)나라 장공(莊公)의 수레바퀴에 화가 나서 팔을 들고 대든 사마귀와 어찌 다르다고 하겠습니까? 나리의 수레를 모는 사람에게 가서 물어보면 그 옳고 그름을 밝힐 수 있을 것입니다. 군후의 대문 안으로 들어가 몸을 굽히려 해도 혼백이 떨어져 나가듯 두렵습니다.

예전에 서막(徐邈)이 금주령에도 술에 취했지만 위왕(曹丕)은 오히려 상을 내리며 현명하다고 칭찬했으며, 무염(無鹽)은 추녀였지만 왕비 자리를 얻고 제(齊)나라 군왕에게 더욱 후대 받았습니다. 저는 망령된 사람이니, 어떻게 그들과 비교할 수 있겠습니까? 위로는 《국풍(國風)》에서 언급한 예의가 없으면 「상서유피(相鼠有皮)」만 못하다고 비웃음당할 것을 생각하고, 아래로는 《주역(周易)》이 괘(履卦) 가운데 호랑이의 꼬리를 밟아 잡아먹히는 두려움을 일깨우며 지냈으니, 저의 견문이 넓지 않은 것을 가엾게 여기시고 예법에 따라 선처해주시기 바랍니다. 다행히 영월(甯越)의 허물을 용서해 준 왕공(王公)처럼 은덕을 베풀어 주신다면* 깊이 감사드리겠습니다.

마음과 뼈에 새긴 채, 돌아오면서 큰 과오를 생각하니 오감(五感)이 얼음과 숯처럼 서로 엉켜서 진실로 어찌할 바를 모르겠습니다. 낮에는 그림자에게 부끄럽고 밤에는 혼백에게 수치스러워서, 한가하게 무릎 꿇을 곳조차 없으니 어느 곳에 있어도 떨리고 불안하기만 합니다.

....

28 **孤劍誰托**(고검수탁) : 「孤劍」은 고독한 사람을 비유한 것. 「托」은 의탁하는 것. 진자앙(陳子昂)의 〈동쪽으로 출정하며 조정 신하들의 배웅에 답하다(東征答朝臣相送)〉시에 "스스로 검을 차고 누구를 의탁하리오, 변방의 바람 맞으며 길게 읊조리노라(孤劍將何托, 長謠塞上風.)"고 읊었음.

29 **迫於恓惶, 席不暇暖**(박어서황, 석불가난) : 「恓惶」은 바쁘고 분주한 모습으로 행색이 총총하여 마음이 아프다는 말. 「席」은 좌석, 「暇」는 틈, 한가한 시간. 「暖」은 덥다, 따뜻한 것. 《문선》45권 반고(班固)의 〈답빈희(答賓戲)〉에 "성현들이 정치할 때는 항상 근심하고 삼가했으니, 공자의 자리는 따뜻해질 겨를이 없었고, 묵자(墨子)의 굴뚝은 검을 틈이 없었다네(聖哲之治, 棲棲惶惶, 孔席不暖, 墨突不黔.)"라 하고, 이선은 주에서 「棲惶」은 "불안하게 거주한다는

* 동해태수 왕공이 야간통행금지를 위반한 영월을 매질하지 않고 그의 위명을 세워주신 것처럼 저를 용서해 주신다면, 저는 당신을 왕공이 은덕을 베푼 것 같이 여기겠다는 말임.

뜻(不安居之意也.)"이며, 「恓惶」과 통한다고 하였다.

30 **寄絕國而何仰**(기절국이하앙) : 「寄」는 기거(寄居)하다. 「絕國」은 본래 아득하게 멀리 떨어진 나라이지만, 여기서는 멀리 떨어져 있는 고향을 가리킴. 강엄(江淹)의 〈별부(別賦)〉에 "슬프고 암담하게 넋을 녹이는 것은 오로지 이별뿐이로다. 더구나 진(秦)과 오(吳)나라처럼 멀리 떨어진 나라요, 또 연(燕)과 송(宋)나라처럼 천리나 먼 곳임에 서랴(黯然銷魂者, 唯別而已矣. 況秦吳兮絕國, 復燕宋兮千里.)"라 읊었다. 「仰」은 머리를 들어 멀리 바라보는 것.

31 **南徙莫從**(남사막종) : 「徙」는 옮겨 감. 「莫從」은 갈 곳을 알지 못하는 것.

32 **遠客汝海**(원객여해) : 「汝海」는 곧 여수(汝水)유역으로, 하남성 여주시에 흐르는 강물이 여하(汝河)인데, 하남 대맹산(大孟山) 동북쪽에서 발원하여 양성(襄城) · 영천(潁川) · 여남(汝南) · 여음(汝陰)을 거쳐 회하(淮河)로 흘러 들어간다. 《문선》45권 매승(枚乘)의 〈칠발(七發)〉에 "남쪽으로 형산을 바라보고 북쪽으로 여해를 바라본다(南望荊山, 北望汝海.)"고 했음.

33 **郧城**(운성) : 옛날 나라 이름인 「鄖城」으로 안륙을 가리키며, 당대에 안주의 치소가 있던 곳으로 지금의 호북성 안륙시(安陸市)임. 「郧」은 「鄖」과 같다. 《통전(通典)》권183 에 "안주는 지금 안륙현에서 다스린다. 춘추시대 운자의 나라로 운몽 연못가에 있었다. 뒤에 초나라가 운국을 멸하고 투신(鬭辛)을 운공에 봉했는데, 바로 그곳이 안주다(安州, 今理安陸縣, 春秋郧子之國. 雲夢之澤在焉. 後楚滅郧, 封鬭辛爲鄖公, 卽其地也.)"고 했음.

34 **狂藥**(광약) : 사람을 미치게 하는 약이란 뜻으로, 술을 가리킴. 《진서 · 배해전(裴楷傳)》에 "장수교위 손계서(孫季舒)가 일찍이 석숭(石崇)과 함께 연회를 즐기는데, 오만함이 도를 지나치므로 석숭이

그를 해직시키려고 하자, 배해가 이를 듣고 석숭에게 「그대는 사람에게 미치게 하는 약(술)을 마시게 해놓고 올바른 예법으로 꾸짖는다면 이 또한 잘못이 아니겠나?」라 하였다(長水校尉孫季舒嘗與石崇酣燕, 慢傲過度, 崇欲免之, 裴楷聞之, 謂崇曰, 足下飮人狂藥, 責人正禮, 不亦乖呼?)"는 기록이 있다.

35 **陶然樂酣**(도연낙감) : 유쾌하게 진탕 마시는 것. 「陶然」은 술이 거나하게 취하여 즐겁고 편안한 모양. 「酣」은 음주로 흥이 한창인 상태.

36 **困河朔之清觴**(곤하삭지청상) : 「河朔」은 황하 이북 지역으로, 지금의 산서(山西), 하북(河北), 산동(山東)일부를 포함하고 있으며, 하삭음(河朔飮)은 하삭에서 더위를 피하기위해 술을 마신 것에서 유래한다. 「清觴」은 투명한 술잔이지만, 여기서는 맛좋은 미주를 가리킴. 《초학기(初學記)》권3 위문제(魏文帝) 〈전론(典論)〉에 "황제가 허창(許昌)에 도읍을 정한 후, 광록대부 유송(劉松)에게 북쪽 원소(袁紹) 군대를 통솔하도록 하였을 때, 원소의 자제들과 종일토록 함께 술을 쉬지 않고 마셨다. 삼복 무렵에도 평소처럼 밤낮으로 마셔서 지각이 없는 상태까지 이르도록 대취하였다. 「더운 때를 피하여 마신다」고 말하였으므로 하삭지방에서는 「피서음」이라 하였다(大駕都許, 使光祿大夫劉松北鎭袁紹軍, 與紹子弟日共連飮. 常以三伏之際, 晝夜酣飮, 極醉, 至於無知. 云以避一時之暑, 故河朔有避暑飮.)"고 하는 하삭 피서주에 대한 유래가 전한다. 강총(江總)의 〈마노 술잔을 읊은 부(瑪瑙盌賦)〉에서도 "아종(阿宗)에서 나는 아름다운 보배를 얻어서, 하삭지방의 이름난 술잔을 만들도록 시켰네(獲阿宗之美寶, 命河朔之名觴.)"라고 읊었다.

37 **飫中山之醇酎**(어중산지순주) : 「飫」는 실컷 마시는 것. 「醇」은 질이 농후한 술. 「酎」은 두 차례이상 걸러낸 술. 《문선》권6 좌사(左思)

〈위도부(魏都賦)〉에서 "중산에서 만든 순주로 천일동안 취해보세(醇酎中山, 流湎千日.)"라 하였으며, 유규(劉逵)는 주에서 "중산에는 맛좋은 술이 생산되는데, 그곳 민간에서는 다음과 같은 전설이 전해온다. 옛날에 현석(玄石)이라는 사람이 중산에 있는 양주장으로 술을 사러 가자 양주장에서는 천일주(千日酒)를 주면서, 술의 효능을 알려주고 수백리 떨어진 집에 도착할 때쯤 취할 것이라고 했다. 그들이 말한 대로 술을 마시고 집에 도착하자 취하여 인사불성이 되었다. 집에서는 그가 취한 줄도 모르고 죽었다고 여겨서 관에 넣어 장사지냈다. 중산의 주가에서는 천일이 지난 것을 계산하여 기억하고는 「현석이 전에 와서 술을 사갔는데, 취한 상태에서 깰 때가 되었다」라고 하면서 가서 물으니, 그 이웃사람은 「현석이 죽은 지 3년이나 되었으며 삼년상도 마쳤다」고 하였다. 그래서 그 집안사람들과 함께 현석이 묻혀있는 무덤을 파서 그 관을 열어보니, 현석이 이때 비로소 술이 깨서 관속에서 일어났다고 한다. 그 지방에 「현석은 한번 마신 술에 천일동안 취했다네」라는 속담이 있다(中山出好酎酒, 其俗傳云, 昔有人曰玄石者, 從中山酒家沽(酤)酒, 酒家與之千日之酒, 語其節度, 比歸數百里, 可至於醉. 如其言飮之, 至家而醉. 其家不知其醉, 以爲死也, 棺斂而葬之. 中山酒家計向千日, 憶曰, 玄石前來沽酒, 其醉向解也. 遂往問, 其隣人曰, 玄石死來三年, 服已闋矣. 於是與其家至玄石冢上, 掘而開其棺, 玄石於是醉始解, 起於棺中. 其俗語曰, 玄石飮酒, 一醉千日.)"고 하였는데, 여기서는 지극히 취한 것을 말한다.

38 **屬早日初眩**(촉조일초현) : 「屬」은 마침 …… 할 시기이다. 「眩」은 눈이 침침한 것.

39 **晨霾**(신매) : 새벽에 오는 흙비로, 대기가 혼탁하여 맑게 보이지 않는 것. 왕기는 이른 아침 어두운 안개(昏霧)의 기운이라 했다.

40 **離朱之明**(이주지명) : 「離朱」는 「이루(離婁)」인데, 황제(黃帝) 때 시력이 매우 밝은 사람. 《맹자 · 이루(離婁)상》조기(趙岐) 주에 "이루는 옛날 시력이 밝은 자로, 황제시대 때 사람이다. 황제는 잃어버린 검정 구슬을 이주를 시켜 찾도록 하였는데, 이주가 바로 이루이다. 백보 밖에서도 가을의 가는 털끝도 볼 수 있었다 한다(離婁者, 古之明目者. 蓋以爲黃帝之時人也. 黃帝亡其玄珠, 使離朱索之. 離朱卽離婁也. 能視於百步之外, 見秋毫之末.)"고 하였음.

41 **昧王戎之視**(매왕융지시) : 왕융은 자가 준충(濬沖)이고 낭야 임기인(琅邪臨沂人)으로, 서진(西晉) 때 죽림칠현의 한 사람이며, 고관대작이었지만 장차 천하에 난리가 일어날 것을 예측하고 죽림으로 들어가 은거했다. 《진서 · 왕융전(王戎傳)》에 "왕융은 어려서부터 총명하고 정신과 풍채가 출중하였다. 해를 쳐다보고도 현혹되지 않으므로, 배해가 그 눈을 바라보며 「왕융의 눈은 번쩍번쩍 빛나서 바위 아래에 치는 번개와 같다」고 말했다(戎幼而穎悟, 神彩秀徹. 視日不眩, 裴楷見而目之曰, 戎眼爛爛, 如巖下電.)"는 기록이 있음.

42 **靑白其眼**(청백기안) : 「靑」은 바로 바라보는 청안으로 상대를 존중한다는 뜻이고, 「白」은 백안시 곧 사시(斜視)로서 상대방을 멸시한다는 뜻. 《진서(晉書) · 완적전(阮籍傳)》에 "완적은 청안과 백안에 능하여 예절에 구애받는 속된 선비를 보면 백안으로 대하였다. 혜희(嵇喜)가 조문하러 왔을 때, 완적이 백안으로 대하자 싫은 내색을 하며 돌아왔다. 혜희의 동생인 혜강(嵇康)이 이 소리를 듣고 술병과 거문고를 지닌 채 찾아오니, 완적이 크게 기뻐하며 청안으로 대하였다(籍又能爲靑白眼, 見禮俗之士, 以白眼對之. 及嵇喜來弔, 籍作白眼, 喜不懌而退. 喜弟康聞之, 乃齊酒挾琴造焉, 籍大悅, 乃見靑眼.)"는 기록이 있음.

43 瞢(몽) : 눈이 어두운 모양. 《운회(韻會)》에 "「몽」은 눈이 밝지 않은 것(瞢, 目不明也.)"이라 했음.

44 抗莊公之輪, 怒螗蜋之臂(항장공지륜, 노당랑지비) : 「螗蜋」은 사마귀로 당랑(螳螂)과 같으며, 여기서는 당랑거철(螳螂拒轍)의 고사를 인용하였음. 《회남자 · 인간훈(人間訓)》에 "제나라 장공(莊公)이 사냥을 갔는데, 벌레 한 마리가 다리를 들고 수레바퀴에 대들었다. 그래서 물어보길, 「이것이 무슨 벌레냐?」하니, 「사마귀라고 합니다. 이 벌레는 나아갈 줄은 알아도 물러설 줄 모르며, 제 힘을 헤아리지 못하고 적을 가벼이 여깁니다」장공이 말하길 「이놈이 사람이라면, 반드시 천하의 용맹한 무사가 되었을 것이다」하고는 수레를 돌려 사마귀를 피해갔다(齊莊公出獵, 有一蟲擧足將搏其輪, 問其御曰, 此何蟲也? 對曰, 此所謂螳螂者也. 其爲蟲也, 知進而不知卻, 不量力而輕敵. 莊公曰, 此爲人, 而必爲天下勇武矣. 迴車而避之.)"는 기록이 있다.

45 禦者趨召(어자추소) : 「禦者」는 말을 모는 사람으로, 여기서는 이장사의 좌우에 있는 사람을 가리킴. 「趨召」는 달려가서 부르는 것.

46 入門鞠躬(입문국궁) : 「鞠躬」은 극진히 공경하여 몸을 굽히는 것. 제갈량(諸葛亮)이 후주 유선(劉禪)에게 올린 〈후출사표(後出師表)〉에서 "몸을 돌보지 않고 죽을 때까지 힘을 다할 뿐이다(鞠躬盡, 死而後已.)"라 하였다.

47 精魄飛散(정백비산) : 육체에서 혼백이 떨어져 나가는 듯 두려워한다는 말.

48 徐邈緣醉而賞, 魏王卻以爲賢(서막연취이상, 위왕각이위현) : 《이원(異苑)》권10 〈서막이 몰래 음주하다(徐邈私飮)〉에 "서막(172-249)의 자는 경산이고, 상서랑이 되었다. 술을 금지하던 때였으나 서막은 몰래 마시고 거나하게 취했다. 종사인 조달(趙達)이 조조(曹操)에

대해 물으니, 「중간 쯤 가는 성인이다」고 하였다. 조달은 조조에게 알렸고, 조조가 서막에게 몹시 화를 냈다. 이에 선어보(鮮於輔)가 나아가 말하기를 「취객은 청주는 성인으로, 탁주는 현인이라 여깁니다. 서막의 됨됨이는 삼가고 수양하는데, 우연히 취해서 한 말일 것입니다」라 하자, 죄를 면하게 되었다(徐邈字景山, 爲尙書郞. 時禁酒而邈私飮, 至於沈醉. 從事趙達問以曹事, 邈曰, 中聖人. 達白太祖, 太祖甚怒徐邈. 鮮於輔進曰, 醉客謂清酒爲聖人, 濁酒爲賢人. 邈性修愼, 偶醉言耳. 由是得免.)"는 기록이 있음*.

49 **無鹽因醜而獲, 齊君待之逾厚**(무염인추이획, 제군대지유후) : 《신서(新書)》(권2)와 유향(劉向)의 《열녀전(烈女傳)》에 나오는 기록에 의하면, 제나라에 부인이 있었는데, 성은 종리(鍾離)이고 이름은 춘(春)이다. 제나라 무염읍 사람이기 때문에 무염녀라고 불렀으며, 생김새는 추하였지만 정사에 관심이 많았다. 일찍이 제 선왕(宣王)을 만난 면전에서 사치와 음탕하고 부패함을 꾸짖자, 선왕이 감동하여 즉시 바르게 고치고 그녀를 왕후로 삼았다. 뒤에 제나라가 크게 안정되었는데, 이는 무염녀의 힘으로 된 것이라고 전해온다. 유향의 《열녀전》에 그녀의 추한 모습에 대하여 언급한 곳을 보면 "그 생김새는 견줄 사람이 없을 정도로 매우 추하였으니, 절구통 같은 머리와 움푹 들어간 눈, 길고 장대한 골격, 들창코에 목젖이 불거졌고, 굵은 목에 적은 머리숱, 허리는 굽고 가슴은 튀어 나왔으며, 피부는 옻(나무)을 칠한 듯 검었다. 나이 마흔이 되어도 시집가려 했지만, 짝이 없어서 스스로 선왕을 알현하였다(其爲人也, 極醜無雙, 臼頭

* 참고로 《삼국지 · 위서(魏書) · 서호이왕전(徐胡二王傳)》에도 "時科禁酒, 而邈私營至於沈醉. 校事趙達問以曹事, 邈曰, 「中聖人」. 達白之太祖, 太祖甚怒. 度遼將軍鮮于輔進曰, 「平日醉客謂酒清者爲聖人, 濁者爲聖人, 邈性修愼, 偶醉言耳.」 竟坐得免刑."라고 하였다.

深目, 長壯大節, 印鼻結喉, 肥項少髮, 折腰出胸, 皮膚若漆. 年四十, 行嫁不售, 自謁宣王.)"라고 했음. 이렇듯 못생긴 무염녀가 제왕의 음일(淫佚)하고 그릇된 정치를 면전에서 직간하였기 때문에 도리어 정부인으로 후대받았다고 기록되었다.

50 **妄人**(망인) : 자유분방하여 거리낌 없이 행동하는 사람.

51 **國風相鼠之譏**(국풍상서지기) : 「國風」은 제후들이 백성들의 노래를 모아 천자에게 바치던 시. 《시경 · 용풍(鄘風) · 상서편(相鼠篇)》에 "쥐를 보면 가죽이 있거늘 어찌 사람이 법도가 없으며, 사람이 법도가 없다면 죽지 않고 무엇하는가. 쥐를 보면 치아가 있거늘 어찌 사람이 단정한 몸가짐이 없으며, 사람이 행동거지가 없다면, 죽지 않고 무엇하는가. 쥐를 보면 몸가짐이 바르거늘, 어찌 사람이 예절이 없으며, 사람이 예절이 없다면 어찌 빨리 죽지 않고 무엇하는가(相鼠有皮, 人而無儀, 人而無儀, 不死何爲. 相鼠有齒, 人而無止, 人而無止, 不死何俟. 相鼠有體, 人而無禮, 人而無禮, 胡不遄死.)"라 읊었는데, 《모시서(毛詩序)》에서 "〈상서〉는 무례함을 풍자하였다. 위문공이 여러 신하를 바로 잡을 수 있었으니, 재위하여 선대왕의 교화를 이었으면서도 예의가 없었음을 풍자한 것이다(相鼠, 刺無禮也. 衛文公能正其羣臣, 而刺在位承先君之化, 無禮儀也.)"라 했음. 여기서는 《시경》국풍가운데서 언급한 것처럼, 사람이 염치가 없다면 「상서유피」만 못하다고 비웃음을 당했을 것이라는 뜻이다.

52 **周易履虎之懼**(주역이호지구) : 《주역 · 이괘(履卦)》에 "호랑이의 꼬리를 밟아 사람을 무니 흉하다(履虎尾, 咥人, 凶.)"고 하고, 왕필은 주에서 "호랑이의 꼬리를 밟는 것은 잡아먹히는 두려움을 말한 것(履虎尾者, 言其危也.)"이라고 하였음. 여기서는 위험한 지역에 있음을 경고한 것이다.

53 **愍以固陋, 禮而遣之**(민이고루, 예이견지) : 「愍」은 민(憫)과 같으

며, 연휼(憐恤) 곧 동정한다는 뜻. 「以」는 …… 때문에, 「固陋」는 견문이 넓지않는 것. 「遣」은 처리하다. 나의 견문이 넓지 않기 때문에 나를 동정해 주시고, 또한 예법으로서 나를 처리해 주시라는 뜻이다.

54 **幸容甯越之辜, 深荷王公之德**(행용영월지고, 심하왕공지덕) : 진(晉) 동해태수 왕승(王承)과 주(周)나라 영월(甯越)의 고사를 인용하였는데, 여기서 영월을 이백 자신에 비유하고 왕승을 이장사에 비유했다. 《진서(晉書)》에 "왕승이 동해태수로 임직할 때, 통금 위반자가 있어 왕승이 그 까닭을 물으니, 「스승님을 뫼시고 공부하다가 해가 저무는 줄 몰랐습니다」라 대답했다. 왕태수는 「주나라 위공의 명성을 세워준 영월을 매질하는 것은 정치로 백성을 교화하는 근본이 아니다」라 하고, 아전을 시켜서 귀가토록 조치했다(王承遷東海太守, 有犯夜者, 承問其故, 答曰, 從師受學, 不覺日暮. 承曰, 鞭撻甯越, 以立威名, 非政化之本. 使吏送令歸家.)"는 기록이 있으며, 《세설신어 · 정사편(政事篇)》에도 같은 내용*이 있는데, 유효표(劉孝標)는 주에서 "《여씨춘추》에 이르기를, 영월은 중모 땅 천한 백성이었다. 농사짓는 일이 괴로워서 그 친구에게 「어떻게 하면 이 고생을 면할 수 있을까?」하자, 친구는 「학문만한 것이 없으니, 30년 동안 배우면 목적을 달성할 것이네」라 하였다. 영월은 「15년 동안 남들이 쉴 때 쉬지 않고 남들이 누울 때 눕지 않겠네」라 하고, 15년을 공부한 뒤 주나라 위공의 스승이 되었다(呂氏春秋曰, 甯越者, 中牟鄙人也. 苦耕稼之勞, 謂其友曰, 何爲可以免此苦也, 其友曰, 莫如學也, 學三十歲 則可以達矣. 甯越曰, 請以十五歲, 人將休, 吾不敢休, 人將臥, 吾不敢臥. 學十五歲而爲周威公之師也.)"라는

---

* 원문은 "王安期作東海郡, 吏錄一犯夜人來. 王問, 「何處來?」云, 「從師家受書還, 不覺日晚.」王曰, 「鞭撻甯越以立威名, 恐非致理之本.」使吏送令歸家."임.

고사를 전하고 있다.

55 **銘刻心骨**(명각심골) : 은덕을 마음에 기억하고 뼈에 새기는 것.

56 **退思狂愆**(퇴사광건) : 「退」는 돌아오다. 「狂愆」은 지극히 중대한 과실. 「狂」은 방탕한 것, 「愆」은 죄과, 과실을 말함.

57 **五情冰炭**(오정빙탄) : 심정이 얼음과 숯처럼 서로 싸우는 것. 「五情」은 사람이 가진 다섯 가지 감정으로, 희(喜)·노(怒)·애(愛)·락(樂)·욕(欲)을 말하며 낙(樂) 대신에 오(惡)를 넣기도 한다. 「冰炭」에 대하여 《한비자·현학(顯學)》에 "무릇 얼음과 숯은 같은 그릇에 오래 담을 수 없고, 추위와 더움은 같은 시기에 한꺼번에 오지 않는다(夫冰炭不同器而久, 寒暑不兼時而至.)"라 했음.

58 **罔知所措**(망지소조) : 너무 당황하거나 급하여 어찌할 바를 모름. 「罔」은 「불(不)」의 뜻.

59 **晝愧於影, 夜慚於魄**(주괴어영, 야참어백) : 낮에는 몸과 그림자에게 부끄럽고, 밤에는 혼백에게 부끄럽다는 말.

60 **啓處不遑**(계처불황) : 한가하게 무릎을 꿇어앉을 곳조차 얻지 못했다는 뜻. 《시경·소아·사모(四牡)》에 "나랏일이 끝나지 않으니, 너무 바빠 편히 쉴 곳조차 없구나(王事靡盬, 不遑啓處.)"라 했으며, 모전(毛傳)에서 「啓」는 무릎을 꿇는 것, 「處」는 앉는 것, 「不遑」은 한가롭지 않은 것이라 하였다.

61 **戰跼**(전국) : 「戰」은 전율하다, 「跼」은 안절부절하다, 전전긍긍하여 불안하다는 뜻.

5-4

伏惟[62]君侯明奪秋月[63], 和均韶風[64], 掃塵辭場[65], 振發文雅[66]。

陸機作太康之傑士[67], **未可比肩**[68], **曹植爲建安之雄才**[69], **惟堪捧駕**。

天下豪俊[70], **翕然趨風**[71], **白之不敏**[72], **竊慕餘論**[73]。

엎드려 생각건대, 군후께서는 총명함이 가을 달보다 더 밝고 온화한 바람처럼 화평하여, 창작방면에서도 먼지를 쓸어내고 문학과 예술을 발양시키셨습니다. 육기(陸機)는 태강(太康) 연간의 걸출한 문학가였지만 당신과 어깨를 나란히 할 수 없으며, 조식(曹植)은 건안(建安) 시기에 웅장한 재주를 지닌 사람이었지만 당신을 위해 수레를 몰 것입니다.

세상의 호방한 준걸들은 당신을 공경하여 지체하지 않고 달려갔으며, 저 이백도 민첩하지 못하지만 몰래 공의 훌륭한 의론(議論)을 흠모하였습니다.

....

62 **伏惟**(복유) : 윗사람에게 겸손과 공경을 표시하는 말.

63 **明奪秋月**(명탈추월) : 「明」은 총명한 것. 「奪秋月」은 가을 달보다 더 낫다는 말.

64 **和均韶風**(화균소풍) : 「和均」은 잘 어울리다, 조화로운 것. 「韶風」은 온화한 바람(和風).

65 **掃塵辭場**(소진사장) : 「掃塵」은 먼지와 때를 소제하는 것. 「辭場」은 창작영역.

66 **振發文雅**(진발문아) : 「振發」은 진흥, 발양. 「文雅」는 문학과 예악(禮樂).

67 **陸機作太康之傑士**(육기작태강지걸사) : 「陸機」(261-303)는 서진 태강(280-289) 연간 가장 저명한 문학가다. 종영(鍾嶸)의 《시품서(詩

品序)》에 "육기는 태강시기의 꽃이고, 안인(潘岳)과 경양(張協)*이 보조하였다(陸機爲太康之英, 安仁景陽爲輔.)"라 했음. 「太康」은 서진 무제 사마염(司馬炎)의 연호, 「傑士」는 걸출한 인재.

68 **比肩**(비견) : 어깨를 나란히 하다. 피차 지위가 서로 같음을 비유한 것. 《안자춘추(晏子春秋) · 내편(內篇)》에 "어깨가 서로 닿고 다리가 부딪칠 정도로 사람이 많은데, 어찌 사람이 없다고 하십니까?(比肩繼踵而在, 何爲無人.)"라 했다.

69 **曹植爲建安之雄才**(조식위건안지웅재) : 「曹植」(192-232)은 삼국시대 위(魏)나라의 가장 뛰어난 시인으로, 건안(建安) 16년(211)에 평원후(平原侯)에 봉해졌으며, 후에 진왕에 봉해져 세상에서 진사왕(陳思王)이라 불린다. 종영의 《시품서》에 "진사왕은 건안의 준걸이고, 공간(劉楨)과 중선(王粲)**이 보조하였네(陳思爲建安之傑, 公幹 · 仲宣爲輔.)"라고 했음. 「建安」은 동한 헌제(獻帝) 유협(劉協)의 다섯 번째 연호(196-220).

70 **豪俊**(호준) : 호걸(豪傑)과 준걸(俊傑).

71 **翕然趨風**(흡연추풍) : 「翕然」은 말이나 행동이 일치되는 모양. 「趨風」은 바람처럼 급히 달려간다. 공경을 나타내기 위하여 상대방 앞으로 빨리 나아가 지체하지 않는다는 말.

72 **不敏**(불민) : 미련하다, 노둔(魯鈍)하다로, 자신을 겸손하게 부르는 말(自謙之詞). 《논어 · 안연(顔淵)》에 "저 안회가 비록 민첩하지 못하지만, 이 말씀을 따라 실행하겠습니다(回雖不敏, 請事斯語矣.)"라 했음.

73 **餘論**(여론) : 훌륭한 말(美論). 다른 사람의 언론에 대한 존경의 뜻으로 쓰는 말(敬語).

---

* 안인(安仁)은 반악(潘岳)의 자(字)이고, 경양(景陽)은 장협(張協)의 자임.

** 공간(公幹)은 유정(劉楨)의 자이고, 중선(仲宣)은 왕찬(王粲)의 자임.

5-5

何圖叔夜潦倒, 不切於事情[74], 正平猖狂, 自貽於恥辱[75]。

一忤容色[76], 終身厚顏[77], 敢昧[78]負荊[79], 請罪門下。儻免以訓責, 恤其愚蒙[80], 如能伏劍結纓[81], 謝君侯之德。

敢以近所爲[82]春遊救苦寺[83]詩一首十韻 · 石岩寺[84]詩一首八韻 · 上楊都尉[85]詩一首三十韻, 辭旨狂野[86], 貴露下情, 輕幹視聽, 幸乞[87]詳覽。

숙야 혜강(嵇康)은 산만하여 현실 사정에 절실하지 못하였고, 정평 예형(禰衡)은 미친듯한 행동으로 스스로 치욕 당한 것을 제가 어찌 도모하겠습니까.

무례한 행동을 한번 너그럽게 용서해 주시면 종신토록 부끄러워하면서, 감히 가시 회초리를 지고 당신의 문 앞에서 죄를 청하겠습니다. 만약 저에 대한 훈계와 책망을 거두시고 몽매함을 구제해 주신다면, 당연히 칼날 위에 엎드려 갓끈을 매면서 군후(君侯)의 덕에 감사드릴 것입니다.

요즈음 새로 지은 〈봄날 구고사(救苦寺)에서 노닐며〉시 1수 10운, 〈석암사(石岩寺)〉시 1수 8운, 〈양도위(楊都尉)에게 드리며〉시 1수 30운은 언어의 뜻이 경솔하고 촌스럽지만 저의 마음이 잘 나타나 있으니, 가볍게 줄거리를 한번 시청하시고 자세히 살펴보시기 바라옵니다.

....

74 **何圖叔夜潦倒, 不切於事情**(하도숙야료도, 부절어사정) : 「何圖」는 어찌 도모하려 하는가?란 말. 「叔夜」는 죽림칠현 중 한 사람인 혜강(嵇康)의 자로, 완적(阮籍)과 함께 이름을 날렸으나 사마씨(司馬

氏)가 정권을 장악한 것에 불만을 품자 종회(鍾會)의 모함으로 피살 당하였다. 「潦倒」는 몸을 잘 검속하지 못하여 행동거지가 산만한 것. 《진서(晉書)·혜강전(嵇康傳)》의 〈산거원과 절교하는 글(與山巨源絶交書)〉에 "내가 요도하고 추소*하여 현실 사정에 절실하지 못하다는 것은 족하가 예전부터 아는 바이네(足下舊知吾潦倒麤疎不切事情.)"라고 하였음.

75 **正平猖狂, 自貽於恥辱**(정평창광, 자이어치욕) : 「正平」은 후한 예형(禰衡). 「猖狂」은 멋대로 미친듯한 행동을 취하는 것. 《후한서·예형전(禰衡傳)》에 "예형은 자가 정평이다. …… 공융(孔融)은 예형의 재능을 아껴 여러차례 조조(曹操)에게 그에 대하여 칭찬했다. 조조가 만나려고 했지만, 예형은 평소에 조조가 천하고 해독을 끼친다고 여겨서, 스스로 미친 병에 걸렸다고 하면서 찾아가지 않고 자주 방자하게 말했다. 조조는 화가 났지만, 그의 재주와 명성 때문에 함부로 죽일 수가 없었다. 예형이 북을 잘 친다는 말을 듣고 바로 북치는 관리(鼓史)로 임명하고, 큰 잔치를 열어 빈객들을 모아 놓고 음률을 시험해 보려고 했다. 여러 고리(鼓吏)들이 지나갈 때 모두 원래 입었던 옷을 벗고, 잠모(岑牟)와 단교(單絞)**를 입도록 했다. 예형의 차례가 되자 그는 「어양(漁陽)」곡을 세 번치며 종종걸음으로 앞으로 나아가니, 그 모습이 기이하고 음절이 비장하여 듣는 사람들은 북받치는 슬픔을 참을 수가 없었다. 예형이 북을 치며 조조의 앞에 이르러 멈추자, 관리가 꾸짖으며 말하기를 「고사(鼓史)는 복장을 바꾸어 입지 않고, 감히 경망스럽게 앞으로 나왔는가?」라 하

---

* 추소(麤疎)는 성질이 거칠고 소홀함을 이른 것.

** 잠모(岑牟)는 군대의 고각사(鼓角士)들이 쓰는 투구이며, 단교(單絞)는 암황색의 홑옷임.

자 예형은 「그렇게 하겠소」하고, 먼저 겉옷을 벗은 다음 나머지 옷을 다 벗고 벌거숭이로 서 있다가 천천히 잠모와 단교 착용을 마치고 다시 북을 세 번치며 앞으로 나아가면서도 부끄러워하는 표정이 없었다. 조조가 웃으면서 「본래는 예형에게 창피주려 했지만, 오히려 내가 예형에게 창피를 당했구나!」라 했다(禰衡, 字正平 …… 融既愛衡才, 數稱述於曹操. 操欲見之, 而衡素相輕疾, 自稱狂病, 不肯往, 而數有恣言. 操懷忿, 而以其才名, 不欲殺之. 聞衡善擊鼓, 乃召爲鼓史, 因大會賓客, 閱試音節. 諸史過者, 皆令脫其故衣, 更著岑牟·單絞之服. 次至衡, 衡方爲漁陽參撾, 蹀躧而前, 容態有異, 聲節悲壯, 聽者莫不慷慨. 衡進至操前而止, 吏呵之曰, 鼓史何不改裝, 而輕敢進乎? 衡曰, 諾. 於是先解衵衣, 次釋餘服, 裸身而立, 徐取岑牟·單絞而著之, 畢, 複參撾而去, 顏色不怍. 操笑曰, 本欲辱衡, 衡反辱孤.)"는 고사가 있음.

76 **一忤容色**(일오용색) : 「忤」는 거스르다, 무례한 짓을 하는 것. 「容色」은 화락한 안색.

77 **厚顏**(후안) : 낯가죽이 두꺼워 수치를 모르는 것.

78 **敢昧**(감매) : 「외람되게 주제넘다」란 말로, 겸사임. 「沐芳(향기로운 풀로 머리감다)」으로 된 판본이 있다.

79 **負荊**(부형) : 가시나무를 등에 메고 죄를 청하는 것. 《사기·염파인상여열전(廉頗藺相如列傳)》에 "염파가 인상여의 깊은 뜻을 전해 듣고는 웃통을 벗은 몸에 회초리를 지고 와서, 인상여의 식객을 통해 사죄하였다(廉頗聞之, 肉袒負荊, 因賓客至藺相如門謝罪.)"라 하였으며, 사마정(司馬貞)은 《색은(索隱)》에서 "「부형」은 가시나무로, 채찍으로 쓸 수 있다(負荊者, 荊楚也, 可以爲鞭也.)"고 했다.

80 **儻免以訓責, 恤其愚蒙**(당면이훈책, 휼기우몽) : 「訓責」은 훈계와 책망. 「愚蒙」은 무지하다, 어리석고 사리에 어두운 것.

81 如能伏劍結纓(여능복검결영) : 「如」는 응당, 「伏劍結纓」은 자신을 죽이고 은덕에 보답한다는 말과 같음. 《춘추좌씨전》양공(襄公) 3년에 "위강(魏絳)이 와서 하인에게 글월을 건네주고 칼에 엎드려 자살하려고 하자, 사방(士魴)과 장로(張老)가 그를 만류하였다(魏絳至, 授僕人書, 將伏劍, 士魴, 張老止之.)"라 하고, 공영달의 소(疏)에 "칼날을 바라보면서 몸을 그 위에 엎드려 죽음을 택하는 것을 말한다(謂仰劍刃, 身伏其上而取死也.)"라 했으며, 《춘추좌씨전》애공(哀公) 15년에 "석걸(石乞)과 우염(盂黶)이 적군인 자로(子路)를 창으로 찌르자, 갓끈이 끊어졌다. 자로는 「군자가 죽을 때는 의관을 제대로 해야 한다」고 하면서, 갓끈을 매고 죽었다(石乞, 盂黶敵子路, 以戈擊之, 斷纓. 子路曰, 君子死, 冠不免. 結纓而死.)"라는 기록이 있다. 또한 강엄(江淹)의 〈건평왕에게 올리는 글(詣建平王上書)〉에 "항상 갓끈을 매고 죽으려 하였지만 만에 하나도 미치지 못하였으니, 심장을 쪼개고 발꿈치를 갈아 하늘에 보답하고자 합니다(常欲結纓伏劍, 少謝萬一, 剖心摩踵, 以報所天.)"고 했음.

82 敢以近所爲(감이근소위) : 「敢」은 주제넘다, 외람된 것. 「以近所爲」는 「근래 새로 짓다」란 말인데, 「一夜力撰(하룻밤에 힘써 짓다)」으로 된 판본이 있다.

83 救苦寺(구고사) : 《방여승람(方輿勝覽)》권31 〈덕안부(德安府)〉불사(佛寺)편에 "사찰 구고사는 덕안부 서쪽 40리에 있으며, 지금은 승업원(勝業院)이라 부르는데, 이백의 〈봄에 구고사에서 유람하다〉란 시가 있다(佛寺救苦寺, 在府西四十里, 今名勝業院. 李白有春遊救苦寺詩.)"라 했음.

84 石岩寺(석암사) : 앞 책 〈덕안부〉산천(山川)편에 "석암사는 덕안부 남쪽 10리에 있다(石岩寺, 在府南十里)"라 했다. 첨영은 이백의 〈석암사〉는 안륙의 석암산 위에 있었을 것이라고 하였다.

85 楊都尉(양도위) : 누구인지 밝혀지지 않음. 이 세 수는 지금 전해지지 않고 있다.

86 辭旨狂野(사지광야) : 「辭旨」는 언어의 취지, 중심사상. 「狂野」는 경망스럽고 질박한 것.

87 幸乞(행걸) : 간절히 바라는 것.

6.

賈少公書

가 소공에게 드리는 서신

지덕 원년(756) 가을, 이백이 안사의 난으로 여산(廬山) 병풍첩(屛風疊)으로 피난하여 은거하고 있을 때, 영왕(永王) 이린(李璘)이 그의 재명을 흠모하여 자신을 돕도록 막부(幕府)의 관료로 초청하자, 이 당시의 전후 사정을 적어 친우인 가소공에게 보낸 편지글이다. 본 문장 가운데 「관직에 임명하는 서신이 세 번이나 왔다(辟書三至)」라는 말을 통해 볼 때, 영왕의 부름을 받은 후 그의 막부로 가기 전에 지었음을 알 수 있다.

「가소공(賈少公)」은 이름이 밝혀지지 않고 있으며, 「소공」은 당나라 때 현위(縣尉)의 별칭으로, 《용재수필(容齋隨筆) · 관직별명(官職別名)》에서 "당나라 사람들은 다른 이름으로 관직의 명칭을 표방하기를 좋아하였으므로, 「위(尉)」를 소부 · 소공 · 소선이라 불렀다(唐人好以他名標榜官稱, 尉曰少府少公少仙.)"고 하였다.

이 서문은 이백의 마음을 표명한 서신형식으로 2개 단락으로 이루어졌다. 첫 번째 단락에서는 영왕이 막부로 부르기(徵召) 이전에 자신의 능력과 천하 정세에 대해 언급하였다. 곧 자신의 심신이 피로하고 명리(名利)에 담박한 상태를 설명하면서 중원(中原)이 함락되는 재난을 당하였어도 구제할 수 없는 처지인데, 영왕이 세 차례나 징소(徵召)하므로 사양하기 어려운 상황을 서술하였다. 이어 두 번째 단락에서는 영왕 막부 참여 전후의 심정과 보국의 의지를 친구에게 표명하고 있다. 진대의 명사인 은호(殷浩)와 사안(謝安)은 은거해 있어도 백성들의 촉망을 받았는데, 자신은 그들과 비교하여 덕행이 미치지 못하니 나를 대신하여 현명한 사람을 천거해 줄 것을 표명하였다.

이렇듯 이백은 가소공에게 자신이 질병으로 지치고 식견이 부족하여 중원의 재난을 구제할 수 없는 상태이지만, 본문 가운데 영왕 이린의 「지엄한 약속이 절박하여 굳이 사양하기가 어렵다(嚴期迫切, 難以固辭)」라는 협박성 분위기 때문에 어쩔 수 없이 막부에 참가하는 모습을 보이고 있다. 그래서 자신을 대신하여 나라의 은혜에 보답할 만한 현명한 사람을 천거해 주도록 부탁(當報國薦賢, 扶以自免.)하는 심정을 피력하고 있다.

이 서신과 이백이 바로 다음에 지은 〈송중승을 대신하여 자신을 추천하는 표문(爲宋中丞自薦表)〉*가운데 "영왕의 동순에 위협을 당하여 따랐다(遇永王東巡脅行)"와 건원 2년(759) 가을에 지은 〈난리를 겪은 뒤 황제의 은혜를 입어 야랑으로 유배 갔다가 옛날 노닐던 것을 기억하고 회포를 적어 강하 태수 위양재에게 드리다(經亂離後天恩流夜郎憶舊遊書懷贈江夏韋太守良宰)〉란 시 가운데 "한밤중 수군이 도착하니 심양(潯陽)에 군대 깃발이 가득 찼구나. 헛된

* 본장 3번 표문 참조.

명성에 스스로 잘못 따라갔는데 협박당하여 누선에 올랐네(半夜水軍來, 潯陽滿旌旃. 空名適自誤, 迫脅上樓船.)" 등의 언급에서 서로 일치되고 있음을 볼 수 있으므로, 이 서신에서 이백이 당시 영왕막부에 참여하게 된 진실된 심정과 면모를 어느 정도 파악할 수 있도록 해주고 있다.

6-1

宿昔[1]惟清勝[2]。白龢疾疲薾[3], 去期恬退[4], 才微識淺, 無足濟時。雖中原橫潰[5], 將何以救之?

王命崇重[6], 大總元戎[7], 辟書三至[8], 人輕禮重。嚴期迫切, 難以固辭[9], 扶力[10]一行, 前觀進退。

예전부터 내내 건승(健勝)하시기만을 생각하였습니다. 저(이백)는 오래된 질병으로 피곤하고 지쳐서 과거부터 명리(名利)에 담박하여 편안히 물러나 있고자 하였을 뿐만 아니라 재주와 식견이 천박하여 때를 구제하기가 부족합니다. 그러므로 중원(中原)이 무너지는 뜻밖의 재난을 당하였어도 그들을 어떻게 구제할 수 있겠습니까?

왕명은 높이 받들고 존중하여야 하거늘 대원수(大元帥)께서 부르시는 서신이 세 번이나 왔으니, 사람은 가볍고 예절은 중한 법입니다. 지엄한 약속이 절박하고 굳이 사양하기가 어려워서, 힘써 함께 가고자 하였지만 앞으로의 거취를 점칠 수 있겠습니다.

....

1 **宿昔**(숙석) : 그리 멀지 않은 옛날. 왕기는 이 앞에 빠진 문장(闕文)이 있는 것 같다고 하였음.

2 **清勝**(청승) : 편지에서 상대방의 건승을 기뻐할 때 쓰는 말.

3 **綿疾疲薾**(면질피이) : 「綿」은 연속되다. (덩굴 따위가) 휘감는 것으로, 「綿疾」은 오래된 병. 「疲薾」는 피곤하고 지친 모습, 매우 곤란한 모습. 《구당서 · 배분전(裴玢傳)》에 "병이 오래되어 자리에서 물러나 장안으로 돌아가고자 합니다(及綿疾辭位, 請歸長安.)"라 했다. 또한 《문선》권26 사령운(謝靈運)의 〈시녕현 집을 지나면서(過始寧墅)〉시에 "세파에 물들고 닳아서 맑은 기상에서 멀어졌고, 피로하고 지쳐서 곧고 바름에 부끄럽구나(緇磷謝清曠, 疲薾慚貞堅.)"라 했으며, 여향(呂向)은 주에서 "「피이」는 매우 피곤한 모습(疲薾, 困極之貌.)"이라 했음.

4 **去期恬退**(거기염퇴) : 「恬退」는 명예와 이익에 담박한 것. 《송서 · 효무제기(孝武帝記)》에 "진실과 소박함을 품고 있으며 뜻과 행실이 맑고 결백하나니, 편안히 물러나 스스로 지키면서 당시의 세상과 어울리지 않았다(其有懷眞抱素, 志行清白, 恬退自守, 不交當世.)"라 하고, 《세설신어 · 문학편》의 유효표(劉孝標) 주에는 "환윤(桓胤)은 젊어서 깨끗한 정조를 지닌 채, 편안히 은거하여 칭송을 받았다(胤少有清操, 以恬退見稱.)"고 하였다. 이 구는 지나온 시절에 줄곧 명리에 담박하여 분주하게 다투지 않고 사양하고 물러나 있어서 편안하다는 말임.

5 **中原橫潰**(중원횡궤) : 「中原」은 협의로는 하남 일대지만, 넓게는 모든 황하유역을 가리킨다. 「橫潰」는 물이 터져 난리가 난 모양이지만, 여기서는 안사의 란으로 백성들이 뜻밖의 재난을 당하여 살던 곳을 잃고 떠도는 피난생활을 하는 것을 말함. 《남사(南史) · 유림

전(儒林傳)》에 "이로부터 중원이 난리로 무너지고 관리들이 다 사라졌다(自是中原橫潰, 衣冠道盡.)"고 하였다.

6 **王命崇重**(왕명숭중) : 영왕 이린의 명령이 매우 엄숙하고 무거운 것.

7 **大總元戎**(대총원융) : 「總」은 통령(統領)으로 곧 일체를 거느리는 사람. 「元戎」은 병사의 무리. 「大總元戎」은 고대 군관의 이름으로 큰 군대를 통솔하는 사람(主帥). 《한서》권93 〈동현전(董賢傳)〉에 "가서 너의 정성을 다하시오, 우두머리로 병사들을 통솔하여 적의 창끝을 막아 변방을 편안하게 하시오(往悉爾心, 統辟元戎, 折衝綏遠.)"라 하고, 안사고의 주에는 "「총」은 거느리는 것, 「벽」은 임금, 「원융」은 많은 무리이다. 병사들의 주인이 되어 그들을 거느리는 것을 말한다(總, 領也. 辟, 君也. 元戎, 大衆也. 言爲元戎之主而統之也.)"고 했음.

8 **辟書三至**(벽서삼지) : 「辟書」는 징소(徵召)하는 문서. 관직에 임명하는 글. 지덕 2년(757) 정월 영왕 이린의 군대가 심양(潯陽)에 주둔할 때, 이백은 마침 여산(廬山)에 은거했는데, 영왕이 세 번이나 불러들이자, 이백은 그의 뜻이 심중(深重)함을 느끼고 하산하여 영왕의 막부에 참여하였다. 《문선》권40 완적(阮籍)의 〈태위 장제의 부름에 아뢰는 글(奏記詣太尉蔣濟)〉에 "관청이 열리는 날, 사람마다 스스로를 관원이라 여겼으므로, 부르는 글이 내리자 맨 먼저 달려왔다(開府之日, 人人自以爲掾屬. 辟書始下, 而下走爲首.)"라 하고, 이선은 주에서 "「벽」은 부르는 것이다(辟, 猶召也.)"라 했음.

9 **嚴期迫切, 難以固辭**(엄기박절, 난이고사) : 「嚴期」는 엄숙한 기간. 「迫切」은 바싹 닥쳐서 몹시 급한 것. 여기서는 규정한 기한이 매우 엄격하고 급하여 미루어 사양하기가 힘듦을 말한 것이다.

10 **扶力**(부력) : 힘쓰다, 면려(勉勵)하다. 서릉(徐陵)의 〈종친에게 드

리는 글(與宗室書)〉에 "애써 노력하여 편지를 썼지만, 대부분 순서와 차례에 맞지 않았습니다(扶力爲書, 多不詮次.)"라 했음.

6-2

且殷深源[11]廬岳十載, 時人觀其起與不起, 以卜江左[12]興亡。謝安高卧東山[13], 蒼生屬望。白不樹矯抗[14]之跡, 耻振玄邈之風[15], 混遊漁商, 隱不絶俗[16]。豈徒販賣雲壑[17], 要射[18]虛名? 方[19]之二子, 實有慚德[20]。

徒塵忝幕府[21], 終無能爲。唯當報國薦賢, 扶以自免[22], 斯言若謬[23], 天實殛之[24]。以足下深知, 具申中款[25]。

惠子知我[26], 夫何間然[27]? 勾當[28]小事, 但增悚惕[29]。

은심원(殷深源)이 여산(廬山)에서 머무르던 10년 동안, 당시 사람들은 그가 산에서 나와 출사(出仕)하느냐에 따라 장강(長江) 동쪽 지방의 흥망을 점쳤으며, 사안(謝安)은 동산(東山)에서 베개를 높이 베고 누워 있어도 백성들의 촉망을 받았습니다. 저는 고의로 다른 행동을 하여 벼슬을 구하지도 않을 뿐만 아니라 고상하고 심오한 체하는 태도를 부끄럽게 여겨서, 어부나 상인들과 함께 생활하면서 숨어 살지라도 속세를 벗어나지는 않을 것입니다. 그러니 어찌 한갓 구름 뜬 골짜기를 핑계로 헛된 명성을 추구하겠습니까? 두 사람(은심원과 사안)과 비교하여도 실로 덕행이 미치지 못하여 부끄럽습니다.

다만 먼지 같은 제가 막부(幕府)의 자리만 차지하듯 끝내 능력을 발휘할 수 없을 것이니, 나라의 은혜에 보답할 만한 현명한 사람을 천거하여 제가 자연스럽게 벋어나도록 도와주시기 바라며, 만약 이 것이 속이는 말이라면 진정 하늘이 벌할 것입니다. 족하(足下)께서 깊이 헤아려서 모든 것을 진심으로 말해 주시기 바랍니다.

혜시(惠施)가 나를 알아주니 어찌 틈이 벌어질 일이 있겠습니까? 적은 일을 처리해주시기를 바라며 삼가 거듭 두렵기만 합니다.

....

11 **殷深源**(은심원) : 진(晉)나라 은호(殷浩). 《진서(晉書)》권77 〈은호전(殷浩傳)〉에 "은호는 자가 심원으로, 진군 장평(長平)사람이다. …… 그는 식견과 도량이 맑고 넓어 약관의 나이에 좋은 평판을 얻었으며, 더욱이 심오한 말을 잘하여 숙부 은융(殷融)과 함께 《노자》와 《주역》을 좋아하였다. 은융은 은호와의 말솜씨에서는 굴복하였지만 저술에서는 은융이 나았으므로, 은호는 이때부터 풍류와 담론하는 자들의 우두머리가 되었다. …… 관청 세 곳에서 불렀지만 나아가지 않았다. 정서장군 유량(庾亮)이 기실참군으로 삼았으며, 여러 번 벼슬을 옮겨 사도좌장사를 지내다가, 안서 유익복(庾翼複)이 사마로 삼았다. 시중과 안서군사에 제수하였지만 병을 핑계로 나아가지 않았으며, 십년여년 동안 시묘살이를 하니 당시 사람들이 관중(管仲)이나 제갈량(諸葛亮)과 비견하였다. 왕몽(王蒙)과 사상(謝尙)은 그가 나아가고 은거함을 살펴보고 강동 지방의 흥망을 점칠 수 있었는데, 함께 그를 방문하여 은호의 의지가 확고함을 알고는 돌아와서 말하기를, 「은심원이 일어나지 않으니, 백성들을 장차 어찌 할 것인가!」라고 말했다(殷浩, 字深源, 陳郡長平人也. …… 浩識度清遠, 弱冠有美名, 尤善玄言, 與叔父融俱好老易. 融與浩口談則辭屈, 著篇則融勝, 浩由是爲風流談論者所宗. …… 三府辟, 皆

不就. 征西將軍庾亮引爲記室參軍, 累遷司徒左長史. 安西庾翼複請爲司馬. 除侍中 · 安西軍司, 並稱疾不起. 遂屛居墓所, 幾將十年, 於時擬之管葛. 王蒙謝尙猶伺其出處, 以卜江左興亡, 因相與省之, 知浩有確然之志. 旣反, 相謂曰 深源不起, 當如蒼生何.)"는 기록이 있음. 「深源」은 본래 「연원(淵源)」으로 진(陳)나라 은호(殷浩)의 자인데, 당나라에서 고조 이연(李淵)을 피휘하여 「淵」을 「深」이라 고쳤다.

12 **江左**(강좌) : 장강 하류의 동쪽 지역으로, 지금의 강소성(江蘇省) 일대. 고대인들은 동쪽을 좌, 서쪽을 우라고 표현하였으므로 강동을 강좌(江左), 강서를 강우(江右)라고 불렀음.

13 **謝安高卧東山**(사안고와동산) : 사안(謝安; 320-385)은 자가 안석(安石)이며, 호는 동산(東山). 동진의 정치가 겸 군사전략가로 진군 양하(陳郡陽夏:지금의 河南省 太康) 출신이며, 여행하면서 경치 감상하기를 좋아하고 재주가 뛰어났지만 출사하지 않고 은거하였다. 출사 후에는 태보(太保)를 지냈고, 죽은 뒤 태부(太傅)로 추증되었다. 《세설신어 · 배조(排調)》에 "사공은 동산에 머물면서 조정에서 여러 번 명령을 내려도 움직이지 않았다. 뒤에 환선무(桓宣武)가 사마로 부르자 신정을 출발하니 조정인사들이 모두 나와 전송하였다. 당시 중승인 고령(高靈)도 가서 전별연을 차려놓고, 먼저 술에 취한 것을 핑계로 웃으면서 말하길, 「그대는 여러 차례 조정의 부름을 듣지 않고 동산에 높이 누워 있어서 많은 사람들이 '안석이 출사하지 않으니 장차 백성들은 누가 구제할 것인가!'라고 말했는데, 또한 '지금 백성들은 어떻게 그대를 구제해줄 수 있을까?' 라고 한다네」하니, 사안이 웃으면서 대답하지 않았다(謝公在東山, 朝命屢降而不動. 後出爲桓宣武司馬, 將發新亭, 朝士咸出瞻送. 高靈時爲中丞, 亦往相祖. 先時多少飮酒, 因倚如醉, 戱曰, 卿屢違朝旨, 高臥東山, 諸人

每相與言, 安石不肯出, 將如蒼生何. 今亦蒼生將如卿何. 謝笑而不答.)"라는 기록이 있음.

14 **矯抗**(교항) : 「抗」은 「亢(항)」과 통하며, 고의로 사람들과 다르게 행동하여 (떨어져 있어서) 자신의 신분을 높이는 것을 가리킨다. 《문선》권37 유곤(劉崑)의 〈황제에 오르기를 권하는 표문(勸進表)〉에서 "폐하께서는 순(舜)과 우(禹)임금과 같은 지극히 공평한 마음을 지니시되 소보(巢父)와 허유(許由)의 잘못된 절개를 경시하시어, 사직을 위해 힘쓰시고 사사로운 행동을 우선으로 삼지 마시기 바랍니다(願陛下存舜禹至公之情, 狹巢由抗矯之節, 以社稷爲務, 不以小行爲先.)"라 하고, 장선(張銑)은 주에서 "소보와 허유는 고고한 절개로 벼슬에 나가지 않았지만, 살펴보면 자질구레한 행동이다(巢父許由皆擧高節不仕, 顧狹小之行也.)"라 했음.

15 **玄邈之風**(현막지풍) : 품덕이 고상하고 청원(淸遠)한 것. 《문선》권38 환온(桓溫)의 〈초원언을 천거하는 표문(薦譙元彦表)〉에 "영화 3년(347) 안서장군 환온(桓溫)이 촉 지방을 평정하고, 초수(譙秀; 元彦)를 천거하는 표를 올리면서, 「신이 듣기에 크게 순박한 것이 줄어들면 고상한 행적이 나타나고, 도덕이 무너지고 시대가 혼미해지면 충직한 의리가 밝게 드러난다」고 들었습니다. 그러므로 (소보와 허유가) 귀를 씻고 (굴원이) 연못에 빠져서 현막한 바람을 드날렸습니다」고 말했다(永和三年, 安西將軍桓溫平蜀, 表薦秀曰, 臣聞大朴既虧, 則高尙之標顯, 道喪時昏, 則忠貞之義彰. 故有洗耳投淵, 以振玄邈之風.)"라 하고, 이주한은 주에서 "「막」은 먼 것으로, 여기서는 깊고 아득한 기풍을 드날릴 수 있음을 말한 것(邈, 遠也. 言此可以振玄遠之風.)"이라 했다.

16 **隱不絶俗**(은부절속) : 《후한서 · 곽임종전(郭林宗傳)》에 "은거해도 부모와 떨어지지 않고, 지조를 지키면서도 세속과 단절하지 않는다

(隱不違親, 貞不絶俗.)"라 했음.

17 **雲壑**(운학) : 구름이 덥혀있는 깊은 산골짜기. 공치규(孔稚圭)의 〈북산이문(北山移文)〉에 "북산의 소나무와 계수나무가 나를 유혹하였고, 북산의 구름과 골짜기가 나를 업신여겼네(誘我松桂, 欺我雲壑.)"라고 읊었다.

18 **要射**(요사) : 좇아서 취하는 것. 《위서 · 고종기(高宗紀)》화평(和平) 2년(461) 정월 을유일에 조서를 내리기를 "부유한 대상들이 당장의 이익을 좇아서 열흘동안 10배의 이익을 남겼다(大商富賈, 要射時利, 旬日之間, 增贏十倍.)"라 했음.

19 **方**(방) : 비교하다.

20 **慚德**(참덕) : 덕행이 남에게 미치지 못하므로 부끄럽다. 결점이 있어서 마음으로 부끄러운 것. 《서경. 중훼지고(仲虺之誥)》에 "탕(湯) 임금이 걸왕(桀王)을 남소(南巢)*로 추방시킨 것은 오직 덕을 부끄러워해서이다(成湯放桀於南巢, 惟有慚德.)"라 하고, 공안국(孔安國)은 주에서 "참덕이 있다고 한 것은, 덕을 부끄러워함이 옛날에 미치지 못한다는 것(有慚德, 慚德不及古.)"이라고 했음. 이 두 구는 은심원과 사안에 비하여 그들과 대등하게 행동하는 것은 덕행이 미치지 못해 부끄럽다고 표현한 말이다.

21 **塵忝幕府**(진첨막부) : 「塵忝」는 자신이 한낮 먼지처럼 재능이 적어서 맡은 직무에 적당하지 못하다는 겸칭. 《문선》권4 임방(任昉)의 〈승도대사마 기실이 되어 쓴 글(昇到大司馬記室箋)〉에 "자신이 물가를 좇은 것을 돌아보니 실로 잘못된 것임을 알아 천년에 한번 만나듯 어려운 답을 다시 찾았도다(顧己循涯, 實知塵忝, 千載一逢,

---

* 소백(巢伯)의 나라로 옛 지명이다. 지금의 안휘성(安徽省) 소호시(巢湖市)다. 고대 중국의 활동지역의 남방에 위치하기 때문에 이렇게 불렀다.

再造難答.)"라고 하였으며, 여향(呂向)은 주에서 "「진」은 더러운 것이고, 「첨」은 욕보이는 것(塵, 汚. 忝, 辱也.)"이라 했음. 「幕府」는 장수가 야외에 설치한 군영으로, 군대에서 고정된 장소가 없으므로 장막을 쳐서 부서(府署)로 삼았다.

22 **唯當報國薦賢, 扶以自免**(유당보국천현, 부이자면) : 앞 구절 「徒塵忝幕府, 終無能爲」부터 이 구절까지 4구에서는 자신은 아무런 할 일이 없으므로 오로지 나라에 보답할 만한 현능한 사람을 천거하면, 자신은 이러한 부담으로부터 벗어 나겠다는 뜻을 밝힌 것임.

23 **斯言若謬**(사언약류) : 「斯言」는 앞 「唯當報國薦賢, 扶以自免」을 가리키고, 「若謬」는 '만약 이것이 어지러운 말이라면'의 뜻.

24 **天實殛之**(천실극지) : 하늘이 죄를 물어 죽일 것이라는 말. 「實」은 구절 가운데의 조사이고, 「殛」은 주살(誅殺)로 죄를 물어 베어 죽이는 것.

25 **具申中款**(구신중관) : 「具申」은 윗사람에게 모두 진술하는 것. 「中款」은 진심으로 성실한 말.

26 **惠子知我**(혜자지아) : 「惠子」는 전국시대 명가(名家)의 대표적 인물인 혜시(惠施)로 장자의 절친한 친구이다. 《문선》권42 조식의 〈양덕조에게 드리는 글(與楊德祖書)〉에 "그 말에 부끄러워하지 않는 것은 혜자(혜시)가 나를 알아주는 것을 믿기 때문이다(其言之不慚, 恃惠子之知我也.)"라 하고, 이주한(李周翰)은 주에서 "내가 한 이 말에 부끄러워하지 않는 것은 그대가 나를 알아주는 은혜를 믿기 때문이다. 한편으로는 혜자를 혜시라고 말하기도 한다(我有此言而不慚者, 恃子恩惠之知我也. 一云惠子, 惠施也.)"라 했음. 《장자·서무귀(徐無鬼)》에 "장자가 어떤 사람의 장례식을 치르고 오다가 혜자의 묘 앞을 지나게 되자 따라오는 자를 돌아보며 말하기를…… 「이제 부자가 죽고 나니, 나는 이론을 말할 바탕(친구)이 없어졌다. 나도 이제 더불어 얘기할 사람이 없어졌구나」(莊子送葬, 過惠子之

墓，顧謂從者曰 …… 自夫子之死也，吾無以爲質矣，吾無與言之矣.)"라 했다.

27 **夫何間然**(부하간연) : 틈이 벌어진다고 무엇을 싫어하랴. 「間」은 사이가 막혀서 통하지 않는 것.

28 **勾當**(구당) : 요리하다. 처리하다. 당송시대의 속어임.

29 **悚惕**(송척) : 두려워하다, 삼가다, 조심하는 것. 《수경주(水經注)·하수(河水)4》에 "성 남쪽은 산언덕에 의지하고 북쪽은 황하와 닿아 있는데, 백여길이나 높이 걸린 폭포에 다가간 사람들 모두 두려워하였다(城南依山原，北臨黃河，懸水百餘仞，臨之者咸悚惕焉.)"라 했음.

7.

趙宣城與楊右相書

선성태수 조열을 대신하여 양 우상에게 드리는 서신

천보 14년(755) 이백이 선성을 유람할 때, 망년지교(忘年之交)를 맺고 있던 선성태수 조열(趙悅)이 우승상 양국충(楊國忠)에게 올리는 서신을 대신 지어 준 문장이다.

제목에서의 「조선성(趙宣城)」은 선성태수 조열이다. 당대에는 천보 원년(742)부터 주(州)를 군(郡)으로 바꾸고 자사(刺史)를 태수(太守)로 고쳐 불렀는데, 숙종 건원 원년(758)에 다시 군을 주로 환원하고 태수도 자사로 바꿨다. 조열은 일찍이 감찰어사(監察御使)와 강릉(江陵)·안읍(安邑) 두 고을의 현령을 역임하였다. 이백에게는 조열과 관련된 시문으로 〈태수 조열에게 드리다(贈太守趙悅)〉란 시와 본책 제3장에 나오는 〈조공이 새로 지은 서후정을 칭송한 송문(趙公西侯新亭頌)〉이 있다. 후자인 서후정을 칭송한 송문에 의하면 조열은 천보 14년(755) 4월에 회음군(淮陰郡)태수에서 선성군 태수로 옮겼다*는 내용이 있는데, 본 제목에서 「조선성(태수)」

---

* 〈조공서후신정송(趙公西侯新亭頌)〉에 "惟十有四載, …… 伊四月孟夏, 自淮陰遷我天水趙公作藩於宛陵"라 했다.

이라고 부른 것으로 보아 같은 해에 지은 것으로 유추할 수 있으며, 또한 본문 가운데 「이른 겨울 추위(首冬初寒)」라 한 것에서 이해 겨울에 쓴 것임을 알 수 있다.

「양우상(楊右相)」은 양귀비(楊貴妃)의 6촌 오빠인 우승상 양국충으로, 포주(蒲州) 영락현(永樂縣)*출신이며, 양귀비가 현종(玄宗)의 총애를 받음에 따라 천보 11년(752) 11월 정적 이임보(李林甫)가 죽자 바로 그를 대신해서 우상(右相)이 되었다**.

이 서신은 양승상이 발탁해 준 은혜를 잊지 않겠다는 내용으로 4개 단락으로 나눌 수 있다. 첫 번째 단락에서는 승상의 문후를 여쭈면서 자신을 등용해 준 은혜를 밝히고, 이어 자신이 지낸 관직의 역정(歷程)과 관료로서의 태도를 기술하였으며, 두 번째 단락에서는 승상이 아름다운 덕행으로 대권을 장악하여 백성들의 신망을 얻은 것을 칭송하였다. 세 번째 단락에서는 자신이 관직에서 얻은 영달은 모두 승상의 큰 도움으로 성사된 은혜이니, 사람이 노쇠해지면 분수에 만족해야 된다는 교훈이 있지만 자신은 마른 소나무가 풍상에 지조를 바꾸지 않고 늙은 천리마가 주인을 위해 힘차게 달리듯, 현명한 군주와 승상을 위하여 진력할 것임을 기약하였으며, 네 번째 단락에서는 승상께서 이 늙은 부하를 보살펴 주신다면 자신도 결코 그 은정을 잊지 않고 보답하겠다는 희망을 피력하고 있다.

이렇듯 본문에서 언급한 바와 같이 천보 7년(748) 양국충이 급사

---

* 영락현(永樂縣)은 지금의 산서성 예성현이다.

** 《구당서 · 양국충전(楊國忠傳)》에 "十一載, …… 會林甫卒, 遂代爲右相."라 했음.

중(給事中) 겸 어사중승(御使中丞)·전판도지(專判度支)로 있을 때, 조열은 그의 추천으로 어사대(御史臺)와 상서성(尙書省)에서 관리로 재직할 수 있는 혜택을 누린 적이 있었다. 그래서 온정을 잊지 않고 보답한다는 표현이 본문 중 「개와 말이 주인을 그리워하다(犬馬戀主)」와 「늙은 천리마가 남은 생을 힘차게 달리는 것처럼 진력하겠다(老驥餘年, 期盡力於蹄足.)」등에 잘 나타나고 있으며, 또한 앞으로도 관직을 잘 수행하면서 승상의 큰 은혜를 잊지 않고 보답할 것임을 표시하고 있다.

이러한 서신의 내용으로 볼 때 조열은 완전히 양국충의 손에 의하여 발탁된 사람으로 실제로도 조열이 양국충에 대하여 충성을 바칠 것을 다짐하고 있는데, 이백이 조열을 대신하여 이렇듯 아부하는 편지를 써준 것은 적어도 나라를 그르친 양국충에 대하여 나쁜 감정이 없었음을 나타낸 것이다. 이백이 이 서신을 쓴 이후 2개월도 못 되어 범양(范陽)과 태원(太原)의 절도사인 안록산(安祿山)이 양국충을 처벌한다는 명분으로 반란을 일으킨 것으로 볼 때, 이백은 양국충이 위험한 인물이라는 인식이 부족했다는 점을 알 수 있다. 서신 가운데 양국충에 대한 언사 등에서 전적으로 조열의 관점에서 쓴 것이지만, 이백의 또 다른 측면을 파악할 수 있는 자료이다. 그리고 근대 연구자들은 본 서신의 내용과 격조가 이백의 다른 문장에 비교하여 저급한 편이라고 인정하고 있다*.

---

* 첨영의 〈이백전집교주휘석집평〉과 욱현호의 〈이태백전집교주〉 본 참고.

7-1

某啓[1]。辭違積年[2], 伏戀[3]軒屛[4]。首冬[5]初寒, 伏惟相公[6]尊體起居萬福[7]。

某蒙恩[8]才朽齒邁, 徒延聖日[9]。少忝末吏[10], 本乏遠圖[11], 中年廢缺[12], 分歸園壑[13]。昔相公秉國憲之日[14], 一拔九霄[15], 拂刷前耻[16], 升騰晩宦[17]。恩貸稠疊[18], 實戴丘山[19]。落羽再振, 枯鱗旋躍[20], 運以大風之擧, 假以磨天之翔[21]。

衣繡霜臺[22], 含香華省[23]。宰劇慚强項之名[24], 酌貪礪清心之節[25]。三典列郡[26], 寂無成功[27], 但宣布王澤[28], 式酬天奬[29]。

아무개(조열)가 아룁니다. 작별한지 여러 해가 지나는 동안 승상(丞相)께서 계신 대청과 병풍을 고개 숙여 그리워하고 있습니다. 이른 추위가 시작되는 초겨울에 즈음하여, 상공(相公; 승상)의 옥체에 만복이 깃들기를 엎드려 빕니다.

저는 지극한 보살핌에도 불구하고 재주는 쇠퇴하고 나이만 늙어가서, 태평성대를 헛되이 보내고 있을 뿐입니다. 젊어서는 낮은 지위에 있는 것이 부끄러웠지만, 본래 원대한 계획이 모자라 중년에는 해직되어 전원(田園)으로 물러났습니다. 예전에 승상께서 나라의 법률을 장악한 날, 높은 하늘로 올라갈 수 있었으니, 이전에 삭탈(削奪)당한 치욕을 털어내고 만년에는 고위 관직으로 승진하였습니다. 은전(恩典)을 베풀어 주신 것이 여러 차례 중첩되어 실로 은혜가 산을 이고 있는 것처럼 무겁습니다. 깃 떨어진 새가 다시 날개를 펼치고 마른고기가 물을 만나 헤엄치듯, 큰바람을 움직이며 올라가 하늘을 만지면서 날아다녔습니다.

비단으로 수놓은 의복을 착용한 어사(御史)가 되어 향기를 머금고 상서성(尙書省)에 근무할 때, 번중한 업무를 맡아 강직하고 머리를 숙이지 않는 사람에게 부끄러워했으며, 탐천(貪泉)의 물을 마시고도 맑은 마음을 잃지 않았습니다. 세 차례에 걸쳐 군(郡)의 태수가 되었어도 한가하여 드러난 업적이 없었지만, 군왕의 은택을 세상에 널리 알려서 임용해주신 것에 보답하였습니다.

……………

1 **某啓**(모계) : 「某」는 자신을 가리키는 말로 자겸지사이며, 「啓」는 진술하다는 뜻으로, 고대 서신의 첫머리에 쓰이는 상투어.

2 **辭違積年**(사위적년) : 「辭違」는 고별, 사별(辭別). 「積年」은 쌓여서 여러 해가 된 것.

3 **伏戀**(복련) : 고개를 숙이고 엎드려 그리워하는 것.

4 **軒屛**(헌병) : 「軒」은 낭실(廊室), 「屛」은 병풍으로, 공경의 벼슬을 누리는 권력자가 거처하는 깊고 높은 대청. 반악의 〈추흥부(秋興賦)〉에 "귀뚜라미가 헌병에서 우는구나(蟋蟀鳴乎軒屛.)"라 하고, 유양(劉良)은 주에서 "대청의 섬돌이나 벽에서 우는 것을 말한다(言鳴軒階壁也.)"라 했음. 여기서는 우상 양국충이 거처하는 곳을 가리킨다.

5 **首冬**(수동) : 겨울이 시작되는 달로, 곧 맹동(孟冬). 여기서는 천보 14년(755) 음력 10월.

6 **相公**(상공) : 승상(丞相), 혹은 재상(宰相)에 대한 존칭. 한위(漢魏) 이래 승상에 임명되는 자는 반드시 「공(公)」에 봉했으므로, 후대에 승상을 상공이라 불렀음. 여기서는 양국충을 가리키며, 천보 11년(752) 11월 재상 이임보가 죽자 양국충이 대신 우승상 겸 이부상서(吏部尙書)가 되었다. 왕찬(王粲)의 〈종군시(從軍詩)〉에 "상공께서

관문 오른쪽 지방을 정벌하네(相公征關右.)"라 하고, 이선은 주에서 "조조가 승상이 되었으므로 상공이라고 불렀다(曹操爲丞相, 故曰相公也.)"고 했음.

7 **尊體起居萬福**(존체기거만복) : 「尊體」는 타인의 신체에 대한 경칭. 「萬福」은 다복으로 송축(頌祝)하는 말.

8 **蒙恩**(몽은) : 「蒙」은 보살핌을 받는다는 뜻으로, 경어에 쓰임. 「恩」은 지우(知遇), 극진한 대우.

9 **才朽齒邁, 徒延聖日**(재후치매, 도연성일) : 재능이 쇠퇴하고 연령이 늙어가서 다만 헛되게 시일만 늘이고 있을 뿐이라는 말. 「齒」는 「나이(齡)」와 같으며, 「齒邁」는 해가 가는 것으로, 이 편지를 쓸 때 조열은 이미 70세가 넘어 이렇게 말했다. 육운(陸雲)은 〈육전에게 드리는 편지(與陸典書)〉에서 "해가 갈수록 앎은 새로워지고, 나이가 늘어가도 더욱 부지런해지네(年長而知新, 齒邁而曾勤.)"라 했음. 「聖日」은 성스럽고 밝은 시기를 가리키는데, 봉건사회에서는 당대의 세월을 가리키는 미칭(美稱)으로 쓰였다.

10 **少忝末吏**(소첨말리) : 나이가 어릴 때 낮은 지위에 있는 것이 부끄럽다는 뜻. 「忝」은 치욕, 부끄럽다는 자겸지사. 「末吏」는 미관말직, 지위가 낮은 관직으로 관리들이 흔히 쓰는 겸칭. 여기서는 조열이 자신의 나이에 감찰어사 등의 관직을 맡은 것을 겸손하게 가리킨 것이다. 《금석쇄편(金石碎片)》권87 〈조사렴 묘지(趙思廉墓誌)〉에 의하면, 조열은 일찍이 감찰어사와 강릉(江陵), 안읍(安邑) 두 현의 현령을 지냈다고 하였다.

11 **本乏遠圖**(본핍원도) : 본래부터 원대한 포부(계획)가 결핍된 것.

12 **中年廢缺**(중년폐결) : 조열이 천보 4년(745) 사람들과 사건에 연루되어 여러 차례 해직된 일. 「廢缺」은 직무를 취소(폐지)하는 것으로 해직되는 것을 말한다. 「缺」은 직위.

13 **分歸園壑**(분귀원학) : 관계를 떠나 전원으로 돌아간다는 뜻. 여기서는 조열이 해직당한 후 남양(南陽)에서 한가로운 생활을 한 것을 가리킨다. 「分」은 이별하고 떠나는 것. 「園壑」은 산과 들의 전원.

14 **相公秉國憲之日**(상공병국헌지일) : 상공이 어사대를 장악한 날. 《신당서 · 양국충전》에 "천보 7년(758)에 급사중 겸 어사중승과 전판도지사에 발탁되었다(天寶七載, 擢給事中, 兼御史中丞, 專判度支事.)"고 했음. 「秉」은 주관, 장악하는 것. 「國憲」은 나라의 형법, 국가의 법으로 제정한 형벌과 법률. 채옹(蔡邕)의 〈문열후 양공의 비문(文烈侯楊公碑)〉에 "번갈아 어사가 되어서 진실로 국가의 법률을 지켰다(遞作御史, 允執國憲.)"라 했다.

15 **一拔九霄**(일발구소) : 선발 과정을 거쳐 고위 관직이 되는 것. 여기서는 양국충이 조열을 기용하여 다시 어사대로 들어가도록 한 사건을 가리킨다. 「九霄」는 「구천운소(九天雲宵)」로, 하늘에서 가장 높은 곳으로 황제 주변의 고관대작들을 비유한 것임.

16 **拂刷前耻**(불쇄전치) : 「拂刷」는 제거한다는 뜻. 「前耻」는 앞 구에서 언급한 「중년폐결(中年廢缺)」을 말하는 것으로, 곧 죄가 없으면서도 삭탈관직당한 치욕을 가리킨다.

17 **升騰晩官**(승등만관) : 만년에 거듭 높은 관직으로 승진하는 것.

18 **恩貸稠疊**(은대조첩) : 「恩貸」는 윗사람이 아랫사람에게 은전을 베푸는 것으로, 여기서는 양국충이 조열에게 베푼 은혜. 「稠疊」은 조밀하여 중첩되는 것으로 많은 것을 말함. 《문선》권26 사령운(謝靈運)에 〈시녕현 집을 지나면서(過始寧墅)〉시에 "바위가 높은 산봉우리에 중첩되어 있네(巖峭嶺稠疊.)"라 읊고, 유량은 주에서 "「조첩」은 중첩된 것으로, 이어져서 끊어지지 않는 모양(稠疊, 重疊也. 連綿不絶貌.)"이라고 했다.

19 **實戴丘山**(실대구산) : 「實」은 실재로, 부사로 쓰였다. 「戴丘山」은

곧 머리로 산을 이고 있다는 뜻으로, 은혜가 산같이 무거운 것을 형용하였음.

20 **落羽再振, 枯鱗旋躍**(낙우재진, 고린선약) : 깃이 떨어진 새가 다시 날개를 떨쳐 거듭 날고, 마른 웅덩이의 고기가 물을 만나 다시 헤엄쳐 다니며 뛰어오른다는 말. 「枯鱗」은 마른고기로, 흔히 곤란한 지경에 처한 사람의 비유.

21 **運以大風之擧, 假以磨天之翔**(운이대풍지거, 가이마천지상) : 《장자 · 소요유》가운데 나오는 「붕정만리(鵬程萬里)」의 전고를 몰래 사용하였다. 대붕이 날개를 펼쳐 큰바람을 일으키면서 구만리 장천으로 날아오른다는 뜻. 「磨天」은 가장 높은 곳까지 날아오르는 것을 형용한 말. 완적(阮籍)의 〈영회시(詠懷詩)〉49수에 "새는 하늘을 부딪치며 높이 날아올라 구름위에서 함께 즐겁게 노니네(高鳥摩天飛, 淩雲共遊嬉.)"라 하였음.

22 **衣繡霜臺**(의수상대) : 「衣繡」는 비단으로 수놓은 옷을 입다. 한무제 때 어사(御史)가 입었던 옷인데, 후대에 「수의(繡衣)」는 어사를 대신 지칭하였음. 여기서는 어사로 다시 임명된 조열을 가리킨다. 「霜臺」는 어사대(御史臺)의 별칭. 어사는 탄핵을 관장하는 직책이므로 준엄하고 추상같은 임무여서 이렇게 불렀다.

23 **含香華省**(함향화성) : 「含香」은 향기를 머금는 것으로, 《송서 · 백관지상(百官志上)》에 "상서성의 낭관은 입에 계설향을 머금고 임금에게 일을 아뢰고 대답하여 호흡할 때 향기로운 기운을 내뿜도록 하였다(尙書郎口含鷄舌香, 以其奏事答對, 欲使氣息芬芳也.)"는 기록이 있음*. 「華省」은 황제의 좌우에서 시종하는 고귀한 관서로, 여기서는 조열이 임직한 상서성(尙書省)을 가리킨다.

---

* 응소(應劭)의 《한관의(漢官儀)》(上)에도 같은 내용이 나온다.

24 **宰劇慚强項之名**(재극참강항지명) : 조열이 정무가 번잡한 현을 다스리면서 강직하다는 명성이 부끄럽다는 것으로, 자신의 정치적 업적을 겸손하게 말한 것이다. 「宰劇」은 번중한 업무를 주재하는 것으로, 「宰」는 현령, 또는 통치, 다스리다는 뜻으로 쓰이고, 「劇」은 극현(劇縣)으로 다스리기 어려운 현을 말함. 「强項」은 성격이 강직하고 머리를 숙이지 않는 사람. 《한서 · 동선전(董宣傳)》에 의하면, "강항은 머리를 굽히지 않는 것으로, 아부하지 않는 강직함에 비유한다(強項, 不低頭, 喩剛直不阿.)"고 하였는데, 그에 대하여 다음과 같은 고사가 전한다. 동선(董宣)이 낙양령(洛陽令)이 되었을 때, 호양공주(湖陽公主)의 종이 사람을 죽이고 공주의 집에 숨어서 포졸들이 체포할 수 없었다. 동선이 공주가 외출하기를 기다렸다가 종을 호령하며 수레에서 내려 쳐 죽였다. 황제는 동선으로 하여금 공주에게 사죄하게 하였으나 동선이 따르지 않았으며, 강제로 시키려 하였지만 끝내 굽히지 않았다. 그래서 칙명으로 강항령(强項令)이라 부르며 30만 냥을 하사하니, 이로 인하여 토호와 간악한 무리들이 떨면서 그를 와호(臥虎)라고 불렀다 한다*.

25 **酌貪礪淸心之節**(작탐려청심지절) : 「酌貪」은 탐천(貪泉)의 물을 떠서 마시는 것으로, 진(晉)나라 청백리인 오은지(吳隱之)가 석문(石

---

* 《후한서 · 동선전(董宣傳)》의 원문은 다음과 같다. "[董宣]特征爲洛陽令. 時湖陽公主蒼頭白日殺人, 因匿主家, 吏不能得. 及主出行, 而以奴驂乘. 宣於夏門亭候之, 乃駐車叩馬, 以刀畫地, 大言數主之失, 叱奴下車, 因格殺之. 主即還宮訴帝, 帝大怒, 召宣, 欲箠殺之. 宜叩頭曰, 「願乞一言而死.」 帝曰, 欲何言? 宣曰, 「陛下聖德中興, 而縱奴殺良人, 將何以理天下乎? 臣不須箠, 請得自殺!」 即以頭擊楹, 流血被面. 帝令小黃門持之, 使宣叩頭謝主. 宣不從, 強使頓之, 宜兩手據地, 終不肯俯. 主曰, 「文叔爲白衣時, 藏亡匿死, 吏不敢至門. 今爲天子, 威不 能行一令乎.」 帝笑曰, 「天子不與白衣同.」 因勅強項令出. 賜錢三十萬, 宣悉以班諸吏. 由是搏擊豪強, 莫不震栗, 京師號爲臥虎."

門)에 있는 한 번 마시기만 하면 탐욕스러워진다는 탐천의 물을 마시고도 맑은 마음을 잃지 않은 전고로서, 조열이 정치적으로 청렴함을 표명한 것이다. 《진서》권90 〈오은지전(吳隱之傳)〉에서 "청렴한 관리인 오은지가 광주자사로 부임하게 되었는데, 이곳에 있는 탐천(貪泉)이라는 샘물을 마시고 시를 지어 읊기를, 「옛사람들은 이 샘물을 한 번 마시면 천금을 욕심낸다고 하였네. 만일 백이 숙제에게 마시도록 하여도 끝내 마음이 바뀌지 않으리라」(廉官吳隱之赴光州刺史任, 飮貪泉之水, 并作詩曰, 古人云此水, 一歃懷千金, 試使夷齊飮, 終當不易心.)"고 하였는바, 이는 마음이 청백하여 탐천을 마셔도 더욱 깨끗해짐을 말한 것이다. 「礪」는 칼이나 돌을 가는 숫돌. 「淸心」은 청렴하고 고결한 마음.

26 **三典列郡**(삼전열군) : 조열이 전후로 세 차례에 걸쳐 여러 군의 사무를 관장한 것. 여기서 「列郡」은 여러 군이지만, 이백의 〈선성태수 조열에게 드리다(贈宣城趙太守悅)〉시에서 "세 군의 목민관으로 지냈는데, 가는 곳마다 맹수들이 달아났다네(出牧歷三郡, 所居猛獸奔.)"라 하여 실제는 세 군의 태수를 역임한 것으로, 회음군(淮陰郡)과 선성군은 이미 알려졌지만 회음군 이전에 태수로 임직했던 군에 대하여는 알려지지 않고 있다.

27 **寂無成功**(적무성공) : 조열이 스스로를 가리킨 겸손한 말로, 자신이 군수가 되었지만 하는 일이 없어 조용하게 지내면서 정치적 공적이 없음을 말한 것이다.

28 **宣布王澤**(선포왕택) : 「宣布」는 공적으로 대중에게 선전하여 드러내는 것. 「王澤」은 제왕의 은택. 반고(班固)는 〈양도부서(兩都賦序)〉에서 "왕의 은혜가 다하여서 시를 짓지 않았다네(王澤竭而詩不作.)"라 했음.

29 **式酬天奬**(식수천장) : 군왕이 조열을 발탁하여 승진 임용시킨 것에

대하여 보답을 가리킴. 남조 양(梁)나라 임방(任昉)의 〈조서로 내리신 칠석시에 받들어 답하다(奉答勅示七夕詩啓)〉중 "미천한 사람을 이끌어 써주시니, 천자의 은혜에 보답하고자 합니다(牽率庸陋, 式酬天獎.)"라 하였으며, 유량은 주에서 "「식」은 이용, 「수」는 보답, 「장」은 은혜다(式, 用也. 酬, 答也. 獎, 猶恩也.)"라고 했음.

7-2

伏惟相公, 開張徽猷[30], 奫亮天地[31]。入夔龍[32]之室, 持造化[33]之權。安石高枕, 蒼生是仰[34]。

승상께서는 아름다운 계책을 발휘하여 천지의 가르침을 공손히 신봉하였습니다. 순임금의 신하인 기(夔)와 용(龍)의 방으로 들어가 조물주의 권력을 홀로 가지셨으니, 사안석(謝安石)처럼 베개를 높이 베고 누웠어도 백성들의 흠모를 받았습니다.

....

30 開張徽猷(개장휘유) : 출중한 주장이나 책략을 발휘하는 것. 「開張」은 '전개하다'라는 뜻으로, 제갈량의 〈출사표(出師表)〉에 "진실로 폐하께서는 견문을 넓히셔서, 선제께서 남기신 공덕을 빛내시고 뜻있는 선비들의 기개를 넓히셔야 합니다(誠宜開張聖聽, 以光先帝之遺德, 恢弘志士之氣.)"라 하였음. 「徽猷」는 미덕. 고명한 주장이나 방략. 《시경 · 각궁(角弓)》에 "군자가 아름다운 계책을 지니면, 소인이 더불어 붙으리라(君子有徽猷, 小人與屬.)"라 하였으며, 모전(毛傳)에 "「휘」는 아름다운 것(徽, 美也.)"이라 하고, 정현(鄭玄)의 전(箋)에서는 "「유」는 도다. 군자가 아름다운 도를 가져 명성을 높이

면 소인도 함께 즐기면서 스스로 따라붙으리라(猷, 道也. 君子有美道以得聲譽, 則小人亦樂與之而自連屬焉.)"고 했음.

31 **夤亮天地**(인량천지) : 공경히 천지의 가르침을 신봉한다는 말. 「夤亮」은 충성스럽게 받들어 섬기는 것으로, 「夤」은 「인(寅)」과 같다. 《상서 · 주관(周官)》에 "「소사 · 소부 · 소보를 삼고(三孤)라 하는데, 삼공에 버금가서 덕화를 넓히고 천지의 가르침을 크게 밝혀서 임금인 나를 돕는구나(少師少傅少保曰三孤, 貳公弘化, 寅亮天地, 弼予一人.)"라 하고, 공전(孔傳)에 "삼공에 버금가는 다음 관직으로 교화를 크게 밝혀서, 천지의 가르침을 공경히 믿어 임금인 나 한사람의 정치를 보좌한다(副貳三公, 弘大敎化, 敬信天地之敎, 以輔我一人之治.)"라고 하였음.

32 **夔龍**(기용) : 순(舜)임금의 신하로, 악관(樂官)인 기(夔)는 음악을 담당하였고 간관(諫官)인 용(龍)은 간언을 담당하였는데, 훌륭한 신하를 비유하여 이르는 말이다. 《상서 · 순전》에 "백이(伯夷)가 몸을 굽히고 머리를 조아리며, 기와 용에게 양보하였다(伯拜稽首, 讓於夔龍.)"고 했고, 공전(孔傳)에 "「기」와 「용」은 두 신하 이름(夔龍, 二臣名.)"이라 했음.

33 **造化**(조화) : 원래는 자연적인 창조와 양육을 가리키지만, 여기서는 '백성들에 대하여 생사여탈(生死與奪)과 화육배양(化育培養)시킨다'는 뜻.

34 **安石高枕, 蒼生是仰**(안석고침, 창생시앙) : 동진 사안(謝安)의 전고를 이용하여 우상 양국충이 편안하게 누어서 걱정 없도록 해주어 백성들에게 흠모를 받는다고 추앙한 말. 그러나 실제로는 이백이 조열을 대신하여 이 편지를 써준 후 1개월 뒤에 안록산이 양국충을 타도한다는 명분으로 반란을 일으켜 궁궐이 무너지고 백성들은 도탄에 빠지게 되었다. 사안은 자가 안석(安石)으로, 젊어서부터 청담

한 생활을 선호하여 여러 차례 벼슬을 거절하고, 회계군 산음현(山陰縣) 동산(東山)에서 왕희지(王羲之), 손작(孫綽) 등과 산수에서 노닐어 세인들의 존경을 받았다.*

7-3

某鳴躍[35]無已, 剪拂因人[36]。銀章朱紱[37], 坐榮宦達[38], 身荷宸睠[39], 目識龍顔[40]。既齊飛於鵷鷺[41], 復寄跡於門館[42], 皆相公大造[43]之力也。而鍾鳴漏盡, 夜行不息[44], 止足之分[45], 實愧古人。犬馬戀主[46], 迫於西汜[47]。所冀枯松晩歲, 無改節於風霜[48], 老驥餘年, 期盡力於蹄足[49]。上答明主[50], 下報相公, 縷縷[51]之誠, 屛息[52]於此。

제가 말처럼 울부짖으며 날뛰는 것을 그치지 않자, 승상께서 갈기를 손질하고 먼지를 씻어내 주셨습니다. 은 인장(印章)과 붉은 조복(朝服)을 착용한 채 영광스럽고 총애 받는 지위에 거처하였으며, 몸은 제왕의 은총을 받아 용안(龍顔)을 알현하기도 하였습니다. 이미 원추와 해오라기처럼 나란히 날아올라 다시 궁정에 발자취를 남기게 된 것은 모두 승상의 큰 힘으로 성사된 것입니다. 그러나 통금을 알리는 종이 울리고 물시계의 물이 다 떨어지듯, 노쇠한 몸으로 밤길을 가면서 그칠 줄 몰랐으니, 제 분수에 만족할 줄 알았던 옛 선인에게 진실로 부끄럽습니다.

---

* 《세설신어 · 배조(排調)편》참조.

개와 말이 주인을 그리워하는 마음을 가진 채, 해가 지는 몽사(蒙汜)에 가까웠습니다. 시들고 마른 소나무는 세월이 오래되어도 풍상에 지조를 바꾸지 않고, 늙은 천리마는 남은 생애 동안 힘차게 달리듯 진력할 것을 기약합니다. 위로는 현명한 군주와 아래로는 승상에게 보답하고자, 두려운 마음으로 공손히 호흡을 억제하고 있습니다.

....

35 **鳴躍**(명약) : (말이) 울부짖으며 날뛰는 것으로, 기뻐하고 즐거워함을 형용한 말. 이백의 〈경정산에 노닐며 시어사 최성보에게 부치다(遊敬亭寄崔侍御)*〉란 시에서 "원앙과 백로의 무리들을 굽어보니, 마시고 쪼느라 저절로 울며 뛰어 노니는구나(俯視鴛鴦群, 飮啄自鳴躍.)"라고 읊었음.

36 **剪拂因人**(전불인인) : 「剪拂」은 말의 갈기 털을 손질하고 씻는 것으로, 원래는 백락(伯樂)이 명마를 식별하면서 말의 갈기를 성심껏 손질하고 먼지와 때를 씻어내어 그 말이 길게 울도록 하는 것을 가리킴. 여기서는 양국충이 조열에 대하여 관심을 가지고 도움 주는 것을 비유하였다. 「因人」은 「인인성사(因人成事)」로 남의 힘을 빌려 일을 처리한다는 뜻으로, 조열이 우상의 힘을 이용하여 일을 성공시키는 것을 말한다.

37 **銀章朱紱**(은장주불) : 「銀章」은 은으로 만든 인장. 「朱紱」은 붉은색의 인장을 맨 조복(朝服). 당대 관직 가운데 오품의 자사나 관리들이 지니고 차던 장식품(裝飾品). 여기서는 조열이 조정의 신하로

---

* 다른 본에는 제목이 〈등고성망부중봉기최시어(登古城望府中奉寄崔侍御)〉라 되어 있다.

근무하면서 착용하던 복식과 기물로서, 자신이 당년에 머물렀던 어사대에서의 벼슬 생활을 기억한 것이다.

38 坐榮宦達(좌영환달) : 영광스럽고 총애 받는 지위에 거처하고 벼슬길에서 고위 관직에 오르는 것.

39 身荷宸睠(신하신권) : 「荷」는 은혜를 입는 것. 「宸睠」은 「신권(宸眷)」과 같으며, 제왕의 관심과 은총을 가리킨다. 「宸」은 북극성이 거처하는 곳으로 제왕의 궁전을 가리키며, 제왕을 대칭 하는 말로 쓰였다. 《북사 · 유현전(劉炫傳)》에 "이렇듯 용렬하고 재주가 없었으나, 여러 차례 임금의 은총을 받았노라(以此庸虛, 屢動宸眷.)"라 했음.

40 目識龍顏(목식용안) : 조열이 일찍이 현종의 가까운 신하가 되어 황제의 용안을 알현한 것.

41 鵷鷺(원로) : 「鵷」은 원추로 봉황과 같은 종류의 새. 「鷺」는 해오라기로 물새의 한가지. 이 두 종류의 새들은 비행할 때 차례를 지키며 나란히 날아오르므로 조정의 관료들이 서열에 맞춰 차례로 조회 가는 것을 비유하였다. 《북제서(권45) · 문원전서(文苑傳序)》에 "원추와 해오라기 복장을 갖춘 이들이 떨쳐 일어나고, 용 새긴 옷 입은 이들이 늘어서 있노라(振鵷鷺之羽儀, 縱雕龍之符采.)"라 했음*.

42 復寄跡於門館(부기적어문관) : 「復」은 다시. 「寄跡」은 발자취를 남기는 것. 「門館」은 궁정. 여기서는 조열이 상서성에 근무한 것을 가리킴.

43 大造(대조) : 큰 도움. 큰 은덕. 큰 성취. 여기서는 양국충이 조열에게 지극히 큰 관심과 성사시켜준 것에 대하여 칭송한 말임. 《문선》 권 44 진림(陳琳)의 〈원소를 위해 예주를 치는 격문(爲袁紹檄豫州)〉에 "막부(장군의 진영)는 연 땅 백성들에게는 아무런 공덕(소

* 《수서(권14) · 음악지(音樂志)》에도 "懷黃綰白, 鵷鷺成行."라 했다.

득)이 없었으나, 조조(曹操)에게는 큰 은덕이 되었네(則幕府無德於兗土之民, 而有大造於操也.)"라 하고, 여연제는 주에서 "「조」는 은혜다(造, 恩也.)"라 했다.

44 **鍾鳴漏盡, 夜行不息**(종명루진, 야행불식) : 삼국시대 전예((田豫)의 전고를 이용하였다. 《삼국지 · 위서 · 전예전(田豫傳)》에 "여러 번 자리에서 물러나고자 사양했으나 태부인 사마선왕(司馬懿)은 전예가 여전히 기상이 굳세다고 여겨서 서신을 보내 허락하지 않자, 전예가 답서를 보내면서 말했다. 「나이 7십이 넘어 벼슬자리에 있는 것은 비유하자면 통금을 알리는 종이 울리고 물시계의 물이 다 떨어진 상황에서, 깜깜한 밤중에 가는 길을 멈추지 않는 것과 같으니, 그런 자는 죄인입니다」(屢乞遜位, 太傅司馬宣王以爲豫克壯, 書喩未聽. 豫書答曰, 年過七十而以居位, 譬猶鐘鳴漏盡, 而夜行不休, 是罪人也.)"라 했음. 「晝漏盡, 晩鍾鳴」은 저녁을 말하지만, 비유하여 체력이 쇠잔해진 말년을 가리킨다.

45 **止足之分**(지족지분) : 「止足」은 멈춤을 알고 만족하여 명리를 추구하지 않는 것. 《노자》44장에서 "만족할 줄 알면 욕되지 않고, 그칠 줄 알면 위태롭지 않다(知足不辱, 知止不殆.)"라 하였음. 「分」은 타고난 소질, 자질. 《진서 · 도간전(陶侃傳)》에 "(도간은) 말년에 만족하는 분수를 알아 조정의 권력에 참여하지 않았다. 서거 1년 전에 관직을 양보하고 귀향하였는데, …… 조야의 미담이 되었다(季年懷止足之分, 不與朝權. 未亡一年, 欲遜位歸國, …… 朝野以爲美談.)"라고 했음.

46 **犬馬戀主**(견마연주) : 신하가 엎드려 군주를 그리워하는 마음으로, 옛날 신하가 군주에 대하여 사용하는 겸사(謙辭). 조식(曹植)의 〈상책궁응조시표(上責躬應詔詩表)〉에 "궁벽한 서쪽 변경 관문에 있는 몸인지라 궁궐 뜰에서 뫼시지 못하지만, 좋아서 뛰는 마음으로 멀리

바라보며 잠 못 이루는 것은 신하가 임금을 그리워하는 정을 이기지 못해서입니다(僻處西關, 未奉闕庭, 踊躍之懷, 瞻望反側, 不勝犬馬戀主之情.)"라 하였음.

47 **迫於西汜**(박어서사) : 날이 저문 것으로, 여기서는 말년을 비유한 것. 「迫」은 접근, 임박한 것. 「西汜」는 고대신화에서 해가 지는 곳으로, 곧 서방의 가장 먼 곳인 몽사(蒙汜)를 가리킴. 굴원의 《이소》에 "탕곡에서 나와서 몽사에 머무르네(出自湯谷, 次於蒙汜.)"라 하였는데, 왕일(王逸)은 주에서 "「사」는 물가다. 해가 동쪽 탕곡의 가운데에서 나와서 저녁에 서쪽 끝 몽수의 물가로 들어간다(汜, 水涯也, 言日出東方湯谷之中, 暮入西極蒙水之涯也.)"고 했으며, 또한 《문선》권20 사첨(謝瞻)의 〈9일 송공을 따라 희마대에 모여서 공령을 보내며(九日從宋公戲馬臺集送孔令)〉시에 "해가 서쪽 몽사에 다다르니, 환락 뒤에는 잔치도 끝나가는구나(扶光迫西汜, 歡餘讌有窮.)"라 하고, 여연제는 주에서 "「부광」은 태양이고, 「서사」는 해가 지는 곳(扶光, 日也. 西汜, 日入處也.)"이라 했다.

48 **無改節於風霜**(무개절어풍상) : 시종 고결한 지조를 지킬 것이라는 말.

49 **老驥餘年, 期盡力於蹄足**(노기여년, 기진력어제족) : 늙은 천리마가 힘차게 달린다는 것은 조열이 늙었어도 아직 조정을 위하여 진력하기를 바라는 것을 비유하였다. 조조의 〈보출하문행(步出夏門行)〉에 "늙은 천리마가 마구간에 누워 있지만, 뜻은 달리던 천리 벌판에 있고, 열사는 노년이 되어도 씩씩한 마음은 그치지 않노라(老驥伏櫪, 志在千里. 烈士暮年, 壯心不已.)"고 했다.

50 **明主**(명주) : 성현같은 군주로, 현종을 가리킴.

51 **縷縷**(누루) : 「루루(僂僂)」와 같다. 「僂僂」는 호흡을 억제하여 밖으로 소리를 내지 못하는 것으로, 마음과 뜻이 성실하여 공손하고 예

의 바름을 형용한 말. 또는 아랫사람이 윗사람에게 의견을 표출할 때 공손하고 두려워하는 태도를 말함.

52 屛息(병식) : 겁이 나거나 두려워서 소리를 내지 못하고 호흡을 억제하는 모습. 공경하고 두려워함을 표시하는 말. 《열자 · 황제(黃帝)》에 "오랫동안 숨을 죽이고 있으면서, 다시는 말을 하지 못하였다(屛息良久, 不敢復言.)"고 했으며, 노사도(盧思道)의 〈노생론(勞生論)〉에도 "때를 맞추지 못해 낮은 관직에 있으면서, 숨을 죽이고 가난하게 지냈노라(違時薄宦, 屛息窮居.)"고 했다.

7-4

伏惟相公, 收遺簪於少昊[53], 念亡弓於楚澤[54]。
衰當益壯[55], 結草知歸[56]。瞻望恩光[57], 無忘景刻[58]。

엎드려 바라건대 승상께서는 소호릉원(少昊陵原)에 버려진 비녀를 찾고, 초(楚)나라 연못에서 잃어버린 활을 생각하듯 저를 거두어 주시기 바랍니다.

늙을수록 더욱 씩씩해진다는 말과 결초보은(結草報恩)의 이치를 깊이 알고 있으니, 승상의 은택 받기를 우러러 바라면서 시간이 지나도 잊지 않을 것입니다.

....

53 收遺簪於少昊(수유잠어소호) : 「遺簪」은 잃어버린 비녀. 《한시외전(漢詩外傳)》에 공자가 교외에서 부인이 잃어버린 시초비녀 때문에 슬피 운 고사로, 오래된 물건이나 옛 친구를 잊지 못함을 이르는

말*. 「少昊」는 고대 제왕의 이름. 《유서외기(劉恕外記)》에 의하면, 소호 금천씨는 전설에 나오는 고대 동이(東夷)족의 수령인 기지(己摯)로, 황제(黃帝)의 아들이다. 궁상(窮桑)**에서 제위에 오른 뒤 금덕왕천하(金德王天下)를 다스리며 금천씨(金天氏)라 부르고 곡부에 도읍하였다고 한다. 재위 84년에 1백 살까지 살았으며, 엄(奄)땅에서 죽어 운양(雲陽)***에 장사지냈다고 한다. 《연주부지(兗州府志)》에 의하면 소호릉은 곡부현 동북쪽 80리 떨어진 곳에 있다고 하였으며, 공자의 고향이기도 하다. 여기서의 「少昊」는 소호릉원(少昊陵原)의 생략된 말임.

54 **念亡弓於楚澤**(염망궁어초택) : 춘추시대 초나라 공왕(共王)의 고사인데, 《공자가어 · 호생(好生)》에 "초왕이 사냥 나갔다가 활을 잃자 좌우에서 찾기를 청하니, 왕은 「그만두게. 초나라 왕이 활을 잃었고, 초나라 사람이 활을 주워 가질 텐데, 다시 활을 찾아 무엇하겠는가」라고 말했다. 공자가 그 말을 듣고 「안타깝구나. 그의 도량이 크지 않음이여. 사람이 활을 잃으면 사람이 주워 가질 뿐이라고 말하지 않고, 어찌 꼭 초나라인가」라고 했다(楚王出遊, 亡弓, 左右請求之. 王曰止, 楚王失弓, 楚人得之, 又何求之! 孔子聞之, 惜乎其不大也, 不曰人遺弓, 人得之而已, 何必楚也.)"는 기록이 있음. 이백은 이러한 전고를 이용하여 조열이 귀중한 활을 가지고 있다가 비록 지금은 잃어버린 상태와 같지만 우승상이 전과 같이 염려해 줄 것을 바라고 있으며, 또한 조열이 외직인 군수의 직책에 있지만 필경에는 당나라를 위해 진력할 것임을 말하고 있다.

---

* 제1장 〈爲吳王謝責赴行在遲滯表〉주 참조.
** 지금의 산동성 곡부현 동북쪽에 있다.
*** 운양은 산이름으로 곡부현에 있다.

55 **衰當益壯**(쇠당익장) : 비록 늙었어도 뜻은 더욱 씩씩해진다는 뜻. 《후한서 · 마원전(馬援傳)》에 "대장부가 뜻을 세웠으면, 곤궁할수록 의지를 더 굳건히 하고, 나이가 들수록 뜻을 더욱 굳건히 하여야 한다(丈夫爲志, 窮當益堅, 老當益壯.)"고 하였음.

56 **結草知歸**(결초지귀) : 「結草」는 결초보은의 고사로, 《좌전》선공(宣公) 15년에 "위무자(魏武子)에게 애첩이 있었는데 자식이 없었다. 위무자가 병에 걸리자 아들 위과(魏顆)에게 「꼭 개가시켜라」라고 말했다. 그런데 병이 위독해지자 「꼭 순장을 시켜라」고 말을 바꾸었다. 위무자가 세상을 떠나자 위과는 그녀를 개가시키면서 「병이 위독하면 정신이 혼란스러우므로, 나는 정신이 맑을 때 내린 명을 따른 것이다」라고 말했다. 진(秦)나라가 진(晉)나라를 침공하였을 때 보씨(輔氏)라는 곳의 전투에서 위과는 어떤 노인이 풀을 묶어 두회(杜回)를 막는 것을 보았다. 두회가 넘어져 고꾸라져서 사로잡게 되었다. 그날 밤 꿈에 노인이 「나는 당신이 개가시킨 여자의 아버지요. 당신이 아버지가 정신 맑을 때의 명에 따랐기 때문에 내가 보답을 한 것이오」라고 말했다(初, 魏武子有嬖妾, 無子. 武子疾, 命顆, 必嫁是. 疾病, 則曰, 必以爲殉. 及卒, 顆嫁之, 曰, 疾病則亂, 吾從其治也. 及輔氏之役, 顆見老人結草以亢杜回. 杜回躓而顚, 故獲之. 夜夢之曰, 余, 而所嫁婦人之父也. 爾用先人之治命, 予是以報.)"라는 고사가 있는데, 후에 「結草」는 깊고 큰 은혜를 죽어도 보답하겠다는 뜻으로 쓰였음. 「知歸」는 보은의 이치를 깊이 안다는 말.

57 **瞻望恩光**(첨망은광) : 「瞻望」은 앙망(仰望), 즉 우러러 바란다는 말. 「恩光」은 은총의 광택. 강엄의 〈건평왕에게 드리는 서신(上建平王書)〉에 "대왕께서 은총을 베풀어 주시었습니다(大王惠以恩光.)"고 했음.

58 **景刻**(경각) : 누각(漏刻), 곧 물시계, 시간과 같다. 「景」은 영(影)과 통함. 《문선》권30 사령운은 〈위태자의 업중집을 모방하다(擬魏太子鄴中集)〉란 시에서 "사랑스런 나그네는 피곤함을 알리지도 않고, 술자리에서 시간을 보내고 있네(愛客不告疲, 飮讌遺景刻.)"라 읊었으며, 이선은 주에서 "「각」은 물시계(刻, 漏刻也.)"라고 했다.

8.

韓荊州書

한 형주에게 드리는 서신

개원 22년(734), 이백이 양양(襄陽)을 유람할 때, 형주장사(荊州長史)인 한조종(韓朝宗)을 알현하고 자신을 추천해 줄 것을 희망한 서신이다. 이백의 다른 산문인 〈춘야연종제도화원서(春夜宴從弟桃花園序)〉와 함께 《고문진보(古文眞寶)》와 《고문관지(古文觀止)》에 수록되어 후세에 전송되는 추천서의 전형으로 인정되는 유명한 산문이다.

이 서신은 이백이 한조종을 칭송하고 자신을 소개한 내용을 중심으로 썼는데, 문장을 4개 단락으로 나눌 수 있다. 첫 번째 단락에서는 한형주가 주공(周公)과 같이 인재선발에 혜안을 가졌다고 칭찬하고, 이어 빈천을 구별하지 말고 대우해 주기를 바라면서 자신이 모수(毛遂)처럼 특이한 재주를 가졌으니 한번 보살펴 줄 것을 피력하였다. 두 번째 단락에서는 이백의 신분과 경력을 소개하고, 이어서 자신이 평범한 사람이 아니니 재주를 펼칠 수 있는 자리를 마련해 줄 것을 표명하였다. 세 번째 단락에서는 동한의 왕윤(王允)과 삼국시대의 산도(山濤)가 인재를 천거한 예를 들면서, 군후도 엄협률(嚴協律) 등 여러 사람을 발탁하여 성공한 예에 따라 자신도 추천해 주면 최선을 다하겠다는 희망을 표현하였으며, 네 번째 단락에서는 먼저 자신은 성인이 아니므로 허물이 많지만, 문학방면에는 소질이 있어 지은 문장이 많으니 공께서 보아주시고 천거해 주기를 강력히 주장하고 있다.

이렇듯 이백은 비록 성정이 호방(豪放)하고 도량이 넓었지만, 정치적으로는 여러 차례 좌절을 겪은 후 이상을 실현할 수 없었으므로, 활달한 풍격의 산문을 통하여 내심의 고민을 떨쳐 낼 수 있었을 것이다. 전편을 통해 감정이 진지하고 논술이 근엄하여 이백의 호매한 기풍을 느끼게 하며, 서사(敍事)·의론(議論)·서정(抒情) 등이 자연스럽게 용해되어 마치 행운유수같이 자연스러운 명문장이다.

「한형주(韓荊州)」는 한조종(韓朝宗)으로, 이부시랑(吏部侍郎)을 지낸 한사복(韓思復)의 아들이다. 한형주란 호칭은 한조종이 형주자사를 지냈기 때문에 일컬은 말이다. 《신당서(新唐書)》권118 〈한조종전(韓朝宗傳)〉에 의하면 그는 좌습유를 시작으로 형주자사에 이르렀으며, 현종 22년 열 개의 도에 채방사(採訪使)*를 두었을 때, 한조종은 양주(襄州)자사와 산남동도 채방사를 겸임했다. 관직에 있을 당시의 일화를 보면, 양주 남쪽에 소왕정(昭王井)이란 오래된 우물을 마시거나 긷는 자는 해를 입는다는 말이 전해져서 목이 마른 행인도 이 우물을 마시지 못했는데, 한조종이 우물의 신을 타이르는 글을 지어 붙인 이후로는 우물물을 마시는 사람에게도 해가

* 지방관리의 치적을 평가하는 직책.

없었으므로 우물을 한공정(韓公井)으로 바꿔 불렀다 한다. 천보 초에는 경조윤(京兆尹)으로 재직하면서 위수(渭水)의 물길을 나누어 금광문(金光門)으로 끌어들여 운송하는 수로로 이용하도록 했으며, 천보 말년에는 전란이 일어날 것이라는 유언비어가 떠돌 때 종남산에 피난처를 마련했다가 곽선기(霍仙奇)의 고발로 오흥별가(吳興別駕)로 폄적되었다가 서거했다. 한조종은 인물에 대한 감식안이 뛰어나 후진들을 발탁하기를 좋아했는데, 일찍이 시어사를 지낸 최종지(崔宗之) 등 당대의 현명하고 능력 있는 인물들이 그의 추천을 받았으므로 당시 선비들은 그를 추종하면서 인정을 받기를 원했다.

이백과 한조종과의 관계는 그의 〈양양(襄陽)에서 예전에 노닐던 때를 생각하며 현위 마거(馬巨)에게 드리다(憶襄陽舊遊贈馬少府巨)〉란 시에서 "예전에 대제 땅 나그네 되었을 때, 일찍이 산공루에 올랐었네. 창을 열면 푸르고 높은 산이 가득하고, 거울같은 창강이 흐르고 있어라. 높은 갓 쓰고 웅장한 검을 찬 채, 한 형주자사께 길게 읍을 하였네(昔爲大堤客, 曾上山公樓. 開窗碧嶂滿, 拂鏡滄江流. 高冠佩雄劍, 長揖韓荊州.)"라 읊었는데, 여기서 이백이 양양에 있을 때 한조종을 배알하였음을 알 수 있다.

8-1

白聞天下談士[1]相聚而言曰, 生不用萬户侯[2], 但願一識韓荊州。何令人之景慕[3], 一至於此耶!

豈不以有周公[4]之風, 躬吐握[5]之事, 使海内豪俊[6], 奔走而歸

之, 一[7]登龍門[8], 則聲譽十倍。所以龍盤鳳逸之士[9], 皆欲收名定價於君侯[10]。

願君侯不以富貴而驕之, 寒賤而忽之[11], 則三千賓中有毛遂, 使白得脫穎而出[12], 卽其人焉。

저 이백은 세상의 담론(談論)하는 선비들이 모여서 「평생 만호(萬戶)의 관작에 봉해질 필요는 없어도, 다만 한형주에게 한번 알려지고 싶다」고 하는 말을 들었는데, 어떻게 사람들로 하여금 존경받는 것이 이런 단계에 이르도록 할 수 있습니까!

이는 주공(周公)의 풍모를 지니시어 몸소 식사 중에 음식을 토해내고 목욕하다가 머리를 움켜쥐면서까지 인재를 만나주었기 때문에 천하의 호걸과 준재들이 달려와 한공(韓公)께 귀의하는 것이 아니겠습니까? 한 번 추천되어 용문(龍門)에 오르면 명성이 열 배나 뛰므로, 웅크린 용과 빼어난 봉황같은 선비들이 모두 공에게 명성과 가치를 인정받고자 한 것입니다.

바라건대, 공께서는 부귀하다 해서 교만하지 않고 가난하고 미천한 사람을 홀대하지 않으신다면, 3천 명의 식객(食客) 가운데 모수(毛遂) 같은 사람이 있을 것이니, 저 이백으로 하여금 송곳이 자루에서 드러나는 재능을 보이도록 해주신다면 제가 바로 그와 같은 사람이 될 것입니다.

....

1 談士(담사) : 변사(辯士), 논객(論客), 담론 잘하는 선비. 곧 여론계의 인사로 여기서는 공명을 추구하는 사람. 《문선》권41 공융(孔融)의 〈조조에게 성효장*에 대하여 논하는 글(與曹操論盛孝章書)〉에서 "천하의 논객들은 명성을 날리는데 힘을 쏟는다(天下談士, 依以

揚聲.)"라 하고, 여향(呂向)은 주에서 "성효장은 뛰어난 선비이므로, 세상의 문학과 역사를 말하는 선비들은 모두 효장을 의지하여 아름다운 명성을 날렸다(孝章好士, 故天下談文史之士, 皆依倚孝章以發揚美聲.)"고 했음.

2 **萬戶侯**(만호후) : 식읍(食邑)이 만호에 이르는 제후로, 신분이 지극히 귀함을 비유한 것. 《사기 · 이장군열전(李將軍列傳)》에 "가엾어라, 그대(李廣)가 때를 못 만났구나. 만약 그대가 고제(유방) 때에 있었더라면, 어찌 만호후에서 만족하였으리요(惜乎, 子不遇時. 如令子當高帝時, 萬戶侯豈足道哉.)"라 했음. 한나라 제도에 제후의 식읍으로, 크게는 1만호 작게는 5-6백호이었으며, 조세를 면제 받았다.

3 **景慕**(경모) : 앙모(仰慕), 곧 경앙(景仰)과 애모(愛慕)로 존경을 뜻함. 《시경 · 소아 · 거할(車舝)》에 "높은 산은 우러러보아야 하고, 큰 길은 가야하는 것이로다(高山仰之 景行行之.)"라 하고, 모전(毛傳)에 "「경」은 큰 것(景, 大也.)"이라 했으며, 《북사(北史)》권41 〈양부전(楊敷傳)〉에 "양부는 젊어서부터 지조를 가졌는데, 약속을 잘 지켜서 사람들로부터 존경을 받았다(敷少有志操, 重然諾, 人景慕之.)"고 했음.

4 **周公**(주공) : 주(周)나라 무왕의 아우인 희단(姬旦)으로, 일찍이 무왕이 은나라 주왕(紂王)을 정벌할 때, 크게 도와 주 왕조를 건립하고 노(魯) 땅에 봉해졌다. 무왕이 죽고 성왕이 어렸으므로 주공이 섭정하였음.

5 **吐握**(토악) : 「토포악발(吐哺握髮)」의 준말. 주나라 주공이 손님을 응대하기에 몹시 바쁜 모양으로, 어진 사람을 얻는 데 성심을 다한

---

* 성효장(盛孝章)은 오(吳) 지방 회계(淮稽)의 명사인 성헌(盛憲)으로 공융의 친구임.

다는 뜻으로 쓰였는데, 여기서는 한조종이 주공의 풍모를 가지고 있음을 비유하였다. 《사기 · 노주공세가(魯周公世家)》에 "주공은 아들 백금에게 당부하면서 말했다. 「나는 문왕의 아들이고, 무왕의 동생이며, 성왕의 숙부로 천하에서도 비천하지 않은 사람이다. 하지만 나는 머리를 감을 때마다 세 번 머리를 거머쥐고, 밥을 먹을 때마다 세 차례 음식을 뱉으면서 천하의 현명한 인재들을 놓칠까 두려워했다. 너는 노땅에 가면 삼가해서 다른 사람들에게 교만하지 말아야 한다」(周公戒伯禽曰, 我文王之子, 武王之弟, 成王之叔父, 我於天下亦不賤矣. 然我一沐三握髮, 一飯三吐哺, 起以待士, 猶恐失天下之賢人. 子之魯, 愼勿以國驕人.)"라 하였음. 《한시외전(韓詩外傳)》권3에도 「토포악발(吐哺握發)」의 고사가 보이는데, 후세에는 현능한 인재를 구하는 마음이 간절함을 비유하는데 사용하였다.

6 **豪俊**(호준) : 호걸과 준재로, 재주와 지혜가 걸출한 인재를 말함. 《회남자(淮南子) · 수무훈(修務訓)》에는 "지혜가 만인을 뛰어넘는 자를 영(英)이라 하고, 천인을 뛰어넘는 자를 준(俊)이라 하며, 백인을 뛰어넘는 자를 걸(傑)이라 한다(智過萬人者謂之英, 千人者謂之俊, 百人者爲之豪, 十人者謂之傑.)"는 기록이 있으며, 가의(賈誼)는 〈과진론(過秦論)〉에서 "(진시황은) 선왕의 법도를 폐지하고 제자백가의 책을 태워 백성들을 어리석게 만들었으며, 이름난 성을 부수고 호준들을 죽였으며, 천하의 병장기들을 거두어 함양에 모았다(廢先王之道, 焚百家之言, 以愚黔首. 墮名城, 殺豪俊, 收天下之兵, 聚之咸陽.)"라고 했음.

7 **一**(일) : 부사로 쓰였으며, 한 번의 거동으로 효과나 영향을 나타냄.

8 **登龍門**(등용문) : 황하 상류에 있는 협곡으로, 그 밑에 사는 물고기가 오르면 용이 된다는 전설이 있는데, 이처럼 각고의 난관을 뚫고 입신출세를 하게 되는 것을 「용문에 오른다(登龍門)」라고 하였다.

《세설신어 · 덕행(德行)》에 “이원례(李元禮)는 풍모가 뛰어나고 품성이 단정하여 그 명성이 높았는데, 천하에 유가의 예교를 전하면서 옳고 그름을 가리는 것을 자신의 임무라고 여겼다. 후배 선비로서 그의 처소에 출입할 수 있게 된 자가 있으면, 모두「용문에 올랐다(登龍門)」고 여겼다(李元禮風格秀整, 高自標持, 欲以天下名敎是非爲己任. 後進之士有升其堂者, 皆以爲登龍門.)”고 하였는데, 여기서 이원례(李元禮)는 이응(李膺)을 말한다. 동한 신씨(辛氏)의 《삼진기(三秦記)》에도 “하진(河津)을 일명 용문이라고 하는데, 강물이 험난해 통행하기가 어려워 물고기나 자라 등이 위로 거슬러 올라가기 힘들었다. 강과 바다의 큰 물고기는 용문 아래 수천 마리나 모여 있지만, 거슬러 올라갈 수가 없었으나 위로 올라가기만 하면 용이 되었다(河津一名龍門, 水險不通, 魚鱉之屬莫能上, 江海大魚薄集龍門下數千, 不得上, 上則爲龍也.)”는 기록이 있음.

9 **龍盤鳳逸之士**(용반봉일지사) : 재주가 뛰어나지만 은거하는 호걸을 비유하여 가리킴.「龍盤」은 땅 위에 서려 있어 아직 승천하지 못한 용.「鳳逸」은 무리를 떠나 홀로 놀고 있는 봉황으로, 모두 때를 얻지 못한 회재불우의 선비를 가리키며, 재야에 묻혀있거나 낮은 벼슬자리에 있음을 비유하였음. 《삼국지 · 위지 · 두습전(杜襲傳)》에 “두습이 형주에서 피난할 때 유표(劉表)가 예를 갖추어 대하였다. 같은 군 출신 번흠(繁欽)이 유표에게 자주 뛰어난 모습을 보이니, 두습이 깨우쳐주기를,「내가 그대와 함께 온 까닭은 용이 깊은 늪에 웅크리고 있다가 때가 오기를 기다려서 봉황처럼 날려는 것이네」고 말했다(襲避亂荊州, 劉表待以賓禮, 同郡繁欽數見奇於表, 襲喩之曰, 吾所以與子俱來者, 徒欲龍盤幽藪, 待時鳳翔.)”라 하였는데, 이는 큰 뜻을 품은 선비가 은거하면서 때를 기다리다가 시기가 한번 도래하면 마치 봉황처럼 날개를 펴 날아오르는 것을 비유하였다.

10 **收名定價於君侯**(수명정가어군후) : 군후(한조종)에게 명성을 얻어 합당한 평가를 받고자 한 것을 이름. 「君侯」는 지방의 고급관리인 주의 자사(刺史) 등 신분이 존귀한 사람에 대한 존칭으로, 한대에는 열후(列侯)에 대한 존칭으로 쓰였으며, 동한 이후에는 주목(州牧)에 대한 호칭으로, 여기서는 한조종을 가리킴. 《한서 · 유굴리전(劉屈氂傳)》에 "이광리(李廣利)는 「군후께서는 빨리 창읍왕(昌邑王)을 태자로 삼도록 요청하십시오」라고 말했다(李廣利曰, 願君侯早請昌邑王爲太子.)"는 기록이 있다.

11 **寒賤而忽之**(한천이홀지) : 출신이 한미(寒微)해서 그들을 홀대하는 것.

12 **三千賓中有毛遂, 使白得脫穎而出**(삼천빈중유모수, 사백득탈영이출) : 모수(毛遂)는 전국시대 조(趙)나라 평원군(平原君)의 식객. 《사기 · 평원군우경열전(平原君虞卿列傳)》에 의하면, 전국시대 말엽 진(秦)나라의 공격을 받은 조나라는 수도 한단이 포위당하자, 성왕(成王)은 동생이자 재상인 평원군 조승(趙勝)을 초(楚)나라에 보내어 구원군을 청하기로 했다. 지용을 겸비한 2십 명의 수행원이 필요한 평원군은 3천여 식객 가운데 열아홉 명은 쉽게 뽑았으나, 나머지 한 명을 뽑지 못한 채 고심했다. 이때 모수라는 식객이 자천(自薦)하고 나서자, 평원군은 어이없어하며 「그대는 내 집에 온 지 얼마나 되었소?」하고 물었다. 그가 「이제 3년이 됩니다」하고 대답하자, 「재능이 뛰어난 사람은 마치 주머니 속의 송곳 끝이 밖으로 나오듯이 남의 눈에 드러나는 법이오. 그런데 선생은 나 조승의 집에 온 지 3년이나 되었는데도 주위 사람에게 칭송받지도 못하고 나도 듣지 못했으니, 이는 선생이 별 볼 일 없다는 것이요 (夫賢士之處世也, 譬若錐之處囊中, 其末立見. 今先生處勝之門下, 三年於此矣. 左右未有所稱誦, 勝未有所聞, 是先生無所有也)」하자, 모수는 「나리께서 오늘 저를 주머니 속에 넣어 주시기를 요청합니다. 이번에 주

머니 속에 넣어 주시기만 한다면 끝뿐이 아니라 자루까지 드러내 보이겠습니다(臣乃今日請處囊中耳, 使遂蚤得處囊中, 乃穎脫而出, 非特其末見而已.)」라고 했다. 만족한 평원군은 모수를 수행원으로 뽑았고, 초나라에 도착한 평원군은 모수가 활약한 덕분에 국빈으로 환대받고, 구원군도 얻을 수 있었다고 한다. 「穎脫」은 주머니 속에 든 송곳이 주머니 밖으로 뾰족하게 나오는 것, 「穎脫而出」은 재주가 뛰어난 인물은 기회가 오면 반드시 자신의 재능을 충분히 발휘할 수 있는 것으로 이백 자신을 비유하여 표현한 말이다.

8-2

白隴西[13]布衣[14], 流落楚漢[15]。十五[16]好劍術, 遍干諸侯[17], 三十[18]成文章, 歷抵卿相[19]。雖長不滿七尺, 而心雄萬夫[20]。王公大臣, 許與氣義[21]。此疇囊[22]心跡, 安敢不盡於君侯哉!

君侯制作侔神明[23], 德行動天地[24], 筆參於造化[25], 學究於天人[26]。幸願開張心顏[27], 不以長揖[28]見拒[29]。必若接之以高宴[30], 縱之以淸談[31], 請日試萬言[32], 倚馬可待[33]。

今天下以君侯爲文章之司命[34], 人物之權衡[35], 一經品題[36], 便作佳士[37]。 而君侯何惜階前盈尺之地[38], 不使白揚眉吐氣, 激昂靑雲[39]耶?

저는 농서(隴西) 출신 평민으로 초한(楚漢) 지역을 유랑하면서 지냈습니다. 열다섯에 검술을 좋아하여 제후(諸侯)들과 교제하기를 구했으며, 서른 살에는 문장을 지어 공경(公卿)과 재상(宰相)들을 두루 알현했습니다. 키는 비록 7척이 못 되지만, 마음은 만 명도 당해낼 만큼 웅대하여 왕공(王公)과 대신(大臣)들이 저의 기개와 의리를 인정해 주었습니다. 이것이 지난날의 마음가짐과 행적이오니, 어찌 군후(君侯)께 모두 말씀드리지 않을 수 있겠습니까?

군후의 저술은 신령과 같이 밝고 덕행은 천지를 움직이며, 필채는 조화를 부리는 듯하고 학문은 하늘과 인간의 도리를 궁구하셨습니다. 공께서는 마음을 열고 얼굴을 펴시어 저의 공손한 인사를 거절하지 마시기 바랍니다. 만일 성대한 연회로 맞이하여 맑은 담론을 펼칠 수 있게 해주신다면, 매일 1만자나 되는 글을 짓도록 요청하셔도 말에 기대어 기다리는 동안 바로 써 드릴 것입니다.

오늘날 세상 사람들이 공께서는 문장을 관할하는 분으로서 인물의 경중을 재어보는 저울로 여기고 있으므로, 공께서 한번 품평(品評)해 주시면 바로 훌륭한 인물이 되고 있습니다. 그런데 어찌하여 계단 앞의 한 자 남짓한 장소를 아껴, 저로 하여금 눈썹을 치켜세우고 의기양양하게 청운(青雲)의 뜻을 펼칠 수 있도록 해주지 않으십니까?

....

13 **隴西**(농서) : 옛날 군 이름으로, 진(秦)나라 때 설치되었다가 수나라 때 폐지되었음. 이백은 자칭 남북조 때 양무소왕(凉武昭王) 이고(李暠)의 후손이라고 하였는데, 이고가 농서 사람이므로 촉 지방 출신인 이백이 농서라고 말한 것은 조상의 명성을 자랑삼아 말한 것이다. 이백은 〈장호 승상에게 드리다(贈張相鎬)〉두 번째 시에서 "저의 집안은 농서사람이고, 선조는 한나라 변방 장수를 지냈다(本家隴西人, 先爲漢邊將.)"라 하고, 이양빙(李陽氷)은 〈초당집서(草

堂集序)〉에서 “이백은 농서 성기 사람(李白, 隴西成紀人.)”이라고 하였으며, 또 범전정(范傳正)도 〈당 좌습유 한림학사 이공 신묘비(唐左拾遺翰林學士李公新墓碑)〉에서도 “그 선조가 농서 성기인(其先隴西成紀人.)”이라고 했다. 농서 성기(隴西成紀)는 지금의 감숙성 임조(臨洮) 남쪽에 있음.

14 **布衣**(포의) : 본래는 평민들의 의복인데, 일반적으로 관직을 갖지 않은 평민을 가리킴. 고대에는 등급에 따라 옷을 입었는데, 관직에 있는 사람들은 명주옷을 착용하고 관직이 없는 평민들은 삼베(麻布)옷을 입었으므로 「포의」라고 불렀다. 제갈량의 〈출사표〉에 “저는 평민으로서 몸소 남양에서 농사지었습니다(臣本布衣, 躬耕於南陽.)”라 했음.

15 **楚漢**(초한) : 「楚」는 춘추전국시대의 초나라, 「漢」은 한수(漢水)로, 옛날 초나라와 한수 일대. 당시 이백은 지금의 호북성의 안륙에 거주면서 양양, 강하 등지를 왕래하였는데, 이 지역을 「楚漢」이라고 말하였다.

16 **十五**(십오) : 실제로 십오세를 말한 것이 아니고, 소년 시절을 널리 가리킴.

17 **遍干諸侯**(편간제후) : 「干」은 바라며 구하는 것, 배알하는 것으로 여기서는 교제하는 것을 가리킴. 「諸侯」는 고대에 중앙정권에서 나누어 봉한 지역의 군주의 통칭이나, 후에는 관할지 주군(州郡)의 장관을 비유한 말로 쓰였다.

18 **三十**(삼십) : 앞의 「十五」와 같이 3십세 전후를 널리 가리키는 말.

19 **歷抵卿相**(역저경상) : 「歷」은 두루 혹은 널리, 「抵」는 접촉하거나, 알현하는 것. 「卿相」은 조정의 고급관원. 여기서는 이백이 개원 18-19년(730-31)경 처음 장안으로 들어가 공경과 재상들을 알현한 일을 가리킴.

20 **心雄萬夫**(심웅만부) : 「雄」은 뛰어난 것. 마음에 품은 의지가 만 명의 장부들보다 뛰어나다는 말.

21 **氣義**(기의) : 정기(正氣)와 대의(大義).

22 **疇曩心跡**(주낭심적) : 「疇曩」은 과거, 지난 날, 「疇」는 어기조사이고, 「曩」은 예전을 가리킴. 《문선》권25 노심(盧諶)의 〈유곤에게 드리는(贈劉琨)〉시에 "만약 해를 어제 떴다고 한다면, 문득 과거가 된다네(借日如昨, 忽爲疇曩.)"라 하였는데, 유량(劉良)은 주에서 "「주낭」은 먼 옛날이다. 일월을 만약 어제에 뜬 것이라 여긴다면, 먼 옛날이 됨을 말한 것이다(疇曩, 昔遠也. 言日月假如昨時, 忽成昔遠.)"라고 했음. 「心跡」은 마음가짐과 행적.

23 **制作侔神明**(제작모신명) : 지은 문장이 신명과 같음. 「制作」은 문장의 저술로 여기서는 공업을 수립하는 것. 《공자가어 · 본성해(本性解)》에 "(공자는) 요임금과 순임금의 뜻을 기술하고 문왕과 무왕을 규범으로 삼았으니, 시경을 산삭(刪削)하고 서경을 지으시며, 예기(禮記)를 정립하고 악기(樂記)의 원리를 기록하시며, 춘추를 제작하셨다(祖述堯舜, 憲章文武. 刪詩述書, 定禮理樂, 制作春秋.)"는 기록이 있다. 「侔」는 서로 같은 것으로, 동한 최원(崔瑗)의 〈장평자비(張平子碑)〉에 "술수는 천지를 궁구하였고, 문장은 대자연의 조화와 같았다(數術窮天地, 制作侔造化.)"고 했음. 「神明」은 밝은 지혜가 신처럼 높고 뛰어 난 것을 형용한 말로, 《회남자 · 병략훈(兵略訓)》에 "신령스런 자는 먼저 이기는 사람(神明者, 先勝者也.)"이라고 했다.

24 **德行動天地**(덕행동천지) : 《후한서 · 양이적응곽원서열전(楊李翟應霍爰徐列傳)》(권48)에 "언행으로 천지를 움직이고, 들어 섞어서 음양을 바꾸어 놓았다(言行動天地, 擧厝移陰陽.)"라 했음.

25 **筆參於造化**(필참어조화) : 「參」은 참여의 뜻. 「造化」는 대자연의 창

조를 말하며, 문필이 정묘하여 천지만물의 생성화육하는 변화에 참여하는 것. 《장자 · 대종사(大宗師)》에 "지금 한 번 천지를 커다란 용광로로 삼고 조화를 대장장이로 삼았으니, 어디로 가서 무엇이 된들 좋지 않겠는가(今一以天地爲大鑪, 以造化爲大冶, 惡乎往而不可哉.)"라 했다.

26 **學究於天人**(학구어천인) : 「天人」은 천도(天道)와 인사(人事). 학문의 연원이 깊어 천지자연의 도리와 인간의 각종 오묘한 법칙을 궁구하여 남김없이 밝히는 것. 《양서(梁書) · 종영전(鍾嶸傳)》(권49)에 "문장으로 달과 해를 아름답게 묘사하고, 학문으로 하늘과 인간을 궁구하였네(文麗日月, 學究天人.)"라 했다.

27 **開張心顔**(개장심안) : 「開張」은 마음과 눈을 활짝 열어 간담을 보여주는 것, 화안(和顔)으로 사람들과 대화의 길을 터주는 것.

28 **長揖**(장읍) : 서로 만났을 때 손을 모아 높이 들어서 취하는 일종의 평배(平輩)사이에서 취하는 예절이다. 무릎을 꿇고 올리는 예보다 가벼운데, 고오(高傲)한 뜻이 내포되어 있다. 《한서 · 고제기(高帝紀)》에 "역생(역이기)는 절을 하지 않고 길게 읍만 하였다(酈生不拜, 長揖.)"라 했음. 고대에는 평민이 장관을 보거나 하급관원이 상급자를 보면 반드시 머리를 조아리고 절하는 예법이다. 여기서 이백과 같은 일반 백성들이 장관을 보고 읍만하고 절을 하지 않은 것은 예의에 부합하지 않는 행위이다.

29 **見拒**(견거) : 나의 접견을 거절하는 것.

30 **高宴**(고연) : 성대한 잔치. 《북사(北史)》에 "최릉(崔㥄)은 소지(蕭祗) · 명소하(明少遐) 등과 벌인 성대한 잔치에서 종일 홀로 말이 없었다(崔㥄常與蕭祗明少遐等高宴終日, 獨無言.)"라 했음.

31 **清談**(청담) : 위진(魏晉)시대에 사대부 계층 선비들이 고담준론하며 도가의 현리(玄理)를 탐구하는 것으로, 여기서는 개인적인 견해를

충분히 밝히는 것을 말한다.

32 **日試萬言**(일시만언) : 하루에 1만자의 문장을 짓는 것.

33 **倚馬可待**(의마가대) : 말에 기대어 기다리는 짧은 시간 동안에 글을 지어 올릴 수 있다는 의미로, 재사(才思)가 민첩하여 문장을 빨리 지음을 형용한 말. 《세설신어 · 문학(文學)》에 "동진 환선무(桓溫)가 북벌 할 때, 원호가 따라갔다가 책망을 당하고 관직에서 면직되었다. 마침 격문을 지어야 했으므로 원호를 불러 글을 짓도록 하자, 말에 기댄 채 손을 멈추지 않고 잠깐 만에 입곱 장을 지었는데 아주 뛰어난 문장이었다(桓宣武北征, 袁虎時從, 被責免官, 會須露布文, 喚袁倚馬令作, 手不輟筆, 俄得七紙, 殊可觀.)"고 했음.

34 **文章之司命**(문장지사명) : 「司命」은 북극성 곁에 있는 인간의 운명을 관장하는 별 이름인 문창성으로, 전설에 의하면 문운(文運)을 주관한다고 한다. 여기에서는 생사의 권한을 가진 자로서, 문장의 우열을 판정하는 자를 가리킴. 《손자(孫子) · 작전(作戰)》에 "용병을 잘하는 장군은 민중의 목숨을 관장하며, 국가의 안위를 가름하는 주인이다(知兵之將, 民之司命, 國家安危之主也.)"라 했음.

35 **權衡**(권형) : 원래는 별자리 이름으로, 권성(權星)과 형성(衡星)의 합칭. 여기서는 「權」은 저울추, 「衡」은 저울대로 경중을 헤아리는 기구로서, 「權衡」은 인물을 평가하는 권위를 비유한다. 《진서》권55 〈반악전(潘岳傳)〉에 "고위 관직에 있으면서 높은 봉록을 받았으며, 권력을 잡고 기밀을 장악하였다(雖居高位, 饗重祿, 執權衡, 握機秘.)"고 했음.

36 **品題**(품제) : 품평(品評), 인물을 평가하여 그 높고 낮음을 정하는 것. 《후한서》권66 〈허소전(許劭傳)〉에 "동한 말년 허소와 종형 허정(許靖)은 함께 높은 명성이 알려졌는데, 모두 향리의 인물들을 품평하기를 좋아하였다. 매달마다 번번이 그 품제를 발표하였으므로, 여

남에서는 월단평(月旦評)이라 불렀다(初, 劭與靖俱有高名, 好共覈論鄉黨人物, 每月輒更其品題, 故汝南俗有月旦評焉.)"는 기록이 있음.

37 佳士(가사) : 품행과 학문이 뛰어난 사람. 《삼국지 · 위서 · 양준전(楊俊傳)》에 "같은 군의 심고(審固)와 진류 사람 위순(衛恂)은 본래 모두 병졸출신인데, 양준이 그들을 발탁하여 도와주고 격려하여 모두 뛰어난 선비가 되었다(同郡審固 · 陳留衛恂, 本皆出自兵伍, 俊資拔獎致, 咸作佳士.)"는 기록이 있음.

38 盈尺之地(영척지지) : 계단 앞의 한자 찰 만한 좁은 땅으로, 이백을 불러 면담할 장소를 가리킴. 이 구는 공의 집 앞에서 나(이백)를 만나주지 않은 것에 대하여 애석한 심정을 표현한 말이다.

39 激昂青雲(격앙청운) : 「激昂」은 사람의 감정을 충동질하여 높이 떨치게 하는 것이며, 「青雲」은 입신출세의 대망으로 벼슬길로 진입하는 것을 비유한 말.

8-3

昔王子師爲豫州[40], 未下車即辟荀慈明, 既下車又辟孔文擧[41]。山濤作冀州, 甄拔三十餘人[42], 或爲侍中[43] · 尚書[44], 先代所美[45]。

而君侯亦薦一嚴協律[46], 入爲秘書郎[47]。 中間崔宗之[48] · 房習祖 · 黎昕 · 許瑩[49]之徒, 或以才名見知, 或以清白見賞[50]。

白每觀其銜恩撫躬, 忠義奮發, 以此感激, 知君侯推赤心於諸賢腹中[51], 所以不歸他人, 而願委身國士[52]。儻急難有用, 敢效微軀[53]。

옛날 자사 왕윤(王允)은 예주(豫州)자사가 되어 부임해 가는 수레에서 내리기도 전에 순자명(荀爽)을 불렀으며, 임지(任地)에 도착하여 수레에서 내린 후에는 공문거(孔融)를 초빙했습니다. 산도(山濤)는 기주자사(冀州刺史)가 되어 3십여 명의 인재를 발탁하였는데, 그중에는 시중(侍中)과 상서(尙書)가 된 이도 있어서 선대에서 칭송받았습니다.

또한 군후께서도 엄협률(嚴協律)을 한 번 천거하였는데, 그는 조정에 들어가 비서랑(秘書郞)이 되었으며, 그 다음에 추천한 최종지(崔宗之)·방습조(房習祖)·여흔(黎昕)·허영(許瑩) 등의 무리 가운데 어떤 이는 재주와 명예로 알려지고 어떤 이는 청렴결백함으로 인정받았습니다.

저는 매번 그들이 공의 은혜를 잊지 않고 몸을 닦으면서 충의(忠義)로써 분발하는 것을 보고 이러한 일들에 감격하였으며, 군후께서는 여러 현사(賢士)들의 가슴속에 진심을 심어 주신다는 것을 알았습니다. 그래서 다른 사람에게 귀의하지 않고 나라에서 으뜸가는 공께 몸을 맡기기를 원하는 것입니다. 만일 급하고 어려운 일이 있을 때 저를 써주신다면, 감히 미천한 몸이나마 최선을 다하겠습니다.

....

40 **昔王子師爲豫州**(석왕자사위예주) : 「王子師」는 동한의 유명한 신하인 왕윤(王允)으로, 「子師」는 그의 자(字)다. 《후한서》권66 〈왕윤전〉에 "중평(中平) 원년에 황건적이 일어나자 특별히 예주자사에 발탁되었는데, 순상(荀爽), 공융(孔融) 등을 불러서 종사로 삼았다(中平元年, 黃巾賊起, 特選拜豫州刺史. 辟荀爽孔融等爲從事.)"고 하였음. 「豫州」는 한무제 때 설치된 13개의 자사부(刺史部) 가운데

하나로, 지금의 안휘성 박주(亳州).

41 **未下車即辟荀慈明, 既下車又辟孔文擧**(미하거즉벽순자명, 기하거우벽공문거) : 「下車」는 부임하는 것. 「辟」은 부르다. 「慈明」은 순상(荀爽)의 자로, 왕윤과 함께 모의하여 동탁(董卓)을 살해했으며, 《후한서》와 《삼국지》에 전(傳)이 있다. 「文擧」는 공자의 20세손인 공융(孔融)의 자(字), 건안칠자 중 한 사람, 북해(北海)*태수를 지냈으므로 「공북해」라고 불렸으며, 후에 조조에게 피살되었다. 《진서》권56 〈강통전(江統傳)〉에서는 동해왕 월(越)이 연주목(兗州牧)이 되자 강통을 별가(別駕)로 임명하면서 그에게 보낸 편지에서 "옛날 왕자사는 예주자사로 부임하기 전에는 순자명(荀爽)을 불렀고, 부임하여서는 공문거(孔融)를 불렀다(昔王子師爲豫州, 未下車辟荀慈明, 下車辟孔文擧.)"고 하였는데, 이 문장을 인용하였다.

42 **山濤作冀州, 甄拔三十餘人**(산도작기주, 견발삼십여인) : 「山濤」는 죽림칠현의 한 사람으로, 자가 거원(巨源)이며 서진의 명사다. 「冀州」는 주 이름으로, 지금의 하북성 고읍현(高邑縣) 서남쪽에 위치함. 《진서》권43 〈산도전〉에 "산도가 기주자사로 나가면서 영원장군(寧遠將軍)을 겸직했는데, 기주는 인심이 각박하여 수레조차 서로 밀어주지 않을 정도였다. 산도는 은거하거나 재능을 발휘하지 못한 현명한 인재들을 수소문하여 서른명을 불러 모아 발탁하였는데, 당시에 모두 명성을 날렸다. 사람들은 그를 흠모하고 숭상하였으며 각박한 풍속도 바뀌었다(山濤出爲冀州刺史, 加寧遠將軍, 冀州俗薄, 無相推轂. 濤甄拔隱屈, 搜訪賢才, 旌命三十餘人, 皆顯名當時. 人懷慕尙, 風俗頗革.)"는 기록이 있음. 「甄拔」은 인재를 깊이 살펴보고 천거하는 것.

---

* 지금의 산동성 창락현(昌樂縣).

43 侍中(시중) : 관직 이름. 진한(秦漢)시대에는 천자를 시종하는 하급 관리였지만, 황제를 가까운 거리에서 모시면서 기밀을 관장하였으므로 지위가 점차 높고 귀해졌다. 남북조시대 이후 문하성의 대신으로서, 상서성의 상서령, 중서성의 중서령(中書令)과 함께 재상(宰相)이 되어 국정을 주재하였다.

44 尙書(상서) : 황제를 협조하여 조정의 대사를 처리하는 고급관원. 한 성제(成帝) 때 상서 5인을 두면서 처음으로 일을 나누어 처리하였으며, 위진 이후에는 상서의 업무가 번잡해졌다. 수당에서는 중앙의 기관을 3성으로 나누었는데, 상서성(尙書省)은 정무를 집행하는 기관으로서 6부로 나누고 그 수장들을 모두 「상서」라고 불렀음.

45 先代所美(선대소미) : 이전의 조대에서 찬미하는 것.

46 嚴協律(엄협율) : 성이 엄씨인 협율랑(協律郎)으로 이름은 밝혀지지 않고 있다. 《신당서》권48 「백관지(百官志)」에 "태상시(太常寺)에는 협율랑 두 사람이 있었는데, 정8품상으로 음율을 조화시키는 것을 관장한다(太常寺有協律郎二人, 正八品上, 掌和律呂.)"고 했음.

47 秘書郎(비서랑) : 비서성에서 궁중의 도서와 경적을 관장하고 모사하는 사무를 맡은 관직 이름.

48 崔宗之(최종지) : 이백의 친구로, 개원 연간에 기거랑(起居郎), 예부원외랑(禮部員外郎), 예부낭중(禮部郎中), 우사랑중(右司郎中), 시어사(侍御史) 등을 역임하였다.

49 房爲祖 · 黎昕 · 許瑩(방위조 · 여흔 · 허영) : 방습조와 허영은 생애가 밝혀지지 않았으며, 다만 여흔은 왕유(王維)의 시집에 〈습유 여흔을 뵈러 가다(黎拾遺昕見過)〉란 시가 있으므로, 습유를 지냈고 왕유와 교류가 있었음을 알 수 있다.

50 銜恩撫躬(함은무궁) : 「銜恩」은 마음속에 은혜를 생각하는 것이고, 「撫躬」은 은혜에 보답하기 위하여 몸을 어루만지며 감격하는 것을

말함.

51 **赤心於諸賢腹中**(적심어제현복중) : 「赤心」은 성심, 진심. 후한 광무제 유수(劉秀)가 몸소 진영을 순찰하면서 한 말로, 「추심치복(推心置腹)」의 고사가 유래하였다. 《후한서》권1 〈광무기(光武紀)〉상에 "항복한 병사들이 아직도 불안감을 감추지 못하자, 이런 상황을 간파한 광무제는 칙령을 내려 과거 자신들이 속하였던 부대로 돌아가도록 하고, 소수의 기병을 데리고 순찰을 돌거나 지휘를 맡겼다. 항복한 군사들은 서로 「소왕(蕭王)은 성심껏 사람을 대하며 자신의 속마음을 사람들에게 심어주는데, 어찌 목숨을 바치지 않을 수 있겠는가!」라 말했다(降者猶不自安, 光武知其意, 勅令各歸營勒兵, 迺自乘輕騎, 案行部陣, 降者更相語曰, 蕭王推赤心置人腹中, 安得不投死乎.)"는 기록이 있음.

52 **國士**(국사) : 국가의 이름난 선비로, 온 나라에서 추앙받는 걸출한 인물을 말하는데, 여기서는 한형주를 가리킨다. 《사기 · 회음후열전》에 "소하(蕭何)가 말하기를, 「다른 장수는 쉽게 얻을 수 있지만, 한신(韓信)은 온나라에서 견줄만한 인물이 없습니다. 왕께서는 한중의 왕으로 만족하신다면 한신의 보좌가 필요가 없겠지만, 반드시 천하를 놓고 다투려 하신다면 한신이 아니고는 함께 일을 도모할 사람이 없습니다. 왕께서 어느 쪽으로 결정할 것인지를 고려하시기 바랍니다」(何曰, 諸將易得耳. 至如信者, 國士無雙. 王必欲長王漢中, 無所事信, 必欲爭天下, 非信無所與計事者. 顧王策安所決耳.)"는 기록이 있음.

53 **儻**(당) : 「倘」과 같으며, 「만약」의 뜻.

54 **敢效微軀**(감효미구) : 「敢」은 두려워하지 않는 것으로 겸손하여 자기를 낮추는 말이고, 「效」는 몸을 바쳐 힘씀이며, 「微軀」는 자신의 조그만 체구로 봉헌(奉獻)하는 것.

8-4

且人非堯舜, 誰能盡善[55]? 白謨猷籌畫[56], 安能自矜[57]? 至於制作[58], 積成卷軸[59], 則欲塵穢視聽[60], 恐雕蟲小技[61], 不合大人。若賜觀芻(蒭)蕘[62], 請給以紙墨, 兼人書之[63]。然後退歸閑軒[64], 繕寫呈上[65]。

庶青萍·結綠, 長價於薛·卞之門[66]。幸惟下流[67]之開奬飾[68], 惟君侯圖之[69]。

또한, 사람은 요순(堯舜) 같은 성인이 아닐진대 누군들 모든 것을 다 잘할 수 있겠으며, 제가 도모하고 계획한다 한들 어찌 자랑할 만하겠습니까? 그러나 지은 문장이 두루마리를 이룰 정도로 많으므로, 공께 보여드리고자 하나 귀와 눈이 더럽혀질 뿐 아니라 벌레를 조각하듯 작은 재주이므로 대인의 마음에 들지 않을까 걱정됩니다. 만약 꼴과 땔나무같이 보잘 것 없는 저의 문장을 보아주실 의향이 있으시면, 지필묵과 더불어 글을 적을 사람 하나를 보내주시기 바랍니다. 그러면 한가하게 툇마루로 물러나 문장을 다듬어 써 올리겠습니다.

옛날 청평(青萍)이란 검과 결록(結綠)이란 구슬은 설촉(薛燭)과 변화(卞和)의 감정 때문에 그 가치가 높아졌습니다. 부디 미천한 저를 빛나도록 추천해주시기 바라오니, 이는 오직 군후께서만 도모하실 수 있는 일입니다.

....

55 **人非堯舜, 誰能盡善**(인비요순, 수능진선) : 「堯舜」은 고대 전설가운데의 두 성군. 「盡善」은 완미하여 결점이 없는 것. 《진서·주의전(周顗傳)》에 "백성들의 주인(임금)은 스스로 요순이 아닐진대, 어찌

실수가 없을 수 있겠는가?(人主自非堯舜, 何能無失.)"라 했다.

56 謨猷籌畫(모유주획) : 「謨猷」는 지모, 책략. 《설문해자(說文解字)》에 "「모」는 책략을 논의하는 것(謨, 議謀也.)"이라고 하였으며, 《서경 · 주서(周書) · 군진(君陳)》에 "그대에게 좋은 계획이나 좋은 생각이 있거든, 곧 안으로 들어가 그대의 임금에게 아뢰고, 밖으로는 그것에 따라 실행하도록 하시오(爾有嘉謀嘉猷, 則入告爾后于內, 爾乃順之于外.)"라고 하였음. 「籌畫」은 도모하고 계획하는 것.

57 自矜(자긍) : 스스로 자랑하다. 자부, 자만하는 것. 《사기 · 태사공자서(太史公自序)》에 "위(魏)나라 문후는 의로운 선비들을 좋아하여 자하를 스승으로 모셨지만, 혜왕은 스스로 자만하여 제와 진나라로부터 공격을 받았다(文侯慕義, 子夏師之. 惠王自矜, 齊秦攻之.)"고 했음.

58 制作(제작) : 문장을 짓는 것. (앞의 제작과는 다르다.)

59 卷軸(권축) : 표구한 두루마리로, 서적을 가리키는데, 고인들은 비단 위에 문장을 써서 보관할 때, 두루마리 형태가 펼치고 오므리기 편리하였으므로 권축이라 부르며 사용하였다. 임방(任昉)의 〈제 경릉 문선왕의 행장(齊竟陵文宣王行狀)〉에 "지은 잠문과 명문을 쌓아 놓으니, 권축을 이루었다(所造箴銘, 積成卷軸.)"고 했으며, 《소실산방필총(少室山房筆叢)》에 "서적은 한나라에서 당나라에 이르도록 아직도 권축을 사용하였으므로, 매번 한 권을 읽을 때나 한가지 일을 조사할 때마다 명주를 펼쳐 보는 것이 매우 번거로웠다. 당말 송초에 이르러 베껴 기록하는 것을 한번 바꿀 때마다 견본으로 찍었으므로, 권축이 한번 바뀌면서 서책이 되었다(書籍自漢至唐猶用卷軸, 每讀一卷, 或檢一事, 紬閱展舒, 甚爲煩數, 至唐末宋初, 鈔錄一變而爲印摹, 卷軸一變而爲書冊.)"는 기록이 있음.

60 塵穢視聽(진예시청) : 귀와 눈을 더럽히는 것. 「塵」은 재와 티끌이

고, 「穢」는 잡초로 더러운 것. 「視聽」은 이목과 같은 명사로 쓰였으며, 여기서는 상대방에게 자신의 작품을 읽어보기를 청하는 겸손의 말이다. 《삼국지 · 육개전(陸凱傳)》에 "천자의 귀를 더럽혔다(穢塵天聽.)"라고 하였음.

61 **雕蟲小技**(조충소기) : 문장을 지을 때 미사여구를 사용하여 자구의 수식에만 얽매이는 기교로, 시부(詩賦)를 가리킴. 「雕」는 '조(彫)'와 같으며, 「雕蟲」은 조각하는 필기구로, 구불구불한 곤충의 형태를 조각하는 것을 말하지만, 후에는 자질구레한 기능을 가리켰다. 한 양웅(揚雄)의 《법언(法言)》권2 〈오자(吾子)〉에 "어떤 사람이 「그대는 소년 시절부터 부 짓기를 좋아하셨습니까?」라고 물으니 「그렇소. 아이들이 전서체로 벌레를 새기는 것과 같습니다」라 하면서, 잠시 머뭇거리고 있다가 「그러나 어른들은 하지 않을 것이요」(或問, 吾子少而好賦, 曰然. 童子雕蟲篆刻, 俄而曰, 壯夫不爲也.)"라고 하였으며, 《수서(隋書) · 이덕림전(李德林傳)》에서는 "나라를 다스리는 큰 인물들은 가생과 조착의 무리들이며, 조충소기하는 사람은 아마도 사마상여와 양자운같은 무리들일 것이다(至如經國大體, 是賈生 · 晁錯之儔, 雕蟲小技, 殆相如 · 子雲之輩.)"고 하였음.

62 **芻蕘**(추요) : 「芻」는 꼴로 「蒭」와 같은 자이며, 「蕘」는 섶나무. 「芻蕘」는 꼴을 베고 땔나무를 하는 사람으로, 초야에 묻혀 사는 사람을 가리킴. 여기서는 자신의 작품이 「대아에 오르지 못한 초야의 문자」라고 겸손하게 일컫는 말. 《시경 · 대아 · 반(闆)》에 "예전 사람들에게 「나무꾼에게도 물어 가르침을 받으라」는 말이 있다(先人有言, 詢於芻蕘.)"고 했으며, 또 소통(蕭統)의 〈중여 사월(中呂*四月)〉에 "지금 기러기가 날아가니, 꼴 베고 나무할 때로구나(今因去鴈,

* 음력(陰曆) 사월(四月)의 딴 이름.

聊寄芻蕘.)"라 했다.

63 **兼人書之**(겸인서지) : 「겸지서인(兼之書人)」라고 된 판본이 있는데, 「書人」은 청서(淸書)하는 사람으로, 글을 베끼는 사람을 더 보내달라는 말.

64 **退歸閑軒**(퇴귀한헌) : 조용한 방으로 물러나 있겠다는 뜻.

65 **繕寫呈上**(선사정상) : 「繕」은 깁다, 고치는 것. 「繕寫」는 잘못을 바로잡고 고쳐 베끼는 것. 《운회(韻會)》에 "문자로 짓고 기록하는 것을 선사라 한다(編錄文字, 謂之繕寫.)"고 했음. 「呈上」은 윗사람에게 물건 등을 바치는 것.

66 **庶青萍結綠, 長價於薛卞之門**(서청평결록, 장가어설변지문) : 「青萍」은 고대의 보검 이름. 진림(陳琳)의 〈동아왕에게 답하는 글(答東阿王箋)〉에 "공께서는 지체가 높은 세상의 인재로 청평(青萍)과 간장(干將)이란 검을 지니고 있습니다(君侯體高世之才, 秉青萍·干將之器.)"라고 하였음. 「結綠」은 송나라에서 나는 아름다운 옥 이름. 《전국책 · 진책(秦策)》에 "저는 주나라에는 지액(砥厄), 송나라에는 결록, 양나라에는 현려(懸黎), 초나라에는 화박(和璞)이 있다고 들었습니다. 이 네 가지 보물은 장인이 분실했는데도 천하의 보물이 되었습니다(臣聞周有砥厄, 宋有結綠, 梁有懸黎, 楚有和璞. 此四寶者, 工之所失也, 而爲天下名器.)"라고 하였는데, 이백은 자신의 문장을 이런 칼과 옥에 비유하여 재능이 대단함을 자부하였다. 「薛卞」은 설촉(薛燭)과 변화(卞和)로, 두 사람 모두 춘추시대 인물인데, 월나라 설촉에 대하여는 《월절서(越絶書)》에 "손님 중에 좋은 검을 알아볼 줄 아는 사람의 이름이 설촉이다(客有能相劍者, 名薛燭.)"라 하였고, 초나라 변화에 대하여는 《한비자 · 화씨편》에 아름다운 옥을 잘 감정했다고 기록되었다. 이백은 설촉과 변화를 한조종에 비유하고, 자신을 청평 보검과 결록 같은 아름다운 옥에

비유하면서 한조종이 자신의 능력을 알아주어 재지를 발휘할 수 있도록 희망을 피력한 것임.

67 幸惟下流(행유하류) : 「下流」는 낮은 지위에 있는 사람으로, 이백 자신의 겸칭. 한조종이 비천한 저를 추천해 주도록 희망을 말한 것임.

68 開奬飾(개장식) : 「奬」은 권하는 것, 「飾」은 꾸미어 빛나게 하는 것이니, 빛날 수 있도록 길을 열어주기를 바라는 겸사.

69 圖之(도지) : 고려하다. 「圖」는 꾀하다, 헤아리다.

9.
上安州裴長史書
안주의 배 장사에게 올리는 서신

이 서문은 개원 18년(730) 이백의 나이 30세에 지었으니, 본문 가운데 "항상 경서를 섭렵하고 문장을 지은 해가 30년이 되었다(常橫經籍書 …… 迄於今三十春矣.)"라고 한 언급이 이를 증명해 준다. 이백이 고향인 촉(蜀) 지방을 떠나 안륙에 머무르는 동안, 지은 문장이 천하제일이란 명성이 일자 일부 인사들은 그의 재주를 시기하여 훼방을 놓았다. 이 글은 바로 여러 사람의 비방에 대하여 그의 마음가짐을 공표함과 동시에 선조와 집안의 내력을 기술하고 자신의 재덕을 밝혀 여러 훼방꾼에게 일침을 가하였을 뿐만 아니라 배 장사에게는 이해를 구하고 아울러 천거를 부탁하는 편지체 문장이다.

제목의 「안주배장사(安州裴長史)」에서 「장사(長史)」는 도독부(都督府)에서 도독을 도와 행정사무를 관리하는 관직이며, 「배 장사」는 누구인지 밝혀지지 않고 있다. 「안주(安州)」에 대해서 왕기는 《통전(通典)》을 인용하여 "안주는 지금의 안륙현(安陸縣)이다. 춘추시대에는 운자(鄖子)의 나라로 운몽택의 소재지이며, 후에 초나라가 운을 멸망시킨 뒤 투신(封鬪)을 운공(鄖公)에 봉하였는데, 이 곳이 안주다(安州, 今理安陸縣, 春秋時鄖子之國, 雲夢之澤在焉. 後楚滅鄖, 封鬪辛爲鄖公, 卽其地也.)"라고 설명했다.

이 서문은 전편을 통하여 주로 이백 자신을 소개하고 배장사를 칭송한 내용인데, 9개 단락으로 나눌 수 있다. 첫 번째 단락에서는 자신이 서신을 쓰게 된 연유에 대하여 설명하고, 두 번째 단락에서는 자신을 소개하는 부분으로, 가세와 출신 그리고 유년이후의 학문에 대한 지향을 서술하였으며, 세 번째 단락에서는 부모를 하직하고 고향을 떠나 먼 곳을 유람하다가 안륙(安陸)에서 결혼하면서 3년이 지난 경력을 기술하였으며, 네 번째 단락에서는 1년 동안 거금을 쓰며 어려운 사람을 구제하고, 친우가 죽자 극진하게 장사지내준 의로운 행동을 구체적으로 진술했으며, 다섯 번째 단락에서는 민산(岷山)에서의 유유자적한 은거생활과 태수가 도과(道科)에 천거하였지만 응하지 않은 명리에 담백한 태도를 설명하였다. 여섯 번째 단락에서는 저명한 명사들이 이백에게 예우를 갖춰 대우하면서 문학에 대한 재주를 칭찬해 준 것에서 자신이 평범한 인재가 아님을 증명했으며, 일곱 번째 단락에서는 공자(孔子)의 말을 인용하여 자신의 문학적 재능이 뛰어남을 표시하고, 이어 배장사에 대하여 풍채, 기개, 품격, 문학저술 등 여러 방면에서 호방함과 뛰어난 재능이 있음을 칭송하였으며, 여덟 번째 단락에서는 배장사에게 여러 사람들이 자신을 참훼(讒毁)한 것에 대한 결백을 주장하며 굳건한 의지를 표명하였다. 마지막 아홉 번째 단락에서는 자신의 태도를 기술한 것으로, 배장사가 과거와 같이 자신을 예우해 주면서 참소를 벗겨 줄 것을 희망하였는데, 만약 위엄을 내세우며 자신을 내친다면 영원히 배장사와 이별하고 장안(長安)으로 가서 왕공대인의 도움을 받을 것임을 피력하였다.

이렇듯 본문 가운데에서 이백은 먼저 공업을 세우기 위해 고향을 떠난 것은 단순히 산수를 유람하는 차원이 아니고 정치적 출로를 찾기 위함임을 밝혔으며, 또한 일반인들에 비교해 자신의 출중한 면을 증명하기 위하여 실제 자신의 일화를 제시하였으니, 이를테면 낙백한 공자들을 구제하려고 1년에 3십만 냥의 거금을 쓴 이른바 재물을 가벼이 여기고 베풀기를 좋아한 「경재호시(輕財好施)」한 호협풍의 성격, 친우인 오지남이 죽자 시체를 끌어안고 장례 지내기까지의 상황에서 보여 준 의리를 중히 여기는 「존교중의(尊交重義)」의 열정적인 교우관계, 도사인 동엄자와 민산에 은거하면서 일상의 틀을 벗어난 고상한 행동을 보여준 「양고망기(養高忘機)」의 특성을 강조하였다. 이밖에도 예부상서 소정(蘇頲)과 안륙도독 마정회(馬正會)가 자신의 재능을 칭찬한 내용을 진술하였는데, 소정은 당시의 명사였으므로 그가 이백을 평가한 말을 빌려서 여러 사람의 훼방을 반박한 점은 차도살인의 현명한 처사였음을 알 수 있다. 또한, 마정회가 이백의 문장에 대하여 언급한 내용은 당시 이백의 천재적인 능력과 명성을 객관적으로 평가한 공정한 견해라고 여겨진다. 이어서 배장사에게 여러 사람이 모여서 이백을 참소(讒訴)하자, 증삼(曾參)의 모친이 취한 행동을 예로 들면서 스스로 죄가 없음을 밝히고 있으며, 마지막으로 이백이 전국시대 풍환(馮驩)을 자신에 비유한 구절은 어조가 부드러운 가운데 강경함을 띠어 표현을 자유자재로 조절한 명문장이다.

문체에 구속받지 않는 편지글인지라 자신감이 넘쳐 조리가 약간

미흡한 면도 있지만, 칭찬하면서 논박하기도 하고 자세하면서도 간략하게 쓴 필력은 여러 방면에서 대문장가의 조건을 갖추고 있음을 볼 수 있다. 특히 본문 가운데 이백 자신의 출신과 경력을 상세하게 서술한 것은 이백의 생애를 연구하는데 귀중한 자료가 되고 있다.

송대의 홍매(洪邁)는 《용재수필(容齋隨筆)》에서 이 글을 읽고 이백이 배장사에게 자신을 낮추어 추천해 주기를 희망한 점에 대하여, "이백이 평민으로서 한림공봉으로 들어가니 세상을 덮을 만한 기개는 능히 고력사로 하여금 어전에서 신발을 벗기도록 했을 정도인데, 어찌 하찮은 일개 주(州)의 아전을 두려워하였겠는가! 이는 아마도 당시에 몸을 굽힐 일이 있어 부득이하게 한 행동일 것이다. 큰 인재가 때를 만나지 못하여 신령스러운 용이 땅강아지 무리에게 곤란을 당하였으니, 탄식할 일이로다(白以白衣入翰林, 其蓋世英恣, 能使高力士脫靴於殿上, 豈拘拘然怖一州佐耶? 蓋時有屈申, 正自不得不爾. 大賢不遇, 神龍困於螻蟻, 可勝歎哉.)"라고 애석해하고 있다. 여기서 홍매는 비록 이백이 본 서문을 지은 시기(730년)와 한림공봉으로 있던 시기(742-744)에 대하여 잘못 알아 부합되지 않는 점도 있지만, 배장사와 같은 일개 주(州)의 관료들에게 곤란을 당했다고 지적한 점은 이백이 이 문장을 쓸 때의 고충을 정확하게 지적한 평론이다.

이렇듯 이백이 자신을 추천한 문장에서 알 수 있는 점은 그가 시에서 표현한 바와 같이 평생 동안 표연히 일체를 초월한 상태에서 늘 고고하게 생활한 것이 아니고, 어느 때에는 자신의 억울한 누명을 벗겨달라고 낮은 관리에게 몸을 굽혀 청탁할 때도 있었다는 점이다.

9-1

白聞天不言而四時行, 地不語而百物生[1]。白人焉, 非天地也, 安得不言而知乎?

敢剖心析肝[2], 論擧身之事[3], 便當談筆, 以明其心。而粗陳其大綱, 一快憤懣[4], 惟君侯[5]察焉。

하늘은 말하지 않아도 사계절은 운행하고, 대지 또한 말하지 않아도 만물은 성장한다고 들었습니다. 저는 천지(天地)가 아닌 사람이니, 말을 하지 않고 어떻게 사람을 이해시킬 수 있겠습니까?

감히 폐부를 보이는 진정으로 저의 신상명세를 모두 필설로 적어 마음속을 밝히겠습니다. 거칠게나마 그 대강(大綱)을 진술하여 고민을 후련하게 털어놓으려 하니, 군후께서 살펴주시기 바랍니다.

....

1 **天不言而四時行, 地不語而百物生**(천불언이사시행, 지불어이백물생) : 천지는 말을 하지 않아도 사계절은 운행되고 만물은 생장한다는 말. 《논어 · 양화(陽貨)》편에 "하늘이 무슨 말을 하는가. 사시가 운행되고 온갖 만물이 자라는데 하늘이 무슨 말을 하는가(天何言哉, 四時行也, 百物生也, 天何言哉.)"라 하였으며, 《북사(北史) · 장손소원전(長孫昭遠傳)》에도 "하늘은 말하지 않아도 사계절은 운행하고 땅은 말하지 않아도 만물은 생장한다(夫天不言, 四時行焉, 地不語, 萬物生焉.)"라는 기록이 있음.

2 **剖心析肝**(부심석간) : 서신에서 쓰는 어투로, 폐부에서 우러나오는 말. 《사기 · 노중련추양전(魯仲連鄒陽列傳)》에 "두 군주와 두 신하가 마음을 보이고 간을 쪼개듯이 성심을 드러냈으니, 어찌 헛된 말로 믿음을 바꿀 수 있으리오? (兩主二臣, 剖心析肝, 相信豈移於浮詞哉.)"라 하였다.

3 **論擧身之事**(논거신지사) : (배장사에게) 자신의 신상에 관한 일은 물론 생평과 경력 등 모든 일에 대하여 털어놓는 것.

4 **憤懣**(분만) : 번민. 곧 마음속에 있는 불평. 《사기 · 보임소경서(報任少卿書)》에 "저는 끝내 번민을 털어놓아 주위의 동료들에게 환하게 밝히지 못했습니다(是僕終已不得舒憤懣以曉左右.)*"라 했음.

5 **惟君侯察焉**(유군후찰언) : 「군후」는 고대에는 제후를 군후라고 부르다가 후에는 지방관에 대한 존칭으로 쓰였다. 여기서 군후는 배장사로서 이백이 겸손과 예의를 갖추어 부른 칭호로, 장사께서 밝게 살펴주시기를 바란다는 뜻.

9-2

白本家金陵[6], 世爲右姓[7]。遭沮渠蒙遜難[8], 奔流咸秦[9], 因官寓家。

少長江漢[10], 五歲誦六甲[11], 十歲觀百家[12]。軒轅[13]以來, 頗得聞矣。常橫經籍書[14], 制作不倦[15], 迄於今三十春矣[16]。

저의 본관은 금릉(金陵)으로, 대대로 명망있는 가문이었습니다. 저거몽손(沮渠蒙遜)의 난을 만나 함진(咸秦)으로 도망하여 그곳에서 벼슬하며 살았습니다.

어려서 강한(江漢) 지방에서 자라면서 다섯 살에 육갑(六甲)을 외웠고 열 살에 제자백가(諸子百家)를 섭렵하였으며, 황제 헌원(軒轅)씨 이후의 역사를 많이 알았습니다. 항상 경서를 가까이하고 문

---

* 《한서 사마천전(司馬遷傳)》에도 같은 내용이 나옴.

장 짓기를 게을리 하지 않았는데, 오늘까지 3십 년이나 되었습니다.

....

6 **金陵**(금릉) : 왕기(王琦)는 「금성(金城)」이 「금릉(金陵)」으로 잘못 쓴 글자일 것이라고 하지만, 추후 밝혀져야 할 과제임. 금성은 한나라 군명으로 지금의 감숙성(甘肅省) 영정현(永靖縣) 서북쪽에 있으며, 16국 시대 전량(前涼)이 이곳을 수도로 삼았다.

7 **右姓**(우성) : 명문거족. 고대에는 오른쪽(右)을 첫째로 여겼으므로 한위(漢魏) 이후에는 명문거족을 「우성」이라고 불렀다. 《당서 · 유충전(柳沖傳)》에는 "군 안에 있는 성씨 가운데 첫째를 우성이라 한다(凡郡上姓第一, 則爲右姓.)"라 하고, 제(齊) 승려 담강(浮屠曇剛)의 《유례(類例)》에 "첫째가는 집안을 우성이라 하는데, 주건덕씨의 가계는 세상에서 널리 알려진 우성이다(凡甲門爲右姓. 周建德氏族, 以四海通望爲右姓.)"고 하였으며, 당대(唐代)에 발간된 《정관씨족지(貞觀氏族志)》에서는 "일등의 성이 우성(凡第一等則爲右姓.)"이라 했고, 노씨(路氏)가 지은 《성략(性略)》에서는 "번창한 가문을 우성(以盛門爲右姓.)"이라 했으며, 이충(李沖)의 《성족계록(姓族係錄)》에서는 "천하에 명망이 있는 집안이 우성(凡四海望族則爲右姓.)"이라 했음.

8 **沮渠蒙遜難**(저거몽손난) : 이백의 선조인 양무소왕 이고(李暠; 368-433)는 16국시 북량(北涼)을 건립하였는데, 그 아들이 저거몽손의 난을 만나 멸망당했다. 《진서(晉書) · 이현성전(李玄盛傳)》에서는 "양무소왕 이고는 자가 현성으로 농서 성기사람이다. 성이 이씨이고 한나라 장군 이광의 16세손이다. ...... 대대로 서주에서 명문이었으며, ... 아들 이흠에게 세습되었을 때 저거몽손에게 멸망하였다(涼武昭王諱暠, 字玄盛, 隴西成紀人, 姓李氏, 漢前將軍廣之十六世孫

也 …… 世爲西州右姓 …… 子歆嗣立, 爲沮渠蒙遜所滅.)"라는 기록이 있음.

9 咸秦(함진) : 함양(咸陽) · 진천(秦川)지방으로 진나라의 옛 땅이며, 항상 장안(長安)의 별칭으로 사용되었음.

10 江漢(강한) : 장강과 한수 유역, 즉 형주(荊州)일대를 지칭하기도 하지만, 여기서는 옛날 파촉(巴蜀) 땅과 사천성 동부지역 강유(江油) 지방을 가리킴.

11 六甲(육갑) : 천간(天干)과 지지(地支)를 서로 배합하여 시일을 계산하는 것으로, 그 가운데 갑자(甲子) · 갑술(甲戌) · 갑신(甲申) · 갑오(甲午) · 갑진(甲辰) · 갑인(甲寅)을 육갑이라고 불렀음. 《한서 · 식화지(食貨志)》에 "8세에 소학에 들어가 육갑 · 오방 · 서계 등을 배운다(八歲入小學, 學六甲五方書計之事.)"라 하였으며, 청 왕선겸(王先謙)은 《보주(補注)》에서 고염무(顧炎武)의 말을 인용하여 "「육갑」은 사계절과 육십갑자의 종류(六甲者, 四時六十甲子之類.)"라 했음. 혹자는 육갑을 방술(方術)의 책이라고도 하였다.

12 百家(백가) : 춘추전국시대 제자(諸子)들을 가리킨다. 《한서 · 예문지(藝文志)》에서는 제자 189가가 있는데, 그 가운데 중요한 위치에 있는 10가(儒家 · 道家 · 陰陽家 · 法家 · 名家 · 墨家 · 縱橫家 · 雜家 · 農家 · 小說家)에 대하여 소개하고 있으며, 《사기 · 굴원가생열전(屈原賈生列傳)》에서는 "가생은 어려서 제자백가의 문장에 매우 정통했다(賈生年少, 頗通諸子百家之書.)"라는 기록이 있음.

13 軒轅(헌원) : 전설가운데 고대 제왕인 황제(黃帝) 헌원씨로, 백성들에게 처음으로 의복을 제작하여 입도록 가르쳤다고 함. 《사기 · 오제본기(五帝本紀)》에 "황제는 소전의 아들로서 성이 공손이고, 이름을 헌원이라 불렀다(黃帝者, 少典之子, 姓公孫, 名曰軒轅.)"고 했으며, 사마정(司馬貞)은 《색은(索隱)》에서 황보밀(皇甫謐)의 언

급을 인용하여 "헌원이란 언덕에 거주하였으므로 이를 이름으로 정하고, 또 그렇게 불렀다. 본래 성은 공손씨이며 오래도록 희수가에서 살았으므로 희씨로 성을 고쳤다(居軒轅之丘, 因以爲名, 又以爲號. 是本姓公孫, 長居姬水, 因改姓姬.)"고 했음. 《사기 · 오제본기》에서는 황제 헌원씨로부터 시작하였으므로, 여기에서의 「헌원이래」는 곧 「유사(有史) 이래」라고 할 수 있다.

14 **橫經籍書**(횡경자서) : 거주하는 자리에 경서를 즐비하게 늘어놓는 것. 《북제서(北齊書) · 유림전(儒林傳)》에 "경서를 펼쳐놓고 공부하는 벗들이 고향에 즐비하게 많습니다(橫經受業之侶, 遍於鄉邑.)"라는 기록이 있음.

15 **制作不倦**(제작불권) : 피로와 권태를 느끼지 않고 주야에 걸쳐 공부와 작시에 전념하는 것. 《문선》권46 임방의 〈왕문헌문집서(王文憲文集序)〉에 "공은 어려서부터 장성할 때까지 저술에 게으르지 않았다(公自幼及長, 述作不倦.)"라 하고, 이주한(李周翰)은 주에서 "술작은 문학, 역사, 시부다(述作, 文史詩賦也.)"라 했음.

16 **迄於今三十春矣**(흘어금삼십춘의) : 지금까지 30년이 되었다는 말. 이를 근거로 연구자들은 이 문장을 이백이 30세 때 지었다고 주장하며, 다른 한편으로는 「5세송육갑」부터 계산하여 이글은 35세에 지었다고도 한다.

9-3

以爲士生則桑弧蓬矢，射乎四方[17]，故知大丈夫必有四方之志[18]。

乃杖劍去國[19], 辭親遠遊。南窮蒼梧[20], 東涉溟海。見鄕人相如[21]大誇雲夢[22]之事, 云楚有七澤, 遂來觀焉。而許相公家[23]見招[24], 妻以孫女, 便憩於此, 至移三霜[25]焉。

사내가 태어나면 뽕나무로 만든 활로 쑥대 화살을 사방에 쏘았는데, 이는 대장부는 반드시 사방을 경영하려는 웅지를 가져야 한다는 뜻으로 알고 있습니다.

그래서 저는 검을 지닌 채 부모를 하직하고 고향을 떠나 먼 곳을 유랑하였으니, 남쪽으로는 창오산(蒼梧山)에 이르고 동쪽으로는 큰 바다까지 가 보았습니다. 동향 사람 사마상여(司馬相如)가 운몽(雲夢)의 연못을 크게 자랑하면서 초(楚)나라에 호수 일곱 개가 있었다는 내용을 보고 직접 와서 관람하기도 하였습니다. 그리고 허상공(許相公)의 부름을 받아 찾아뵙고 그 손녀를 처로 삼아 이곳(安陸)에서 휴식을 취한지 벌써 3년이 지났습니다.

....

17 **士生則桑弧蓬矢, 射乎四方**(사생즉상호봉시, 사호사방) : 남자는 뜻을 사방에 두어야 함을 비유한 말. 《예기 · 사의(射義)》편에 "남자가 태어나면 뽕나무 활과 쑥대 화살 6대로 하늘 땅 그리고 동서남북을 향해 쏘았다. 천지사방은 남자가 사업을 펼치는 장소이므로, 반드시 그 펼칠 곳에 먼저 뜻을 두었다(男子生, 桑弧蓬矢六, 以射天地四方. 天地四方者, 男子之所有事也. 故必先有志於其所有事.)"라는 기록이 있음. 여기서 「상호봉시(桑弧蓬矢)」는 뽕나무로 만든 활과 쑥 줄기로 만든 화살.

18 **四方之志**(사방지지) : 제왕을 보좌하여 천하를 다스린다는 뜻이 내포되어 있다. 《위서 · 하후도천전(夏侯道遷傳)》에 "젊어서 꿋꿋한

의지가 있었는데, 십칠세 때 부모가 위씨와 결혼을 시키려하자, 도천(道遷)은 「사방을 다스리려는 뜻을 품고 있으므로 결혼하기를 원치 않습니다」고 말했다(少有志操, 年十七, 父母爲結婚韋氏, 道遷云, 欲懷四方之志, 不願取婦.)"라 했음.

19 **杖劍去國**(장검거국) : 검을 의지한 채 어린 시절 조국이나 고향을 떠나는 것. 「杖」은 가지다(持)란 뜻으로, 「仗」과 통용됨. 《한서 · 한신전(韓信傳)》에 "항량이 회수를 건너자, 한신도 검을 지닌 채 따라 갔다(項梁渡淮, 信乃杖劍從之.)"와 《한서 · 진평전(陳平傳)》에 "(진평이) 절한 뒤 몸을 세우고 유유히 검을 지닌 채 황하를 건너 달아났다(平身閑行, 杖劍亡渡河.)"라는 기록이 있으며, 안사고(顔師古)는 주에서 "검 한 자루 만을 지니고, 남은 물건이 하나도 없는 상태를 말한다(言直帶一劍, 更無餘資.)"라고 설명하였음.

20 **蒼梧**(창오) : 산 이름으로, 구의산(九疑山)이라고도 불렀다. 전설에 의하면 순임금이 창오의 들판에서 붕어하여 그곳에 장사지냈다고 하며, 지금의 호남성(湖南省) 영원현(寧遠縣) 남쪽에 위치한다. 《일통지(一統志)》에 "회안부 해주 구산의 동북 바다 가운데 큰 섬이 있다. …… 일명 창오산이라 부르는데, 혹자는 옛날 창오로 부터 날아 와서 그렇게 부른다(淮安府海州朐山東北海中有大洲, …… 一名蒼梧山, 或云昔從蒼梧飛來.)"라는 기록이 있음.

21 **鄕人相如**(향인상여) : 사마상여(司馬相如)는 한대 사부가(辭賦家)로 자가 장경(長卿)이며, 경제(景帝)때 무기상시(武騎常侍)를 지냈는데, 그도 사천성 성도 사람이고 이백도 어려서 촉지방에서 자랐으므로 고향사람이라고 불렀다.

22 **大誇雲夢**(대과운몽) : 「운몽(雲夢)」은 호북성(湖北省) 안륙현(安陸縣) 남쪽 50리에 있으며, 사마상여의 〈자허부(子虛賦)〉에 "신은 초지방에 일곱 연못이 있다고 들었는데, 신이 보니 모두 보잘 것 없었

습니다. 운몽이라 부르는 연못은 사방 9백리였습니다(臣聞楚有七澤, 臣之所見, 蓋特其小小者耳, 名曰雲夢, 雲夢者, 方九百里.)"라는 기록이 있음.

23 **許相公家**(허상공가) : 이백의 처가로서 측천무후 당시 재상을 지낸 허어사(許圉師) 집안의 사위가 된 것을 말한다. 《구당서 · 허소전(許紹傳)》에 "허소는 자가 사종으로, 본래 고양사람이다. 양나라 말기에 주(周) 땅으로 옮긴 후 안륙에 거주하였다. 협주자사를 여러차례 지내다가 안륙군공에 봉해졌다. 작은 아들이 허어사다(許紹, 字嗣宗, 本高陽人, 梁末徙於周, 因家於安陸, 累官硤州刺史, 封安陸郡公. 少子圉師.)라 하였으며, 같은 책 〈허어사전(許圉師傳)〉에는 "허어사는 재능이 뛰어나 예술과 문장을 널리 배워 진사에 합격하였으며, 현경 2년(657) 황문시랑을 거쳐 중서문하 삼품을 지냈다. …… 상원중에 호부상서로 옮겼다가 의봉 4년(679)에 사망하였다. 유주도독에 추증되고 공릉에 장사지냈으며 시호가 간(簡)이다(圉師有器幹, 博涉藝文, 擧進士. 顯慶二年, 累遷黃門侍郎, 同中書門下三品. …… 上元中, 再遷戶部尙書. 儀鳳四年卒. 贈幽州都督, 陪葬恭陵, 謚曰簡.)"라 했음.

24 **見招**(견초) : 허어사의 사위로 결정된 일을 말함.

25 **移三霜**(이삼상) : 가을이 오면 이슬이 서리가 되므로, 서리 내리는 세 가을(三秋), 즉 3년을 지냈다는 뜻. 여기서 이백이 30세에 이 문장을 지었으므로 27세부터 안륙에 머물렀음을 유추할 수 있다.

9-4

曩昔[26]東遊維揚[27], 不逾一年, 散金三十餘萬, 有落魄公子[28], 悉皆濟之。此則是白之輕財好施也。

又昔與蜀中友人吳指南同遊於楚，指南死於洞庭之上，白禫服[29]慟哭，若喪天倫[30]。炎月[31]伏尸，泣盡而繼之以血[32]。行路聞者，悉皆傷心。猛虎前臨，堅守不動。遂權殯[33]於湖側，便之金陵。數年來觀，筋骨尚在。白雪泣[34]持刃，躬申洗削。裹骨徒步，負之而趨。寢興[35]攜持，無輟身手。遂丐貸營葬[36]於鄂城[37]之東。故鄉路遙，魂魄無主，禮以遷窆[38]，式昭朋情[39]。此則是白存交重義也。

오래전 동쪽 유양(揚州)으로 유람할 때, 1년이 채 안 되는 동안 3십여만 냥을 풀어 어려움을 당한 공자(公子)가 있으면 모두 구제하였는데, 이는 제가 재물을 가볍게 여기고 베풀기를 좋아한 성격을 말해줍니다.

또 예전에 고향 촉(蜀) 땅 친우인 오지남(吳指南)과 함께 초(楚) 지방을 유람하던 중, 그가 동정호(洞庭湖) 근처에서 죽었는데, 저는 흰 상복을 입고 통곡하기를 형제가 죽은 것같이 하였습니다. 더운 여름 시체를 끌어안고 울 때 눈물이 마르자 이어서 피가 나오니, 길손들이 이를 듣고 모두 상심하였습니다. 맹호가 앞에 이르러도 굳게 지키고 움직이지 않았으며, 이윽고 임시로 시체를 호숫가에 임시 매장하고 금릉(金陵)으로 떠났다가 수년 후 다시 돌아와서 보니 힘줄과 뼈가 아직도 그대로 남아 있었습니다. 저는 눈물을 거두고 칼로 손수 씻고 깎은 뼈를 추슬러 등에 지고 자나깨나 몸에 지닌 채 악성(鄂城) 동쪽으로 가서 돈을 구해 장사 지내 주었습니다. 고향은 멀고 혼백은 주인이 없어 예로써 이장(移葬)하여 친우 간의 우정을 밝혔으니, 이는 곧 제가 친구 간의 의리를 중시한 것입니다.

....

26 **曩昔**(낭석) : 종전, 이전, 옛날. 죽림칠현의 한사람인 상수(尙秀)는 〈사구부 서문(思舊賦序)〉에서 "옛날 즐거웠던 잔치 자리를 더듬어 생각하네(追思曩昔遊宴之好.)"라고 읊었다.

27 **維揚**(유양) : 지금의 강소성 양주(揚州)의 별칭. 《서경 · 우공(禹公)》에서 "회 · 해 · 유는 양주다(淮海惟揚州.)"라 했는데, 「惟」는 「維」와 통용됨.

28 **落魄公子**(낙백공자) : 「落魄」은 몰락한 처지, 곧 실의하여 곤궁한 상태로, 《사기 · 역생열전(酈生列傳)》에 "독서를 좋아했지만, 집이 가난하고 몰락한 처지여서 의식주조차 해결할 수 없었다(好讀書, 家貧落魄, 無以爲衣食業.)"라 했음. 「公子」는 귀족집안의 남자 청년을 말하는데, 고대에는 제후 혹은 관료의 아들을 가리키다가 후에는 다른 사람의 아들을 존칭할 때 널리 사용하였다.

29 **禫服**(담복) : 상을 당하였을 때 입는 의복(喪服). 상중에 있는 사람이 담제(禫祭)*후 길제(吉祭)까지 입는 옷으로, 옛날에는 상례시 흰옷을 착용하였다. 《예기 · 상복(服問)》에 "한 달이 지나면 담제를 지내며, 담복을 만들어 입는다(中月而禫, 禫而纖.)"라 했는데, 공영달은 《정의(正義)》에서 "담복은 담제를 지낼 때 검은 갓과 함께 입는 조복이다. 담제가 끝나면 머리에는 베로 짠 관을 쓰고, 몸에는 흰 천의 누런 옷을 착용하고, 길제를 지낼 때까지 입는다. 담복은 소복차림을 뜻한다(禫而纖者, 禫祭之時, 玄冠朝服, 禫祭旣訖, 而首著纖冠, 身著素端黃裳, 以至吉祭. 禫服, 卽素服之義.)"라 했음.

30 **天倫**(천륜) : 부자 · 형제 · 모자 · 조손 등 천연적으로 맺어진 친속관계. 《춘추 · 곡량전(穀梁傳)》은공 원년(隱公元年)에 "형제는 천륜

---

* 대상(大喪)을 지낸 다음 달에 지내는 제사.

이다(兄弟, 天倫也.)"라 했으며, 범녕(范甯)은 주에서 "형이 먼저이고 아우가 뒤인 것은 하늘이 내려준 순서이다(兄先弟後, 天之倫次.)"라 했음.

31 炎月(염월) : 여름의 더운 달. 당태종의 〈봉선을 정지하는 조서(停封禪詔)〉에 "짐은 일찍이 흉년든 해에는 부지런히 연약한 사람들을 구했는데, 여름 더운 달에는 연안 북쪽이 불안하구나(朕蚤歲窮勤拯溺, 至於炎月, 沿北不安.)"라 했다.

32 泣盡而繼之以血(읍진이계지이혈) : 《한비자 · 화씨(和氏)》편에 나오는 "눈물이 그치자 이어서 피가 흘렀다(泣盡而繼之以血.)"는 구절을 그대로 인용했음.

33 權殯(권빈) : 가매장(假埋葬)하는 것. 일상적인 규정에 따르지 않고 임시로 시체를 묻는 것.

34 雪泣(설읍) : 눈물을 깨끗이 닦는 것. 《여씨춘추 · 시군람(恃君覽) · 관표(觀表)》에 "오기(吳起)가 눈물을 닦으며 대꾸했다(吳起雪泣而應之.)"라 했음.

35 寢興(침흥) : 눕고 일어나는 것으로, 넓게 밤낮을 가리킴. 반악은 〈죽은 아내를 애도하는 시(悼亡詩)〉2수에서 "자나 깨나 모습이 눈에 어른거리고, 남긴 음성이 아직도 귀에 쟁쟁하네(寢興目存形, 遺音猶在耳.)"라고 읊었다.

36 丐貸營葬(개대영장) : 「丐貸」는 돈을 차관(借款)하는 것, 「營葬」은 장례업무를 처리하는 것.

37 鄂城(악성) : 지금의 호북성 무창(武昌). 강하군성(江夏郡城)으로 본명이 악주(鄂州)였기 때문에 악성(鄂城)이라 불렀다.

38 遷窆(천폄) : 「窆」은 하관하여 매장하는 것, 「천폄」은 장지를 옮겨 장례지내는 것. 《소이아(小爾雅)》에 "하관하는 것을 「폄(窆)」이라 한다(下棺爲之窆.)"고 했음.

39 式昭朋情(식소붕정) : 「式」은 발어사이고, 「昭」는 밝혀서 표현하는 것이며, 「朋情」은 우의(友誼)를 가리킴. 친구사이의 깊은 정을 나타내 보인 것이다.

9-5

又昔與逸人[40]東嚴子[41]隱於岷山[42]之陽, 白巢居[43]數年, 不跡城市。養奇禽千計, 呼皆就掌取食, 了無驚猜。

廣漢太守[44]聞而異之, 詣廬親睹, 因擧二人以有道[45], 並不起。此則白養高忘機[46], 不屈[47]之跡也。

또 예전에 은자인 동엄자(東嚴子)와 함께 민산(岷山) 남쪽에 은거할 때, 숲속에서 여러 해 동안 생활하면서 성안 저잣거리와 발길을 끊었습니다. 기이한 새를 천여 마리나 길렀는데, 부르면 모두 날아와 손 안의 음식을 먹으면서도 조금도 놀라거나 의심하지 않았습니다.

광한태수(廣漢太守)가 이를 듣고 기이하게 여겨 친히 여막(廬幕)으로 와서 보고는 우리 두 사람을 도과(道科)에 천거하였지만, 함께 응하지 않았습니다. 이는 제가 고상한 절조를 길러 기교(機巧)를 망각한 모습으로, 권세에 굴하지 않은 자세일 것입니다.

················

40 逸人(일인) : 벼슬길에 나아가지 않고 은거한 자, 즉 은사(隱士)임.

41 東嚴子(동엄자) : 조류(趙蕤)를 가리킴. 양신(楊愼)은 《승암전집(升庵全集)》권3 〈이백시선집에 붙인 글(李詩選題辭)〉에서 동엄자는

재주(梓州) 염정인(鹽亭人)으로 조류(字, 雲耕)라고 했으며, 또한 양천혜(楊天惠)의 《창명일사(彰明逸事)》에서도 이백이 대광산(大匡山)에 은거할 때, 「징군* 조류(趙徵君蕤)」와 한해가 넘도록 공부했다고 전한다.

42 **岷山**(민산) : 여기서는 이백이 소년시절 은거했던 산. 민산은 지금의 강유시(江油市) 북쪽 3십여리에 있고, 사천성과 감숙성 경계에 위치하며, 장강과 황하의 분수령이기도 하다. 《서경 · 채침전(蔡沈傳)》에 "조씨는 촉지방에서 산에 가깝고 강의 근원을 이루는 곳은 모두 민산과 통한다고 하였다. 산봉우리들이 이어지고 험난한 곳이 중첩되어 원근을 구분할 수 없으며, 청성산(青城山)과 천팽산(天彭山)이 빙 둘려 있는 곳이 모두 옛 민산인데, 그 가운데 청성산이 첫 번째 봉우리다(晁氏曰, 蜀以山近江源者通爲岷山. 連峰接岫, 重疊險阻, 不祥遠近. 青城天彭之所環繞, 皆古之岷山, 青城乃其第一峯也.)"라 했음.

43 **巢居**(소거) : 원시인들이 나무위에서 기거(棲宿)하는 것. 《장자 · 도척(盜跖)》에 "옛날에는 새와 짐승들이 많고 사람의 수가 적었으므로, 그들은 모두 나무위에서 거처하면서 금수들을 피해 숨어 살았다(古者禽獸多而人民少, 於是民皆巢居而避之.)"는 기록이 있음.

44 **廣漢太守**(광한태수) : 「광한」은 면주(綿州)임. 왕기는 "이백은 파서군(巴西郡) 사람이다. 당대 파서군은 한대의 광한군이었으므로 옛 지명을 따라서 대신 사용하였다. 당나라 사람들은 이러한 습관이 많았는데, 실제로 당대에는 광한태수가 존재하지 않았다(太白巴西郡人, 唐之巴西郡, 卽漢之廣漢郡, 地取舊名, 以代時稱, 唐人多有此習, 其實唐時無廣漢太守也.)"라고 설명하였음. 곧 대광산은 당

---

* 조정에서 초빙하였지만, 출사(出仕)를 거절한 은사(隱士)를 가리킨다.

대에는 면주(綿州)경내에 있었지만, 한대에는 광한군의 관할이었으므로 여기서 광한은 면주를 가리키며, 광한태수는 곧 면주자사(綿州刺史)이다.

45 **有道**(유도) : 당대에 인재를 등용하는 방법의 하나로 과거명칭임. 일반적으로 먼저 지방관이 추천하면, 최종적으로 천자가 친히 고시하여 선발하는 것. 《구당서 · 고적전(高適傳)》에 "송주자사 장구고(張九皐)가 매우 특별하게 여겨 유도과에 응시하도록 천거하였다(宋州刺史張九皐深奇之, 薦擧有道科中第.)"라는 기록이 있음. 여기서는 면주자사가 그들을 유도과에 응시하라고 천거했지만, 모두 가지 않았음을 말한다.

46 **養高忘機**(양고망기) : 「양고」는 고상한 지조와 절개를 기르는 것. 「忘機」는 세속의 기교(機巧)를 망각하고 담박함을 즐겨 세상과 더불어 다투지 않는 상태를 이름. 이백의 유명한 음주시 〈종남산에서 내려와 곡사산인의 집에서 묵으며 술잔을 차려놓고 지은 시(下終南山過斛斯山人宿置酒)〉에서 "나는 취하고 그대는 다시 즐거우니, 흔연히 함께 기교를 잊었노라(我醉君復樂, 陶然共忘機.)"라 읊었다.

47 **不屈**(불굴) : 이백이 권세가에게 굴복하지 않는 품성을 가리킴.

9-6

又前禮部尙書蘇公[48]出爲益州長史[49], 白於路中投刺[50], 待以布衣之禮[51]。因謂群寮[52]曰, "此子天才英麗, 下筆不休[53], 雖風力[54]未成, 且見專車之骨[55]。若廣之以學, 可以相如比肩也"。

四海明識[56], 具知此談。

前此郡督馬公[57], 朝野豪彦[58], 一見禮, 許爲奇才。因謂長史李京之[59]曰, "諸人之文, 猶山無煙霞, 春無草樹。李白之文, 淸雄[60]奔放, 名章俊語, 絡繹[61]間起, 光明洞澈[62], 句句動人"。此則故交元丹[63], 親接斯議。

若蘇·馬二公愚人[64]也, 復何足陳? 儻賢賢[65]也, 白有可尙[66]。

또 전 예부상서(禮部尙書) 소공(蘇公; 蘇頲)이 익주장사(益州長史)로 부임하러 갈 때, 제가 길에서 이름을 알리고 뵙기를 청하니 포의(布衣; 平民)의 예로 대우하셨습니다. 그리고 부하들에게 말하기를 "이백은 천부적인 자질이 있어서 한번 붓을 들면 그치지 않고 이어지니, 비록 문장의 기운은 다듬어지지 않았지만 웅대한 기백이 보이는구나. 만약 널리 배우기만 한다면 사마상여(司馬相如)와 어깨를 나란히 할 것이라네"라고 칭찬하였는데, 세상의 고명한 지식인들은 모두 이 이야기를 알고 있습니다.

이 군(郡)의 전임 군독인 마공(馬公; 馬正會)은 조정과 재야를 통틀어 걸출한 인재인데도, 저를 한번 보고는 예를 갖추면서 기이한 천재라고 인정하였습니다. 그리고 장사인 이경지(李京之)에게 말하기를, "다른 사람들의 문장은 마치 산에 안개와 노을이 없고 봄에 풀과 나무가 없는 듯 무미건조하지만, 이백의 문장은 청신(淸新) 웅건(雄健)하고 분방(奔放)하다네. 아름다운 문장과 빼어난 단어가 끊어지지 않고 이어지며, 문채가 깨끗하고 맑아 구구절절 사람을 감동시키고 있구나"라 하였는데, 이는 옛 친구인 원단구(元丹丘)에게 직접 피력한 말입니다.

만약 소공(蘇公)과 마공(馬公) 두 분이 저를 우롱한 것이라면, 다시 말해 무엇 하겠습니까? 그러나 현인을 현인으로 대우한 것이라면, 저도 숭상 받을 만하다고 여겨집니다.

....

48 **禮部尙書蘇公**(예부상서소공) : 「禮部尙書」는 의전을 주관하는 조정의 고급관원. 「蘇公」은 소정(蘇頲; 자 廷碩)이며, 진사출신으로 황문평장사(黃門平章事)와 예부상서(禮部尙書)를 지냈다. 《구당서 · 소괴전(蘇瓌傳)》에 "소괴의 아들 소정은 젊어서 재주가 뛰어나 한번 보면 천언을 외웠다. …… 개원 4년(716) 자미시랑과 자미황문평장사로 옮겨 시중인 송경(宋璟)과 더불어 동지정사를 지냈다. …… 8년(720), 예부상서에 제수되자 정사를 그만두고 익주대도독부장사로 내려갔다(瓌子頲, 少有俊才, 一覽千言 …… 開元四年, 遷紫微侍郎 · 同紫微黃門平章事, 與侍中宋璟同知政事. …… 八年, 除禮部尙書, 罷政事, 俄知益州大都督府長史事.)"라는 기록이 있음. 이백이 길에서 뵙기를 청할 때는 바로 소정이 검교익주대도독부장사(檢校益州大都督府長史)에 임명되어 검남(劍南)의 여러 고을을 시찰하던 때였다.

49 **益州長史**(익주장사) : 익주는 당대 주명이며, 그 행정소재지는 사천성 성도(成都)임. 당대에 익주에 대도독을 두었는데, 여기서 장사는 대도독을 돕는 실제 행정을 처리하는 관료다.

50 **投刺**(투자) : 자신의 명함을 주면서 뵙기를 청하는 것. 「자(刺)」에 대해 《석명(釋名)》에서 "성과 이름을 적어 윗사람에게 아뢰는 것을 「자(刺)」라고 한다(書姓字於奏白曰刺.)"고 설명했다. 《북제서 · 양음전(楊愔傳)》에 "원문*에 알려 뵙기를 청하니, 바로 접견할 수 있었다(遂投刺轅門, 便蒙引見.)"는 기록이 있음.

51 **布衣之禮**(포의지례) : 「布衣」는 베 옷 입은 평민으로, 아직 관직에 나아가지 않고 공부하는 사람. 제갈량이 후주 유선에게 직접 올린 〈출사표(出師表)〉에서 "저는 베옷 입은 백성으로서 남양에서 몸소 농사지으면서, 진실로 난세에 생명을 보전하고자 하였으며, 제후에게 알려지거나 영달하기를 구하지 않았습니다(臣本布衣, 躬耕南陽, 苟全性命於亂世, 不求聞達於諸侯.)"라 했음. 포의의 예로 대하였다는 것은 소정이 자신의 높은 직함으로 대하지 않고 귀천을 떠나서 평등한 신분으로 이백을 접대한 것을 말한다.

52 **群寮**(군료) : 소정의 부하 관료. 「寮」는 「僚」와 통함. 양웅(揚雄)은 〈감천부(甘泉賦)〉에서 "군료에게 명령을 내려 길일을 택하도록 했다(命群僚, 歷吉日.)"라 읊었음.

53 **下筆不休**(하필불휴) : 재주와 생각이 민첩하여 붓을 한번 들면 쉬지 않고 문장을 완성하는 것. 반고(班固)는 〈아우 반초에게 주는 글(與弟超書)〉에서 "부무중(傅武仲)은 문장 짓기에 뛰어나 난대영사로 삼았더니, 붓을 들면 저절로 그치지 않고 이어졌다(武仲以能屬文爲蘭臺令史, 下筆不能自休.)"고 했음.

54 **風力**(풍력) : 「풍골(風骨)」이라고도 하며, 문장의 필력을 가리킨다. 유협의 《문심조룡 · 풍골》에 "사마상여의 〈대인부(大人賦)〉는 기세가 구름을 뛰어 넘었으니, 그 문체가 문장가들의 전범이 된 것은 문장의 필력이 굳세었기 때문이다(相如賦仙, 氣號凌雲, 蔚爲辭宗, 迺其風力遒也.)"라 했음.

55 **專車之骨**(전거지골) : 본래는 거인의 뼈가 수레에 가득 차지한다는 뜻으로, 여기서는 이백의 문장의 기상이 매우 큰 것을 이른다. 《국어 · 노어(魯語)하》에 "옛날 우(禹)임금이 군신들을 회계산(會稽山)

---

* 원문은 군영(軍營),진영(陣營)의 문. 군영, 진영을 가리키기도 함.

에 모이게 하고 조공을 받을 때, 방풍씨(防風氏)가 늦게 도착하자 우가 그를 살해하고 육시하였는데, 그 뼈마디가 수레에 가득 찼다(昔禹貢致群臣於會稽之山, 防風氏後至, 禹殺而戮之, 其骨節專車.)"는 기록이 있음.

56 **四海明識**(사해명식) : 천하에 탁월한 식견을 갖춘 사람.

57 **郡督馬公**(군독마공) : 「郡督」은 안륙군에 설치한 안주도독부(安州都督府)의 도독을 가리키며, 도독은 정삼품으로 자사(刺史)와 같은 임무를 맡았다. 「馬公」은 마정회(馬正會)로서, 개원 11년(723)에서 17년까지 안주의 군독을 지냈으며, 얼마 후인 대종(代宗) 때의 명장인 마린(馬璘)이 그의 손자이다. 《구당서 · 마린전(馬璘傳)》에 "마린은 부풍사람이며, 조부 마정회는 우위위장군을 지냈다(馬璘, 扶風人也. 祖正會, 右威衛將軍.)"라 하였음.

58 **朝野豪彦**(조야호언) : 「朝」는 관직에 있는 자, 「野」는 포의지사 즉 벼슬하지 않은 재야의 선비, 「豪」는 걸출한 사람, 「彦」은 학식이 있는 사람.

59 **李京之**(이경지) : 이백의 다른 산문인 〈안주의 이장사에게 올리는 글(上安州李長史書)〉에서의 이장사가 바로 이경지인데, 배장사의 전임자로 생평 사적은 미상이다.

60 **清雄**(청웅) : 청신하고 웅기(雄奇)한 것으로, 문장 풍격을 말한 것임.

61 **絡繹**(낙역) : 끊어지지 않고 연속적으로 왕래하는 것.

62 **洞澈**(통철) : 「洞徹」과 같으며, 투명하여 깨끗하고 맑은 것, 통달한 것.

63 **故交元丹**(고교원단) : 「元丹」은 이백의 가장 친한 친구중 하나로, 은일지사인 원단구(元丹丘)임. 개원 16년(728) 이백과 그는 안주군 도독인 마정회를 접견한 적이 있었다.

64 愚人(우인) : 사람을 우롱하거나 속이는 것. 「愚」는 동사로 사용되었다.
65 賢賢(현현) : 앞의 「賢」은 동사로 쓰여 「현인을 존경한다」는 뜻이고, 뒤의 「賢」자는 명사로 「현인」을 가리킴.
66 有可尚(유가상) : 숭상할 만한 곳이 있는 것.

9-7

夫唐虞之際[67], 於斯爲盛, 有婦人焉, 九人而已[68]。是知才難不可多得。

白, 野人[69]也, 頗工於文, 惟君侯顧之, 無按劍[70]也。伏惟君侯, 貴而且賢, 鷹揚虎視[71], 齒若編貝[72], 膚如凝脂[73], 昭昭乎若玉山上行[74], 朗然映人也。而高義重諾[75], 名飛天京[76], 四方諸侯, 聞風暗許[77]。倚劍慷慨, 氣干虹霓[78]。月費千金, 日宴群客。出躍駿馬, 入羅紅顏[79], 所在之處, 賓朋成市[80]。故時人[81]歌曰, “賓朋何喧喧[82], 日夜裴公門。願得裴公之一言, 不須驅馬將華軒[83]”。

白不知君侯何以得此聲於天壤之間, 豈不由重諾好賢, 謙以得也。而晩節[84]改操[85], 棲情翰林[86], 天才超然, 度越[87]作者。屈佐鄖國[88], 時惟淸哉。稜威[89]雄雄, 下慴[90]群物。

당요(唐堯)와 우순(虞舜) 시대만이 주(周)나라보다 성하다고 하였는데, 주나라 인재 열사람 가운데 부인이 들어 있으니 남자는 아홉 사람일 뿐입니다. 이것을 보아 인재는 얻기가 어렵고 많이 얻을 수 없다는 것을 알 수 있습니다.

이백은 보통사람이지만 문장에는 정통하오니, 오로지 군후께서 살펴주시기만 한다면 검을 만지는 일은 없을 것입니다. 군후께서는 존귀하고 또 현명하시어 매와 호랑이가 노려보는 듯하고, 치아가 가지런하고 희며, 피부는 기름이 응고한 듯 깨끗하고, 환하기로는 옥산(玉山)을 오르는 듯 밝게 사람을 비추고 있습니다. 그리고 높은 정의감으로 승낙을 중히 여기므로 명성이 천자가 있는 장안에 드날려서 각지의 제후들이 군후의 높은 풍도와 절개를 듣고 몰래 성원을 보내고 있으며, 검에 의지한 채 의기가 넘쳐 분개할 때는 기운이 무지개를 꿰뚫을 정도였습니다. 한 달에 천금을 쓰고 날마다 여러 손님을 초청하여 잔치를 벌였으며, 나갈 때는 준마를 타고 들어와서는 홍안(紅顔) 미인들이 벌려있으니, 공이 있는 곳에는 손님과 친구들이 시장을 이루었습니다. 그러므로 당시 사람들이 "벗과 손님들이 왜 이토록 가득한가요! 배공(裴公)의 집에는 밤낮이 없어라. 배공 말 한마디를 얻기 위하여 화려한 수레 몰기를 마다하지 않았다네"라고 노래 불렀습니다.

저는 군후께서 하늘과 땅 사이에서 어떻게 이러한 명성을 얻었는지 잘 모르겠습니다만, 승낙한 말을 무겁게 여기고 어진 인재를 좋아한 까닭에 겸손으로써 얻은 결과가 아닐까 여겨집니다. 그리고 만년에는 취미를 바꾸어서 문학 저술에 뜻을 기탁하였는데, 하늘로부터 받은 재주가 탁월하여 일반 작자들 보다 뛰어났습니다. 운국(鄖國; 安州)에서 몸을 굽혀 임직하자 당시 정사(政事)가 청명해졌으며, 서슬 푸른 위세가 혁혁하니 아래로는 뭇사람들이 두려워했습니다.

....

67 **唐虞之際**(당우지제) : 당요(唐堯) 우순(虞舜)시대. 요순은 모두 제위를 선양(禪讓)하였다. 《논어 · 태백(泰伯)》편에 "당우의 시대만이 주나라보다 성하였다(唐虞之際, 於斯爲盛.)"고 했음.

68 **有婦人焉, 九人而已**(유부인언, 구인이이) : 《논어 · 태백》편에 "무왕이 말하기를 나는 다스리는 신하 10명을 두었다(武王曰, 予有亂臣十人.)"라고 하고, "공자가 말하기를 인재 얻기가 어렵다는 말이 맞지 않은가? 당우의 시대만이 주나라보다 성하였다. 그 가운데 부인이 있고 남자는 아홉뿐이다(孔子曰, 才難, 不其然乎? 唐虞之際, 於斯爲盛. 有婦人焉, 九人而已.)"라고 하였는데, 하안(何晏)은 주에서 10인의 신하는 주공단(周公旦) · 소공석(召公奭) · 태공망(太公望) · 필공(畢公) · 영공(榮公) · 태전(太顚) · 굉요(閎夭) · 산의생(散宜生) · 남궁괄(南宮适)과 또 한사람인 문왕의 모친(文母)이라고 하였음. 앞 아홉사람은 외치(外治)인 조정 밖을 다스렸고, 문모는 내치(內治)인 궁궐 안의 일을 다스렸다.

69 **野人**(야인) : 벼슬하지 않은 서민으로, 스스로 겸손해 하는 언사임. 《논어 · 선진(先進)》편에 "공자는 선배가 예악에 대하여 한 것을 촌스럽다 하고, 후배들이 예악에 대하여 한 것은 군자라고 한다(子曰, 先進於禮樂, 野人也. 後進於禮樂, 君子也.)"라 했는데, 여기서 주희(朱熹)는 "「야인」은 교외에 사는 백성들이고, 군자는 사대부를 말한다(野人, 謂郊外之民. 君子, 謂賢士大夫也.)"고 주석하였다.

70 **無按劍**(무안검) : 칼을 어루만지지 않음, 곧 명확한 행동을 표시하지 않는다는 뜻. 《사기 · 평원군열전(平原君列傳)》에 "모수가 칼자루에 손을 대고 계단을 지나 위로 올라갔다(毛遂按劍, 歷階而上.)"라 했음. 「按劍」은 칼을 빼려고 칼자루에 손을 대는 것.

71 **鷹揚虎視**(응양호시) : 매가 높고 먼 곳을 향해 날아 올라가고, 호랑이가 노려보는 것과 같이 함. 《문선》권42 응거(應璩)의 〈시랑 조장사에게 드리는 글(與侍郎曹長思書)〉에 "왕숙은 오래도록 쌓은 덕망으로 영달하였고, 하증은 후배로서 발탁되었으니, 모두 매와 호랑이 같은 기세를 가져서 전도유망하다(王肅以宿德顯授, 何曾以後進見拔, 皆鷹揚虎視, 有萬里之望.)"라는 기록이 있음.

72 **齒若編貝**(치약편패) : 가지런하게 배열된 조개껍질처럼 치아가 가지런하고 흰 모습을 형용한 말. 《한서 · 동방삭전(東方朔傳)》에 "저 동방삭은 나이 22세로 키는 9척 3촌이고, 눈망울은 구슬을 달아 놓은 듯하며, 흰 치아는 조개를 벌려 놓은 듯합니다(臣朔年二十二, 長九尺三寸. 目若懸珠, 齒若編貝.)"라 했음.

73 **膚如凝脂**(부여응지) : 피부가 마치 지방이 얼어서 응결된 것 같이 희고 부드러운 모습을 형용한 것. 《시경 · 위풍(衛風) · 석인(碩人)》에 "손은 부드러운 삘기 같고 피부는 엉긴 기름 같으며, 목은 굼벵이 같고 치아는 박씨 같다네(手如柔荑. 膚如凝脂. 領如蝤蠐. 齒如瓠犀.)"라 했다.

74 **昭昭乎玉山上行**(소소호옥산상행) : 「昭昭」는 빛나는 모양으로, 《초사 · 구가 · 운중군(雲中君)》에 "신령이 구불구불 내려와 머무니, 밝은 빛이 끝이 없구나(靈連蜷兮既留, 爛昭昭兮未央.)"라 했다. 「옥산」은 옥으로 만든 산으로, 고상한 사람의 품덕과 자태가 아름다운 것을 비유한 말. 《세설신어 · 용지(容止)》편에 "중서령 배숙칙(裴叔則)을 보면 마치 옥산 위로 가는 것과 같이 광채가 사람을 비추었네(見裴叔則, 如玉山上行, 光映照人.)"라고 표현하였다.

75 **高義重諾**(고의중낙) : 높은 정의감을 가지고 승낙을 중히 여겨 조금도 신의를 저버리지 않는 행위를 말함.

76 **天京**(천경) : 천자가 거처하는 수도로, 장안을 이름. 이백의 〈양원에

서 경정산에 도착하여 스님 회공(會公)을 만나 능양(陵陽)의 산수를 애기하면서 같이 유람한 연유로 이 시를 드리다(自梁園至敬亭山見會公談陵陽山水兼期同遊因有此贈)〉에 "명성이 혁혁한 오씨와 사씨, 의관이 천경(장안)에 빛나네(粲粲吳與史, 衣冠耀天京.)"라는 시구가 있다.

77 **暗許**(암허) : 몰래 지지하는 것.

78 **氣干虹霓**(기간홍예) : 호기가 무지개를 뚫는 것. 함께 일체가 되도록 융화되는 것을 뜻함. 《문선》권34 조식(曹植)의 〈칠계(七啓)〉에 "제후들을 능멸하면서 당세를 풍미하였네. 소매를 떨치면 온 세상에 바람이 일고, 분개하면 기운이 무지개를 이루었네(凌轢諸侯, 驅馳當世. 揮袂則九野生風, 慷慨則氣成虹霓.)"라 했다.

79 **出躍駿馬, 入羅紅顏**(출약준마, 입라홍안) : 밖으로 나아갈 때는 준마를 타고, 집으로 돌아 올 때에는 홍안의 시녀들이 배열해 있다. 즉 배장사의 풍류가 척당불기(倜儻不羈)함을 나타낸 말.

80 **賓朋成市**(빈붕성시) : 빈객들이 많아 시끄럽기가 시장과 같음을 형용한 말.

81 **時人**(시인) : 당시의 사람들. 「시인(詩人)」으로 된 판본이 있음.

82 **喧喧**(훤훤) : 거마가 끊이지 않고 빈객이 가득한 모습을 형용한 말.

83 **將華軒**(장화헌) : 「將」은 타는 것. 「날(埒; 낮은 담)」로 된 판본이 있다. 「華軒」은 화려하고 아름답게 장식한 수레.

84 **晩節**(만절) : 모년. 만년. 《사기 · 외척세가(外戚世家)》에 "(여후의) 만년에 용모가 쇠하고 애정이 식자, 척부인(戚夫人)이 총애를 받았다([呂后]及晩節色衰愛弛, 而戚夫人有寵.)"는 기록이 있음. 이백의 〈광릉의 여러 공들과 작별하며(留別廣陵諸公)*〉시에 "늙어서는

---

* 一作에는 제목이 〈유별감단고인(留別邯鄲故人)〉이라고 되었음.

이런 것이 우활하다고 느껴서, 정화를 얻고자 〈태현경(太玄經)〉*을 썼다네(晚節覺此疏, 獵精草太玄.)"라 읊었다.

85 **改操**(개조) : 지금까지 지켜온 절조(節操)를 변화시키는 것. 《후한서 · 공부전(孔奮傳)》에 "태수에 임명되자, 모든 군에서 절조를 바꾸지 않을 수 없었다(及拜太守, 擧郡莫不改操.)"라 했음.

86 **棲情翰林**(서정한림) : 한묵(翰墨)의 숲에 정을 기탁하고 몸을 의지하는 것. 여기서는 배장사가 만년에 문학과 저술에 종사하였음을 가리킨다. 「翰林」은 문한지림(文翰之林)의 준말, 문단, 문원(文苑)으로 왕기는 유림(儒林)의 뜻과 같다고 했다. 양웅(揚雄)의 〈장양부(長揚賦)〉서문에서 이선은 "「한림」은 글을 잘 짓는 사람들이 숲처럼 많은 것이다(翰林, 文翰之多若林也.)"라고 주를 달았음.

87 **度越**(도월) : 초월하다. 남보다 뛰어난 것. 《한서 · 양웅전찬(揚雄傳贊)》에 "지금 양웅의 글은 문장의 뜻이 매우 심오하며, 논술은 성인에게도 부끄럽지 않다. 만약 군왕을 잘 만나서 더욱 현명함을 알아주고 잘하는 바를 칭찬받는다면, 반드시 제자백가를 초월할 것이다(今揚子之書, 文義至深, 而論不詭於聖人, 若使遭遇時君, 更閱賢知, 爲所稱善, 則必度越諸子矣.)"라는 출전이 있음.

88 **鄖國**(운국) : 지금의 호북성 안륙에 있던 나라. 안주는 춘추시대에 운국이었으므로, 여기서는 안주를 대신 지칭하였다. 《독사방여기요(讀史方輿紀要)》〈호광덕안부(湖光德安府) · 안륙현편(安陸縣篇)〉에 "운성(鄖城)은 지금 덕안부의 성으로 춘추시대에는 운자국이었다. 초나라가 운을 멸망시킨 후, 투신을 운공에 봉하고 여기에 도읍하였다. 십년 후에 오나라가 영(郢; 수도)으로 침입하자, 초자가 운으로 도망하였다. 《사기》에서는 「초 소왕(昭王) 십년에 오나라가 영

---

* 한나라 양웅(揚雄)의 〈태현경(太玄經)〉을 말한다.

에 침입하니, 소왕이 운몽으로 도망해 운 땅까지 갔다」고 하였으며, 《수경주》에서는 「운강(鄖江)이 안륙성의 서쪽을 지나므로 운국이라 하였으며, 이 명칭은 운강 때문에 붙여졌다」라 했다(鄖城, 今府城, 春秋時鄖子國也. 楚滅鄖, 封鬬辛爲鄖公, 邑於此. 定十年, 吳入郢, 楚子奔鄖. 史記 …… 楚昭王十年, 吳入郢, 昭王亡至雲夢, 走鄖是也. 水經 …… 鄖水經安陸城西, 故鄖國也. 蓋亦因鄖水爲名矣.)" 라는 기록이 있음.

89 稜偉雄雄(능위웅웅) : 「稜偉」는 서슬이 푸른 모양. 위세. 《남사(南史) · 양무제기(梁武帝記)》에 "공이 위풍당당하게 바로 지시하자, 기세가 바람과 번개보다 더하였다. 공의 군대와 깃발이 일부만 도착하였을 뿐인데도 온 고을이 복종하였다(公稜偉直指, 勢逾風電, 旌旗小臨, 全州稽服.)"라는 기록이 있음. 「雄雄」은 《초사 · 대초(大招)》에서 "당당한 위세에 혁혁한 용기, 하늘같은 높은 덕이 갈수록 빛나도다(雄雄赫赫, 天德明只.)"라 하였으며, 《주희집주(朱熹集注)》에 "「웅웅」은 위세가 성한 모습(雄雄, 威勢盛也.)"이라 했다.

90 慴(습) : 「慴(두려워하다)」과 같은 뜻. 《광운(廣韻)》에 "「습」은 섭과 같다(慴, 慴也.)"고 했음.

9-8

白竊慕高義[91], 已經十年。雲山間之, 造謁[92]無路。今也運會[93], 得趨末塵[94], 承顔接辭[95], 八九度矣。

常欲一雪[96]心跡[97], 崎嶇[98]未便。何圖[99]謗言[100]忽生, 衆口攢毁[101], 將恐投杼[102]下客, 震於嚴威[104]。然自明無辜, 何憂悔吝。

孔子曰, 畏天命, 畏大人, 畏聖人之言[105]。過此三者, 鬼神不害。若使事得其實, 罪當其身, 則將浴蘭沐芳[106], 自屏於烹鮮之地[107], 惟君侯死生[108]。不然, 投山竄海[109], 轉死溝壑[110]。豈能明目張膽[111], 託書自陳[112]耶。

昔王東海[113]問犯夜者曰, 何所從來? 答曰, 從師受學, 不覺日晩。王曰, 吾豈可鞭撻甯越, 以立威名[114]. 想君侯通人[115], 必不爾也。

제가 몰래 군후의 고결한 절의(節義)를 앙모한지 벌써 십년이 지났습니다만, 구름 낀 산이 가로막고 있어 찾아뵈올 방법이 없었습니다. 지금에서야 시운이 닿아 말석에 나아갈 기회를 얻었는데, 접견하여 말씀을 청취해 준 적이 여덟아홉 차례나 되었습니다.

항상 내심으로 생각하는 바를 털어 말씀드리고자 하였지만, 사정이 여의치 않아서 전부를 전하지 못했습니다. 그런데 갑자기 비방하는 말이 일어나 여러 사람이 모여서 참소(讒訴)하니, 아들이 살인했다는 남의 말을 들은 증삼(曾參)의 모친이 베틀 북을 던지고 도망치듯, 군후의 위엄에 두렵게 떨 줄 어떻게 알았겠습니까. 그러나 스스로 죄가 없으니 무엇을 후회하고 근심하겠습니까! 공자(孔子)는 「천명과 대인을 두려워하고 성인의 말씀을 두려워한다」고 말씀하셨는데, 이 세 가지를 제외하고는 귀신이라도 두렵지 않습니다. 만약 비방하는 일들이 사실이라면 허물은 마땅히 제게 있으므로 난초와 꽃에 목욕하고 스스로 물러나 생선 삶는 솥에 형벌을 달게 받을 것이니, 저의 죽음과 삶은 오로지 군후의 처결에 달려 있습니다. 그렇지 않으면, 산으로 도망치거나 바다로 숨어 들어가 도랑과 골짜기에서 뒹굴다가 죽을지언정, 어찌 눈을 부릅뜨고 담력을 키워

이 서신에 의탁한 채 제 견해를 진술할 수 있겠습니까?

옛날 동해태수 왕승(王承)은 야간통행금지 위반자에게 「어디서 왔는가?」라고 묻자, 「스승을 따라 학문을 배우다가 날이 저무는 줄 몰랐습니다」하니, 왕승은 「내가 어찌 주나라 위공(威公)의 명성을 세워준 영월에게 종아리 칠 수 있겠는가」라 하였답니다. 군후께서 사리에 통달한 사람이 되려면, 반드시 그렇게 여기시면 안 될 것입니다.

....

91 **竊慕高義**(절모고의) : 숭고한 절의(節義)을 몰래 흠모함. 《사기》가운데 〈염파인상여열전(廉頗藺相如列傳)〉에 "제가 친척을 버리고 그대를 섬기는 것은 다만 주인의 고상한 절의를 흠모해서입니다(臣所以去親戚而事君者, 徒慕君之高義也.)"와 〈신릉군열전(信陵君列傳)〉에 "그대의 높고 의로운 행동으로 능히 위급한 처지에 빠진 사람의 곤란을 구할 수 있을 것이네(以公子之高義, 爲能急人之困.)"라는 전고가 있다.

92 **造謁**(조알) : 문으로 올라가서 배알하는 것. 원굉(袁宏)의 《후한기 · 헌제기(獻帝紀)2》에 "같은 군의 진중거는 당시 명성을 날렸으므로 고향마을에서 찾아뵙지 않는 후배가 없었다(同郡陳仲擧名重當時, 鄉里後進莫不造謁.)"고 했음.

93 **今也運會**(금야운회) : 지금 좋은 운과 만난 것. 《문선》권37 양호(羊祜)의 〈양개부표(讓開府表)〉에 "지금 저는 몸을 외척에게 의탁하고 있어 좋은 운과 만났으므로, 총애가 과도할 것을 경계하고 있지 추방당할 것은 걱정하지 않고 있습니다(今臣身託外戚, 事遭運會, 誡在過寵, 不患見遺.)"는 기록이 있음.

94 **得趨末塵**(득추말진) : 「말진」은 먼지의 끝을 밟다. 사람이 지나갈

때 나는 먼지로 다른 사람의 뒤를 비유한 말. 윗사람을 방문하여 뵐 때 쓰는 겸양지사임. 이 두 구는 지금 다행히 뒤따라가서 만날 수 있는 좋은 기회를 얻었다는 말이다.

95 **承顔接辭**(승안접사) : 우호적으로 접견해 주고, 또한 나의 말을 청취해 주는 것. 「承顔」은 얼굴을 뵙고 만나는 것으로, 《한서 · 준불의전(雋不疑傳)》에 "이제야 얼굴을 뵙고 말씀을 나눌 수 있습니다(今乃承顔接辭.)"라 했음.

96 **雪**(설) : 깨끗이 털어 놓다. 표명하는 것.

97 **心跡**(심적) : 마음속으로 생각하는 일.

98 **崎嶇**(기구) : 도로의 높낮이가 고르지 않은 모습. 한 왕부(王符)의 《잠부론(潛夫論) · 부치(浮侈)》에 "기울어져 험난한 곳에 의지하고 있으니, 울퉁불퉁하여 불편하구나(傾倚險阻, 崎嶇不便.)"고 했다.

99 **何圖**(하도) : 어찌 생각이나 했으랴?

100 **謗言**(방언) : 남을 헐뜯는 말. 「방리(謗詈)」로 된 판본이 있음.

101 **衆口攢毁**(중구찬훼) : 여러 사람들이 모두 참소(讒訴)하고 헐뜯다. 「攢」은 모여 만나서.

102 **投杼**(투저) : 뜬소문이 사람을 해칠 수 있음을 비유한 말. 베를 짤 때 사용하는 도구인 북을 던지는 것. 《전국책 · 진책(秦策)2》에 "옛날 증자(曾子)가 비(費) 땅에 머물 때, 증자와 같은 이름을 가진 비 땅 사람이 살인을 하였다. 사람들이 증자 모친에게 「증삼이 살인을 하였다」고 하자, 모친은 「내 아들은 살인할 사람이 아니다」하고 전처럼 길쌈을 계속했다. 얼마 지난 뒤에 사람이 다시 와서 「증삼이 살인을 하였다」고 하자, 모친은 개의치 않고 전처럼 길쌈을 계속했다. 그러나 후에 또 한사람이 와서 「증삼이 살인을 하였다」고 하자, 그 모친은 두려워서 베틀 북을 던져버리고 담을 넘어 도망하였다(昔者, 曾子處費, 費人有與曾子同名族者而殺

人. 人告曾子母曰, 曾參殺人. 曾子之母曰, 吾子不殺人. 織自若. 有頃焉, 人又曰, 曾參殺人. 其母尙織自若也. 頃之, 一人又告之曰, 曾參殺人. 其母懼, 投杼踰牆而走.)"라는 고사가 있음.

103 **嚴威**(엄위) : 권세를 가리킴.

104 **何憂悔吝**(하우회린) : 재난을 근심할 필요가 있겠는가. 「悔吝」은 재앙과 환난. 《주역 · 계사(繫辭)상》에 "「회린」은 근심하고 걱정하는 모양(悔吝者, 憂虞之象也.)"이라고 했다.

105 **畏天命, 畏大人, 畏聖人之言**(외천명, 외대인, 외성인지언) : 《논어 · 계씨(季氏)》편에 나오는 공자의 말로, "군자가 두려워 해야 할 세가지가 있으니 천명을 두려워하고 대인을 두려워하고 성인의 말씀을 두려워한다(孔子曰, 君子有三畏, 畏天命, 畏大人, 畏聖人之言.)"이다. 주희(朱熹)는 "천명은 하늘이 부여해 준 바른 이치다(天命者, 天所賦之正理也.)"라 하고 "대인과 성인의 말씀은 모두 천명으로 두려워해야 할 바이니, 천명을 두려워 할 줄 알면 대인과 성인의 말을 두려워하지 않을 수 없다(大人聖言, 皆天命所當畏. 知畏天命, 則不得不畏之矣.)"라고 설명했다.

106 **浴蘭沐芳**(욕란목방) : 난초를 담근 탕에서 몸을 씻고 꽃을 넣은 물로 머리를 감는 것을 말함. 자신의 품덕이 고결함을 표시한 것. 《초사 · 운중군(雲中君)》에 "난초 탕에 몸을 씻고 약풀로 머리감으며, 두약(杜若) 꽃 따서 옷 만들었네(浴蘭湯兮沐芳, 華采衣兮若英.)"라는 구절이 있다.

107 **自屛於烹鮮之地**(자병어팽선지지) : 형벌 받을 곳으로 스스로 물러나기를 원함. 「屛」은 물러나는 것. 「烹鮮」은 생선을 삶는 것이지만, 여기서는 고기 삶는 가마(鼎鑊)와 같은 말. 《노자》60장의 "큰 나라를 다스리는 것은 작은 고기를 요리하는 것과 같다(治大國若烹小鮮.)"라는 전고를 이용하였는데, 하상공(河上公)은 주에

서 "「선」은 고기다. 「작은 생선을 요리한다」는 것은 창자와 비늘을 버리지 않고 휘어지지 않도록 하여 고기가 손상되는 것을 두려워 한다. 나라를 다스리는 것도 번거롭게 한다면 아래로부터 소란스러워진다(鮮, 魚. 烹小鮮, 不去腸, 不去鱗, 不敢撓, 恐其靡也. 治國煩則下亂.)"라고 하였음. 후에는 고기를 요리하는 것을 「치국의 도」에 비유하였다.

108 **惟君侯死生**(유군후사생) : 비방이 사실이라면 저의 죽고 사는 것은 군후(배장사)의 처결에 달려 있다는 뜻.

109 **投山竄海**(투산찬해) : 산으로 도망치거나 바다로 숨어 들어가는 것. 《남사(南史) · 왕조전(王藻傳)》에 "바로 피부를 도려내고 머리털을 자르고는 산과 바다로 숨어들어 갔다(便當刊膚剪髮, 投山竄海.)"는 전고가 있다.

110 **轉死溝壑**(전사구학) : 도랑이나 골짜기에서 떠돌다가 죽을 것을 말함.

111 **明目張膽**(명목장담) : 눈을 부릅뜨고 담을 키우는 것. 《사기 · 진여전(陳餘傳)》에 "장군께서는 눈을 부릅뜨고 담을 키워 만 번 죽을지언정 한 목숨을 구하려 하지 마십시오(將軍瞋目張膽, 出萬死不顧一生之計.)"라 하였다.

112 **託書自陳**(탁서자진) : 배장사에게 진술할 바를 이 서신 안에 기탁하는 것.

113 **王東海**(왕동해) : 진(晉)나라 동해태수 왕승(王承; 자 安期). 고인들은 항상 벼슬이름으로 사람을 대신 불렀는데, 여기서 왕승을 배장사에 비유했다. 《진서(晉書)》에 "왕승이 동해태수로 임직할 때, 통금위반자가 있어 왕태수가 그 까닭을 물으니, 「스승님을 쫓아 공부하다가 해가 저무는 줄 몰랐습니다」라 대답했다. 왕태수는 「주나라 위공의 명성을 세워준 영월을 매질하는 것은 정치로 백성

을 다스려 교화하는 근본이 아닐 것이다」하고 아전으로 하여금 귀가토록 조치했다(王承遷東海太守, 有犯夜者, 承問其故, 答曰, 從師受學, 不覺日暮. 承曰, 鞭撻甯越, 以立威名, 非政化之本. 使吏送令歸家.)" 라는 기록이 있음.

114 **鞭撻甯越, 以立威名**(편달영월, 이립위명) : 「鞭撻」은 채찍으로 때리는 것. 앞 주 113)번 참조. 「甯越」은 전국시대 중모사람(中牟人)으로, 이백 자신을 비유했다. 《세설신어 · 정사편(政事篇)》에 "여씨춘추에 이르기를 영월은 중모 땅 천한 백성이었다. 농사짓는 일이 괴로워서 그 친구에게 「어떻게 하면 이 고생을 면할 수 있을까?」하자, 친구가 「학문만한 것이 없으니 3십년을 배우면 목적을 달성할 것이다」하니, 영월은 「십오년 동안 남들이 쉴 때 쉬지 않고 남들이 누울 때 자지않고 공부하겠네」라 하였다. 십오년을 배운 뒤 주나라 위공의 스승이 되었다(呂氏春秋曰, 甯越者, 中牟鄙人也. 苦耕稼之勞, 謂其友曰, 何爲可以免此苦也, 其友曰, 莫如學也, 學三十歲 則可以達矣. 甯越曰, 請以十五歲, 人將休, 吾不敢休, 人將臥, 吾不敢臥. 學十五歲而爲周威公之師也.)"라는 전고가 있음. 「以立威名」은 영월이 주나라 위공(威公)의 명성을 세워준 것을 말한다.

115 **通人**(통인) : 학문과 사리에 통달하고 고금의 인물에 대하여 정통한 사람. 왕충(王充)의 《논형 · 초기(超奇)》편에 "천편이상 만권이하의 서적을 통달하여 정숙하고 우아함을 크게 펴고 문장을 자세히 살펴 남들의 스승이 되어 가르치는 자를 통인이라 한다. …… 옛날에는 경서 한 가지를 능히 말할 수 있는 자를 유생이라 하고, 고금을 널리 살펴 아는 자를 통인이라 하였다(通書千篇以上, 萬卷以下, 弘暢雅閑, 審定文讀, 而以教授爲人師者, 通人也. …… 故夫能說一經者爲儒生, 博覽古今者爲通人.)"는 출전이 있음.

9-9

願君侯惠以大遇[116], 洞開心顔, 終乎前恩, 再辱英眄[117]。白必能使精誠動天[118], 長虹貫日[119], 直度易水[120], 不以爲寒[121]。若赫然作威[122], 加以大怒, 不許門下, 逐之長途, 白旣膝行於前[123], 再拜而去。西入秦海[124], 一觀國風[125], 永辭君侯, 黃鵠擧矣[126]。何王公大人之門, 不可以彈長劍[127]乎?

군후의 관대한 은총을 받기 원하오니, 마음과 얼굴을 전부 여시어 이전에 베푸신 은정과 같이 재차 저를 영명하게 돌아보시기 바랍니다. 제가 반드시 성실한 마음으로 하늘을 감동시켜 무지개가 햇빛을 뚫어서 바로 역수(易水)를 건널 때 춥지 않도록 하겠습니다. 만약 위엄을 크게 펴신 채 대노하시어 입문(入門)을 거절하고 먼 곳으로 내쫓으신다면, 저는 군후 앞에서 무릎 꿇어 재배(再拜)하고 떠나겠습니다. 서쪽 진(秦; 長安) 땅으로 들어가 국가의 풍속을 관찰하면서 영원히 군후를 사직하고 누런 고니처럼 높이 날아갈 것입니다. 그래서 (장안의) 왕공과 대인의 집에서 풍환(馮驩)처럼 장검을 두드리며 구조를 청하지 않을 수 있겠습니까?

....

116 **大遇**(대우) : 매우 융숭한 대접. 공융(孔融)의 〈성효장에 대하여 논하는 글(論盛孝章書)〉에 "연나라 소왕이 곽외(郭隗)를 존경하여 그가 머무는 황금대(黃金臺)를 쌓았으니, 곽외는 비록 재주는 모자라지만 극진한 대접을 받았다(昭王築臺以尊郭隗, 隗雖小才而逢大遇.)"라 했음.

117 **終乎前恩, 再辱英眄**(종호전은, 재욕영면) : 「前恩」은 전에 베푸신 은정으로, 앞에서 언급한 「承顔接辭, 八九度矣」임. 「再辱」은 재

차 제게 내려 주시기 바란다는 말이며, 「辱」은 겸사. 「英眄」은 사랑으로 마음에 새겨 돌보아 주는 것.

118 **精誠動天**(정성동천) : 사람의 성심성의에 하늘도 감동받는 것. 《장자 · 어부(漁父)》에 "진실이란 것은 정성이 지극한 것입니다. 정성스럽지 않으면 남을 움직일 수 없습니다(眞者, 精誠之至也, 不精不誠, 不能動人.)"라 했음. 여기서는 이백의 정성스런 말이 하늘도 감동시킬 수 있음을 말한 것이다.

119 **長虹貫日**(장홍관일) : 「장홍(長虹)」은 무지개가 하늘에 가로 걸쳐 있는 모습. 「관일(貫日)」은 해를 관통하는 것. 긴 무지개가 해를 관통하여 지나가는 것으로, 고인들은 인간이 범상치 않은 행동을 하였을 때 이러한 천상의 변화를 문장에서 인용하였다. 《전국책 · 위책(魏策)4》에 "섭정(聶政)이 한괴(韓傀)를 죽이자, 흰 무지개가 해를 관통하였다(聶政之刺韓傀也, 白虹貫日.)"라는 기록이 있고, 사조(謝朓)는 시에서 "물위에 떠가는 꽃을 굽어보고, 무지개가 해를 관통하는 것을 우러러보네(俯仰流英, 盼虹貫日.)"라 읊었음.

120 **直度易水**(직도역수) : 형가(荊軻)가 진왕(秦王)을 살해하려고 연(燕) 태자 단(丹)과 이별하고 역수를 건너간 것을 인용하였다. 제6장 고부(古賦)편 〈의한부〉주 참조.

121 **不以爲寒**(불이위한) : 형가는 〈역수가〉에서 "바람은 쓸쓸히 불고 역수는 차갑구나(風蕭蕭兮易水寒.)"라고 읊었는데, 여기서는 차디찬 역수를 「차갑지 않도록 하겠다(不以爲寒)」는 말임.

122 **赫然作威**(혁연작위) : 「赫然」은 매우 화가 난 모습. 「作威」는 위엄이 있는 기세를 펼쳐 보이는 것.

123 **膝行於前**(슬행어전) : 상대를 두려워하여 면전에서 무릎으로 걷다. 《한서 · 항우본기》에 "항우가 제후의 장수들을 불러 보았는데, 군영(轅門)으로 들어올 때 무릎을 꿇은 채 기어서 앞으로 나가면

서 감히 우러러 쳐다보지 못했다(項羽召見諸侯將, 入轅門, 膝行而前, 莫敢仰視.)"라는 기록이 있음.

124 **秦海**(진해) : 진땅, 곧 당 수도인 장안을 가리키는데, 여기서 「진해」를 장안의 대칭으로 썼다. 왕기는 "진해는 진 지방이다. 옛날에는 진 지방을 육해라고 하였으므로 진해라고 불렀다(秦海, 秦地也. 古以秦地爲陸海, 故謂之秦海.)"라고 설명했음.

125 **國風**(국풍) : 국가의 풍속. 여기서는 조정의 모습을 가리킴. 《사기 · 은본기(殷本紀)》에 "총재가 정사를 결정하여 나라의 풍속을 관찰한다(政事決定於冢宰, 以觀國風.)"는 기록이 있음.

126 **黃鵠擧矣**(황곡거의) : 「黃鵠」은 큰 새인 누런 큰 고니로 한번 날면 천리를 간다. 고대에 은일지사들은 흔히 자신을 황곡에 비유하였음. 「擧」는 높이 나는 것. 여기서는 이백이 장차 안주 땅을 떠날 것임을 비유하였다. 《한시외전(韓詩外傳)》권2에 "전요가 노나라 애공을 섬기면서 보살핌을 받지 못하자, 애공에게 「저는 이제 그대의 곁을 떠나 황곡이 되겠습니다!」라 했다(田饒事魯哀公而不見察, 田饒爲哀公曰, 「臣將去君, 黃鵠擧矣」.)"는 기록이 있다. 또한 굴원의 〈복거(卜居)〉에 "차라리 고니와 날개를 나란히 할까? 아니면 닭이나 따오기와 먹을 것을 다툴까?(寧與黃鵠比翼乎, 將與雞鶩爭食乎?)"라 하고, 유량은 주에서 "황곡은 은거한 선비를 비유한다(黃鵠, 喩逸士也.)"라 했음.

127 **彈長劍**(탄장검) : 장검을 두드리는 것. 《사기 · 맹상군열전(孟嘗君列傳)》에 나오는 풍환(馮驩)의 「탄협(彈鋏) 고사」를 인용하였다. 풍환은 맹상군의 식객이 되었을 때 처음 검을 두드리면서 노래 부르기를, 「장검아 돌아가자, 먹을 고기조차 없구나!(長鋏歸來乎, 食無魚.)」하여 고기를 대접받았으며, 두 번째로 검을 두드리면서 「장검아 돌아가자 탈 수레조차 없구나!(長鋏歸來乎, 出無輿.)」하

여 수레를 타고 출입하도록 허용 받았다. 또 다음에도 검을 두드리면서 「장검아 돌아가자 머무를 집 한 칸 없구나!(長鋏歸來乎, 無以爲家.)」하자, 맹상군은 그에게 돈을 주어 노모를 봉양토록 해 주었다. 후에는 「탄협(彈鋏)」이나 「탄검(彈劍)」을 생활이 곤궁하여 남에게 구조를 요청하는 것에 비유하였다. 여기서 이백은 자신을 풍환에 비유하면서 맹상군이 풍환을 예우해 주듯이 장안의 왕공대인이 자신을 구원해주기를 바란다는 뜻을 기탁하고 있다.

제2장

서·기

序·記

21首

서序

기記

「서序」와 「기記」는 체제상 본래 다른 영역으로서, 「서」문은 시가나 산문의 앞뒤에서 사물의 내력이나 전말을 설명하는 글이며, 「기」문은 기술(記述)한다는 뜻으로서 사실을 그대로 기록하는 문장으로 쓰였지만, 후세에 서문의 유형이 기문 성질의 내용을 포함하여 어떤 곳에서는 상호 중첩되기도 하였다.

이백의 산문 가운데 「서(序)」문은 20편이고, 「기(記)」문은 1편이다.

「서(序)」는 일종의 문체로 한대에 출현하여 당대에 이르러 흥성하였으며, '차서(次序)' 혹은 '서술(敍述)'의 뜻을 가지고 있다. 서문의 체재는 그 성질에 따라 시문의 앞머리나 맨 끝에 쓰인 '서발류(序跋類)', 송별하면서 써준 '증서류(贈序類)', 잔치나 모임을 기록한 '서기류(序記類)' 등이 있다.

이백의 서문 20편 가운데, '서발류' 작품으로는 고인이 된 친구 최성보가 발간한 〈택반음〉이란 시집에 써준 〈택반음서(澤畔吟序)〉1편이 있으며, '서기류' 작품으로는 여름에 고숙정 연회에서 쓴 〈하일봉배사마무공여군현연고숙정서(夏日奉陪司馬武公與群賢宴姑熟亭序)〉, 면주의 용흥각에 올라서 쓴 〈하일제종제등면주용흥각서(夏日諸從弟登沔州龍興閣序)〉와 동서고금으로 인구에 회자하고 있는 명편인 봄밤에 낙양에 있는 도화원의 연회에서 쓴 〈춘야연종제도화원서(春夜宴從弟桃花園序)〉등 3편이 있다.

나머지 16편은 '증서류'로서, 대개 '증서(贈序)'와 '송서(送序)'로 나뉘는데, 증서는 당대에서 비롯된 것으로 자기의 소감을 서술하여 남에게 보낸 글이며, 송서는 친지와 이별하는 자리에서 석별의 아쉬움을 서술하거나 별도로 그 취지를 기록한 글이다. 이러한 증서와 송서를 포괄하고 있는 이백의 증서류 서문으로는 늦은 봄 동도(낙양)로 가는 감승 장조를 보내면서 지은 〈모춘강하송장조감승지동도서(暮春江夏送張祖監丞之東都序)〉, 한동으로 돌아가는 천공을 보내면서 지은 〈강하송천공귀한동서(江夏送倩公歸漢東序)〉, 강하에서 형산으로 유람 가는 임공 스님을 보내며 지은 〈강하송임공상인유형악서(江夏送林公上人遊衡嶽序)〉, 금릉에서 제현들과 권십일을 보내면서 지은 〈금릉여제현송권십일서(金陵與諸賢送權十一序)〉, 봄날 고숙에서 더운 곳으로 유배가는 조사를 보내면서 지은 〈춘어고숙송조사유염방서(春於姑熟送趙四流炎方序)〉, 가을 경정에서 여산으로 유람 가는 종질 이단을 보내면서 지은 〈추어경정송종질단유여산서(秋於敬亭送從侄耑遊廬山序)〉, 장 사군을 알현하려고 파양으로 가는 황종을 보내면서 지은 〈송황종지파양알장사군서(送黃鍾之鄱陽謁張使君序)〉, 이른 봄 강하에서 운몽의 집으로 돌아가는 채십을 보내면서 지은 〈조춘어강하송채십환가운몽서(早春於江夏送蔡十還家雲夢序)〉, 형산으로 돌아가는 대십오를 보내면서 지은 〈송대십오귀형악서(送戴十五歸衡嶽序)〉, 초여름 숙부 강장군의 집에서 여러 형제들과 강남으로 가는 부팔을 보내면서 지은 〈조하어강장군숙택여제곤계송부팔지강남서(早夏於江將軍叔宅與諸昆季送傅八之江南序)〉, 겨울 용문에서 부친을 뵙기 위해 회남으로 가는 종형제 경조참군 이영문을 보내면서 지은 〈동일어용문송종제경조참군영문지회남근성서(冬日於龍門送從弟京兆參軍令問之淮南覲省序)〉, 가을 밤 안륙부에서 장안으로 돌아가는 찬부 맹형을 보내면서 지은 〈추야어안부송맹찬부형환도서(秋夜於安府送孟贊府兄還都序)〉, 겨울 밤 수주 자양선생의 손하루에서 은거차 선성산으로 가는 도사 원연을 보내면서 지은 〈동야어수주자양선생손하루송연자원연은선성산서(冬夜於隨州紫陽先生餐霞樓送煙子元演隱仙城山序)〉등 13편이며, 이러한 서문외에 전별연을 베플면서 보내는 증서류 서문으로는 도화원을 찾아가는 두 노인을 전별하며 지은 〈봉전십칠옹이십사옹심도화원서(奉餞十七翁二十四翁尋桃花源序)〉, 광릉으로 부대를 이동하는 부사 이장용을 전별하며 지은 〈전이부사장용이군광릉서(餞李副使藏用移軍廣陵序)〉, 가을 태원 남책에서 과거 응시차 떠나는 세 사람을 전별하면서 지은 〈추일어태원남책전양곡왕찬공가소공석애윤소공응거부상도서(秋日於太原南柵餞陽曲王讚公賈少公石艾尹少公應擧赴上都序)〉등 3편이 있다.

「기(記)」는 여러 가지 사물에 대하여 객관적인 관찰과 동시에 기술하여 영구히 잊지 않고 간직하려는데 목적을 둔 글로서, '잡기(雜記)'라고도 하며 일체의 기사(記事)와 기물(記物)의 산문을 포함하고 있다. 이백의 기문으로는 임성현(任城縣) 관청 벽에 임성현령 하지지(賀知止)의 공적(功績), 임성의 역사와 내력, 풍속과 지리교통, 관리들의 정치적 업적 등을 기록한 〈임성현청벽기(任城縣廳壁記)〉1편 뿐이다.

10.

暮春江夏送張祖監丞之東都序

늦은 봄 강하에서 동도로 가는 감승 장조를 보내면서 지은 서문

개원 22년(734) 늦은 봄, 이백이 강하(江夏)*지방을 유람하는 도중에 조운선(漕運船)을 인솔하고 동도인 낙양(洛陽)으로 가는 감승 장조(張祖)를 만났는데, 전송하는 자리에서 연회석을 차려놓고 지은 문장이다.

이 서문은 장감승을 전별하는 것을 제재로 삼은 내용으로, 3개 단락으로 나눌 수 있다. 첫 번째 단락에서는 이백이 종정(從政)과 구선(求仙)에서 뜻을 얻지 못한 울분을 표출하면서, 잠시 강하로 와서 장승과 기쁘게 만난 것을 기술하였으며, 두 번째 단락에서는 장감승이 양곡운반을 총괄하는 업무와 시문에 능통한 대아군자임을 밝히고 그와 술 마시며 풍류를 즐기는 정경을 묘사하였다. 세 번째 단락에서는 증시(贈詩)로 전별하면서 장승이 빠른 시일 안에 돌아와 노어회(鱸魚膾)로 즐기며 다시 만날 것을 기약하고 있다.

특히 본문 가운데에서 이백 자신이 재주는 있지만 명운이 없는

---

* 지금의 호북성 무한시(武漢市) 무창(武昌).

「유재무명(有才無命)」과 웅장한 포부를 펼칠 수 없는 「회재불우(懷才不遇)」의 심정을 가슴속에 가득 품고, 군왕과 나라에 보답하려 해도 길이 없는 「보국무문(報國無門)」의 정신적 고민을 기탁하고 있다. 문장 가운데 비록 은거하려는 뜻도 포함하고 있지만, 주요한 사항은 벼슬길로 나아가려 해도 길이 없는 곤혹스런 심정과 관직으로 진출하기 어려운 현실에 대한 불만을 표출하고 있다는 점이다.

「장조감승(張祖監丞)」은 《당문수(唐文粹)》에서 장승조(張承祖)라고 하였는데, 감승은 《구당서 · 직관지3》에 의하면, 당대 행정부서 가운데 소부감(小府監), 장작감(將作監), 도수감(都水監) 등 여러 감(監)에는 모두 승(丞)을 두었으며, 종7품(상)의 품계이다. 《이백전집》권18의 〈강하에서 장승을 보내며(江夏送張丞)〉에 나오는 장승이 바로 이 서문에 나오는 사람으로, 시 가운데 "이별하려는 마음 견딜 수 없어, 떠나려 하니 정이 더욱 친밀해지는구나. 무한한 달빛에 술잔 기울이는데, 몇 겹의 봄빛에도 나그네는 취한다네. 풀 섶에 앉아 흐르는 물 바라보며 꽃 꺾어 먼 길 떠나는 이에게 주노라. 여기서 떠나가는 그대를 보내면서 고개돌려 아득한 강나루에 눈물만 흘리누나(欲別心不忍, 臨行情更親. 酒傾無限月, 客醉幾重春. 藉草依流水, 攀花贈遠人. 送君從此去, 回首泣迷津.)"라 읊었는데, 장조와의 이별의 정이 짙게 배어 있어 본 서문과 같은 맥락임을 느낄 수 있다.

10-1

吁咄哉[1]! 僕書室坐愁, 亦已久矣。

每思欲遐登蓬萊[2], 極目四海[3], 手弄白日, 頂摩青穹[4], 揮斥[5]幽憤[6], 不可得也。而金骨未變[7], 玉顔已緇[8], 何常不捫松傷心, 撫鶴歎息?

誤學書劍[9], 薄遊[10]人間。紫微[11]九重[12], 碧山萬里。有才無命[13], 甘於後時[14]。劉表不用於禰衡, 暫來江夏[15], 賀循喜逢於張翰, 且樂船中[16]。

아아! 내가 서실(書室)에 앉아 근심한지 오래되었구나.

매번 마음속으로 멀리 있는 봉래산(蓬萊山)에 올라가 사방 바다 끝까지 바라보면서, 손으로는 흰 해를 희롱하고 이마로는 하늘을 어루만지며 마음속 울분을 해소시키려고 했지만 얻지 못했다네. 더구나 신선이 되려는 것도 이루지 못하고 옥 같은 얼굴만 검게 변했으니, 어찌 소나무를 어루만지면서 상심한 채 학(鶴)을 쓰다듬으며 한탄하지 않을 수 있겠는가?

책(文)과 검(武)을 잘못 배워 인간 세상을 유람하면서, 아홉 겹 자미궁(紫微宮)과 수만 리 푸른 산을 왕래하였도다. 재주는 지녔지만, 명운이 없어서 때를 만나지 못함을 달게 여겼으니, 유표(劉表)가 예형(禰衡)을 쓰지 않고 추방한 것처럼 나도 잠시 강하(江夏)로 내려오고, 하순(賀循)이 장한(張翰)을 기쁘게 만난 것처럼 나 또한 배 안에서 함께 즐겼다네.

....

1 **吁咄哉**(우돌재) : 강조하는 말투로, 감탄사를 연달아 사용하여 근심함을 표시한 것.

2 **蓬萊**(봉래) : 고대 전설에 등장하는 영주(瀛州), 방장(方丈)과 함께 삼신산(三神山)의 하나로, 신선이 사는 곳임.

3 **極目四海**(극목사해) : 시력으로 볼 수 있는 한계까지 끝없이 봄. 「四海」는 천하.

4 **頂摩青穹**(정마청궁) : 이마나 정수리를 하늘에 닫도록 접근하는 것. 「青穹」은 푸른 하늘. 《송서 · 악지(樂志)2》에 "수레를 타고 높이 올라 푸른 하늘을 떠다니며, 팔허로 들어갔다가 사방하늘을 열었다네(旋駕鵞, 泛青穹. 延八虛, 闢四空.)"라 했음.

5 **揮斥**(휘척) : 풀어서 자유롭게 내버려 두는 것. 《장자 · 전자방(田子方)》에 "무릇 지인(至人)은 위로는 푸른 하늘을 엿보고, 아래로는 황천(黃泉) 속에 잠길 수 있으며, 우주의 팔방 끝까지 마음대로 다니면서도 신령한 기운은 조금도 변하지 않는다(夫至人者, 上窺青天, 下潛黃泉, 揮斥八極, 神氣不變.)"라 하고, 곽상(郭象)은 주에서 "「휘척」은 방종(아무 거리낌 없이 자기 마음대로 행동하는 것)과 같다(揮斥, 猶放縱也)"고 했음.

6 **幽憤**(유분) : 마음속에 맺혀있는 원한과 울분. 《후한서 · 최인열전(崔駰列傳)》에 "이것이 가의(賈誼)가 강(絳) · 환(灌) 땅으로 배척당한 까닭이고, 굴원이 그 깊숙한 울분을 펼쳐놓은 원인이다(斯賈生之所以排於絳灌, 屈子之所以攄其幽憤者也.)"라 했음.

7 **金骨未變**(금골미변) : 「金骨」은 도교에서 기골을 단련하면서 선약을 복용하는 것으로, 곧 신선이 되는 것. 여기서는 신선이 되려고 단련하였지만, 아직 이루지 못하였음을 말한다.

8 **玉顏已緇**(옥안이치) : 「緇」는 흑색으로, 홍안의 청춘이 이미 흘러간 것.

9 **書劍**(서검) : 책과 검. 모두 옛날 선비들이 몸에 지니던 물건으로 학문과 무예. 곧 문무(文武) 두 방면의 재능으로서, 책을 읽어 관직에 나아가고 검을 의지한 채 군인이 되어 공업(功業)을 세우는 것. 진자앙(陳子昂)의 〈변방으로 떠나는 이를 송별하며(送別出塞)〉에 "평생에 높은 의리를 들었나니, 문과 무는 뭇 사나이의 큰 뜻이어라(平

生聞高義 書劍百夫雄.)"라 했으며, 또 맹호연(孟浩然)의 〈낙양에서 월지방으로 가면서(自洛之越)〉시에서 "분주하게 들떠 보낸 스무해 동안, 학문도 무인의 길도 이루지 못했구나(皇皇二十載, 書劍兩無成.)"라 읊었다.

10 **薄遊**(박유) : 만유(漫遊)하는 것, 혹은 적은 녹봉으로 벼슬하는 것을 이름. 진 하후담(夏侯湛)의 〈동방삭의 화상에 대한 찬문(東方朔画贊)〉서(序)에서 "혼탁한 세상에서는 부귀할 수 없으므로 적은 녹봉의 벼슬살이를 한다네(以爲濁世不可以富貴也, 故薄遊以取位.)"라 하였으며, 사조(謝朓)는 〈휴가를 받고 다시 돌아오는 길에서 짓다(休沐重還道中)〉시에서 "낮은 벼슬하는 후배들에게 알리니, 한가로움이 그리워 그만두고 돌아가고자 하노라(薄遊第從告, 思閑願罷歸.)"고 읊었는데, 이주한(李周翰)은 주에서 "「박유」는 낮은 벼슬(薄遊, 薄宦也.)"이라 했다.

11 **紫微**(자미) : 천자가 거처하는 궁궐인 자미궁(紫微宮). 본래는 북두칠성의 북쪽에 있는 별인 「자미성원(紫微星垣)」을 모방하여 부른 말임. 고대에는 자미성원을 항상 황제가 거처하는 곳에 비유하였으므로 황궁을 자미궁이라 불렀다. 《문선》권10 왕연수(王延壽)의 〈노영광전부(魯靈光殿賦)〉에 "영광이란 비밀스런 궁궐을 세우고, 자미궁으로 짝을 삼아 보조하였네(乃立靈光之秘殿, 配紫微而爲輔.)"라 하고, 여연제는 주에서 "「자미」는 황제의 궁궐인데, 깊숙한 영광전의 짝이 될 만한 궁전으로 울타리로 보좌할 수 있음을 말한 것(紫微, 帝宮也. 言靈光深殿可配帝宮, 以爲藩輔也.)"이라 했다.

12 **九重**(구중) : 궁전의 문(궁문)을 가리키는데, 옛날 제도에는 천자가 거처하는 곳은 아홉 겹의 문이 있으므로 이렇게 불렀음. 《초사 · 구변(九辯)》에 "임금이 사는 문은 아홉 겹(君之門以九重.)"이라 했다.

13 **有才無命**(유재무명) : 재주와 능력은 타고났지만 좋은 명운이 없는 것.

14 **後時**(후시) : 시대에 뒤떨어지다. 때를 맞추지 못하다. 《순자 · 부국(富國)》에 "백성들을 부릴 때 여름철엔 더위를 타게 하지 않고 겨울이면 동상에 걸리지 않게 한다. 급하게 일을 시켜 힘을 상하게 하지 않고, 느슨하게 하여 때를 놓치지 않게 한다. 일이 이루어지고 공을 세우게 하는 것은 온 백성들이 함께 잘살도록 하기 위한 것(使民夏不宛暍, 冬不凍寒, 急不傷力, 緩不後時, 事成功立, 上下俱富.)"이라 했다.

15 **劉表不用於禰衡, 暫來江夏**(유표불용어예형, 잠래강하) : 예형은 후한의 문학가로 재능이 뛰어났지만, 고오(高傲)한 성격을 가져 조조에게 내쳐서 형주목(荊州牧)인 유표(劉表)에게 보내졌다가 끝내는 강하태수 황조에게 피살당하였다. 《후한서 · 예형전(禰衡傳)》에 "유표와 형주의 사대부들은 먼저 그 재주와 명성에 탄복하여 손님으로 정중하게 대접하였다. 문장과 의론은 예형이 아니면 정해지지 않았다. …… 뒤에 유표를 업신여기자 부끄럽게 여겨 포용하지 못하고 성질이 급한 강하태수 황조(黃祖)에게 예형을 보냈다(劉表及荊州士大夫, 先服其才名, 甚賓禮之, 文章言議, 非衡不定. …… 後復侮慢於表, 表恥不能容, 以江夏太守黃祖性急, 故送衡與之.)"라 했음. 여기서 동한의 형주자사 유표를 당대의 형주대도독부장사인 한조종에 비유하고 예형을 스스로에 비유하였다*.

16 **賀循喜逢於張翰, 且樂船中**(하순희봉어장한, 차락선중) : 하순은 서진시대 강남 사대부의 수령으로 회계 산음(山陰) 출신이며, 장한도 같은 시기 오지방 출신 문학가로, 두 사람은 낙양으로 가는 도중

---

* 욱현호는 〈이백전집교주〉에서 개원 22년(734) 이백은 형주에서 한조종에게 천거해 주기를 구하였지만, 그가 추천해 주지 않자 이백이 잠시 강하로 내려왔음을 예형의 고사를 들어 설명한 것이라고 하였는데 사실과 부합된다.

배 안에서 만나 교유하였다. 《진서 · 장한전》권92 〈문원전(文苑傳)〉에 "장한은 자가 계응이며, 오(吳)나라 사람으로 부친은 대홍로를 지낸 장엄(張儼)이다. 청아한 재능으로 문장을 짓는 데도 뛰어났으며, 자유로운 성격은 예속에 구애받지 않았으므로 당시 사람들은 「강동의 보병(步兵)*」이라 불렀다. 회계출신 하순이 낙양으로 들어오라는 명령을 받고 가는 도중, 오땅 창문을 지날 때 배 안에서 거문고를 탔다. 처음에는 장한도 알지 못했는데 하순과 대화하면서 서로 크게 기뻐하였다. 하순에게 물어 낙양에 들어가는 것을 알고 장한도 「나도 또한 일이 있어서 북쪽 서울(낙양)로 간다」고 하자, 바로 함께 배를 타고 떠나면서 집안사람들에게도 알리지 않았다(張翰字季鷹, 吳郡吳人也. 父儼, 吳大鴻臚. 翰有清才, 善屬文, 而縱任不拘, 時人號爲江東步兵. 會稽賀循赴命入洛, 經吳閶門, 於船中彈琴. 翰初不相識, 乃就循言譚, 便大相欽悅. 問循, 知其入洛, 翰曰吾亦有事北京. 便同載即去, 而不告家人.)"고 했음. 여기서는 장승을 같은 성씨인 장한에 비유하고, 하순을 이백 스스로에 비유하여 자기와 장승이 초면이었지만, 바로 의기투합하여 배 안에서 기쁘게 즐겼음을 말한 것이다.

10-2

達人張侯[17], 大雅君子[18]。統泛舟之役[19], 在清川之湄[20]。

---

* 이 말은 장한이 오나라 사람이기 때문에 「강동」이라 하였고, 「보병」은 보병교위(步兵校尉)의 벼슬을 지냈던 진류군(陳留郡) 출신인 완적(阮籍)인데, 그와 비교하여 보병이라 했다.

談玄[21]賦詩, 連興[22]數月, 醉盡花柳, 賞窮[23]江山。王命[24]有程[25], 告以行邁[26], 烟景晩色, 慘爲愁容。繫[27]飛帆於半天, 泛渌水於遥海。欲去不忍, 更開芳樽[28]。

樂雖寰中[29], 趣逸[30]天半[31]。平生酣暢[32], 未若[33]此筵。至於清談[34]浩歌[35], 雄筆[36]麗藻[37], 笑飮醁酒[38], 醉揮素琴[39], 余實不愧於古人也。

통달한 장감승은 고상한 군자로, 청천(淸川)의 물가에서 배를 띄워 양곡(糧穀) 운반하는 일을 총괄하였도다.

현묘(玄妙)한 도를 담론하고 시를 지어 몇 개월 동안 흥겨워했으며, 꽃과 버들에 심취하여 강산을 모두 구경하였구나. 제왕의 명령에는 법도가 있으므로 떠나는 시간을 지키면서도, 노을지는 저녁 경치에 마음 아파 근심스러운 모습을 보였노라. 하늘 가운데 걸려 날리는 돛을 먼바다 푸른 물에 띄워놓고, 차마 떠나지 못한 채 향기 나는 술 동이를 다시 여는구나.

즐거움이 비록 세상 속에 있어도 의취는 하늘 중간쯤 초월해 있으니, 평생 음주에 흥겨웠어도 이 잔치만 못 하였다네. 고상한 담론(談論)과 호방한 노래, 웅장한 필력(筆力)과 화려한 문체로 읊조리며, 웃으면서 녹주(醁酒)를 마시고 취한 채 소박한 거문고를 타노니, 나도 진정 옛사람들에게 부끄럽지 않아라.

....

17 **達人張侯**(달인장후) : 「達人」은 사리에 통달하여 덕을 밝히고 의리를 지키는 도량이 넓은 사람으로, 장조감을 가리킨다. 《좌전(左傳》 소공(昭公) 7년에 "성인으로서 덕을 갖췄으나 빛을 보지 못한 사람의 후손 중에는 도리에 통한 사람이 반드시 나올 것이다(聖人有明

德者, 若不當世, 其後必有達人.)"라 하고, 공영달(孔穎達)은 소(疏)에서 "「달인」은 지능이 통달한 사람(達人, 謂知能通達之人.)"을 말한고 했으며, 《문선》권43 혜강(嵇康)의 〈산거원과 절교하는 글(與山巨源絶交書)〉에서도 "유하혜와 동방삭은 달인이다(柳下惠·東方朔, 達人也.)"라 했음. 그래서 세상 물정을 꿰뚫어 알고 사람이 살아가는 이치를 제대로 이해하는 것을 「통정달리(通情達理)」라 한다.

18 ***大雅君子***(대아군자) : 「大雅」는 덕이 높고 큰 재주를 가진 사람에 대한 찬사(讚辭). 반고(班固)의 〈서도부(西都賦)〉에 "고상하고 사리에 통달하여 이로부터 무리를 이루었다(大雅宏達, 於玆爲群.)"고 하였는데, 이선은 주에서 "「대아」는 고아한 재주를 지닌 자을 말한다. 시경에 《대아》가 있으므로 이렇게 일컬었다(大雅, 謂有大雅之才者. 詩有大雅, 故以立稱焉.)"고 했음.

19 ***統泛舟之役***(통범주지역) : 「統」은 거느리다. 인솔하는 것. 「泛舟之役」은 배로 물건을 실어 나르는 조운(漕運)을 가리킴. 옛날에는 징발한 양곡을 수로를 이용하여 서울로 운반하거나 혹은 지정된 지방에서 운송하였다. 《좌전》희공(僖公) 13년(기원전647)에 "진(晉)나라에 기근이 발생하여 진(秦)에게 식량 원조를 청하였다. 진(秦)나라가 곡식을 진(晉)으로 수송하는데 운반선이 옹(雍)에서 강(絳)까지 이어졌으므로, 이를 「범주지역」이라고 불렀다(晉薦饑, 乞糴於秦, 秦輸粟於晉, 自雍及絳相繼, 命之曰, 泛舟之役.)"라 하고, 두예는 주에서 "위수에서 운행하여 황하와 분수로 들어간다(從渭水運入河汾)"고 했으며, 공영달은 소에서 "진(秦)나라는 옹(雍)이 수도이고 옹은 위수에 닿아 있으며, 진(晉)은 강(絳)이 수도이고 강은 분수에 닿아 있다. 위수는 옹에서 동쪽 홍농 화음현까지 흘러 황하로 들어갔다가 황하에서 역류하여 북쪽으로 올라가 하동 분음현에 도

착한다. 그리고 동쪽 분수로 들어갔다가 다시 역류하여 동쪽으로 가다가 강땅을 통과한다. 그러므로 두예가 「종위수운입하분」이라고 하였다(秦都雍, 雍臨渭. 晉都絳, 絳臨汾. 渭水從雍而東, 至弘農華陰縣入河, 從河逆流而北上, 至河東汾陰縣, 乃東入汾, 逆流東行而通絳. 故杜云從渭水運入河汾也.)"고 했음. 여기서는 옛 고사를 빌려서 장조감승이 수로로 양곡을 운반하는 사명을 어깨에 짊어졌음을 가리킨다.

20 湄(미) : 해안의 물가로, 수초가 서로 접해 있는 곳. 《시경 · 진풍(秦風) · 겸가(蒹葭)》에 "내 마음에 그리는 이는 물가에 있다네(所謂伊人, 在水之湄.)"라 읊었고, 《설문해자》에서는 "수초가 섞여 있는 곳이 「미」다(水草交爲湄.)"라고 했음.

21 談玄(담현) : 노장(老莊)의 도인 현리(玄理)를 담론하는 것.

22 興(흥) : 희열.

23 窮(궁) : 다하는 것.

24 王命(왕명) : 제왕의 명령. 참고로 「國祖」로 된 판본이 있는데, 당고조 무덕(武德) 2년(619)에 조용조(租庸調) 법을 처음 정하였으므로 첨영은 「국조(國租)」가 맞을 것이라고 하였다.

25 有程(유정) : 조운이 정한 일정을 가리키는 것으로, 곧 정기적으로 보내는 기일(期日).

26 告以行邁(고이행매) : (조정에) 행동으로 옮기는 시간을 보고하는 것. 「行邁」는 달려가다, 행로(行路)의 뜻. 《시경 · 왕풍 · 서리(黍離)》에 "길을 가는 것이 느리니, 마음속이 흔들린다(行邁靡靡, 中心搖搖.)"라 읊었고, 모전(毛傳)에 "「매」는 가는 것이다(邁, 行也)"라 하고, 정현의 전(箋)에는 "「행」은 길이다. 도행(道行)은 가는 길(行道)과 같다(行, 道也. 道行, 猶行道也.)"고 했음.

27 繫(계) : 매달다. 거는 것.

28 芳樽(방준) : 맛있는 술을 담아 놓은 술동이지만, 꽃향기를 발산하는 맛좋은 미주를 대신 가리킨다. 《진서 · 완적등전론(阮籍等傳論)》에 "혜강과 완적은 죽림에서 만났고, 유령과 필탁*은 술 마시는 친구다(嵇阮竹林之會, 劉畢芳樽之友.)"라 했음.

29 寰中(환중) : 우내(宇內), 곧 온 천하, 인간세상, 속세. 양간문제는 〈대애경사찰의 명문(大愛敬寺刹下銘序)〉서에서 "공적은 외국을 뛰어넘고, 도덕은 온 천하에 퍼져있네(功超域外, 道邁寰中)"라고 하였으며, 사조(謝朓)의 〈수덕부(酬德賦)〉에도 "금화산(金華山)에 올라가서 도에 대해 묻고 석실 속에서 명편을 얻었으니, 세상이 좁은 것을 깨달아서 가볍게 올라 떠나고자 하네(登金華以問道, 得石室之名篇, 悟寰中之迫脅, 欲輕擧而舍旃.)"라 했다.

30 逸(일) : 초월하는 것.

31 天半(천반) : 하늘 반의 위쪽, 높은 허공(高空).

32 酣暢(감창) : 술을 마시며 흥을 다하는 것. 기분이 좋다. 호쾌하다.

33 未若(미약) : 만 못하다. 비교가 되지 않는 것.

34 清談(청담) : 청신하고 고아한 담론. 유정(劉楨)의 〈오관 중랑장에게 드리는 시(贈五官中郎將詩)〉4수 중 두 번째에서 "청아한 담론으로 밤낮을 함께 지내면서, 근심되는 일들도 정겹게 펼쳐놓았네(清談同日夕, 情眄敍憂勤.)"라 읊었음.

35 浩歌(호가) : 큰 소리로 노래 부르는 것. 《초사 · 구가(九歌) · 소사명(少司命)》에 "미인을 기다려도 오지 않으니, 멍하니 바람을 쐬며 노래 부르네(望美人兮未來, 臨風怳兮浩歌.)"라 했음.

36 雄筆(웅필) : 「雄文」과 같다. 내용이 자세하고 깊으며 기개가 뛰어

---

* 유령(劉伶)은 자(字)가 백륜(伯倫)이고 패국인(沛國人)이며, 필탁(畢卓)은 자가 무세(茂世)이며 신채동양인(新蔡鮦陽人)이다.

난 시문. 왕발(王勃)의 〈가을 저녁 낙양으로 들어가 필공(畢公) 댁에서 도왕(道王)과 전별하는 잔치에서 지은 서문(秋晩入洛於畢公宅別道王宴序)〉에 "웅장한 문장과 씩씩한 언사는 안개와 노을처럼 밝게 빛나네(雄筆壯詞, 煙霞照灼.)"라 했음.

37 **麗藻**(여조) : 화려하고 정교한 언사. 진 곽박(郭璞)의 《이아서(爾雅序)》에 "영준하고 들은 것이 많아 덕이 뛰어난 선비이며, 웅장한 필력을 지닌 아름다운 문장을 쓰는 사람이구나(英儒贍聞之士, 洪筆麗藻之客.)"라고 하였는데, 소(疎)에서 "홍은 큼이요, 「려」는 아름다움이며, 「조」는 수초이다. 유문(有文)은 사람의 문장을 비유한 것으로 문필의 큰 재주를 지녀서 문장을 아름답게 하는 사람을 말한다(洪, 大也. 麗, 美也. 藻, 水草也. 有文, 以喻人之文章. 言大有詞筆, 美於文章之客也.)"라 했음.

38 **醁酒**(녹주) : 「醁」은 진한 술인 유록(醽醁)으로, 맛좋은 술 이름.

39 **素琴**(소금) : 금옥같은 보배로 장식하지 않은 소박한 거문고. 《진서 · 은일전(隱逸傳)》에서 도잠(陶潛)에 대하여 "천성적으로 음을 이해하지 못했으나, 「소금」 하나를 가지고 있었는데 줄과 기러기발을 갖추지 않았다. 친구들과 모임을 가질 때마다 그것을 어루만지면서 화답하기를 「다만 거문고가 지닌 의취만 알면 될 뿐, 어찌 줄을 튕겨 소리를 내려 애쓰리요」라 했다(性不解音, 而畜素琴一張, 弦徽不具, 每朋酒之會, 則撫而和之曰, 但識琴中趣, 何勞弦上聲.)"고 기록되었으며, 또 이백의 〈정 율양현령에게 장난삼아 준 시(戲贈鄭溧陽)〉에서 "도연명은 날마다 취해서 다섯 버드나무에 봄이 온지 몰랐다네. 「소금」은 본래 줄이 없었고 갈포 두건으로 술을 거르는구나(陶令日日醉, 不知五柳春. 素琴本無弦, 漉酒用葛巾.)"라고 읊었음.

10-3

揚袂[40]遠別，何時歸來？

想洛陽之秋風，將膾魚以相待[41]。詩可贈遠，無乃闕乎[42]？

소매 날리며 멀리 떠나가니 언제나 돌아오시려나?

낙양(洛陽)에 부는 가을바람 생각하면서 노어회(鱸魚膾) 상 차려 놓고 함께 대접하리로다. 멀리 전송하는데 어찌 시 지어 주는 것을 빼놓을 수 있으리오?

....

40 **揚袂**(양메) : 소매를 올림. 손을 흔들며 고별의 뜻을 표시하는 것.

41 **想洛陽之秋風，將膾魚以相待**(상낙양지추풍, 장회어이상대) : 장한(張翰)의 고사로, 여기서는 장승조를 같은 성씨인 장한에 비유하였다. 《세설신어 · 전소(箋疏)》중권 〈식감(識鑒)〉에 "계응 장한은 제왕(齊王)이 동조연(東曹掾)으로 발탁하여 낙양에 있을 때, 가을바람이 불자 고향 땅의 고채(菰菜)와 순채국(蒓羹), 노어회(鱸魚膾)가 생각이 나서, 「사람이 살아가면서 뜻대로 하는 것이 귀한데 어찌 벼슬살이로 수천 리 떨어져 살면서 명예나 작위를 노리겠는가」라 하고 그날로 말을 몰아 돌아갔다(張季鷹辟齊王東曹掾，在洛見秋風起，因思吳中菰菜羹 · 鱸魚膾，曰人生貴得適意爾，何能羈宦數千里以要名爵，遂命駕便歸.)"는 기록이 있음.

42 **詩可贈遠，無乃闕乎**(시가증원, 무내궐호) : 시는 마땅히 멀리 떠나는 사람에게 주어야 하는데, 어찌 증시(贈詩)를 빼놓을 수 있겠는가? 「無乃」는 완곡하게 추측하는 어세를 표시하며, 「어찌 하지 않으랴」라는 뜻. 「闕」은 비어 놓는 것.

11.
奉餞十七翁二十四翁尋桃花源序
도화원을 찾아가는 십칠 옹과 이십사 옹을 전별연에 모시고 쓴 서문

개원 24년(736) 이백이 안륙에 머무를 당시, 전별연을 차려놓고 도화원(桃花源)을 찾아가는 십칠 옹과 이십사 옹 두 노인에게 드린 서문으로, 그의 생활 속에서의 정취와 이상향을 엿볼 수 있는 중요한 소품 산문이다.

제목 가운데 「십칠 옹」은 이백의 〈가을밤 용문 향산사에 묵으며 방성현령 왕씨 어른, 봉국사 영 스님, 사촌 동생 이유성과 이영문에게 부치며(秋夜宿龍門香山寺奉寄王方城十七丈奉國瑩上人從弟幼成令問)〉란 시 속의 방성현령(方城縣令)인 왕씨(王氏)다. 두 사람에게 「옹(翁)」을 붙인 것은 이백보다 나이가 많은 이씨 성을 가진 두 노인이었기 때문이다.

「도화원」은 동진 도잠(陶潛)의 〈도화원기(桃花源記)〉에 나오는 세상을 벗어 난 하나의 허구로 만들어진 낙원인데, 그 낙토(樂土)에 사는 사람들은 의식이 풍족하여 스스로 기뻐하고 즐기면서 세속의 재난과 우환을 알지 못함을 말하고 있다. 후대에 이러한 종류의 이상적인 경계를 세외도원(世外桃源)이라 부르게 되었다. 전설로 전

해지는 도화원은 지금의 호남성(湖南省) 도화현(桃花縣)에 있는데, 진(晉)나라 때에는 무릉군(武陵郡)에 속하였고, 당대에는 무릉현으로 낭주(朗州)에 속하였다. 《도원경(桃源經)》에 "도원산은 도원현 남쪽 십리에 있다. 서북쪽으로 완수(浣水)가 굽이치며 흐르고 남쪽으로는 장산(障山)이 있으며 동쪽에는 사라계(沙羅溪)가 둘러 있는데, 주위가 32리로 이곳이 바로 도화원이다(桃源山在桃源縣南十里, 西北浣水曲流, 而南有障山, 東帶沙羅溪, 周三十有二里, 卽桃花源也.)"라 했다. 그러나 왕기는 해제에서 도화원에 대하여 "도연명이 작품으로 발표한 이후 다시 그곳으로 가본 사람이 없으므로 후인들이 선경(仙境)이라고 말하면서 기탁하였지만, 실존하는 경치가 아니다. 호사가들이 상상하여 흠모하여도 얻을 수 없었으므로 실제로는 가까운 근처에 있는 산을 가리킨 것이며, 설령 도화원이란 산이 있다고 해도 실제로는 옛날의 그 도화원은 아닐 것이다"라고 했다.

이백도 이 서문에서 도화원에 은거하고픈 심정을 은근히 표출시키면서 당대 사회의 은거와 출사(出仕)의 명암을 측면에서 반영하고 있는데, 본문의 내용을 두 단락으로 나눌 수 있다. 첫 번째 단락은 먼저 진시황(秦始皇)의 폭정을 서술하고, 이어 어지러운 진나라를 피해 세속을 떠나 은거하려는 선각자들이 도화원을 찾는다는 내용이며, 두 번째 단락에서는 도연명이 지은 〈도화원기〉의 뜻을 개략적으로 서술하고, 이어 도화원의 아름다움을 찬미하면서 배를 타고 도원을 찾아가는 십칠 옹과 이십사 옹을 전별하는 자리에서 서문을 써준다는 내용이다.

11-1

昔祖龍[1]滅古道[2], 嚴威刑[3], 煎熬生人[4], 若墜大火。

三墳五典[5], 散爲寒灰[6]。築長城[7], 建阿房[8], 並諸侯[9], 殺豪俊[10]。自謂功高羲皇, 國可萬世[11]。思欲凌雲氣, 求仙人, 登封太山, 風雨暴作。雖五松受職[12], 草木有知, 而萬象乖度[13], 禮刑將弛。

則綺皓不得不遁於南山[14], 魯連不得不蹈於東海[15]。則桃源之避世者, 可謂超升先覺[16]。

夫指鹿之儔[17], 連頸而同死, 非吾黨之謂乎?

예전에 진시황(秦始皇)은 고대의 도덕(道德)을 없애고 혹독한 위협과 형벌로 백성들을 지지고 볶아서 큰 불구덩이에 떨어뜨렸다네.

삼황(三皇)과 오제(五帝)의 서적을 태워 차가운 재로 만들어서 뿌렸으며, 만리장성(萬里長城)을 쌓고 아방궁(阿房宮)을 세웠도다. 제후(諸侯)들을 합병하고 호걸과 준재들을 죽이면서, 자신의 공적이 복희(伏羲) 황제보다도 높다 하고 진(秦)나라가 만세까지 이어질 것이라고 하였다네. 의욕은 구름의 기세를 뛰어넘어 신선이 되려고 하였으니, 태산(泰山)에 올라가서 봉선(封禪)하는데 비바람이 갑자기 일어났도다. 비록 소나무에게 오대부(五大夫)의 관직을 주었지만, 초목들은 이러한 행위가 만물의 도리에 어긋나므로 제도와 형벌이 장차 없어지리라는 것을 알고 있었다네.

그래서 사호(四皓)는 남산(南山)에 은거할 수밖에 없었으며, 노중련(魯仲連)은 동해에 빠져 죽고자 하였으니, 도원으로 난세(亂世)를 피해온 사람들은 진정 시대를 뛰어넘는 선각자라고 할 수 있구나.

저 사슴이라고 진실을 말한 사람들은 목을 늘어뜨리고 함께 죽었는데, 바로 우리와 같은 부류들을 말하는 것이 아니겠는가?

....

1 **祖龍**(조룡) : 진시황(秦始皇)의 별칭. 《사기 · 진시황본기(秦始皇本紀)》에 36년에 "가을에 사자가 관동을 출발하여 밤중에 화음과 평서의 길을 지나가는데, 어떤 사람이 둥근 옥을 쥐고 사자를 막으며 말하기를 「나를 대신해 호지군(滈池君)에게 갖다 주게」라고 하면서, 「금년에 조룡(祖龍)이 죽을 것이네」라고 말했다. 사자가 그 까닭을 묻자, 그 옥을 놓아 둔채 사라졌다(三十六年, …… 秋, 使者從關東夜過華陰平舒道, 有人持璧遮使者曰, 爲吾遺滈池君. 因言曰, 今年祖龍死. 使者問其故, 因忽不見, 置其璧去.)"고 했는데, 여기서 호지군과 조룡은 진시황을 가리킨다. 《집해(集解)》에 "소림(蘇林)이 말하기를, 「조(祖)는 처음(始)이요 용은 인군(人君)의 형상으로, 진시황을 말한다」(蘇林曰, 祖, 始也. 龍, 人君象. 謂始皇也.)"고 했음.

2 **滅古道**(멸고도) : 진시황이 상고시대의 문화와 전통, 제도와 학술사상을 폐지한 것.

3 **嚴威刑**(엄혹형) : 혹독한 형법 제도를 집행한 것.

4 **煎熬生人**(전오생인) : 「煎熬」는 기름에 지지는 괴로움을 당하여 큰 시련을 겪는 것. 《초사 · 구사(九思) · 원상(怨上)》에 "내 마음 달달 볶아 애태우니 오직 근심만 되는구나(我心兮煎熬, 惟是兮用憂.)"라 했다. 「生人」은 생민(生民)으로 일반 백성을 가리켰으며, 당대에는 태종 이세민(李世民)의 「民」자를 피휘(避諱)하여 대부분 「인(人)」자로 고쳤음.

5 **三墳五典**(삼분오전) : 전설가운데 나오는 가장 오래된 서적으로, 삼분은 곧 삼황(三皇)의 도서이고 오전은 오제(五帝)의 도서임. 삼분오전에 대해 가장 먼저 보이는 기록으로는 《좌전》소공(昭公) 12년에 "초나라 영왕이 좌사인 의상을 칭찬하면서 「저 사람은 훌륭한

사관이오, 잘 봐두시오, 그는 《삼분》·《오전》·《팔색(八索)*》·《구구(九丘)**》의 책을 읽을 수 있는 사람이라오」(楚靈王稱讚左史倚相, 是良史也, 子善視之, 是能讀三墳五典八索九丘.)"라 했으며, 또한 공안국(孔安國)은 《상서(尙書)·서(序)》에서 "복희, 신농, 황제의 서(書)를 《삼분》이라고 하는데, 큰 도리(大道)를 말하고 있으며, 소호, 전욱, 고신(嚳), 당(堯), 우(舜)의 서를 가리켜 《오전》이라고 하는데, 떳떳한 도리(常道)를 말하였다(伏羲神農黃帝之書, 謂之三墳, 言大道也. 少昊顓頊高辛唐虞之書, 謂之五典, 言常道也.)"고 했으며, 정현(鄭玄)은 「삼분오전」은 곧 「삼황오제의 서(書)」라고 설명하였다. 여기서는 오래된 전적을 널리 가리킨다.

6 **散爲寒灰**(산위한회) : 진시황이 책을 태운(焚書) 사건을 말한다. 《사기·진시황본기(秦始皇本紀)》34년에 승상 이사(李斯)가 주청하기를, "「신이 청하건대 사관(史官)들에게 명해 진(秦)의 기록이 아닌 것은 모두 태워버리고, 박사관(博士官)에서 맡아 다스리는 서적을 제외하고 천하에 감히 수장하고 있는 〈시경〉, 〈서경〉 및 제자백가의 저작들을 지방관리인 수(守)·위(尉)들에게 보내 모두 태우게 하며, 두 사람 이상이 모여 〈시〉, 〈서〉를 이야기하는 자는 저잣거리에서 사형시킬 것이며, 옛것으로 지금을 비난하는 자는 모두 멸족시키고, 이 같은 자들을 보고도 고발하지 않는 관리는 같은 죄로 다스리기 바랍니다. 명령이 내려진 지 30일이 되어도 서적을 태우지 않는 자는 얼굴에 죄명을 쓰고 성단형(城旦刑)에 처하십시오. 다만 불태워 없애지 말아야 할 책은 의약(醫藥), 점복(占卜), 종수(種樹)에 관계된 서적뿐이며, 만약 법령을 배우고자 하는 자가 있다면 관

---

* 중국 고대의 팔괘(八卦)에 관한 책이라 함.
** 고대 중국의 구주(九州)를 기록한 지리서임.

리를 스승으로 삼게 하시기 바랍니다」하니, 「옳도다」하고 허가하였다(臣請史官非秦記皆燒之. 非博士官所職, 天下敢有藏詩·書·百家語者, 悉詣守·尉雜燒之. 有敢偶語詩書者棄市. 以古非今者族. 吏見知不擧者與同罪. 令下三十日不燒, 黥爲城旦. 所不去者, 醫藥卜筮種樹之書. 若欲有學法令, 以吏爲師. 制曰可.)"는 기록이 있음.

7 **築長城**(축장성) : 진시황 34년에 대장인 몽염(蒙恬)을 파견하여 만리장성(萬里長城)을 건축토록 했다. 가의(賈誼)의 〈과진론(過秦論)〉에 "이에 몽염으로 하여금 북쪽에 만리장성을 쌓아 국경을 지키게 하고 흉노를 7백여리나 퇴각시키니, 오랑캐들이 감히 남쪽으로 내려와 말을 기르지 못하고 병사들은 활을 당겨 원한을 갚지 못하였다(迺使蒙恬北築長城而守藩籬, 却匈奴七百餘里, 胡人不敢南下而牧馬, 士不敢彎弓而報怨.)"고 했음.

8 **建阿房**(건아방) : 아방궁(阿房宮)을 건축한 것. 《사기·진시황본기》35년에 "이에 위수의 남쪽 상림원(上林苑)에 조정의 궁전을 지었다. 먼저 아방(阿房)에 전전(前殿)을 건축했는데, 동서의 넓이가 5백 보이며 남북의 길이가 50장(丈)으로 위쪽에는 1만 명이 앉을 수 있으며, 아래쪽에는 5장 높이의 깃발을 꽂을 수 있었다. 사방으로 복도를 만들어 궁전 아래부터 바로 남산에 이르게 했으며, 남산 꼭대기까지 대궐로 삼는다는 표지를 세웠다. 또 복도를 만들어 아방에서 위수를 건너서 함양까지 연결시키므로써, 하늘의 북극성, 각도성(閣道星)이 은하수를 가로질러 영실성(營室星)까지 닿는 모양을 상징했다. 아방궁이 완성되지 않았으므로 완성된 이후에 더 좋은 이름을 택하여 명명하려고 했지만, 결국 아방에 궁전을 지었기 때문에 천하 사람들이 그것을 아방궁이라고 불렀다(乃營作朝宮渭南上林苑中. 先作前殿阿房, 東西五百步, 南北五十丈, 上可以坐萬人,

下可以建五丈旗. 周馳爲閣道, 自殿下直抵南山. 表南山之顚以爲闕. 爲復道, 自阿房渡渭, 屬之咸陽, 以象天極閣道絶漢抵營室也. 阿房宮未成, 成, 欲更擇令名名之. 作宮阿房, 故天下謂之阿房宮.)"는 기록이 있음.

9 **並諸侯**(병제후) : 진시황 36년에 산동 6국의 제후들을 평정하여 소멸시키고 천하를 합병하였다. 가의의 〈과진론(過秦論)〉에 "시황제에 이르러 여섯 선대가 남겨준 공적을 떨쳐 긴 채찍을 휘둘러 천하를 조종하였고, 서주와 동주를 삼키고 제후들을 멸망시켜 황제 자리에 올라서 온 세상을 제압하였으며, 회초리와 매를 잡고 천하를 채찍질하니 위세가 사해를 진동하였습니다(及至始皇, 奮六世之餘烈, 振長策而馭宇內, 呑二周而亡諸侯, 履至尊而制六合, 執敲扑以鞭笞天下, 威振四海.)"라 했음.

10 **殺豪俊**(살호준) : 산동 6국 출신의 영준하고 걸출한 인물들을 죽인 것. 〈과진론〉에 "이에 선왕의 법도를 폐지하고 제자백가의 글을 불태워 백성들을 어리석게 하였으며, 유명한 성곽을 무너뜨리고 호걸과 준재들을 죽였다(於是廢先王之道, 焚百家之言, 以愚黔首, 墮名城, 殺豪俊.)"고 했음.

11 **自謂功高羲皇, 國可萬世**(자위공고희황, 국가만세) : 스스로 세운 공이 복희(伏羲) 황제보다도 높고, 진나라는 만대에 이르도록 이어서 전해질 것이라고 여긴 것. 「羲皇」은 중국 신화가운데 인류의 시조로 여겨지는 상고시대 삼황(三皇)중 하나인 복희씨. 「萬世」에 대하여는 《진시황본기(秦始皇本紀)》26년에 "지금부터는 시호를 추서하는 법을 폐지하겠노라. 짐은 최초로 황제가 되었기에 시황제로 부르고, 후세에는 수를 세어서 2세, 3세부터 만세(萬世)에 이르기까지 길이 전해지도록 하라(自今已來, 除謚法. 朕爲始皇帝. 後世以計數, 二世三世至于萬世, 傳之無窮.)"는 기록이 있다.

12 **登封太山, 風雨暴作. 雖五松受職**(등봉태산, 풍우폭작. 수오송수직) : 《진시황본기》 28년에 "마침내 태산에 올라서 비석을 세우고, 토단을 쌓아서 하늘에 제사 지냈다. 제사를 마치고 산을 내려 오는데 갑자기 비바람이 몰아쳐 나무 아래서 쉬었으니, 이 일로 인해서 그 나무를 오대부로 봉하였다(乃遂上泰山, 立石, 封, 祠祀. 下, 風雨暴至, 休於樹下, 因封其樹爲五大夫.)"고 했으며, 또한 명(明) 진요문(陳耀文)의 《천중기(天中記)》권51에서는 《독이지(獨異志)》를 인용하여 "시황 28년, 태산에 올라 봉선(封禪)하는데 반쯤 지낼 무렵 홀연 큰 비바람과 천둥벼락이 쳤다. 길옆에 소나무 다섯 그루가 있는데, 사방 수백 보까지 그늘로 가리므로 오대부로 봉하였다. 갑자기 소나무 위에서 어떤 사람이 말하기를 「도와 덕도 없고, 인과 예도 없으며 천하의 운수를 망녕되게 만들었으면서 황제는 무슨 염치로 나를 봉하느냐」하니 주위사람들이 모두 들었다. 시황은 즐겁지 않은 채 돌아오다가 사구에서 붕어하였다(始皇二十八年, 登封太山, 至半, 忽大風雨雷電, 路旁有五松樹, 蔭翳數畝, 乃封爲五大夫, 忽聞松上有人言曰, 無道德, 無仁禮, 以天下妄命, 帝何以封. 左右咸聞, 始皇不樂, 乃歸, 崩於沙丘.)"는 기록이 있음

13 **萬象乖度**(만상괴도) : 「萬象」은 우주에 있는 모든 사물이나 형상, 곧 삼라만상을 가리킨다. 「乖度」는 법도에 어긋나는 것.

14 **綺皓不得不遁於南山**(기호부득부둔어남산) : 「綺皓」는 상산사호(商山四皓) 가운데 한 사람인 기리계(綺里季)이지만, 여기서는 머리가 하얀 네 노인 전부를 가리키며, 이들은 진(秦)나라 말에 상산에 은거하였음. 진(晉) 황보밀(皇甫謐)의 《고사전(高士傳)》에 "사호는 모두 하내 지(軹) 땅 출신이었지만 급(汲) 땅에도 있었다. 첫째가 동원공, 둘째가 녹리선생, 세 번째가 기리계, 넷째를 하황공이라 부르는데, 모두 도를 닦으면서 자신을 깨끗이 수양하여 옳은 일이 아

니면 움직이지 않았다. 진시황 때 진나라 정치가 포악해 지는 것을 보고 남전산(藍田山)으로 들어가 은거하면서 노래 부르기를, 「우람하고 높은 산이요, 깊고 구불구불한 골짜기로다. 무성한 자주빛 영지버섯은 배고픔을 달랠만 하지만, 요순시대는 먼 옛날이니 장차 어디로 돌아 갈까나! 사마를 몰고 높은 일산 쓴 고관이라도 근심은 더욱 클 것이니, 부귀하면서도 남을 두려워하며 사는 것은 비록 빈천하지만 내 뜻대로 사는 것만 못하리라」라 하면서, 함께 상락(商雒)으로 들어가 폐산(肺山)에 은거하면서 천하가 안정되기를 기다렸다. 진나라가 패망하자 한 고조가 소문을 듣고 불렀지만, 나오지 않고 종남산으로 더욱 깊이 들어가 숨어 자신들의 뜻을 굽히지 않았다(四皓者, 皆河內軹人也, 或在汲. 一曰東園公, 二曰角里先生, 三曰綺里季, 四曰夏黃公, 皆修道潔己, 非義不動. 秦始皇時, 見秦政虐, 乃退入藍田山, 而作歌曰, 莫莫高山, 深谷逶迤. 曄曄紫芝, 可以療饑. 唐虞世遠, 吾將何歸! 駟馬高蓋, 其憂甚大. 富貴之畏人, 不如貧賤之肆志. 乃共入商雒, 隱地肺山, 以待天下定. 及秦敗, 漢高聞而徵之, 不至. 深自匿終南山, 不能屈己.)"는 기록이 있음. 「南山」은 곧 상산(商山)으로 지금의 섬서성 상락시(商洛市) 동남쪽에 위치한다.

15 **魯連不得不蹈於東海**(노련부득불도어동해) : 「魯連」은 노중련(魯仲連)이며, 의로운 사람으로 진나라를 인정하지 않았다. 《사기 · 노중련추양열전(魯仲連鄒陽列傳)》에서 "저 진(秦)나라는 예의를 버리고 공 세우는 것을 첫째로 치는 나라로서, 권력으로 관리를 부리고 백성들을 포로로 만들었다. 저들은 마음대로 황제가 되어서 허물로 천하에 정사를 펼쳤으니, 나 노중련은 동해를 밟고 죽을지언정 그들의 백성이 될 수는 없다(彼秦者, 棄禮義而上首功之國也, 權使其士, 虜使其民. 彼即肆然而爲帝, 過而爲政於天下, 則連有蹈東海

而死耳, 吾不忍爲之民也.)"고 했으며, 《후한서 · 일민전서(逸民傳序)》에서도 "바다를 밟고 죽는 절개여, 천자조차도 그 뜻을 바꿀 수 없도다(蹈海之節, 千乘莫移其情.)"고 했음.

16 **桃源之避世者, 可謂超升先覺**(도원지피세자, 가위초승선각) : 도연명의 〈도화원기〉에 나오는 진나라의 난리를 피한 사람들은 단계를 뛰어넘은 선지자(선각자)였다고 인정할 수 있음을 말한 것.

17 **指鹿之儔**(지록지주) : 권세에 아부하지 않고 진실을 말하는 정직한 관리들을 말한다. 《사기 · 진시황본기》진(秦)2세 황제 3년에 "조고(趙高)는 반역을 하려는데 여러 신하들이 듣지 않을까 두려웠다. 그래서 먼저 반대하는 사람들을 가려내기 위해 시험삼아 2세(胡亥)에게 사슴을 바치면서 「말입니다」하니, 2세가 웃으면서 「승상이 틀렸습니다. 사슴을 가리켜서 말이라고 하다니요!」하고 신하들에게 묻자, 어떤 자들은 침묵하고 어떤 자들은 말이라고 하여 조고에게 아부하였으며, 어떤 자는 사슴이라고 하였다. 조고는 몰래 사슴이라고 한 신하들을 숙청하니, 이후로 군신들은 모두 조고를 두려워하였다(趙高欲爲亂, 恐群臣不聽. 乃先設驗, 持鹿獻於二世曰, 馬也. 二世笑曰, 丞相誤耶, 指鹿爲馬! 問左右, 左右或默, 或言馬以阿順趙高, 或言鹿. 高陰中諸言鹿者以法, 後群臣皆畏高.)"고 했음. 이하 3구(連頸而同死, 非吾黨之謂乎.)까지는 당시 진실을 말한 무리들은 연속으로 조고에게 목을 베어 살해당하였으니, 바로 우리와 같은 무리들을 말한 것이 아니겠는가? 라는 뜻이다.

11-2

二翁[18]耽老氏之言[19], 繼少卿[20]之作, 文以述大雅[21], 道以通

至精[22]。卷舒[23]天地之心，脫落神仙之境。武陵遺跡[24]，可得而窺焉。

問津利往，水引漁者，花藏仙溪。春風不知從來，落英何許[25]流出！石洞來入，晨光[26]盡開。有良田名池，竹果森列，三十六洞[27]，別爲一天耶？

今扁舟[28]而行，然笑謝[29]人世，阡陌未改，古人依然[30]。白雲何時而歸來，青山一去而誰往[31]？

諸公賦桃源以美[32]之。

두 노인은 노씨(老子)의 말씀을 좋아하고 소경(李陵)의 작품을 계승하였으니, 문장으로는 《대아(大雅)》를 지어 밝힐 만하고 도(道)로는 최고의 정수에 통달하였도다. 천지의 중심을 따라 굽히고 펴면서 속세를 벗어나 신선의 경계로 들어가니, 무릉(武陵)의 남은 자취를 살필 수 있다네.

나루터를 물어 나아가자 물길이 어부를 인도하여 꽃 속에 감춰진 신선 세계에 닿았구나. 봄바람이 온 곳을 알지 못하니 떨어지는 꽃들은 어디로 흘러가나요? 바위 동굴로 들어가자 새벽 햇빛이 온통 펼쳐졌으니, 비옥한 논과 아름다운 연못이 있고 대나무와 과일나무들이 빽빽하게 벌려있어 3십육 동천(洞天)의 별천지를 이루었도다.

지금 작은 배를 타고 가면서 인간 세상과 웃으며 하직하나니, 논두렁길도 바뀌지 않았고 옛사람들도 그대로 있으리라. 백운(白雲)은 언제라도 돌아올 수 있지만, 청산(靑山)으로 한번 가면 누구와 함께 왕래하시려오?

여러 사람이 도원을 읊으면서 찬미하노라.

················

18 **二翁**(이옹) : 17옹과 24옹을 가리킴.

19 **耽老氏之言**(탐노씨지언) : 노자의 학설을 탐닉하는 것. 「耽」은 매우 좋아하는 것. 「老氏之言」는 노자의 《도덕경(道德經)》을 말함. 노자는 춘추시대 사상가이며 도가의 창시자로서 성은 이(李), 이름은 이(耳), 자는 담(聃)이다. 주나라 장서를 관리하는 사관을 지냈으며, 일찍이 공자가 그에게 예에 대하여 물었다. 후에 은퇴하면서 《도덕경》5천언을 지었다. (《史記 · 老子韓非列傳》참조)*

20 **少卿**(소경) : 서한 명장 이광(李廣)의 손자인 이릉(李陵)으로 자가 소경이며, 《문선》권29에 이릉의 작품으로 〈소무에게 드리는 시(與蘇武)〉3수가 있다. 왕기는 「노자의 말씀과 이릉의 작품을 인용한 것은 모두 이씨의 일들을 쓴 것이다」라고 하였음.

21 **述大雅**(술대아) : 「述」은 …… 에 따르다, …… 지어서 밝히는 것. 「大雅」는 시경 풍아송(風雅頌)중 한 구성 부분이다. 이백의 〈고풍 1수〉에서 "대아가 오랫동안 지어지지 않았으니, 나마저 노쇠하면 누가 진술하리요(大雅久不作, 吾衰竟誰陳.)" 라 하였음.

22 **至精**(지정) : 「至」는 지극히, 최고의 뜻이고, 「精」은 정화(精華), 정수의 뜻으로, 고대의 철학가들은 정미(精微)하고 신묘하여 행적이나 존재가 드러나지 않음을 가리킨 것임. 이상 두 구는 이옹이 지은 시문이 고상하고 아정하며, 도술은 최고의 경계에 통달하였음을 말한다.

23 **卷舒**(권서) : 굽혔다 펴는 굴신(屈伸)을 뜻한다. 나아감과 물러남.

---

* 《사기 · 노자한비열전(老子韓非列傳)》에 "老子修道德, 其學以自隱無名爲務. 居周久之, 見周衰, 遂去. 至關, 關令尹喜曰, 子將隱矣, 彊爲我著書. 於是老子迺著書, 言道德之意五千餘言而去, 莫知其所終."라 했음.

《회남자 · 원도훈(原道訓)》에 "펼치면 온 천하를 덮을 수 있고, 말아서 감싸면 한 손아귀에도 들어가지 않는다(舒之幎於六合, 卷之不盈於一握.)"고 하였음.

24 **武陵遺跡**(무릉유적) : 도화원이 무릉에 있다고 전해오기 때문에 「무릉의 유적」이라 하였다. 도잠의 〈도화원기〉첫머리에 "진나라 태원 연간에 무릉사람이 고기잡이로 생계를 삼았다(晉太元中, 武陵人, 捕魚爲業.)"라 하였으며, 이백의 〈당도 현위 조염이 그린 산수벽화의 노래(當塗趙炎少府粉圖山水歌)〉에 "오색으로 그려진 그림이 어찌 귀하겠는가? 진정한 신선이라야 제 몸을 온전히 보존할 수 있다네. 만약 공업을 이루고 난 뒤에 옷을 털고 간다면, 무릉의 복사꽃이 비웃으리라(五色粉圖安足珍, 眞仙可以全吾身. 若待功成拂衣去, 武陵桃花笑殺人.)"고 읊었음.

25 **何許**(하허) : 어느 곳.

26 **晨光**(신광) : 새벽 햇빛. 하안(何晏)의 〈경복전부(景福殿賦)〉에 "새벽 햇볕은 안을 비추고, 새어 나오는 볕은 밖을 밝히네(晨光內照, 流景外煅.)"라 하고, 이선은 주에서 "「신광」은 햇빛이다(晨光, 日光也.)"라 하였음.

27 **三十六洞**(삼십육동) : 도가에서는 신선이 인간세계의 36곳 명산에 거주하는 동부(洞府)를 36동천이라 부른다. 임방(任昉)의 《술이기(述異記)》하에 "인간에 삼십육동천이 있는데, 이름을 알 수 있는 것은 열 곳이다. 나머지 26천은 《구미지》에 나오며 세상에서는 볼 수 없다(人間三十六洞天, 知名者十耳. 餘二十六天, 出九微志, 不行於世也.)"고 하였으며, 참고로 《운급칠첨(雲笈七籤)》권27 〈동천복지(洞天福池)〉편에서는 "36소동천은 여러 명산 가운데에 있는데, 역시 상선이 통치하는 곳이다(三十六小洞天, 在諸名山之中, 亦上仙所統治之處也.)"라는 기록이 있음.

28 **扁舟**(편주) : 작은 배. 《사기 · 화식열전(貨殖列傳)》에 "범려는 회계에서의 치욕을 설욕하고 난 후, …… 작은 배를 타고 강호를 유람하였다(范蠡旣雪會溪之恥, …… 乃乘扁舟, 浮于江湖.)"고 했음.

29 **謝**(사) : 인사하고 헤어지는 것(辭別).

30 **阡陌未改, 古人依然**(천맥미개, 고인의연) : 도연명의 〈도화원기〉에 "밭 위에 난 길들은 교차하여 통하며, 개 짖고 닭 우는 소리를 서로 들을 수 있다네. 그곳에서 왕래하며 농사짓는 남녀들은 의복을 착용하고 있는데, 모두 이방인과 같도다(阡陌交通, 雞犬相聞. 其中往來種作, 男女衣著, 悉如外人.)"는 구절의 의경(意境)을 사용하였다. 「阡陌」은 논밭사이로 난 작은 길.

31 **白雲何時而歸來, 青山一去而誰往**(백운하시이귀래, 청산일거이수왕) : 「白雲」과 「青山」은 자유로운 생활을 형용한 것. 《구당서 · 부혁전(傅奕傳)》에 "부혁은 스스로 지은 묘지명(墓誌銘)에서 「나는 청산과 백운 속에 사는 사람이다. 술에 취해서 죽었으니, 아 슬프구나!」라고 썼는데, 그 여유롭고 통달함이 이와 같았다(因自爲墓誌曰, 傅奕, 青山白雲人也. 因酒醉死, 嗚呼哀哉! 其縱達皆此類.)"는 기록이 있음.

32 **美**(미) : 찬미하다. 여기서는 동사로 쓰였음.

12.
夏日奉陪司馬武公與群賢宴姑熟亭序
여름날 사마무공과 여러 현인들을 모시고 고숙정 연회에서 지은 서문

천보 14년(755) 여름, 사마무공이 당도(當塗)의 고숙정에서 여러 현인들을 초청하여 연회석을 차려놓고 술 마시며 시문을 읊조릴 때, 좌상객으로 초대받은 이백이 지은 서문이다. 「사마무공」은 선주사마(宣州司馬) 무유성(武幼成)이며, 사마는 주군(州郡)의 관리로서 별가(別駕)나 장사(長史) 아래에 있는 직급을 가리킨다.

「고숙정(姑熟亭)」은 원래 당도현 서남쪽*에 위치한 채홍교(彩虹橋) 위에 있었는데, 지금은 다리와 정자 모두 전해지지 않고 있으며, 《강남통지(江南通志)》에 의하면, 정자를 이양빙(李陽冰)이 건립하였다고 하였지만 확실하지 않다. 본 서문에서 언급한 바에 근거하면, 이 정자는 당도현 대리(代理) 현령이었던 설공(薛公)이 세웠으며, 천보 연간에 당도현령인 이명화(李明化)가 증수(增修)했다고 하였다. 천보 14년(755) 여름 선주사마 무유성이 여러 현인들을 정자에 모셔놓고 연회를 베풀면서 이백도 연음(宴飮)에 참석하도록

---

* 지금의 안휘성 당도현(當塗縣) 서가(西街) 하문구(下門口).

초청했다. 처음에는 정자의 이름이 없었는데, 이 자리에서 무유성은 「정자가 고숙의 물길을 타고 있으므로 고숙정이라 명명했다」고 하였다.

이백은 이러한 일들을 기록하면서 이 글을 지었는데, 본문의 내용은 3개 단락으로 나눌 수 있다. 첫 번째 단락에서는 고숙정을 세운 경과와 지리적 위치, 정자의 웅장한 기세와 주변환경, 정자가 가지는 접대와 전별(餞別) 기능 등을 서술하였으며, 두 번째 단락에서는 사마무공이 지닌 소탈한 면모와 정자를 명명(命名)한 정경을 묘사하였다. 세 번째 단락에서는 먼저 대현(大賢)과 소재(小才)는 산수간의 명승에 대한 의론이 다르게 작용을 한다는 것을 언급하고, 이어 사마무공이 탁월한 문장과 대현다운 풍채를 지녔다고 칭찬하면서 연회에 참석한 군현들이 재주를 펼치는 즐거운 의취를 유창하게 서술하였다.

이렇듯 본문에서 이백의 소요자재하고 준일한 정회를 토로하였는데, 전편을 통하여 의태(意態)가 거침없을 뿐만 아니라 문채가 화려하고 아름다우며, 길고 짧은 어구들이 섞여 있어 절주미(節奏美)가 풍부하다.

12-1

通驛公館南有水亭焉[1]。四甍翚飛[2]，巉絶浦嶼[3]。

蓋有前攝令河東薛公[4]，棟而宇之[5]。今宰隴西李公明化[6]開物成務[7]，又橫其梁而閣之[8]。

晝鳴閑琴, 夕酌清月, 蓋爲接輶軒[9], 祖遠客[10]之佳境也。

역로(驛路)로 통하는 공관(公館) 남쪽에 수정(水亭)이 있으니, 네 용마루가 날아오르는 모습은 높고 가파른 섬과 같구나.

전임 현령 하동(河東)사람 설공(薛公)이 용마루를 얹고 처마를 세웠으며, 지금 현령 농서(隴西)사람 이명화(李明化)가 만물을 개통시켜 사업을 성취하고자 그 위에 대들보를 가로 누이고 문설주를 세웠다네.

낮에는 한가로이 거문고를 타고 저녁에는 맑은 달 아래서 술잔을 기울였으니, 이곳은 사신의 수레를 맞이하고 멀리 떠나는 사람들을 전별하는 아름다운 장소가 되었구나.

....

1 **通驛公館南有水亭焉**(통역공관남유수정언) : 「通驛」은 사통팔달(四通八達)의 역로(驛路)로, 교통이 빈번한 큰 길. 「公館」은 원래는 관청에서 지은 관사(館舍)이지만, 여기서는 왕래하는 행인들을 접대하면서 쉬고 묵어가게 하는 여관이 있는 장소임. 「水亭」은 고숙정으로 정자가 물가 근처에 세워졌기 때문에 이렇게 불렀다.

2 **四甍翬飛**(사맹휘비) : 「甍」은 용마루(棟梁)로, 《석명(釋名) · 석궁실(釋宮室)》에 "집의 등마루를 「맹」이라 부르는데, 맹은 덮어씌우는 것으로 가옥의 위를 덮는 것(屋脊曰甍, 甍, 蒙也, 在上覆蒙屋也.)"이라 했으며, 「四甍」은 정자에 네 개의 등성마루가 있기때문에 사맹이라 했음. 「翬飛」는 《시경 · 소아 · 사간(斯干)》에 "새가 날개를 편 것 같으며, 꿩이 나는 것 같네(如鳥斯革, 如翬斯飛.)"라 했는데, 공영달은 소에서 "사혁, 사비는 처마(첨아)의 기세가 새가 나는 것 같음을 말한 것이다(斯革, 斯飛, 簷阿之勢似鳥飛也.)"라 했음. 첨영은 이러

한 종류의 처마는 새가 날아 올라가는 건축양식으로, 속칭 「비첨(飛檐)」이라고 하였다. 여기서는 물가 정자의 높고 장려한 모습을 형용한 것이다.

3 **巉絶浦嶼**(참절포서) : 「巉絶」은 매우 높고 가파른 것. 「浦嶼」는 물가의 흙과 모래가 쌓여서 만들어진 조그만 섬같이 높은 곳.

4 **前攝令河東薛公**(전섭령하동설공) : 「前攝令」은 전임 대리 현령. 「河東薛公」은 하동 출신인 설씨 성을 가진 관원이지만, 이름은 밝혀지지 않고 있음.

5 **棟而宇之**(동이우지) : 「棟」은 집의 대들보, 「宇」는 처마. 모두 동사로 쓰였으며, 대들보를 얹고 처마를 세운다는 뜻.

6 **今宰隴西李公明化**(금재농서이공명화) : 현재 현령인 농서출신 이명화(李明化). 건륭(乾隆) 15년(1750)에 발간된 《당도현지(當塗縣誌)》에 의하면, 이명화는 농서(지금의 감숙성 일대)사람으로 천보연간에 당도현령을 지냈으며, 이름이 「유칙(有則)」혹은 「명화」라고 하였다. 《이백집교주》에서는 "《이백전집》권21에 나오는 〈숙부 당도현령을 모시고 화성사 승공의 청풍정에서 노닐다(陪族叔當塗宰遊化城寺升公淸風亭)〉란 시 가운데의 「당도현령(當塗宰)」과 권29의 〈화성사 대종의 명문(化城寺大鐘銘)〉가운데의 「이유칙(李有則)」이 바로 이명화다"라고 하였음.

7 **開物成務**(개물성무) : 만물의 이치를 모두 통달하고, 규칙에 따라 사물을 잘 처리하여 성취를 얻는 것. 천하의 사업을 성취시켜 그 도가 온 천하를 뒤덮고도 남는다는 뜻. 《주역 · 계사(繫辭)상》에 "대저 역은 무엇을 말하려는 것인가? 역은 개물성무하고 천하의 도를 창성한다. 이와 같을 뿐이다(夫易, 開物成務, 冒天下之道, 如斯而已者也.)"라 하고, 공영달은 소에서 "역에서는 만물의 뜻을 열어 천하의 사무(事務)를 성취시키는 것을 말한다(言易能開通萬物之志,

成就天下之務.)"고 했음.

8 閣之(각지) : 「閣」은 「집을 건축하다」는 뜻으로 동사로 쓰였다. 이 구에서는 집의 대들보를 잘 얹어 정자의 건축을 완성시키는 것을 말함.

9 接輶軒(접유헌) : 접대하는 사신이 타는 가벼운 수레. 좌사(左思)의 〈오도부(吳都賦)〉에 "유헌들이 어지럽게 다니네(輶軒蓼擾.)"라 하였고, 이주한(李周翰)은 주에서 "「유헌」은 가벼운 수레(輶軒, 輕車也.)"라고 했다.

10 祖遠客(조원객) : 멀리 떠나는 사람에게 돈을 주면서 송별하는 것. 「祖」는 원래 출행하기 전에 노신(路神)에게 제사 지내는 일종의 제사 이름인데, 후에는 노자(路資)를 주면서 송별하는 뜻으로 쓰였음. 이 두 구는 대개 이곳이 접대하는 사신과 먼 길을 떠나는 나그네를 전송하는 가장 아름다운 지방임을 말한 것이다.

12-2

製置[11]既久, 莫知何名。

司馬武公, 長材博古[12], 獨映方外[13]。因據胡牀[14], 岸幘嘯詠[15], 而謂前長史李公[16]及諸公曰, 此亭跨姑熟之水[17], 可稱爲姑熟亭焉。嘉名勝概[18], 自我作也。

정자가 건축된 지 오래되었지만 이름을 알 수 없었다네.

사마무공은 뛰어난 재주로 옛날 일에 정통하여 홀로 세속 밖을 비추고 있구나. 호상(胡牀)에 기대어 두건을 쓴 채 노래 부르면서, 전 장사 이소공(李昭公)을 비롯한 여러 공에게 말하기를, 「이 정자는 고숙 강물 위에 있어 고숙정(姑熟亭)이라 부를만하나니, 아름다운 이름은 경치와 맞도록 내가 직접 지은 것이다」고 하였도다.

....

11 **制置**(제치) : 건조하거나 설치하는 것.

12 **長材博古**(장재박고) : 재주가 뛰어나서 고대의 일을 환하게 아는 것. 「長材」에 대하여 《진서 · 유민전(劉珉傳)》에 "당시 월주의 관청(越府)*에 삼재가 있었는데, 반도는 대재이고, 유여는 장재며, 배막은 청재다(時稱越府有三才, 潘滔大才, 劉輿長才, 裴邈淸才.)"고 하였으며, 「博古」에 대하여는 장형(張衡)의 〈서경부(西京賦)〉에 "빙허공자(憑虛公子)라는 사람은 마음이 오만하고 행실이 결백하지 못하였지만, 고상한 것을 좋아하고 박고(옛일에 통달)하였으므로 옛날 역사를 배워서 이전 시대의 일들을 많이 알았노라(有憑虛公子者, 心奓體汰, 雅好博古, 學乎舊史氏, 是以多識前代之載.)"고 했다.

13 **方外**(방외) : 세속을 벗어난 곳, 세외(世外). 《장자 · 대종사(大宗師)》에 "공자가 말하기를 「저들은 예법의 범주 밖에서 노니는 사람들이고, 나는 예법의 테두리 안에서 살아가는 사람이다」(孔子曰, 彼遊於方之外, 而丘遊於方之內者也.)"라 했음.

14 **據胡牀**(거호상) : 「據」는 기대다, 의탁하는 것. 《장자 · 덕충부(德充符)》에 "나무에 기대어 신음 소리를 내고, 마른 오동나무로 만든 안석(案席)에 기대어 졸고 있네(依樹而吟, 據槁梧而瞑.)"라 했다. 「胡牀」은 일종의 접이식 간이 의자로, 호 땅에서 들어왔기 때문에 이렇게 불렀으며, 교의(交椅), 교상(交牀)이라고도 부른다. 송(宋) 정대창(程大昌)의 《연번로(演繁露) · 교상(交牀)》에 "지금의 교상

---

* 월부(越府)는 월주(越州)를 가리키며, 치소(治所; 다스리는 관청이 있는 곳)는 회계(會稽; 지금의 절강성 소흥시)이다.

은 본래 오랑캐에서 전래되었는데, 처음에는 호상이라 불렀다. 환이(桓伊)가 말에서 내려 피리를 세 차례 연주하면서 걸터앉은 것이 호상이다. 수나라 고조는 호(胡; 오랑캐)를 싫어하였으므로 기물에 호자가 붙은 것은 모두 교상(交牀)이라 바꾸었으며, 당 목종(穆宗) 때 다시 승상(繩牀)이라 불렀다(今之交牀, 本自虏來, 始名胡牀, 桓伊下馬据胡牀取笛三弄是也. 隋高祖意在忌胡, 器物涉胡言者, 咸令改之, 乃改交牀, 唐穆宗時又名繩牀.)"는 기록이 있음.

15 **岸幘嘯詠**(안책소영) : 「岸幘」은 밀어 세울 수 있는 작은 두건으로 앞이마를 드러내어 무엇에도 구애받지 않고 간결하고 솔직한 태도를 표시한다. 《세설신어 · 간오편(簡傲篇)》에 "환선무(桓宣武)는 …… 사혁(謝奕)을 불러들여 사마로 삼았다. 사혁이 올라오자 포의지교(布衣之交)를 맺었는데, 환온의 책상에 앉아 「안적」을 쓴 채 읊조리는 것이 평상시와 같았으므로, 환선무는 늘 「나의 세속 밖에 있는 사마로다」하였다(桓宣武 …… 引謝奕爲司馬. 奕既上, 猶推布衣交, 在溫座席, 岸幘嘯詠, 無異常日, 桓宣武每曰, 我方外司馬.)"고 했음. 「嘯歌」은 소리를 길게 뽑아 시가를 읊조리는 것.

16 **前長史李公**(전장사이공) : 천보 8년(749) 선주사마(宣州長史)에 임용된 이소(李昭)를 가리킴. 이백이 이 서문을 지었을 때 이소는 이미 사임했기 때문에 「전장사」라 했다. 「장사」는 당대 주의 자사(刺史)아래 둔 5품관리.

17 **姑熟之水**(고숙지수) : 곧 고숙계(姑熟溪)로, 고숙하(姑熟河) 혹은 고포(姑浦)라고도 부르며, 단양호(丹陽湖)에서 발원하여 고숙성* 남쪽을 지나서 서쪽의 장강으로 흘러 들어간다.

18 **勝概**(승개) : 경치가 아름다운 장소. 아름다운 풍경.

---

* 지금의 안휘성 당도현성.

12-3

且夫曹官[19]紱冕[20]者, 大賢處之[21], 若遊青山·臥白雲, 逍遙[22]偃傲[23], 何適不可[24]。小才居之[25], 窘而自拘[26], 悄若桎梏[27], 則清風朗月, 河英嶽秀[28], 皆爲棄物[29], 安得稱焉[30]。

所以司馬南鄰[31], 當文章之旗鼓[32], 翰林客卿[33], 揮辭鋒以戰勝[34]。名教樂地[35], 無非得俊[36]之場也。千載一時, 言詩紀志[37]。

무릇 군현(郡縣)의 대소 관리들 가운데, 큰 현인들은 청산에서 노닐고 흰 구름에 누워 마음대로 유유자적하면서 어디에서나 잘 지낼 수 있도다. 그러나 재주가 적은 관리는 궁색하게 자신을 속박하고 질곡 속에서 근심하느라 청풍명월(淸風明月)과 빼어난 강산들을 모두 포기하였으니, 어떻게 잘 어울린다고 할 수 있으리오!

그래서 사마 무유성은 남면(南面)으로 나를 가까이 앉혀 문장의 우두머리로 삼고, 한림(翰林)의 여러 손님과 날카로운 언사를 발휘하는 싸움에서 이기도록 하였다네. 명분(名分)을 가르치는 낙원(樂園)에는 준재들을 얻는 장소가 아닌 곳이 없으니, 천년에 한번 있을 기회에 시를 지어 뜻을 기록하노라.

....

19 **且夫**(차부) : 발어사로, 구절의 머리에 사용하여 한층 더 나아감을 표시하였음.

20 **曹官紱冕**(조관불면) : 대소 관리들을 가리킴. 「曹官」은 직분을 나누어 일을 처리하는 군현에 속한 관리. 「紱冕」은 원래는 관인(官印)과 관모(官帽)를 매는 인끈으로 고대의 예복이었지만, 후대에는 고위 관리를 대신 가리켰음. 《문선》권1 반고(班固)의 〈서도부(西都賦)〉에 "영준한 인물이 있는 지역은 인끈 차고 면류관 쓴 관리들이 나오

는 곳이라네(英俊之域, 紱冕所興.)”라 하였는데, 이선은 주에서 “《창힐편》에서 「紱」은 인끈(綬)이라고 하였으며, 《설문해자》에서는 「冕」은 대부(大夫)이상이 쓰는 관(冠)이다”라고 하였음.

21 **大賢處之**(대현처지) : 「大賢」은 덕과 재주가 함께 뛰어난 인재. 「處」는 거주하는 것이며, 「之」는 앞 구절의 「嘉名勝概(아름다운 장소)」를 대신 가리킴.

22 **逍遥**(소요) : 여유가 있고 스스로 만족한 상태.

23 **偃傲**(언오) : 거만하게 고개를 들고 누워있는 것.

24 **何適不可**(하적불가) : 「가능하지 않은 일들이 어디에 있겠는가?」라는 뜻.

25 **小才居之**(소재거지) : 재주가 적은 사람들은 군현 관리의 위치에 있는 것.

26 **窘而自拘**(군이자구) : 궁색하고 구속된 상태를 이름. 「窘」은 궁색하다, 처지가 곤란한 것. 「自拘」는 자기가 자기를 속박하는 것.

27 **悄若桎梏**(초약질곡) : 「悄」는 완전히 시름에 겨운 상태. 「桎梏」은 형벌하는 도구로 족쇄와 수갑. 쇠고랑을 찬 듯 시름에 겹다는 말.

28 **河英岳秀**(하영악수) : 「하악영수(河岳英秀)」와 같은 말로, 강이 맑고 산이 빼어난 것.

29 **皆爲棄物**(개위기물) : 모두 포기한 물건이 되었다는 말. 《노자 · 도덕경》27장에 “성인은 항상 사람을 잘 얻으므로 누구라도 버리지 않으며, 항상 사물을 잘 얻으므로 어떤 물건이라도 버리지 않는다(聖人常善救人, 故無棄人. 常善救物, 故無棄物.)”라 했음.

30 **安得稱焉**(안득칭언) : 「어떻게 도라고 부를 만한 가치가 있겠는가?」라는 뜻. 「安得」은 어떻게 할 수 있으랴? 「稱」은 잘 어울리는 것, 제격인 것.

31 **司馬南鄰**(사마남린) : 「司馬」는 선주사마 무유성이며, 「南鄰」은 연

회석에서 남면을 향하여 앉는 것으로, 사마무공과 가까운 남면의 자리에 이백을 앉히는 것을 가리킨다.

32 旗鼓(기고) : 본래는 고대의 군중에서 지휘하며 호령하는 도구인데, 여기서는 수령인 장수(將帥)를 비유하여 가리켰음.

33 翰林客卿(한림객경) : 좌석사이에 앉아서 시부를 짓는 사람으로, 제목 가운데에서 언급한 「群賢」들임. 왕기는 「翰林」은 이백 스스로를 가리키는데, 이때 손님으로 있었으므로 「客卿」이라 불렀다고 하였다. 양웅(揚雄)은 〈장양부(長楊賦)〉서문에서 "붓과 먹을 의지하여 문장을 이루므로 한림을 빌려 주인으로 삼고, 자묵을 객경으로 삼아 풍자하였다(聊因筆墨之成文章, 故借翰林以爲主人, 子墨爲客卿以諷.)"라 하고, 이선은 주에서 "「한림」은 글을 잘 짓는 사람들이 숲처럼 많은 것이다(翰林, 文翰之多若林也.)"라 했음.

34 揮辭鋒以戰勝(휘사봉이전승) : 「辭鋒」은 귀신같이 뛰어나고 기세가 예리한 언사. 《송서 · 원숙전(袁淑傳)》에 "붓끝을 모두 사용하여 언사의 예리함을 펼쳤네(罄筆端之用, 展辭鋒之銳.)"라 했음. 「戰勝」은 다투어 우열을 가려서 이기는 것. 여기서는 군현들이 각자 읊는 시로 경쟁하여 승부를 결정하는 것을 가리킨다.

35 名教樂地(명교낙지) : 「名教」는 인륜의 명분을 밝히는 가르침으로, 유교의 예악(禮樂)을 중심으로 한 질서를 형성한 것. 《진서 · 악광열전(樂廣列傳)》에 "이때 왕징(王澄)과 호무보(胡毋輔) 등 무리들은 모두 거리낌 없는 행동을 하였는데, 어떤 이는 벌거벗은 몸으로 있었다. 악광이 듣고 웃으면서 「명교가운데 즐거운 곳이 있다는데, 어째서 너희들이 하는 것이냐?」고 했다(是時王澄 · 胡毋輔之等, 皆亦任放爲達, 或至裸體者. 廣聞而笑曰, 名教中自有樂地, 何必乃爾.)"는 기록이 있음.

36 得俊(득준) : 「俊」은 재주와 지혜가 출중한 자로, 넓게 인재를 가리

킨다. 《진서 · 육기전(陸機傳)》에 "태강 말년에 아우 육운(陸雲)과 함께 낙양에 들어가 태상 장화(張華)를 만났다. 장화는 평소에 그의 명성을 귀중하게 여겨 오랜 친구처럼 지내면서, 「오나라를 쳐서 이긴 공적보다 두 준재를 얻은 것이 더 낫구나」라고 말했다(至太康末, 與弟雲俱入洛. 造太常張華. 華素重其名, 與舊相識, 曰伐吳之役, 利獲二俊.)"는 기록이 있음.

37 **千載一時, 言詩紀志**(천재일시, 언시기지) : 「千載一時」는 천년동안 만나기 힘든 한차례의 기회. 《진서 · 모용운재기(慕容雲載記)》에 "육기와 육운은 초청하기 어려운데, 천재일우의 기회에서 공께서는 어찌 사양하십니까(機運難邀, 千載一時, 公焉得辭也.)"라 했다. 이 두 구의 뜻은 오늘의 고아한 집회는 여러 사람들의 시재(詩才)를 나타낼 수 있는 좋은 기회임을 말한 것임.

13.
江夏送林公上人遊衡嶽序

강하에서 형산으로 유람가는 임공 스님을 보내며 지은 서문

개원 22년(734), 강하(江夏; 지금의 호북성 武昌市)의 강변에서 형악(衡嶽)으로 선유(禪遊) 차 떠나는 임상인을 위해 전별연을 차려놓고 여러 사람과 함께 시로 수답하는 과정에서 지은 서문이다.

「임상인(林上人)」은 성이 임씨인 승려이다. 「상인(上人)」은 불교에서 재지와 도덕을 겸비하여 여러 스님의 스승이 될 만한 자격을 갖춘 고승을 가리키는데, 남조 송(宋) 이후에는 승려의 존칭으로 많이 사용되었다. 임상인은 강하 지방의 호족 출신 유지(有志)였으나 후에 삭발하고 승려가 되었다.

「형악」은 형산(衡山)으로, 수나라 문제(文帝) 때 오악 가운데 하나인 남악(南嶽)으로 정해져서 형악이라고 불렀다. 형산의 위치는 지금의 호남성 형산현 서쪽(형악시 남악구)에 있다.

이 서문은 임상인의 됨됨이와 형악을 유람하는 것을 제재로 삼았는데, 4개 단락으로 구분할 수 있다. 첫 번째 단락에서는 임상인에 대하여 강하(江夏) 선산의 정기를 받고 태어난 인물, 명문가 출신의 가세(家世)와 뛰어난 인품, 정통한 불교 율의(律儀)와 소탈한 문장

등을 지닌 사람임을 묘사하였으며, 두 번째 단락에서는 상강(湘江)을 건너 형악으로 유람 가는 동기와 역정(歷程), 불도(佛道)를 닦기 위해 고향으로 돌아가지 않겠다는 결심을 표명하였다. 세 번째 단락에서는 임상인의 고상한 절조(節操)와 불도를 지향하는 탈속한 포부가 천태산의 지의(智顗)선사나 여산의 혜원(慧遠)선사처럼 뛰어나서 사람들에게 숭앙받는다고 칭송하였으며, 네 번째 단락에서는 단풍든 저녁나절 먼 길 떠나는 임상인을 강변에서 여러 사람과 함께 시를 지어 전별하는 정경을 묘사하였다.

여기서 한편으로는 문장에서 임공에 대하여 찬탄하면서도 독선기신(獨善其身)하려는 소극적인 면을 몰래 지적하기도 했다.

13-1

江南之仙山, 黃鶴[1]之爽氣[2], 偶得英粹[3], 後生俊人[4]。林公世爲豪家[5], 此土之秀。

落髮[6]歸道, 專精律儀[7]。白月在天, 朗然獨出[8]。既灑落[9]於彩翰[10], 亦諷誦於金口[11]。

강남지방 선산인 황학산(黃鶴山)의 상쾌한 기운을 품은 정수를 우연히 얻은 후 준걸이 탄생하였으니, 임공(林公)은 대를 이은 호협한 가문 출신으로서 이 지역의 빼어난 인물이로다.

머리 깎고 불도에 귀의하여 오로지 계율과 예법에 전념하였으니, 하늘에 뜬 둥근달처럼 홀로 환하게 솟았구나. 뛰어난 문장은 이미 소탈하고 표일한데도, 부처님 같은 언변으로 불경(佛經)을 읊조리며 암송하고 있다네.

....

1 **黃鶴**(황학) : 황학산. 곧 지금의 호북성 무한시(武漢市) 무창에 있는 사산(蛇山)임. 《방여승람(方輿勝覽)》권28에 "황학산은 일명 황곡산(黃鵠山)으로 강하현 동쪽 9리에 있으며, 현 서북쪽 2리에는 황학기(黃鶴磯)가 있다(黃鶴山, 一名黃鵠山, 在江夏縣東九里, 去縣西北二里有黃鶴磯.)"고 하였음. 전설에 의하면 신선인 자안(子安)이 황학을 타고 이곳을 지나갔으므로 황학산이라 부르고, 산위에 있는 누각을 황학루라 부른다. 앞 구의 「江南之仙山」은 신선이 황학을 타고 이곳을 지나간 전설 때문에 이렇게 불렀다.

2 **爽氣**(상기) : 맑고 시원한 정취. 뚜렷하고 탁 트인 자연 광경. 《세설신어 · 간오(簡傲)》에 "왕자유(王子猷)는 거기장군 환충(桓沖)의 참군이 되었다. 환충이 왕자유에게 「그대는 부중에 있은 지 오래되었으니, 근래에 상당히 많은 업무를 처리했겠네」 하니, 처음에는 대답하지 않다가 바로 머리를 들고 쳐다보며, 수판으로 얼굴을 받치면서 말했다. 「서산에서 아침에 맑고 상쾌한 기운(爽氣)을 보내왔습니다」(王子猷作桓車騎參軍. 桓謂王曰, 卿在府久, 比當相料理. 初不答, 直高視, 以手版拄頰云, 西山朝來致有爽氣.)"는 기록이 있음.

3 **英粹**(영수) : 「英粹」는 영령(英靈)하고 정수(精粹)한 기운. 안연지(晏延之)의 〈송무제시의(宋武帝謚議)〉에 "「영수」한 행동, 바른 성품은 하늘에서 나왔다네(英粹之照, 正性自天.)"라 했다.

4 **俊人**(준인) : 준걸(俊傑)로, 재주와 지혜가 출중한 사람. 이 두 구는 선산이 우연히 영수한 기운을 얻은 연후에 준걸이 탄생한 것을 말함.

5 **豪家**(호가) : 돈과 세력이 있는 집안. 《사기 · 여불위열전(呂不韋列傳)》에 "조(趙)나라에서 자초(子楚)의 처자를 살해하려 하자, 자초의 부인은 조나라 호가(권세가)의 딸인지라 숨을 수 있었으므로 모자가 마침내 살아날 수 있었다(趙欲殺子楚妻子, 子楚夫人趙豪家女也, 得匿, 以故母子竟得活.)"라는 기록이 있음.

6 **落髮**(낙발) : 머리를 깎고 중이 되는 것.

7 **專精律儀**(전정율의) : 전심전력으로 불교의 율의를 깊이 연구하여 정통(精通)해진다는 뜻. 「律儀」는 불가의 계율과 의칙(儀則). 《송서 · 이만전(夷蠻傳) · 가라단국(呵羅單國)》에 "계율과 의칙이 청정하고 자비로운 마음이 깊고 넓다(律儀淸淨, 慈心深廣.)"라 하고, 《대승의장(大乘義章)》권10에서는 "율의라는 것은 악(惡)을 조절하는 방법으로, 이름을 율(律)이라 말하는데, 행동을 계율에 의지하므로 율의라고도 부른다. 또한 안으로는 균형을 회복하여 율이 되고, 밖으로 나타나면 법칙이 되며, 눈으로 보면 예의가 된다(言律儀者, 制惡之法, 說名爲律. 行依律戒, 故號律儀. 又復內調亦爲律, 外應眞則, 目之爲儀.)"는 기록이 있음.

8 **白月在天, 朗然獨出**(백월재천, 낭연독출) : 임 상공의 풍채가 하늘에 뜬 맑고 깨끗한 달처럼 밝게 솟아오르는 것에 비유. 「白月」은 밝게 빛나는 둥근달인 만월(滿月)인데, 인도의 역법에서 월초인 1일부터 15일까지를 백분(白分) 혹은 「백월」이라 부르며, 15일 이후에서 월말까지는 흑월(黑月)이라 부른다. 《숙요경(宿曜經)》에 "한 달은 흑백 두개로 구분하는데, 1일부터 15일까지는 백월분이다(凡月有黑白兩分, 從一日至十五日爲白月分.)"라는 기록이 있음. 왕기는 여기에 나오는 백월은 만월(滿月)을 말한 것이라고 하였다. 「朗然」은 밝고 환한 모습.

9 **灑落**(쇄락) : 소탈하고 표일(飄逸)한 것. 상쾌하고 시원한 것.

10 彩翰(채한) : 채색하는 데 쓰는 붓인 채필(彩筆)로, 광채나는 문장을 말함.

11 金口(금구) : 여래(如來)의 입. 불교에서는 부처의 구설(口舌)이 다이아몬드(金剛)같이 견고하여 깨지지 않으므로 금구라고 불렀음. 《화엄경》에 "하물며 여래부처의 금구로 설명하는 것임에랴(何況如來金口所說.)"라 했다. 이 두 구는 임공이 이미 시문에 뛰어나고 불경에 조예가 깊은 것을 찬미한 말임.

13-2

閑雲無心[12], 與化偕往[13]。欲將振五樓之金策[14], 浮三湘[15]之碧波。乘杯溯流[16], 考室名嶽[17], 瞰憩冥壑[18], 淩臨諸天[19]。登祝融之峰巒[20], 望長沙[21]之煙火[22]。

遙謝舊國, 誓遺歸蹤[23]。百千開士[24], 稀有此者。

한가로운 구름처럼 무심히 대자연과 함께 가는데, 다섯 겹 지팡이를 떨치면서 상강(湘江)의 푸른 파도위로 떠가는구나. 잔같이 작은 배를 타고 거슬러 흐르며 형악의 석실(石室)을 찾아가나니, 깊은 계곡을 내려다보면서 휴식을 취하다가 제천(諸天)세계에 닿았도다. 축융(祝融)이 머물던 산봉우리로 올라가 장사(長沙)의 연기 나는 인가를 바라보노라.

고향을 멀리 떠나 불교에 귀의하여 돌아가지 않기로 맹세하였으니, 백천 명의 고승 가운데 이와 같은 스님은 드물다네.

....

12 閑雲無心(한운무심) : 임상인이 자유롭게 왕래하는 것을 무심히 한가로운 구름과 같음을 비유한 것. 이백이 740년에 지은 〈산으로 돌아가는 한준, 배정, 공소부*를 보내며(送韓準裴政孔巢父還山)〉란 시에 "때때로 흥이 일어나기도 하고 이따금 구름처럼 무심하기도 하다네(時時或乘興, 往往雲無心.)"라 읊었다.

13 與化偕往(여화해왕) : 천지와 조화되어 함께 돌아가는 것. 「化」는 조화(造化)로 대자연의 이치에 따라 만들어진 삼라만상. 《소문(素問) · 오상정대론(五常政大論)》에 "조화는 대신할 수 없다(化不可代.)"고 했으며, 또한 《회남자 · 원도훈(原道訓)》에 "구름을 타고 하늘에 올라서 조화와 함께 한다(乘雲陵霄, 與造化者俱.)"라 하고, 고유는 주에서 "「조화」는 천지인데, 일명 도라고 한다(造化, 天地. 一曰, 道也.)"라 했음.

14 金策(금책) : 승려가 짚고 다니는 지팡이로 석장(錫杖)이라고도 한다. 보살이 불도를 닦을 때, 길을 가면서 독사나 독충 따위를 쫓을 때, 걸식하면서 소리를 내어 그 뜻을 말할 때, 노인을 부축할 때에도 사용한다. 지팡이의 아랫부분은 상아나 뿔로 만들었고 가운데 부분은 나무로 만들었으며, 윗부분은 탑 모양인데 큰 고리를 끼웠고 그 고리에 여러 개의 작은 고리를 달아 소리 나게 하였음. 불교에서 법기(法器)로 쓴다. 이백이 천보 13년(754)경에 지은 〈산속 스님과 헤어지며(別山僧)〉에 "날이 밝자 나와 헤어져 산으로 오르는데, 손에는 「금책」을 잡은 채 구름사다리 밟고 간다네. 몸 돌려 깨달으니 삼천 세계가 가깝고, 다리 올려놓고 돌아보니 많은 봉우리가 아래에

---

* 이들은 산동성에 있는 조래산(徂徠山)에서 이백과 함께 은거하던 죽계육일(竹溪六逸)의 구성원들이다.

있구나(平明別我上山去, 手攜金策踏雲梯. 騰身轉覺三天近, 擧足回看萬嶺低.)"라 읊었음.

15 三湘(삼상) : 지금의 호남성 경내에 있는 상강(湘江)의 세 지류인 소상(瀟湘), 원상(沅湘), 자상(資湘)을 말함.

16 乘杯溯流(승배소류) : 승려가 배를 타고 출행하는 것. 「乘杯」는 진송(晉宋)시대 승려인 배도(杯渡) 화상이 나무로 만든 잔을 타고 물을 건넌 것을 가리키는데, 《태평광기》권90에 "배도는 성명을 알 수 없으나 항상 목배(나무잔)를 타고 물을 건넜으므로 이러한 이름으로 불렸다. 처음 기주에 있을 때 자질구레한 수행은 닦지 않았지만, 신통력이 탁월하여 세상에서는 그 연유를 헤아리기 어려웠다(杯渡者, 不知姓名, 常乘木杯渡水, 因而爲號. 初在冀州, 不修細行, 神力卓越, 世莫測其由.)"는 기록이 있음. 「溯流」는 임상인이 배를 타고 강하에서 형산으로 갈 때는 항상 배를 타고 장강에 이르러 동정호와 상강으로 거슬러 올라갔음을 말한 것.

17 考室名嶽(고실명악) : 명산 아래에 있는 일정한 규모의 토지에 건물을 세우는 것, 또는 명악인 형산(衡山)에서 석실(石室)을 찾는 것을 말한다. 《초학기(初學記)》권5에 "형산의 한 봉우리를 석균(石囷)이라 하는데, 아래에 석실이 있으며 그 속에서는 항상 글을 읽고 시를 읊는 소리가 들렸다(衡山一峯名石囷, 下有石室, 中常聞諷誦聲.)"는 기록이 있음.

18 瞰憩冥壑(감게명학) : 「冥壑」은 깊은 산골짜기로, 유곡(幽谷)에서 내려다보며 휴식을 취하는 것.

19 凌臨諸天(능임제천) : 여기서는 산봉우리에서 올라가 바로 하늘에 닿는 것으로, 이른바 불교의 제천에 이르는 것을 말함. 「諸天」은 불교 용어로 법을 수호하는 여러 천신. 불경에서는 욕계에 6천, 색계에 4선 18천, 무색계에는 네 곳에 4천이 있으며, 기타 일천(日天),

월천(月天), 위태천(韋馱天)* 등 여러 천신을 합해 모두 32천이 있는데, 제4왕천에서 비유상비무상천에 이르기까지를 모두 제천이라 부른다.

20 **祝融之峰巒**(축융지봉만) : 「祝融」은 제곡(帝嚳; 고신씨) 시대에 불을 잘 다루었기 때문에 화정(火正)이란 관직에 임명되었는데, 훗날 화신(火神)으로 받들어졌다. 여기서는 형산에 있는 축융봉을 가리킴. 청 이원도(李元度)의 《남악지(南嶽志)》권5에 "축융봉은 높이가 9천7백3십장이다. 《명승지(名勝志)》에서는 축융봉이 72봉 가운데 가장 높은 봉우리라고 했다. 기록에 의하면 화덕에 응하여 이궁의 위치에 있는데, 축융군이 노닐며 휴식하던 장소라고 하였다(祝融峰, 高九千七百三十丈. 名勝志, 祝融峰乃七十二峰最高者. 記云, 位置離宮以應火德, 乃祝融君遊息之所.)"라 했으며, 또 같은 책 권6에 "축융전은 축융봉 정상에 있는데, 옛날 축융군을 제사지냈다(祝融殿, 在祝融峰頂, 祀古祝融君.)"는 기록이 있음.

21 **長沙**(장사) : 고대의 군청이 있던 곳. 지금의 호남성 장사시.

22 **煙火**(연화) : 사람이 사는 집에서 불때서 나는 연기라는 뜻으로, 사람이 사는 기척이 있는 곳, 또는 인가를 이르는 말.

23 **遙謝舊國, 誓遺歸蹤**(요사구국, 서유귀종) : 「舊國」은 고향. 멀리 고향을 떠나와서 다시는 돌아가지 않을 것을 다짐하는 말.

24 **開士**(개사) : 불도(佛道)를 열어 중생을 인도하는 사부라는 뜻으로, 「보살(菩薩)」 또는 「고승(高僧)」을 달리 이르는 말. 자신의 깨달음을 열 뿐만 아니라 또 타인들의 신심을 열어 주므로 「開士」라 불렀

---

* 위타천은 違陀天, 違駄天, 韋馱天이라고 쓴다. 위타(違陀)는 산스크리트어 skanda의 잘못된 음사. 증장천왕(增長天王)이 거느리고 있다는 신(神). 힌두교의 군신(軍神) 스칸다(skanda)가 불교에 채용된 것임.(〈시공불교사전〉참조)

는데, 여기서는 승려의 경칭임. 《석씨요람(釋氏要覽)》권상에 "전진 왕 부견(符堅)은 불문에서 덕이 있는 자에게 「개사」라는 호를 하사했다(前秦符堅賜沙門有德解者號開士.)"는 기록이 있음.

13-3

余所以歎其峻節[25], 揚其淸波[26]。龍象[27]先輩, 迴眸拭視。比夫汨泥沙[28]者, 相去如牛之一毛[29]。

昔智者[30]安禪於台山[31], 遠公[32]托志於廬嶽[33], 高標[34]勝槪[35], 斯亦嚮慕[36]哉!

나는 그의 고상한 절조에 탄복하였으므로 파도같이 맑은 성품을 드날리고자 하였노라. 용과 코끼리 같은 선배 고승들에 대하여 눈동자를 돌려 자세히 살펴보니, 저 진흙과 모래처럼 세태를 선도하는 자들과 비교해도 겨우 소털 하나만큼 차이 날 뿐이로다.

옛날 지의(智顗)선사는 천태산(天台山)에서 편안히 참선하였으며, 혜원(慧遠)선사는 여산(廬山)에서 뜻을 펼쳤으니, 고결한 품행이 훌륭한 이들처럼 임공 또한 공경 받을 것이라네.

....

25 峻節(준절) : 고상한 절개와 지조. 《문선》권58 송 안연지(顏延之)의 〈도징사뢰 병서(陶徵士誄并序)〉에 "소보(巢父)와 백성자고(伯成子高)의 고상한 행동과 백이(伯夷) 숙제(叔齊)와 상산사호(商山四皓)의 「준절」은 요와 우임금을 부모와 어른으로 여기고 주와 한나라를 경미하게 여겼는데, 이러한 빛나는 영혼이 점점 멀어져 이어지지

못했다네(若乃巢 · 高之抗行, 夷 · 皓之峻節, 故父老堯禹, 錙銖周漢, 而綿世寖遠, 光靈不屬.)"라 했음.

26 **淸波**(청파) : 임상공의 인품이 맑은 파도와 같이 정결한 것을 비유.

27 **龍象**(용상) : 불교 용어. 여러 아라한(阿羅漢) 가운데에서 수행에 용맹정진하는데 가장 큰 힘을 가진 자를 용상이라 부름. 《대지도론(大智度論)》권3에 의하면 물에서는 용의 힘이 가장 크고 육지에서는 코끼리의 힘이 가장 세므로 불교에서 여러 아라한 중 수행 용맹이 가장 큰 능력을 가진 이를 용상에 비유하였는데, 후에는 고승을 가리켜 용상이라 하였다. 이백의 〈선주 영원사 중준 스님에게 드리는 시(贈宣州靈源寺仲濬公)〉에서 "이 절에는 용과 코끼리(용상) 같은 고승이 모여 있는데, 홀로 준공만이 뛰어나다고 인정받았구나. 풍류와 운치는 강동에서 빼어났으며 문장은 바다까지 진동하였네(此中積龍象, 獨許濬公殊. 風韻逸江左, 文章動海隅.)"라고 읊었음.

28 **汩泥沙**(골니사) : 흙과 모래를 어지럽게 흔드는 것. 어원은 《초사 · 어부사》의 "세상 사람들이 모두 혼탁하면 어찌 그 진흙을 휘저어 흙탕물을 일으키지 않으시오(世人皆濁, 何不淈其泥而揚其波.)"라 하였는데, 여기서 「淈」은 「汩」과 통하여 세태에 따라 부침하는 것을 말함.

29 **相去如牛之一毛**(상거여우지일모) : 그 차이가 아주 미세한 것을 비유한 말.

30 **智者**(지자) : 남조 진(陳)나라에서 수(隋)나라 때의 고승으로 천태종의 실제 창시자인 지의선사(智顗禪師; 538-597)의 별호. 지의선사는 자가 덕안이며, 성이 진(陳)씨다. 18세에 출가하여 남악 혜사(慧思)에게 《법화경》을 받았으며, 수 개황(開皇) 17년(597) 천태산으로 들어갔는데, 이때 그를 지자대사라 칭하였으며 천태종이란 종

파가 여기서 비롯되었다. 천태산에서 22년 동안 머무르면서 큰 도량(道場) 12개를 건립하였다 한다*.

31 **台山**(태산) : 천태산(天台山)으로 지금의 절강성 천태현 북쪽에 있다.

32 **遠公**(원공) : 동진의 고승인 혜원(慧遠). 《신승전(神僧傳)》권2에 "혜원은 나부산(羅浮山)으로 갔다가 심양에 이르러서, 여산 봉우리의 청정한 모습을 보고 쉬고 싶은 마음이 일어나 용천정사(龍泉精舍)에 머물렀다. 이곳은 본래 물이 있는 곳과 멀었지만, 혜원이 지팡이로 땅을 두드리며, 「만약 머물 자리를 세울 수 있는 곳이라면, 마른 땅에서 샘물이 나올 것이다」라고 말을 마치자, 맑은 물이 솟아나오면서 뒤에는 마침내 계곡을 이루었다. …… 이리하여 대중을 이끌고 불도를 닦았는데, 저녁부터 새벽까지 끊이지 않았으니 석가모니의 남은 교화가 여기서부터 다시 흥성하였다. 여산 언덕에 거주한지 3십여년 동안 그림자조차 밖으로 나오지 않고 발자취도 속세에 들여놓지 않았으니, 매번 손님을 보낼 때마다 호계(虎溪)를 경계로 삼아 발걸음을 넘지 않았다(釋慧遠 …… 往羅浮山, 及屆潯陽, 見廬峯清靜足以息心, 始住龍泉精舍, 此處去水本遠, 遠乃以杖扣地曰, 若此中可得棲立, 當使朽壤抽泉. 言畢, 清流涌出. 後卒成溪. …… 於是率衆行道, 昏曉不絶, 釋迦餘化, 於斯復興. 自遠卜居廬阜三十餘年, 影不出山, 跡不入俗, 每送客遊履常以虎溪爲界.)"는 기록이 있음.

33 **廬岳**(여악) : 여산(廬山).

34 **高標**(고표) : 청고(淸高)하고 탈속적인 풍채. 사람의 품행이 고결함을 비유. 《구당서 · 외척전 · 무유서(武攸緖)》에 "왕(무유서)은 청고하고 탈속함을 엄격히 숭상하며, 우아한 지조는 홀로 곧았다(王高標峻尙, 雅操孤貞.)"고 했음.

---

* 《경덕전등록(景德傳燈錄)》권27과 《속고승전(續高僧傳)》권17 참조.

35 勝槪(승개) : 아름다운 경치.

36 嚮慕(향모) : 사모하다. 마음에서 우러나와 공경하는 것. 《삼국지 · 위지 · 진류왕환전(陳留王奐傳)》에 "문장으로 깨우치는 것을 더하였으니, 풍모를 계승하여 그리워하였네(文告所加, 承風嚮慕.)"라 했다.

13-4

紫霞搖心[37], 青楓夾岸[38], 目斷[39]川上, 送君此行, 群公臨流, 賦詩以贈。

자줏빛 노을이 마음을 흔드는데, 양쪽 언덕에는 단풍이 푸르구나. 강물 위에 눈길 멈추고 그대 가는 길을 전송하나니, 여러 공(公)께서 물가로 나와 시(詩)를 지어 드리노라.

....

37 紫霞搖心(자하요심) : 「紫霞」는 자색 구름과 노을. 「搖心」은 심신이 안정되지 않는 것. 초연수(焦延壽)의 《역림(易林) · 둔지소축(屯之小畜)》에 "마음이 흔들리고 실망하면, 즐거운 곳이 보이지 않는다(搖心失望, 不見所歡.)"라 했음.

38 青楓夾岸(청풍협안) : 양쪽 언덕의 단풍나무가 청청한 것. 이백의 〈조남에서 여러 관리와 헤어지고 강남으로 가다(留別曹南群官之江南)〉란 시에서 "요임금의 두 딸*은 동정호 너머에 있고, 푸른 단풍

* 요임금의 두 딸인 아황(娥皇)과 여영(女英)으로 순임금에게 시집가서 황후가 되었지만, 순임금이 죽자 소상강에서 자살하였다.

나무(청풍)가 소상가에 가득하구나(帝子隔洞庭, 青楓滿瀟湘.)"라고 읊었음.

39 **目斷**(목단) : 끝까지 바라보다. 보이지 않을 때까지 줄곧 바라보는 것. 구위(丘爲)의 〈윤주성에 오르다(登潤州城)〉시에 "고향의 산은 어느 곳에 있는가, 광릉 서쪽을 줄곧 바라보노라(鄕山何處是, 目斷廣陵西.)"라 하고, 이백의 〈당도현위 조염의 산수벽화 노래(當塗趙炎少府粉圖山水歌)〉에서 "마음이 요동쳐 눈길 닿는 곳까지 보아도 흥취가 다하기 어려운데, 삼신산 봉우리까지는 언제 도착할 수 있나요(心搖目斷興難盡, 幾時可到三山巓.)"라 읊었다.

14.

金陵與諸賢送權十一序

금릉에서 제현들과 권 십일을 보내면서 지은 서문

천보 14년(755) 이백은 금릉(金陵; 지금의 남경)에서 남쪽으로 유람가는 권십일을 보내면서, 여러 친구와 전별연을 차려놓고 시를 지은 다음 서문을 써서 송별하였다. 여기서 「권십일」은 천수(天水) 출신 권소이(權昭夷)인데, 권씨 항렬(行列) 형제 가운데 열한 번째를 가리킨다. 당나라에서 항렬로 사람을 부르는 습속이 있는데, 항렬은 일반적으로 조부 형제나 증조부 형제의 순서로 정해진다.

이 서문은 친구와의 송별을 제재로 삼았는데, 내용을 4개 단락으로 나눌 수 있다. 첫 번째 단락에서는 전한초기 삼걸(張良 · 蕭何 · 韓信)과 후한의 공신(耿弇 · 鄧禹) 등을 사례로 들면서 천하의 군왕과 영웅이 만나는 시기는 천명과 운수에 달렸다고 설명하였으며, 두 번째 단락에서는 당나라가 청평한 시기로서 천자는 무위이치(無爲而治)로 다스려 큰 뜻을 품은 명현들이 민간에 있지만 모두 조정에 나갈 인물들임을 기술하였는데, 표면상에는 찬양하고 있으나 실제로는 풍자하고 있다. 세 번째 단락에서는 이백이 적선인(謫仙人)이라 불린 일화를 소개하고, 권소이와 단약(丹藥) 제조 작업을 함께

하면서 도교에 종사했던 과정을 설명하였다. 네 번째 단락에서는 권소이의 고아한 성품과 뛰어난 재주를 칭찬하고 두 사람 사이에 시문으로 화답한 우정을 언급하면서, 깊은 가을 남쪽으로 가는 그에게 여러 공들이 모여 함께 시를 지어주며 전별하는 과정을 기술하였다.

이렇게 이백은 이 서문에서 권소이의 맑고 고요한 풍모와 문학적 재능을 칭찬하였으며, 그와 함께 당시 도교의 은일 풍속에 따라 연단(煉丹)하는 과정과 시문 창작면에서 서로 절장보단(絶長補短)한 일화를 서술하였는데, 이백의 도교적인 고오(高傲)한 성격이 잘 드러나고 있다.

이렇듯 권소이는 이백과 함께 단약을 만들 정도로 절친한 친구인데 그에 대해 읊은 시를 살펴보면, 《이태백전집》권13의 〈청계의 강조석 위에서 홀로 술 마시면서 권소이에게 부치다(獨酌淸溪江石上寄權昭夷)〉란 시에서 "나는 술 한 동이 들고 홀로 강조석에 올랐네. 세상이 생긴 이래로 다시 몇천 척이나 자랐을까? 술잔 들고 하늘 향해 웃으니, 하늘은 돌아 해가 서녘을 비추노라. 영원토록 이 바위에 앉아서, 엄릉처럼 오랫동안 낚싯대 드리우고 싶구나. 산속에 사는 이(권소이)에게 부치노니, 그대와 함께 은거할 만 하구려(我攜一樽酒, 獨上江祖石. 自從天地開, 更長幾千尺. 擧杯向天笑, 天回日西照. 永願坐此石, 長垂嚴陵釣. 寄謝山中人, 可與爾同調.)"라 읊었으며, 또 권19의 〈고산인에게 답하며 아울러 권소이와 고후(顧侯) 두 분에게 드리다(答高山人兼呈權顧二侯)〉시에서 "고후는 말하고 침묵할 때를 꿰뚫어 알고, 권소이는 통하고 막힐 때를 잘 구분하였다네. 일찍부터 이들은 무심한 구름과 같아서, 함께 여기서 머물렀어

라. 한쌍 부평초처럼 이리저리 떠돌아다니다가, 외로운 학처럼 멀리 떠날 것을 생각하였으니, 내일 새벽 소상가로 가서, 함께 창오산의 순임금을 알현하세나(顧侯達語默, 權子識通蔽. 曾是無心雲, 俱爲此留滯. 雙萍易飄轉, 獨鶴思凌厲. 明晨去瀟湘, 共謁蒼梧帝.)"라 읊었는데, 권소이와의 우정이 매우 돈독하였음을 보여 주고 있다.

14-1

斯高柄秦, 嬴世不二[1], 三傑伏草[2], 與漢並出[3]。莽夷朱暉[4], 耿鄧乃起[5]。

自古英達, 未必盡用於當年[6]。去就之理, 在大運爾[7]。

이사(李斯)와 조고(趙高)가 진나라 권력을 잡으니 영씨(嬴氏)의 세상은 두 세대를 넘기지 못하였으며, 세 호걸들은 풀섶에 숨었다가 한나라와 함께 출현하였도다. 왕망(王莽)은 붉은빛 화덕(火德)을 멸망시켰지만, 경엄(耿弇)과 등우(鄧禹)가 바로 일으켰다네.

옛날부터 뛰어난 사람은 반드시 당년에만 쓰이지 않았으니, 물러나고 나아감은 천운에 달렸어라.

....

1 **斯高柄秦, 嬴世不二**(사고병진, 영세불이) : 「斯高」는 이사(李斯)와 조고(趙高)로, 진나라 조정의 정권을 장악하고 영씨 천하를 2세에 이르러 멸망하게 만들었음. 「嬴」은 진시황의 성(姓). 기원전 210년 진시황이 남방을 순수하다가 사구성에서 병사하자, 환관 조고(趙高)가 주모하고 좌승상 이사가 동의하여 죽음을 비밀에 붙였다. 조

서를 위조한 채 호해(胡亥)를 태자로 삼고 함양으로 돌아와서 그를 황제로 등극시켜 2세가 되도록 하였다. 기원전 207년 승상이 된 조고는 이세를 죽이고 이세의 조카인 자영(子嬰)을 진왕으로 삼았지만, 같은 해 유방과 항우가 진나라를 멸망시켰다.

2 **三傑伏草**(삼걸복초) : 「三傑」은 한나라 개국공신인 장량(張良), 소하(蕭何), 한신(韓信)으로, 그들은 모두 서한 초기 저명한 정치가 겸 군략가이다. 《사기 · 고조본기(高祖本紀)》에 "고조(劉邦)이 말하기를, 「공은 하나만 알고 둘은 모르고 있소. 군대의 휘장 속에서 계책을 세워 천 리 밖의 승패를 결정짓는 일은 내가 장량만 못하고, 국가를 안정시키고 백성을 어루만지며 군량 공급을 원활하게 하여 보급로가 끊이지 않게 하는 일은 내가 소하만 못하고, 백만 대군을 거느려 싸우면 반드시 승리하고 공략하면 반드시 빼앗는 것은 내가 한신만 못하오. 이 세 사람은 모두가 인걸인데, 내가 이들을 잘 썼기 때문에 천하를 차지할 수 있었던 것이오. 그러나 항우에게는 범증(范增) 한 사람밖에 없었는데, 제대로 쓰지 못했기 때문에 나에게 붙잡히게 된 것이라오」(高祖曰, 公知其一, 未知其二. 夫運籌策帷帳之中, 決勝於千里之外, 吾不如子房. 鎭國家, 撫百姓, 給餽饟, 不絶糧道, 吾不如蕭何. 連百萬之軍, 戰必勝, 攻必取, 吾不如韓信. 此三者, 皆人傑也, 吾能用之, 此吾所以取天下也. 項羽有一范增而不能用, 此其所以爲我擒也.)"라는 기록이 있다. 「伏草」는 풀섶에 숨어 있는 것. 삼걸이 유방을 보좌하기 이전에 풀 섶에 잠복해 있던 것처럼 아직 세상에 나올 시기가 아닌 것을 말함.

3 **與漢並出**(여한병출) : 가의(賈誼)의 《치안책(治安策)》에 "고황제와 여러 공들이 함께 일어났다(高皇帝與諸公竝起.)"고 하였는데, 삼걸과 한고조가 일제히 흥기한 것을 뜻한다.

4 **莽夷朱暉**(망이주휘) : 「莽」은 왕망(王莽)이고, 「夷」는 주멸(誅滅)한

다는 뜻. 「朱暉」는 불이 붉은 빛을 내는 것으로, 한나라는 음양오행학이 성행하여 화목토금수의 상생순서에 따라 화덕(火德)으로 왕이 되었다. 그러므로 왕망이 화덕을 멸하여 한나라를 찬탈한 것을 말한다. 왕망은 자 거군(巨君)으로 한 원제(元帝)의 왕후인 왕(王)씨의 조카로서, 갖가지 권모술수를 써서 전한의 황제권력을 빼앗았다. AD 5년에 평제를 독살한 뒤 스스로 가황제(假皇帝)라 하고, 8년에는 한나라를 멸망시키고 국호를 「신(新)」이라 하여 황제가 됨으로써 선양혁명에 성공하였다. 그러나 내외정세가 악화된 속에서 18년 「적미(赤眉)의 난」이 일어났고, 각지의 농민 · 호족이 잇달아 반란을 일으켰다. 22년에는 한나라 황족인 남양(南陽)의 호족 유수(劉秀)*가 군대를 일으켜 왕망의 군대를 크게 무찔렀다. 왕망은 장안(長安)의 미앙궁(未央宮)에서 부하에게 살해됨으로써 건국한지 15년에 멸망하였다**.

5 **耿鄧乃起**(경등내기) : 동한의 개국공신인 경엄(耿弇)과 등우(鄧禹)의 무리들이 일어나 포의로서 동한을 세운 광무제 유수를 보좌하였으니, 큰 계획을 세우고 전투에서 공을 세워 한나라 왕조를 중흥시켜서 모두 후에 봉해졌다. 그들이 죽은 후에 광무제는 명령을 내려 경엄 등 32명의 공신상(功臣像)을 남궁운대(南宮雲臺)에 그리게 하였는데, 등우가 그림의 맨 처음에 놓여졌다. 《후한서》에 이들의 전(傳)이 있다.

6 **自古英達, 未必盡用於當年**(자고영달, 미필진용어당년) : 옛날부터 영명하고 통달한 인재는 반드시 당시에 쓰일 필요가 없음을 이른 말. 「英達」은 재덕이 출중하고 도량이 넓은 사람. 《삼국지 · 오서(吳

---

* 후한을 세운 광무제(光武帝)임.

** 《한서 · 왕망전(王莽傳)》참조.

書)·강표전(江表傳)》주에 "주유(周瑜)는 손책(孫策)과 나이가 같았는데, 슬기롭고 총명하여 어려서 학문을 성취하였다(有周瑜者, 與策同年, 亦英達夙成.)"고 했음.

7 **去就之理, 在大運爾**(거취지리, 재대운이) : 「去就」는 나아가고 물러남(進退)으로 조정에서 멀리 떠나가거나 입조하여 벼슬을 하는 것. 《장자·추수(秋水)》에 "화와 복을 편안히 여기고, 거취를 삼가하였네(寧於禍福, 謹於去就.)라 하였다. 「理」는 도리, 규율. 「大運」은 천운으로 명운, 시운과 같음. 《문선》권11 하안(何晏)의 〈경복전부(景福殿賦)〉에 "이에 대운이 어긋나는 바가 되었다(乃大運之攸戾.)"라 하였는데, 이선은 주에서 "「대운」은 천운이다(大運, 天運也.)"라 했음.

14-2

我君六葉繼聖[8], 熙乎玄風[9]。三清[10]垂拱[11], 穆然[12]紫極[13], 天人其一[14]哉!

所以青雲豪士[15], 散在商釣[16], 四坐明哲[17], 皆清朝旅人[18]。

우리 여섯 임금은 성스러움을 계승하여 도가(道家)의 현풍(玄風)을 빛냈도다. 삼청궁(三淸宮)에서 팔짱을 끼고 자극궁(紫極宮)에서 공경히 생각에 잠겼으니, 하늘과 사람의 도가 일치하는구나.

그래서 청운의 뜻을 품은 호걸들이 흩어져 장사나 낚시질하고 있지만, 여기 사방에 앉아 있는 명현들은 모두 조정에 나갈 인물들이라네.

....

8 **我君六葉繼聖**(아군육엽계성) : 「我君」은 우리 군주. 「六葉」은 6세로, 당조의 고조(高祖)로 부터 태종(太宗), 고종(高宗), 중종(中宗), 예종(睿宗), 현종(玄宗)에 이르기까지 6명의 황제를 가리킨다. 「繼聖」은 최고의 지혜와 도덕을 계승한 것.

9 **熙乎玄風**(희호현풍) : 「熙」는 흥성한 것, 「玄風」은 도가의 청정무위(淸淨無爲)한 기풍. 《세설신어 · 문학》에 "처음 장자에 주석을 단 사람은 수십명이었으나 그 요지를 궁구해 낸 이는 없었다. 상수(向秀)는 옛 주석에 별도로 해의를 달았는데, 오묘하고 참신 · 치밀하여 현풍을 크게 창달시켰다(初, 注莊子者數十家, 莫能究其旨要. 向秀於舊注外爲解義, 妙析奇致, 大暢玄風.)"라 하고, 이선은 주에서 "현풍은 도를 일컫는다(玄風, 謂道也.)"라 했음. 여기서 「玄風」은 천자의 청정무위(淸淨無爲)한 교화를 말한다.

10 **三淸**(삼청) : 도가의 《영보태을경(靈寶太乙經)》에서 말하는 신선이 사는 곳으로, 옥청(玉淸; 元始天尊) · 상청(上淸; 太上老君) · 태청(太淸; 天上道君)의 삼부(三府)이다. 왕기는 주에서 여기서는 대명궁(大明宮)안에 있는 삼청전을 가리킨다고 하였으며, 《한시외전(韓詩外傳)》의 "차고 더운 것이 고르면 세 빛이 맑고, 세 빛이 맑으면 바람과 비가 때에 맞춰 고르다(寒暑均則三光淸, 三光淸則風雨時.)"는 구절을 인용하였음.

11 **垂拱**(수공) : 옷소매를 늘어뜨리고 팔짱을 낀다는 뜻으로, 천자가 덕이 거룩하면 아무 일도 하지 않고 남이 하는 대로 내버려 두어도 「무위이치(無爲而治)」처럼 천하가 잘 다스려진다는 것을 형용한 말. 《서경 · 무성(武成)》에 "하는 일 없이 팔짱을 끼고 있어도 세상은 다스려졌다(無爲垂拱而天下治.)"는 기록이 있다.

12 **穆然**(목연) : 조용하고 엄숙하게 깊이 생각하는 모습. 《한서 · 동방

삭전(東方朔傳)》에 "오왕은 조용한 모습으로 머리를 숙이고 깊은 생각에 잠겼다(於是吳王穆然, 俛而深思.)"라 했는데, 안사고는 주에서 「穆然」은 「고요히 생각하는 모습(靜思貌)」이라고 했다.

13 **紫極**(자극) : 제왕이 거처하는 곳으로, 자극궁(紫極宮)을 말함. 《문선》권10 반악의 〈서정부(西征賦)〉에 "한가하고 넓은 자극궁을 싫어하였네(厭紫極之閑敞.)"라 하고, 이선은 주에서 "자극은 별이름인데, 군왕이 그 모습으로 궁전을 상징하였다. 조식(曹植)이 표를 올리며 이르기를, 「뜻은 임금 계신 곳으로 달려가고, 마음은 자극궁에 있네」(紫極, 星名. 王者爲宮以象之. 曹植上表曰, 情注于皇居, 心在乎紫極.)"라 했다. 다른 한편으로는 노자묘를 가리키기도 하는데, 당 고종은 건봉 원년(666)에 태산에서 돌아오는 길에 박주(亳州) 곡양현(谷陽縣)을 지나다가 노자묘를 가리키면서 노자를 태상현원황제로 추증토록 했다. 또한 현종은 개원 21년(741) 장안과 낙양 두 서울에 노자묘를 세우도록 명령하고 현원궁(玄元宮)이라 불렀으며, 제주(諸州)에도 묘를 세우고 자극궁이라 불렀다.

14 **天人其一**(천인기일) : 「天人」은 천도와 인도. 《삼국지 · 위지 · 문제기(文帝紀)》의 배송지(裴松之) 주에서는 《헌제전(獻帝傳)》을 인용하여, "천도와 인도를 조화시켜서, 지극한 이치를 바로 잡는다(以和天人, 以格至理.)"라 했음. 「天人其一」은 하늘의 도와 사람의 도가 일치하는 것으로, 고대 철학에서는 하늘에 의지가 있다고 인정하여 천의가 인사를 지배하고 인사는 천의에 감동하므로 이 두 가지가 합해져서 일체가 되는 것을 「천인합일(天人合一)」이라고 불렀다.

15 **青雲豪士**(청운호사) : 뜻이 청운에 있는 호협스런 인사. 「青雲」은 은일(隱逸)을 비유한 것으로, 《남사 · 소균전(蕭鈞傳)》에 "몸은 고위관직에 있으면서도 마음은 강과 바다에 있으며, 육체는 궁중에 있으면서도 뜻은 청운에 있다네(身處朱門, 而情遊江海, 形入紫闥,

而意在青雲.)"라 했음. 「豪士」는 성정이 호방하고 행동이 의협적인 인사로, 《사기 · 유협열전(遊俠列傳)》에 "노땅 주가라는 사람은 고조와 같은 시기 사람이다. 노땅 사람들은 모두 유교였지만 주가는 임협(任俠)으로 알려졌는데, 그의 집에 숨어서 활동하는 호걸들이 수백명이나 되고 나머지 평범한 사람들은 헤아릴 수 없이 많았다(魯朱家者, 與高祖同時. 魯人皆以儒教, 而朱家用俠聞, 所藏活豪士以百數, 其餘庸人不可勝言.)"고 했음.

16 **散在商釣**(산재상조) : 장사하는 상인과 고기 잡는 어부가 시장에 숨어 있고 강에서 낚시하는 것. 이 두 구는 청운의 뜻을 품은 호걸지사들이 모두 초야에 숨어 있는 것을 말한다.

17 **明哲**(명철) : 지혜가 밝아 사리를 통찰하는 사람으로, 좌중에 있는 「제현」들을 가리킴. 진 갈홍(葛洪)의 《포박자(抱朴子) · 군도(君道)》에 "총명한 사람은 처한 위치에서 열심히 노력하며, 일반 서민들은 늪지대에서도 밭둑을 양보한다(明哲宣力於攸莅, 黔庶讓畔於藪澤.)"고 했다.

18 **清朝旅人**(청조여인) : 「清朝」는 청명한 조정, 승평(承平)의 세상. 《후한서 · 열녀전 · 조세숙처전(曹世叔妻傳)*》에 "저는 성품이 서투르고 완고하여 본래 도를 배우지 못하였으므로 항상 자곡처럼 청명한 조정에 짐이 되어 욕보일까 걱정하였습니다(吾性疏頑, 教道無素, 恆恐子穀負辱清朝.)"라 했음. 「旅人」에 대하여 왕기는 벼슬길에 나가지 못하고 사방으로 분주히 다니는 사람으로, 공자의 무리가 세상을 떠도는 뜻과 같다고 하였다. 이백의 〈여러 공들과 함께

---

* 반소(班昭; AD 45?-117?)는 자(字)가 혜반(惠班). 반표(班彪)가 아버지이고 반고(班固)와 반초(班超)가 오빠였다. 14세 때 부풍(扶風)사람 조세숙(曹世叔)에게 시집갔으므로 〈소세숙처전〉이라 했다.

형양으로 돌아가는 진 낭장을 보내며 지은 시(與諸公送陳郎將歸衡陽)〉병서(並序)에서 "중니(孔子)는 떠도는 신세(旅人)였고, 주나라 문왕은 총명함으로도 억압받았으니, 진실로 맞는 그 시기가 아니라면 성현조차도 고개를 숙이고 굽혔다네(仲尼旅人, 文王明夷. 苟非其時, 聖賢低眉.)"라 했음.

14-3

吾希風[19]廣成[20], 蕩漾浮世[21], 素受寶訣[22], 爲三十六帝[23]之外臣[24]。即四明逸老賀知章, 呼余爲謫仙人[25], 蓋實錄[26]耳。

而嘗采姹女於江華, 收河車於清溪[27], 與天水權昭夷[28]服勤爐火之業[29]久矣。

나는 광성자(廣成子)를 사모하여 덧없는 세상을 떠돌면서 도가의 비결(祕訣)을 받고 36천 상제(上帝)의 외신이 되었으니, 곧 사명산(四明山) 노인 하지장(賀知章)이 나를 귀양 온 신선이라 부른 것과 실제로 부합하는구나.

일찍이 강화(江華)에서 수은(姹女)을 찾아 맛보고 청계(清溪)에서 단약(河車)을 만들면서 천수(天水)사람 권소이(權昭夷)와 화로에 불 지피는 연단(鍊丹) 작업을 오래도록 하였다네.

……………

19 希風(희풍) : 풍조(風操)를 우러러 사모하는 것, 높은 명망을 듣고 우러러보는 것. 《후한서(권97) · 당고열전서(黨錮列傳序)》에 "이로부터 정직한 사람들은 쇠퇴하여 추방되고, 간사하고 사특한 이들의

기세가 성해졌다. 세상에서 우러러보는 명망 있는 계층들이 함께 표방하기를, 천하의 명사들을 가리켜 부르는 이름으로 삼았다(自是正直廢放, 邪枉熾結, 海內希風之流, 遂共相標榜, 指天下名士, 爲之稱號.)"라 하고, 이현(李賢)은 주에서 "「희」는 우러러 보는 것(希, 望也.)"이라 했다.

20 廣成(광성) : 옛날 선인인 광성자(廣成子). 갈홍의 《신선전(神仙傳)》권1에 "광성자는 옛날 선인이다. 공동산 석실에서 지냈는데, 황제가 듣고 와서 몸을 다스리는 방법에 대하여 묻자, 벌떡 일어나서 말하기를 「지당합니다. 그대의 질문이여, 지극한 도의 정수는 그윽하고 심원하며, 지극한 도의 극치는 어둡고 고요하니 보지도 말고 듣지도 마십시오. 정신을 몸에 머물게 하여 고요히 하면 몸이 저절로 바르게 됩니다. 반드시 고요하고 맑게 하며 그대의 몸을 수고롭게 하지 말지니, 그대의 정기가 요동치지 않으면 장수할 수 있습니다. 내면을 삼가고 외부를 막아야 하며, 아는 것이 많아지면 그르치게 됩니다. 나는 그 도를 잘 간수하고 조화로운 곳에 머물러서, 1천2백세가 되었어도 내 몸은 여전히 노쇠하지 않습니다. 내 도를 터득한 자는 위로는 황제가 되고, 내 도에 들어온 자는 아래로는 왕이 됩니다. 내가 지금 그대를 떠나 무하지향으로 갔다가 무궁의 문으로 들어가서 무극의 들판에서 노닐며, 일월과 함께 같이 빛나며 천지와 늘 함께 할 것이니, 사람들이 모두 죽어도 나는 홀로 살아남을 것입니다」(廣成子者, 古之仙人也. 居崆峒山石室之中. 黃帝聞而造焉, …… 請問治身之道. 廣成子蹶然而起曰, 至哉！子之問也, 至道之精, 窈窈冥冥, 至道之極, 昏昏默默, 無視無聽, 抱神以靜, 形將自正, 必靜必清, 無勞爾形, 無搖而精, 乃可長生. 愼內閉外, 多知爲敗. 我守其一, 以處其和. 故千二百歲而形未嘗衰. 得吾道者, 上爲皇, 入吾道者, 下爲王. 吾將去汝, 適無何之鄕, 入無窮之

門, 遊無極之野, 與日月齊光, 與天地爲常, 人其盡死, 而我獨存焉.)"라는 기록이 있으며, 이백은 〈고풍·25수〉에서 "도교로 귀의한 광성자는 무궁의 문으로 들어갔다네(歸來廣成子, 去入無窮門.)"라 했음.

21 **蕩漾浮世**(탕양부세) : 「浮世」는 덧없는 세상. 옛날에는 인간 세상의 뜨고 잠기는 것(浮沈)과 모이고 흩어짐(聚散)이 정해지지 않았다고 여겼으므로 이렇게 불렀다. 완적의 〈대인선생전(大人先生傳)〉에 "대인은 조물조와 한 몸으로 천지와 함께 살고, 덧없는 세상에 소요하면서 도를 함께 이룬다. 변화하여 모였다 흩어지니, 그 모습이 일정치 않았다(夫大人者, 乃與造物同體, 天地並生, 逍遙浮世, 與道俱成. 變化散聚, 不常其形.)"고 했음.

22 **素受寶訣**(소수보결) : 「寶訣」은 도가에서 수련하는 비결. 이 두 구는 인간세상에서 정처없이 떠돌다가 일찍이 도가 수련의 비결을 받은 것을 말함.

23 **三十六帝**(삼십육제) : 《운급칠첨(雲笈七籤)》권21에 의하면, 도교에서 신선이 사는 천계(天界)에는 동서남북에 각 8천제(天帝) 씩 32천제와 중앙에 4제가 있어 도합 36천제가 있다고 했다. 《위서·석노지(釋老志)》에 "하늘과 땅 사이에는 36천이 있고, 천 가운데에는 36궁이 있으며, 궁마다 주인이 한명씩 있다(二儀之間有三十六天, 中有三十六宮, 宮有一主.)"고 했음.

24 **外臣**(외신) : 방외지신(方外之臣)으로, 은거하면서 벼슬하지 않는 사람. 《남제서·명승소전(明僧紹傳)》에 "그대는 일에 속되지 않고 훌륭하니, 또한 요(堯)임금의 외신이라 할 수 있다(卿兄高尚其事, 亦堯之外臣.)"는 기록이 있으며, 백거이(白居易)의 〈풍악·초제·불광사 세 절에서 노닐며(遊豊樂招提佛光三寺)〉시에서도 "한나라는 하황공과 기리계를 은자로 여겼으며, 요임금은 소보와 허유를

외신으로 삼았다네(漢容黃綺爲逋客, 堯放巢由作外臣.)"라 했음.

25 四明逸老賀知章, 呼余爲謫仙人(사명일로하지장, 호여위적선인) : 하지장(賀知章; 659-744)은 자가 계진(季眞)이며, 월주 영흥(越州永興)*사람으로, 「사명광객(四明狂客)」이라고 자호하였다. 《구당서 · 하지장전》에 "하지장은 만년에 더욱 거리낌 없이 행동하였어도 법도에 구속되지 않았으며, 스스로 사명산의 미친 늙은이라고 불렀다(知章晩年尤加縱誕, 無復規檢, 自號四明狂客.)"고 했으며, 이백의 〈술을 대하여 하대감을 생각한다(對酒憶賀監)〉시 서문에서 "태자빈객 하공이 장안 자극궁에서 나를 보고 귀양온 신선이라 불렀다. 금으로 만든 거북혁대를 풀어 술과 바꿔 즐겼는데, 그가 죽은 후 술을 대하니 슬픈 감회가 떠올라 이 시를 짓는다(太子賓客賀公, 於長安紫極宮, 一見余呼余爲謫仙人, 因解金龜換酒爲樂, 歿後對酒悵然有懷, 而作是詩.)"라 했음.

26 實錄(실록) : 실제의 기록과 부합되는 것.

27 嘗采姹女於江華, 收河車於淸溪(상채차녀어강화, 수하차어청계) : 「姹女」는 도교에서 단약을 만들 때 수은(汞)을 부르는 이름이고, 「河車」는 선단인 납(鉛)으로, 모두 연단(煉丹)하는 약물(藥物)이다. 《주역참동계(周易參同契)》중편에 "하상의 수은은 아주 신령스러워서, 불이 닿으면 날아가서 속세에서는 볼 수 없다(河上姹女, 靈而最神. 得火則飛, 不見埃塵.)"고 하였으며, 같은 책 상편에 "음양이 처음 생겨날 때에는 현(玄)이 황아를 품었다. 오금(五金)**의 주(主)는 북방하차이다(陰陽之始, 玄含黃牙. 五金之主, 北方河車.)"라 했는데, 팽효(彭曉)는 주에서 "북방하차는 검으면서 물이 나오는

---

* 지금의 절강성 소산(蕭山).

** 오금(五金)은 금(金) · 은(銀) · 구리(銅) · 쇠(鐵) · 아연(鉛).

데, 다음 문장을 살펴보면 바로 납이라고 부르는 것이다(北方河車, 黑而生水也. 以下文考之, 正謂鉛耳.)"라고 했다. 「江華」는 지명으로, 《원화군현지》권29에 의하면 지금의 호남성 강화요족(江華瑤族) 자치현(自治縣) 경계에 있다고 하였음. 「清溪」는 강 이름으로, 지금의 안휘성 귀주현에 있으며 당대의 지주(池州) 추포현(秋浦縣)이다. 《이백전집》권13 〈청계의 강조석 위에서 홀로 술 마시다가 권소이에게 부치다(獨酌淸溪江石上寄權昭夷)〉시에서 "영원히 이 바위에 앉아서, 오래도록 엄릉처럼 낚싯대를 드리우고 싶구나. 산속에 사는 은자에게 부치노니, 그대와 함께 은거할 수 있으리라(永願坐此石, 長垂嚴陵釣. 寄謝山中人, 可與爾同調.)"라고 읊었음.

28 **天水權昭夷**(천수권소이) : 「天水」는 군 이름. 《신당서 · 재상세계표(宰相世系表)하》에 "권씨는 자성(子姓)에서 나왔는데, 상나라 무정의 후손으로 권땅에 봉해졌다. 그 지역은 남군 당양현 권성이 바로 그곳이다. 초 무왕이 권을 멸망시키자, 그곳으로 옮기고 그 후손이 권을 성씨로 삼았다. 진이 초나라를 멸망시키니 많은 권씨들이 농서로 옮기고 천수에 거주하였다(權氏出自子姓, 商武丁之後裔, 封於權. 其地, 南郡當陽縣權城是也. 楚武王滅權, 遷於那處, 其孫因以爲氏. 秦滅楚, 遷大姓於隴西, 因居天水.)"라는 기록이 있으므로, 권씨의 본적이 천수임을 알 수 있다.

29 **勤爐火之業**(근로화지업) : 도가의 단약을 제조하는 일에 종사하는 것.

14-4

之子[30]也, 沖恬淵靜[31], 翰才峻發[32]。白每一篇一札, 皆昭夷

之所操[33]。吁! 捨我而南, 若折羽翼。

時歲律寒苦[34], 天風枯聲[35]。雲帆涉漢[36], 冏若絶電[37]。擧目四顧, 霜天[38]崢嶸[39]。銜杯敍離[40], 群子賦詩以出餞[41]。

酒仙翁[42]李白辭[43]。

이 사람은 평안하고 담박하면서 글재주가 크게 빛났도다. 내가 시문 하나를 짓고 편지 하나 쓸 때마다 모두 권소이(權昭夷)가 주관하였는데, 아! 나를 버리고 남쪽으로 가니 날개가 꺾인 듯하구나.

9월 추운 계절 하늘 높이 부는 바람은 마른 소리 내는데, 구름에 닿은 돛은 은하를 건너서 번개처럼 사라지노라. 눈 들어 사방을 둘러보니 서리내린 하늘은 높기도 하구나. 술잔 머금고 차례로 이별하면서 여러 사람과 시를 읊조리며 전별하노라.

주선옹(酒仙翁) 이백 쓰도다.

················

30 之子(지자) : 이 사람. 「之」는 지시대명사이며, 「子」는 상대방의 존칭으로 여기서는 권소이를 가리킴. 《시 · 주남 · 도요(桃夭)》에 "시집가는 아가씨여, 그 집안을 화목하게 하리라(之子于歸, 宜其室家.)"라 했다.

31 沖恬淵靜(충염연정) : 「沖」은 공허한 것, 「恬」은 편안하고 담박한 것으로, 《노자》45장에 "크게 가득 찬 것은 마치 비어 있는 듯하지만, 그 쓰임이 끝이 없다(大盈若沖, 其用不窮.)"고 했음. 「淵靜」은 연못에 잠긴 것처럼 깊고 고요한 것. 《장자 · 천지(天地)》에 "옛날 천하를 다스렸던 자는 스스로 욕심이 없었으므로 세상 사람들이 만족하였으며, 아무일을 하지 않아도 만물이 저절로 화육되었으며, 연못처럼 고요하여서 백성들의 삶이 안정되었다(古之畜天下者, 無欲而

天下足, 無爲而萬物化, 淵靜而百姓定.)"고 했다.

32 **翰才峻發**(한재준발) : 「翰才」는 문재(文才), 문학적 재주. 「峻發」은 크게 발현되는 것. 혹은 「준발(駿發)」로 쓰여서 민첩하다는 뜻을 지니고 있다. 《문심조룡 · 신사(神思)》에 "문학적 사색이 민첩한 사람은 마음속에 요긴한 기술이 총집되어, 사고하기 전에 민첩하고 결단을 내림에 기민하다(若夫駿發之士, 心總要術, 敏在慮前, 應機立斷.)"라 했음. 이 세구에서는 권소이의 성격이 평화롭고 담박하면서, 글재주가 뛰어 났음을 말한 것이다.

33 **操**(조) : 집필, 주관하는 것으로, 내가 그의 계발(啓發)을 받아들인다는 뜻이다.

34 **歲律寒苦**(세율한고) : 중국 고대 악률(樂律)인 12율*은 12월과 대응되므로 「歲律」이라고 하였음. 「寒苦」는 늦가을(季秋)인 음력 9월. 《예기 · 월령(月令)》에 "계추의 달은 …… 그 소리는 상이고, 율로는 무역, 수로는 아홉 번째이고, 맛은 신맛이다. …… 이 달에 서리가 내리기 시작하여 많은 장인들이 휴식을 취한다(季秋之月, …… 其音商, 律中無射, 其數九, 其味辛. …… 是月也, 霜始降, 則百工休.)"라 했다.

35 **枯聲**(고성) : 늦가을 추위에 나는 메마른 소리.

36 **漢**(한) : 천하(天河), 곧 은하(銀河). 《시 · 소아 · 대동(大東)》에 "하늘에 뜬 은하수여, 살펴보니 빛이 나는구나(維天有漢, 監亦有光.)"라 했다.

37 **冏若絶電**(경약절전) : 「冏」은 빛나는 모양. 《문선》권12 목화(木華)

---

* 아악(雅樂)의 12음계로, 주(周)나라 때부터 사용되었다. 이 12음계는 저음으로부터 황종(黃鐘) · 대려(大呂) · 태주(太簇) · 협종(夾鐘) · 고선(姑洗) · 중려(仲呂) · 유빈(蕤賓) · 임종(林鐘) · 이칙(夷則) · 남려(南呂) · 무역(無射) · 응종(應鐘)의 순으로 되어 있다.

의 〈해부(海賦)〉에 "긴 밧줄을 매어 돛을 걸어놓고, 멀리 흐르는 파도를 바라보며 날아가는 새처럼 떠나가노라(維長綃, 挂帆席, 望濤遠決, 冏然鳥逝.)"라 하였다. 「絶電」은 순식간에 지나가는 번갯불로, 속도가 매우 빠름을 비유한 것. 포조(鮑照)의 〈행로난(行路難)〉 시에 "인생의 빠르기가 번개가 사라지듯 하네(人生倏忽如絶電.)"라 했음. 이 두 구에서는 권소이가 타고 떠나는 돛단배가 구름을 뚫고 은하까지 들어갔다가 번개처럼 빛나면서 빨리 지나가는 것 같은 느낌을 형용하였다.

38 **霜天**(상천) : 깊은 가을 하늘. 설도형(薛道衡)의 〈출새(出塞)〉시에 "가을 하늘에 기러기 울음소리 끊어졌네(霜天斷雁聲.)"라 했다.

39 **崢嶸**(쟁영) : 하늘이 높고 탁 트인 모습을 형용한 것.

40 **銜杯敍離**(함배서리) : 술을 마시면서 이별을 차례로 말하는 것. 「銜杯」는 음주를 가리키며, 「敍離」는 이별하는 것.

41 **群子賦詩以出餞**(군자부시이출전) : 여러 사람이 시를 읊으면서 전별연을 베푸는 것.

42 **酒仙翁**(주선옹) : 술을 좋아한 이백이 스스로를 일컫던 칭호.

43 **辭**(사) : 인사말 하다. 치사(致辭)하는 것.

15.

春於姑熟送趙四流炎方序

봄날 고숙에서 더운 남방으로 유배가는 조사를 보내면서 지은 서문

안사란이 발발한 다음 해인 천보 15년(756) 봄날, 당도현 고숙에서 질병이 창궐하는 더운 영남(嶺南)지방으로 유배 가는 현위(縣尉) 조사(趙四)를 보내면서 석별의 정을 품은 채 지어 준 서(序)문이다.

「조사(趙四)」는 조씨 항렬 형제 중 네 번째인 조염(趙炎)이며, 하북인으로 어려서부터 뛰어난 재주로 널리 알려졌다. 그는 당도현 현위로 재직하면서 청명하게 다스리고 형벌을 간소하게 하여 백성들을 평안토록 하였으니, 이백의 〈당도현 현위 조염의 산수벽화를 노래하다(當塗趙炎少府粉圖山水歌)〉란 시에서 "한가한 관아에는 송사가 없어 여러 손님이 늘어서 있으니, 아득히 그림 속에 있는 듯하구나(訟庭無事羅衆賓, 杳然如在丹青里.)"라 읊은 것에서 알 수 있다.

이 서문은 송별을 제재로 삼았는데, 내용은 4개 단락으로 나눌 수 있다. 첫 번째 단락에서는 조염이 단아한 용모에 호방한 지기(志氣)와 뛰어난 재주를 지녔음에도 불구하고 당도의 일개 현에서 낮은 관직으로 생활하는 안타까운 현실을 묘사하면서, 때를 만나면 봉황처럼 높이 날 시기가 있을 것이라고 위로하였으며, 두 번째 단락에서는 악을 미워한 조염이 더운 지방으로 폄적(貶謫)당한 이유를 밝히고, 이어 친구와 전별하면서 애달파 하는 마음과 정경을 구체적으로 묘사했다. 세 번째 단락에서는 이백의 희망을 상상한 것으로서, 반란군이 섬멸되고 국가의 운세와 국면이 전환되어 조염이 사면 받아 돌아올 것이라는 기대를 기술하였으며, 네 번째 단락에서는 이백이 송별하는 조염에게 마음과 몸을 편안하게 가져서 여러 환경에 잘 적응하도록 위로하는 심정을 표로하였다.

이렇게 이백은 서문에서 직위가 낮은 조염이 뛰어난 재주를 지닌 걸출한(才貌瑰雅) 관리이지만, 불행히도 악을 미워하다가 죄를 뒤집어쓴 채 머나먼 남방 외지(絶國)로 유배당하는 것에 대하여 마음 속 깊이 동정하였다. 그래서 최고 통치자가 사면령을 내려 조염이 유배 도중 사면 받고 돌아오리라는 천진한 환상과 희망을 표시하였는데, 이는 천하가 올바르게 돌아가지 못해 이런 일이 일어났다는 공감을 표시하면서 아울러 이백과의 깊은 우정을 표출한 것이다. 이렇듯 공명정대한 약자들이 핍박당하는 것을 동정하고, 권력을 가진 소인들이 박해를 가하는 것을 준엄하게 꾸짖는 문장에서 이백의 공정하고 호방한 성격을 살펴볼 수 있다.

제목에서의 「고숙(姑熟)」은 동진(東晉) 때 건축된 옛 성(城) 이름으로, 성 남쪽에 고숙계가 흐르므로 이런 이름이 붙었다. 당대에는 당도(當塗)의 별명으로, 옛터가 지금의 안휘성(安徽省) 당도현에 있다. 《원화군현지》권28 선주(宣州) 당도현 편에 "고숙 강은 당도현 남쪽 2리에 있는데, 현의 이름은 여기서 연유하였다(姑熟水, 在

縣南二里, 縣名因此.)"고 하였다.

「유(流)」는 유형(流刑)인데, 《수서 · 형법지(刑法志)》에 보이는 전근대적 형벌 제도인 오형(五刑)* 가운데 하나로, 죄를 지었을 때 먼 곳으로 귀양을 보내는 벌이다. 「염방(炎方)」은 매우 더운 남쪽 지방을 말하는데, 당대에는 대부분 영남(嶺南)을 가리켰다.

15-1

白以鄒魯[1]多鴻儒[2], 燕趙饒壯士[3], 蓋風土之然乎!

趙少翁[4]才貌瑰雅[5], 志氣豪烈。以黃綬作尉[6], 泥蟠[7]當塗, 亦鷄棲鶴籠[8], 不足以窘束鸞鳳耳[9]。

나(이백)는 추노(鄒魯)지방에는 큰 선비가 많고 연조(燕趙)지방에는 장사가 넘친다고 여겼는데, 아마도 풍속과 토질 때문에 그러하리라.

조소부(趙小府)**는 재주와 용모가 단아하고, 뜻과 기운이 호방하며 위엄이 있는데도, 노란 인끈 맨 현위(縣尉)가 되어 당도(當塗)에서 진흙 속에 엎드려 있구나. 이렇듯 닭과 학을 가두는 새장으로는 군색(窘塞)하여 난새와 봉황을 붙잡아 두기에는 부족하리로다.

....

1 **鄒魯**(추노) : 「鄒」는 지금 산동 추현 동남쪽에 있던 춘추시대 추나

---

* 오형(五刑)은 태(笞) · 장(杖) · 도(徒) · 유(流) · 사형(死刑)임.

** 현위(縣尉)인 조염으로 하북인, 곧 연조지방 출신임.

라 이름으로 맹자의 고향이며, 「魯」는 산동 곡부(曲阜)에 있던 노나라로 공자의 고향. 「鄒魯」는 고대로부터 항상 학문과 교육이 흥성했던 지역을 비유하였다. 《장자 · 잡편 · 천하(天下)》에 "그것*이 시경 · 서경 · 예기 · 악경 등에 기록되어 있는데, 추 땅과 노지방의 관료와 유학자들이 대부분 밝혀 놓고 있다(其在於詩書禮樂者, 鄒魯之士搢紳先生多能明之.)"라 했음.

2 **鴻儒(홍유)** : 대유(大儒), 거유(巨儒)로 학식이 높은 선비. 《논형 · 초기(超奇)》에 "경서 한권을 강의할 수 있는 사람을 유생(儒生)이라 하고, 고금의 지식을 널리 아는 사람을 통인(通人)이라 하며, 전해오는 책을 찾아 편집해서 글을 올리는 주기를 쓸 수 있는 사람을 문인(文人)이라고 하고, 깊이 생각하여 책을 저술하고 편장을 연결시킬 수 있는 사람을 홍유(鴻儒)라 한다(能說一經者爲儒生, 博覽古今爲通人, 採綴傳書以上書奏記者爲文人, 能精思著文, 連結篇章者爲鴻儒.)"고 했으며, 《진서 · 유림전(儒林傳)》에는 "큰 선비(홍유)와 학문이 넓은 사람은 어느 시대에나 부족할 때가 없었다(鴻儒碩學, 無乏於時.)"고 했음.

3 **燕趙饒壯士(연조요장사)** : 「燕趙」는 전국칠웅(戰國七雄) 가운데 두 나라로서, 지금의 하북성 북부와 요녕성(遼寧省) 서부에 있던 연(燕)나라와 산서성 서부와 하북성 남부에 있던 조(趙)나라로, 옛날부터 비분강개하던 장사들이 이곳에서 많이 출현하였다. 《사기 · 자객열전(刺客列傳)》에 "형가는 연나라로 온 후부터 연나라의 개백정과 축(筑)을 잘 타는 고점리(高漸離)와 친밀하게 지냈다. 형가는 술을 즐겨 날마다 개백정과 고점리와 함께 연나라 저잣거리에서 술을 마셨는데, 술이 취하면 고점리가 축을 타고 형가가 곡에 맞추어

* 옛 사람의 도(道)를 가리킴.

노래 부르며 즐기다가 나중엔 함께 울어 옆에 사람이 없는 듯이 행동했다. 형가는 비록 술꾼들과 섞여 놀았으나 그 사람됨은 침착하고 독서를 좋아했다(荊軻旣至燕, 愛燕之狗屠及善擊筑者高漸離. 荊軻嗜酒, 日與狗屠及高漸離飮於燕市, 酒酣以往, 高漸離擊筑, 荊軻和而歌於市中, 相樂也, 已而相泣, 傍若無人者. 荊軻雖遊於酒人乎, 然其爲人沈深好書.)"라 하여 연조 지방의 장사(협객)들에 대해 표현했으며, 한유(韓愈)도 〈하북으로 유람가는 동소남(董邵南)*을 보내며 지은 서문(送董邵南遊河北序)〉에서 "연조지방에는 예로부터 감개하여 비장한 노래를 부르는 장사들이 많았다네(燕趙古稱多感慨悲歌之士.)"라 했음. 「饒」는 많다는 뜻.

4 **少翁**(소옹) : 「少翁」은 소공(小公)으로도 부르며, 곧 소부(少府)로 현위의 경칭.

5 **瑰雅**(괴아) : 「괴기박아(瑰奇博雅)」로 기이하고 우아한 것.

6 **黃綬作尉**(황수작위) : 「綬」는 휘장막(帷幕)이나 인끈(印紐)을 매는 명주실. 고대에 현위는 녹봉이 2백석 이상 6백석 이하의 낮은 등급의 관원으로, 구리로 만든 인장을 지니고 황색인끈을 매었다. 「尉」는 당대의 현위로, 한 현의 군사나 치안을 담당하는 하위직 관리. 《한서 · 백관공경표(百官公卿表)》에 "관리의 녹봉이 2천석이상은 모두 은색인장에 청색 인끈이지만, 광록대부는 관련이 없다. 녹봉이 6백석 이상은 구리 인장에 검은 인끈이지만, 대부 · 박사 · 어사 · 알자 · 낭관은 관련이 없다. 그 중 복야 · 어사로서 책을 관리하고 부절과 옥새를 다루는 자는 인장과 인끈이 있다. 녹봉이 2백석 이상인 자는 모두 구리인장과 황색 인끈을 가진다(凡吏秩比二千石以上, 皆銀印靑綬, 光祿大夫無. 秩比六百石以上, 皆銅印黑綬, 大夫 ·

---

* 동소남(董邵南)은 수주(壽州) 안풍(安豐; 지금의 安徽省 壽縣) 사람이다.

博士·禦史·謁者·郎無. 其仆射·禦史治書尙符璽者, 有印綬. 比二百石以上, 皆銅印黃綬.)"는 기록이 있음.

7 **泥蟠**(니반) : 진흙 속에서 몸을 웅크리고 있는 것. 후에는 벼슬길에서 뜻을 얻지 못한 것에 대한 비유로 쓰였다. 《삼국지·촉지·이밀전(李密傳)》에 "양자운(揚子雲; 양형)은 깊이 침잠한 채 저술하면서 세상을 도왔는데, 진흙 속에서 몸을 웅크리고 있으면서도 더럽다고 하지 않으며 행동은 성현과 같았는데, 지금 세상에서도 그의 논술을 이야기하고 노래로 불려진다(如揚子雲潛心著述, 有補於世, 泥蟠不滓, 行參聖師, 於今海內, 談詠厥辭.)"고 했으며, 또 반고의 〈답빈희(答賓戲)〉에서도 "응룡(應龍)이 더러운 웅덩이에 잠겨 있으면 고기와 자라조차 깔보면서, 그의 신령스런 행위인 바람타고 구름 속에 들어가며 홀연히 큰 하늘을 뛰어넘는 능력은 보지 않는다. 이렇듯 진흙 속에 웅크리고 있으면서도 하늘을 나는 것이 응룡의 신령스러움이다(應龍潛於潢汙, 魚黿媟之, 不睹其能奮靈德, 合風雲, 超忽荒, 而躆顥蒼也. 故夫泥蟠而天飛者, 應龍之神也.)"라 했음.

8 **鷄棲鶴籠**(계서학롱) : 「鷄棲」는 닭이 쉬거나 머무는 장소로, 닭장을 말함. 《전국책·진책(秦策)1》에 "제후들은 하나로 단결할 수 없을 것이니, 이는 마치 닭들을 하나의 끈으로 묶어서 움직이지 못하게 하고 지내라는 것과 같은 이치이다(諸侯不可一, 猶連雞之不能俱止於棲之明矣.)"라 했음. 여기서는 현위라는 관직은 닭이나 학같은 무리들이 쉬는 장소라는 것을 가리킨다.

9 **不足以窘束鸞鳳耳**(부족이군속난봉이) : 「鸞鳳」은 상상 속의 신령스러운 새들로, 군자인 조염을 비유함. 닭과 학이 머무는 곳에서는 난새와 봉황처럼 뛰어난 조염이 재능을 펼치기 어려운 상황을 말한 것.

15-2

以疾惡抵法[10], 遷於炎方[11]。辭高堂而墜心[12], 指絶國以搖恨[13]。天與水遠, 雲連山長。借光景[14]於頃刻, 開壺觴於洲渚[15]。黃鶴曉別[16], 愁聞命子之聲[17], 靑楓瞑色[18], 盡是傷心之樹[19]。

악한 사람을 미워한 것이 법에 저촉(抵觸)되어 더운 지방으로 옮겨가게 되었으니, 부모를 하직하면서 마음이 몹시 상해 먼 곳을 가리키며 원망하였다네.

하늘과 물은 아득히 멀고 구름은 산과 연이어 길게 뻗었으니, 잠깐동안 풍경을 빌려 강가 모래섬에서 술자리를 펼치노라. 새벽녘 황학(黃鶴)과 헤어지는데 조정에서 명령내리는 소리에 근심스럽고, 저물녘 푸른 단풍조차 온통 상심 가득한 나무가 되었구나.

……………

10 以疾惡抵法(이질오저법) : 조염이 권세가들을 증오하다가 형법을 위반한 것을 말함. 「疾惡」는 나쁜 사람과 나쁜 일을 몹시 미워하는 것. 《진서 · 부함전(傅咸傳)》에 "풍채와 품격이 단정하고 본성을 밝게 깨쳐서 나쁜 사람을 원수같이 미워하였다(風格峻整, 識性明悟, 疾惡如仇.)"라 했음. 「抵法」은 형법에 저촉되거나 위반하는 것.

11 遷於炎方(천어염방) : 「遷」은 유배가는 것. 「炎方」은 남방 더운 지역. 백거이(白居易)의 〈여름 한선사(閑禪師)와 숲속 그늘에서 피서하며(夏日與閑禪師林下避暑)〉시에 "늘 지독한 더위 때문에 친구들을 근심하나니, 모두 염방의 장독 많은 바닷가에서 지내고 있으리라(每因毒暑悲親故, 多在炎方瘴海中.)"고 했음.

12 辭高堂而墜心(사고당이추심) : 「高堂」은 부모. 이백의 〈종군하는 장수재를 보내며(送張秀才從軍)〉시에 "검을 품고 부모(고당)를 떠나,

장차 곽 관군에 입대했다네(抱劍辭高堂, 將投霍冠軍.)"라 읊었음. 「墜心」은 몹시 마음이 상한 것이나 두려워서 정신이 나간 상태. 강엄(江淹)의 〈한부(恨賦)〉에 "혹은 외로운 신하가 눈물을 흘리기도 하며, 서자가 낙심하는 것 같네(或有孤臣危涕, 孽子墜心.)"라고 읊었다.

13 **絶國以搖恨**(절국이요한) : 「絶國」은 아주 멀리 떨어진 지방. 《한서 · 무제기(武帝記)》에 "각 주와 군에 지방 관리와 백성 가운데 재주가 뛰어나고 비범한 사람을 장군이나 재상으로 삼거나, 절국으로 사신을 파견할 수 있는 인재가 있는가를 조사하도록 영을 내렸다(其令州郡察吏民有茂材異等, 可爲將相及使絶國者.)"라는 기록이 있으며, 안사고(顔師古)의 주에 "멀리 떨어진 나라는 제왕이 백성을 교화하는 교육 범위 밖에 있는 곳을 이른다(遠絶之國, 謂聲敎之外.)"고 했음. 「搖恨」은 마음과 정신이 불안하여 몹시 원망하는 것.

14 **借光景**(차광경) : 《문원영화》에서는 「석광경(惜光景)」으로 되어 있음. 이 두 구는 짧은 시간을 빌려서 섬 가장자리에서 전별연을 펼치는 것을 말한다.

15 **洲渚**(주저) : 강 가운데의 작은 육지. 여기서는 전별하는 장소를 가리킴.

16 **黃鶴曉別**(황학효별) : 이백과 조염은 모두 구선학도(求仙學道)를 좋아하였는데, 더욱이 동틀 무렵에 헤어졌으므로 「황학과 새벽에 헤어지다」라고 하였다. 최호(崔顥)는 〈황학루(黃鶴樓)〉에서 "옛사람이 황학 타고 이미 떠나갔으니, 이 땅에는 부질없이 황학루만 남았도다. 황학은 한 번 떠나서는 다시 오지 않고, 흰 구름만 천 년 동안 유유히 떠도는구나(昔人已乘黃鶴去, 此地空餘黃鶴樓. 黃鶴一去不復返, 白雲千載空悠悠.)"라 읊었음.

17 **愁聞命子之聲**(수문명자지성) : 조염이 이미 조정의 명령으로 유배

당하였다는 소식을 이백이 듣고 매우 비통한 심정을 느끼는 것.

18 **靑楓暝色**(청풍명색) : 「楓」은 식물이름인 단풍나무로, 사람들에게 이별의 슬픔을 불러들인다. 장약허(張若虛)의 〈춘강화월야(春江花月夜)〉에서 "흰 구름 한 조각 유유히 흘러가니, 청풍나무 포구 위에서 근심을 이기지 못하네(白雲一片去悠悠, 靑楓浦上不勝愁.)"라 읊었음. 「暝色」은 날이 저물 무렵의 모습.

19 **盡是傷心之樹**(진시상심지수) : 이별의 고통을 말한 것. 《초사·초혼(招魂)》에 "강물은 유유한데 강 언덕엔 단풍나무요, 눈길이 닿는 천리 끝까지 바라보니 봄마저 마음이 아프구나(湛湛江水兮上有楓, 目極千里兮傷春心.)"라 했음. 이 두 구는 날이 저물 무렵 어스레한 빛 속의 푸른 단풍나무가 모두 상심스런 나무로 변한 것을 말한다.

15-3

然自吳瞻秦[20], 日見喜氣[21]。上當攫玉弩[22], 摧狼狐[23], 洗淸天地[24], 雷雨必作[25]。冀白日迴照, 丹心可明[26], 巴陵半道, 坐見還吳之棹[27]。

令雪解而松柏振色, 氣和而蘭蕙開芳[28]。僕西登天門[29], 望子於西江之上[30]。

오(吳) 땅에서 멀리 떨어진 진(秦; 長安)지방을 바라보니, 날마다 기쁜 기상을 볼 수 있구나. 군왕이 옥 쇠뇌를 당겨 이리와 여우 떼를 물리치자, 온 세상이 맑아져서 천둥소리와 함께 반드시 비가 내리리라. 밝은 해가 다시 비쳐 곧은 마음이 밝혀지기를 바라나니,

파릉(巴陵)으로 가는 도중 사면되어 장차 오(吳) 땅으로 돌아오는 배탄 모습을 볼 수 있으리로다.

눈을 녹여서 송백(松柏)이 자신의 기색을 떨치도록 하고, 기운을 조화롭게 하여 난초(蘭草)와 혜초(蕙草) 꽃을 피웠으니, 나는 서쪽 천문산(天門山)에 올라가서 서강(西江)으로 가는 그대를 바라보노라.

················

20 **自吳瞻秦**(자오첨진) : 「吳」는 춘추시대 나라 이름, 당도현은 옛날 오나라에 속하였음. 「瞻」은 멀리 바라보는 것. 「秦」은 당시 수도인 장안을 가리킨다.

21 **日見喜氣**(일견희기) : 왕기는 당조(唐朝)의 떨쳐 일어나는 기상을 말한다고 하였다. 안사란이 발발한 초기에 현종은 처음 제서(制書)를 발표하여 친히 출정하면서 아울러 일련의 군사적인 조치를 취하였다. 경도에서 요양 중인 농우절도사 가서한(哥舒翰)을 병마부원수로 기용하여 8만 대병을 이끌고 동관(潼關)을 지키도록 하고, 또한 삭방절도사 곽자의(郭子儀), 하동절도사 이광필(李光弼)에게 하북으로 출병하도록 하고 반군을 후방에서 공격하여 사사명(史思明)을 대패시켰다. 이와 동시에 상산(常山)태수 안고경(顔杲卿)과 평원(平原)태수 안진경(顔眞卿)에게도 적을 토벌하도록 명하여 위군(魏郡)을 공격해서 이기니, 군사의 사기가 크게 떨치면서 하북의 여러 군진들도 이에 호응하였다. 천보 15년(756) 초봄에 관병의 패배를 승리로 바꾼 형세가 사람을 기쁘게 하였으므로 이렇게 「매일 기쁜 기운을 볼 수 있다」고 하였음.

22 **上當攫玉弩**(상당확옥노) : 「上」은 현종을 가리키며, 「當」은 주장하다, 옹호하다는 말. 「攫」은 본래는 새가 발톱으로 빠르게 움켜잡는

것인데, 탈취하다는 뜻으로도 쓰인다. 「弩」는 쇠뇌*이며, 「攫玉弩」는 친히 정벌하는 병권을 잡는 것. 《상서 · 제명험(帝命驗)》에 "옥쇠뇌를 쏘아서 천하를 놀라게 하였네(玉弩發, 警天下.)"라 했음.

23 **摧狼狐**(최랑호) : 「摧」는 꺾는 것, 무찔러 없애는 것. 「狼狐」는 이리와 여우로, 안록산 반군의 비유.

24 **洗清天地**(세청천지) : 온 우주가 편안하고 태평한 것. 곧 통일되는 것을 말함.

25 **雷雨必作**(뇌우필작) : 천하에 크게 사면을 내리는 것으로, 임금의 사면(赦免)을 받는 것을 뜻함. 《주역 · 해괘(解卦)》에 "하늘과 땅의 기운이 순조로워 뇌성(雷聲)이 울리며 비가 내린다(天地解而雷雨作.)"라 하고, 주에서 "우레와 비가 함께 일어나는 것이 해괘이다. 군자는 이 괘로써 허물을 용서하고 죄를 사면해 준다(雷雨作, 解, 君子以赦過宥罪.)"라 했음.

26 **冀白日迴照, 丹心可明**(기백일회조, 단심가명) : 「冀」는 희망하다. 「白日」은 태양으로 황제의 비유. 이백의 〈수레가 온천궁으로 간 뒤에 양산인에게 드리다(駕去溫泉宮後贈楊山人)〉시에 "홀연히 흰 해(백일)가 빛을 돌려 비춰주어서, 날개가 나와 곧장 푸른 구름으로 올라갔어라(忽蒙白日回景光**, 直上青雲生羽翼.)"고 읊었다. 「丹心」은 「적심(赤心)」과 같으며 충성스런 마음. 여기서는 군왕의 은택이 태양 빛이 널리 비치는 것처럼 조염의 충성스런 마음을 밝게 비쳐서 죄를 깨끗이 없애주도록 바라는 희망을 피력한 것이다.

27 **巴陵半道, 坐見還吳之棹**(파릉반도, 좌견환오지도) : 「巴陵」은 당대

---

* 여러 개의 화살이나 돌을 장전하여 잇따라 쏘는 큰 활.

** 이 구절에서 「白日(흰 해)」은 현종을 가리키며, 황제의 은혜를 받을 것을 예상한 것임.

의 악주(岳州), 지금의 호남성 악양(岳陽)으로, 고대에는 죄를 지은 신하들을 귀양 보내던 곳임. 「坐見」은 장차 보는 것. 「還吳之棹」는 오 땅, 곧 당도로 돌아오는 배. 이 두 구에서는 유배를 당하여 악주로 가는 중간 지점에서 다시 오 땅인 당도로 돌아오라고 하는 배가 출현하기를 희망한 것이다.

28 **雪解而松柏振色, 氣和而蘭蕙開芳**(설해이송백진색, 기화이난혜개방) : 「雪解」와 「氣和」는 모두 따듯한 봄인 양춘(陽春)을 가리키며, 양기가 나와서 만물이 자신의 색을 떨치는 것으로, 심정이 상쾌한 것을 말함. 이 두 구는 눈을 녹여서 송백이 더욱 푸른색을 떨치게 하고, 하늘의 기운을 조화롭게 하여 난초와 혜초를 꽃피우게 하듯 조염의 원통한 사건(寃案)이 해결되기를 형용한 것이다.

29 **僕西登天門**(복서등천문) : 「僕」은 자기의 겸칭. 「天門」은 천문산으로, 당도 서남쪽 장강 양안(兩岸)에 있다. 《태평환우기(太平寰宇記)》에 "천문산은 태평주 당도현 서남쪽 3십리에 있으며, 두 산이 큰 강을 끼고 있는데, 동쪽은 박망산(博望山)이고 서쪽은 천문산이라 부른다(天門山, 在太平州當塗縣西南三十里, 有二山夾大江, 東曰博望, 西曰天門.)"고 했음.

30 **望子於西江之上**(망자어서강지상) : 「子」는 조염을 가리키며, 「西江」은 고대에 금릉(金陵; 지금의 南京)에서 구강(九江; 지금의 강서성 일대)까지 흐르는 장강을 서강이라 불렀음.

51-4

吾賢可流水其道, 浮雲其身[31], 通方大適[32], 何往不可[33]? 何戚戚於路岐哉[34]!

내가 사랑하는 조염은 가는 길을 흐르는 물처럼 여기고 그 몸을 뜬구름처럼 여겨서, 큰 도(道)에 통달하였으므로 어디를 가더라도 적응할 수 있으리니, 무엇 때문에 갈림길에서 근심하고 슬퍼하는가!

....

31 **吾賢可流水其道, 浮雲其身**(오현가유수기도, 부운기신) : 「吾賢」은 어진 선비에 대한 친밀함을 나타내는 칭호로, 조염을 가리킴. 여기서는 조염 자신이 가는 길을 흐르는 강물처럼 여기고, 그 몸을 부운처럼 여겨서 자연에 순응하여 닿는 곳에 따라 편안하게 여길 것을 권한 말임.

32 **通方大適**(통방대적) : 「通方」은 「통구(通衢)」로, 사방으로 통하여 왕래가 잦은 거리, 혹은 정치하는 도리에 통달한 것. 《한서 · 한안국전(韓安國傳)》에 "통달한 선비가 문장으로 어지럽히는 것은 옳지 않다(通方之士, 不可以文亂.)"라 하고, 안사고는 주에서 "「방」은 도다(方, 道也.)"라고 했음. 「大適」은 가는 곳마다 모두 적응할 수 있는 것으로, 대도(大道)와 같다.

33 **何往不可**(하왕불가) : 반문하는 어세로서, 어느 곳에 가더라도 안 되는 것이 없음을 표시한 것.

34 **何戚戚於路岐哉**(하척척어로기재) : 「戚戚」은 근심하고 두려워하는 모습. 《논어 · 술이(述而)》에 "군자는 마음이 평온하고 너그러우며, 소인은 늘 근심으로 걱정한다(君子坦蕩蕩, 小人長戚戚.)"라 했으며, 형병(邢昺)은 소에서 "「장척척」은 근심과 두려움이 많은 것(長戚戚, 多憂懼也.)"이라 했다. 「路岐」는 갈림길. 완적(阮籍)의 〈영회시(詠懷詩)〉23수에 "양주(楊朱)는 갈림길에서 통곡하고, 묵자(墨子)는 실이 물들여지는 것을 슬퍼하였네(楊朱泣岐路, 墨子悲染絲.)"라고 읊었음.

16.

秋於敬亭送從侄耑遊廬山序

가을 경정에서 여산으로 유람 가는 종질 이단을 보내면서 지은 서문

천보 12년(753) 가을 이백이 하남성 양원(梁園)에서 남하하여 안휘성 선성현(宣城縣)에 도착하였을 때, 마침 그곳 북쪽에 위치한 경정산(敬亭山)에서 강서성 구강(九江)에 있는 여산(廬山)으로 유람차 떠나는 종질 이단(李耑)에게 써준 서문이다. 경정산 근교에는 명승이 많은데, 남제(南齊) 때 사조(謝朓)가 선성태수로 재직하면서 증별시를 많이 써주었던 곳이기도 하며, 이백도 사조를 사모하여 이곳을 수시로 유람하면서 많은 시문을 썼다.

「경정산」은 산 위에 경정(敬亭)이란 정자가 있어 붙인 이름이며, 소정산(昭亭山)·사산(查山) 이라고도 부른다. 지금의 안휘성(安徽省) 선성(宣城) 북쪽에 위치한다.

이 서문은 이단과 여산을 제재로 하였는데, 내용을 3개 단락으로 나눌 수 있다. 첫 번째 단락에서는 이백이 〈자허부(子虛賦)〉를 읽었던 소년시절, 장성해서 운몽의 일곱 호수를 관람하고 안륙에 머물던 시기에 어린 종질 이단과 처음 만난 상황, 그리고 오늘 장성한 이단을 다시 만나는 정경을 차례로 기술하였고, 두 번째 단락에서

는 이단이 유람가는 여산에 대하여, 향로봉과 여산폭포의 웅장한 경관, 신비한 방호(方湖)와 석정(石井)의 비경을 묘사했으며, 세 번째 단락에서는 이단과 송별의 정을 서술하면서 아울러 자신도 공성신퇴(攻成身退)의 숙원이 있다는 점, 후일 숙질간에 손잡고 함께 명산을 유람하자는 기원(祈願), 명산을 잘 보고 돌아오라는 애틋한 감정 등이 점층적으로 정연하게 표현되었다.

여기서 특히 이단과 만나 집안의 과거사를 서술하는 과정에서 세월이 빨리 흘러 늙은 자신을 탄식한 반면, 장성한 조카를 보고 희비가 교차하는 이백의 진지한 정감이 행간에 스며들어 있어 독자들을 감동시키기에 충분하다.

16-1

余小時, 大人[1]令誦子虛賦[2], 私心慕之。及長, 南遊雲夢[3], 覽七澤[4]之壯觀。

酒隱安陸[5], 蹉跎十年[6]。初, 嘉興季父謫長沙西還[7], 時予拜見[8], 預飲林下[9]。耑乃稚子, 嬉遊在傍。今來有成, 鬱負秀氣[10]。

吾衰久矣[11], 見爾慰心, 申悲道舊[12], 破涕爲笑[13]。

내가 어렸을 때 어르신께서 읊으신 〈자허부(子虛賦)〉를 몰래 그리워했었는데, 장성하여 남쪽 운몽(雲夢)에 노닐면서 작품 속 일곱 호수의 웅장한 경관을 볼 수 있었구나.

안륙(安陸)에서 술 마시며 십 년 동안 허송세월하던 시절, 처음

가흥(嘉興)현령인 계부가 장사(長沙)로 좌천되었다가 서쪽에서 돌아올 때, 길에서 뵙고 죽림(竹林)에 펼친 술잔치에 참여하였었지. 자네 단(李耑)은 어린아이로 곁에서 즐겁게 놀았었는데, 지금은 장성하여 청수한 기운을 품었도다.

내가 쇠약해진지 오래되었으나 자네를 보면서 위로 삼고자 하니, 지난 일들을 이야기하면서 눈물을 거두고 웃어 보자꾸나.

....

1 **大人**(대인) : 부모에 대한 존칭(尊稱), 여기서는 부친(혹은 숙부)을 가리킴. 《사기 · 고조본기》에 "고조가 옥 술잔 받들고 일어나 태상황에게 장수를 빌며 말하기를 「옛날 아버님께서는 늘 저를 보고 쓸모가 없고 생업도 꾸려나가지 못하며, 둘째 형처럼 노력하지도 않는다」고 하셨습니다(高祖奉玉卮, 起爲太上皇壽曰, 始大人常以臣無賴, 不能治產業, 不如仲力.)"라 했음.

2 **子虛賦**(자허부) : 서한 사마상여가 지은 대표적인 부 작품으로, 가상인물인 자허(子虛)와 오유선생(烏有先生), 망시공(亡是公)이 서로 힐난하거나 의론하는 내용임.

3 **雲夢**(운몽) : 원래는 춘추전국시대 초나라 왕이 유렵(遊獵)하던 지역이었는데, 지금의 호북성 강한(江漢) 평원 및 동서북 삼면의 일부 구릉(丘陵)과 산에 있다. 《방여승람(方輿勝覽)》에 "「운몽」은 안륙현 남쪽 5십리에 있다(雲夢澤在安陸縣南五十里.)"는 기록이 있음. 일설에는 강북에 운택(雲澤)이 있고 강남에 몽택(夢澤)이 있는데, 뒤에는 퇴적작용으로 육지가 되어서 운몽으로 불렀다고 한다.

4 **七澤**(칠택) : 호북성 경내에 있다. 〈자허부〉에 "초나라에 일곱 연못이 있다고 들었는데, 제가 가서 보니 모두 작은 것들뿐이며, 운몽이라고 불렀습니다(臣聞楚有七澤, 臣之所見, 蓋特其小小者耳, 名曰

雲夢.)"라고 했음.

5 **酒隱安陸**(주은안육) : 「安陸」은 안주(安州). 지금의 호북성 안륙시에 있는데, 개원 15년(727) 이백이 27세 때 옛날 재상이던 허어사의 손녀와 결혼하여 가정을 꾸리고 이곳을 중심으로 만유생활을 시작하였다.

6 **蹉跎十年**(차타십년) : 「蹉跎」는 헛되게 세월을 보내는 것. 유의경(劉義慶)의 《세설신어 · 자신(自新)》*에 "이에 주처(周處)는 오군의 이육(陸機와 陸雲형제)을 찾아갔는데, 평원(陸機)이 출타하고 없어서 바로 청하(陸雲)를 뵙고 모든 사정을 말하자, 육운도 자신의 착오를 고치려고 하였지만, 세월만 헛되이 보낸 채 끝내 이루는 바가 없었다고 했다(乃自吳尋二陸, 平原不在, 正見清河, 具以情告, 並雲欲自修改, 而年已蹉跎, 終無所成.)"라는 기록이 있음. 「十年」은 이백이 개원 15년(727)부터 개원 25년(737) 사이에 안륙에서 머무르던 10년 동안을 말한다.

7 **嘉興季父謫長沙西還**(가흥계부적장사서환) : 「嘉興」은 가흥현. 진나라 때 유거현(由擧縣)이었다가 삼국 오나라 때 가흥현으로 고쳐 불렀고, 당나라 때에는 소주(蘇州)에 속한 현이었으며, 지금의 절강성(浙江省) 가흥시다. 「季父」는 가장 나이 어린 숙부로 이백의 계부가 일찍이 가흥현령을 지냈는데, 이름은 밝혀지지 않고 있다. 「謫」은 죄로 귀양가는 것. 「謫長沙西還」은 숙부가 장사현에 속한 관리로 유배당하였다가 서쪽으로 돌아온 것을 말함.

8 **時予拜見**(시여배견) : 이백이 숙부를 찾아뵌 것.

9 **預飮林下**(예음림하) : 위진시대의 죽림칠현 중 완적(阮籍)과 완함(阮咸)은 숙질간이었지만, 서로 좋은 친구를 맺어 죽림에서

---

* 이러한 내용이 《진서 · 주처전(周處傳)》에도 보임.

교유*하였으므로 이백도 죽림칠현이 교유한 것을 차용하였음. 「預」는 참여하는 것.

10 **今來有成, 鬱負秀氣**(금래유성, 울부수기) : 「有成」은 배움에 성취가 있는 것으로, 《논어 · 술이(述而)》에 "공자께서 말씀하셨다 「나를 등용하는 사람이 있다면 일 년이 지나면 그런대로 괜찮아질 것이고, 삼 년이 지나면 성취가 있을 것이다」(子曰, 苟有用我者, 朞月而已可也, 三年有成.)"라고 했음. 「鬱」은 무성한 모양. 「負」는 지니다, 품다. 향유하는 것. 「秀氣」는 맑고 빼어난 기운으로, 이백의 〈강위에서 환공산을 바라보며(江上望皖公山)〉시에 "기이한 봉우리가 기이한 구름 위로 솟아있고, 빼어난 나무들은 빼어난 기운을 머금고 있는구나(奇峰出奇雲, 秀木含秀氣.)"라고 읊었음. 여기서는 이단이 이미 성장해서 학문에 성취가 있을 뿐만 아니라 기운도 매우 왕성하며 용모도 청수했음을 말한 것이다.

11 **吾衰久矣**(오쇠구의) : 《논어 · 술이》에서 공자가 "심하도다, 나의 노쇠함이여! 내가 다시 꿈에서 주공을 뵙지 못한 지가 오래 되었구나(甚矣吾衰也! 久矣吾不復夢見周公.)"라 했다.

12 **申悲道舊**(신비도구) : 「申」은 표명하다. 「道」는 말하다, 서술하다는 뜻. 슬픔을 벗어버리고 지난 일을 얘기해보자는 말.

13 **破涕爲笑**(파체위소) : 눈물을 멈추고 기쁨으로 바꾸어 보자는 뜻. 유곤(劉琨)의 〈노심에 답하는 시 병서(答盧諶詩并書)〉에 "무릎을 마주한 채 술잔기울이며, 눈물 거두고 웃어보세나(擧觴對膝, 破涕爲笑.)"라 했음. 이 두 구는 이백과 종질이 이별할 때 옛날을 생각하면서 희비가 교차함을 말한 것이다.

---

* 죽림칠현 가운데 완함은 완적의 조카였는데, 완적은 자기의 아들인 완혼(阮渾)에게는 방종한 생활을 하지 못하도록 훈계하였지만, 조카인 완함에게는 죽림의 유연에 참가토록 허용하였다.

16-2

方告我遠涉[14]，西登香爐[15]。長山橫蹙[16]，九江却轉[17]。瀑布天落，半與銀河爭流[18]，騰虹奔電，潨射萬壑[19]，此宇宙之奇詭也[20]。其上有方湖石井[21]，不可得而窺焉[22]。

마침 나에게 멀리 떨어진 서쪽 향로봉(香爐峰)에 올라간다고 알려주었는데, 긴 여산(廬山)은 종횡으로 대지르고 아홉 강줄기가 구불구불하다네.

하늘에서 떨어지는 폭포수 반쯤은 은하수와 함께 다투어 흐르나니, 무지개 타고 번개가 내달리듯 많은 골짜기로 쏟아지는데, 그 모습은 우주의 기이한 장관(壯觀)이로다. 산 위에는 방호(方湖)와 석정(石井)이 있다지만, 직접 볼 수는 없으리라.

....

14 **方告我遠涉**(방고아원섭) : 「方」은 마침 …… 한 시기. 「遠涉」은 먼 길을 두루 돌아다니는 것. 이단이 나에게 멀리 유람하리라는 것을 알려줌을 말한다.

15 **西登香爐**(서등향로) : 「香爐」는 향로봉. 여산에 두 개의 향로봉이 있는데, 하나는 산 남쪽에 있고 하나는 산 북쪽에 있다. 여기서는 서북쪽에 있는 향로봉을 가리키는데, 정상에 운무가 둘러싸여 있을 때, 마치 향로처럼 보이므로 이러한 명칭이 붙여졌다고 한다. 《태평환우기(太平寰宇記)》권111 〈강남서도 강주(江南西道江州)〉편에 의하면 “여산 서북쪽에 있는 향로봉은 그 봉우리가 뾰족하고 둥근데, 안개와 구름이 모였다가 흩어지는 모습이 마치 박산(博山)의 향로와 같다(香爐峰在廬山西北，其峰尖圓，煙雲聚散，如博山香爐之狀)”는 기록이 있음.

16 **長山橫蹙**(장산횡축) : 높고 큰 여산의 봉우리가 종횡으로 구불구불 한 것.

17 **九江却轉**(구강각전) : 아홉 줄기의 강물이 여기에서 돌아서 파양호(鄱陽湖)로 흘러 들어감을 말함. 「九江」은 팽려호(彭蠡湖; 지금의 파양호)로 흘러 들어가는 아홉 줄기의 강으로, 《진태강지기(晉太康志記)》에 "유흠은 호한 지역의 구강이 팽려호로 들어간다고 하였다(劉歆以爲湖漢九水入彭蠡澤也.)"는 기록이 있음.

18 **瀑布天落, 半與銀河爭流**(폭포천락, 반여은하쟁류) : 여산 폭포의 기이한 경치를 묘사한 것. 이백의 〈여산 폭포를 바라보며(望廬山瀑布)〉2수에 "해 비치는 향로봉엔 자색 연기 아롱지고, 앞 내에 걸린 폭포수 아득히 보이누나. 곧장 날아내리는 3천척 폭포수는, 은하수가 구천에서 떨어지는 듯 하다네(日照香爐生紫煙, 遙看瀑布掛前川. 飛流直下三千尺, 疑是銀河落九天.)"라고 읊었다.

19 **潨射萬壑**(총사만학) : 「潨」은 작은 물이 큰물로 흘러 들어가서 여러 물이 합쳐지는 것. 이백의 〈여산 폭포를 바라보며(望廬山瀑布)〉2수 중 첫 번째 시에서 "공중에서 어지러이 물을 뿜어내면서 좌우 푸른 벽을 씻는구나(空中亂潨射, 左右洗青壁.)"라 읊었다.

20 **此宇宙之奇詭也**(차우주지기궤야) : 「宇宙」는 천지 만물의 총칭. 「詭」는 기이한 것.

21 **方湖石井**(방호석정) : 향로봉 위에 있는 여산의 기이한 호수들 이름. 혜원(慧遠)의 〈유여산기(遊廬山記)〉에 "내가 이 산에 머문 지 23년 동안 석문을 두 번이나 밟아보고, 남령에는 네 번이나 노닐었네. 동쪽으로 향로봉을 바라보며 북쪽의 구강을 굽어보았으며, 석정과 방호에 대하여는 전해만 들었는데, 그 속에는 붉은 고기가 뛰어오른다고 했네. 촌사람들이 자세히 서술하지 못하므로 다만 그 기이함에 탄식 할 뿐이라네(自託此山, 二十三載, 再踐石門, 四遊南嶺,

東望香爐峰, 北眺九江, 傳聞有石井方湖, 中有赤鱗湧出, 野人不能敍, 直嘆其奇而已.)"라는 기록이 있다.

22 不可得而窺焉(불가득이규언) : 방호와 석정에 대하여 남에게 전해만 들었기 때문에 이백은 직접 볼 수 없을 것이라고 말했음.

16-3

羨君此行, 撫鶴長嘯[23]。恨丹液未就[24], 白龍來遲[25], 使秦人著鞭, 先往桃花之水[26]。

孤負夙願[27], 慚歸名山[28]。終期後來, 携手五嶽[29]。情以送遠, 詩寧闕乎[30]?

자네의 이번 유람(遊覽)이 부러워서 학(鶴)을 쓰다듬으며 길게 탄식하노라. 단약(丹藥)을 아직 만들지 못하고 흰 용도 더디게 오는 것이 한스러워서, 진(秦)나라 사람에게 도화원(桃花源) 물가로 먼저 가도록 채찍 들어 인도하였네.

옛 소망을 이루지 못한 채 명산(名山)으로 돌아가는 것이 부끄럽지만, 끝내 기대가 실현된다면 함께 손잡고 오악(五嶽)을 유람하세나. 마음으로 멀리 전송하노니, 어찌 시 짓는 것을 빼놓을 수 있겠는가?

....

23 撫鶴長嘯(무학장소) : 도교 속에 나오는 인물들의 풍취를 형용한 것. 《시경 · 소아 · 학명(鶴鳴)》에 "학이 남쪽의 언덕에서 우니, 들판에 소리가 들리네(鶴鳴于九泉, 聲聞于野.)"라 하여, 현명한 덕을

갖춘 인사(賢德之士)가 숨어서 소리를 밖에 알리는 것. 여기서는 이백 자신이 목전에 명산으로 유람할 수 없음을 길게 탄식하는 것을 말한다.

24 **丹液未就**(단액미취) : 「丹液」은 선단(仙丹)으로, 신선이 복용하는 불로장생의 단약(丹藥). 《한무내전(漢武內傳)》에 "약에는 구단(九丹)과 금액(金液)이 있는데, 당신이 그것을 복용하면 대낮에 하늘로 오를 것입니다. 이것은 날아다니는 신선만 복용하는 것으로, 땅에 거주하는 신선은 볼 수 있는 것이 아닙니다(藥有九丹金液, 子得服之, 白日升天. 此飛仙之所服, 非地仙之所見也.)"라는 기록이 있음. 「未就」는 선약의 단련이 아직 성공되지 못하였음을 가리킨다.

25 **白龍來遲**(백룡래지) : 「白龍」은 도교 가운데 천제(天帝)의 사자인데, 왕기는 주에서 "양제현이 이르기를, 「백룡담은 선주에 있다. 세상에 전하는 말에는 두자명(竇子明)이 관직을 버리고 도를 닦았는데, 백용을 낚아서 이곳에서 놓아 주었다」(楊齊賢曰, 白龍潭, 在宣州. 世傳竇子明棄官學道, 釣得白龍, 放之於此.)"고 하였으며, 또한 《수경주(水經注)·면수(沔水)》에는 "강물은 능양산(陵陽山)에서 흘러서 아래로 능양현을 지나 서쪽으로 돌아 계곡의 물이 되었다. 옛날 현에 사는 양자명(陽子明)이 백룡을 낚았던 곳이다. 3년 뒤에 용이 양자명을 능양산에서 맞이했는데, 산은 땅에서 1천여 장이나 떨어져 있었다. 백여년 뒤에 산 아래 사는 사람을 불러 산 중간쯤 오르게 하고, 골짜기에 사는 자안이 자명에게 낚시한 수레의 소재를 물은 것에 대해 함께 이야기 하였다. 2십년 후에 자안이 산 아래에서 죽자, 황학이 그 무덤에 난 나무에 깃들여 살면서, 늘 자안이라고 지저귀었다(水出陵陽山, 下徑陵陽縣, 西爲旋溪水. 昔縣人陽子明釣得白龍處. 後三年, 龍迎子明上陵陽山, 山去地千餘丈. 後百餘年, 呼山下人, 令上山半與語, 溪中子安問子明釣車所在. 後二十年, 子安

死山下, 有黃鶴棲其冢樹, 常鳴乎子安.)"는 기록이 전하고 있다*. 「來遲」는 지금까지 신선이 되지 못한 것을 가리킨다. 이 두 구에서는 자신이 추구한 구선학도(求仙學道)가 아직 성공하지 못한 것에 대하여 후회함을 표현한 것임.

26 **使秦人著鞭, 先往桃花之水**(사진인착편, 선왕도화지수) : 「秦人」은 진나라의 난을 피하여 도화원으로 들어간 사람을 가리킴. 「著鞭」은 착수(著手)하여 진행한다는 말과 같다. 《진서 · 유곤전(劉琨傳)》(권62)에 "유곤은 범양 사람 조적과 벗하였는데, 조적이 임용되었다는 말을 듣고 고향친구에게 편지보내기를, 「나는 창을 벤 채 아침을 맞았으며 사나운 오랑캐를 대적하면서도, 항상 조생(조적)이 먼저 착수할 것을 걱정하였다」(與范陽祖逖爲友, 聞逖被用, 與親故書曰, 吾枕戈待旦, 志梟逆虜, 常恐祖生先吾著鞭.)"라는 기록이 있음. 「桃花之水」는 곧 도화원으로, 도잠의 〈도화원기〉에 "스스로 말하기를, 「옛적 선조들이 진(秦)나라 때의 난리를 피해 처자와 마을 사람들을 이끌고 이 절경 속으로 왔는데, 그 이후 다시 밖으로 나가지 않았다네」(自云, 先世避秦時亂, 率妻子邑人來此絶境, 不復出焉.)"라고 했다. 여기서는 도잠의 〈도화원기〉의 일을 이용하였으며, 자신은 은거하려하지만 늦어지고 있으므로 진나라 사람에게 먼저 도화원으로 들어가 있기를 바란다는 뜻임.

27 **孤負夙願**(고부숙원) : 타인의 호의 · 기대 · 도움 등을 헛되게 하다,

---

* 〈열선전〉에는 다음과 같이 전한다 "陵陽子明者, 鄕人也, 好釣魚於旋溪. 釣得白龍, 子明懼, 解鉤拜而放之. 後得白魚, 腹中有書, 教子明服食之法. 子明遂上黃山, 采五石脂, 沸水而服之. 三年, 龍來迎去, 止陵陽山上百餘年. 山去地千餘丈, 大呼下人, 令上山半, 告言, 「中子安, 當來問子明釣車在否」 後二十餘年, 子安死, 人取葬石山下. 有黃鶴來, 棲其塚邊樹上, 鳴呼子安云. 陵陽垂釣, 白龍銜鉤. 終獲瑞魚, 靈述是修. 五石溉水, 騰山乘虯. 子安果沒, 鳴鶴何求."

저버리리는 것. 《삼국지 · 촉지(蜀志) · 선주전(先主傳)》에 "항상 위태로움에 빠져서 나라의 은혜를 저버릴까 근심하였다(常恐殆沒, 孤負國恩.)"라 했음. 「夙願」은 평소에 원하고 바라는 것.

28 **慚歸名山**(참귀명산) : 이 구에 대하여 이백전집의 다른 판본인 《문원영화(文苑英華)》와 《당문수(唐文粹)》에서는 「慚未歸於名山(명산에 돌아오지 못한 것이 부끄럽다)」이 옳다고 하였는데, 이를 근거로 하면 이 서문은 이백이 여산에 은거하기 이전에 지었음을 알 수 있다. 이 두 구에서는 이백의 최고 이상은 「공업을 이루고 난 후에 은퇴하는 것(攻城身退)」이지만, 금일에 이르기까지 공을 이루지 못하였으므로 부끄러워서 아직 명산으로 돌아오지 못하고 있음을 뜻함.

29 **終期後來, 携手五嶽**(종기후래, 휴수오악) : 시종 기대가 이루어지기를 바란 이후에 숙원이 실현된다면, 함께 손을 잡고 명산을 유람하리라는 뜻. 「五嶽」은 중국 다섯 명산의 총칭*.

30 **詩寧闕乎**(시녕궐호) : 「시를 어찌 빠뜨릴 수 있겠는가?」란 말. 이백이 조카 이단을 보내면서 이 서문을 주는 것 이외에 또 증시가 있을 것임을 설명하고 있다.

---

* 전설에는 여러 신들이 오악에 머무르고 있으므로 역대 제왕들이 가서 제사를 지냈다 한다.

17.
送黃鍾之鄱陽謁張使君序

장 사군을 알현하려 파양으로 가는 황종을 보내면서 지은 서문

개원 22년(734) 가을, 강하(江夏)에 있는 조대(釣臺) 위에서 이백이 그 지방에 거주하는 황종(黃鍾)의 친구들과 함께 전별연(餞別宴)을 벌려 놓고, 파양태수(鄱陽太守) 장사군(張使君)을 찾아뵈려고 강서성(江西省) 파양으로 가는 황종을 보내면서 지은 서문이다. 파양태수 장사군의 훌륭한 관직 수행과 황종의 고상한 인품에 대한 평가와 함께 전별연에서 석별의 정을 읊는 과정에서 이백의 세심한 성품을 읽을 수 있다. 황종의 사적에 대하여는 밝혀지지 않고 있다.

「파양(鄱陽)」은 군 이름으로, 《원화군현지》권28 〈파양현〉편에 "파양현은 파수의 북쪽에 있으므로 파양이라 불렀다(鄱陽縣, 以在鄱水之北, 故曰鄱陽.)"라고 했다. 당대에는 강남도 요주(饒州)였는데, 천보 원년(742)에 파양군으로 고쳤다가 건원 원년(758)에 다시 요주로 고쳤다. 파양은 요주의 치소로 지금의 강서성에 속한다.

「장사군(張使君)」은 장 씨인 요주자사로, 이름은 밝혀지지 않고 있다. 「사군(使君)」은 한나라 때 자사(刺史)에 대한 호칭이며, 한 이후에는 주군의 장관인 태수(太守)에 대한 존칭으로 쓰였다.

이 서문은 송별을 제재로 하였으며, 내용은 3개 단락으로 나눌 수 있다. 첫 번째 단락에서는 황종이 풍류와 담소, 고상한 절조, 뛰어난 언변과 웅지를 구비한 사람임을 밝히고, 두 번째 단락에서는 손님 접대를 잘하는 파양태수 장사군이 황종의 뛰어난 재능을 흠모하여 책상을 벽에 매단 채 예우하는 것을 서술하였으며, 세 번째 단락에서는 황종과 석별하는 가을에 강가 주변의 원경과 근경의 정경을 묘사하고, 헤어지면서 〈무창조대편(武昌釣臺篇)〉을 함께 읊조리며 위로하는 마음을 전하고 있다.

17-1

東南之美者, 有江夏黄公焉[1]。白切飮風流, 嘗接談笑[2]。亦有抗節玉立[3], 光輝冏然[4], 氣高時英, 辯折天口[5]。道可濟物[6], 志棲無垠[7]。

동남지방의 훌륭한 사람으로 강하(江夏)지방에 황공(黃公)이 있으니, 나 이백도 술 마시며 풍류를 즐길 때 일찍이 만나서 담소를 나눴다네.

더욱이 절조가 높아 옥산(玉山)이 서 있는 듯 밝게 빛났으며, 기백이 고상한 당시의 영웅으로 하늘의 언변(天口騈)조차 굴복시킬만하구나. 그의 도(道)는 세상을 구제할 만하며 웅지(雄志)는 무한히 깃들어 있도다.

……………

1 **東南之美者, 有江夏黄公焉**(동남지미자, 유강하황공언) : 여기서는

강하 출신 황종의 뛰어난 재주가 진(晉)나라 때 강동지방의 재사인 육기(陸機)·육운(陸雲)·고언선(顧彦先) 등과 같은 「동남의 보배(東南之寶)」임을 말한 것. 「東南之美」에 대하여 《세설신어·상예(賞譽)》에서 "장화(張華)는 저도(褚陶)를 보고 난후 육평원(陸機)에게 말하기를 「그대 형제는 용이 구름 속 나루에서 뛰는 듯하고, 고언선은 봉황이 해 뜨는 아침에 우는 듯하여 동남지방의 보배를 다 보았다고 여겼는데, 뜻밖에 다시 저군을 만났구나」(張華見褚陶, 語陸平原曰, 君兄弟龍躍雲津, 顧彦先鳳鳴朝陽, 謂東南之寶已盡, 不意復見褚生.)"라 하였는데, 「용약봉명(龍躍鳳鳴)」의 유래도 여기서 나왔다.

2 **白切飮風流, 嘗接談笑**(백절음풍류, 상접담소) : 「風流」는 풍치가 있고 멋스러운 것으로, 풍아(風雅)와 풍도(風度)를 지녔음을 말한다. 《세설신어·품조(品藻)》에 "어떤 사람이 원시중에게 「은중감은 한강백과 비유하여 어떻습니까?」라고 묻자, 「그들이 지닌 도리와 정의에 대하여는 우열을 가릴 수 없지만, 정원에 조용히 거처하면서 명사의 풍류를 지닌 것은 은중감(殷仲堪)이 한강백(韓康伯)에 미치지 못한다」고 대답하였다(有人問袁侍中曰, 殷仲堪何如韓康伯? 答曰, 理義所得, 優劣乃復未辨, 然門庭蕭寂, 居然有名士風流, 殷不及韓.)"라는 기록이 있음. 여기서는 이백도 암암리에 풍류인사인 황종과 함께 연회에서 술 마시며 교유하였음을 나타낸 것이다.

3 **抗節玉立**(항절옥립) : 절조(節操)에 맞는 행동으로 정결(貞潔)을 지키는 것. 곧 절개와 지조를 굳게 지키고 행실이 고결하여 굽히지 않음을 이른 말. 《문선》권38 환온(桓溫)의 〈초원언을 천거하는 표문(薦譙元彦表)〉에 "몸이 호랑이 입안에 들어가서 아침 이슬처럼 위험에 처해서도 옥산이 서 있듯 절조를 지키니, 절대로 항복시키거나 욕보일 수 없습니다(身寄虎吻, 危同朝露, 而能抗節玉立, 誓不

降辱.)”라 하고, 여연제는 주에서 “「항(抗)」은 거동, 「옥립(玉立)」은 곧음을 말한다(抗, 擧也. 玉立, 言貞也.)”고 했음.

4 **冏然**(경연) : 밝게 빛나는 모양. 진 곽박(郭璞)의 〈정부(井賦)〉에 “맑음을 회복하여 고요히 비추니, 빛나는 모습이 거울에 선명히 드러나네(乃回澄以靜映, 狀冏然而鏡灼.)”라 했음.

5 **辯折天口**(변절천구) : 그 사람의 언변이 능함을 형용한 것. 말을 잘하는 것이 전병(田駢)을 꺾어 굴복시킬만하다는 뜻. 《문선》권36 임방(任昉)의 〈선덕황후령(宣德皇后令)〉에 “언변이 천구를 꺾을 만하지만, 마치 말을 못하는 듯하다네(辯折天口, 而似不能言.)”라 하였는데, 이선은 주에서 《칠략(七略)》을 인용하여 “제나라 전병이 담론을 잘하였기 때문에 제나라 사람들은 말솜씨를 「천구병」이라 불렀다. 천구는 전병의 언변을 꺾을 수 없음이 하늘의 일을 처리하는 것과 같음을 말한 것이다(齊田駢好談論, 故齊人謂語曰, 天口駢. 天口者, 言田駢子不可窮其口, 若天事.)”라 하였음.

6 **道可濟物**(도가제물) : 그 도가 세상을 구제하고 사람들을 도울 만하다는 뜻. 《문선》권19 사령운의 〈술조덕시(述祖德詩)〉에 “남을 이루어 주는 성품을 품고 있으면서 더러운 기운에 억매이지 않는다(兼抱濟物性, 而不纓垢氛.)”고 했음.

7 **志棲無垠**(지서무은) : 그 뜻이 끝없는 도에 깃들고 있음을 말함. 「無垠」은 끝이 없는 것으로, 《회남자 · 원도훈》에 “위로는 소요의 들판에서 노닐고, 아래로는 무은의 문에서 나왔네(上遊於霄雿(逍遙)之野, 下出於無垠之門.)”라 하였고, 주에서 “「무은」은 형상이 없는 모습(無垠, 無形狀之貌)”이라고 했으며, 《문선》권17 부의(傅毅)의 〈무부(舞賦)〉에서도 “마음은 끝없이 노닐어서, 멀고 길게 생각하노라(遊心無垠, 遠思長想.)”고 했다.

17-2

鄱陽張公, 朝野榮望, 愛客接士, 即原嘗春陵[8]之亞[9]焉。每欽其辭華, 懸榻[10]見往。

而黃公因訪古跡, 便從貴遊[11], 乃僑裝撰行[12], 去國遐陟[13]。

파양태수 장공은 조정과 재야에서 영달하여 명망(名望)이 높았으며, 손님을 사랑하고 선비를 접대하는 것이 평원군(平原君) · 맹상군(孟嘗君) · 춘신군(春申君) · 신릉군(信陵君)과 버금갔으니, 언제나 화려한 언사를 구사하면서 책상을 매달아 놓은 채 손님을 예우하였다네.

황공이 명승고적을 방문하면서 고귀한 장공을 뵈러 가려고, 행장(行裝)을 꾸려 가는 날을 정해 고향을 멀리 떠나갔도다.

....

8 **原嘗春陵**(원상춘릉) : 사마천의 《사기열전(列傳)》에 기록되어 있는 제(齊)나라 맹상군(孟嘗君) 전문(田文), 위(魏)나라 신릉군(信陵君) 위무기(魏無忌), 조(趙)나라 평원군(平原君) 조승(趙勝), 초(楚)나라 춘신군(春申君) 황헐(黃歇)로, 역사에서는 이들을 「전국 4공자(戰國四公子)」라 했다.

9 **之亞**(지아) : …… 다음이다, 버금가는 것. 《좌전 · 양공(襄公)》10년에 "규규(圭嬀)의 서열이 송자(宋子)의 다음이어서 서로 친했다(圭嬀之班亞宋子而相親也.)*"라 하고, 두예는 주에서 "「아」는 다음이다(亞, 次也.)"라고 했음.

10 **懸榻**(현탑) : 서치((徐穉)의 전고를 사용한 것. 《후한서 · 서치전(徐

---

* 송자(宋子)와 규규(圭嬀)는 모두 정목공(鄭穆公)의 첩(妾)이다.

穉傳)》에 "진번((陳蕃)은 군에서 근무할 때 손님을 만나지 않았는데, 다만 서치가 오면 특별히 평상을 펼쳐 접대하다가 그가 가면 매달아 놓았다(蕃在郡不接賓客, 唯穉來, 特設一榻, 去則縣之.)"라 하였는데, 여기서 「縣」은 「현(懸)」과 같다. 후에는 「현탑」을 가리켜 현사를 예우하는 것에 비유하였음.

11 **貴遊**(귀유) : 관직이 없는 왕공이나 귀족으로, 지위가 높고 귀한 자를 널리 가리킨다. 《주례 · 지관(地官) · 사씨(師氏)》에 "나라의 귀족 자제들이 배웠다(凡國之貴遊子弟學焉.)"라 하고, 주에서 「귀유」는 "왕공의 자제들로 놀면서 관직이 없는 자들이다(王公之子弟遊無官司者.)"라 했음.

12 **僑裝撰行**(교장찬행) : 《광운(廣韻)》에 "「교」는 손님이고, 「찬」은 정해진 것(僑, 客也, 撰, 定也.)"이라 하였으니, 「僑裝」은 손님이 떠나는 행장을 말하고, 「撰行」은 가는 날이 정해진 것. 포조의 〈대진사왕백마편(代陳思王白馬篇)〉에서 "행장을 꾸려서 대궐을 떠나는 사람들이 많았다네(僑裝多闕絶.)"라 읊었다.

13 **遐陟**(하척) : 멀리 가는 것, 원행((遠行).

17-3

諸子銜酒惜別, 沾巾贈分。沉醉烟夕, 惆悵凉月。天南迴以變夏[14], 火西飛而獻秋[15]。

汀葭颯然, 海草微落[16]。夫子行邁[17], 我心若何? 毋金玉爾音, 而有遐心[18]。湖水悠沔, 勗哉是行[19]。

共賦武昌釣臺篇[20], 以慰別情耳。

여러 사람과 술잔 든 채 이별이 아쉬워, 눈물로 수건을 적시면서 헤어졌다네. 연기이는 저녁에 흠뻑 취하여 밝은 달을 슬퍼하는데, 하늘은 남쪽으로 돌아 여름이 이동하니 화기(火氣)가 서쪽으로 흘러가는 가을이로구나.

물가의 갈대는 바람 소리를 내고 해초는 물속에 잠기는데, 그대가 멀리 떠나니 내 마음은 어떠하겠소? 자네 음성을 금옥(金玉)같이 여길 것이니, 소원한 마음 두지 마시게나. 호수가 아득히 호탕하게 흘러가듯, 이번 행차에 힘내시게나.

함께 〈무창조대편(武昌釣臺篇)〉을 읊조리면서, 이별하는 마음을 위로하노라.

....

14 **天南迴以變夏**(천남회이변하) : 가을에 태양이 북쪽의 회귀선을 따라 돌아 적도에 닿으면 해가는 길(日道)이 정확하게 남쪽으로 옮기므로, 「天南迴」라 하였으며, 이후에 여름은 과거로 변한 것을 말함.

15 **火西飛而獻秋**(화서비이헌추) : 「火」는 「대화(大火)」라고 부르며, 심성(心星)*의 대칭. 해마다 하력(夏曆) 5월 저녁에는 심성이 밤하늘의 정남방에 출현하는데, 6-7월 이후의 저녁에는 심성이 점점 서쪽으로 이동한다. 《시경 · 빈풍 · 칠월》에 "칠월에 큰 화기인 심성이 (서쪽으로) 흘러 내려가네(七月流火.)"라 하였는데, 《모전(毛傳)》에서는 "「화」는 대화이다(火, 大火也.)" 라 했고, 《정전(鄭箋)》에서는 "대화는 겨울과 여름의 계절이다. 화성이 가운데에 있으면 추위와 더위가 물러간다(大火者, 寒暑之候也. 火星中, 而寒暑退.)"고 했

---

* 심성(心星)은 동방칠수(東方七宿)인 각항저방심미기(角亢氐房心尾箕)의 하나로, 방위도 순서로 볼 때 세 번째 별이다.

으며, 주희(朱熹)의 《시집전(詩集傳)》에서는 "「화」는 대화로, 심성이다. 6월 저녁에 북두성이 땅의 남방으로 더 기울어지고, 7월의 저녁이 되면 내려가서 서쪽으로 흐른다(火, 大火, 心星也. 以六月之昏, 加於地之南方, 至七月之昏, 則下而西流矣.)"고 했음. 이 두 구에서는 해가는 길(日道)이 남쪽으로 돌고 화성이 서쪽으로 옮기니, 하늘의 기운이 여름에서 가을로 변함을 말한 것이다.

16 **汀葭颯然, 海草微落**(정가삽연, 해초미락) : 강변의 가을 경치와 분위기를 묘사한 것으로, 가을의 갈대가 바람에 비파소리를 내고 해초도 점점 시드는 모습을 읊었다. 「汀葭」에서 「汀」은 물가의 평지, 「葭」는 갈대(蘆葦)임. 「颯然」은 바람이 부는 모습으로, 송옥(宋玉)의 〈풍부(風賦)〉에 "바람이 쏴하고 불면서 다가왔다(有風颯然而至.)"라 했다. 「海草」는 수초다*. 물이 바다와 같으므로 해초라 하는데, 주랑(周朗)의 〈보양희서(報羊希書)〉에서 "연못가의 해초는 해마다 꽃이 피고, 날마다 덩굴이 자란다(池上海草, 歲榮日蔓.)"고 했음.

17 **行邁**(행매) : 행로, 멀리 떠나는 것. 《시경 · 왕풍 · 서리(黍離)》에 "가는 걸음이 더디구요, 속마음도 어지럽구나(行邁靡靡, 中心搖搖.)"라 하고, 모전에서 "「매」는 가는 것이고, 「미미」는 더딘 것과 같다(邁, 行也, 靡靡, 猶遲遲也.)"고 했음.

18 **毋金玉爾音, 而有遐心**(무금옥이음, 이유하심) : 「遐心」은 멀어지는 내 마음. 여기서는 시경에 나오는 성구(成句)를 그대로 인용하였다. 《시경 · 소아 · 백구(白駒)》에 "그대의 음성은 금옥과 같으니, 소원

---

* 이백은 강변의 수초를 항상 해초라 하였는데, 다음에 나오는 〈이른 봄 강하에서 운몽의 집으로 돌아가는 채십을 보내면서 지은 서문(早春於江夏送蔡十還家雲夢序)〉에서도 "해초가 세 번 푸르도록 고향에 돌아가지 못했네(海草三綠, 不歸國門.)"라 했음.

한 마음 두지 마시게(毋金玉爾音, 而有遐心)"라 읊었는데, 공영달은 《정의(正義)》에서 "그대가 오지 못하면 마땅히 서신을 전해야 하는데 전하지 않았도다. …… 스스로 음성을 금옥같이 귀하게 여겨서 나에게 문안인사를 하지 않아 내 마음과 멀어지는 일이 없도록 하시게. …… 나와 멀어질까 두려워해서 사랑으로 꾸짖어서라도 서신이 끊어지지 않기를 바란다네(汝雖不來, 當傳書信, 毋得 …… 自愛音聲, 貴如金玉, 不以遺問我而有疏遠我之心. …… 恐遂疏己, 故以恩責之, 冀音信不絶.)라 했으며, 주자(朱子)는 주에서 "이미 멀어져서 그와 친할 수 없지만, 오히려 서로 소문이라도 들어서 끊어짐이 없기를 기대한 것이다. 그러므로 그에게 「그대의 음성만이라도 귀중히 여길지니, 나를 멀리하는 마음을 두지 말기를 바란다」라 말한 것이다(蓋已邈乎其不可親矣. 然猶冀其相聞而無絶也. 故語之曰無貴重爾之音聲, 而有遠我之心也.)"고 했음.

19 **湖水悠沔, 勖哉是行**(호수유면, 욱재시행) : 「湖水」는 파양호, 「悠沔」은 요원하고 광대한 모습, 혹은 유유히 흘러 아득하고 호탕한 모습. 「勖哉」는 힘쓰다는 뜻으로, 《서경 · 목서(牧誓)》에 "부자께서는 힘쓰시오(勖哉夫子.)"라 했다. 「是行」은 이번 행차. 이 두 구는 파양호의 물이 아득히 멀고 광대하니, 당신은 이번 행차에 면려(勉勵)하라는 말이다.

20 **武昌釣臺篇**(무창조대편) : 《방여승람(方輿勝覽)》권28 〈악주(鄂州) 무창(武昌) 산천편〉에 "조대는 북문의 큰 강 가운데 있는데, 〈군지〉에 의하면 손권이 항상 조대에서 진영을 정돈하였다(釣臺在北門大江中, 郡志, 孫權常整陣於釣臺.)"는 기록이 있음.

18.
早春於江夏送蔡十還家雲夢序
이른 봄 강하에서 운몽의 집으로 돌아가는 채십을 보내면서 지은 서문

개원 16년(728) 이른 봄, 강하(江夏)에서 고향인 호북성 운몽(雲夢)으로 돌아가는 채십(蔡十)을 보내면서 지은 서문이다.

「채십」은 안주 운몽인으로, 이백의 〈채산인을 보내며(送蔡山人)〉란 시 속의 채산인과 동일 인물이다. 그는 「운명이 기박(運蹇命奇)」하고 벼슬길이 순탄치 못하여 재주가 뛰어났지만, 사방을 유랑하면서 낙백한 처지로 지냈다. 이백이 안륙에 있을 때 그와 만나 가까운 사이가 되었으므로 채십에 대하여 깊이 동정을 표하였다. 「운몽」은 지금의 호북성 운몽현이며, 당대에는 회남도(淮南道) 안주(安州)에 속하였다.

이 서문의 내용은 3개 단락으로 나눌 수 있다. 첫 번째 단락에서는 채십의 위인(爲人)에 대하여 재주와 기상이 원대하고 사방을 경영할 만한 비범한 사람이지만 성공하지 못한 채 타향에서 유랑하는 신세임을 읊고, 아울러 이백도 같은 처지로서 위로하는 동병상련의 우정을 서술하였으며, 두 번째 단락에서는 채십이 마침 고향인 운몽으로 간다하므로 뱃길에 낙심하지 말고 도중의 경치를 감상하며

편안히 가도록 위로의 말로 격려하였으며, 세 번째 단락에서는 가을 7월 함께 경호(鏡湖)에 유람하기로 약속한 시간과 장소를 상기시키면서, 고향사람 요공(廖公)과 여러 재사(才士)들이 시를 지어 송별하는 내용을 기술하였다.

이렇듯 강하에서 잠시 만나서 긴밀한 우정을 나눈 채십이 오랜만에 고향으로 간다는 말에, 이백이 그의 고향 사람들과 강하의 여러 친구들이 그를 위해 전별연을 열어 위로하였는데, 이러한 과정에서 이백 또한 자신의 고향을 그리워하는 마음이 짙게 배어있음을 알 수 있다.

18-1

吾觀蔡侯[1], 奇人[2]也。爾其[3]才高氣遠[4], 有四方之志[5], 不然, 何周流宇宙[6]太多耶?

白遐窮冥搜[7], 亦以早矣[8]。海草三綠, 不歸國門[9]。又更逢春, 再結鄉思。

一見夫子[10], 冥心道存[11], 窮朝晩以作宴, 驅烟霞以輔賞[12]。朗笑明月, 時眠落花[13]。

斯遊無何[14], 尋告睽索[15]。來暫觀我[16], 去還愁人[17]。

내가 보건대 채후(蔡侯)는 비범한 사람이로다. 그는 재주가 높고 기상이 원대하여 사방을 경영할 만한 뜻을 가졌으면서도, 성공하지 못한 채 왜 이토록 오랫동안 세상을 떠돌아다니기만 하는가요?

나도 먼 곳까지 가보고 그윽한 곳을 일찍부터 찾아다녔는데, 해초가 세 번 파랗게 변하여도 고향에 돌아가지 못하고 또 다시 봄을 만났으니, 더욱 고향생각이 나는구나.

자네를 한번 보고는 포부가 서로 통하고 도가 합치되어서, 아침부터 저녁까지 연회를 열기도 하고, 안개와 노을이 있는 곳으로 달려가 감상하기도 했으며, 달을 향하여 우렁차게 웃기도 하고, 때로는 낙화(落花) 아래에서 졸기도 했다네.

이번 유람은 오래 걸리지 않겠지만, 이별하려고 잠시 와서 나를 보고 가는 것이 도리어 근심만 더하는구나.

....

1 **蔡侯**(채후) : 채십. 「侯」는 당대 사대부들의 관계에서 상대방에 대한 존칭으로 「君」이라고도 부른다. 두보(杜甫)의 〈이백과 함께 범십이 은거한 곳을 찾아가다(與李十二白同尋范十隱居)〉시에 "이후(이백)는 아름다운 문장을 지었으니, 때때로 음갱의 시구과 흡사하다네(李侯有佳句, 往往似陰鏗.)"라 했음.

2 **奇人**(기인) : 비범하여 심상치 않은 사람. 기이(奇異)한 사람으로, 성질이나 언행이 보통사람과 다른 것. 《후한서 · 외효전(隗囂傳)》에 "그 곁에는 항상 기인이 있었으며, 한가할 때에는 그들과 널리 진리를 탐구했다네(其傍時有奇人, 聊及閑暇, 廣求其眞.)"라 했음.

3 **爾其**(이기) : 「爾」는 「而」와 통하며, 연사(連詞). 「其」는 채후를 가리킴.

4 **才高氣遠**(재고기원) : 「재기고원(才氣高遠)」과 같으며, 「才」는 재주나 슬기, 「氣遠」은 기질이 원대한 것.

5 **四方之志**(사방지지) : 앞 《상안주배장사서》주 참조.

6 **周流宇宙**(주유우주) : 주유천하(周遊天下)의 뜻. 「周流」는 각지를 두루 다니는 것. 《초사 · 이소》에서 "사방의 끝까지 돌아보고, 하늘

을 이리저리 다니다가 내려왔네(覽相觀於四極兮, 周流乎天余乃下.)"라 했음.

7 **遐窮冥搜**(하궁명수) : 그윽하고 먼 곳까지 찾아다니는 것. 《문선》권 11 손작(孫綽)의 〈천태산을 유람하며 지은 부(遊天台山賦)〉에 "깊숙한 곳까지 찾아서 멀리서 띄운 정다운 편지에 마음이 통하였네(夫遠寄冥搜, 篤信通神.)"라 했음.

8 **亦以早矣**(역이조의) : 「亦已早矣」와 같음.

9 **海草三綠, 不歸國門**(해초삼록, 불귀국문) : 「海草」는 수초로, 옛날에는 장강 가운데 넓은 곳을 바다라고 칭했다. 「三綠」은 세 번 푸르른 것, 곧 세 번의 봄이 지났다는 말. 「國門」은 본래 도성의 문을 가리키지만, 여기서는 이백의 고향인 면주(綿州) 창명현(昌明縣)을 말함. 이곳은 이백이 안륙에서 임시로 거주하고 있음을 가리키고 있다.

10 **夫子**(부자) : 선비에 대한 존칭, 여기서는 채십을 가리킴.

11 **冥心道存**(명심도존) : 「冥心」은 세속적 생각이 다 사라지고 마음의 상태가 편안하고 고요해지는 것. 「冥心道存」은 내심으로 묵계(默契)하여 희망이나 포부가 서로 통하는 것으로, 지동도합(志同道合)의 뜻. 《노자》6장에 "골짜기 신은 죽지 않으니, 거뭇한 암컷이라고 한다네. 거뭇한 암컷의 문, 그것을 천지의 뿌리라 한다네. 이어지고 또 이어지니 꼭 있는 듯하면서도 그 쓰임이 다하지 않는구나(谷神不死, 是謂玄牝. 玄牝之門, 是謂天地根. 綿綿若存, 用之不勤.)"라 했다.

12 **窮朝晩以作宴, 驅煙霞以輔賞**(궁조만이작연, 구연하이보상) : 아침 저녁마다 연회에서 기분 전환하고, 안개와 노을이 있는 데로 달려가서 감상하는 것.

13 **朗笑明月, 時眠落花**(낭소명월, 시면낙화) : 「朗笑明月」은 달을 향

하여 우렁차게 울려 퍼지는 웃음소리. 「時眠落花」는 때때로 낙화 아래에서 잠을 자는 것. 이 두 구는 이전에 집에 있을 때의 일을 말한 것임.

14 斯遊無何(사유무하) : 「斯遊」는 이번 유람하는 것, 「無何」는 오래 소요되지 않는다는 뜻.

15 尋告睽索(심고규색) : 곧 바로 이별하려 하는 것. 「睽索」은 이산(離散), 분리되다. 하손(河遜)의 〈강주사람 저 자의에게 부치다(寄江州褚諮議)〉란 시에서 "5년 동안 같이 지내다가, 하루아침에 딴 곳으로 헤어졌다네(五載共衣裘, 一朝異睽索.)"라 했다.

16 來暫觀我(내잠관아) : 「暫」은 부사로 잠시. 「來暫」은 오는 시간이 매우 짧은 것. 「觀我」는 나를 보는 것.

17 去還愁人(거환수인) : 「去」는 이별, 「還」은 도리어, 「愁人」은 사람의 걱정을 더하는 것.

18-2

乃浮漢陽, 入雲夢[18], 鄉枻云叩, 歸魂亦飛[19]。

且青山[20]綠楓, 累道相接[21], 遇勝因賞[22], 利[23]君前行。既非遠離[24], 曷足多歎[25]!

바로 한양(漢陽)에서 운몽(雲夢)으로 들어가는데, 고향으로 가는 뱃전의 노(櫓) 두드리는 소리와 함께 영혼도 날아서 돌아가는구나.

또 청산의 푸른 단풍나무들이 여러 길로 이어져 있으니, 아름다운 경치를 감상하면서 그대는 편안한 길로 나아가시게나. 가는 곳이 그리 멀지 않으리니, 탄식할 필요는 없으리라!

....

18 **乃浮漢陽, 入雲夢**(내부한양, 입운몽) : 「漢陽」은 지금의 호북성 무한시(武漢市) 한양으로, 강하(江夏)와 강을 사이로 서로 마주하고 있음. 채십이 강하에서 귀향할 때 수로로 갔으므로, 장강을 지나 한수(漢水)로 거슬러 올라가서 운수(鄖水)로 들어갔다가 운몽에 도달하였다.

19 **鄉枻云叩, 歸魂亦飛**(향설운고, 귀혼역비) : 「鄉」은 운몽을 가리키며, 「枻」는 돛대나 노, 「鄉枻」는 고향으로 가는 뱃전을 두드리는 것. 《초사 · 구가(九歌) · 상군(湘君)》에 "계수나무 상앗대와 목란 돛대로, 얼음을 깨고 눈을 치워 쌓아 놓았네(桂櫂兮蘭枻, 斲冰兮積雪.)"라 했는데, 왕일은 주에서 "「예」는 배 곁에 있는 널빤지다(枻, 船旁板也.)"라 했음. 이 두 구는 고향으로 돌아가는 뱃전의 노를 두드리는 소리를 듣고, 나의 고향으로 돌아가려는 영혼 역시 따라서 날아감을 말한 것이다.

20 **且青山**(차청산) : 이하 4구는 채십이 배를 타고 고향으로 돌아가는 도중에 만나는 경치를 감상하는 모습을 상상한 것임.

21 **累道相接**(누도상접) : 여러 길이 서로 이어 진 것.

22 **遇勝因賞**(우승인상) : 길을 가다가 아름다운 경치를 만나면 겸하여 감상한다는 말.

23 **利**(리) : 유리하다. 편리하다.

24 **既非遠離**(기비원리) : 강하에서 안주의 운몽현까지는 1백여리 정도 떨어져 있으므로 이렇게 말하였음.

25 **曷足多歎**(갈족다탄) : 「曷」은 어찌로, 「何」와 같다. 이 두 구는 강하에서 운몽까지의 거리가 매우 짧아서 긴 노정(路程)이 아니니, 많은 탄식소리를 낼 필요가 없음을 말한 것이다.

18-3

秋七月，結遊[26]鏡湖[27]，無愆我期[28]，先子而往。敬愼好去，終當早來，無使耶川[29]白雲，不得復弄爾。
鄕中[30]廖公及諸才子[31]爲詩略謝之。

가을 7월에 함께 경호(鏡湖)로 유람하기로 했으니 약속을 어기지 마시게나, 내가 먼저 그곳에 가서 기다리겠네. 조심해서 잘 갔다가 일찍 돌아와서 약야계(若耶溪)에 뜬 흰 구름을 다시 희롱하도록 하세나.

고향사람 요공(廖公)과 여러 재사(才士)들이 시를 지어 감사를 표하며 보내노라.

....

26 結遊(결유) : 친구가 되어 함께 유람하는 것.

27 鏡湖(경호) : 일명 감호(鑑湖)로, 경호(慶湖)라고도 하는데, 물이 평평하기가 거울(鏡)과 같아서 경호(鏡湖)라 불렀으며, 절강성 소흥시 남쪽에 위치한 회계산 기슭에 있다. 《원화군현지》권26 월주 회계현(會稽縣)편에 의하면 후한 영화(永和) 5년에 태수 마진(馬臻)이 회계와 산음(山陰) 두 현의 경계에 이 연못을 건축하여 물을 가두었는데, "제방 주위는 3백10리로서, 논 9천 이랑에 물을 댄다(堤塘周廻三百一十里，漑田九千頃.)"고 했으며, 《초학기(初學記)》*(권8)에서도 《여지지(輿地志)》를 인용하여, "산음의 남쪽 호수는 교외 성곽을 띠같이 두르고 있어라. 흰 물결이 비취색 바위에 서로 비추고 있으니, 거울 속에 비친 모습인 듯, 화폭 속에 그려진 그림인

* 《초학기(初學記)》는 당나라 서견(徐堅)등이 편찬한 일종의 백과사전이다.

듯하구나(山陰南湖, 縈帶郊郭, 白水翠巖, 互相映發, 若鏡若圖.)"
라 하였음.

28 **無愆我期**(무건아기) : 우리들이 약속한 때를 착오하여 지나치지 마시라는 말. 「愆」은 탐오(耽誤)로, 《시경 · 위풍 · 맹(氓)》에 "내가 기일을 어긴 것이 아니라, 그대에게 좋은 중매가 없어서라네(匪我愆期, 子無良媒.)"라 하고, 모전(毛傳)에 "「건」은 어기는 것이다(愆, 過也.)"라 했음. 이상 네 구는 우리들은 가을 7월에 함께 경호로 유람하기로 약속했는데, 당신이 어겼으니 내가 먼저 그곳에서 너를 기다리겠다는 뜻을 말한 것이다.

29 **耶川**(야천) : 약야계(若耶溪)로, 그 물이 북쪽 경호로 흘러 들어간다. 지금의 절강성(浙江省) 소흥현(紹興縣) 남쪽 약야산(若耶山) 아래에 있는데, 전해오는 바에 따르면 춘추시대 미녀인 서시(西施)가 이곳에서 옷을 세탁하였다고 함.

30 **鄕中**(향중) : 안주(安州)를 가리킴.

31 **廖公及諸才子**(요공급제재자) : 본 장의 서문가운데 나오는 〈송대십오귀형악서(送戴十五歸衡岳序)〉중 "鄖國之秀, 有廖侯焉. …… 獨孤有鄰及薛諸公"속의 유후와 독고설 및 제공 등을 가리키는데, 이름과 사적은 밝혀지지 않고 있다.

19.
秋日於太原南柵餞陽曲王贊公賈少公石艾尹少公應擧赴上都序

가을 태원 남책에서 장안으로 과거에 응시하러 가는 양곡현의 왕찬공·가소공과 석애현의 윤소공을 전별하면서 지은 서문

개원 23년(735) 가을, 이백이 산서성 태원(太原) 지방을 유람하면서 지은 증서(贈序)이다.

긴 제목에서 내용을 알 수 있듯이 이백은 태원 근처에 있는 남책(南柵) 지방에서 전별연을 펼쳐놓고, 그곳 양곡현(陽曲縣)의 현승(縣丞)인 왕찬공(王贊公)과 현위(縣尉)인 가소공(賈少公), 석애현(石艾縣)의 현위인 윤소공(尹少公)이 장안으로 과거시험에 응시하러 가는 길에 큰 웅지를 펼쳐 좋은 결과를 거두도록 기원하면서 지은 글이다. 《구당서·현종기(상)》에 "개원 23년(735) 봄 정월 기해일, 신하들을 거느리고 몸소 적전*을 갈았는데, 군왕이 구퇴**를

---

* 군왕이 조묘(祖廟)에 바칠 미곡을 친경(親耕)하는 전지.
** 군왕이 적전(籍田)에서 친히 밭을 가는 의식을 행할 때, 신하들이 쟁기를 9번 미는 것.

행하면서 멈추자 경(卿) 이하의 관료가 남은 이랑을 완료하였다. 전국에 크게 사면령을 내렸으니,…… 그 재능이 패왕의 지략이 있는 자, 학문이 하늘과 사람의 일까지 궁구하는 자, 장수(將帥)나 목사(牧使)에 버금가는 자를 5품 이상의 청관이나 자사로 하여금 각각 한사람씩 천거하도록 하였다(二十三年春正月己亥, 親耕籍田, 上加至九推而止, 卿已下終其畝. 大赦天下. …… 其才有霸王之略學究天人之際及堪將帥牧宰者, 令五品已上淸官及刺史各擧一人.)"는 기록이 있다. 이 세 사람도 이렇게 반포한 조서에 따라 과거에 응시하기 위해 서울로 가게 되었음을 알 수 있다.

제목 가운데 「태원」은 지금의 산서성 태원시이고, 그곳에 있는 「남책」은 지명이며, 책(柵)은 책란(柵欄)으로 울타리로 삼는 것이다. 《후한서 · 단경전(段熲傳)》에 "이에 1천명을 서쪽 현으로 보내서 나무를 엮어 책을 만들었다(乃遣千人於西縣結木爲柵.)"고 하였는데, 고대 군영에서는 책란으로 울타리 삼아 경영했다. 「양곡」과 「석애」는 현의 이름으로, 지금의 태원시 양곡진(陽谷鎭)과 평정현(平定縣) 남쪽에 있는 신성촌(新城村)이다. 《당서 · 지리지》에 "태원부에 양곡현과 석애현이 있는데, 천보 원년(742)에 석애현을 광양현으로 바꿨다(太原府有陽曲縣石艾縣. 天寶元年更石艾縣爲廣陽縣.)"고 하였으므로 이 서문은 천보 이전에 지어졌음을 알 수 있다.

여기에 나오는 왕찬공 · 가소공 · 윤소공의 명칭에서 「찬공」은 현승(縣丞)이며 「소공」은 현위(縣尉)를 말하는데, 이러한 영(令) · 승(丞) · 위(尉) · 주부(主簿)는 모두 관명으로 춘추시대에는 현읍의 장을 재(宰) · 윤(尹) · 공(公) · 대부(大夫)라고 불렀다. 한나라 제도에서는 일반적으로 1만 호 이상 현의 우두머리를 영(令)이라 하고, 현에는 승(丞)을 두어 장관인 영(令)을 돕도록 하였으며, 위(尉)를 두어 도적을 체포하고, 주부(主簿)를 두어 부서(簿書)를 관장하도록 했다. 당대에도 한나라 제도를 답습하였으므로 이백이 현령을 영재(令宰)라 하고, 승을 찬공, 위를 소공이라 불렀는데, 경의를 표할 뿐만 아니라 제공들의 이름을 고칠 수 없었기 때문이다. 홍매(洪邁)의 《용재수필(容齋隨筆)·관칭별명(官稱別名)》에는 "당인들은 현령을 명부라 부르고, 승을 찬부라 하고, 위를 소부라 했다. 이태백집의 〈전양곡왕찬공가소공석애윤소공〉에 양곡승·양곡위, 석애위라 했는데, 찬공과 소공이란 단어는 더욱 기이하다(唐人呼縣令爲明府, 丞爲贊府, 尉爲少府. 李太白集有〈餞陽曲王贊公賈少公石艾尹少公〉, 蓋陽曲丞尉, 石艾尉也. 贊公少公之語益奇.)"라 했다.

「상도(上都)」는 당시의 서울인 서경 장안을 말한다. 《신당서·지리지》에 "상도는 처음에는 경성이라 부르다가 천보 원년(742)에는 서경이라 불렀고, 지덕 2년(757)에는 중경이라 불렀으며, 상원 2년(761)에 다시 서경이라 불렀지만, 숙종 원년(756)에는 상도라고 불렀다(上都, 初曰京城, 天寶元年曰西京, 至德二載曰中京, 上元二年復曰西京, 肅宗元年曰上都.)"고 했다.

이 서문의 내용은 5개 단락으로 나눌 수 있는데, 첫 번째 단락에서는 태원의 지위, 역사, 지세, 군사 등에 대한 중요성을 묘사하였으며, 두 번째 단락에서는 왕찬공·가소공·윤소공 세 사람의 학문과 저작 그리고 뛰어난 언변 등을 찬미하면서, 그들의 도가 인륜을 관통하여 명성이 수도까지 날렸음을 서술하였다. 세 번째 단락에서는 조정에서 인재를 초빙한다는 조서를 내린 원인과 그들의 재능으로 과거시험에 추천되어 장안으로 가게 된 연유를 서술하였고, 네 번째 단락에서는 이백의 종형이며 태원 주부인 이서(李舒)가 남책에 있는 주루에서 세 사람을 위해 차린 전별연(餞別宴)의 정경을 묘사하였으며, 마지막 다섯 번째 단락에서는 이백이 서문을 쓴 사정을 설명하면서, 좌중에 있는 사람들에게 시를 지어 증별(贈別)하기를 청했는데, 먼 길을 떠나는 친우사이의 우정과 희망이 강하게 표출되고 있다.

19-1

天王三京[1], 北都居一[2], 其風俗遠, 蓋陶唐氏之人歟[3]!
襟四塞之要冲[4], 控五原之都邑[5], 雄藩劇鎭[6], 非賢莫居[7]。

천자(天子)가 정한 세 서울(三京) 가운데 북도(北都; 곧 太原)도 하나에 속하였으니, 그 곳은 풍속이 오래되어 도당씨(陶唐氏)인 요(堯)임금의 후손들이었다네!

네 변방의 옷깃같은 요충지로 다섯 원군(原郡)의 도읍을 제어하고 있는데, 웅장하고 중요한 번진(藩鎭)이어서 어진이가 아니면 요직을 맡을 수 없었도다.

....

1 天王三京(천왕삼경) : 천자가 확정한 세 개의 서울인 서경 · 동경 · 북경을 말함. 당대에는 옹주(雍州)를 경조부(京兆府)로 삼고, 장안을 서울인 경사(京師), 낙주(洛州)를 하남부로 삼고 낙양을 동도(東都), 병주(幷州)를 태원부(太原府)로 삼고 북도라 하였는데, 북경을

북도(北都)라고도 불렀다.

2 **北都居一**(북도거일) : 북도인 태원도 그 가운데 하나라는 말. 《원화군현지》권13 하동도 태원부에 "천수 원년(690) 도독부를 폐지하고, 북도를 두었다가 신룡 원년(705) 옛날과 같이 병주대도독부를 두었다. 개원 11년(723) 현종이 행차하다가 이 주에 이르러 왕업이 일어난 곳*이라 하여 북도를 세웠으며, 병주를 태원부로 고쳤다. …… 천보 원년(742) 북도를 다시 북경으로 바꾸었다(天授元年罷都督府, 置北都. 神龍元年依舊爲幷州大都督府. 開元十一年, 玄宗行幸至此州, 以此州王業所興, 又建北都, 改幷州爲太原府. …… 天寶元年改北都爲北京.)"고 했음.

3 **其風俗遠, 蓋陶唐氏之人與**(기풍속원, 개도당씨지인여) : 「陶唐氏」는 요(堯)임금의 호로서, 고대에 요임금이 처음에는 도(陶)에 거주하다가 후에 당(唐)에 거주하였으므로 도당씨라고 불렀다. 《원화군현지》권13 〈하동도 태원부〉에 "《제왕세기》에는 「요임금이 처음 당에 봉해지고 다시 진양으로 옮겼다가 천자가 되어 평양에 도읍을 정했다」고 하였는데, 평양은 곧 지금의 진주이며, 진양은 지금의 태원이다(帝王世紀曰, 帝堯始封於唐, 又徙晉陽, 及爲天子都平陽. 平陽卽今晉州, 晉陽卽今太原也.)"라 했음. 태원은 옛날 당국(唐國)이라고 불렸으며 요임금의 유풍이 남아 있는데, 《태평환우기》권40 〈병주(幷州) 태원군편〉에 "그곳 사람들은 요임금이 남긴 가르침이 전해져서, 군자는 깊이 생각하고 소인은 검소하고 누추하게 지낸다(其人有唐堯之遺敎, 君子深思, 小人儉陋.)"라는 기록이 있음. 여기서는 그곳의 풍속과 습관이 오래전부터 전승되어 온 것으로,

---

* 한 고조 유방이 태원에서 기의(起義)한 것을 이른 것으로, 《태평환우기》에 의하면 현종은 이 곳에 〈기의당비(起義堂碑)〉를 세워서 그 일을 기록하였다 한다.

전설속 도당씨의 후손들이 유전되어 내려온 사람들이라는 것을 말한다.

4 **襟四塞之要冲**(금사새지요충) : 태원은 옷깃(襟)과 같아서 네 주변이 모두 요새인 교통의 요충지라는 말. 「四塞」은 사방에 험한 요새와 웅장한 관문이 있는 곳으로, 노심(盧諶)의 〈유사공이 다스리도록 올리는 표(理劉司空表)〉에 "모두 병주의 땅으로 사방이 견고한 요새입니다. 동쪽으로는 정형이 막고 있고, 서쪽으로는 남곡을 경계로 하며, 앞에는 태행산이 있고 뒤에는 구주의 관문이 있습니다. 또 관문을 닫으면 험난한 땅을 지킬 수 있고, 재물을 쌓고 보병을 기를 수 있습니다(咸以幷州之地, 四塞爲固. 東阻井陘, 西限藍谷, 前有太行之嶺, 後有句注之關. 且可閉關守險, 蓄資養徒.)"라고 했음.

5 **控五原之都邑**(공오원지도읍) : 「控」은 맞이하다, 당기는 것. 「五原」은 오원군으로, 지금의 영하(寧夏) · 섬서(陝西) · 내몽고 하투(河套)지역. 《원화군현지》권4 관내도 염주(鹽州)편에 "한무제 원삭 2년(BC127)에 오원군을 설치하였는데, 원(原)이란 글자가 들어간 땅이 다섯 군데나 되어 오원이라 불렀다. …… 정관 2년(628), 염주를 설치하고, 천보 원년(742)에 오원군으로 고쳤다가, 건원 원년(758)에 다시 염주가 되었다. …… 오원은 용유원 · 걸지천원 · 청령원 · 가람정원 · 횡조원이다(漢武帝元朔二年置五原郡, 地有原五所, 故號五原. …… 貞觀二年 …… 置鹽州, 天寶元年改爲五原郡. 乾元元年復爲鹽州. …… 五原, 謂龍遊原 · 乞地千原 · 靑領原 · 可嵐貞原 · 橫槽原也.)"라 했음. 「都邑」은 도시와 읍인 성진(城鎭).

6 **雄藩劇鎭**(웅번극진) : 「劇鎭」은 큰진(大鎭), 중요한 진(重鎭). 태원은 경성인 장안 북부의 중요한 번진(藩鎭)이며, 하동절도사의 소재지이므로 「雄藩」이라 했다. 《구당서 · 엄수전(嚴綬傳)》에 "앞뒤로 세 진을 통괄하였으므로 모두 웅번이라 불렀다(前後統臨三鎭, 皆

號雄藩.)"고 했음.

7 **非賢莫居**(비현막거) : 현인(賢人)이 아니면 이 번진의 요직을 맡을 수 없음을 말한 것. 《문선》권56 장재(張載)의 〈검각명(劍閣銘)〉에 "지세와 풍경이 뛰어난 지역이므로, 친한 사람이 아니면 머물며 지킬 수 없도다(形勝之地, 匪親勿居.)"라고 했음.

19-2

則陽曲丞王公, 神仙之胄[8]也。爾其學鏡千古, 知周萬殊[9]。又若少府賈公, 以述作之雄[10]也, 鼇弄筆海, 虎攫辭場[11]。

又若石艾尹少公, 廓廟之器[12], 口折黃馬[13], 手揮青萍[14]。咸道貫於人倫[15], 名飛於日下[16]。

實難沉屈[17], 永懷青霄[18]。劍有隱而氣衝七星[19], 珠雖潛而光照萬壑[20]。

양곡승 왕공(왕찬)은 신선의 후예로서, 그의 학문은 고금의 역사에 통달하였고 만 가지 사물들을 두루 알았다네.

더구나 소부 가공은 저술에 뛰어나서 자라처럼 필해(筆海)를 희롱하고 호랑이처럼 문단(文壇)을 움켜잡았으며, 또한 석애 윤소공은 재상의 그릇으로 황마(黃馬)처럼 언변이 뛰어나고 청평검(青萍劍)을 잘 휘둘렀으니, 모두 도업(道業)이 인륜을 관통하여 명성이 서울(京都)까지 드날렸도다.

실로 숨어있거나 엎드려있기 어려워서 오래도록 청운의 뜻을 간직한 것은, 보검이 숨어있어도 그 기운은 북두칠성을 뚫고, 진주(珍珠)

가 물에 잠겨 있어도 그 빛은 많은 골짜기를 비추는 것과 같았어라.

....

8 **神仙之胄**(신선지주) : 신선의 후손. 「胄」는 후예. 왕기는 전설에 의하면 주나라 영왕(靈王)의 태자인 진(晉)이 선인 부구공(浮丘公)을 따라가서 신선이 되었다고 전해오므로, 왕씨 성(姓)의 한 가닥인 양곡승 왕찬이 「神仙之胄」로, 곧 신선인 왕자진(王子晉)의 후예라 했음.

9 **爾其學鏡千古, 知周萬殊**(이기학경천고, 지주만수) : 그의 학식이 연박(淵博)하여 고금의 역사에 통달하고, 각기 다른 1만 종류의 사물에 대하여 알지 못하는 것이 없음을 말한다. 「鏡」은 「감(鑒)」과 같이 밝게 살피는 것(明察). 《한서 · 곡영전(谷永傳)》에 "폐하께서는 하 · 상 · 주 · 진나라가 망한 이유를 거울삼아 자신의 행동을 살펴보시기 바랍니다. 합당하지 않은 것이 있다면 제가 망언을 한 것이므로 죽어도 마땅합니다(願陛下夏商周秦所以失之, 以鏡考己行. 有不合者, 臣當伏妄言之誅.)"라 했는데, 안사고(顔師古)는 주에서 "「경」은 거울로 비추는 것이다(鏡, 鑒照之.)"라 했음. 「萬殊」는 각종의 다른 현상과 사물. 《역전서(易傳序)》에 "흩어서 이치로 보면 만 가지로 다르고, 모아서 도(道)로 보면 두 가지가 아니로다(散之在理, 則有萬殊, 統之在道, 則無二致.)"라 했음.

10 **述作之雄**(술작지웅) : 저술에 뛰어난 사람. 《논어 · 술이편(述而篇)》에 "기술할 따름이지 지어내는 것은 아니니, 옛것을 믿고 좋아하기 때문이다(述而不作, 信而好古.)"라 하고, 주자의 《집주》에서는 "「술(述)」은 전해 내려오는 것을 익힐 따름이고, 「작(作)」은 곧 새로운 것을 처음으로 만드는 것이다(述, 傳習而已, 作, 則創作也.)"라 했음. 후에는 「述作」은 시문을 짓고 써서 책을 지어내는 것을 가리켰다.

11 **鼇弄筆海, 虎攫辭場**(오농필해, 호확사장) : 자라는 바다의 신령스러운 동물로서 바닷물을 희롱하듯 붓을 자유자재로 놀리는 것이고, 호랑이는 백수의 왕으로 먹잇감을 낚아채듯 문단에 직접 내달리는 것을 표현한 것. 낙빈왕(駱賓王)의 〈윤 대신을 전별하는 서문(餞尹大官序)〉에 "언변의 칼끝을 떨쳐서 함께 붓의 바다를 개척하네(請振詞鋒, 同開筆海.)"라 했음. 여기서는 가소공이 필해(筆海)의 별이고, 문단의 호랑이같은 영걸임을 비유한 것이다.

12 **廓廟之器**(확묘지기) : 조정의 중임을 걸머진 재상을 비유한 것. 「廊廟」는 조정을 가리킨다. 《삼국지 · 촉서(蜀書) · 허정전(許靖傳)》에 "허정은 일찍부터 명예가 있어서, 이미 성실하고 인정이 두텁다고 알려졌다. 또한 인물이 사려가 깊어서 비록 행동거지가 모두 합당하지 못했지만, 장제(蔣濟)는 「조정에 크게 쓰일 인물」로 여겼다(許靖夙有名譽, 既以篤厚爲稱, 又以人物爲意, 雖行事擧動, 未悉允當, 蔣濟以爲大較廊廟器也.)"는 기록이 있음.

13 **口折黃馬**(구절황마) : 변재(辯才), 곧 말재주가 뛰어난 것. 《문선》권 55, 유준(劉峻)의 〈광절교론(廣絶交論)〉에 "황마처럼 격렬한 언변을 토해냈다(騁黃馬之劇談.)"고 했으며, 이선은 주에서 "《장자 · 천하》편에서 「혜시가 누런 말과 검은 소 세 마리가 있다고 하였는데, 변사들은 이것을 가지고 혜시와 평생토록 서로 응대하였다」고 했다. 사마표는 「소와 말 두 마리를 세마리라 하였는데, 구별하기 위함이다. 말이라 하고 소라 한 것은 모양이 셋이고, 누렇고 검다고 말한 것은 색이 셋이다. 누런 말(黃馬)이라 하고 검은 소(驪牛)라 한 것은 모양과 색이 셋인 것이다」라 말했다(莊子曰, 惠施其言黃馬驪牛三. 辯者以此與惠施相應, 終身無窮. 司馬彪曰, 牛馬以二爲三, 兼與別也. 曰馬曰牛, 形之三也. 曰黃曰驪, 色之三也. 曰黃馬, 曰驪牛, 形與色之三也.)"고 했음. 후에는 황마를 가리켜 말을 잘하

는 사람에 비유하였다.

14 **手揮青萍**(수휘청평) : 「青萍」은 고대 보검 이름. 보검을 휘두르며 춤추는 것으로 검술에 뛰어난 것을 말한다. 《문선》권40 진림(陳琳)의 〈동아왕에게 답하는 글(答東阿王牋)〉에 "청평과 간장검을 잡았다(秉青萍·干將之器.)"고 했는데, 여연제(呂延濟)는 주에서 "「청평」은 칼 이름이다(青萍, 劍名也.)"라고 하였음. 한편 《오월춘추(吳越春秋)》권2에는 쌍검인 간장(干將)과 막야(莫邪)에 대한 얘기가 전해지는데, 이 중 하나는 오강(吳江)에 빠지고 다른 하나는 초나라의 서울로 날아갔다고 한다. 이 두 구는 가소공이 언변이 능하고 문무에 능통한 것을 말한다. (《여한형주서》주 참조.)

15 **咸道貫於人倫**(함도관어인륜) : 도의(道義)가 인간의 윤리를 관통하는 것. 「人倫」은 봉건 예교에서 규정한 사람과 사람사이의 관계, 특히 존비(尊卑)와 장유(長幼)의 등급관계를 가리킨다. 《맹자·등문공(滕文公)》상에 "인륜이 위에서 밝혀지면, 백성은 아래에서 친하게 된다(人倫明於上, 小民親於下.)"고 했음.

16 **名飛於日下**(명비어일하) : 서울(帝都)에 명성이 날린다는 뜻. 「日下」는 수도서울(京都)로, 왕기는 해(日)는 군왕의 상에 비유하므로 황제 주변에 있는 방기(邦畿)의 땅을 「일변(日邊)」, 혹은 「일하(日下)」라고 한다고 했다. 왕발은 〈등왕각서〉에서 "임금계신 장안을 바라보네(望長安於日下.)"라 했음.

17 **沉屈**(침굴) : 매몰(埋沒)되어 물러나 굽혀있는 것(抑屈). 《위서·염원명전(閻元明傳)》에 "비록 병사의 대열에 파묻혀 굽히고 있었지만, 지조는 오히려 더 높았다(雖沉屈兵伍而操尚彌高.)"고 했음.

18 **永懷青霄**(영회청소) : 영원히 청운의 뜻을 품는 것. 「青霄」는 푸른 하늘로, 《문선》권45 좌사(左思)의 〈촉도부(蜀都賦)〉에서 "푸른 하늘을 뚫고 높이 솟았네(干青霄而秀出.)"라 했음.

19 **劍有隱而氣衝七星**(검유은이기충칠성) : 보검이 지하에 감춰져 있어도 그 기운은 북두칠성을 뚫을 수 있음을 말한 것. 「七星」은 《사기 · 천관서(天官書)》에 "북두칠성은 선기옥형(하늘의 질서를 바로 잡고 조율하는 것)이다(北斗七星, 所謂璇璣玉衡.)"라 했는데, 왕기는 칠성은 북두성으로, 몰래 풍성(豊城)의 검 기운이 북두성 사이를 뚫은 일을 인용했다고 하였다. 풍성에 대하여는 《진서 · 장화전(張華傳)》에 "장화는 예장사람 뇌환이 풍수(緯象)에 밝다는 것을 듣고 그를 불렀는데, 뇌환은 하늘의 북두칠성과 견우성 사이에 이상한 기운이 있는 것을 보고서 이것은 보검의 정기로서 보검은 예장의 풍성현에 있다고 하였다. 이에 장화는 그를 풍성의 현령으로 보내 보검을 찾도록 하였다. 그는 감옥 밑으로 네 길 정도 파서 돌로 된 상자 속에 든 각기 용천과 태아라고 새겨진 쌍검을 얻었다(華聞豫章人雷煥妙達緯象, 煥曰, 僕察之久矣, 惟斗牛之間頗有異氣. 華曰, 是何祥也? 煥曰, 寶劍之精, 上徹於天耳. …… 即補煥爲豐城令. 煥到縣, 掘獄屋基, 入地四丈餘, 得一石函, 光氣非常, 中有雙劍, 並刻題, 一曰龍泉, 一曰太阿.)"라 했으며, 그 이후에 얻은 검 중 한 자루는 장화에게 보내고 또 한자루는 뇌환이 지녔다. 후에 장화가 피살되어 검의 소재를 알 수 없더니, 뇌환의 아들이 보검을 가지고 연평진(延平津)을 지날 때 홀연히 허리에 찬 검이 물로 떨어졌다. 그는 사람들을 시켜서 이를 찾도록 하였지만, 검은 보이지 않고 두 마리의 용만 보았다고 하였다*.

20 **珠雖潛而光照萬壑**(주수잠이광조만학) : 신령스러운 구슬이 물속에 잠겨 있어도 그 빛은 가릴 수 없어 천만 산의 골짜기를 빛낼 수 있음을 말한 것. 「珠潛」은 구슬이 물속에 잠겨 있는 것으로, 《문선》권17

* 『진서(晉書)』권36, 장화전(張華傳) 참조.

육기의 〈문부(文賦)〉에 “돌이 옥을 감추고 있으면 산이 빛나고, 물이 구슬을 품고 있으면 냇가가 아름답다(石韞玉而山揮, 水懷珠而川媚.)”라 했는데, 이선은 주에서 “수석이 주옥을 감추고 있으면, 산천이 빛나고 아름다워지는 것과 같음을 비유한 것이다(譬如水石之藏珠玉, 山川爲之輝媚也.)”라 했음. 「萬壑」은 산하를 넓게 가리킨다.

19-3

今年春[21], 皇帝有事千畝[22], 湛恩八埏, 大搜群才, 以緝邦政[23]。
而王公以令宰見擧[24], 賈公以王霸昇聞[25]。
海激佇乎三千, 天飛期於六月[26]。必有以也, 豈徒然哉[27]!

올봄 황제가 천 이랑의 밭을 친경(親耕)하면서 넓은 은혜를 팔방에 내렸으니, 많은 인재들을 널리 초빙하여 나라의 정사를 밝게 다스리고자 하였다네. 그래서 왕공은 현령과(縣令科)에 천거되었고, 가소공은 왕패과(王霸科)로 조정에 알려졌어라.

마치 대붕(大鵬)이 삼천리나 되는 바다 물결을 치며 6개월 동안 기다렸다가 하늘로 날아가는 듯하였으니, 반드시 원인이 있는 것으로 어찌 공연한 일이겠는가!

················

21 **今年春**(금년춘) : 개원 23년(735) 봄.

22 **皇帝有事千畝**(황제유사천묘) : 「皇帝」는 현종이며, 「有事千畝」는 고대의 천자들은 봄에 친히 경전하는 의례를 통하여 권농하였음을 뜻한다. 《예기 · 제의(祭儀)》에 “천자는 붉은 끈 면류관을 쓰고 몸소

쟁기를 잡고 천 이랑의 밭을 갈았다(天子爲籍千畝, 冕而朱紘, 躬秉耒.)"라 하고, 공영달은 소(疏)에서 "옛날 천자와 제후는 몸소 경작하는 적전이 있었다(古天子諸侯有籍田以親耕.)"고 했음.

23 **湛恩八埏, 大搜群才, 以緝邦政**(담은팔연, 대수군재, 이집방정) : 「湛恩」은 깊은 은혜. 《한서 · 사마상여전》에 "위엄과 용맹이 세상에 떠들썩하고, 깊은 은혜가 풍족하게 펼쳐졌네(威武紛紜, 湛恩汪濊.)"라 하였고, 안사고의 주에 「湛」은 「깊이 잠겨 있는 것(沈深)」이라 했다. 「八埏」은 팔방이고, 「搜」는 물색하다, 초빙하다의 뜻. 「湛恩八埏」는 깊은 은혜를 팔방에 베푼다는 말. 왕기는 "《옥해》에 개원 23년 봄 정월, 을해일에 적전을 경작하면서 대사면을 내리고 훈작을 하사했는데, 이른바 「담은팔연, 대수군재」는 바로 이일을 가리킨 것이다(玉海, 開元二十三年春正月乙亥, 耕籍田, 大赦, 賜勳爵, 所謂湛恩八埏, 大搜群才. 正指此事.)"고 했음. 「緝」은 광명, 「邦政」은 국정으로, 「緝邦政」은 국가의 정무를 정리하고 다스린다는 말.

24 **王公以令宰見擧**(왕공이령재견거) : 「令宰見擧」는 우수한 현령(令宰)이 과거를 볼 수 있도록 추천되는 것. 《당회요(唐會要)》권67 〈제과거(制科擧)〉에 의하면, 당대의 과거제도의 과목 가운데 「청렴하고 절개를 지킨 이와 정치적으로 술책이 있는 사람은 현령과를 맡을 만하다(淸廉守節政術可稱堪縣令科)」고 하였는데, 왕찬공은 이 조항에 의거하여 천거되었을 가능성이 있다.

25 **賈公以王霸昇聞**(가공이왕패승문) : 「王霸昇聞」은 과거제도 가운데, 개원 23년(735) 조서에 「그 재주가 패왕의 지략이 있는 사람(其才有霸王之略」을 추천하게 하는 왕백과(王伯科; 王覇科와 같음)」가 있는데, 가소공은 이 과에 천거되었을 것이다*.

---

* 《당회요(唐會要)》권67 《제과거(制科擧)》 참조.

26 **海激佇乎三千, 天飛期於六月**(해격저호삼천, 천비기어유월) : 바다를 치고 하늘로 날아 올라가듯, 전도가 원대함을 이른 것. 《장자·소요유》에 "붕새가 남쪽 바다로 옮겨갈 때에는 물보라를 쳐서 3천리나 튀어 오르게 하고, 회오리바람을 타고 돌며 구만 리나 올라가 6개월을 날고서야 쉰다(鵬之徙於南冥也, 水擊三千里, 搏扶搖而上者九萬里. 去以六月息者也.)"고 했음. 이는 왕·가·윤 세 사람이 입경하여 과거를 보도록 추천된 것은 마치 대붕이 멀리 날아올라가 물보라를 3천리나 치고 6개월을 기다렸다가 천풍을 타고 가는 것과 같음을 말한 것이다.

27 **必有以也, 豈徒然哉**(필유이야, 기도연재) : 「以」는 원인, 의거함. 《시경·패풍(邶風·모구(旄丘)》에 "어찌 그렇게 길어지는가? 반드시 까닭이 있으리라(何其久也, 必有以也.)"라 했음. 「徒」는 헛되이(空)의 뜻. 이 구절은 「모두 원인이 있으니 어찌 공연히 있는 일이겠는가」라는 말.

19-4

有從兄太原主簿舒[28], 才華動時, 規謀匠物[29]。

乃黙翠幕, 筵虹梁[30], 瓊羞霞開[31], 羽觴電擧[32]。然後抗目遠覽, 憑軒高吟[33]。汾河鏡開[34], 漲藍都之氣色[35], 晉山屛列[36], 橫朔塞[37]之郊原。屛俗事於煩襟[38], 結浮歡於落景[39]。俄而[40]皓月生海, 來窺[41]醉容, 黃雲出關, 半起秋色。

數君乃輟酌慷慨[42], 搖心促裝[43]。望丹闕而非遠, 揮玉鞭而且去[44]。

종형 태원주부(太原主簿) 이서(李舒)는 재능이 뛰어나 당시에 선풍을 일으켰으니 계획을 세워 장물(匠物)을 만들었다네.

검정 비취 장막과 무지개처럼 굽은 다리가 있는 잔치 자리에서 진귀한 음식을 노을처럼 차려놓고, 깃털 달린 술잔을 들어 빨리 마시는구나. 그런 뒤에는 눈 들어 멀리 바라보며 난간에 기대어 고상하게 읊조리나니, 분하(汾河)는 거울처럼 펼쳐져서 남도(藍都)의 기색이 넘치고, 진(晉) 땅 산들은 병풍처럼 둘려져서 변경 요새의 교외들판에 가로놓여 있도다. 속세의 번잡한 회포를 버려두고 해지는 저녁에 가벼운 즐거움을 누리노라. 잠시 후에 하얀 달은 바다에서 떠올라 취한 모습을 엿보고, 누런 구름은 관문(關門)에 떠서 가을 정취를 반쯤 일으키는구나.

그대들은 격앙된 술잔 멈추고 마음이 흔들려도 급히 행장(行裝)을 꾸리시게나. 멀지 않은 붉은 대궐 바라보면서 옥 채찍 휘두르며 바로 떠나가시구려.

....

28 *有從兄太原主簿舒*(유종형태원주부서) : 「主簿」는 관명으로, 한나라 이후에는 주현(州縣)의 관청에 하급관리 중 우두머리인 주부를 두었으며, 문서와 장부를 정리하고 인감을 관장하였다. 당나라에서도 주현에 정9품인 주부 1명을 두었는데, 계급은 현승(縣丞)의 아래 현위(縣尉)의 위에 있었음. 「李舒」에 대하여는 《신당서 · 재상세계(宰相世系)2》에 “한나라 기도위 이릉(李陵)은 흉노에게 항복하였으며, 먼 자손이 위(魏)나라로 돌아와 병전(丙殿; 태자궁)에서 알현하고 병(丙)씨를 하사받았다. 후주 때 신주총관 용거현 출신 공명(公明)이 이찬(李粲)을 낳았는데, 당 좌감문대장군 · 응국공이 되어 고

조와 오래도록 친분을 맺었으며, 세조(世祖; 李昺)의 이름을 피휘하여 이(李)씨 성을 하사받았다(漢騎都尉陵降匈奴, 裔孫歸魏, 見於丙殿, 賜氏曰丙. 後周有信州總管龍居縣公明, 明生粲, 唐左監門大將軍·應國公, 高祖與之有舊, 以避世祖名, 賜姓李氏.)"고 하였다. 이 문장에 나오는 이찬의 4세손이 이서로, 이백이 그를 종형으로 부른 것으로 보아 이백보다 연장자임을 알 수 있으며, 《구당서·재상세계표》에 의하면, 측천무후시 재상인 이도광(李道廣)의 손자가 이서로, 공부랑중(工部郎中)을 거쳐서 개원 23년(735) 태원주부를 지냈으므로 시대가 서로 부합되고 있다.

29 **才華動時, 規謀匠物**(재화동시, 규모장물) : 「才華」는 재능·학식이 뛰어난 것. 「動時」는 일시를 뒤흔들다. 선풍을 일으키는 것. 「規謀」는 책략, 모략을 꾸미는 것. 「匠物」은 장작기물(匠作器物)을 관장하는 것으로, 이서가 일찍이 공부랑중(工部郎中)을 지냈는데, 공부는 건축을 주관하기 때문에 이렇게 말하였다. 여기서는 이서의 재주가 당시 사람들을 놀라게 하였으며, 그의 계획은 실제 사물을 처리하는데 아주 뛰어 났음을 말한 것임.

30 **默翠幕, 筵虹梁**(담취막, 연홍량) : 검은 비취색 장막과 무지개처럼 굽은 다리가 있는 화려한 집에서 송별연을 베푸는 것을 말함. 《문선》권7 반악(潘岳)의 〈적전부(籍田賦)〉에 "검정색 비취 장막이 구름처럼 드리웠네(翠幕默以雲布.)"라 하였는데, 「默」은 검은 모양이다. 「虹梁」은 굽은 다리(曲梁)로, 그 굽은 것이 무지개 같음을 말한다. 《문선》권1 반고의 〈서도부(西都賦)〉에 "응룡*이 무지개다리를 들어 올리네(抗應龍之虹梁.)"라 하고, 이선은 주에서 "「응룡」과 「홍량」은 다리의 모양이 용과 흡사한 것으로 굽은 모양이 무지개와 같

* 응룡은 중국 신화에서 제왕인 황제(黃帝)를 돕는 용이다.

다(應龍, 虹梁, 梁形似龍, 而曲如虹也.)"라 했음.

31 **瓊羞霞開**(경수하개) : 「瓊羞」는 진귀하고 맛좋은 음식. 연회에서 진수성찬이 윤택나고 아름다워 운하가 펼쳐져 있는 것 같음을 말함.

32 **羽觴電擧**(우상전거) : 「羽觴」은 공작새 모양의 술잔으로, 좌우가 두 날개와 같으며, 일설에는 잔에 깃털을 꽂아 마시기를 재촉하는 것이라고 하였다. 장형(張衡)의 〈서경부(西京賦)〉에 "깃털달린 잔을 돌리면서 무수히 마시네(羽觴行而無數)"라 하였는데, 유량(劉良)은 주에서 "「우상」은 잔 위에 깃을 달아 빨리 마시게 하는 것(羽觴, 杯上綴羽, 以速飮也.)"이라 했음. 「電擧」는 잔치자리에서 술잔을 자주 들어 빨리 마시는 모습을 가리킨다.

33 **抗目遠覽, 憑軒高吟**(항목원람, 빙헌고음) : 「抗目」은 눈을 들어서 보는 것(擧目). 「憑軒」은 누각의 난간에 기대는 것.

34 **汾河鏡開**(분하경개) : 분하의 물이 맑기가 거울이 쪼개진 것 같음을 말한 것. 「汾河」는 황하의 제2대 지류인 분수(汾水)로, 지금의 산서성 경내에 있다. 《원화군현지》권13 〈하동도 태원부 진양현〉편에서 분수는 북쪽 양곡현(陽曲縣) 경계로부터 유입되어 진양현 동쪽 2리 떨어진 곳을 경유하여 다시 서남쪽 청원현(淸源縣) 경계로 들어간다고 하였음.

35 **漲藍都之氣色**(창남도지기색) : 불어난 물이 북도의 기색을 더욱 남색으로 만드는 것. 「藍都」는 산서성 태원현 서쪽 7리에 남곡(藍谷)이 있는데, 태원이 북도이기 때문에 이백이 남곡을 남도라고 불렀다. 《자치통감 · 진기(晉紀)》에 "회제 영가 6년(312), 유요(劉曜)가 패하여 진양으로 들어가자, 탁발의로(拓跋猗盧; 선비족)가 그를 추격하여 남곡에서 싸웠다(懷帝永嘉六年, 劉曜敗入晉陽, 猗盧追之, 戰於藍谷.)"고 했는데, 호삼성(胡三省) 주에 남곡은 몽산 서쪽으로 10리에 있다고 하였음*.

36 **晉山屛列**(진산병열) : 「晉山」은 산서성 경내에 있는 여러 산을 가리키며, 「屛列」은 병풍처럼 나열된 것.

37 **朔塞**(삭새) : 「삭북새외(朔北塞外)」로 북방 변경지역을 가리킴. 삭주(朔州)는 태원부 북쪽 안문관(雁門關) 서쪽에 있는데, 고대에 군사 요새였으므로, 이백이 「朔塞」라고 하였다. 이교(李嶠)의 〈깃발(旌)〉시에 "그림자는 천산의 눈을 비춰 아름답고, 빛은 변경 바람에 흔들리네(影麗天山雪, 光搖朔塞風.)"라 읊었음.

38 **屛俗事於煩襟**(병속사어번금) : 「屛」은 내버리다. 방치하는 것. 「襟」은 흉금, 회포.

39 **結浮歡於落景**(결부환어낙경) : 「浮歡」은 뜬 구름같은 인생의 즐거움. 사령운의 〈석벽에 초제정사를 세워놓고(石壁立招提精舍)〉란 시에서 "눈앞의 헛된 즐거움에 빠져서, 시종일관 숨어 지낸다네(浮歡昧眼前, 沉照貫終始.)"라 했음. 「落景」은 지는 햇빛. 이 두 구에서는 태원 부근의 장려한 산천을 보면서 가슴속에 있는 세속의 잡다한 생각을 홀연 털어버리고, 지는 해의 남은 빛에서 뜬 구름같은 인생의 즐거움을 만나는 것을 표현하였다.

40 **俄而**(아이) : 잠깐 동안.

41 **窺**(규) : 몰래 보는 것.

42 **數君乃輟酌慷慨**(수군내철작강개) : 「數君」은 양곡현의 현승 왕찬공과 현위 가소공, 석애현 현위 윤소공 등을 가리킨다. 「輟酌」은 술 마시는 것을 멈추는 것. 「慷慨」는 의기가 격앙된 것.

43 **搖心促裝**(요심촉장) : 「搖心」은 심신이 불안한 것으로, 《전국책·초책(楚策)1》에 "과인은 누워도 자리가 편치 못하고 밥을 먹어도 단맛을 모르겠으며, 마음이 깃대 끝에 매달린 것처럼 흔들려 안정되지

---

* 몽산은 태원현 서북쪽 5리에 있다.

않고 있소(寡人臥不安席, 食不甘味, 心搖搖如懸旌, 而無所終薄.)"라 했음. 「促裝」은 급히 서둘러 행장을 정리하는 것으로, 《문선》권26 사령운의 〈초거군(初去郡)〉시에 "고인의 뜻을 공손히 받들고자, 길 떠날 준비를 서둘러 사립문으로 돌아왔네(恭呈古人意, 促裝返柴荊.)"라 읊었다.

44 **望丹闕而非遠, 揮玉鞭而且去**(망단궐이비원, 휘옥편이차거) : 「丹闕」은 붉은색 궁궐, 제왕이 거주하는 곳으로, 곧 경성(京城)을 말함. 당태종의 〈추일절목(秋日節目)〉시에 "상쾌한 기운이 대궐에 떠 있네(爽氣浮丹闕.)"라 읊었다. 「且去」는 장차 떠나는 것. 이상 4구는 왕공 등이 감개한 채로 송별주를 마시고 급하게 행장을 꾸려 멀리 경성을 바라보면서 말채찍을 휘두르며 떠나가는 것을 말하였음.

19-5

白也不敏[45], 先鳴翰林[46]。幸叨玳瑁之筵[47], 敢竭麒麟之筆[48]。請各探韵[49], 賦詩寵行[50]。

나 이백은 재주는 없지만, 문인들의 모임에서 먼저 제창하겠소. 다행히 이 화려한 잔치에 초대받아서 감히 기린(麒麟)의 붓으로 서문을 쓰노니, 여러분들은 각각 운(韻)을 달고 시를 지어 배웅하기 바랍니다.

……………

45 **不敏**(불민) : 겸손하게 자기를 낮추는 말로 재주가 없는 것. 《논어 · 안연(顔淵)》에 "안연이 말했다. 「제가 비록 불민하지만, 이 말씀을

힘써 행하겠습니다」(顔淵曰, 回雖不敏, 請事斯語矣.)"고 했음.

46 **先鳴翰林**(선명한림) : 「翰林」은 문단(文壇), 문원(文苑), 문림(文林)*. 이 두 구는 나 이백이 비록 재주는 없지만, 오늘의 문단 가운데에서 시로서 맨 먼저 제창하여 부끄러운 솜씨를 보여드리겠다는 뜻이다. 《진서 · 육운전(陸雲傳)》에 "언사는 한림에 뛰어 났으며, 말은 그 무늬를 널리 펼쳤네(辭邁翰林, 言敷其藻.)"라는 기록이 있음.

47 **幸叨玳瑁之筵**(행도대모지연) : 「幸叨」는 모시게 되어 다행이다(有幸忝陪)라는 뜻으로, 남에게 초대받는 자리에서 쓰는 겸사. 「玳瑁之筵」은 대모로 장식한 연회석으로, 화려하고 풍성한 잔치자리. 「玳瑁」는 바다에 사는 동물로 거북과 같은 형상을 하고 있으며, 그 등이 꽃모양의 무늬로 화려하여 정교한 장식품을 만들 수 있는데, 여기서는 형용사로 사용되어 정교한 것을 형용하였다. 유정(劉楨)의 〈과부(瓜賦)〉에 "상아 자리를 펼쳐놓고, 대모장식 연회에 향내 피우네(布象牙之席, 薰玳瑁之筵.)"라 하였음.

48 **敢竭麒麟之筆**(감갈기린지필) : 「敢」은 스스로 주제넘다는 말. 「竭」은 소진하는 것. 「麒麟」은 고대 전설에 나오는 동물로 상서로운 길상의 상징으로, 여기서는 앞 구에 나오는 대모(玳瑁)의 댓구(對句)이며, 형용사로 쓰여 상서로운 일을 형용함. 「麒麟之筆」은 진귀한 붓(麟角筆)으로, 문채나는 시문을 비유. 왕발(王勃)의 〈봄날 손학 집안 잔치에서 지은 서문(春日孫學宅宴序)〉에 "협객은 때때로 나와서 앵무 술잔을 기울이고, 문인들은 번갈아가며 기린의 붓을 휘둘렀다네(俠客時有, 且傾鸚鵡之杯, 文人代輕, 聊擧麒麟之筆.)"라 하였음. 이 두 구는 내가 다행히 이 화려한 잔치의 말석에 초대받았지

---

* 앞 《하일봉배사마무공여군현연고숙정서(夏日奉陪司馬武公與群賢宴姑熟亭序)》주 참조.

만, 감히 먼저 이 서문을 써서 보이겠다는 뜻이다.

49 **探韵**(탐운) : 옛날 연회에서 여러 사람이 각각 추첨하는 방식으로 취운(取韻)하여 시를 짓는 것으로, 「채운(採韻)」이라고도 부른다. 왕발의 〈여름 여러 공들이 방문하여 지은 시를 보고 지은 서문(夏日諸公見尋訪詩序)〉에서 "사람들은 한 글자를 찾아서, 네 운의 시 한 수를 완성하였다(人探一字, 四韻成篇.)"고 했음.

50 **寵行**(총행) : 「총별(寵別)」과 같으며 전송, 배웅, 전별한다는 뜻. 이 두 구는 여러분들은 각각 운을 달고 시를 지어 떠나는 이에게 주어서 장지(壯志)를 펼쳐 목적을 달성하도록 하자는 뜻이 내포되었다.

20.
送戴十五歸衡嶽序
형산으로 돌아가는 대 십오를 보내면서 지은 서문

개원 16년(728), 이백은 안륙에서 사귄 여러 친구인 요후(廖侯)·독고유린(獨孤有鄰)·설공(薛公) 등 유명인사들과 위공(魏公)의 정자에서 전별연을 베풀어 놓고 형산으로 돌아가는 대십오(戴十五)를 보내면서 지은 증서(贈序)이다.

「대십오」는 장사지방에 거주하는 사람으로 항렬이 15번째이고 성이 대(戴)씨며, 이름은 알려지지 않았다. 이백을 흠모하여 일찍이 방문하였을 때, 이백은 그에 대하여 아주 높이 평가하였다. 「형악(衡嶽)」은 오악 가운데 하나인 남악으로, 지금의 호남성 형산현(衡山縣) 서남쪽에 있는 형산이다.

이 서문은 대십오의 인격과 기품을 제재로 삼았는데, 내용을 4개 단락으로 나눌 수 있다. 첫 번째 단락에서는 자고이래로 세상에는 재덕을 자랑하는 자가 많았어도 실제로는 계합되지 않았지만, 오로지 대십오만은 덕행과 재능면에서 언행이 일치되는 명실상부한 현사(賢士)임을 서술하였으며, 두 번째 단락에서는 강산의 신령스러운 기운을 받고 태어난 대십오가 정미한 학문, 진중한 도덕, 존경받는 책략, 교화를 이루는 재주 등 모든 면에서 두루 뛰어나다고 칭찬하였다. 세 번째 단락에서는 대십오의 형제들은 수재로 관직에 발탁되어 영달하였지만, 이에 비해 같은 형제이면서도 때를 만나지 못한 채 크게 쓰이기를 기다리는 대십오의 처지를 동정하였는데, 실제로 당시 안륙사람인 요후(廖侯)는 그가 통달한 사람이라고 찬미하였을 뿐만 아니라 독고유린(獨孤有鄰)과 설공(薛公) 등도 그의 빛나는 재능을 인정한 점을 밝혔다. 네 번째 단락에서는 대십오가 회재불우(懷才不遇)한 과정에서 잠시 형악으로 은거하러 갈 때, 안륙의 친구들이 위공(魏公)이 세운 임정(林亭)에서 그를 전별하는 정경을 기술하였다.

이렇듯 본문 가운데에서 대후가 장사지방에 머물면서, 「동정호와 형악의 신령스러운 기운(湖嶽之氣)」을 받아서 「왕업과 패업의 지략(霸王之圖)」을 간직하였으며, 아울러 다섯 가지 품격인 「오재(五材; 용기, 지혜, 인덕, 신의, 충직)」와 네 가지 아름다움인 「사미(四美; 精微, 懿重, 謨猷, 文藻)」를 갖추었다고 크게 칭찬하였는데, 실제로 대후가 군주를 패왕으로 만들 수 있는 재주와 군왕을 존경받게 할 수 있는 책략을 지녔음을 인정하였다. 그러나 이백은 재주를 품었으나 때를 만나지 못한 처지인 대십오가 잠시 형산으로 갔다가 때가 되면 크게 쓰일 것이라는 위로의 말을 전하고 있다. 그에 대한 각별한 정이 유로되고 있지만, 실제로는 그를 기탁하여 자신의 처지를 교묘하게 표현하고 있음을 볼 수 있다.

20-1

白上探玄古[1], 中觀人世, 下察交道[2], 海內豪俊[3], 相識如浮雲[4]。自謂德參夷顔[5], 才亞孔墨[6], 莫不名由口進, 實從事退[7], 而風義可合[8]者, 厥惟戴侯[9]。

내가(李白) 위로는 먼 옛날을 탐색하고, 중간으로는 사해(四海) 안을 관찰하며, 아래로는 교우(交友)의 도리를 살펴보니, 세상에는 영웅호걸이라고 알려진 사람들이 구름처럼 많았다네.

어떤 이들은 스스로 덕행이 백이숙제(伯夷叔齊)와 안회(顔回)에 부합되고 재능은 공자(孔子)와 묵자(墨子)에게 버금간다고 말하였지만, 모두 명성이 입으로만 과장되고 실제로는 미치지 못하였는데, 풍채(風采)와 의리가 부합되는 자는 오로지 대후(戴侯) 한 사람뿐이로다.

....

1 **上探玄古**(상탐현고) : 「探」은 탐색. 「玄古」는 먼 옛날, 시대가 오래되어 이해할 수 없는 것으로, 《장자 · 천지(天地)》에 "그러므로 태고적 임금은 천하를 다스림에 무위(無爲)로 하였고, 하늘의 덕을 따를 뿐이라고 말하였다(故曰玄古之君, 天下無爲也, 天德而已矣.)"고 하였으며, 성현영은 소에서 "「현」은 먼 것(玄, 遠也.)"이라 했음.

2 **交道**(교도) : 교우지도, 즉 사람이 교제하는 일. 《후한서 · 왕단전(王丹傳)》에 "사귀는 도리의 어려움은 쉽게 말할 수 있는 것이 아니다(交道之難, 未易言也.)"고 했음.

3 **海內豪俊**(해내호준) : 전국에 있는 재능이 출중한 영웅호걸들. 「海內」는 사해(四海)의 안.

4 **浮雲**(부운) : 많은 것에 대한 비유. 이 두 구는 천하의 호걸로서 서

로 아는 자들이 부운처럼 많으면서 왕래가 빈번함을 말한 것임.

5 **自謂德參夷顔**(자위덕참이안) : 「自謂」는 어떤 사람들이 스스로 일컫는 것. 「德」은 도덕, 품덕. 「參」은 서로 비교하는 것, 필적하다. 「夷」는 백이와 숙제로, 은나라 고죽군(孤竹君)의 어질고 착한 두 아들로 주나라 무왕이 은의 주왕(紂王)을 정벌할 때 말을 잡고 잘못을 간하였지만(叩馬而諫) 무왕이 천하를 얻자, 주나라 곡식을 먹는 것은 치욕이라 여기고 수양산에 은거하면서 야채(采薇)만 먹고 절개를 지키다가 끝내 아사하였다*. 「顔」은 안회(顔回)로 공자가 가장 아끼는 수제자이며, 안빈낙도(安貧樂道)를 지킨 현인임.

6 **才亞孔墨**(재아공묵) : 재주와 학문이 유가 학파 창시자인 공자와 묵가학파 창시자인 묵자 다음가는 자리를 차지한다는 말.

7 **莫不名由口進, 實從事退**(막불명유구진, 실종사퇴) : 모두 명예는 다른 사람들에 의해 과장되게 상승되었으므로 실제로는 사실과 부합되지 않고 훨씬 못 미친다는 뜻. 유소(劉邵)의 《인물지(人物志) · 효난(效難)》에 "명성은 실제와 다르므로 그대로 따르지 말아야 한다. 이렇게 명성은 입에서 더 보태졌으니, 실제로는 사실보다 못하다. 실정에 맞는 사람은 명성과 실제가 다르지 않아서 본받을 만하므로, 명성은 대중들에게서 벗어나 있어도 실제로는 큰 재목이다(夫名非實, 用之不效. 故曰, 名由口進, 而實從事退. 中情之人, 名不副實, 用之有效, 故名由衆退, 而實從事章.)"라 했음.

8 **風義可合**(풍의가합) : 「風」은 작풍, 풍격. 「義」는 의리, 의행. 「可合」은 서로 부합되는 것으로, 명실상부한 것. 여기서는 작풍과 의리가 서로 부합되는 것, 곧 언행일치가 되는 것을 말한다.

9 **厥惟戴侯**(궐유대후) : 「厥」은 어조사로 「태(殆)」와 같으며, 미루어

---

* 《사기 · 백이열전》참조.

짐작하거나 헤아리는 것. 「惟戴侯」는 오로지 대후 한사람뿐이라는 말. 대후는 대십오이며, 이름은 밝혀지지 않고 있다.

20-2

戴侯寓居[10]長沙[11]，稟湖嶽之氣[12]，少長咸洛[13]，窺霸王之圖[14]。
精微可以入神[15]，懿重可以崇德[16]，謨猷可以尊主[17]，文藻可以成化[18]。
兼以五材[19]，統以四美[20]，何往而不濟也[21]。

대후(戴侯)는 장사(長沙)에 거주하면서 동정호(洞庭湖)와 형악(衡嶽)의 신령스러운 기운을 받았으니, 젊어서는 함양(咸陽)과 낙양(洛陽)에서 자라면서 왕업(王業)과 패업(霸業)의 지략을 관찰하였도다.

정밀하고 미세함은 입신의 경지에 들었고, 품행이 진중하여 덕을 숭상하였으니, 책략(策略)은 군주를 존경받도록 할 수 있으며, 화려한 문장은 교화를 이룰 수 있었다네.

아울러 다섯 가지 품격(勇 · 智 · 仁 · 信 · 忠)에다가 앞의 네 가지 아름다움을 갖추었으니, 어느 곳을 가더라도 성공하지 않을 수 있겠는가?

....

10 **寓居**(우거) : 타향에 머물며 거주하는 것.

11 **長沙**(장사) : 지금의 호남성 장사시. 당대에는 담주(潭州) 장사군으로 강남 서도에 속하였으며, 동정호와 형악이 있다.

12 **稟湖嶽之氣**(품호악지기) : 「湖」는 동정호, 「嶽」은 남악 형산으로,

각각 장사의 남북쪽 근방에 있다. 대후가 동정호와 형악의 신령스런 기운을 받았다는 말.

13 **咸洛**(함락) : 함양(咸陽)*과 낙양(洛陽). 왕기는 함양과 낙양은 옛날 제왕과 천하를 제패한 군주들이 다투어 점거하던 유적들이 있다고 했다.

14 **窺霸王之圖**(규패왕지도) : 「窺」는 보다, 관찰하는 것. 「霸王之圖」는 곧 왕패지략(王霸之略)으로 왕업과 패업을 가리키며, 춘추시대 유가에서는 덕으로 어진 정치를 펼치는 자를 왕업이라 하고, 강력한 힘으로 인(仁)을 빌리는 것을 패업이라 한다. 고대 제왕들이 영웅을 겨루는 유산으로 풍부한 경험을 말함. 《삼국지 · 위지 · 진교전(陳矯傳)》에 "웅장한 자태와 걸출한 사람으로서 패왕의 책략을 지닌 이는 내가 존경하는 유현덕이네(雄姿傑出, 有王霸之略, 吾敬劉玄德.)"라 했음.

15 **精微可以入神**(정미가이입신) : 대십오의 재주와 학문이 정미하여 입신의 경지에 도달한 것을 가리킴. 「精微」는 정요미묘(精要微妙), 곧 정밀(精密)하고 자세(仔細)한 것. 《한서 · 예문지》에 "그러나 어떤 자는 이미 정미함을 잃어버렸고, 또 사특하고 부정한 이는 수시로 곡해하였다. 이치의 근본을 지키지 않고 다만 과장된 말로 대중의 환심을 사서 존경받고자 할 뿐이었다(然或者旣失精微, 而辟者又隨時抑揚, 違離道本, 苟以譁衆取寵.)"라 했음. 「入神」은 신묘한 경지에 도달한 것. 《주역 · 계사(繫辭)》하편에 "사물의 이치를 치밀하게 생각하여 신묘한 경지에 들어서는 것은 세상에 널리 쓰기 위함이요, 쓰는 것을 이롭게 하여 몸을 편안하게 하는 것은 덕을 숭상하기 위함이다(精義入神, 以致用也, 利用安身, 以崇德也.)"라 했음.

---

* 곧 장안(長安)임.

16 **懿重可以崇德**(의중가이숭덕) :「懿」는 아름다운 것으로 덕행을 형용하며,「懿重」은 미덕이 온중(穩重)한 것.「崇德」은 품덕(品德)을 존경하고 숭배함. 품행이 아름답고 진중하여 사회의 도덕과 규범(規範)을 숭상하도록 하는 것을 이른다.

17 **謨猷可以尊主**(모유가이존주) :「謨猷」는 계책, 모략. 대십오의 모략이 군주를 존중받도록 할 수 있는 것을 말함.

18 **文藻可以成化**(문조가이성화) :「文藻」는 화려하고 아름다운 문장.「成化」는 교화를 완성하다. 그의 문장이 교화를 이룰 수 있을 정도로 뛰어난 것을 말함.

19 **五材**(오재) : 강태공이 《육도 · 용도(龍韜) · 논장(論將)》에서 무왕에게 말한 장수가 갖추어야 할 다섯가지 우수한 덕성으로, "이른바「다섯 가지 재능」이라는 것은 용맹과 지혜와 인자함과 신실(信實)과 충성이니, 용맹하면 범할 수 없고, 지혜로우면 혼란하게 할 수 없고, 인자하면 사람을 사랑하고, 성실하면 속이지 않고, 충성스러우면 두 마음이 없습니다(所謂五材者, 勇智仁信忠也, 勇則不可犯, 智則不可亂, 仁則愛人, 信則不欺, 忠則無二心.)"라 했음.

20 **四美**(사미) : 왕기는 앞에서 언급한 네가지, 곧「정미(精微), 의중(懿重), 모유(謨猷), 문조(文藻)」를 말한다고 하였음.

21 **何往而不濟也**(하왕이불제야) :「濟」는 건너다는 뜻에서, 도달, 성공하는 것으로 인신(引伸)되므로, 어느 곳을 가더라도 이룩하지 못하겠는가? 곧 무엇을 해도 성공할 수 있다는 뜻이다.

20-3

其二三諸昆[22], 皆以才秀擢用[23], 辭翰炳發, 昇聞天朝[24], 而

此君獨潛光後世，以期大用[25]。鯤海未躍，鵬霄悠然[26]。不遠千里，訪余以道[27]。

鄖國之秀[28]，有廖侯[29]焉。人倫精鑒[30]，天下獨立[31]。每延以宴謔[32]，許爲通人[33]。獨孤有鄰及薛諸公[34]，咸亦以爲信然[35]矣。

그의 두세 명 형제들은 모두 관직에 발탁된 수재(秀才)로서, 문장을 발휘하여 조정에서도 명성이 알려졌지만, 대군(戴君)만은 홀로 빛을 감추고 후세에 크게 쓰일 때를 기약하고 있구나. 바다의 곤이(鯤鮞)처럼 아직 뛰어오르지 않고 하늘을 나는 붕새처럼 유유자적하면서, 천리를 멀다 하지 않고 도의를 묻고자 나를 찾아왔도다.

운 땅의 수재인 요후(廖侯)는 정묘한 인품감식으로 세상에 홀로 우뚝하여, 매번 연회에서 우스갯소리로 대후를 통달한 사람으로 인정하였는데, 독고유린(獨孤有鄰)과 설공(薛公) 등 여러 사람들도 또한 똑같이 신임하였다네.

....

22 **其二三諸昆**(기이삼제곤) : 대십오의 두 세명 형들. 「諸昆」은 몇 명의 형. 《시경 · 왕풍(王風) · 갈류(葛藟)》에 "끝내 형제를 멀리 떠나, 남을 형이라 부른다(終遠兄弟, 謂他人昆.)"라 했으며, 모전(毛傳)에 "「곤」은 형이다(昆, 兄也.)"라고 했음.

23 **皆以才秀擢用**(개이재수탁용) : 「擢」은 발탁, 「用」은 선발, 임용되는 것. 모두 수재이므로 선발되어 관직에 임용될 수 있음을 말한 것.

24 **辭翰炳發, 昇聞天朝**(사한병발, 승문천조) : 「翰」은 붓, 「辭翰」은 문장, 「炳」은 광채로, 문사(文辭)가 각양각색으로 발휘되어 조정에서도 명성이 알려지는 것. 「天朝」는 중앙 왕조. 대후 형제들의 문장은 모두 우미(優美)하여 명성이 조정에 까지 알려졌음을 말함.

25 **潛光後世, 以期大用**(잠광후세, 이기대용) : 「潛光後世」는 광채를 감추어서 후세에 크게 쓰이기를 기다리는 것. 조식의 〈선인편(仙人篇)〉에 "광채를 감추고 날개를 자라게 하여, 천천히 앞으로 나아가네(潛光養羽翼, 進趨且徐徐.)"라 했음. 여기서는 대십오가 은거하여 세상에 나오지는 않았지만, 장래에 크게 쓰일 수 있을 때를 기다린다는 것으로, 대십오를 위로하는 말이다.

26 **鯤海未躍, 鵬霄悠然**(곤해미약, 붕소유연) : 「鯤海」는 바다에 잠겨 있는 곤으로, 곤은 대어를 가리킴, 「鵬霄」는 붕새가 하늘을 날아가는 것으로, 《장자 · 소유요》에 "북녘 바다에 물고기가 있으니 이름이 「곤」이다. 곤의 크기는 몇 천리나 되는지 알 수 없지만, 「곤」이 변해서 새가 되는데 이름이 「붕」이다. 「붕」의 등도 몇 천리나 되는지 알 수 없지만, 힘차게 날아오르면 날개가 마치 하늘에 드리운 구름과 같다. 이 새는 바다기운이 움직이면 남쪽 바다로 옮겨 날아간다(北冥有魚, 其名爲鯤. 鯤之大, 不知其幾千里也. 化而爲鳥, 其名爲鵬. 鵬之背, 不知其幾千里也. 怒而飛, 其翼若垂天之雲. 是鳥也, 海運則將徙於南冥.)"라 했음. 여기서는 대후가 바다에 사는 곤이처럼 아직 일어나지 않고 있지만, 때가 오면 대붕이 하늘을 높이 나는 것처럼 유유자적할 것임을 말한다.

27 **訪余以道**(방여이도) : 「道」는 도의(道義)로, 도덕과 정의.

28 **鄖國之秀**(운국지수) : 「鄖國」은 고대 국명으로 안륙을 가리키는데, 지금의 호북성 운현에 있으며, 춘추시대에 운국은 뒤에 초나라에게 멸망당하였다. 「秀」는 우수한 인물.

29 **廖侯**(요후) : 생평미상으로, 본 장의 〈조춘어강하송채십환가운몽서(早春於江夏送蔡十還家雲夢序)〉에 나오는 요공(廖公)과 같은 사람임.

30 **人倫精鑒**(인륜정감) : 인재를 감식하는데 정묘한 것. 《북사 · 최호

전(崔浩傳)》에 "최호는 인재를 감식하는 것을 자신의 임무로 여겼다. …… 나라 밖 먼 지방에 있는 명사들을 발탁하여 임용하는 것은 모두 최호가 맡아서 처리했다(浩有鑒識, 以人倫爲己任, …… 外國遠方名士, 拔而用之, 皆浩之由也.)"라 하고, 《후한서》권98 〈곽태부(郭太傅)〉에도 "임종(林宗)은 비록 인재를 잘 알아보지만, 위험한 말과 엄격한 진술은 하지 않았다(林宗雖善人倫, 不爲危言覈論.)"고 했음. 왕기는 「남을 알아보는 데 밝은 것(知人之明)」이라고 했다.

31 **天下獨立**(천하독립) : 「獨立」은 독보(獨步)의 뜻, 범속한 무리들을 벗어나 짝을 이룰 사람이 없는 것. 《회남자 · 수무훈(修務訓)》에 "우뚝이 홀로 서서, 의젓하게 세상을 벗어나 있다(超然獨立, 卓然離世.)"고 했으며, 고유는 주에서 "세속에서 사람들과 어울리지 않는 것(不群于俗.)"이라고 했다.

32 **延以宴謔**(연이연학) : 「延」은 초청하다. 「宴謔」은 연회석상에서 우스갯소리나 농담을 잘하는 것.

33 **通人**(통인) : 학문이 넓고 깊은 사람. 《논형 · 초기(超奇)》에 "천편 이상 만권 이하의 책에 능통하여 우아한 말을 널리 펼치며, 문장해독에 훤하여 남의 스승이 되어 교수할 수 있는 자가 통인이다(通書千篇以上, 萬卷以下, 弘暢雅言, 審定文讀而以教授爲人師者, 通人也.)"라 했음. 이 두구에서는 매번 요후를 연회에 초청하여 음주와 담소하면서 모두 대십오가 통인이라고 인정했음을 말한다.

34 **獨孤有鄰及薛諸公**(독고유린급설제공) : 「獨孤」는 성, 「有鄰」은 이름, 「公」은 연장자 남성에 대한 경칭으로, 독고와 제공들은 모두 안륙 출신으로, 송별연회에 참석한 사람들이다.

35 **信然**(신연) : 이와 같이 확실하게, 대후가 과연 진정한 통인임을 인정한 말.

20-4

屬明主未夢, 且歸衡陽[36], 憩祝融之雲峰[37], 弄茱萸之湍水[38]。軒騎糾合[39], 祖於魏公之林亭[40]。笙歌鳴秋, 劍舞增氣[41]。況江葉墜綠[42], 沙鴻冥飛[43], 登高送遠, 使人心醉[44]。

見周張二子[45], 爲論平生[46], 鷄黍之期[47], 當速赴也。

현명한 군주를 꿈에서 만나지 못해 잠시 형산(衡山) 남쪽으로 돌아와서, 구름 낀 축융봉(祝融峰)에서 휴식하고 수유강(茱萸江) 여울에서 노닐었도다.

많은 거마들이 모여 위공(魏公)의 임정(林亭)에서 전별하는데, 생황(笙篁) 소리는 가을을 알리고 검무(劍舞)는 기운을 북돋우노라. 하물며 강가 나뭇잎은 푸른 잎이 떨어지고 모래 위 기러기는 아득히 날아가나니, 높은 산에 올라 멀리 떠나 보내는 사람들 마음을 도취하게 만드는구나.

주가(周家)와 장가(張家) 두 친구를 만나 평생의 회포를 나누는데, 닭 잡고 기장밥 차릴 시간이 되었으니 속히 떠나가시게나.

....

36 **屬明主未夢, 且歸衡陽**(속명주미몽, 차귀형양) : 「屬」은 부사로 쓰여서 '마침 …… 를 만나다'는 말. 「明主未夢」은 현명한 군주를 아직 만나지 못하였다는 말. 《서경 · 열명(說命)상》에서 "고종이 부열을 만나는 꿈을 꾸고 나서 백공들에게 들판으로 나가 찾도록 했는데, 마침내 부암에서 그를 얻었다(高宗夢得說, 使百工營求諸野, 得諸傅巖.)"라 했음. 「衡陽」은 형산의 남쪽으로, 지금의 호남성 형양시에 있다. 이 두 구는 대십오가 은나라 고종이 꿈에서 어진 신하를 얻는 꿈을 꾸고 부열을 만나 중용한 것처럼, 아직

명군의 지우를 만나지 못하였으므로 잠시 형양으로 먼저 돌아가 있도록 말한 것이다.

37 憩祝融之雲峰(게축융지운봉) : 「憩」는 휴식. 「祝融」은 형산에서 가장 높은 봉우리로, 형산현 서북쪽에 있다. 「雲峰」은 산봉우리가 구름까지 들어가도록 높이 솟은 것.

38 弄茱萸之湍水(농수유지단수) : 「茱萸」는 강 이름으로, 형산현에 있음. 《원화군현지》권29 〈구강남도 담주 익양현(九江南道潭州益陽縣)〉편에 "자수는 일명 수유강으로, 남쪽 소주로부터 흘러들어 와서 익양현 남쪽 3십보 아래로 지나간다(資水, 一名茱萸江, 南自邵州流入, 經縣南三十步.)"라 했음. 이 수유강의 상류는 형양에서 흐르는 여러 물줄기와 접해있다. 「湍水」은 급류.

39 軒騎糾合(헌기규합) : 「軒騎」는 거마, 「糾合」은 모여드는 것. 거마들이 어지럽게 많이 다닌다는 뜻으로, 행인을 보내는 사람들이 많음을 이른 말.

40 祖於魏公之林亭(조어위공지임정) : 「祖」는 신에게 제사지내는 것으로, 여기서는 잔치를 베풀고 전별하는 것을 가리킴. 「魏公」의 「林亭」은 안륙현에 있는데 구체적인 위치는 밝혀지지 않았으며, 위공도 누구인지 자세치 않다.

41 劍舞增氣(검무증기) : 이별하면서 칼춤을 추어 웅장한 마음과 호방한 기운을 증장시킨다는 뜻.

42 江葉墜綠(강엽추록) : 「江葉」은 강가 나무의 잎이고, 「墜綠」은 푸른 잎이 떨어지는 것.

43 沙鴻冥飛(사홍명비) : 「沙鴻」은 모래 위의 기러기. 「冥飛」는 숨어서 은은히 높이 날아가는 것. 이상 네 구는 위공의 임정위에서 멀리 바라다 보이는 경치를 묘사한 말이다.

44 心醉(심취) : 마음이 도취하는 것.

45 **周張二子**(주장이자) : 형양에 있는 대십오의 친구들로, 이름은 밝혀지지 않았음.

46 **爲論平生**(위론평생) : 평생의 회포를 후련하게 터놓고 얘기하는 것.

47 **鷄黍之期**(계서지기) : 후한의 범식(范式)과 장소(張劭)라는 두 친구가 서로 약속한 것을 지킨 「계서지교(鷄黍之交)」의 고사*에서 나온 말. 《후한서 · 권81 · 독행열전(獨行列傳)》에 "범식의 자는 거경(巨卿)이고, 산양 금향(金鄕)사람으로 일명 범(汜)이라고도 한다. 그는 어려서부터 태학에서 배우는 유생의 한 사람이 되었다. 그곳에서 여남 출신 장소와 친구가 되었는데, 장소의 자는 원백(元伯)이다. 어느 날 두 사람이 함께 고향으로 돌아가게 되었을 때, 범식이 장소에게 「2년 후 고향에서 돌아올 때에는 먼저 자네 양친에게 절하고서 자네를 보겠네」라 하고, 기일을 약속한 후 헤어졌다. 뒤에 약속한 날이 다가오자 장소는 어머니에게 그를 위해 음식(닭을 잡고 기장밥을 만듦)을 준비해 줄 것을 부탁하고 기다렸다. 그러나 장소의 어머니는 「2년 동안 헤어져 있었고, 천 리나 되는 먼 곳에서 약속을 하였으니, 어찌 서로 약속을 지킬 수 있다고 하겠느냐?」라고 말했다. 장소는 「거경은 신의가 있는 선비이니, 반드시 약속을 어기지 않을 것입니다」하니, 어머니는 「그렇다면 당연히 술을 빚어 준비해야지」라고 했다. 그날이 되자, 거경은 과연 도착하였는데, 먼저 당(堂)에 올라 원백의 양친에게 절을 하고 나와 함께 술을 마시면서 즐겁게 지낸 뒤에 헤어졌다(範式字巨卿, 山陽金鄕人也, 一名氾. 少遊太學, 爲諸生, 與汝南張劭爲友. 劭字元伯. 二人並告歸鄕里. 式謂元伯曰, 後二年當還, 將過拜尊親, 見孺子焉. 乃共剋期日. 後期方至, 元伯具以白母, 請設饌(殺鷄作黍)以候之. 母曰, 二年之

---

* 혹은 거경지신(巨卿之信)이라고 한다.

別, 千里結言, 爾何相信之審邪? 對曰, 巨卿信士, 必不乖違. 母曰, 若然, 當爲爾醞酒. 至其日, 巨卿果到, 升堂拜飮, 盡歡而別.)"고 했음. 여기서 주(周)와 장(張) 두 친구와의 만남에서, 대십오가 바로 금일의 거경이라는 것을 비유하고 있으니, 대십오는 친구들과 먼저 약속했으므로 빨리 가서 만날 것을 말한다.

21.
早夏於江將軍叔宅與諸昆季送傅八之江南序
초여름 숙부 강장군의 집에서 여러 형제들과 강남으로 가는 부팔을 보내면서 지은 서문

이백이 한림공봉(翰林供奉)으로 지냈던 천보 2년(743) 초여름 어느 날, 장안에 있는 이흠(李欽) 장군 집에서 그 집안 동생들과 함께 강남으로 가는 부팔(傅八)을 전별하면서 지은 증서(贈序)다.

제목 속 「강장군숙(江將軍叔)」은 숙부 강왕(江王)장군 이흠이다. 맨 처음 강왕으로 봉해진 이원상(李元祥)은 당 고조 이연(李淵)의 스물두 번째 아들이며, 그 손자인 이흠이 강왕을 계승하여 관직이 천우장군(千牛將軍)에 이르렀으므로 본 서문에서 「천왕귀종(天王貴宗)」이라 하였다. 《구당서 · 이원상전(李元祥傳)》에 의하면, "중흥 초*에 원상의 아들 거록군공 이황(李晃)의 아들 이흠이 강왕을 계승하였다. 경룡 4년(710)에 은청광록대부를 더하고 왕인교(王仁皎)의 딸과 결혼하였으며, 천우장군을 지내다가 서거하였다(中興初, 元祥子鉅鹿郡公晃子欽嗣江王. 景龍四年, 加銀青光祿大夫, 娶王

* 여기서 '중흥초(中興初)'는 중종(中宗)이 복위한 신룡(神龍) 원년(701)이다.

仁皎女, 至千牛將軍, 卒.)"라고 기록되었다. 이흠은 이백의 숙부 항렬로 먼 친척이며, 「제곤계(諸昆季)」는 여러 형제로, 곧 숙부 강 장군의 아들들이다. 부팔은 이백의 〈회해에서 눈 온 것을 보고 부애에게 드리다(淮海對雪贈傅靄)〉란 시 가운데의 부애(傅靄)일 것으로 추측되지만, 본문의 내용으로 보아 시문에 뛰어난 이백의 친우이나 누구인지 정확하게 밝혀지지 않고 있다.

이 서문은 부팔의 풍모와 송별하는 것을 제재로 삼았는데, 내용을 4개 단락으로 나눌 수 있다. 첫 번째 단락에서는 부팔의 재주와 학문에 대해서 칭찬했는데, 특히 그의 시문은 도연명의 전원시와 사령운의 산수시보다 뛰어나다고 극찬하였으며, 두 번째 단락에서는 부팔의 탁월한 인품으로 당시 명사인 전 허주사마 송공의 사위가 되어 반양지목(潘·陽之睦)처럼 두 집안이 화목하게 지낸 좋은 예가 된 것을 묘사하였다. 세 번째 단락에서는 황제의 종친인 숙부 강왕장군(이흠)의 집에서 강남으로 가는 부팔을 위해 벌려놓은 연회에서 장군의 여덟 아들이 풍채를 크게 드날리며 자리를 빛내준다는 송별연회의 정경을 기술하였다. 마지막 네 번째 단락에서는 부팔이 강남으로 가는 도중에 펼쳐진 경관을 상상하면서, 강장군댁 여러 형제들이 시를 지어주며 보내는 상황을 묘사하였다.

21-1

易曰, 觀乎人文, 以化成天下[1]。窮此道者, 其惟傅侯耶[2]?

侯篇章驚新, 海內稱善, 五言之作, 妙絶當時[3]。陶公愧田園之能, 謝客慚山水之美[4]。佳句籍籍[5], 人爲美談。

주역(周易)에서 「인문(人文)을 관찰하여 천하를 변화시킨다」고 했는데, 이 도리를 투철하게 이해한 이는 아마도 부후(傅侯) 한 사람뿐이리라.

그가 지은 시문은 놀랍고 새로워 세상에서 훌륭하다고 칭찬받았으니, 오언(五言)으로 쓴 작품은 당시에 더욱 절묘하였다네. 도연명(陶淵明)의 뛰어난 전원시도 부끄러울 뿐만 아니라 사령운(謝靈運)의 멋진 산수시조차수치스러울 정도이니, 그가 지은 아름다운 싯구(詩句)는 명성이 자자하여 사람들에게 미담이 되었구나.

....

1 **觀乎人文, 以化成天下**(관호인문, 이화성천하) : 《주역 · 분괘(賁卦)》에 "천문을 관찰하여 때의 변화를 살피고, 인문을 관찰하여(즉, 문장을 교화하여) 천하를 변화시킨다(觀乎天文, 以察時變, 觀乎人文, 以化成天下.)"라 하고, 공영달은 소(疏)에서 "성인이 인문을 관찰한 것은 곧 시서예악을 이르는 것으로, 마땅히 이 가르침에 따라 천하를 변화시키는 것이다(聖人觀察人文, 則詩書禮樂之謂, 當法此敎而化成天下也.)"라 했는데, 이백은 이 구절을 인용했음.

2 **窮此道者, 其惟傅侯耶**(궁차도자, 기유부후야) : 「此道」는 「觀乎人文, 以化成天下」구절을 가리킴. 「其」는 「아마도」로 추측하는 말. 주역에 나오는 이 구절의 도리를 투철하게 이해한 사람은 아마도 부후뿐일 것이라는 말이다.

3 **五言之作, 妙絶當時**(오언지작, 묘절당시) : 부군의 오언시는 정묘하고 절륜하여 일반인들이 미칠 수 있는 작품이 아니라는 말. 위 조비

(曹丕)의 〈오질에게 드리는 서신(與吳質書)〉에 "공간(劉楨)은 뛰어난 기상이 있지만, 강건하지 못하였다. 그러나 그의 오언시가운데 좋은 작품은 당시 사람들보다 절묘하였다(公幹有逸氣, 但未遒耳, 其五言詩之善者, 妙絶時人.)"고 했음.

4 **陶公愧田園之能, 謝客慚山水之美**(도공괴전원지능, 사객참산수지미) : 「陶公」은 도연명으로, 전원을 읊은 작품이 많았으며, 「謝客」은 사령운으로 「客」은 어려서 자가 객아(客兒)이므로 붙인 이름인데, 그의 작품에는 산수의 정취를 읊은 시가 많았다. 여기서는 전원의 의취를 잘 묘사한 도연명과 산수의 묘사에 뛰어난 사령운도 부군의 면전에서는 부끄러움을 느낄 것이라고 말하면서, 그가 지은 산수전원시의 아름다움을 적극적으로 칭찬한 내용임.

5 **籍籍**(자자) : (명성이) 성대한 모습. 《문선》권31 원숙(袁淑)의 〈조자건의 악부시 백마편을 본받아 짓다(效曹子建樂府白馬篇)〉에 "관문 밖에서 많이 몰려와서, 수레들이 집터를 무너뜨렸네(籍籍關外來, 車徒傾國廛.)"라 했다.

21-2

前許州司馬宋公[6], 蘊冰清之姿, 重傅侯玉潤之德[7], 妻以其子[8]。鳳皇於飛[9], 潘楊之好, 斯爲睦矣[10]。

이전 허주사마(許州司馬) 송공(宋公)은 얼음처럼 맑은 자태를 지녔는데, 부후의 옥같이 빛나는 덕망을 소중히 여겨 그의 딸을 시집보냈어라. 봉(鳳)과 황(凰)이 하늘을 날고, 반악(潘岳)이 양(楊)씨 집안의 사위가 된 것처럼 화목하였다네.

················

6 **許州司馬宋公**(허주사마송공) : 허주는 지금의 하남성 허창현(許昌縣)으로 당대에는 하남도에 속하였으며, 주에는 사마 1인을 두었는데, 사마는 주의 장관인 자사를 보좌하는 관원임. 장사(長史)의 아래 계급인 종5품하로 별가(別駕)의 위치에 있으며, 군대에 관한 일을 주로 관장하였다. 「宋公」은 부팔의 장인(丈人).

7 **冰清之姿, 玉潤之德**(빙청지자, 옥윤지덕) : 장인의 덕행이 얼음과 눈같이 고결하고, 사위의 자질이 아름다운 옥처럼 온화하고 빛남을 형용한 말. 《진서》권36 〈위개전(衛玠傳)〉에 "위개 아내의 부친 악광은 온 나라 안에서 명망이 높았으므로, 호사가들은 「장인은 얼음처럼 맑고, 사위는 옥같이 빛났다네」(玠妻父樂廣, 有海內重名, 議者以爲, 婦公冰清, 女婿玉潤.)"라 하였고, 《세설신어 · 언어(言語)》유효표(劉孝標)주에서 《위개별전(衛玠別傳)》을 인용하면서 "(위개가) 악광의 딸을 아내로 맞이하니, 배숙도가 「부인의 부친은 얼음같이 맑은 자태를 지녔고, 사위는 옥처럼 빛나는 풍채를 지녔으니, 이는 진(秦)과 진(晉)나라의 관계*처럼 천생연분이라 할 수 있다네」(娶樂廣女, 裴叔道曰, 妻父有冰清之姿, 婿有璧潤之望, 所謂秦晉之匹也.)"라 했음. 여기서 후대에 장인과 사위 사이에서 미칭으로 쓰이는 「빙청옥윤(冰清玉潤)」이란 고사가 유래했다.

8 **妻以其子**(처이기자) : 장차 그 딸을 시집보내 처로 삼는 것. 「子」는 고대에는 여자아이를 자라고 불렀음.

9 **鳳皇于飛**(봉황우비) : 「鳳凰于飛」는 시경 중에 나오는 말로, 원래 뜻은 봉과 황이 공중에서 서로 사이좋게 날아다니는 것인데, 일반적

---

* 곧 「진진지호(秦晉之好)」라고도 하며, 진(秦)과 진(晉) 두 나라가 서로 혼인을 맺는 관계를 말한다.

으로 새로 혼인한 신랑신부들이 행복한 생활을 영위하도록 기원하는 말이나 또는 부부가 서로 금슬이 좋은 것을 비유하여 사용되었음. 《시 · 대아 · 권아(卷阿)》에 "봉황이 날아올라 그 날개를 치네(鳳皇于飛, 翽翽其羽.)"라 하고, 《좌전》장공(莊公) 21년에 "처음 의씨가 경중을 아내로 맞이하는 점을 쳤는데, 그 처의 점괘에서도 「길하도다. 봉황이 함께 날면서 사이좋게 우는 소리가 쟁쟁하도다」라고 나왔다(初懿氏卜妻敬仲, 其妻占之, 曰吉, 是謂鳳皇于飛, 和鳴鏘鏘.)"고 했는데, 두예는 주에서 "수컷을 「봉(鳳)」, 암컷을 「황(凰)」이라 한다. 자웅이 함께 날면서 서로 사이좋게 우는 소리가 쟁쟁한데, 이는 경중부부가 함께 제나라로 가서 훌륭한 명예를 누린 것과 같다(雄曰鳳, 雌曰皇, 雄雌俱飛, 相和而鳴, 鏘鏘然, 猶敬仲夫妻相隨適齊, 有聲譽.)"고 했음.

10 **潘陽之好, 斯爲睦矣**(반양지호, 사위목의) : 「潘 · 陽之睦」이라고도 하는데, 반씨와 양씨 두 집안이 혼인을 맺어 화목한 것을 말함. 《문선》권56 반악(潘岳)의 〈양중무 조문(楊仲武誄)〉에 "반양지목이라는 관계가 이전부터 있었다네(潘 · 陽之穆, 有自來矣.)"라 하여, 반악이 양씨 집안(陽家)의 사위가 되었으므로 「潘 · 陽之穆」이라 하였으며, 후에는 사돈간에 화목한 관계를 이렇게 불렀다. 「穆」은 「睦」과 통하며, 화목한 것.

21-3

僕不佞[11]也, 忝於芳塵[12], 宴同一筵, 心契千古[13]。淸酌連曉, 玄談入微[14]。歡携無何, 旋告睽圻[15]。

將軍叔英略蓋古，英明洞神[16]。天王貴宗[17]，誕育賢子[18]。八龍增秀以列次，五色相輝而有文[19]。
會言[20]高樂，曉餞金門[21]，洗德弦觴怡顔[22]。

나는 재주가 없어 아름다운 명성에 부끄럽지만, 술잔치에 자리를 같이하니 마음은 천고의 일들과 부합되노라. 새벽까지 맑은 술 마시면서 심오한 담론에 빠져들었는데, 손잡고 함께하는 환락도 오래잖아 이별할 것임을 알리는구나.

숙부 강왕장군의 뛰어난 지략(智略)은 옛날을 덮을 만하고 영명(英明)함은 신령을 꿰뚫어 알았으며, 황제의 귀한 종친(宗親)으로 훌륭한 자식들을 낳고 길렀도다. 팔용(八龍)처럼 빼어난 아들들이 차례로 자리에 앉아서 오색으로 빛나는 문장을 지었노라.

잠깐 만났다가 곡을 흥겹게 연주하고, 새벽에 금마문(金馬門)에서 전별하는데, 음악과 술로 기쁜 얼굴빛을 띠며 덕행(德行)을 닦는구나.

....

11 僕不佞(복불녕) : 「僕」은 이백 자신의 겸칭. 「不佞」은 재주가 없는 것. 《좌전》성공(成公) 13년에 "그대가 만약 큰 은혜를 베풀지 않는다면, 과인은 재주가 없으므로 제후들을 물리치지 못할 것이다(君若不施大惠，寡人不佞，其不能諸侯退矣.)"라 했는데, 공영달은 소에서 "복건(服虔)이 말하기를, 「佞」은 재주이다. 재주가 없다는 것은 자겸지사*다(服虔云，佞，才也. 不才者，自謙之詞也.)"라고 했음.

* 스스로 겸손하게 쓰는 언사

12 **忝於芳塵**(첨어방진) : 남과 함께 길을 가면서 자격이 부족함을 느낄 때 쓰는 자겸어. 「忝」은…… 에 대하여 부끄럽다는 말. 「芳」은 아름다운 것을 일컫는 말이고 「塵」은 먼지이니, 「芳塵」은 가벼운 먼지, 혹은 아름다운 명성과 칭예를 말함. 《송서(宋書) · 사령운전론》에 "굴원과 송옥은 앞에서 맑은 근원으로 이끌었고, 가의(賈誼)와 사마상여(司馬相如)는 뒤에서 가벼운 먼지를 일으켰다(屈平宋玉導清源於前, 賈誼相如振芳塵於後.)"라는 기록이 있으며, 또 《문선》권30 사령운(謝靈運)의 〈사방으로 높은 산이 둘러있고 시냇가 바위를 도는 여울과 긴 대나무가 무성한 숲속에 석문을 새로 지어놓고 머무르면서 쓴 시(石門新營所住四面高山迴溪石瀨脩竹茂林詩)〉에서 "아름다운 명성이 옥 자리에 서려있고, 맑은 술이 금 항아리에 가득하네(芳塵凝瑤席, 清醑滿金樽.)"라 읊었는데, 여상(呂尙)은 주에서 "「방진」은 가볍게 이는 먼지이고, 「서」는 술이다(芳塵, 輕塵. 醑, 酒也.)"라 했음.

13 **宴同一筵, 心契千古**(연동일연, 심계천고) : 동일한 연석의 연회에 참가하니, 마음이 천고의 일과 부합됨을 이른 말.

14 **清酌連曉, 玄談入微**(청작연효, 현담입미) : 「清酌」은 맑은 술. 《예기 · 곡례(曲禮)하》에서 "대체로 종묘의 제례에서 술을 청작이라고 한다(凡祭宗廟之禮, …… 酒曰清酌.)"라 하고, 공영달은 소에서 "「작」은 짐작이다. 술이 아주 맑아 어림쳐서 헤아릴 만하다는 말(酌, 斟酌也. 言此酒甚清澈, 可斟酌.)"이라고 했음. 「玄談」은 위진시대 지식인들의 철학적 담론으로서, 노장사상을 내용으로 삼고 현실적인 일에 대하여는 언급하지 않았다. 여기서는 청주를 새벽까지 마시고, 현리를 담론하면서 오묘한 이치까지 깊숙이 들어갔음을 말한 것이다.

15 **歡携無何, 旋告睽坼**(환휴무하, 선고규탁) : 「睽坼」은 헤어져 떨어

지는 것. 손잡고 있는 환락이 오래 지속되는 것이 아니므로, 곧 이별을 암시하는 말이다.

16 **洞神**(통신) : 「洞達神明」의 준말. 하늘과 땅의 신령을 꿰뚫어 아는 것, 곧 작은 것이라도 자세히 살펴 안다는 뜻. 육운(陸雲)의 〈태상부로 옮기면서 장섬을 추천하는 서문(移太常府薦張贍書)〉에 "(장섬은) 미세한 것은 찾고 없어진 것은 모아서, 마음속으로 신령스러운 것을 훤히 알았네(探微集逸, 思心洞神.)"라고 했다.

17 **天王貴宗**(천왕귀종) : 황제와 종친. 《좌전》은공(隱公) 원년에 "가을 7월 천왕이 재상인 훤(咺)으로 하여금 혜공에게 돌아가도록 보내면서 중자의 봉(賵)*을 주었다(秋七月, 天王使宰咺來歸惠公, 仲子之賵.)"라 했는데, 공영달은 소에서 "천왕은 주나라 평왕이다(天王, 周平王也.)"라 했으며, 청 고염무(顧炎武)의 《일지록(日知錄)》권4 〈천왕(天王)〉에 "서경의 문장에서는 단지 왕이라고 불렀는데, 춘추에서는 천왕이라고 하였으니, 이는 당시에 초 · 오 · 서 · 월나라가 모두 왕이라고 참칭하였으므로 「천」을 더하여 구별한 것이다(尙書之文, 但稱王, 春秋則曰天王, 以當時楚吳徐越皆僭稱王, 故加天以別之也.)"라고 했음. 여기서는 당의 제왕과 종실을 가리킨다.

18 **賢子**(현자) : 이백과 함께 부팔을 보내는 송별연에 참가한 여러 형제들, 곧 장군 숙의 아들들을 가리킴

19 **八龍增秀以列次, 五色相輝而有文**(팔용증수이열차, 오색상휘이유문) : 「八龍」은 왕응린(王應麟)의 《소학감주(小學紺珠) · 씨족(氏族) · 팔용(八龍)》에서, 전설 가운데 복희씨의 아들 여덟 형제들을 세상에서 팔용이라 불렀다고 하였다. 《후한서》권92 〈순숙전(荀淑傳)〉에 "순숙은 검 · 곤 · 정 · 도 · 왕 · 상 · 숙 · 전이라는 이름의 아

---

* 죽은 사람에게 보내는 예물.

들 여덟 명이 있었는데, 당시인들은 팔룡이라고 불렀다. 처음 순씨가 사는 옛 마을의 이름이 서호리였는데, 영음현령 발해사람 원강(苑康)은 고대의 고양씨에게 재주 있는 아들 여덟 명이 있었던 것에 의거하여, 지금 순씨에게 역시 여덟 아들이 있으므로 그 마을의 이름을 고양리(高陽里)로 고쳐 불렀다고 했다(有子八人, 儉·緄·靖·燾·汪·爽·肅·專, 並有名稱, 時人謂之八龍. 初荀氏舊里名西豪, 潁陰令勃海苑康以爲昔高陽氏有才子八人, 今荀氏亦有八子, 故改其里曰高陽里.)"는 기록이 있다. 「五色」은 청·적·황·백·흑의 다섯 색깔. 고대인들은 이 5색을 정색으로 삼고, 기타 색은 간색이라 하였다. 《예기·악기(樂記)》에 "다섯 색깔로 무늬를 이루었지만 어지럽지 않다(五色成文而不亂.)"고 했음. 이 두 구에서는 장군 숙의 여덟 아들들이 팔룡처럼 연회의 좌석에 차례로 앉아서 다섯 색깔로 다양하게 뛰어난 문채를 드러낸 것을 말한다.

20 **言**(언) : 「言」은 而(이)와 같은 연사(連辭). 《시·소아·소명(小明)》에 "저 옛 동료를 생각하면서, 숙소 밖으로 나가 읊조리네(念彼共人, 興言出宿.)"라 했다.

21 **金門**(금문) : 금마문(金馬門). 한대 미앙궁(未央宮) 궁문인데, 문 옆에 동마(銅馬)를 세웠으므로 「금마문」이라고 불렀음. 일찍이 한무제가 학사들에게 이곳에서 조서를 기다리게 하였다는 기록이 있다. 《문선》권45 양웅(揚雄)의 〈해조(解嘲)〉에 "여러 현인들과 함께 동행하는데, 금문을 지나서 옥당으로 올라갔다(與群賢同行, 歷金門上玉堂.)"고 했음.

22 **洗德弦觴怡顔**(세덕현상이안) : 왕기는 이 구절 앞뒤에 빠진 문장이 있을 것이다(上下似有闕文.)라고 했다.

21-4

朱明[23]草木已盛, 且江嶂若畫, 賞盈前途[24], 自然屛間坐遊, 鏡裏行到[25], 霞月千里, 足供文章之用哉[26]。

征帆空懸, 落日相逼, 二季[27]揮翰, 詩其贈焉。

여름날 초목이 벌써 무성해지고, 또한 강과 산이 그림같이 펼쳐졌으니, 길을 가다가 충분히 감상하면서 자연스럽게 펼쳐진 병풍 속에 앉아 노닐게나. 거울 같은 강물 속으로 가노라면, 천리나 펼쳐진 노을과 달은 글 지을 때 사용하라고 마음껏 제공해 주리로다.

허공에 돛 걸고 가는 길을 석양이 재촉하니, 두 아우가 붓을 들고 시를 지어주며 떠나보내노라.

....

23 **朱明**(주명) : 고대에는 여름을 주명이라 불렀다. 《이아 · 석천(釋天)》에 "여름은 주명이다(夏爲朱明.)"라 했으며, 《한서 · 예악지(禮樂志)》에 "여름은 무성하게 자라도록 하고, 만물을 펴도록 해준다(朱明盛長, 敷與萬物.)"고 했음.

24 **江嶂若畫, 賞盈前途**(강장약화, 상영전도) : 강변에 있는 높은 산들은 그림 같아서, 가는 길 앞에 나타난 아름다운 풍경을 마음껏 감상할 것이라는 말. 앞에서 소개한 〈조춘어강하송채십환가운몽서(早春於江夏送蔡十還家雲夢序)〉에서 "청산의 푸른 단풍나무들이 여러 길로 이어져 있으니, 아름다운 경치를 감상하면서 그대가 편리한 길로 나아가시게(青山綠楓, 累道相接, 遇勝因賞, 利君前行.)"란 구절의 뜻과 대략 같음.

25 **自然屛間坐遊, 鏡裏行到**(자연병간좌유, 경리행도) : 왕기는 「屛間」은 높은 산이 병풍처럼 둘러 있음(列嶂如屛)을 말한 것이고, 「鏡裏」는 강물이 거울처럼 맑은 것(江明若鏡)이라고 하였다. 자연계의 병

풍같이 펼쳐진 산 속에 앉아 놀면서 배를 타고 거울같이 맑은 강물 속으로 가는 것을 말함.

26 霞月千里, 足供文章之用哉(하월천리, 족공문장지용재) : 가는 길에 노을과 흰 달은 멀리 천리까지 풍경을 끊임없이 변화시켜서 당신이 쓸 시문의 제재를 충분히 제공하고 있음을 이른 말.

27 二季(이계) : 두 아우로, 장군 숙 집안의 형제들을 가리킨다.

22.
冬日於龍門送從弟京兆參軍令問之淮南覲省序
겨울 용문에서 부친을 뵙기 위해 회남으로 가는 종형제 경조참군 이영문을 보내면서 지은 서문

개원 22년(734) 겨울 하남성 낙양 남쪽에 있는 용문(龍門)에서 전별연을 차려놓고 회남지방 관리로 있는 부친을 뵈러 가는 종제 이영문(李令問)을 전송하면서 지은 서문이다.

종제 이영문은 《이태백전집》 권11의 〈가을밤 용문 향산사에 묵으며 방성현령 왕 노인, 봉국사 영(瑩) 스님, 사촌 동생 이유성과 이영문에게 부치며(秋夜宿龍門香山寺奉寄王方城十七丈奉國瑩上人從弟幼成令問)〉라는 시에 나오는 영문과 같은 사람이며, 또한 《신당서 · 종실세계표(宗室世系表)》가운데 나오는 남양공 방순왕(房郇王) 이위(李禕)의 5세손인 난릉승(蘭陵丞) 이영망(李令望)이 바로 영문과 형제간이다. 영문의 부친 이사정(李思正)은 일찍이 기주사공참군(夔州司功參軍)을 지냈는데, 그 부친이 회남에서 관직에 근무하고 있을 때 이영문이 찾아가서 뵈었다.

「용문(龍門)」은 지금의 하남성 낙양시 남쪽에 있으며, 원래 명칭은 이궐(伊闕)이다. 서쪽 용문산과 동쪽 향산(香山)이 이하(伊河)를

사이에 두고 문같이 대치하고 있다. 《원화군현지》권5의 〈하남도 하남부〉편에 "처음에 수양제가 망산(邙山)에 올라가서 이궐을 보고 좌우를 돌아보면서, 「이것이 용문이 아닌가, 옛날부터 왜 수도를 이곳에 건립하지 않았는가?」라고 하였는데, 이로부터 이궐을 용문이라고도 불렀다(初, 煬帝上登邙山, 觀伊闕, 顧曰, 此非龍門邪？自古何因不建都於此? 由此, 伊闕又稱龍門.)"고 했다.

「경조(京兆)」는 《구당서 · 지리지》에 "경조부 경조군은 본래 옹주(雍州)인데, 개원 원년(712)에 부로 삼았다(京兆府京兆郡, 本雍州, 開元元年爲府.)"고 했다. 치소는 장안에 있으며, 지금의 섬서성(陝西省) 서안시(西安市)이다. 경조부에는 참군사(參軍事) 6인이 있으며, 정8품 하의 품계이다. 「회남(淮南)」은 회남도로 치소는 양주에 있으며, 지금의 강소성(江蘇省) 양주시(揚州市)다.

이 서문의 내용은 4개 단락으로 나눌 수 있다. 첫 번째 단락에서는 경조참군 이영문의 성품과 재능, 출신과 사교성 등이 여러 방면에서 걸출하다고 평가하고 있으며, 두 번째 단락에서는 이영문의 입을 빌려 자신의 문채(文采)에 대해 칭찬하였는데, 특히 "형님의 오장육부는 모두 비단 같아서 입을 열면 문장이 이루어지고 붓을 들면 안개가 흩어지게 합니다(兄心肝五藏, 皆錦繡耶 …… 開口成文, 揮翰霧散.)"란 구절은 이백의 비범한 문재와 웅장한 기백을 자찬한 회자되는 명구이다. 세 번째 단락에서는 이영문의 효심과 송별하는 장소에 나온 사람들이 많음을 묘사하여, 그의 재주와 명망이 당시에 대단하였음을 설명하였으며, 네 번째 단락에서는 여러 사람들과 시를 지어주며 전별하는 시간과 장소, 경치와 정서(情緖) 등을 묘사하였는데, 송별하기 전에 이백이 버들가지를 꺾어주며 은근히 말한 것에서 핍진한 우애의 정취를 느낄 수 있다.

22-1

紫雲仙季, 有英風焉[1]。吾家見之, 若衆星之有月[2]。貴則天王之令弟, 寶則海嶽之奇精[3]。

遊者[4]所謂風生玉林[5], 淸明蕭灑[6], 眞不虛也。

자운선(紫雲仙; 이영문) 동생은 걸출한 풍채를 지녔으니, 우리 집안에서는 그를 뭍별 가운데 명월처럼 여겼다네. 고귀함으로 말하면 천자의 형제이고, 진귀함으로 말하면 바다와 산의 특이한 정령(精靈)이로다.

함께 교유하는 사람들이 옥림(玉林)에서 불어오는 바람처럼 청신(淸新)하고 표일(飄逸)하다고 말했는데, 진실로 헛되이 전한 것이 아니로구나.

....

1 **紫雲仙季, 有英風焉**(자운선계, 유영풍언) : 왕기는 「紫雲仙」은 종제 이영문의 호(號)인 것 같다고 했다. 「季」는 형제 가운데 가장 어린 동생. 「英風」은 걸출한 풍격과 기개.

2 **若衆星之有月**(약중성지유월) : 여러 별 가운데 명월과 같이 특출함을 비유한 것. 왕기의 주에 "《출요경》에서 말하기를, 한 걸음 걸어서 홀로 존귀해 짝할 사람이 없으니, 마치 뭍별 가운데 있는 명월과 같도다(出曜經, 獨尊隻步, 無有疇匹, 猶如明月, 在衆星中.)"라고 했음.

3 **貴則天王之令弟, 寶則海嶽之奇精**(귀즉천왕지영제, 보즉해악지기정) : 「天王」은 천자, 곧 황제를 이름. 「令弟」는 영문의 증조인 이량(李良)이 당고조와 종형제임을 말한 것으로, 《구당서 · 태조대조제자전(太祖代祖諸子傳)》에 "장평왕 숙부 량(이량)은 고조의 종부제(종형제)다(長平王叔良, 高祖從父弟也.)"라 했음. 「海嶽」은 사해오악(四海五嶽)의 준말로, 전 국토를 가리킨다. 「奇精」은 기이한 정령, 곧 특이한 인재.

4 **遊者**(유자) : 그와 함께 교유하는 사람.

5 **風生玉林**(풍생옥림) : 옥이 있는 숲에서 불어 나오는 바람처럼 행동거지가 고아한 것을 비유하였다. 《진서 · 모용초재기(慕容超載記)》에 "지난번 북해 왕자를 보았는데, 타고난 성품이 너그럽고 우아하며 정신이 고결하고 빼어났으니, 비로소 제왕의 자손들이 더욱 뛰어나서 모두 옥림처럼 보배롭다는 것을 알았다(向見北海王子, 天資弘雅, 神爽高邁, 始知天族多奇, 玉林皆寶.)"는 기록이 있음.

6 **清明蕭灑**(청명소쇄) : 「清明」은 청신하고 명쾌한 것. 「蕭灑」는 시원하고 표일한 것. 앞에 나온 「風生玉林」과 이 「清明蕭灑」 두 구는 이영문의 척당불기(倜儻不羈)한 풍채와 태도를 형용한 것이다.

22-2

常醉目吾[7]曰, 兄心肝[8]五藏[9], 皆錦繡[10]耶! 不然, 何開口成文, 揮翰霧散[11]? 吾因撫掌大笑[12], 揚眉當之[13]。使王澄再聞, 亦復絕倒[14]。

觀夫筆走群象[15], 思通神明[16], 龍章[17]炳然, 可得而見。

자네는 취하면 늘 나를 보면서 “형님의 마음과 오장(五臟)은 모두 비단으로 수놓은 듯합니다. 그렇지 않다면 어떻게 입만 열면 문장을 이루고 붓만 잡으면 운무를 흩어지게 합니까?”라고 하였는데, 나는 박장대소(拍掌大笑)하면서 눈썹을 치켜 올리며 옳다고 맞장구쳤으니, 아마 왕징(王澄)이 재차 이 소리를 듣는다면, 또 다시 졸도하리로다.

저 붓으로 그린 여러 가지 모습들을 보시게나, 생각은 신명(神明)과 통하고 용그린 문양이 밝게 빛나서 진정으로 볼만하구나.

....

7 **常醉目吾**(상취목오) : 취하여 나를 보면서 말하는 것. 「目」은 「보다」로 명사(눈)를 동사형으로 사용하였다.

8 **心肝**(심간) : 심장(心臟)과 간장(肝臟)이나, 여기서는 깊은 마음속을 말함.

9 **五藏**(오장) : 「藏」은 「臟(장)」과 통하며, 「五臟」은 인체 내부의 장기로 간장, 심장, 비장, 폐장, 신장임.

10 **錦繡**(금수) : 문양이 아름다운 견직물이지만, 여기서는 비범한 글재주를 비유하여 사용하였다.

11 **揮翰霧散**(휘한무산) : 「翰」은 붓털(毛筆)로, 고대에는 깃털을 붓으로 만들었기 때문에 「翰」이라 불렀다. 「揮翰」은 휘호(揮毫) · 휘필(揮筆)로, 붓을 휘둘러 글씨를 쓰거나 그림을 그리는 것. 「揮翰霧散」은 휘필하여 운무를 흩어져 사라지게 하듯 문장의 기백이 호방한 것을 비유하였다.

12 **撫掌大笑**(무장대소) : 「撫掌」은 두 손바닥을 마주치는 것. 박장대소와 같음.

13 **揚眉當之**(양미당지) : 「揚眉」는 눈썹을 추어 올리는 것으로 득의 했

을 때의 모습. 유준(劉峻)의 〈광절교론(廣絶交論)〉에 "재능있는 사람을 만나면 눈썹을 추어올리면서 손벽을 쳤다(又一才, 則揚眉抵掌.)"고 했음. 「當之」는 영문이 한 말에 대하여 수긍함을 표시한 것이다.

14 **王澄再聞, 亦復絶倒**(왕징재문, 역부절도) : 왕징(王澄; 269-312)은 자가 평자(平子)로 낭야 임기(瑯琊臨沂)*사람이며, 사도 왕융(王戎)의 사촌동생(堂弟)으로 서진에서 형주자사를 지냈다. 《세설신어 · 전소(箋疏)》중권 〈상예(賞譽)〉편에 "왕평자(왕징)는 세속을 초월한 준재로 젊어서부터 추앙을 받았는데, 매번 위개(衛玠)의 말을 듣고는 번번이 탄식하면서 졸도하였다(王平子邁世有儁才, 少所推服. 每聞衛玠言, 輒歎息絶倒.)"라 했으며, 유효표(劉孝標)는 주에서 《위개별전(衛玠別傳)》을 인용하여 "위개는 젊어서부터 명리에 밝고 노자와 장자 사상에 정통하였다. 낭야사람 왕평자는 기상이 높고 세속에 초월하여 홀로 꼿꼿하였는데, 위개의 주장을 듣고는 핵심을 이해하는 곳에 도달하여서는 문득 자리에서 넘어지며 기절하였다. 앞뒤로 세 번 듣고는 세 번 넘어져서 당시 사람들이 「위군의 도에 대한 담론에 평자가 세 번 넘어졌네」라 하였다(玠少有名理, 善通莊老. 琅邪王平子高氣不群, 邁世獨傲, 每聞玠之語議, 至於理會之間, 要妙之際, 輒絶倒於坐. 前後三聞, 爲之三倒. 時人遂曰, 衛君談道, 平子三倒.)"고 했음. 이 구절은 곧 왕징이 다시 세상에 살아나와서 영문의 뛰어난 담론을 듣게 된다면, 다시금 탄복하면서 넘어져 졸도할 것이란 뜻으로, 여기서 영문을 위개에 비교하였다.

15 **筆走群象**(필주군상) : 천지간 삼라만상이 모두 붓 아래에서 솟아 나온다는 말로, 문필이 거리낌 없이 자유자재함을 뜻한다.

---

* 지금의 산동성 임기(臨沂).

16 思通神明(사통신명) : 생각이 민첩한 것으로, 신이 돕는 것과 같다는 뜻. 「神明」은 신과 같은 말. 《주역 · 설괘》에 "옛날 성인이 주역을 지을 적에 그윽이 신명의 도움을 받아 시초를 내었다(昔者, 聖人之作易也, 幽贊於神明而生蓍.)"고 하였다.

17 龍章(용장) : 용 무늬(紋樣) 그림으로, 옛날에는 제왕이나 제후의 예복에 사용하였음. 《예기 · 명당위(明堂位)》에 "유우씨는 폐슬을 입었고, 하우씨는 산 그림을, 은나라는 불 무늬를, 주나라는 용무늬 옷을 입었다(有虞氏服韍, 夏后氏山, 殷火, 周龍章.)"고 했다. 왕기는 그 문채가 빛나서 용장 예복을 입은 것 같다고 했다.

22-3

歲十二月, 拜省[18]于淮南。思白華[19]之長吟, 眺黃雲之晚色[20]。目斷心盡, 情懸高堂[21]。

傾蘭醑[22]而送行, 赫金鞍而照地[23]。錯轂蹲野, 朝英滿筵[24], 非才名動時, 何以及此[25]?

12월 회남(淮南)에 계신 부모님을 찾아뵙고, 〈백화(白華)〉시를 사모해 길게 읊조리면서 저녁나절 누런 구름을 바라보노라. 보는 것이 끊어지고 마음도 다하니, 그리운 정을 부모님 계신 곳에 매달아 놓았도다.

난초 향내 풍기는 술잔 기울이며 그대를 보내는데, 금빛 안장이 땅 위를 비추는구나. 수레들 모여드는 들판에 가득한 사람들은 모두 조정의 걸출한 인사들이니, 자네의 재주와 명망이 시절을 뒤흔든 것도 아닌데, 어찌 이렇듯 존중받는단 말인가?

....

18 **拜省**(배성) : 제목 가운데의 근성(覲省)과 같은 뜻으로, 고향이나 먼 곳에 계신 부모님을 찾아뵙는 것.

19 **白華**(백화) : 효자를 노래한 시. 《시경 · 소아》편명이지만 제목만 있고 내용이 없으므로 《시서(詩序)》에서 "그 뜻만 있고 가사가 없다(有其義而亡其辭.)"고 하였다. 《문선》권19 속석(束晳)의 〈보망시(補亡詩)〉6수에서 "백화는 효자의 결백을 읊었다(白華, 孝子之絜白也.)"라 했는데, 이선은 주에서 "효자가 부모를 봉양하면서 항상 백화처럼 스스로를 깨끗이 하여 한 점도 더러움이 없어야 함을 말한 것이다. 자하는 서문에서 백화를 버리면 염치도 없어진다고 말했다(言孝子養父母, 常自絜如白華, 無點汙也. 子夏序曰, 白華廢則廉恥缺矣.)"라 했으며, 장선(張銑)의 주에서도 "「백화」는 염치를 기린 작품으로, 효자가 부모를 섬기면서 자기도 백화처럼 깨끗해지기를 말한 것(白華, 美廉恥也. 言孝子事父母, 亦復絜己如白華.)"이라 했음.

20 **眺黃雲之晩色**(조황운지만색) : 「黃雲」은 지는 해의 빛이 굴절되면서 누렇게 물들인 구름. 이 두구는 효자가 부모님을 생각하는 것이 간절하여, 〈백화〉시를 길게 읊조리면서 저녁에 뜬 누런 구름을 멀리 바라봄을 말한 것이다.

21 **目斷心盡, 情懸高堂**(목단심진, 정현고당) : 「目斷」은 보는 것이 끊어지는 것, 줄곧 바라보아도 보이지 않는 것. 구위(丘爲)의 〈윤주성에 올라서(登潤州城)〉시에 "고향 산은 어디 있나요? 눈길이 광릉 서쪽에서 끊어졌구나(鄕山何處是, 目斷廣陵西.)"라 읊었음. 「心盡」은 그리워하는 마음이 지극한 것. 「高堂」은 크고 높은 대청으로, 부모가 기거하는 곳이나 부모에 대한 경칭으로 쓰인다. 진자앙의 〈공령협 청수촌 포구에 묵으며(宿空舲峽青樹村浦)〉시에서 "고당의 사랑을 버려둔 채 이별하며, 임금님 은혜를 살펴보네(委別高堂愛, 窺覦明主恩.)"

라 했다.

22 **蘭醑**(난서) : 난초 향내가 나는 맛좋은 술. 「醑」는 미주(美酒). 당 고종의 〈태자가 아내를 맞이하며 태평공주를 내려 보내다(太子納妃太平公主出降)〉란 시에 "화관 쓴 이들이 비단 자리에 벌려있고, 난향 미주가 아름다운 잔치에 차려졌구나(華冠列綺筵, 蘭醑申芳宴.)"라고 읊었다.

23 **赫金鞍而照地**(혁금안이조지) : 금으로 만든 안장이 빛나 땅위를 비치는 것. 포조의 〈영사시〉에 "손님과 말 모는 사람이 어지러이 몰려있고, 말안장이 땅을 환하게 비추네(賓御紛颯沓, 鞍馬光照地.)"라 읊었음. 이 두 구는 맛좋은 술을 마시면서 떠나는 사람을 보내는데, 말안장이 땅을 비추고 있음을 말한 것이다.

24 **错轂蹲野, 朝英满筵**(착곡준야, 조영만연) : 수레바퀴가 교차하면서 들판에 가득 모인 사람들은 모두 조정의 걸출한 인사들이라는 말. 「錯」은 교착, 「轂」은 수레바퀴로 수레들이 밀치고 당기는 것을 묘사한 것임. 《초사 · 국상(國殤)》에 "수레바퀴들이 교차하면서 짧은 병기들이 부딪치네(車錯轂兮短兵接.)"라 했음. 「朝英」은 당시 조정의 영걸들.

25 **非才名動時, 何以及此**(비재명동시, 하이급차) : 「動時」는 파문이나 선풍을 일으키는 것으로, 당시를 뒤흔든다는 말임. 이 구절은 너의 재주와 명망이 당시를 떠들썩하게 한 것도 아닌데, 어떻게 이토록 존중을 받고 있는가? 라는 말이다.

22-4

日落酒罷[26], 前山陰煙[27], 殷勤惠言, 吾道東坐[28]。

想洛橋[29]春色, 先到淮城[30]。見千條之綠楊, 折一枝以相贈[31], 則華萼情在[32], 吾無恨焉[33]。群公賦詩, 以光榮餞[34]。

해는 지고 술자리 끝나자 앞산에는 땅거미 지는데, 은근히 사랑스러운 말로 우리 가는 길이 동쪽이라 하는구나.

낙양교(洛陽橋)의 봄기운을 그리워하며 먼저 회성(淮城)에 도착하였도다. 천 갈래 늘어진 푸른 수양버들을 보고 한 가지 꺾어서 서로 나누어 주노니, 꽃과 꽃받침 같은 형제간 우애에 나는 아무런 유감이 없노라. 여러 사람이 시를 지어서 성대한 전별연(餞別宴)에 광채를 보태는구나.

....

26 **酒罷**(주파) : 술자리가 파하는 것.

27 **陰煙**(음연) : 땅거미.

28 **殷勤惠言, 吾道東坐**(은근혜언, 오도동좌) : 「惠言」은 선의로 주는 인자하고 사랑스러운 말. 「道」는 가는 길로, 여기서는 여로(旅路), 여행길을 말하며, 「吾道東坐」는 정현의 고사를 인용하였다. 《후한서》권65 《정현전(鄭玄傳)》에 "(정현이) 서쪽 관문으로 들어가서 탁군 노식의 부탁으로 부풍의 마융을 섬기게 되었다. ...... 하직 인사하고 돌아가는데, 마융이 한숨을 쉬면서 문인들에게 이르기를 「정 선생이 지금 가시니 나의 길도 동쪽이라네」(乃西入關, 因涿郡盧植, 事扶風馬融. ...... (생략*)辭歸. 融喟然謂門人曰, 鄭生今去, 吾道東矣.)"라 했음. 첨영은 《이백집주》에서 「吾道東坐」는 「吾道東去」

---

* 생략된 문장은 "融門徒四百餘人, 升堂進者五十餘生. 融素驕貴, 玄在門下, 三年不得見, 乃使高業弟子傳授於玄. 玄日夜尋誦, 未嘗怠倦. 會融集諸生考論圖緯, 聞玄善筭, 乃召見於樓上, 玄因從質諸疑義, 問畢."이다.

로, 「坐」와 「去」는 형태가 비슷하여 잘못 쓴 것이라고 하였다. 이 두 구는 헤어질 때 은근히 그에게 주면서 하는 말로, 장차 나도 동쪽으로 갈 것임을 말한 것이다.

29 **洛橋**(낙교) : 다리 이름. 지금의 하남성 낙양 서남쪽 낙수(洛水) 위에 있으며, 일명 천진교(天津橋)임. 《원화군현지》권5 〈하남도 낙양〉편에 "천진교는 현 북쪽 4리에 있다. 수 양제 대업 원년(605) 처음 낙수 위에 이 다리를 가설하였다. …… 그러나 낙수가 넘치면서 부교가 무너지자, 정관 14년(640) 다시 석공들에게 명하여 네모진 돌을 쌓아 다리를 만들도록 하였다(天津橋, 在縣北四里. 隋煬帝大業元年初造此橋, 以架洛水, …… 然洛水溢, 浮橋輒壞, 貞觀十四年更令石工累方石爲脚.)"는 기록이 있다. 이백의 〈옛날 노닐던 것을 생각하면서 초군의 원참군에게 부치다(憶舊遊寄譙郡元參軍)〉 시에 "옛날 낙양의 동조구*를 기억하노니, 나에게 천진교 남쪽에 주막집을 지어 주었네(憶昔洛陽董糟丘, 爲余天津橋南造酒樓.)"라 읊었음.

30 **淮城**(회성) : 회남도 지방관청 소재지가 있는 양주(揚州)를 가리킴.

31 **見千條之綠楊, 折一枝以相贈**(견천조지녹양, 절일지이상증) : 버들을 꺾어 주는 절양류(折楊柳)의 풍습에 따라 석별의 정을 표시하였는데, 절양류의 풍습은 사람들이 이별하면서 버들가지를 꺾어 주는 것은 바로 「버들류(柳)」가 「머무를 류(留)」와 같은 발음이므로, 떠나는 사람을 머무르게 하여 붙잡고자 하는 바람의 뜻이 짙게 깔려 있다. 이렇듯 당나라 사람들이 송별할 때는 버들가지를 꺾어 서로 주는 풍습이 있었으므로, 시문 가운데에서는 항상 〈절류곡(折柳曲)〉으로서 이별의 정을 기탁하였다.

---

* 누구인지 밝혀지지 않았지만, 성이 동씨인 술파는 상인일 것이라고 추정됨.

32 **華萼情在**(화악정재) : 「華」는 꽃이고, 「萼」은 꽃받침으로 「악(鄂)」과 통함. 《시경 · 소아 · 녹명지습(鹿鳴之什)》 〈상체(常棣)〉에 "아가위 꽃이여, 환히 드러나 밝지 아니한가(常棣之華, 鄂不韡韡.)"라 했다. 《문선》권5 사첨(謝瞻)의 〈안성에서 사영운에게 답하다(於安城答靈運)〉시에서도 "꽃과 꽃받침이 서로 빛으로 장식하니, 같이 격려하는 소리로 기뻐하네(花萼相光飾, 嚶嚶悅同響.)"라 읊었는데, 여연제 주에 "「화악」은 형제를 비유하였다(花萼, 喩兄弟也.)"라 했음. 왕기는 이 구절에 대하여 「萼」은 꽃꼭지(花蒂)라 하여 꽃받침(花萼)과 서로 의지하며 붙어서 떨어지지 않으므로, 옛날 사람들은 이것으로 형제를 비유한다고 하였다.

33 **吾無恨焉**(오무한언) : 「恨」은 회한, 유감을 뜻함.

34 **以光榮餞**(이광영전) : 「光」은 광채를 더하는 것으로, 명사를 동사형으로 사용하였다. 「榮」은 '무성하다'란 뜻이지만, 여기서는 '성대하다'로 해석할 수 있다. 「餞」은 술과 음식을 차려 놓고 손님을 보내는 것.

23.
江夏送倩公歸漢東序
강하에서 한동으로 돌아가는 천공을 보내면서 지은 서문

건원 2년(759) 이백이 야랑(夜郞)유배에서 사면되어 강하로 돌아왔을 때, 그와 교분이 두터운 동향 출신 승려인 천공(倩公)을 강하에서 호북성 한동(漢東)으로 보내면서 지은 서문이다.

「천공」은 사천성 출신 승려로 이름이 정천(貞倩)이며, 이백의 다른 산문인 〈한동자양선생비명(漢東紫陽先生碑銘)〉에서 "동향 스님 정천은 우아한 재기가 있는데, 나에게 비문을 써주도록 부탁하였다(有鄕僧貞倩, 雅仗才氣, 請予爲銘.)"고 했는데, 여기에 나오는 정천이 바로 그 사람이다.

제목 가운데 「강하(江夏)」는 지금의 호북성 무한시(武漢市)이며, 「한동」은 한수(漢水) 동쪽에 위치한 지금의 호북성 수현(隨縣)이다. 《구당서 · 지리지》수주(隨州)편에 "수나라에서는 한동군이었는데, 당 무덕 3년(620)에 수주로 고쳤다. …… 정관 10년(636)에는 주가 쪼개져서 당주(唐州)의 조양(棗陽)에 속했다가 천보 원년(742)에 한동군으로 고쳤고, 건원 원년(758)에 다시 수주가 되었다(隋爲漢東郡, 武德三年改爲隨州 …… 貞觀十年, 割唐州棗陽來屬. 天

寶元年, 改爲漢東郡. 乾元元年, 復爲隨州.)"고 기록되어 있다.

이 서문은 천공과 이백의 깊은 우의(友誼)를 서술했는데, 내용을 3개 단락으로 나눌 수 있다. 첫 번째 단락에서는 예전 진(晉)의 명장 사안(謝安)과 명승 지둔(支遁)이 사귄 것처럼 이백과 정천의 두터운 교분을 비유하여 기술하였으며, 두 번째 단락에서는 한동과 관계있는 고금 인물에 착안하여 사안(謝安) · 환공(桓公) · 신농씨(神農氏) · 계포(季包) · 자양선생(紫陽先生) 등 역사적 인물들을 거명하면서, 이들을 계승한 사람이 천공으로서 어진이를 좋아하고 문장에 능함을 부각시켰으며, 또 포조(鮑照) · 강엄(江淹) 등과 교유한 명승 혜휴(惠休)에 비유하면서 그의 높은 덕을 칭송하였다. 세 번째 단락에서는 먼저 이백이 장차 황제에게 부름을 받을 것이라는 환상과 함께 친구와 다시 기쁘게 만날 수 있다는 내심의 희망을 피력하면서 친구인 천공을 위해 절구시를 지어주며 송별하는 심정을 기탁하였다.

본문에서 이백은 모년으로 접어들어서 「내가 평생 저술한 초고를 모두 그에게 주었다(僕平生述作, 罄其草而授之.)」라고 했는데, 무슨 연유인지 천공이 받은 이백의 시문 원고는 그 이후에 기록이 없는 점으로 보아 잘못 전해졌거나 전란 중에 소실되었을지도 모르는데, 이 서문에 그 사실만 기록되어 있는 것이 아쉬운 점이다.

23-1

昔謝安四十[1], 卧白雲於東山[2], 桓公[3]累徵, 爲蒼生而一起。

常與支公[4]遊賞, 貴而不移[5]。大人君子, 神冥契合[6], 正可乃爾[7]。
僕與倩公一面, 不忝[8]古人。言歸[9]漢東, 使我心痗[10]。

옛날 사안(謝安)은 마흔 살에 동산(東山)의 흰 구름 속에서 은거하고 있었는데, 환온(桓溫)이 여러 번 초빙하자 백성을 위해 한번 일어났도다. 일찍이 지둔(支遁)과 유람한 것을 부귀해서도 바꾸지 않았으니, 대인과 군자의 사귐이 신명과 투합되듯 진정 이와 같아야 한다네.

나와 천공의 한번 만남도 옛사람들에게 부끄럽지 않았는데, 한동으로 돌아간다고 말하니 내 마음이 아프구려.

....

1 **昔謝安四十**(석사안사십) : 「謝安」(320-385)은 자가 안석(安石), 동진의 정치가로 일찍이 회계(會稽)의 동산에 은거하고 있다가 40여 세에 비로소 관계로 나아가 상서복야(尙書僕射)에 이르렀음. 《세설신어 · 상예(賞譽)》에 "사태부(謝安)는 환공의 사마가 되었다(謝太傅爲桓公司馬.)"라 하였으며, 유효표의 주에 "《속진양추(續晉陽秋)》에서 말하기를 「처음, 사안은 산수 속에 노닐면서 문장을 이야기하고 이치를 따지면서 스스로 즐겼다. 환온은 서쪽 오랑캐 땅에 있으면서도 그의 명성을 흠모하여 사마로 삼도록 조정에 간청하였다. 세상의 도가 아직 순조롭지 않으므로 이를 바로 잡아 구제하려는 뜻을 세우면서, 40세에 집에서 나와 부름에 응했다」(續晉陽秋曰, 初, 安優遊山水, 以敷文析理自娛. 桓溫在西藩, 欽其盛名, 諷朝廷請爲司馬. 以世道未夷, 志在匡濟, 年四十, 起家應務.)"라 했으며, 또 《진서 · 사안전》에도 "회계에 거주하면서, 왕희지(王羲之)와 고양 허순(許詢) · 승려 지둔(支遁)과 유람하였는데, 외출해서는 산과 강에서 고기 잡거나 작살을 던지고 들어와서는 시를 읊고 문장

을 지어서 세상에 나갈 뜻이 없었다. …… 정서대장군 환온(桓溫)이 사마로 청하여 신정을 떠날 때 조정의 선비들이 모두 전송하자, 중승 고숭(高崧)이 농담조로 말하기를, 「선생은 여러 번 조정의 뜻을 어기고 동산에서 고상하게 숨어 있었습니다. 여러 사람들이 매번 서로 '안석이 나오지 않으면 장차 백성들을 어찌 하나요'라고 했는데, 지금 백성들 역시 (사마로 떠나가는) 선생을 어떻게 해야 합니까?」하니, 사안이 부끄러워하는 기색이 있었다(寓居會稽, 與王羲之及高陽許詢桑門支遁遊處, 出則漁弋山水, 入則言詠屬文, 無處世意. …… 征西大將軍桓溫請爲司馬, 將發新亭, 朝士咸送, 中丞高崧戲之曰, 卿累違朝旨, 高臥東山, 諸人每相與言, 安石不肯出, 將如蒼生何, 蒼生今亦將如卿何. 安有愧色.)"는 기록이 있다.

2 **卧白雲於東山**(와백운어동산) : 「臥白雲」은 은거하는 것, 「東山」은 강녕부(지금의 남경시)성 남쪽 3십여리에 있으며, 일명 토산(土山)이라 불림.

3 **桓公**(환공) : 진 환온(桓溫; 312-373)으로, 초국대사마(譙國大司馬)임.

4 **支公**(지공) : 진나라 고승 지둔(支遁)으로, 《장자》와 《유마경(維摩經)》등에 정통하였음. 세상에서는 지공이라 불렀으며, 《고승전(高僧傳)》에 그의 전기가 있다.

5 **貴而不移**(귀이불이) : 사안이 출세하여 부귀한 뒤에도 지둔과의 교유를 지속한 것을 말함.

6 **神冥契合**(신명계합) : 쌍방 간의 흥취와 성품이 합치되는 것. 이 세구에서는 대인과 군자의 사귐은 신명과 몰래 합치되니 마치 사안과 지둔이 이와 같음을 말한 것임.

7 **乃爾**(내이) : 이렇게.

8 **不忝**(불첨) : … 에 부끄럽지 않다.

9 言歸(언귀) : 돌아가다. 「言」은 어조사.

10 心痗(심매) : 마음이 아프다. 《시경 · 위풍(衛風) · 백혜(伯兮)》에 "그 이 생각으로 내 마음이 아프구나(願言思伯, 使我心痗.)"라 읊었으며, 《모시전》에서는 "매는 괴로워하는 것이다(痗, 病也.)"라 했음.

23-2

夫漢東之國, 聖人[11]所出, 神農[12]之後, 季良[13]爲大賢。爾來寂寂, 無一物可紀[14]。有唐中興[15], 始生紫陽先生[16]。先生六十而隱化[17], 若繼跡而起者, 惟倩公焉。

蓄壯志而未就[18], 期老成[19]於他日。且能傾産重諾[20], 好賢工文。即惠休上人[21]與江鮑往復[22], 各一時也。

僕平生述作, 罄其草[23]而授之。思親遂行, 流涕惜別。

저 한동 땅은 성인이 배출된 곳으로, 신농씨(神農氏) 이래로 계량(季良)이 큰 현인이었다네. 그 이후로 잠잠하여 한 인물도 기록할만한 것이 없었는데, 당이 중흥하면서 비로소 자양선생(紫陽先生)이 나왔도다. 선생은 예순 살에 서거하여 신선이 되었는데, 그 자취를 계승하여 나온 이는 오로지 천공뿐이라네.

장한 뜻을 아직 완성하지 못하다가 다른 날에 천천히 이루어지기를 기약하였구나. 또한, 자신의 능력을 다 쏟아내고 승낙을 중히 여겼으며, 어진 이를 좋아하고 문장을 잘 지었으니, 곧 혜휴(惠休) 스님이 강엄(江淹) · 포조(鮑照)와 왕래한 것처럼 한때의 아름다운 이야기로다.

내가 평생 저술한 초고(草稿)를 모두 그에게 주고 나서, 부모를 그리워하며 떠나듯 눈물을 흘리며 애틋하게 이별하노라.

....

11 **聖人**(성인) : 신농씨를 가리킴.

12 **神農**(신농) : 전설 가운데 고대 제왕의 이름. 중국 고대 전설 시대에 불을 다스렸던 신으로, 염제(炎帝)라고 부르며, 백가지 약초를 맛보아서 의약을 만들어 질병을 치료하고, 쟁기와 보습, 질그릇, 활을 발명했다고 함. 《예기(禮記)》에 "여산씨는 염제다. 여산에서 일어났으므로 여산씨라고 불렀다(厲山氏, 炎帝也. 起於厲山, 故曰厲山氏.)"고 하였으며, 또한 《형주기(荊州記)》와 《방여승람(方輿勝覽)》에 "수 땅에 여향이 있고, 그 마을에 있는 여산 아래의 한 동굴이 바로 신농씨가 태어난 굴이다. 동굴 입구는 넓이가 1보이며, 몇 명이 서 있을 수 있다. 지금도 동굴 입구의 바위 위에 신농씨 사당이 있다(隨地有厲鄕, 村有厲山, 下有一穴, 是神農所生穴也. 穴口方一步, 容數人立. 今穴口石上有神農廟在.)"는 기록이 있음.

13 **季良**(계량) : 수(隨)나라의 어진 대부(大夫)로, 계량(季梁)이라고도 부름. 《좌전》환공 6년에 "수 땅의 현명한 대부 계량이 수군(隨君)에게 진나라 군대를 추격하지 말 것을 간했다(隨之賢大夫季良, 諫隨君勿追秦師.)"라고 했으며, 《원화군현지》권21 〈수주(隨州) 수현(隨縣)〉편에 "계량의 묘는 현 남문 밖 길 서쪽으로 32보 떨어진 곳에 있다(季梁廟, 在縣南門外道西三十二步.)"고 했음.

14 **紀**(기) : 기재하는 것.

15 **有唐中興**(유당중흥) : 당의 중흥시대를 맞이한 것.

16 **紫陽先生**(자양선생) : 곧 호자양(胡紫陽)으로 한동 출신으로, 천보 2년(743)에 졸하였음. 이백의 〈수주의 자양선생 벽에 쓰다(題隨州

紫陽先生壁)〉시에 "신농씨는 불로장생을 좋아하였으니, 그런 풍속이 이미 오래전에 이루어졌도다. 또 자양선생이 일찍이 신선이 사는 단대(丹台)에 이름을 기록하였다고 들었네(神農好長生, 風俗久已成. 復聞紫陽客, 早署丹台名.)"라 읊었다.

17 **隱化**(은화) : 시신(屍身)이 흩어져서 신선이 된다는 뜻.

18 **壯志而未就**(장지이미취) : 「壯志」는 장년의 의지. 「就」는 완성, 도달하는 것.

19 **老成**(노성) : 늦게 이루어지는, 즉 대기만성(大器晩成)의 뜻.

20 **傾產重諾**(경산중낙) : 「傾」은 자신이 가지고 있는 것을 다 쏟아내다. 「諾」은 언약, 승낙하는 말.

21 **惠休上人**(혜휴상인) : 혜휴 스님. 「上人」은 승려에 대한 존칭. 《송서 · 서담지전(徐湛之傳)》에 "당시에 출가한 승려인 혜휴(惠休)는 문장을 잘 짓고 언사가 아름다워서 서담지가 그와 깊이 교유하였다. 세조가 환속하도록 명령하자, 본래 성인 탕(湯)씨를 되찾고 관직은 양주종사사에 이르렀다(時有沙門釋惠休, 善屬文, 辭采綺艶, 湛之與之甚厚. 世祖命使還俗, 本姓湯, 位至揚州從事史.)"는 기록이 있다.

22 **江鮑往復**(강포왕복) : 남조시대 양나라 문학가인 강엄(江淹; 444-505)과 송(宋)의 포조(鮑照; 414-466)로, 이들은 모두 혜휴와 교유하면서 시로 화답하였다. 강엄에게는 잡체시 〈의휴상인(擬休上人)〉이란 시가 있고, 포조에게는 〈추일시휴상인(秋日示休上人)〉과 〈답휴상인(答休上人)〉등의 시가 있음. 「往復」은 왕래하다. 이 두 구는 천공과 당시 시인 명사들과의 교유가 옛날 혜휴상인과 강엄 · 포조 등 대시인과의 교유처럼 각각 한때의 좋은 이야기임을 말한 것이다.

23 **罄其草**(경기초) : 「罄」은 소진, 다 써버리는 것. 「草」는 초고, 시문의 원고.

23-3

今聖朝已捨季布[24], 當徵賈生[25]。開顏洗目, 一見白日[26]。冀相視而筆於新松之山耶?

作小詩絶句, 以寫別意。

「彼美漢東國, 川藏明月[27]輝。寧知喪亂[28]後, 更有一珠歸。」

지금 성스러운 조정에서는 이미 계포(季布)를 용서하고 당연히 가생(賈生)을 부를 것이니, 얼굴을 펴고 눈을 씻어서 흰 해를 한번 볼 수 있으리로다. 서로 잘 되기를 바라면서 신송산(新松山)을 읊조릴 수 있기를 기다리세나?

짧은 절구(絶句) 시를 지어서 송별의 뜻을 펴노라.

「저 아름다운 한동(漢東) 땅은,

냇가에도 명월처럼 빛나는 진주가 나오는 곳이라네.

어찌 알았으랴! 난리가 끝난 후에,

또 하나의 진주(倩公)가 돌아올 줄을.」

……………

24 季布(계포) : 《사기 · 계포열전》에 "계포는 초나라 사람으로, 의협심이 강하다고 초 지방에서 알려졌으며, 항우의 장수*로서 여러 차례 한왕(劉邦)을 괴롭혔다. 항우가 멸망하자, 고조는 천금의 상금을 걸고 찾으면서, 감히 숨겨 주는 자는 삼족을 멸하겠다고 했다. 계포는 복양(濮陽) 주씨(周氏)의 도움으로 숨어 지낼 수 있었다. …… 여음후 등공(滕公)은 주가가 대협임을 알고 있었으므로 계포가 그의 집에 숨어 있을 것으로 짐작하고 그러겠다고 허락했다. 등공은 기회를

* 그는 항우의 군대에서 중랑장(中郎將), 하동수(河東守) 등의 관직을 지냈다.

보아서 주가가 일러준 대로 황제(유방)에게 조서를 올리니, 황제는 마침내 계포를 용서했다. 그 무렵 여러 공경들은 모두 계포가 강직한 성격을 억누르고 유순해진 것을 인정했고, 주가 또한 이로 인해 당시에 이름을 날렸다. 후에 계포는 황제를 알현하며 사죄하자, 황제는 낭중(郎中)에 임명했다(季布者, 楚人也. 爲氣任俠, 有名於楚. 項籍使將兵, 數窘漢王. 及項羽滅, 高祖購求布千金, 敢有舍匿, 罪及三族. 季布匿濮陽周氏, …… 汝陰侯滕公心知朱家大俠, 意季布匿其所, 迺許曰, 諾. 待閒, 果言如朱家指. 上迺赦季布. 當是時, 諸公皆多季布能摧剛爲柔, 朱家亦以此名聞當世. 季布召見, 謝, 上拜爲郎中.)"는 기록이 있으며, 계포에 대한 초나라 사람들의 속담에 「황금 백 근을 얻는 것보다 계포의 승낙 한 마디를 얻는 것이 더 낫다(得黃金百斤, 不如得季布一諾.)」고 하는 일락천금(一諾千金)의 고사도 전한다. 여기서는 계포를 이백자신에 비유하여 자신이 야랑에 유배되었다가 사면되어 돌아온 것을 암시하고 있음.

25 **賈生**(가생) : 한나라 가의(賈誼). 《사기 · 가생열전》에 "가생은 이름이 의이고, 낙양사람이다. …… 가생은 장사왕의 태부를 삼년이나 지냈다. …… 그 후 1년 남짓 지나서, 가생은 황제의 부름을 받아 알현하였다. 효문제는 마침 제사 음복을 받고 선실(宣室)에 있었다. 황제는 귀신에 대해서 느낀 바가 있어, 귀신의 본질에 관해서 물었다. 가생은 이에 귀신에 관한 이치를 상세히 말해주니, 밤이 깊도록 효문제는 바싹 다가앉았다. 가생이 설명을 다 마치자, 황제가 말하기를 「내가 오래도록 가생을 만나지 못해, 그보다 낫다고 여겼는데, 이제 보니 미치지 못하겠노라」고 했다. 오래 지나지 않아서 가생을 우대해 양 회왕(懷王)의 태부로 삼았다. 양 회왕은 효문제의 막내아들로서 사랑을 받았고, 또한 독서를 좋아했기 때문에 가생을 그의 스승으로 삼았다(賈生名誼, 雒陽人也. 賈生爲長沙王太傅三年.

…… 後歲餘, 賈生徵見. 孝文帝方受釐, 坐宣室. 上因感鬼神事, 而問鬼神之本. 賈生因具道所以然之狀. 至夜半, 文帝前席. 既罷, 曰, 吾久不見賈生, 自以爲過之, 今不及也. 居頃之, 拜賈生爲梁懷王太傅. 梁懷王, 文帝之少子, 愛, 而好書, 故令賈生傅之.)"라는 기록이 있음. 이 구에서는 이백이 가생을 자신에 비유하면서 한문제가 가생을 불러들인 것과 같이 숙종이 자신을 다시 기용할 가능성이 있음을 말한 것이다.

26 **白日**(백일) : 황제를 가리킴. 이백의 〈금릉 봉황대에 오르다(登金陵鳳凰臺)〉란 시에서 "뜬구름이 온통 해를 가렸으니, 장안은 보이지 않아 사람을 근심케 하노라(總爲浮雲能蔽日, 長安不見使人愁.)"라 하였는데, 시 가운데 「日」은 모두 황제를 가리킨다.

27 **明月**(명월) : 구슬(珠)을 가리킴. 《초사 · 구장 · 섭강(涉江)》에 "등에는 명월주 박힌 옷을 걸치고 허리엔 아름다운 옥띠를 둘렀네(被明月兮珮寶璐.)"라 읊었는데, 왕일(王逸)은 주에서 "자기의 등에 명월처럼 빛나는 구슬을 걸치고, 허리에는 아름다운 옥을 찬 것을 말한다(言己背被明月之珠, 腰佩美玉.)"고 했으며, 《오신주(五臣注)》에서는 "「명월」은 구슬이름이다(明月, 珠名.)"라 했음. 또 《문선》권17 육기의 〈문부(文賦)〉에 "바위가 옥을 간직하고 있으면 산이 빛나고, 물이 진주를 품고 있으면 냇가가 아름답다(石蘊玉而山暉, 水懷珠而川媚.)"고 했다. 왕기는 《신서(新序)》에서 「진주는 강한지방에서 나오고, 옥은 곤산에서 나온다(珠産江漢, 玉出崑山.)」라 하고, 《형주기(荊州記)》에서 「형주는 옥을 품고 있어서 그 지역이 빛나고, 한수는 진주를 머금고 있어서 그곳을 맑게 한다(荊蘊玉而潤其區, 漢含珠而淸其域.)」고 했음.

28 **喪亂**(상란) : 안사의 난을 가리킴.

24.

餞李副使藏用移軍廣陵序

광릉으로 부대를 이동하는 부사 이장용을 전별하며 지은 서문

상원(上元) 2년(761) 가을, 금릉(金陵)에서 바로 전년에 일어났던 송주자사(宋州刺史) 유전(劉展)의 반란을 평정한 후 광릉으로 부대를 이동하는 절서절도부사(浙西節度副使) 이장용을 전별하면서 지어 준 서문이다.

「이장용(李藏用)」은 원래 도통삼도절도사(都統三道節度使)인 이환(李峘)의 부하였다. 상관인 이환이 유전에게 패하여 도망쳤으나 부하인 이장용은 잔병들을 인솔하고 적을 평정하는 대공을 세웠다. 그러나 논공행상에서 오직 이장용만 합당한 보상을 받지 못하였다. 그해 7월 이백이 금릉 지방을 유람할 때, 마침 그 지방 인사들이 전별연을 차려놓고 이장용의 군대를 보내는 자리에서 이 서문을 지었다. 「광릉(廣陵)」은 군명으로, 천보 원년(742) 양주(揚州)를 광릉군으로 고쳤다가 건원 원년(758) 다시 양주로 고쳤으나, 여기서는 옛날 칭호를 그대로 사용하였다.

이 서문은 이장용의 전공(戰功)과 그와의 송별을 제재로 삼았으며, 내용은 4개 단락으로 나눌 수 있다. 첫 번째 단락에서는 유전이

나라에 반란을 일으킨 시말을 적었는데, 당시 숙종이 파견한 모신 형연은(邢延恩)이 그를 제압하고자 했지만 실패하고, 오히려 반군의 흉맹한 기세를 제압하기 힘든 상황임을 기술하면서도, 유전이 끝내는 한초에 비참하게 살해당한 팽월(彭越)과 한신(韓信)처럼 패망할 운명임을 예견하였다. 두 번째 단락에서는 양군이 교전하는 경과를 서술했는데, 이장용 군대의 용감성과 전투장면, 전황과 사상자, 반군을 제거하는 과정에서 이장용이 적은 군대를 가지고 불요불굴(不撓不屈)의 기개로 세운 큰 공적을 칭송하였다. 세 번째 단락에서는 이백의 평론으로서, 이장용이 공은 크나 상을 받지 못한 처지를 깊이 동정하였으니, 그를 한대 초기 유장(劉章)의 난을 평정한 명장 이광(李廣)에 비유하면서, 큰 공을 세우고도 봉후를 삼지 않은 인사에 불평을 토로하였는데, 이는 숙종 당시 내정 문란을 밝힘은 물론, 시비가 전도되고 상벌이 분명하지 않은 상황에 대하여 준엄하게 꾸짖은 것에 큰 의의를 지닌다. 네 번째 단락에서는 이장용과 전별하는 정경을 묘사하였는데, 자사(刺史)들이 차려놓은 전별연에 참가한 장군들의 웅장한 기상과 공적을 시로 읊조리며 서문을 쓴다는 내용이다.

이렇게 이장용이 참전한 유전(劉展)의 반란은 안사란(安史亂) 기간 동안에 일어났는데, 그 사건의 경위는 《자치통감(資治通鑑)》〈숙종 상원 원년〉조에 자세히 기술되었으며, 사건의 전말은 대략 다음과 같다.

이 반란의 주모자인 유전은 일찍이 송주자사(宋州刺史)를 지냈으며, 이선(李銑)과 함께 회서절도부사(淮西節度副使)로 있을 때, 상관인 회서절도사 왕중승(王仲升)이 조정에 이선의 독직(瀆職)과 횡포를 보고하자, 조정에서는 그들을 참수하도록 명령을 내렸다. 모사인 형연은(邢延恩)이 다시 상주하기를 유전은 고집이 세고 괴팍하므로 명령을 따르지 않을 것이니, 조정에서 유전을 회남동도 · 강남서도 · 절서도의 3도절도사 도통(都統)으로 임명하도록 하고, 한편으로는 원래 도통삼도절도사인 이환(李峘)과 회남동도절도사 등경산(鄧景山)에게 명령하여 유전을 제거할 수 있는 계책을 세우도록 했다. 그러나 유전은 불안함을 느끼고 상원 원년(760) 11월, 아우인 유은(劉殷)과 함께 반란을 일으켰다. 유전은 서성현(徐城縣)에서 등경산의 부대를 격파하고, 다시 군사를 이끌고 강을 건너 촉(蜀)에 있던 이환의 부대를 습격하니, 이환의 군대는 궤멸당한 채 급히 선성현으로 도망쳤다. 이에 곽자의(郭子儀)는 평로병마사(平盧兵馬使)인 전신공(田神功)을 추천하여 반란군을 평정토록 했다. 전신공은 배로 군사들을 수송하였는데, 금산(金山)에서 큰바람을 만나 5척의 배가 금산 아래에서 표류하자, 유전이 그 가운데 2척에 타고 있던 군사들을 살해하고 3척은 침몰시켰다. 그러나 유전은 광릉(廣陵)에서 8천의 정병(精兵)을 이끌고 다시 전신공의 군대를 맞아 싸웠지만, 양산(梁山)에서 크게 패하였다. 이 전투에서 유전은 장군 가은림(賈隱林)이 쏜 화살에 왼쪽 눈을 맞고 땅에 넘어지자 사병들에게 머리를 맞아 죽었으며, 부하 유은과 허역(許嶧) 등도 함께 전사하면서 반란 사건은 종결되었다.

24-1

夫功未足以蓋世，威不可以震主[1]。必挾此者，持之安歸[2]？

所以彭越醢於前[3], 韓信誅於後[4]。

况權位不及於此者, 虛生危疑, 而潛苞禍心[5], 小拒王命。是以謀臣將啖以節鉞[6], 誘而烹之[7]。亦由借鴻濤於奔鯨[8], 膾生人於哮虎[9]。呼吸江海, 横流百川。左縈右拂[10], 十有餘郡[11]。國計未及, 誰當其鋒[12]?

무릇 공(功)으로는 세상을 덮을 수 없으며 위엄으로도 군왕을 떨게 할 수 없으니, 이런 공적과 위엄으로 자만한 자는 돌아갈 곳이 어디겠는가? 그래서 앞에는 팽월(彭越)이 젓갈로 담가졌으며, 뒤에는 한신(韓信)이 살해당했도다.

하물며 권위가 이들에 미치지 못하는 자(유전)가 조정의 의심을 받자, 재앙의 근원을 감추고 있다가 차츰 왕명을 거역하였으니, 이에 모신인 형연은(邢延恩)이 부절(符節)과 부월(斧鉞)을 먹잇감으로 유인하여 삶아 죽이고자 도모하였어라. 날뛰는 고래에게 큰 파도를 빌려주고 포효하는 호랑이에게 산 사람을 잡아먹을 수 있도록 유혹하였지만, 오히려 유전(劉展)의 군대는 강과 바닷물을 들이마시고 온 냇가를 활보하면서, 왼손으로 묶어놓고 오른손으로 공격하듯 쉽사리 십여 개 군(郡)을 함락하였도다. 조정에서 세운 계책이 미치지 못하니, 누가 반군(叛軍)의 예봉을 막을 수 있겠는가?

....

1 **夫功未足以蓋世, 威不可以震主**(부공미족이개세, 위불가이진주) : 공로는 세상을 덮을 수 없고, 위명(威名)은 군주를 진동할 수 없다는 뜻. 《포박자 · 외편 · 양규(良規)》에 "공로가 세상을 덮으면 상을 줄 수 없고, 위엄이 군왕을 놀라게 하면 자신이 위험하다(功蓋世者不賞, 威震主者身危.)"고 했음. 「震主」에 대하여는 《사기 · 회음후

열전》에 "괴생(蒯生)이 말했다, ……「또 신이 듣건대, 용기와 지략이 주군을 떨게 하는 자는 몸이 위태롭고, 공이 천하를 덮는 자는 상을 받지 못한다고 합니다. …… 지금 족하(한신)께서 주군을 떨게 할 만한 위세를 머리위에 이고, 상으로 감당하지 못할 만큼 큰 공을 옆구리에 끼고 있으니, 초나라로 귀의하면 초나라 사람이 믿지 못할 것이고, 한나라로 귀의하면 한나라 사람들이 떨고 두려워할 것입니다. 족하께서는 이러한 것을 가지고 어디로 돌아가려 하십니까? 형세는 신하의 지위에 있으면서 군주를 떨게 할 위세를 지니고 있으며, 이름은 천하에 드높으니 족하의 위험함을 알립니다」(蒯生曰, 且臣聞, 勇略震主者身危, 功蓋天下者不賞. …… 今足下戴震主之威, 挾不賞之功, 歸楚, 楚人不信. 歸漢, 漢人震恐. 足下欲持是安歸乎? 夫勢在人臣之位而有震主之威, 名高天下, 竊爲足下危之.)" 라는 기록이 있다.

2 **必挾此者, 持之安歸**(필협차자, 지지안귀) : 만약 스스로 공으로 자만해 군주의 위엄을 위협한다면, 곧 위험이 자신에 미칠 것이라는 말.

3 **所以彭越醢於前**(소이팽월해어전) : 팽월은 한나라 초기에 양왕(梁王)에 봉해졌지만 모반하였으니, 《한서 · 경포전(黥布傳)》에 "한왕은 양왕 팽월을 죽여서 젓갈을 담아 제후들에게 두루 나누어 주었다(漢誅梁王彭越, 盛其醢以遍賜諸侯.)"고 했음. 「醢」는 육장(肉醬), 고기를 잘게 썰어 간장에 조린 반찬으로, 여기서는 사람 몸을 육장으로 만드는 가혹한 형벌을 가리킨다.

4 **韓信誅於後**(한신주어후) : 한신은 초왕(楚王)에 봉해졌으나 모반죄로 회음후(淮陰侯)로 강등되었다가 여후(呂后)에게 살해당했으니, 《한서 · 고제기(高帝紀)》에 "11년 봄 정월에 회음후 한신이 장안에서 모반하여 삼족을 멸하였다. …… 3월에는 양왕 팽월이 모반하여

삼족을 멸했다(十一年, 春正月, 淮陰侯韓信謀反長安, 夷三族. …… 三月, 梁王彭越謀反, 夷三族.)"고 했음. 왕기는 본문 가운데 팽월이 전에 죽어 젓갈을 담아졌고, 한신이 후에 죽었다고 했는데, 실제와는 달라서 이백이 잘못 표현하였을 것이라고 하였다.

5 **況權位不及於此者, 虛生危疑, 而潛苞禍心, 小拒王命**(황권위불급어차자, 허생위의, 이잠포화심, 소거왕명) : 권력과 지위가 팽월과 한신에 미치지 못하는 자가 헛되이 조정의 의심을 받아 스스로 위험에 빠지게 되자, 도리어 화심(재앙의 근원)을 깊이 감추고 있다가 왕명을 거역하는 반역의 행위가 점차 드러낸다는 말. 「苞」는 包(포)와 통하고, 「小」는 稍(초)과 통하며 점점이란 뜻. 여기서는 실제로 송주자사 유전이 숙종의 의심을 받아 계책을 써서 토벌하자, 유전이 저항하고 반란을 일으킨 것*을 가리킨다.

6 **是以謀臣將啖以節鉞**(시이모신장담이절월) : 「謀臣」은 형연은(邢延恩)이고, 「啖」은 먹는 것. 「節鉞」은 깃발과 큰 도끼. 도통삼도절도사(都統三道節度使)의 부절(符節; 符信)과 부월(斧鉞; 儀仗)로, 옛날에는 장수에게 수여하여 권력을 증대시켜주는 표시로 삼았는데, 여기서는 직위를 대신 가리킴. 《삼국지 · 조진전(曹眞傳)》에 "조진을 상군대장군과 도독중외제군사로 삼고, 절월(깃발과 큰 도끼)을 내렸다(以眞爲上軍大將軍, 都督中外諸軍事, 假節鉞.)"고 하였음.

7 **誘而烹之**(유이팽지) : 형연은이 유전을 유인하여 살해하려 한 것. 「烹」은 솥에 삶아 죽이는 형벌, 죽이는 것, 소멸시키는 것.

8 **亦由借鴻濤於奔鯨**(역유차홍도어분경) : 「奔鯨」은 내달리며 날뛰는 고래. 《좌전 · 선공(宣公)12년》에 "옛날 밝은 임금은 불경한 자를 정벌할 때, 그 불경한 고래를 잡기위해 봉지를 주었다가 대대적으로

---

* 앞 해설과 《통감(通鑑)》권221 당기(唐紀)37 참조.

살육하였다(古者明王伐不敬, 取其鯨鯢而封之, 以爲大戮.)"라 하고, 두예는 주에서 "「경예(고래)」는 큰 고기이름으로, 작은 나라를 삼키는 의롭지 못한 사람을 비유하였다(鯨鯢, 大魚名, 以喻不義之人吞食小國.)"고 했음. 여기서는 바다에서 날뛰는 큰 고래(유전에 비유)에게 큰 파도를 빌려 주어 유인하는 것을 가리킨다.

9 **膾生人於哮虎**(회생인어효호) : 「膾」는 잘게 썬 날고기이나, 여기서는 동사로 사용되어 잘게 자른다는 뜻. 《구당서 · 이강전(李綱傳)》에 "칼을 날렵하게 휘둘러서 잉어를 회쳤다(飛刀膾鯉.)"라 했음. 「哮虎」는 포효하는 맹호. 《시경 · 대아 · 상무(常武)》에 "그 범같은 신하들을 나가게 하시니, 포효하는 소리가 성난 호랑이 같도다(進厥虎臣, 闞如虓虎.)"라 했음. 「虓」는 「哮」와 통함.

10 ***左縈右拂***(좌영우불) : 왼손으로는 새끼줄로 감고 오른손으로 깨끗이 불식시키는 것, 가볍고도 쉽게 적을 제압시키는 것의 비유. 《사기 · 초세가(楚世家)》에 "만약 사수(泗水) 유역의 열두 제후국들을 왼손으로 둘둘 묶은 다음 오른손으로 공격을 가한다면, 하루아침에 모조리 잡아들일 수 있을 것입니다(若夫泗上十二諸侯, 左縈而右拂之, 可一旦而盡也.)"라 했음.

11 **十有餘郡**(십유여군) : 유전이 공격하여 함락시킨 호 · 초 · 사 · 선 · 서 · 화 · 저 · 여 · 양 · 윤 · 승 · 소 · 서 · 상 · 호(濠楚泗宣舒和滁廬揚潤升蘇徐常湖)등 10여개주. 「郡」은 천보에서 지덕 연간 지방에 설치되었는데, 건원 원년(758)에 「郡」을 주(州)로 고쳤지만, 이백은 여기서 이전의 명칭을 그대로 썼다.

12 **國計未及, 誰當其鋒**(국계미급, 수당기봉) : 「國計」는 형연은이 숙종에게 건의한 유전을 사로잡을 수 있는 계책을 말함. 이 두 구는 '숙종이 정한 유전을 사로잡아 살해할 계책은 그의 반란으로 변질될 것이라는 상황을 고려한 것이 아니니, 만약 그 계획이 실패한다면

누가 반군 세력의 정예부대들의 예봉을 막을 수 있겠는가' 라는 말이다.

24-2

我副使李公[13], 勇冠三軍[14], 衆無一旅[15]。橫倚天之劍[16], 揮駐日之戈[17]。吟嘯[18]四顧[19], 熊羆雨集[20]。

蒙輪扛鼎之士[21], 杖干將而星羅[22]。上可以决天雲, 下可以絕地維[23]。翕振虎旅, 赫張王師[24], 退如山立[25], 進若電逝[26]。轉戰百勝, 僵尸盈川。水膏於滄溟, 陸血於原野[27]。一掃瓦解, 洗清全吳[28]。可謂萬里長城, 橫斷楚塞[29]。

不然, 五嶺之北[30], 盡餌於修蛇[3], 勢盤地蹙[3], 不可圖[33]也。

우리 부사 이(장용)공은 용감하기가 삼군 중 으뜸으로, 병력은 1여단(旅團; 5백여 명)밖에 없었지만, 하늘에 기대어 검을 뽑고 해를 멈추게 하는 창을 휘둘렀으며, 사방을 둘러보고 고함치니 곰같은 용사(勇士)들이 비오듯 모였도다.

수레바퀴를 뒤집고 솥을 들 수 있는 역사(力士)들이 간장(干將)검을 잡은 채 별처럼 나열하여, 위로는 하늘에 뜬 구름을 가르고 아래로는 대지를 묶은 밧줄을 끊었어라. 호랑이처럼 날랜 군사들이 떨쳐 일어나 제왕의 군대가 성대하게 출동하니, 산이 서 있듯 안정적으로 철수하고 번개가 치듯 빨리 전진하였다네. 전세가 변해 많은 승리를 거두면서 시체가 냇가에 가득하니, 물에서는 큰 바다까지 기름이 뜨고 뭍에서는 들판에 선혈이 낭자하구나. 한번 비로 청소하듯 와해되어 오(吳)땅 전체가 깨끗이 맑아졌으니, 이는 만리장성(萬里長城)이 초(楚)나라의 요새에서 가로로 끊어진 것과 같다고 할 수 있다네.

그렇지 않았다면 오령(五嶺) 북쪽이 모두 긴 뱀의 먹이가 되었을 것이니, 점령된 땅들에 대한 수복을 도모할 수 없었으리라.

....

13 **李公**(이공) : 이장용.

14 **勇冠三軍**(용관삼군) : 「三軍」에 대하여는 《주례 · 하관(夏官) · 서관(序官)》에 "대개 군제에서는 1만2천5백 명을 1군이라 하는데, 왕은 6군, 큰 나라는 3군, 다음 나라는 2군, 작은 나라는 1군을 두었다(凡制軍, 萬有二千五百人爲軍, 王六軍, 大國三軍, 次國二軍, 小國一軍.)"고 했으며, 「勇冠三軍」은 그 용감함이 출중하여 삼군의 우두머리가 되는 것으로 양나라 구지(丘遲)는 〈진백지에게 드리는 글(與陳伯之書)〉에서 "장군의 무용은 삼군의 으뜸이고 재능은 당세에 걸출하니, 제비와 참새의 작은 뜻을 버리고 고니와 기러기의 원대한 지향을 품으시기 바랍니다(將軍勇冠三軍, 才爲世出, 棄燕雀之小志, 慕鴻鵠以高翔.)"라 했음.

15 **衆無一旅**(중무일려) : 「一旅」는 5백 명의 군사를 가진 여단(旅團). 《좌전》애공(哀公) 원년에 "1성의 밭을 지니고, 1려의 군사를 가지고 있었다(有田一成, 有衆一旅.)"라 했으며, 두예는 주에서 "사방 십리를 1성이라 하고, 5백인을 1려라 한다(方十里爲成, 五百人爲旅.)"고 했음. 「衆無一旅」는 이장용이 윤주(潤州)에서 기병할 때 남은 군사와 흩어져 있던 패잔병 7백여 명뿐이었으므로, 여기서는 그 군사가 적음을 말한 것이다.

16 **橫倚天之劍**(횡의천지검) : 보검이 길어서 하늘을 기대서야 뽑을 수

있음을 형용한 것으로, 웅장하고 훌륭한 장거(壯擧)의 실현을 비유하였음. 이 말은 본래 송옥(宋玉)의 〈대언부(大言賦)〉에서 나왔으니, "모난 대지를 수레로 삼고, 둥근 하늘을 덮개로 삼아서, 하늘 밖에 기댄 채 빛나는 장검을 잡는다(方地爲車, 圓天爲蓋, 長劍耿耿倚天外.)"라 했으며, 이백도 〈사마장군가(司馬將軍歌)〉에서 "수중의 긴 검을 의지한 채 번개 치듯, 곧장 긴 고래를 베니 바닷물이 열렸구나(手中電擊倚天劍, 直斬長鯨海水開.)"라 읊었다.

17 **揮駐日之戈**(휘주일지과) : 《회남자 · 남명훈(覽冥訓)》에 "노양공(魯陽公)과 한구(韓搆)가 난리를 일으켜 싸움이 한창일 때, 날이 저물자 창을 뽑아 높이 휘두르니 해가 삼사(三舍)*를 되돌아갔다(魯陽公與韓搆難, 戰酣日暮, 援戈而撝(揮)之, 日爲之反三舍.)"는 기록이 있으며, 이백은 〈일출입행(日出入行)〉에서 "노양(魯陽)은 무슨 재주가 있어서, 해를 멈추고 창을 휘둘렀나요(魯陽何德. 駐景揮戈.)"라 읊었음. 여기서는 이장용이 위험한 국면을 돌려서 힘으로 능히 하늘을 돌리는 영웅적인 행위를 찬양한 것이다.

18 **吟嘯**(음소) : 말이 길게 우는 것이지만, 후에는 사람이 고성으로 읊조리는 것을 가리켰다. 이릉(李陵)의 〈소무에게 답하는 글(答蘇武書)〉에 "밤에는 잠 못 이룬 채 귀 기울여 먼데 소리 들으니, 오랑캐 피리 소리가 서로 움직이면서, 말의 비명소리와 무리지어 울부짖는 소리들이 사방에서 일어났다(夜不能寐, 側耳遠聽, 胡笳互動, 牧馬悲鳴, 吟嘯成群, 邊聲四起.)"라 했음.

19 **四顧**(사고) : 사방을 둘러보는 것. 《장자 · 외편 · 천지(天地)》에 "사방을 둘러보면서 물건들을 대처하기에 바쁠 것이네(方且四顧而物應.)"라 했음.

---

* 삼사는 9십리로, 일사(一舍)는 군대가 하루에 갈 수 있는 거리 3십리를 말함.

20 **熊羆雨集**(웅비우집) : 「熊羆」는 두 종류의 맹수이지만, 항상 용감한 병사(勇士)에 비유하여 사용하였음. 《문선》권53 육기(陸機)의 〈변망론(辯亡論)〉에 "으르렁거리는 무리들이 바람처럼 달려가고, 곰 같은 군중들이 안개처럼 모여 있네(哮闞之群風驅, 熊羆之衆霧集.)"라 하고, 이선은 주에서 "《모시》에서 「그 무신들이 나아가서 내려 보는 것이 울부짖는 호랑이 같네」라 하고, 《상서》에서는 무왕이 「그대들이여, 마치 호랑이, 비휴(貔貅), 곰, 큰곰처럼 꿋꿋하게 힘쓰시게!」라고 말했다(毛詩曰, 進厥武臣, 闞如虓虎. 尙書武王曰, 勖哉夫子, 尙桓桓, 如虎如貔, 如熊如羆.)"고 했음. 여기서는 용감한 무사들이 비 오듯 모여든다는 말이다.

21 **蒙輪扛鼎之士**(몽륜강정지사) : 큰 힘을 지닌 역사(力士)를 말함. 「蒙輪」은 바퀴를 뒤집을 정도로 힘이 센 것으로, 이밀(李密)의 〈이군현격(移軍縣檄)〉에 "다시 수레바퀴를 뒤집고 끌채를 옆구리에 끼는 장사와 돌을 던지며 거리를 도약하는 장부가 있다면, 기(冀)땅 말이 바람을 따라가고 오(吳)땅 창이 태양을 밝히리라(復有蒙輪挾輈之士, 拔距投石之夫, 冀馬追風, 吳戈照日.)"고 했음. 《좌전》양공(襄公) 10년에 "노(魯)나라 적사미(狄虒彌)가 큰 수레바퀴 하나를 세워 가죽을 씌운 뒤, 그것을 방패삼아 왼손으로 잡고 오른손으로 창을 빼어 들어 한 무리를 이뤄 싸웠다(狄虒彌建大車之輪, 而蒙之以甲, 以爲櫓, 左執之, 右拔戟, 以成一隊.)"라 하고, 두예는 주에서 "「몽」은 씌우는 것(蒙, 覆也.)"이라 했다. 「扛鼎」은 솥을 들어 올리는 것으로, 《사기 · 항우본기(項羽本紀)》에 "항적(籍 : 項羽)은 키가 여덟 자 남짓이나 되고, 힘은 능히 솥(鼎)을 들 수 있다(籍長八尺餘, 力能扛鼎.)"고 하였음.

22 **杖干將而星羅**(장간장이성라) : 「干將」은 명검의 이름. 《오월춘추 · 합려내전(闔閭內傳)》에 "간장(干將)에게 명검 두 자루를 만들어 달

라고 청했다. 간장은 오나라 사람으로 구야자와 함께 같은 스승에게 배웠으며, 두 사람 모두 검을 만드는데 뛰어났다. 월나라에서 이전에 검 세 자루를 보내왔는데, 합려는 검을 받은 후 매우 소중하게 여기며 검을 만드는 장인(匠人)에게 두 자루를 만들도록 하였다. 한 자루는 「간장」이라 하고, 다른 한 자루는 「막야(莫邪)」라고 하였는데, 막야는 간장의 아내다(請干將鑄作名劍二枚. 干將者, 吳人也, 與歐冶子同師, 俱能爲劍. 越前來獻三枚, 闔閭得而寶之, 以故使劍匠作爲二枚, 一曰干將, 二曰莫耶. 莫耶, 干將之妻也.)"라 했음.

23 **決天雲, 絶地維**(결천운, 절지유) : 원래는 보검의 예리함을 가리키지만, 여기서는 군사들의 전투력이 강함을 가리킴. 《장자 · 설검(說劍)》에 "이 칼은 똑바로 뻗으면 앞이 없는 곳까지 이르고, 들어 올리면 위가 없는 데까지 이르고, 아래로는 더 낮은 데가 없는 데까지 이르고, 휘두르면 한정된 방향이 없습니다. 그리하여 위로는 뜬구름을 절단하고, 아래로는 대지를 묶은 밧줄을 끊습니다(此劍, 直之無前, 擧之無上, 案之無下, 運之無旁. 上決浮雲, 下絶地紀.)"라 했다. 「地維」는 땅의 사각을 매는 밧줄. 《회남자 · 천문훈(天文訓)》에 "옛날 공공과 전욱이 황제가 되려고 다투다가 화가 나서 부주산에 부딪치자, 하늘을 지탱하는 천주가 부러지고 땅을 잇는 지유가 끊어졌다(昔者共工與顓頊爭爲帝, 怒而觸不周之山, 天柱折, 地維絶.)"고 했음. 고인들은 하늘은 둥글고 땅은 네모졌다고 여겼으므로, 하늘은 아홉 개의 기둥으로 버티게 하고, 땅은 네 귀퉁이를 큰 밧줄로 매어 놓았으므로 「地維」라 불렀다.

24 **翕振虎旅, 赫張王師**(흡진호려, 혁장왕사) : 「翕振」은 떨쳐 일어나는 것(興起). 「虎旅」는 호분(虎賁)과 여분(旅賁)으로, 궁정 호위무사의 통령(統領)이지만 여기서는 힘이 호랑이 같은 날랜 군사들을

가리킴. 《죽자(鬻子)*》에 "무왕(武王)이 병사와 전차를 인솔하고 주(紂)왕을 공격하니, 주왕은 호려 백만으로 상나라 교외에 진을 쳤다(武王率兵車以伐紂, 紂虎旅百萬, 陣于商郊.)"고 했다. 「王師」는 제왕의 군대로, 《좌전》은공(隱公) 5년에 "정나라는 왕의 군사를 거느리고 회합하였다(鄭人以王師會之.)"라 했음.

25 **退如山立**(퇴여산립) : 병졸들이 침착하게 철수하는 것이 산이 서서 대치하고 있는 것처럼 안정적인 것. 《예기 · 악기(樂記)》에 "공자가 말씀하기를, 음악은 성공한 자의 모습이다. 모두 방패를 잡고 산처럼 서서 움직이지 않으니, 무왕이 그렇게 하였다(孔子曰, 夫樂者, 象成者也. 總干而山立, 武王之事也.)"고 했음.

26 **電逝**(전서) : 전기가 흐르는 것 같이 갑자기 모여드는 것. 조식의 〈칠계(七啓)〉에 "빠른 수레는 번개 치듯 나아가고, 짐승들은 바퀴를 따라 움직이네(飛軒電逝, 獸隨輪轉.)"라 했다.

27 **水膏於滄溟, 陸血於原野**(수고어창명, 육혈어원야) : 「膏」는 기름이나 지방. 「滄溟」은 큰 바다. 수전(水戰)에서는 강과 바다에 시체의 기름이 표류하고 육전(陸戰)에서는 들판에 선혈이 낭자한 것으로, 전쟁의 잔혹한 장면을 형용한 것이다.

28 **全吳**(전오) : 춘추시대에 오나라 전체를 말함. 오나라는 지금의 강소성, 상해시의 대부분과 절강성과 안휘성의 일부분. 여기서는 유전의 반란이 미친 강회(江淮)지역을 가리킨다.

29 **楚塞**(초새) : 초나라에 있는 관문이나 요새(要塞). 초나라 전성기에 최대 관할 경지는 중국의 동남부 전체를 포괄하였는데, 여기서는 이장용이 광대한 강회(江淮)지역을 지킨 공로를 찬양한 것임.

---

* 육자(鬻子)는 중국선진시대의 저작으로, 《한서 · 예문지》에 도가에는 《육자(鬻子)》22편이 있다고 하였음.

30 **五嶺之北**(오령지북) : 「五嶺」은 장강(長江)과 주강(珠江) 유역을 분수령으로, 강서성(江西省) · 호남성(湖南省) · 광동성(廣東省) · 광서성(廣西省) 경계에 위치한 대유령(大庾嶺) · 월성령(越城嶺) · 기전령(騎田嶺) · 맹저령(萌渚嶺) · 도방령(都龐嶺)을 말함. 「五嶺之北」은 유전의 반란이 강회지방까지 파급된 것을 널리 가리킨다.

31 **盡餌於修蛇**(진이어수사) : 「餌」는 먹다. 「修蛇」는 긴 뱀으로, 신화 가운데 나오는 해로운 뱀. 여기서는 유전의 반란군을 비유하였음. 《회남자 · 본경훈(本經訓)》에 "요(堯)임금 시절에 하늘에 열 개의 태양이 떠올라서 농작물이 타고 초목이 죽어서 백성들은 먹을 것이 없었다. 알유 · 착치 · 구영 · 대풍 · 봉희 · 수사 등 맹수들이 백성들에게 해를 끼쳤다. 이에 요임금은 예(羿)로 하여금 주화의 들판에서 착치를 죽이고, 흉수 가에서 구영을 살해하고, 청구의 못에서 대풍을 주살하고, 위로는 열 개의 해를 쏘고 아래로는 알유를 죽였으며, 동정호에서 수사를 베고 상림에서 봉희를 사로잡았다. 만민들이 모두 기뻐하며 요를 천자로 삼았다(逮至堯之時, 十日並出, 焦禾稼, 殺草木, 而民無所食. 猰貐 · 鑿齒 · 九嬰 · 大風 · 封豨 · 修蛇, 皆爲民害. 堯乃使羿誅鑿齒於疇華之野, 殺九嬰於凶水之上, 繳大風於青丘之澤, 上射十日而下殺猰貐, 斷修蛇於洞庭, 禽封豨於桑林. 萬民皆喜, 置堯以爲天子.)"라 하였으며, 《회남자 · 수무훈(修務訓)》에도 "오나라의 봉희와 수사는 강 위에 있는 나라를 잠식하고 초나라에서 살인을 시작하였다. 덕이 없는 군주는 사직을 잃어버리고 월지방에 있는 초원과 띠풀집으로 갔으며, 백성들은 헤어지고 흩어져서 부부와 남녀들이 살아갈 곳을 정할 겨를이 없었다(吳爲封豨修蛇, 蠶食上國, 虐始於楚. 寡君失社稷, 越在草茅, 百姓離散, 夫婦男女, 不遑啓處.)"고 했음.

32 **勢盤地蹙**(세반지축) : 「蹙」은 몹시 다급한 모양으로, 적이 점령한

근거지가 감소하여 형세가 긴박한 것을 말함.

33 **不可圖**(불가도) : 「圖」는 도모하다. 수복을 도모하는 것이 불가능한 것.

24-3

而功大用小[34], 天高路遐[35]。社稷雖定於劉章[36], 封侯未施於李廣[37]。使慷慨之士, 長吁青雲[38]。

且移軍廣陵, 恭揖後命[39]。組練[40]照雪, 樓船乘風[41]。簫鼓沸而三山動[42], 旌旗揚而九天轉[43]。

그러나 공로는 커도 낮은 직책에 임용된 채로, 천자 계신 곳과 멀리 떨어져 있구나. 비록 유장(劉章)처럼 사직을 안정시켰지만, 이광(李廣)같이 봉후를 받지 못했으니, 강개지사(慷慨之士)들로 하여금 하늘을 우러러 크게 탄식토록 하였다네.

또 광릉(廣陵)으로 군대를 옮기면서 공손히 다음 명령을 기다리는데, 갑옷과 투구는 눈에 빛나고 누선은 바람을 타고 가는구나. 피리와 북이 울리니 삼산(三山)이 움직이고, 정기가 드날리니 구천(九天)이 바뀌었도다.

....

34 **功大用小**(공대용소) : 이장용이 유전의 반란을 평정한 공로가 매우 크지만, 임용되거나 발탁되지 못했음을 가리킴.

35 **天高路遐**(천고로하) : 경성을 떠나서 황제와 매우 멀리 있는 것. 「路遐」는 노원(路遠)과 같음.

36 **劉章**(유장) : 한나라 초기 제(齊) 도혜왕(悼惠王) 유비(劉肥)의 차

남. 주허후(朱虛侯)에 봉해졌다가 여씨의 반란을 평정한 공로를 세워 추가로 낙양군왕(洛陽郡王)에 봉해졌다. 《한서 · 고제기》에 "한 고조가 붕어한 후에 모든 여씨들이 난리를 일으켜 유씨를 위태롭게 모반을 꾀하려 하자, 승상 진평 · 태위 주발 · 주허후 유장 등이 함께 그들을 죽였다(高后崩, 諸呂謀爲亂, 欲危劉氏. 丞相陳平 · 太尉周勃 · 朱虛侯劉章等共誅之.)"고 하였음.

37 **李廣**(이광) : 서한의 명장. 흉노와 크고 작은 전투 7십여 차례를 치루어 비장군(飛將軍)이라 불렸지만, 종신토록 봉후를 얻지 못했다. 《한서 · 이광전》에 "이광이 왕삭에게 관상을 보도록 하면서 말했다. 「한나라가 흉노를 공격할 때, 저는 항상 그 가운데에 있지 않은 적이 없었지만, 많은 교위이하 사람들은 재주가 미치지 못하면서도 군공으로 후작을 얻은 자가 수십 인이나 됩니다. 제가 그들보다 못하지 않은데, 끝내 조그마한 봉읍조차 얻지 못한 것은 왜 그렇습니까? 나의 관상이 후작에 적합하지 않은 것입니까?」(廣與望氣王朔語曰, 自漢擊匈奴, 廣未嘗不在其中, 而諸妄校尉以下, 材能不及中, 以軍功取侯者數十人. 廣不爲後人, 然終無尺寸功以得封邑者, 何也? 豈吾相不當侯邪?)"라 했음. 이 두 구는 이장용이 유장과 같이 사직을 안정시키는 큰 공을 세웠음에도 불구하고, 이광이 봉후를 얻지 못한 것처럼 어떠한 상도 받지 못했음을 말한 것이다.

38 **長吁靑雲**(장우청운) : 청운(高位)을 우러러 바라보고 길게 탄식함. 불평을 감내하며 개탄하는 것.

39 **恭揖後命**(공읍후명) : 공경하고 겸손한 자세로 천자의 다음 명령을 기다리는 것.

40 **組練**(조련) : 「조갑피련(組甲被練)」의 준말로, 전사들의 조갑(組甲)과 전포(戰袍). 《좌전 · 양공(襄公)》3년에 "초나라 자중이 …… 등료를 장수로 삼고 조갑한 전차병 3백 명과 피련한 보졸 3천 명을 거느

리고 오나라를 침략하였다(楚子重 …… 使鄧廖帥組甲三百・被練三千以侵吳.)”라 했으며, 두예는 주에서 “조갑과 피련은 모두 전쟁 장비들이다. 조갑은 철갑에 무늬를 칠하여 만든 것이고, 피련은 전포를 누빈 것이다(組甲被練皆戰備也. 組甲, 漆甲成組文, 被練, 練袍.)” 라 했음. 조갑과 피련은 모두 병사들이 착용하는 갑옷인데, 뒤에는 정예부대를 가리켰다.

41 **樓船乘風**(누선승풍) : 누선은 다락이 있는 큰 배로, 고대에 군사작전에 사용되었음. 「樓船乘風」은 삼국시대 진나라 용양장군(龍驤將軍) 왕준(王濬)이 누선을 타고 촉을 나와 오나라를 공격한 일을 가리킨다. 《진서・왕준전》에 “무제가 오나라를 정벌할 계획을 세우고 조서를 내려 왕준으로 하여금 전함을 건조하도록 하였다. 왕준은 마침내 여러 배가 연결된 거대한 함선을 만들었는데, 한 면이 1백2십걸음 정도됐고 2천여 명을 수용할 수 있었다. (배 위에) 나무로 성을 쌓고 누대를 지었는데, 사방의 문을 열고 그 위에서 모두 말을 달려 왕래할 수 있었다. …… 왕준이 촉에서 출발하니 병사들은 칼날에 피를 묻히지 않았으며, 공격할 때 견고한 성이 없었어도 하구와 무창에서는 항거하지 않았다. 이에 강의 흐름에 따라 노를 울리며 바로 삼산에 이르렀다(武帝謀伐吳, 詔濬修舟艦. 濬乃作大船連舫, 方百二十步, 受二千餘人. 以木爲城, 起樓櫓, 開四出門, 其上皆得馳馬來往濬乃作大船. …… 濬自發蜀, 兵不血刃, 攻無堅城, 夏口・武昌無相支抗. 於是順流鼓棹, 徑造三山.)”고 했음. 여기서 이 전고를 몰래 사용하였다.

42 **簫鼓沸而三山動**(소고비이삼산동) : 「簫鼓」는 관악기(管樂器)와 타악기(打樂器)로, 널리 음악과 가무를 가리킨다. 「沸」는 소리가 시끄러움을 형용한 것. 「三山」은 지금의 강소성 남경시 서남쪽 장강 동쪽 연안에 있는 산 이름으로, 세 봉우리가 나란히 배열하여 강 가운

데로 돌출되었으므로 이런 이름이 붙여졌으며, 앞 주(41번)의 왕준이 오나라를 칠 때 정박했던 곳이다. 육조에서 금릉에 정도하였을 때, 이 산이 강을 방어하는 요충지가 되었으므로 호국산(護國山)이라 부르기도 하였다. 이백의 〈금릉 봉황대에 올라(登金陵鳳凰臺)〉 시에 "삼산은 푸른 하늘 밖으로 반쯤 걸려 있네(三山半落靑天外.)"와 〈횡강의 노래(橫江詞)〉제6수에서 "놀란 파도 한번 일어나니 삼산이 흔들리네(驚波一起三山動.)"라 읊었음.

43 **旌旗揚而九天轉**(정기양이구천전) : 「旌旗」는 예전 군대에서 쓰던 깃발(旗幟)의 통칭. 반고의 〈동도부(東都賦)〉에 "깃대 장식은 무지개에 닿고, 정기는 하늘을 스치네(羽旄掃霓, 旌旗拂天.)"라 읊었음. 「九天」은 아홉 겹 하늘로, 하늘 중 가장 높은 곳을 말하는데, 이백은 〈여산 폭포를 바라보며(望廬山瀑布)〉에서 "곧장 날아 내리는 3천척 폭포수는, 은하수가 구천에서 떨어지는 듯하네(飛流直下三千尺, 疑是銀河落九天.)"라고 읊었음. 이 두 구는 이장용이 군대를 광릉으로 옮길 때 누선의 악기들이 일제히 울리니 삼산이 진동하고, 군대의 깃발이 하늘을 휘감아 돌며 높이 나부끼는 것을 형용한 것이다.

24-4

良牧[44]出祖[45], 烈將登筵[46]。歌酣易水之風[47], 氣振武安之瓦[48]。海日夜色, 雲河中流[49]。席闌[50]賦詩, 以壯三軍之事。

白也筆已老矣, 序何能爲[51]。

어질고 착한 자사(刺史)들은 전별연을 차려놓고 굳센 장군들은 잔치 자리에 올라가서, 역수(易水)의 노래를 크게 부르자 무안(武安)의 기왓장이 들썩이는구나. 바다에 밤빛 드리우고 하늘에 은하수가 흐르니, 연회 자리를 파하고 웅장한 삼군(三軍)의 공적을 시로 읊조리노라.

나(李白)의 필력이 이미 쇠약해졌으니, 어찌 서문이 잘 써지기를 바라리오.

....

44 **良牧**(양목) : 현명한 주목(州牧). 《서경 · 입정(立政)》에 "당신의 목(牧)에 거주하게 하다(宅乃牧.)"라 했는데, 공영달(孔穎達)은 정현(鄭玄)의 말을 인용하여 "은나라에서는 주목을 「백」이라 부르고, 우하와 주나라에서는 「목」이라 불렀다(殷之州牧曰伯, 虞夏及周曰牧.)"고 했음. 동한 말에 주의 군정장관인 자사(刺史)를 「주목」으로 개칭하였으며, 당대에는 주군의 장관을 자사나 태수라고 불렀는데, 여기서는 자사의 별칭으로 사용되어 금릉의 윤주자사(潤州刺史)를 가리킨다.

45 **出祖**(출조) : 조전(祖錢). 고대에는 출행할 때 노신(路神)에게 제사 지내는 것을 「祖」라 하였으며, 후에는 잔칫상을 차려놓고 송별하는 것을 「祖錢」이라 불렀는데, 곧 전행(錢行)을 가리킨다. 여기서 「출조」는 자사가 잔치를 베풀고 전행하는 것을 말함.

46 **烈將登筵**(열장등연) : 「烈將」은 강하고 굳센 장군으로, 여기서는 이장용의 부하 장수들을 가리키며, 「登筵」은 연회석으로 올라가 앉는 것.

47 **易水之風**(역수지풍) : 형가(荊軻)의 전고를 사용했음. 《사기 · 자객열전》(권86)에 "형가가 출발할 때, 태자와 이 일을 알고 있는 빈객들이 모두 흰색 옷과 모자를 쓰고 형가를 배웅하였다. 역수(易水) 가

에 이르러 조제*를 지내고 길을 가는데, 고점리가 축(筑)을 타고 형가는 여기에 맞춰 노래를 불렀다. 변치(變徵; 슬픈 소리)의 소리를 내자, 사람들이 모두 눈물을 떨어뜨리며 울었다. 형가는 앞으로 나아가며 노래하기를, 「바람 소리 쓸쓸하고 역수는 차갑구나! 장사가 한 번 떠나면 다시는 돌아오지 못하리」라 하고 다시 우성(羽聲; 격앙된 소리)으로 노래하니, 그 소리가 강개하여 듣는 사람들이 모두 눈을 부릅뜨며, 머리카락이 관을 향해 솟았다. 이렇게 형가는 수레를 타고 떠나면서 끝내 뒤를 돌아보지 않았다([荊軻]遂發, 太子及賓客知其事者, 皆白衣冠以送之. 至易水之上, 既祖, 取道, 高漸離擊筑, 荊軻和而歌, 爲變徵之聲, 士皆垂淚涕泣. 又前而爲歌曰, 風蕭蕭兮易水寒, 壯士一去兮不復還! 復爲羽聲慷慨, 士皆瞋目, 發盡上指冠. 於是荊軻就車而去, 終已不顧.)"라 했음.

48 **氣振武安之瓦**(기진무안지와) : 「武安」은 지금의 하북성 무안현으로, 전국시대 진나라와 조나라가 무안의 전투에서 조사(趙奢)가 진나라 군사를 격파한 고사를 사용하였다. 《사기 · 염파인상여열전(廉頗藺相如列傳)》에 "진나라 군대가 무안의 서쪽에서 진을 치고, 진군이 북을 치며 함성을 지르니, 무안 지붕의 기와가 들썩였다(秦軍軍武安西, 秦軍鼓譟勒兵, 武安屋瓦盡振.)"는 기록이 있음. 이 두 구는 전별하는 모습이 강개하고 장렬하며, 군대의 위엄이 성대한 것을 형용하였다.

49 **海日夜色, 雲河中流**(해일야색, 운하중류) : 연회가 저녁나절에 거행되었으므로 태양이 서산에 지고 땅거미가 내리며, 하늘에 은하수가 출현하는 것을 가리킴.

50 **席闌**(석란) : 잔치자리가 끝나는 것. 「闌」은 다하다, 파하다는 말.

---

* 도로신에게 제사지내는 것.

51 **白也筆已老矣, 序何能爲**(백야필이노의, 서하능위) : 이백의 겸양지사로 「자신의 창작실력이 이미 쇠퇴해 졌으니, 어찌 좋은 서문을 쓸 수 있겠는가」라는 말.

25.
澤畔吟序

「택반음」시집 서문

이 글은 소상(瀟湘)지방으로 방축당한 최성보(崔成甫)가 지은 〈택반음〉이란 시집에 이백이 쓴 서문이다. 건원 2년(759) 이백이 야랑 유배로부터 사면 받고 돌아올 때 상음(湘陰) 지방을 지나면서 이 서문을 지었는데, 이때 최성보는 이미 죽은 뒤였으므로 비통한 마음으로 친구를 애도하고 있다.

「택반음(澤畔吟)」은 최성보가 상음지방으로 폄적(貶謫) 당한 상태에서 지은 시집으로 감우시(感遇詩) 20여 수가 수록되었는데, 지금은 전해지지 않는다. 〈택반음〉이란 제목의 뜻은 《사기 · 굴원열전(屈原列傳)》의 "굴원이 강가에 이르러 머리를 풀어헤치고 택반에서 노래를 읊조렸는데, 안색이 초췌하고 모습이 여위어 있었다(屈原至於江濱, 被髮行吟澤畔, 顏色憔悴, 形容枯槁.)"라는 구절에서 뜻을 취하여 시집의 이름을 붙였다.

최성보는 최면(崔沔)의 큰 아들이며, 최우보(崔祐甫)의 형이다. 대략 개원 원년(712)에 태어나 18세에 진사시험에 합격하여 비서성(秘書省) 교서랑(校書郎)을 지냈고, 천보 원년(742)에 섬현위(陜

縣尉)가 되었으며, 천보 3년(744)경 감찰어사가 되었으나 5년(746)에 당시 유명한 위견(韋堅)* 사건에 연루되어 간신들의 모함으로 상음(湘陰)으로 유배당하였다가, 건원 원년(758)에 죽었다. 《전당시》권261 〈최성보소전〉에는 "최성보는, 교서랑을 지냈으며, 다시 관보(關輔; 서울)를 지키는 벼슬을 하다가 상음지방으로 좌천되었다. 〈택반음〉이 있는데, 이백이 그 서문을 지었다. 그가 섬현위(陝縣尉)로 있을 때, 위견은 섬군태수(陝郡太守)이자 수륙전운사(水陸轉運使)가 되어 망춘루(望春樓) 아래 못을 팠다**. 최성보가 〈득체가(得體歌)〉를 〈득보가(得寶歌)〉로 고치자, 위견은 뱃사람들이 노래로 부르도록 명령하였으며, 최성보가 다시 더 늘려서 십결로 만들었지만, 지금은 전하지 않는다(官校書郎, 再尉關輔, 貶湘陰. 有澤畔吟, 李白爲之序. 其爲陝縣尉時, 韋堅爲陝郡太守, 兼水陸轉運使, 鑿潭望春樓下. 成甫因變得體歌爲得寶歌, 堅命舟人歌之, 成甫又廣爲十闋, 今不傳.)"고 하여, 그에 대해 묻혀 졌던 전기를 기록하고 있다.

《이태백전집》에는 최성보와 주고받은 시로서 〈최시어에게 드리다(贈崔侍御)〉등 11수가 전하는데, 내용상 모두 이 서문보다 앞에 지은 시들이다.

이 서문의 내용은 3개 단락으로 나눌 수 있다. 첫 번째 단락에서는 최성보에 대하여 출신내력과 재주는 뛰어나나 지위가 낮은(才高位卑) 관직경력을 서술했다. 먼저 문장의 대가 출신으로 벼슬길에

---

* 위견(韋堅; ?-746)은 자가 자금(子金). 당대 경조만년(京兆萬年; 지금의 陝西省西安市)사람으로 위규(韋珪)의 아들이다.

** 이때가 천보 원년(742)이다.

나선 28년 동안 교서랑(校書郎)과 현위(縣尉), 대리 어사(御史) 등 낮은 관직에만 종사한 이력과, 재능은 출중했지만 억울하게 상음현(湘陰縣)으로 폄적되어 굽혀 지냈던 사실을 적었다. 두 번째 단락에서는 최성보가 위견(韋堅) 사건에 연루되어 폄적당한 후에 충의와 울분을 표현한 〈택반음〉 2십장이 완성된 배경을 기술하였으며, 이어서 간신이나 혹리(酷吏)들의 박해를 피하여 네 차례나 작품을 명산에 감추었다가 시를 묶은 권축(卷軸)이 좀먹은 일 등 안타까운 보관과정을 적었다. 세 번째 단락에서는 〈택반음〉의 풍격과 기세, 특색에 대해 기술하면서, 이 작품이 뛰어나서 《시경》풍아(風雅)의 의취와 《초사(楚辭)》의 취지가 있다고 칭송하고 있다.

이렇듯 이 서문 가운데에서 이백은 예리한 필봉으로 간신들이 권세를 잡고 탐관오리들이 횡행하는 암울한 정치 현실을 폭로하면서, 최성보가 무고하게 폄적당한 것에 깊이 동정하고 있다.

25-1

澤畔吟者, 逐臣崔公之所作也。

公代業文宗[1], 早茂才秀[2]。起家校書蓬山[3], 再尉關輔[4], 中佐于憲車[5], 因貶湘陰[6]。從宦二十有八載, 而官未登於郎署[7], 何遇時而不偶[8]耶?

所謂大名難居[9], 碩果不食[10]。流離乎沅湘[11], 摧頹於草莽[12]。

〈택반음〉은 쫓겨난 신하 최공(崔公; 최성보)이 지은 작품이로다.

공은 대대로 문장의 대가 출신으로 어려서부터 재능이 출중했다네. 교서랑(校書郎)으로 벼슬을 시작하여 수도 주변 두 곳 현위(縣尉)를 지냈으며, 중간에 대리 어사(御史)가 되었다가 상음현(湘陰縣)으로 폄적(貶謫) 되었도다. 그러나 벼슬길에 나선 28년 동안 직위가 아직 낭서(郎署)에도 오르지 못하였으니, 어찌 때를 만남이 이토록 불우하단 말인가?

이른바 명성이 자자하면 거처하기 힘들고 큰 과일은 먹지 않는다더니, 원수(沅水)와 상수(湘水)지역으로 유랑하다가 풀숲에서 실의한 채 넘어져 있구나.

....

1 **文宗**(문종) : 대중으로부터 추앙받는 문장의 종백(宗伯). 《후한서 · 최인전찬(崔駰傳贊)》에서 "최인은 문종으로, 대대로 조룡(문장의 대가)을 물려받았네(崔爲文宗, 世禪雕龍.)"라 했음. 최성보의 부친 최면(崔沔), 조부 최개(崔暟)가 모두 그 당시 문장의 대가로서, 고위직에 있었으므로 「代業文宗」이라 했다.

2 **早茂才秀**(조무재수) : 최성보가 아주 어린 시절부터 재능이 출중했던 것을 이른 말. 「茂」는 「秀」와 같은 뜻으로, 우수하고 탁월한 것.

3 **起家校書蓬山**(기가교서봉산) : 「起家」는 몸을 일으키는 것으로, 집에서 일어나서 관직에 나아가는 것. 「蓬山」은 비서성(秘書省)을 가리킴. 《후한서 · 두장전(竇章傳)》에 "이때 학자들은 동관을 노자(老子)의 수장실로 만들고 도가의 봉래산이라 불렀다. 태복 등강(鄧康)은 두장을 천거하여 동관으로 불러들여 교서랑으로 삼았다(是時學者稱東觀爲老氏臧室, 道家蓬萊山. 太僕鄧康遂薦章入東觀爲校書郎.)"라 했는데, 이현은 주에서 "봉래는 바다 속 신선이 사는 산인데 선부(仙府)를 만들어 심오한 경전과 기밀문서들 모두 여기에 두었다(蓬萊, 海中神山, 爲仙府, 幽經秘錄並皆在

焉.)"고 했음. 이 구는 최성보가 출사한 후 가장 빠르게 받은 관직이 비서성 교서랑인 것을 말한다.

4 **關輔**(관보) : 관중(關中)과 삼보(三輔)를 가리킴. 지금 섬서성 서안시 일대의 지역으로, 한·당시대 장안은 경기(京畿)지구에 속하였다. 《문선》권28 포조의 〈승천행(升天行)〉에 "집안 대대로 관보에서 거주하였으며, 경치 좋은 왕도의 성에서 벼슬하였네(家世宅關輔, 勝帶官王城.)"라 했는데, 이선은 주에서 "「관」은 관중이다. 《한서》에서는 우부풍·좌풍익·경조윤을 삼보라고 불렀다(關, 關中也. 漢書曰, 右扶風·左馮翊·京兆尹, 是爲三輔.)"고 했음. 최성보의 부친인 최개(崔暟)의 묘지명인 〈유당조산대부수여주장사상주국안평현개국남증위소경최공묘지(有唐朝散大夫守汝州長史上柱國安平縣開國男贈衛少卿崔公墓志)〉에 "복야(최개)의 큰아들 성보는 벼슬이 교서성 교서랑에 이르렀고, 풍익현과 섬현의 현위가 되었다(僕射之長子成甫, 仕至秘書省校書郎, 馮翊·陝二縣尉.)"는 기록이 있다.

5 **中佐于憲車**(중좌우헌거) : 「佐」는 보조(輔助)로, 여기서는 대리의 뜻으로 쓰였음. 「憲車」는 어사(御史)의 수레이지만, 어사 관직을 가리킨다. 한대의 어사부(御史府)가 후한에는 헌대(憲臺)로 개칭되었고, 이후에는 헌대를 어사 관직의 통칭으로 쓰였다. 또한 고대에는 어사대의 관원은 항상 수레를 타고 군현을 순찰하였으므로 헌대를 「憲車」라고 불렀다. 이백의 〈최시어에게 드리다(贈崔侍御)〉시에 "그대가 감찰어사로 있을 때, 나는 외람되게 한림원에 있었노라(君乃輶軒佐, 予叨翰墨林.)"고 읊었음. 여기서 최성보가 대리 감찰어사의 직책에 있었으므로, 「佐于憲車」라고 하였다.

6 **湘陰**(상음) : 현 이름. 당대의 악주 파릉군이며, 지금의 호남성 상음현. 《원화군현지》권27 강남도(江南道) 악주(岳州)편에 "상음현에 …… 멱수는 동북쪽 홍주 건창현에서 흘러들어와서 서쪽 옥사산을

지나가고, 또 서쪽 나국의 옛 성을 지나 굴원의 연못, 곧 굴원이 〈회사〉*를 짓고 스스로 투신한 장소에서 다시 서쪽 상수로 흘러 들어간다(湘陰縣, …… 汨水, 東北自洪州建昌縣流入, 西經玉笥山, 又西經羅國故城爲屈潭, 卽屈原懷沙自沈之所, 又西流入於湘水.)"고 기록되었음. 최성보는 〈열두 번째 이백에게 드림(贈李十二)〉시에서 "나는 상음으로 쫓겨난 신하네(我是湘陰放逐臣.)"라 읊었다.

7 **官未登於郎署**(관미등어낭서) : 「郎署」는 관서 명칭으로, 상서성 각 부서를 가리키는데, 한나라 때에는 숙위시종관(宿衛侍從官)으로, 상림원(上林園)을 숙직하면서 지키는 관서였다. 《문선》권54 유준(劉峻)의 〈변명론(辨命論)〉에 "가대부(賈誼)는 장사에서 뜻이 막히고, 풍도위(馮唐)는 낭서에서 백발이 되었다(賈大夫沮志於長沙, 馮都尉皓髮於郎署.)"라 하고, 이선은 주에서 "《한서》에 이르기를, 풍당(馮唐)은 효행으로 알려져 낭중의 부서장이 되어 문제를 섬겼는데, 문제가 수레를 타고 지나가다가 「존장은 언제부터 낭서가 되었는가?」라고 물었다(漢書曰, 馮唐以孝著, 爲郎中署長, 事文帝, 帝輦過問曰, 父老何自爲郎也.)"고 하였음. 또 낭서는 상서랑을 가리키는데, 《문선》권37 이밀(李密)의 〈진정표(陳情表)〉에 "저는 젊어서부터 망한 조정에서 벼슬하였으며, 낭서를 지냈다(臣少仕僞朝, 歷職郎署.)"라 하고, 장선(張銑)은 주에서 "낭서는 상서랑(郎署, 尙書郎.)"이라 했다. 이 구에서는 최성보의 관직이 아직 낭서에 한 등급 미치지 못했음을 말한 것임.

8 **不偶**(불우) : 「불우(不遇)」와 같다. 만남이 순조롭지 못하여 성취가 없는 것. 왕충의 《논형(論衡)·명의(命義)》에 "행동이 군왕과 맞지

* 〈회사(懷沙)〉는 굴원이 강남으로 추방당한 뒤 군왕을 생각하고 나라를 근심하며, 시름에 겨운 충정을 노래하였다.

않으면 물러나 멀리 떠나는데, 때를 만나지 못한 것이다(行與主乖, 退而遠, 不偶也.)"라 했음. 여기서는 이렇게 성명(聖明)한 시기를 만났어도 중용되지 못하였음을 말하여, 최성보의 평생 불우한 운명을 동정하였다.

9 **大名難居**(대명난거) : 명성이 자자하면 화를 불러서 오래도록 거처하기가 힘든 것. 《사기 · 월왕구천세가(越王勾踐世家)》에 "구천은 패왕이 되자 범려를 상장군으로 불렀다. 월나라로 돌아와서 범려는 큰 명성 아래에서는 오래도록 거처하기가 어려울 것이라 여겼으며, 또 구천은 사람됨이 어려움에는 함께 할 수 있어도 안락한 때에는 같이 하기 어렵다고 여기고 구천에게 사직서를 썼다. …… 이에 가벼운 보물과 주옥들을 챙겨서 가솔들을 데리고 배를 타고 떠나갔다(句踐以霸, 而範蠡稱上將軍. 還反國, 範蠡以爲大名之下, 難以久居, 且句踐爲人可與同患, 難與處安, 爲書辭句踐. …… 乃裝其輕寶珠玉, 自與其私徒屬乘舟浮海以行.)"라 했음. 뒤에는 명성이 자자하면 스스로 거처하기가 쉽지 않음을 말할 때, 「대명난거(大名難居)」라 한다.

10 **碩果不食**(석과불식) : 큰 과일은 다 먹지 않고 남긴다는 뜻으로, 자기만의 욕심을 버리고 자손에게 복을 끼쳐 줌을 이르는 말. 《주역 · 박괘(剝卦)》에 "박괘 상구에 커다란 과일이 먹히지 않으니, 군자는 수레를 얻고 소인은 집을 헐리리라(剝之上九, 碩果不食, 君子得輿, 小人剝廬.)"라 하고, 공영달은 《정의(正義)》에서 "괘의 끝에 있는데, 깎이고 떨어지지 않아 홀로 완전함을 얻어서 큰 과일과 같으므로 사람들에게 먹히지 않는다(處卦之終, 獨得完全不被剝落, 猶如碩大之果, 不爲人食也.)"라 하였으며, 또 고형(高亨)은 주에서 "재물의 이익이 앞에 있어도 취하지 않음을 비유한 것이다(喻貨利在前而不取.)"라고 했음. 이 두 구는 최성보의 명성이 높고 재주가 뛰어

나서 사람들의 질투를 받는 것을 말하였다.

11 沅湘(원상) : 원수(沅水)와 상수(湘水) 유역. 원수는 귀주성 무산(霧山)에서 발원하여 동북쪽으로 흘러 동정호로 들어가는데, 상류는 청수강(淸水江)이라 부르며 호남성 검양현을 지나면서부터 원강(沅江)이라 부름. 상수는 광서성 영천현(靈川縣) 동해양산 서쪽 기슭에서 발원하여 동북쪽으로 흘러가서 형양·장사 등을 거쳐 동정호로 들어간다. 이 두강은 모두 악주를 경유하여 흘러가므로 후인들은 악주를 대신하여 「원상」이라 불렀다.

12 摧頹於草莽(최퇴어초망) : 「摧頹」는 미끄러지고 넘어져 실의한 것. 조식의 〈부평편(浮萍篇)〉에 "지금 왜 이토록 최퇴하여 상성과 삼성처럼 멀리 떨어져 있나요(何意今摧頹, 曠若商與參.)"라고 읊었음. 「草莽」은 멀고 궁벽한 황야. 《맹자·만장(하)》에 "도읍지에 있으면 시정지신이요, 시골에 있으면 초망지신이라 부른다(在國曰市井之臣, 在野曰草莽之臣.)"고 했음.

25-2

同時得罪者數十人[13], 或才長命夭[14], 覆巢蕩室[15]。

崔公忠憤義烈, 形于淸辭[16], 慟哭澤畔, 哀形翰墨[17]。猶風雅之什[18], 聞之者無罪[19], 睹之者作鏡[20]。書所感遇[21], 總二十章, 名之曰《澤畔吟[22]》。

懼奸臣之猜[23], 常韜之於竹簡[24], 酷吏[25]將至, 則藏之於名山[26]。前後數四[27], 蠹傷卷軸[28]。

같은 시기에 위견의 사건으로 연루된 자 수십 명 가운데, 어떤 이는 재능은 뛰어났지만 단명하기도 하고, 집안이 망하여 거처할 곳을 잃은 사람도 있었다네.

최공은 충성과 의리가 곧고 매워 맑은 언사로 표현하였으니, 연못가에서 통곡한 슬픔이 문장에 드러났노라. 〈풍아(風雅)〉의 편명처럼 그 시문을 듣는 자는 죄짓는 것을 금하고, 보는 자는 거울로 삼아 경계하였으니, 시세(時世: 당시의 사건)에 대하여 느낀 바를 적은 총 20장을 《택반음》이라 불렀도다.

간신들의 의심이 두려워서 항상 죽간(竹簡)에 감추었고, 포악한 관리들이 오면 명산(名山)에 감추었는데, 전후로 네 차례나 두루마리 시집(詩集)을 좀이 갉아 먹었다네.

....

13 **同時得罪者數十人**(동시득죄자수십인) : 위견의 사건에 연루된 자를 가리킴. 《구당서 · 위견전(韋堅傳)》에 "천보 5년(746), 이임보는 위견을 모함하였는데, 그 사건에 연루된 사람은 황보유명 · 이적지 · 위란 · 위빙 · 위지 · 위양 · 정장 · 정흠설 · 두노우 · 양혜 등이며 벌을 받은 자가 수십 명이었다고 한다(天寶五載, 李林甫構陷韋堅, 案株連皇甫惟明, 李適之, 韋蘭, 韋冰, 韋芝, 韋諒, 鄭章, 鄭欽說, 豆盧友, 楊惠等人, 故云, 得罪者數十人.)"고 했음. 최성보도 위견과 깊은 교제를 하였으므로 연루된 수십 명 가운데 한 사람으로서, 상음으로 폄적되었다.

14 **才長命夭**(재장명요) : 「才長」은 재능이 뛰어난 사람. 「命夭」은 요절, 단명으로 죄를 뒤집어쓰고 살해당한 사람.

15 **覆巢蕩室**(복소탕실) : 집이 무너지면 방도 없어진다는 말. 《세설신어 · 언어2》에 "공융은 체포되면서 사자에게 이르기를, 「죄는 내 몸에서 그치고, 두 아들은 온전하기를 바라네」하자, 아이들이 천천히

다가와서 「아버님께서는 둥지가 엎어지면 알이 완전한 것을 보셨습니까?」라 하고 찾아와서 잡혔다(孔融被收 …… 謂使者曰, 冀罪止於身. 二兒可得全否. 兒徐進曰, 大人豈見覆巢之下, 復有完卵乎, 尋亦收至.)"라 했음. 이 두 구는 어떤 사람은 재주가 뛰어나지만 도리어 단명 요절하고, 어떤 사람은 또 피해를 입어 집안이 기울고 재산을 탕진하였으며, 온 집안이 피살당하였음을 말한다.

16 **形于淸辭**(형우청사) : 「形」은 표현, 표로(表露). 《문선》서문에 "정은 심중에서 움직이며 말로 표현된다(情動于中而形于言.)"라 했음. 「淸辭」는 시구(詩句)를 가리킨다.

17 **翰墨**(한묵) : 필묵과 같은 뜻으로 문사(文辭)를 가리킴. 조비(曹丕)의 《전론(典論) · 논문(論文)》에 "옛날 작가들은 「한묵」에 몸을 맡기고, 뜻을 시문에 나타내었다(古之作者, 寄身于翰墨, 見意于篇籍.)"라 했음. 후세에는 널리 문장 · 시문 · 서화의 종류를 가리켰다.

18 **風雅之什**(풍아지집) : 「風雅」는 시경을 가리킴. 시경 가운데 풍 · 아 · 송 세 부분이 있으므로, 후대에서는 풍아를 시경이라 불렀다. 「什」은 10편을 한 개 단위로 한 것. 시경 중에는 대아 · 소아 · 주송은 10편을 1권으로 묶었으므로 십이라 불렀는데, 녹명지집(鹿鳴之什), 곡풍지집(谷風之什) 등이다. 후대에는 시편이나 문권을 널리 가리켰는데, 최성보의 〈택반음〉이 20편이므로 이렇게 불렀음.

19 **聞之者無罪**(문지자무죄) : 듣는 자는 죄를 짓지 않음. 《시경 · 주남 · 관저서》에 "윗사람은 풍으로써 아랫사람을 교화하고, 아랫사람은 풍으로써 윗사람을 풍자하는데, 문장을 주로 하여 넌지시 간하므로 말한 자는 죄를 짓지 않고, 이것을 듣는 사람은 경계로 삼을 수 있다. 그러므로 풍(風)이라 말한다(上以風化下, 下以風刺上, 主文而譎諫, 言之者無罪, 聞之者足以戒, 故曰風.)"고 했음.

20 **作鏡**(작경) : 거울로 비추어보며 경계한다는 뜻. 「鏡」은 조감.

21 感遇(감우) : 시세(時世)에 대한 감개를 어두운 필치로 읊은 것.

22 澤畔吟(택반음) : 《초사 · 어부사》와 《사기 · 굴원가생열전》에 의하면, 전국시대 초나라 대부인 굴원이 추방당하여 소상 연못 두둑(澤畔)을 다니면서 읊조렸는데, 후대 사람들은 관직을 잃고 실의하였을 때 쓴 작품을 〈택반음(澤畔吟)〉이라고 불렀음. 이백의 〈야랑으로 유배가다가 서새역에 도착하여 배은에게 부치다(流夜郎至西塞驛寄裴隱)〉란 시에 "공연히 택반음을 읊조리면서, 강남의 악기로 불어 그대에게 부치네(空將澤畔吟, 寄爾江南管.)"라고 했음.

23 奸臣之猜(간신지시) : 「奸臣」은 이임보의 무리를 가리키고, 「猜」는 의심을 받는 것.

24 韜之於竹簡(도지어죽간) : 「韜」는 감추는 것(隱藏). 「竹簡」은 고대에는 종이가 없어서 죽편에 문장을 써서 사용하였으므로 죽간이라 불렀으며, 또 죽간을 묶어 책을 만들었으므로 후세에서는 「죽간서(竹簡書)」, 혹은 「죽서(竹書)」라고 불렀다.

25 酷吏(혹리) : 포학한 관리. 여기서는 모함하는 죄안을 만드는데 주도한 감찰어사 나희석(羅希奭) 등의 무리를 가리킴.

26 藏之於名山(장지어명산) : 고인들은 저작물을 잃어버리거나 혹은 뜻밖의 화를 당하여 분실될 것을 염려하여, 종종 돌로 만든 상자에 넣어 두거나 명산에 감추었음. 《한서 · 사마천전》에 "정성스럽게 이 책을 저술하여 명산에 감춰 놓고, 뜻이 맞는 이에게 전하리라(仆誠以著此書, 藏之名山, 傳之其人.)"라고 했다.

27 前後數四(전후수사) : 전후에 걸쳐 네 차례나 감춘 것.

28 蠹傷卷軸(두상권축) : 시집을 좀이 갉아 먹은 것. 「卷軸」은 당나라 때에는 대부분의 서적들이 축으로 말은 두루마리 형태의 권축형식을 띠고 있다.

25-3

觀其逸氣[29]頓挫[30], 英風[31]激揚[32], 橫波[33]遺流, 騰薄[34]萬古。至於微而彰[35], 婉而麗[36], 悲不自我, 興成他人[37], 豈不云怨者之流[38]乎?

余覽之愴然[39], 掩卷揮涕[40], 爲之序云。

뛰어난 기개가 서린 어조(語調)와 영웅다운 풍모(風貌)가 격렬하게 발휘된 것을 보노라면, 고운 눈에 눈물을 흐르게 하여 만고에 오르내리며 드날리리라. 은미하지만 뜻이 드러나 예쁘고 화려한 시어에 이르면, 슬픔은 나로부터 나오지 않고 남에게서 일어나니, 어찌 원망하나 성내지 않는 부류(詩經과 楚辭)가 아니라고 말할 수 있겠는가?

내가 읽어 보고 처량하여 책을 덮고 눈물을 흘리면서 서문을 지었노라.

....

29 逸氣(일기) : 세속을 초월한 기개.

30 頓挫(돈좌) : 성조의 억양을 말함. 음율의 멈춤이나 꺾이고 바뀌는 것. 《후한서 · 공융전찬(孔融傳贊)》에 "공북해는 선천적으로 뛰어나서, 음정이 바뀌면서도 어울렸다(北海天逸, 音情頓挫.)"라 했으며, 이현은 주에서 "「돈좌」는 억누르고 찬양하는 것과 같다(頓挫猶抑揚也.)"고 했음.

31 英風(영풍) : 영민하고 용맹스러운 풍도와 기개. 완적(阮籍)의 〈영회시(詠懷詩)〉61번째 시에 "영특한 풍도를 구름과 무지개에 싣고, 세상을 벗어난 뛰어난 소리를 발설하노라(英風截雲霓, 超世發奇聲.)"고 읊었음.

32 激揚(격양) : 격월(激越)과 앙양(昂揚). 기운이나 감정 따위가 세차게 일어나 드날림. 또는 격탁양청(激濁揚淸)의 준말로, 악을 물리치고 선을 발양시킨다는 뜻. 강엄의 〈별부(別賦)〉에 "중산(혜강)은 옥에 갇히자, 신비로운 기운이 격양되었다(及夫中散下獄, 神氣激揚.)"고 했음.

33 橫波(횡파) : 여자의 고운 눈. 추파를 던지거나 곁눈질하는 것. 이백의 악부시 〈오랜 그리움(長相思)〉에 "예전 곱게 추파 던지던 눈이 지금은 눈물 흐르는 샘이 되었네(昔日橫波目, 今成流淚泉.)"라 읊었음.

34 騰薄(등박) : 상하로 기복(起伏)하는 것. 《문선》권18 혜강의 〈금부(琴賦)〉에 "물살이 세차게 위아래로 오르내리며, 물방울을 일으키고 파도를 흩날리네(洶湧騰薄, 奮沫揚濤.)"라 하고, 장선은 주에서 "「등」은 위로 오르고, 「박」은 아래로 내려가는 것(騰上, 薄下.)"이라 했음. 「騰薄萬古」는 최성보의 시가 만고에 드날리며, 백대를 웅시할 것임을 가리킨다.

35 微而彰(미이창) : 「微」는 나타나지 않는 것. 「彰」은 드러나는 것. 최성보가 지은 시어가 은미하면서도 뜻이 밝게 드러나는 것.

36 婉而麗(완이려) : 「婉」은 깊고 그윽한 것. 「麗」는 화미한 것. 말의 기운이 곱고 그윽하면서도 언어가 화려한 것.

37 興成他人(흥성타인) :타인의 인도에 따라 흥기하는 것.

38 怨者之流(원자지류) : 슬퍼하지만 상심하지 않고(哀而不傷), 원망하지만 성내지 않는(怨而不怒), 시경의 〈풍아(風雅)〉나 초사의 〈이소(離騷)〉와 같은 종류의 작품을 말함. 《사기 · 굴원가생열전》에 "굴평은 정도로 곧게 나아가고 충성과 지혜를 다해 그 군주를 섬겼으나, 참소하는 사람의 이간질로 곤궁해졌다고 할 수 있다. 신의를 바쳤으나 의심을 받고, 충성을 다했지만 비방을 당하니, 어찌 원망

스럽지 않겠는가? 굴평이 지은 〈이소〉는 이런 원망에서 지어진 것이다. 《국풍》은 미색을 좋아했지만 음탕하지 않고, 《소아》는 원망하고 비난했지만 어지럽지 않았다. 〈이소〉와 같은 작품은 이를 겸했다고 할 수 있다(屈平正道直行, 竭忠盡智以事其君, 讒人間之, 可謂窮矣. 信而見疑, 忠而被謗, 能無怨乎? 屈平之作離騷, 蓋自怨生也. 國風好色而不淫, 小雅怨誹而不亂. 若離騷者, 可謂兼之矣.)"라 했음.

39 愴然(창연) : 마음이 슬프고 우울하여 처량한 모습.

40 揮涕(휘체) : 눈물을 흘리는 것.

26.

夏日諸從弟登沔州龍興閣序

여름날 여러 사촌 아우들과 면주의 용흥각에 올라 지은 서문

개원 22년(734) 여름, 이백이 안륙으로 온 후 여해(汝海)지방을 유람할 때, 여러 동생들과 함께 면주의 용흥각에 올라 초나라 굴원(屈原)과 송옥(宋玉) 등을 애도하면서 지은 서문이다*.

제목 속의 「여러 사촌 아우(諸從弟)」는 이백의 〈가을밤 용문 향산사에서 묵으며 방성현령 왕씨 17번째 어른과 봉국사 영스님, 집안 아우인 이유성과 이영문에게 부치다(秋夜宿龍門香山寺奉寄王方城十七丈奉國瑩上人從弟幼成令問)〉란 시 가운데의 종제인 이유성과 이영문일 것이라고 인정되고 있다.

「면주(沔州)」는 수나라 때 면양군(沔陽郡)이었는데, 당 무덕(武德) 4년(621)에 나누어 면주를 두었으며, 천보 원년(742)에 한양군(漢陽郡)으로 바꿨다가 건원 원년에 다시 면주로 바꿨다. 회남도(淮南道)에 속하며, 지금의 호북성 무한시 한양(漢陽)이다.

---

* 이 서문의 지은 연도에 대하여, 욱현호는 《이백선집》에서 최성보가 건원 원년(759)에 세상을 떠났으니, 이 문장은 그가 죽은 후 얼마 있다가 지었다고 하였으므로 앞으로 더 연구하여 밝힐 필요가 있다.

이 서문은 용흥각(龍興閣)에 오른 것을 제재로 삼았으며, 내용은 3개 단락으로 나눌 수 있다. 첫 번째 단락에서는 한여름 대화성(大火星)이 뜬 5월이라는 계절을 밝히고 용흥각 주변에 무궁화 피고 매미우는 경물을 읊었으며, 두 번째 단락에서는 용흥각의 높은 난간에 올라 흉금(胸襟)을 펼치면서 멀리 보이는 산과 강물을 바라보며 사향(思鄕)의 심정을 피력하였다. 세 번째 단락에서는 굴원(屈原)과 송옥(宋玉) 같은 재주를 지닌 두 아우들만이 자신의 뜻을 일깨워 줄 수 있으므로, 아름다운 문장을 써서 함께 술을 마시며 회포를 마음껏 펼치도록 부탁하는 내용이다.

이백의 시문 가운데 대표적인 특징인 청신자연(淸新自然)스러운 풍격이 잘 드러난 문장으로 언어가 유창하다.

26-1

夫槿榮芳園, 蟬嘯珍木[1], 蓋紀乎南火之月也[2]。可以處臺榭, 居高明[3]。

무궁화는 정원에 한창 피어있고 매미는 진기한 나무에서 울고 있으니, 한여름 대화성(大火星)이 뜬 5월이로다. 대사(臺榭)에 머무르면서 높고 밝게 지낼 수 있는 때로구나.

....

1 **夫槿榮芳園, 蟬嘯珍木**(부근영방원, 선소진목) : 「夫」는 어기조사, 다음 문장을 불러일으키는 발어사임. 「槿」은 무궁화로, 여름에서 가을까지 개화하는 관목. 「芳園」은 화원, 정원. 「珍木」은 진기한 나

무. 《예기 · 월령(月令)》중하지월(仲夏之月)에 "사슴의 뿔이 떨어져 나가고 매미가 울기 시작하면, 반하라는 약초가 자라며 무궁화(木堇)가 꽃을 피운다(仲夏之月, 鹿角解, 蟬始鳴, 半夏生*, 木堇榮.)"고 했음.

2 **蓋紀乎南火之月也**(개기호남화지월야) : 「蓋」는 대개, 「紀」는 기재, 기록. 「南火之月」은 하력(夏曆)으로, 5월을 가리킨다. 「南火」는 대화성(大火星)으로, 한창인 여름(仲夏) 황혼무렵 대화성이 하늘의 정남방에 출현하므로 남화라 했음**.

3 **可以處臺榭, 居高明**(가이처대사, 거고명) : 「處」는 머무르는 것. 「臺榭」는 대와 사를 합쳐 부르는 말로서, 중국에서 고대에는 지면위에 흙을 돋워 높이 쌓아 놓은 곳을 「臺」라 하고, 대위에 나무를 엮어서 지은 건물을 「榭」라고 함. 「高明」은 높으면서도 밝은 곳. 《예기 · 월령(月令)》에 "오월(음력)에는 불을 사용하지 않고, 남방에서는 높고 밝은 곳에서 거주하는데, 먼 곳을 조망할 수 있고, 산언덕에 올라갈 수 있으며, 대사에서 거처할 수 있다(是月也無用火, 南方可以居高明, 可以遠眺望, 可以登山陵, 可以處臺榭.)"라 했으며, 정현은 주에서 "양을 따르는 것은 위에 있다는 것이며, 「고명」은 누각에서 보는 것을 말한다. 어두운 곳을 「대」라 하고, 나무가 있는 곳을 「사」라고 부른다(順陽在上也. 高明, 謂樓觀也. 闇者謂之臺, 有木者謂之榭.)"고 했음.

---

* 半夏生; 반하라는 약재가 나올 무렵이란 뜻으로, 하지로부터 11일째 되는 날을 이르는 말. 양력으로는 7월 2일경이다.

** 본장의 서문 〈송황종지파양알장사군서(送黃鍾之鄱陽謁張使君序)〉의 주 15번 참조.

26-2

吾之友于, 順此意也[4], 遂卜精勝[5], 得乎龍興。留寶馬於門外, 步金梯於閣上[6]。漸出軒户[7], 遐瞻雲天[8]。晴山翠遠而四合, 暮江碧流而一色[9]。

屈指[10]鄉路, 還疑夢中, 開襟危欄[11], 宛若空外[12]。

내 형제가 이 뜻을 따라서 좋은 경관을 선택하여 용흥각(龍興閣)을 지었으니, 문밖에 진귀한 말을 매어 놓고 금 사다리 밟고 집 위로 올라가노라. 창문으로 차츰 나타나는 구름과 하늘을 멀리 바라다보니, 비 그친 먼 산은 비취색이 사방을 둘러싸고, 저물녘 푸른 강물은 한 가지 색으로 흘러가는구나.

고향 가는 길을 손꼽아 세어보니 꿈속에 있는 듯 의심되고, 높은 난간에 올라 흉금(胸襟)을 펼치니 마치 하늘 밖에 있는 듯 하다네.

....

4 **吾之友于, 順此意也**(오지우우, 순차의야) : 「友于」는 형제. 우(于)는 본래 개사인데, 후에는 「友于」로 연용되면서 형제간에 우애가 깊은 것을 말하거나 형제를 가리킨다. 《상서 · 군진(君陳)》에 "부모에 효도하고 형제간에 우애가 있는 것(惟孝友于兄弟.)"이라 하였는데, 《논어 · 위정(爲政)》에서 이를 인용하여 "효성스럽고 효성스럽도다. 형제간에 우애가 깊으니, 이를 정치까지 미치게 하네(孝乎惟孝, 友于兄弟, 施于有政.)"라고 했다.

5 **遂卜精勝**(수복정승) : 「卜」은 선택. 도잠의 〈사는 곳을 옮기다(移居)〉에 "옛부터 남촌에서 살려고 했던 것은, 집터가 좋아서가 아니라네(昔欲居南村, 非爲卜其宅.)"라고 했다. 「精勝」은 정미(精美)한 명승지, 곧 정교하고 아름다운 경관.

6 **留寶馬於門外, 步金梯於閣上**(유보마어문외, 보금제어각상) : 「寶馬」는 말의 미칭으로, 진귀한 말. 이백은 〈동무음(東武吟)〉에서 "귀한 절영준마를 타고 나란히 달려가서, 비단옷 입은 채 신풍으로 들어가노라(寶馬麗絶景, 錦衣入新豊.)"라 읊었음. 「金梯」는 사다리의 미칭으로, 이백의 〈아내와 이별하고 부름에 응해 가다(別內赴徵)〉란 시 3수 중 세 번째 시에서 "비취로 누각을 만들고 황금으로 사다리를 만들었네(翡翠爲樓金作梯.)"라 읊었다.

7 **漸出軒户**(점출헌호) : 차츰 마루의 창문으로 걸어 나가는 것. 「軒戶」는 창문으로, 「軒」은 창, 「戶」는 문.

8 **遐瞻雲天**(하첨운천) : 멀리 노을 속에 펼쳐진 구름과 하늘을 바라보는 것.

9 **晴山翠遠而四合, 暮江碧流而一色**(청산취원이사합, 모강벽류이일색) : 「四合」은 사면으로 둘러싸인 것. 「暮江」은 장강을 가리킴. 맑은 하늘 아래의 푸르게 펼쳐진 먼 산은 사방으로 합해지고, 저녁나절 장강은 푸른빛을 띠고 흘러가는데 온통 맑은 한가지색 뿐이라는 말로, 용흥각에 올라가서 사방에 펼쳐진 경치를 조망하는 모습을 묘사한 것이다.

10 **屈指**(굴지) : 손가락을 굽혀서 수를 계산하는 것.

11 **開襟危欄**(개금위란) : 「危欄」은 높은 난간. 높은 곳에 올라 멀리 바라보면서 흉금(회포)을 펼치는 것을 표시한 말.

12 **宛若空外**(완약공외) : 마치 몸이 하늘 밖에 있는 것 같음.

26-3

嗚呼! 屈·宋長逝, 無堪與言[13]。起予者[14]誰? 得我二季[15]。

當揮爾鳳藻[16], 挹予霞觴[17]。與白雲老兄[18], 俱莫負古人也。

아아! 굴원(屈原)과 송옥(宋玉)이 죽은 지 오래되어 같이 말할 사람이 없었는데, 내 뜻을 일깨워 줄 수 있는 사람은 누구인가요, 두 아우뿐이로구나.

마땅히 자네의 아름다운 문장을 드날리도록 유하주(流霞酒)를 따르노니, 백운(白雲) 노형과 함께 지은 시가 고인들에게 부끄럽지 않도록 하시게나.

....

13 **屈宋長逝, 無堪與言**(굴송장서, 무감여언) : 면주(沔州)가 굴원이나 송옥의 고향인 초나라 땅에 속하였기 때문에 먼저 전국시대 초나라의 문학가인 굴원 · 송옥을 떠올린 것이다.

14 **起予者**(기여자) : 나의 뜻을 계발(啓發)시켜 주는 사람. 「起予」에 대하여는 《논어 · 팔일(八佾)》에 "공자가 크게 기뻐하며, 나를 일깨워 주는 이는 상(子夏)이로다. 너와 함께 비로소 시에 대해 논할 수 있겠구나(子曰, 起予者商也, 始可與言詩已矣.)"라 하고, 주자는 집주에서 "「기」는 발함과 같다. 「기여」는 내 의지를 일으켜 세울 수 있음을 말한 것이다(起, 猶發也. 起予, 言能起發我之志意.)"라 했음.

15 **得我二季**(득아이계) : 「二季」는 두 명의 집안 아우. 고대에는 백중숙계(伯仲叔季)라 하는데, 「季」계는 형제의 순서에서 가장 막내다. 여기에 나오는 「二季」는 아우들을 널리 가리킴.

16 **鳳藻**(봉조) : 아름답고 화려한 문사. 노조린(盧照鄰)의 〈석질문(釋疾文)〉에 "군대의 장막에서 용 그린 기를 알현하고, 문창전(文昌殿)에서 봉황의 문장을 휘날렸네(謁龍旗於武帳, 揮鳳藻於文昌.)"라 했음.

17 **挹予霞觴**(읍여하상) : 송본에는 「搜乎需觴」이라고 하였는데, 마땅히 「挹予霞觴」이 되어야 앞 「揮爾鳳藻」와 댓구가 된다. 「挹」은 주입하는 것으로, 술을 부어 넣는 것(酌取). 「霞觴」은 「하배(霞杯)」, 곧 유하주(流霞酒)로 신선이 마신다는 맛좋은 술 이름. 《포박자(抱樸子)·거혹(祛惑)》에 "신선이 유하주 한잔을 마시라고 나에게 주니, 곧 갈증을 풀 수 있겠구나(有仙人但以流霞一杯, 與我飮之, 輒不饑渴.)"라 했고, 또 유신(庾信)의 〈위왕이 상락주를 주기에 받들어 답하다(衛王贈桑落酒奉答)〉시에서 "좁은 곳에 앉아 시름겨웠는데, 기쁘게도 유하주를 보내주셨네(愁人坐狹邪, 喜得送流霞.)"라 읊었다.

18 **白雲老兄**(백운노형) : 당연히 은거하는 사람의 호(號)를 가리키지만, 이백이 스스로 부르는 칭호일 수도 있다. 첨영은 맹호연의 〈백운선생 왕형에게 드리다(贈白雲先生王迥)〉시 가운데에 등장하는 왕형인 듯하다고 했음.

27.

秋夜於安府送孟贊府兄還都序

가을 밤 안륙부에서 장안으로 돌아가는 찬부 맹형을 보내면서 지은 서문

개원 17년(729) 가을밤, 호북성 안륙의 도독부(都督府)에서 장안으로 돌아가는 오랜 친구인 현승(縣丞; 贊府) 맹형(孟兄)을 보내면서 지은 증서(贈序)다.

「맹찬부(孟贊府)」는 성이 맹씨인 안륙현의 현승(縣丞)인데, 본문에서 「의형 맹자(義兄孟子)」라 칭한 것으로 보아, 이백은 그의 의협심을 칭찬하면서 존경과 함께 깊은 우정을 품고 있음을 알 수 있다. 「찬부(贊府)」는 현승(縣丞)으로, 당대에는 현령을 명부(明府), 현위는 소부(少府), 현승은 찬부라고 불렀다. 「안부(安府)」는 곧 안주로서, 지금의 호북성 안륙현이다. 《신당서 · 지리지5》 〈회남도〉편에 "안주 안륙군은 중도독부다(安州安陸郡, 中都督府.)"라 했으므로 안주를 안부라고도 칭한다.

이 서문은 송별을 제재로 삼았으며, 내용을 4개 단락으로 나눌 수 있다. 첫 번째 단락에서는 맹찬부의 품덕에 대하여 서술했는데, 난관에 봉착하면 회피하는 협사(俠士)나 청운의 꿈을 이룬 자들에 비해 맹형은 언행이 일치하는 의리 있는 사람이라고 칭찬하였으며,

두 번째 단락에서는 맹찬부의 학문적 태도에 대해서, 봉황(鳳凰)과 같은 인재로 가슴에는 웅지를 품고 있으며, 오성(悟性)과 재지(才智)가 탁월하다고 찬미하였다. 세 번째 단락에서는 친형제보다 더 진한 맹찬부와의 우의(友誼)를 밝히면서 타향에서 헤어지는 아쉬운 심정을 피력하였으며, 네 번째 단락에서는 송별하는 계절과 정경을 묘사하면서 장안으로 가는 그에게 시를 읊어 위로해 준다는 감상적인 내용이다.

이백의 소품 산문 가운데 뛰어난 작품이다.

27-1

夫士有飾危冠, 佩長劍[1], 揚眉吐諾[2], 激昂青雲[3]者, 咸誇炫意氣[4], 托交王侯[5]。若告之急難, 乃十失八九[6]。我義兄孟子[7], 則不然耶?

무릇 협사(俠士)는 높은 관을 쓰고 장검을 찬 채 눈썹을 치켜뜨고 승낙하였으며, 분발하여 청운의 꿈을 이룬 자는 모두 의기를 자랑하면서 왕후(王侯)들과 사귀었다네. 그러나 그들에게 긴급한 어려움에 부닥쳤다고 알려주면 열중 여덟아홉은 도울 수 없다고 하지만, 내 의형(義兄) 맹찬부는 그러한 사람이 아니로다.

....

1 **夫士有飾危冠, 佩長劍**(부사유식위관, 패장검) : 「夫」는 구절의 앞에 나오는 어기조사. 곧 발어사로, 아래 문장을 불러일으키는 역할을 한다. 「士」는 성품과 덕행이 있으며 학식이나 기예가 있는 사람

의 미칭으로, 여기서는 일반 사대부를 가리킴. 「飾」은 장식으로 쓰는 것. 「危冠」은 매우 높은 갓, 모자. 《장자 · 도척(盜跖)》에 “자로에게 높은 관을 벗게 하고, 장검을 풀도록 했다(使子路去其危冠, 解其長劍.)”라 하고, 육덕명(陸德明)의 《석문(釋文)》에는 “이이(李頤)가 말하기를 「위는 높은 것이다. 자로는 씩씩함을 좋아하여 닭 볏 모양의 관을 쓰고 등에는 수퇘지와 소를 짊어져서 자신이 강하다는 것을 표시한 것이다」(李頤云, 危, 高也. 子路好勇, 冠似雄雞形, 背負豭牛, 用表已強也.)”라 하였으며, 성현영(成玄英)은 소(疎)에서 “높은 관과 간 검은 용감한 자들이 착용하는 것이다(高危之冠, 長大之劍, 勇者之服也.)”라 했음. 여기서 「飾危冠, 佩長劍」은 고대에 협사(俠士)들이 몸을 장식하는 차림새이다.

2 **揚眉吐諾**(양미토락) : 「揚眉」는 눈썹을 드날리는 것으로 득의했을 때의 모습이며, 「吐諾」은 말함에 믿음이 있어서 동의한 일에 대하여는 반드시 승낙하고 실행에 옮기는 것.

3 **激昂青雲**(격앙청운) : 분발하고 격려하여 고위직에 오르는 것. 「激昂」은 기운이나 감정 따위가 격렬히 일어나 높아지는 것이며, 「青雲」은 푸른 하늘이지만 높은 지위에 있는 인사.

4 **咸誇炫意氣**(함과현의기) : 「咸」은 전부, 「誇炫」은 긍과현요(矜誇炫耀)로 자랑하다는 뜻이며, 「意氣」는 의태(意態)와 기개(氣概)로 지향, 흥취를 말함.

5 **托交王侯**(탁교왕후) : 권력이 있는 부귀한 사람과 사귀는 것.

6 **若告之急難, 乃十失八九**(약고지급난, 내십실팔구) : 만약 앞에서 언급한 협사나 고귀한 사람들에게 실제로 어떤 난관에 봉착했다고 알려주면서 도와줄 것을 요청하면, 열중 여덟아홉은 협조할 수 없다는 행동을 표시함을 말한 것이다.

7 **孟子**(맹자) : 맹찬부에 대한 존칭.

27-2

道合而襟期暗親[8], 志乖而肝膽楚越[9]。

鴻騫鳳立, 不循常流[10]。孔明披書, 每觀於大略[11], 少君讀易[12], 時作於小文[13]。四方賢豪, 眩然景慕[14]。雖長不過七尺[15], 而心雄萬夫[16]。至於酒情中酣[17], 天機俊發[18], 則談笑滿席, 風雲動天[19]。

非嵩丘騰精, 何以及此[20]。

도(道)가 일치하면 흉금을 기약하며 몰래 친해질 수 있지만, 뜻이 어긋나면 간과 쓸개처럼 가까워도 오히려 초(楚)와 월(越)나라처럼 멀어진다네.

맹 현승은 큰 기러기가 날고 봉황(鳳凰)이 서 있듯 평범한 부류들을 쫓지 않았으니, 제갈공명(諸葛孔明)처럼 《서경(書經)》을 펴서 매번 그 대강 줄거리만 보았고, 이소군(李少君)처럼 《주역(周易)》을 읽으면서 때때로 짧은 문장을 지었도다. 사방에 있는 현명하고 호방한 사람들에게 존경받는 인물로, 키는 7척을 넘지 않았지만 심지(心志)는 만 사람을 대적할 만큼 뛰어났다네. 술기운이 한창 무르익을 때는 천부적인 오성(悟性)과 재지(才智)가 밖으로 나타났으며, 자리에 가득한 사람들과 담소할 때는 높은 재주와 탁월한 지식이 하늘을 감동시키는구나.

숭산(嵩山)의 정령(精靈)이 강생한 것이 아니라면, 어찌 이와 같은 인물이 태어났겠는가?

....

8 **道合而襟期暗親**(도합이금기암친) : 도가 서로 일치되면 마음속의 생각이 서로 친밀해진다는 말. 「道」는 지향. 「襟期」는 지취(志趣), 회포(懷抱). 두보가 광문관박사(廣文館博士) 정건(鄭虔)에게 준

〈취시가(醉時歌)〉에서 "날마다 태창(나라 창고)의 쌀 닷 되씩 사 먹으며, 이따금 정노인을 찾아 마음속에 기약을 함께하네(日糴太倉五升米, 時赴鄭老同襟期.)"라 했다.

9 **志乖而肝膽楚越**(지괴이간담초월) : 「志乖」는 뜻이 위배되는 것, 같지 않은 것. 「肝膽楚越」은 비록 거리로는 가깝지만, 관계는 소원한 것을 표시한 것임. 「肝膽」은 같은 몸으로 매우 친근함을 비유하고, 「楚越」은 적국으로 대립하거나 소원(疏遠)한 것으로, 양국이 매우 먼 사이를 비유하였다. 《장자 · 덕충부(德充符)》에 "중니가 말하기를 「다른 것을 기준으로 보면 간과 쓸개도 그 차이가 초나라와 월나라처럼 멀고, 같은 것을 기준으로 보면 만물이 모두 하나가 된다」(仲尼曰, 自其異者視之, 肝膽楚越也. 自其同者視之, 萬物皆一也.)"라 했음.

10 **鴻騫鳳立, 不循常流**(홍건봉립, 불순상류) : 「鴻」은 큰 기러기. 「騫」은 날개를 떨치고 나는 것. 양나라 심약(沉约)의 〈제 고안륙소왕비문(齊故安陸昭王碑文)〉에 "기러기는 옛 오나라로 날아가서, 동쪽 초나라를 지키고 있네(乃鴻騫舊吳, 作守東楚.)"라 하고, 오향(呂向)은 주에서 "「건」은 나는 것이다(騫, 飛也.)"라 했음. 「鳳立」은 지향이 원대하여 무리에서 떨어져 홀로 독립하는 것의 비유. 강엄(江淹)의 〈고의보원공비(古意報袁公碑)〉에도 "한마디에 봉황이 홀로 서 있듯 우뚝하고, 두 번 말하니 난새가 무리에서 벗어난 듯 뛰어나구나(一言鳳獨立, 再說鸞無群.)"라 했다. 이 두 구는 맹찬부가 바로 홍안이 날아 올라가고 봉황이 홀로 서 있듯이 속된 무리의 일반적인 규칙에 휩쓸리지 않음을 말한 것임.

11 **孔明披書, 每觀於大略**(공명피서, 매관어대략) : 「孔明」은 제갈량(諸葛亮)의 자. 「披書」는 《서경》을 펼쳐 보는 것. 《삼국지 · 제갈량전》배송지(裵松之) 주에 "제갈량이 형주에 머물던 건안 초기에, 영

천의 석광원(石廣元)·서원직(徐元直)과 여남의 맹공위(孟公威) 등과 함께 유학하였다. 세 사람은 정독하는데 힘썼지만, 제갈량은 홀로 그 대강의 줄거리만 보았다(亮在荊州, 以建安初, 與穎川石廣元·徐元直·汝南孟公威等俱遊學. 三人務於精熟, 而亮獨觀其大略.)"고 했음.

12 **少君讀易**(소군독역) : 「少君」은 이소군(李少君). 《한무제외전(漢武帝外傳)》에 "계료(薊遼)는 자가 자훈이며 제 땅 임치사람으로, 이소군과 같은 읍내에 살았다. …… 소군이 죽지 않는 방법이 있음을 알고 제자의 예를 갖추고 소군을 스승으로 섬겼다. …… (계료는) 맑고 깨끗함을 좋아하여 늘 한가로우면 주역을 읽고 때로는 짧은 문장의 소를 지었는데, 모두 심오하였다(薊遼, 字子訓, 齊國 臨淄人, 李少君之邑人也. …… 見少君有不死之道, 遂以弟子之禮事少君而師焉. …… 性好清淨, 常閑居讀易, 時作小小文疏, 皆有意義.)"라 했는데, 왕기는 이 문장은 계료의 일을 소군으로 잘못 쓴 듯하다고 하였음.

13 **時作於小文**(시작어소문) : 「小文」은 단편 문장. 위나라 조식의 〈양덕조에게 드리는 글(與楊德祖書)〉에 "옛날 정경례(丁敬禮)는 항상 단문을 작성한 후, 종들에게 윤문하도록 시켰다(昔丁敬禮常作小文, 使僕潤飾之.)"라 하였음.

14 **四方賢豪, 眩然景慕**(사방현호, 현연경모) : 사방에 있는 현명하고 호방한 사람들의 눈에는 그가 하나의 존경과 경앙(景仰)받을 만한 가치가 있는 인물이라고 여긴다는 말. 「眩然」은 눈이 침침하거나 아른거리는 모양(眼花)으로, 경도(傾倒)되는 것. 「景慕」는 숭경(崇敬)과 경앙(景仰)으로, 덕망이나 인품을 우러러 사모하는 것.

15 **長不過七尺**(장불과칠척) : 「長」은 신장. 「七尺」은 남자 성인의 일반적인 신장. 옛날에 1척은 지금에 비교하여 약간 짧아 지금의 약 8촌

정도임.

16 **心雄萬夫**(심웅만부) : 의지와 담략이 만 사람보다 뛰어난 것. 「雄」은 승(勝)과 같으며, 뛰어나다는 말.

17 **中酣**(중감) : 한창 무르익어가는 것.

18 **天機俊發**(천기준발) : 「天機」는 하늘이 준 신령스러운 성품. 《안씨가훈 · 면학(勉學)》에 "성인이 되어 결혼하면 몸과 마음이 차츰 안정되므로, 신령스런 성품이 반드시 배가되면서 인도할 것이다(及至冠婚, 體性稍定, 因此天機, 倍須訓誘.)"라 했음. 「俊發」은 천부적인 오성(悟性)과 재지(才智)가 충분히 발휘되는 것.

19 **風雲動天**(풍운동천) : 높은 재주와 탁월한 지식이 하늘을 감동시킬 만한 것을 가리킴. 「風雲」은 높고 뛰어난 재능과 탁원한 식견을 비유한다. 이백의 〈맹호의 노래(猛虎行)〉에 "초나라 사람들은 매번 장욱*의 기이함을 말하였지만, 마음속에 감추고 있는 풍운의 기질을 세상 사람들은 알지 못했다네(楚人每道張旭奇. 心藏風雲世莫知.)"라 했음.

20 **嵩丘騰精, 何以及此**(숭구등정, 하이급차) : 왕기는 「숭산(嵩山) 정령의 기운이 맹찬부에게 강생하였다」고 하였으므로, 맹찬부가 숭산 부근에서 출생한 사람이라는 가능성을 암시하고 있다. 여기서는 「만약 숭산의 정령이 강생한 것이 아니라면, 어떻게 맹현승과 같은 인재가 탄생할 수 있었겠는가?」를 말한 것임.

---

* 현종(玄宗) 때의 서예가로, 초서에 뛰어나 초성(草聖)이라 불렀으며. 두보가 읊은 음중팔선(飮中八仙)의 하나.

27-3

白以弱植[21], 早歆香名[22]。况親承光輝, 恩甚華萼[23]。
他鄉[24]此別, 誰無恨耶?

나 이백은 연약하지만 어려서부터 아름다운 명성(名聲)을 날렸다네. 하물며 자네의 빛나는 도움을 몸소 받았으니 은정(恩情)이 친형제보다 더하구나.

타향에서 이렇게 헤어지니 누군들 한(恨)이 없겠는가?

……………

21 **白以弱植**(백이약식) : 「弱植」은 연약하고 무능하여 나무를 세울 곳이 없는 것으로, 여기서는 이백이 스스로 겸손해하는 자겸지사임. 《좌전》양공(襄公) 30년에 "정자산이 말했다. 「진나라는 망할 나라이니 함께 할 수가 없습니다. …… 군왕이 약하여 잡아 줄 수가 없으며, 공자들은 사치하고 어른들은 비속하며, 대부들은 멋대로 놀고, 정사는 여러 파벌이 있으며, 큰 나라 사이에 끼어 있으니 어찌 망하지 않을 수 있겠습니까? 십 년을 넘기지 못할 것입니다」(鄭子産曰, 陳, 亡國也, 不可與也. …… 其君弱植, 公子侈, 大子卑, 大夫敖, 政多門, 以介於大國, 能無亡乎? 不過十年矣.)"라 하였으며, 공영달은 소에서 "나무는 심기만 하면 서지만, 군왕이 의지가 약하면, 나무처럼 세울 수가 없는 것(植爲樹立, 君弱志, 不樹立也.)"이라 하였다.

22 **早歆香名**(조음향명) : 「歆」은 향유하는 것. 「香名」은 아름다운 명칭. 노사도(盧思道)의 〈노기실뢰(盧記室誄)〉에 "좋은 값을 받으려면 기다려야만 진실로 아름다운 이름을 얻을 수 있다(善價斯待, 香名允集.)"라 했음.

23 **恩甚華萼**(은심화악) : 정이 형제보다 나은 것. 「甚」은 뛰어넘는 것. 「華萼」은 친형제의 우애에 비유한 것. 《문선》권25 사첨(謝瞻)의

〈안성에서 사령운의 시에 답하다(於安城答靈運詩)〉에서 "꽃과 꽃받침은 서로의 빛으로 치장하고, 새는 지저귀며 같은 소리로 기뻐하네(華萼相光飾, 嚶鳴悅同響.)"라 했는데, 이선은 주에서 시경의 〈당체지화(棠棣之華)〉를 인용하여 아우는 공경으로 형을 섬기고, 형은 아우를 영달로 이끌어 감싸준다고 했으며, 여연제(呂延濟)도 주에서 "「화악」은 형제를 비유한 것(華萼, 喻兄弟也.)"이라 했음. 왕기는 "태백과 맹현승이 비록 성은 다르지만, 정은 형제처럼 깊으므로 「恩甚華萼」이라 하면서 그를 의형이라고 불렀다"고 했다.

24 他鄉(타향) : 이백은 촉지방 출신으로 이때 안륙에서 임시로 거처하였기 때문에 타향이라고 하였다.

27-4

時林風吹霜, 散下秋草。海雁嘶月, 孤飛朔雲[25]。驚魂動骨, 戛瑟落涕[26]。

抗手緬邁[27], 傷如之何[28]! 且各賦詩, 以寵岐路[29]。

때때로 숲속 바람은 서리를 날리면서 가을 풀에 흩어져 내리고, 바다 기러기는 달을 향해 울면서 북녘구름 속으로 외로이 날아가는구나. 놀란 마음과 동요하는 몸으로 비파를 퉁기면서 눈물을 흘리노라.

손 흔들고 멀리 떠나는 이별이 왜 이다지도 슬픈가요! 각자 시를 읊어서 가는 길에 은총(恩寵)을 빌어 주세나.

....

25 時林風吹霜, 散下秋草, 海雁嘶月, 孤飛朔雲(시임풍취상, 산하추초, 해안시월, 고비삭운) : 「散」은 산개(散開), 흩어져 날리는 것.

「嘶」는 벌레와 새들의 울음소리. 소강(蕭綱)의 〈밤에 날아가는 외기러기를 바라보며(夜望單飛雁)〉시에 "기러기 한 마리 슬피 울며 어디로 돌아가나(一雁聲嘶何處歸.)"라 했음. 「朔雲」은 북방의 구름. 이 네 구는 가을밤 풍경을 묘사한 것이다. 이백은 이와 같은 정취를 시가에서도 읊었으니, 악부시인 〈호땅에는 사람도 없고(胡無人)〉에 "매운바람이 서리에 부니 수초가 시드는구나(嚴風吹霜海草凋.)"라 하고, 또 〈가을밤에 회포를 적다(秋夕書懷)〉란 시에 "북녘 바람이 바다의 기러기에 부네(北風吹海雁.)"와 〈고시를 모방한 시(擬古)12수〉에서 "연 땅 기러기는 북녘구름을 그리워하네(燕鴻思朔雲.)"라고 읊었다.

26 **驚魂動骨, 戛瑟落涕**(경혼동골, 알슬낙체) : 「驚魂動骨」은 마음이 놀라고 몸이 동요하는 것. 「戛瑟涕落」는 비파를 타며 눈물을 흘리는 것. 「瑟」은 비파로 25현의 악기이다. 강엄(江淹)의 〈사시부(四時賦)〉에 "거문고를 타니 마음이 움직이고, 비파를 두드리니 눈물이 흐르네(軫琴情動, 戛瑟涕落.)"라 했음. 이 두 구는 헤어질 때의 슬픈 감정을 묘사한 것이다.

27 **抗手緬邁**(항수면매) : 왕기는 "「抗手」는 손을 들어 절하며 이별하는 것이고, 「緬邁」은 멀리 떠나가는 것"이라 했다. 장구령(張九齡)의 시에 "이때를 당하여 무슨 말을 하겠는가? 멀리 떠나가면서 다시 나그네가 되는구나(云胡當此時, 緬邁復爲客.)"라 읊었음.

28 **傷如之何**(상여지하) : 왜 이렇게 슬퍼하는가, 비탄에 빠지는가? 란 말임.

29 **以寵岐路**(이총기로) : 「寵」은 은총, 광요(光耀). 「岐路」는 행로.

28.
春夜宴從弟桃花園序
봄밤에 집안의 아우들과 도화원의 연회에서 지은 서문

개원 25년(737) 이백이 동도인 낙양(洛陽)을 유람할 때 지은 유명한 서정단문(抒情短文)이다.

제목 가운데 「도화원」은 낙양에 있는데, 이백의 〈집안 동생 유성이 서원을 지날 때 만나 써준 시에 답하다(答從弟幼成過西園見贈)〉에서의 서원이 바로 도화원이다. 그리고 본문 끝부분에서 "만일 시를 짓지 못한다면, 금곡(金谷)의 벌주 잔 수에 따르리라(如詩不成, 罰依金谷酒數.)"라 읊었는데, 이 금곡원(金谷園)도 낙양에 있다. 또한, 제목에서의 「종제」들은 집안 친척 아우들로서, 이백의 시에 출현하는 이지요(李之遙), 이소(李昭), 이연년(李延年), 이유성(李幼成), 이영문(李令問) 등으로 매우 많은데, 그중 이유성(李幼成)과 이영문(李令問)은 이백이 낙양에 머무를 때 밀접한 교유를 맺은 집안 동생들이므로 여기에서 종제는 그들을 가리킨다.

이 작품은 중국 문학사상 대표적인 서문이다. 고대의 문인들은 한자리에 모여 연회를 베풀 때는 항상 시를 지어 화창하였는데, 이렇게 지어진 시들을 모아 한 책으로 합편(合編)하면 그중 재주가 뛰어나고 덕이 높은 사람이 서문을 지었다. 그러한 예로 왕희지(王羲之)의 〈난정집서(蘭亭集序)〉와 이백의 본편 등이 있다. 이러한 유형의 서문은 서정(抒情)이 위주인데, 연회장면을 서술하거나 혹은 어떠한 문제에 대한 의론을 발표하는 형식이 대부분이다.

이 서문은 내용을 3개 단락으로 나눌 수 있다. 첫 번째 단락에서는 세월은 유수처럼 흘러가고 인생은 잠시뿐인 현실에 감개한 내용을 기술하였으며, 두 번째 단락에서는 도화원에 모여서 봄날의 경치에 여러 동생과 밤늦도록 촛불을 켜놓고 음주작시하는 천륜의 즐거움을 서술하였는데, 여러 아우들은 사혜련(謝惠連)처럼 총명하고 준수하지만 자신은 사령운(謝靈運)만 못하여 부끄럽다고 자평했다. 세 번째 단락에서는 연회에서의 고상한 담론(談論), 꽃 가운데서의 대취, 노래로 회포를 펴는 정경을 묘사하면서, 시를 완성하지 못하면 세 잔의 벌주를 마셔야 한다는 유희(遊戲)성 장면을 서술하였다.

마치 행운 유수처럼 일필휘지로 쓰였음을 느낄 수 있는데, 문장으로 친지들과 모이는 이문회우(以文會友)와 때에 맞춰 즐거움을 추구하는 급시행락(及時行樂)의 뜻이 배여 있으며, 이백의 낙천적인 성격, 곧 고금을 통관하고 우주를 넘나드는 거시적 시야와 활달한 열정이 잘 표현되고 있다.

비록 변려체(駢儷體)로 쓰였지만, 감정이 진지하여 미사여구만 늘어놓는 폐단이 없어 지금까지도 사람들에게 암송될 정도로 인구에 회자하고 있다. 또한, 문장에 쓰인 문자들이 아름다워 마치 시어(詩語)와 같으며, 음절은 절주에 맞아 듣기 좋은 이백 산문 중 명편(名篇)에 속하므로 어떤 사람이 말하기를 한유는 문장으로 시를 짓고 이백은 시로써 문장을 짓는다 하였는데, 이 서문이 그 표현에 부합된다.

《고문관지(古文觀止)》와 《고문진보(古文眞寶)》에 수록되어 있다. 특히 고문관지에서는 이 글에 대하여 “몇 구로 발단하였지만, 탈속한 기품이 속세를 떠난 모습이다. 단락이 바뀌면서 더 나아갈수록 시어에 헛된 언사가 없고 빼어난 정취에 그윽함을 담고 있어, 말은 짧지만 여운은 길게 남는다. 읽을수록 사람들의 정회를 무수히 돋우고 있다(發端數語, 已見瀟灑風塵之外. 而轉落層次, 語無泛設, 幽懷逸趣, 辭短韻長. 讀之, 增人許多情思.)”라고 평하고 있다.

28-1

夫天地者, 萬物之逆旅[1]也, 光陰者, 百代之過客[2]也。而浮生若夢[3], 爲歡幾何? 古人秉燭夜遊[4], 良有以也。

천지는 만물의 여관(旅館)이요, 시간은 백 대(代)를 거치며 지나가는 길손이로다.

뜬구름 같은 인생이 꿈과 같으니 즐거울 때가 얼마나 되겠는가? 옛사람들이 촛불 잡고 밤에 노닌 것은 참으로 이유가 있었구나.

....

1 逆旅(역려) : 객사(客舍). 《좌전》희공(僖公) 2년에 “지금 괵국이 길을 내주지 않으니, 역려에 보루를 쌓읍시다(今虢爲不道, 保於逆旅.)”라는 기록이 있다. 두예(杜預) 주에 “「역려」는 객사다(逆旅, 客舍也.)”라 했으며, 공영달의 소(疏)에서는 “「역」은 맞이하는 것이고, 「려」는 손님이다. 빈객을 맞이하여 머무르게 하는 곳(逆, 迎也. 旅,

客也, 迎止賓客之處也.)"이라고 설명했다. 또한 도연명(陶淵明)은 〈나의 제문(自祭文)〉에서 "나 도잠은 이제 잠시 머물렀던 여관을 작별하고, 영원한 본래의 집으로 돌아가노라(陶子將辭逆旅之館, 永歸於本宅.)"라고 했음. 또한 이백의 〈고시를 모방한 시(擬古)9수〉에서 "천지는 하나의 여관이니, 만고의 티끌 같은 인생을 함께 슬퍼하네(天地一逆旅, 同悲萬古塵.)라 읊었다.

2 **百代之過客**(백대지과객) : 백대를 거치며 지나가는 나그네. 여기서 「과객」은 여관에 하룻밤 묵는 나그네를 말함. 이백의 〈고시를 모방한 시(擬古)9수〉가운데에서 "산다는 것은 여관에서 하룻밤 묵어가는 과객이요, 죽음은 여관에서 나와 영원으로 돌아가는 사람이다(生者爲過客, 死者爲歸人.)"라 했음. 광음(시간)은 본래 끝없이 흘러가는 것이지만, 그 가운데 일정한 한도의 시간이 있으므로 곧 백대라는 개념이 생겼다. 여기서는 그 뜻을 반대로 사용하여 광음을 백대로 삼아서 인생의 짧음을 형용하였음.

3 **浮生若夢**(부생약몽) : 도가에서는 인생의 모든 것은 정해지지 않고 헛되이 떠있는 것, 즉 하나의 큰 꿈을 꾸는 것으로 여겼다. 《장자·제물론(齊物論)》에서 "옛날 장주가 나비가 되는 꿈을 꾸었는데, 가고 싶은 데로 날아다니는 나비가 되어 즐기면서도 자신이 장주라는 것을 깨닫지 못했다. 문득 깨어나 보니 분명 장주였다. 장주가 꿈에 나비가 된 것인지, 나비가 꿈에 장주가 된 것인지 모르겠구나(昔者莊周夢爲胡蝶, 栩栩然胡蝶也, 自喻適志與. 不知周也. 俄然覺, 則蘧蘧然周也. 不知周之夢爲胡蝶, 胡蝶之夢爲周與?)"라 했고, 또 같은 책 〈각의편(刻意篇)〉에서는 "삶은 떠가는 것이고, 죽음은 그것이 멈추는 것(其生若浮, 其死若休.)"이라 했음. 이렇듯 장자가 사람이 이 세상에 존재하여 사는 기간을 정처 없이 떠도는 것으로 여기자, 후인들도 「부생(浮生)」으로 인생을 표현했다.

4 秉燭夜遊(병촉야유) : 촛불 잡고 밤에 노는 것. 위문제 조비(曹丕)는 〈오질에게 드리는 글(與吳質書)〉에서 "젊은 시절에는 열심히 노력해야 한다네. 1년이 지나가면 다시 돌릴 수 없으니, 고인들이 촛불 잡고 밤에 논 것은 참으로 이유가 있었다네(小壯眞當努力, 年一過往, 何可攀援. 古人秉燭夜遊, 良有以也.)"라 했고, 〈고시 19수〉 중 15번째 시에서는 "인생은 백년도 못살면서 항상 천년의 근심을 품고 있구나. 낮은 짧고 밤은 기니 어찌 촛불잡고 놀지 않을 손가? 때가 되면 반드시 즐겨야 하는 법 어찌 기회가 오기만을 기다리나요!(生年不滿百, 常懷千歲憂. 晝短苦夜長, 何不秉燭遊. 爲樂當及時, 何能待來玆.)"라 읊었다.

28-2

況陽春[5]召我以烟景[6], 大塊[7]假我以文章[8]。會桃花之芳園, 序天倫[9]之樂事。

群季[10]俊秀[11], 皆爲惠連[12], 吾人咏歌, 獨慚康樂[13]。

더구나 화창한 봄날이 아지랑이 낀 경치로 나를 부르고, 천지가 나에게 문장을 빌려주었음에랴. 복사꽃 · 자두꽃 핀 아름다운 동산에 모여 형제간에 즐거운 연회를 펼치노라.

준수한 여러 아우는 모두 사혜련(謝惠連)과 같이 훌륭하지만, 나의 노래만은 홀로 사강락(謝康樂)에 부끄럽구나.

....

5 陽春(양춘) : 따듯한 봄날. 봄에는 햇빛이 만물을 비추고 날씨가 온화하므로 흔히 양춘가절이라 불렀음.

6 **煙景**(연경) : 연하(煙霞)의 경치. 「景」은 「影」과 같음. 강엄(江淹)의 시에 "안개 낀 경치에 쓸쓸한 생각이 들고, 족두리풀과 팥배나무는 아득한 마음을 일으키네(煙景抱空意, 蘅杜綴幽心.)"라고 읊었음.

7 **大塊**(대괴) : 대지, 즉 대자연을 가리킴. 《장자 · 대종사(大宗師)》에서 "「대괴(자연)」는 우리에게 형체(모습)를 주어 짊어지게 하고, 삶을 주어 수고롭게 하고, 늙음을 주어 편하게 하고, 죽음을 주어 쉬게 한다(夫大塊載我以形, 勞我以生, 佚我以老, 息我以死.)"라 했음.

8 **文章**(문장) : 색채가 화려한 꽃무늬. 여기서는 봄날의 경치를 가리키며, 곧 작문할 때의 문장이 아니고 대자연의 아름다운 색채이다.

9 **天倫**(천륜) : 「형선제후(兄先弟後; 형이 먼저 아우는 뒤에)」는 하늘이 내려준 차례이므로, 형제를 가리켜 천륜이라 부르며, 후에는 부자와 모자 등 천연적인 친속관계도 포함시켰다. 《춘추 · 곡량전(穀梁傳)》은공(隱公) 원년에 "형제는 천륜이다(兄弟, 天倫也.)"라 했고, 범녕(范寧)의 《집해(集解)》에 "형이 먼저 아우가 뒤인 것은 하늘의 순서다(兄先弟後, 天之倫次.)"라 했음.

10 **群季**(군계) : 여러 아우. 형제간 장유의 차서가 백중숙계(伯仲叔季)이므로, 여기서 「계(季)」는 아우를 대표한 말임. 그리고 제목에서 살펴본 바와 같이 종제들이 한 사람에 그치지 않으므로 「군계」라 했다.

11 **俊秀**(준수) : 재주가 뛰어난 것.

12 **惠連**(혜련) : 남조 송대(宋代) 문학가로, 사령운(謝靈運)의 족형제*임. 《송서 · 사방명전(謝方明傳)》에 "아들 혜련(惠連)은 어려서부터 총명하였다. 나이 10세에 문장을 잘 지었으므로 족형인 영운이 감상하면서 「문장을 지을 때 혜련을 만나면 문득 좋은 시구를

---

* 성(姓)과 본(本)이 같은 일가 가운데 상복을 입어야 하는 가까운 친척 안에 들지 않는 같은 항렬의 형제.

얻는다」하였다. 일찍이 영가서당에서 종일토록 시를 완성하지 못하다가 문득 꿈에 혜련을 보고 나서, 「연못에 봄풀이 돋아나네!」라는 무척 공교로운 시구를 얻었다. 그래서 「이 시구는 신의 작품이지, 내가 쓰는 시어가 아니다」라고 말했다(子惠連, 幼而聰敏, 年十歲, 能屬文, 族兄靈運, 加賞之云, 每有篇章, 對惠連輒得佳語. 嘗於永嘉西堂思詩, 竟日不就, 忽夢見惠連, 卽得池塘生春草, 大以爲工. 嘗云, 此語有神功, 非吾語也.)"는 기록이 있음.

13 **獨慚康樂**(독참강락) : 「慚」은 부끄러운 것으로, 겸손하게 자신을 낮추는 말. 「康樂」은 사현(謝玄)의 손자인 사령운으로, 강락공(康樂公)에 습봉되었으므로 세상에서 사강락이라 불렀음. 여기서는 시인 자신을 비유했다. 《송서 · 사령운전》에 "(사령운이) 영가태수로 부임했을 때, 군내의 수려한 산수를 본래부터 좋아하였지만, 직무 때문에 기회를 얻지 못하다가 마침내 마음대로 즐길 수 있게 되었다. 여러 고을을 차례로 방문하면서 열흘이 넘게 행차하였다. 민간에 머무르며 소송업무를 처리하였지만, 관심을 두지 않고 가는 곳마다 문득 시를 지어 그 뜻을 밝혔다(出爲永嘉太守. 郡有名山水, 靈運素所愛好, 出守旣不得志, 遂肆意遊遨, 遍歷諸縣, 動踰旬朔, 民間聽訟, 不復關懷. 所至輒爲詩詠, 以致其意焉.)"라 하여, 그가 정치보다도 산수와 시문을 더욱 사랑하는 마음을 잘 나타냈음. 이 두 구에서는 우리들이 경치에 대하여 시를 지었지만, 사강락에게 미치지 못하여 부끄럽다는 것을 말하고 있다.

28-3

幽賞未已[14], 高談轉淸[15]。開瓊筵[16]以坐花[17], 飛羽觴[18]而醉月[19]。

不有佳詠[20], 何伸雅懷[21]? 如詩不成, 罰依金谷酒數[22]。

그윽한 감상이 아직 그치지 않았는데, 고상한 담론(談論)은 더욱 맑아지네. 꽃 가운데 옥 자리를 펴서 앉고 깃털 달린 잔으로 달빛 아래서 취하노라.

아름다운 노래가 아니면 어찌 고아(高雅)한 회포를 펼 수 있으리오? 만약 시를 짓지 못한다면 금곡(金谷) 연회의 벌주 잔 수에 따르리로다.

....

14 **幽賞未已**(유상미이) : 그윽한 봄 경치에 대한 감상이 그치지 않고 계속되는 것.

15 **高談轉淸**(고담전청) : 끝없이 펼쳐지는 활발한 담소에서 명리(名理)를 분석하는 「청아한 담론(淸談)」으로 옮겨가는 것. 유정(劉楨)의 〈오관중랑장에게 드리다(贈五官中郎將)〉란 시에서 "고상한 이야기를 하루종일 함께 하였네(淸談同日夕.)"라 했음.

16 **瓊筵**(경연) : 화려한 잔치자리. 사조(謝眺)는 〈멀리 보내며 부르는 노래(送遠曲)〉에서 "화려한 잔치에 아름다운 춤 그치니, 계수나무 자리에 깃털 술잔이 펼쳐져 있네(瓊筵妙舞絶, 桂席羽觴陳.)"라 읊었음.

17 **坐花**(좌화) : 복숭아꽃들이 둘러싸인 속에 앉아 있는 것.

18 **羽觴**(우상) : 깃털 꽂은 술잔으로 빨리 마시기를 재촉하는 의미가 담겨 있음. 혹은 참새 모양의 머리 · 꼬리 · 양 날개가 있는 술잔. 한대의 반첩여(班捷伃)가 지은 〈자상도부(自傷悼賦)〉에 "깃털 달린 술잔으로 마시면서 근심을 해소하네(酌羽觴兮銷憂.)"(《漢書 · 外戚傳》)라 했고, 맹강(孟康)은 "우상은 술잔이다. 살아있는 참새의 모

양으로 만들었는데, 머리 · 눈썹 · 깃털 · 날개가 있다(羽觴, 爵也. 作生雀形, 有頭眉羽翼.)"고 주석하였다. 또한 성공수(成公綏)는 〈낙계부(洛禊賦)〉에서 "술동이 포개어 벌려놓고, 화려한 술잔 날리는 듯 대작하네(列樽疊, 飛羽觴.)"라 읊었음.

19 **醉月**(취월) : 달빛 아래에서 대취하는 것.

20 **佳詠**(가영) : 아름다운 시와 문장.

21 **何伸雅懷**(하신아회) : 고아한 정회를 어떻게 펼칠 수 있으랴. 여기서 「신(伸)」은 펴서 나타내는 것, 「아(雅)」는 고상하고 우아한 것.

22 **罰依金谷酒數**(벌의금곡주수) : 금곡은 지명으로, 「금곡간(金谷澗)」이라고도 불렀으며, 지금의 하남성 낙양시 서북쪽에 위치함. 진(晉)나라 태강(太康; 280-290)때 석숭(石崇)이 축조하였는데, 항상 친구들과 이곳에서 연회를 열어 음주와 작시로 소일하였으므로, 세상에서 금곡원(金谷園)이라고도 부른다. 그의 《금곡시서(金谷詩序)》에 "돌아가면서 각자 시를 지어 가슴속의 회포를 서술하였는데, 간혹 완성하지 못하는 자에게는 세잔의 벌주를 내렸다. 영원하지 못한 생명에 감개하고 기약없이 시드는 인생을 두려워하였다(遂各賦詩, 以敍中懷. 或不能者, 罰酒三斗. 感性命之不永, 懼凋落之無期.)"고 했음.

29.
冬夜於隨州紫陽先生飡霞樓送烟子元演隱仙城山序

겨울밤 수주 자양선생의 손하루에서 은거차 선성산으로 가는 도사 원연을 보내면서 지은 서문

개원 20년(732) 겨울밤, 이백은 도교 방면의 친구인 원단(元丹)·원연(元演)과 함께 수주(隨州)에 있는 도사 호자양(胡紫陽)을 방문하였을 때, 그의 손하루(飡霞樓)에서 선성산(仙城山)으로 도를 구하러 가는 원연을 보내면서 지은 서문이다.

본문 첫 구절에서 "나와 하자 원단과 연자 원연(吾與霞子元丹烟子元演.)"이라 하여 원단과 원연이 등장하는데, 이들에 대하여 왕기는 "원단은 원단구일 것으로 여겨지며, 대개 이름과 자는 약간 다르다. 이백의 〈안주의 배 장사에게 올리는 서신(上安州裴長史書)〉에서 「옛 친구인 원단(元丹)에게 직접 피력한 말(故交元丹, 親接斯議.)」이라는 언급에서 그와 본래부터 사귄 지가 오래되었음을 알 수 있으며, 원연은 그의 아우다"라고 하여 두 사람과의 관계를 설명하였다.

또한, 근인 첨영은 《이백시문계년》에서 원연은 원참군(元參軍)일

것이라고 하였는데, 원연은 후에 초군참군(譙郡參軍)이 되었으며, 그 부친은 개원 23년(735) 태원윤(太原尹)이 되었으므로 원연은 이해 5월 태항산(太行山)을 지나 태원으로 유람 가는 이백을 초청하여 가을까지 함께 머물렀다. 《이백전집》권12 〈옛날 노닐던 일을 생각하면서 초군 원참군에게 부치다(憶舊遊寄譙郡元參軍)〉란 제목의 시에서 "서로 따라가면서 멀고 먼 선성산을 방문하니, 서른여섯 구비 물이 돌아 흐르네. 한 시냇가로 들어서니 많은 꽃들이 피어있고, 만 골짜기 다 지나도록 솔바람 소리 들리노라. 은안장과 금 고삐 두른 말이 평지에 이르니, 한동태수가 와서 환영해 주는구나. 자양 진인께서 나를 맞이하며 옥 생황을 불어주는데, 손하루 위에 신선의 음악이 울리니 시끄러운 소리는 마치 난새와 봉황이 우는 것 같아라(相隨迢迢訪仙城, 三十六曲水迴縈. 一溪初入千花明, 萬壑度盡松風聲. 銀鞍金絡到平地, 漢東太守來相迎. 紫陽之眞人, 邀我吹玉笙. 飡霞樓上動仙樂, 嘈然宛似鸞鳳鳴.)"라고 묘사하였는데, 여기서 읊은 것이 원연과 함께 호자양(胡紫陽)을 방문한 일임을 알 수 있다.

「자양선생(紫陽先生)」은 수주에 은거하고 있던 도사로, 성이 호(胡)고 도호가 자양(紫陽)이며, 이름은 밝혀지지 않고 있다. 뒤에 나오는 이백의 〈당 한동 자양선생 비명(唐漢東紫陽先生碑銘)〉에 의하면, 이백은 일찍이 원단구와 함께 숭산에서 호자양에게 부탁하여 도록(道籙)을 받았다고 하였으며, 자양선생은 천보 원년(742) 현종이 내린 조서를 받고 입경하였지만 오래지 않아 질병을 핑계로 황제 곁을 떠나 섭현(葉縣)으로 돌아왔다가 62세에 병으로 세상을 떠났다. 「수주(隨州)」는 수주(隋州)라고도 부르며, 지금의 호북성 수주시(隨州市)로 당대에는 산남동도(山南東道)에 속하였다. 「손하루(湌霞樓)」는 《여지기승(輿地紀勝)》권83 〈수주편〉에 "손하각은 옛날 초문과 서로 마주 보고 있었는데, 지금은 군 소재지 서쪽으로 옮겨졌다(湌霞閣舊與醮門對峙, 今移於郡治之西.)"라 하였으며, 또한 「선성산(仙城山)」에 대하여도 같은 책에 "선성산은 수주에서 동쪽으로 80여 리 떨어진 곳에 있으며, 선광산이라고도 부른다(仙城山, 在州東八十里. …… 又名善光山.)"고 기록되어 있다.

이 서문의 내용은 4개 단락으로 나눌 수 있는데, 첫 번째 단락에서는 이백과 원단 · 원연 등이 모두 도교적 은일(隱逸) 사상으로 교유를 맺어 천하를 주유하다가, 신농씨의 고향인 수주로 가서 호자양(胡紫陽)을 방문하여 심오한 도술을 얻는 과정을 서술하였으며, 두 번째 단락에서는 손하루(湌霞樓)에 올라 호자양이 도술을 단련하는 상황과 이백 등 세 사람을 초청하여 도교의 선서(仙書)와 보결(寶訣)을 전수하는 과정을 기술하였다. 세 번째 단락에서는 선성산이 천하명승이라는 말을 듣고, 원연이 먼저 가서 은거하려하자 호자양 등이 주안상을 차려놓고 전별하는 장면을 묘사하였으며, 네 번째 단락에서는 이백이 평소 사물에 통달하고 세상과 조화하여, 출세해서는 왕후장상과 교유하고 은거해서는 소보(巢父)와 허유(許由)를 하찮게 보는 태도를 가졌지만, 목전의 붉은 인끈이 나를 유혹하여 녹라(綠蘿)있는 산림으로 돌아가지 못한 것을 후회하면서, 후일 적당한 시기가 되면 친구와 함께 거문고를 끼고 산중에서 은거하고 싶은 심정을 피력하였다.

29-1

吾與霞子元丹・烟子元演[1], 氣激道合[2], 結神仙交[3]。殊身同心, 誓老雲海[4], 不可奪也[5]。

歷行[6]天下, 周求[7]名山, 入神農之故鄉[8], 得胡公之精術[10]。

나(李白)와 하자(霞子) 원단(元丹)과 연자(烟子) 원연(元演)은 기개와 지향하는 바가 합치되어 신선의 교유를 맺었노라. 몸은 달라도 마음은 같아 구름과 바다(雲海) 사이에서 도(道) 닦으며 늙기로 맹세하였으니, 그 뜻을 저버릴 수 없도다.

세상을 돌아다니고 명산을 두루 찾아다니다가, 신농씨(神農氏)의 고향인 수주(隨州)로 들어가서 호공(胡紫陽)의 심오한 도술을 얻었다네.

....

1 **霞子元丹・烟子元演**(하자원단・연자원연) : 「霞子」는 원단의 호이고, 「元丹」은 곧 원단구로, 이백의 평생 가장 친밀한 친구임. 「烟子」는 원연의 호.

2 **氣激道合**(기격도합) : 성격과 취향이 서로 투합하고 지향하는 바가 일치하는 것.

3 **結神仙交**(결신선교) : 「神仙交」는 신선의 교유로, 이백과 원단구・원연이 모두 독실하게 도교를 신봉하였으므로, 「신선교를 맺었다」고 하였음.

4 **殊身同心, 誓老雲海**(수신동심, 서로운해) : 비록 몸은 다르지만 세 사람의 마음이 서로 같으니, 늙어 죽을 때까지 구름과 바다 사이에서 구선학도하며 지내기로 맹세한 것을 말함.

5 **不可奪也**(불가탈야) : 앞에서 맹세한 뜻을 빼어 갈 수 없음을 말한다. 《논어・자한(子罕)》에 "공자께서 「삼군(三軍)의 장수(將帥)는

빼앗을 수 있으나, 필부의 뜻은 빼앗을 수 없다」라고 말씀하셨다(子曰, 三軍可奪帥也, 匹夫不可奪志也.)"라고 했음.

6 **歷行**(역행) : 여기저기 돌아다니는 것. 《후한서 · 장우전(張禹傳)》에 "군과 읍을 돌아다녔는데, 아주 깊고 그윽한 곳까지 가지 않은 곳이 없었다(歷行郡邑, 深幽之處莫不畢到.)"라고 했음.

7 **周求**(주구) : 여러 곳을 두루 찾아다니며 구하는 것.

8 **神農之故鄕**(신농지고향) : 수주(隨州)를 가리킴. 수주에 여산(厲山)이 있으며, 여산은 상고시대 염제(炎帝)인 신농씨가 태어난 곳이라 전해온다. 《방여승람(方輿勝覽)》권32 수주(隨州)편에 "여산은 《예기 · 제법》에 이르기를, 「여산씨가 천하를 다스릴 때, 그 아들을 농(農)이라 불렀는데 백 가지 곡식을 잘 키웠다」(厲山, 禮記祭法云, 「厲山氏之有天下也, 其子曰農, 能殖百谷.)"라 하고, 정현은 주에서 "여산씨는 염제로 여산에서 일어났다(厲山氏, 炎帝也, 起於厲山.)"라 했으며, 《형주기(荊州記)》에는 "산에는 두 개의 동굴이 있는데, 신농씨가 탄생한 곳이라 하여 이곳에 신농사(神農社)를 지어 놓고 매년 제사지냈다(山有二穴. 云是神農所生, 遂即此地爲神農社, 常年祠也.)"라 했음.

9 **胡公之精術**(호공지정술) : 「胡公」은 호자양. 「精術」은 정미(精微)하고 심오한 도술.

29-2

胡公身揭日月, 心飛蓬萊[10]。起滄霞之孤樓[11], 鍊吸景之精氣[12]。延我數子[13], 高談混元[14]。金書玉訣[15], 盡在此矣。

호공(胡公)은 몸을 해와 달에 걸어놓은 채, 마음은 봉래산(蓬萊

山)으로 날아가노라. 손하루(湌霞樓) 한 채를 세워놓고 해의 정기를 마시면서 단련하였도다.

우리 몇 명을 불러놓고 혼돈의 원시시대를 고상하게 담소하는데, 도교의 선서(仙書)와 보결(寶訣)이 모두 여기에 있구나.

……………

10 **胡公身揭日月, 心飛蓬萊**(호공신게일월, 심비봉래) : 「揭」는 높이 드는 것, 혹은 걸어 놓는 것으로, 「揭日月」은 일월까지 높이 들어 올려 걸어 놓는다는 말. 《장자 · 산목(山木)》에 "밝고 밝도다. 해와 달을 걸고 가는 듯 훤하구나(昭昭乎, 如揭日月而行也.)"라 했음. 「蓬萊」는 신화 가운데 동해에 있는 선산(仙山)임. 여기서는 호자양의 행동이 소소하여 그 몸이 높이 걸린 일월같이 빛나고, 그 마음은 봉래산으로 날아가서 득도해 신선이 되려는 것을 말하였다.

11 **起湌霞之孤樓**(기손하지고루) : 「湌」은 「찬(餐)」과 같으며, 「湌霞」는 노을을 들이마시는 것으로 도가에서 수련하는 술법. 《정통도장(正統道藏)*》가운데 《진고(眞誥)》권2에서 "해는 노을의 열매이고 노을은 해의 정기이니, 그대는 비록 해의 열매를 복용하는 방법을 들었어도 노을의 정기를 먹는 것을 보거나 알지 못하였네. 찬하의 경전은 매우 신비하여도 그것에 이르는 길은 매우 쉽다네(日者霞之實, 霞者日之精, 君雖聞服日實之法, 未見知餐霞之精也. 夫餐霞之經甚秘, 致霞之道甚易.)"라는 기록이 있다. 《문선》권21 안연지의 《오군영(五君詠) · 혜중산(嵇中散)》에도 "중산은 세상에서 불우하였는데, 본래는 노을을 마시는 신선이었다(中散不遇世, 本自餐霞人.)"라 했는데, 이선은 주에서 "「손하」는 신선을 말한다. 《초사》

---

* 도교의 경전을 통틀어서 도장(道藏)이라 함.

에서 「햇볕으로 양치질하고 아침이슬을 마시네」라 하였고, 사마상여는 〈대인부〉에서 「고여있는 이슬로 호흡하고 아침노을을 먹는다」(湌霞, 謂仙也. 楚辭曰, 漱正陽而含朝露. 司馬相如大人賦曰, 呼吸沆瀣湌朝霞.)"고 했음.

12 **鍊吸景之精氣**(연흡경지정기) : 「景之精」은 해의 정기(日精)로, 노을(霞)을 말함. 《설문해자》에 "「경」은 햇빛(景, 日光也)"이라 했고, 《황정경(黃庭經)》주에서는 "해의 정기를 복용하면 황금 광채가 가득 찬다(服食日精, 金華充盈.)"라 하였다. 또 송지문(宋之問)의 〈왕자교를 노래하다(詠王子喬)〉라는 시에서도 "구름을 타고 올라가서 해의 정기를 마시네(乘騎雲氣吸日精.)"라 읊었음. 이 두 구는 호자양이 신선이 되는 수련을 하여 손하루 한 채를 건축하고 누각위에서 해의 정기를 마시는 도술을 수련하는 모습을 묘사한 것이다. 「服氣」는 도교의 양생술로서, 선방술(仙方術)의 하나.

13 **延我數子**(연아수자) : 우리들 몇 명을 초청하여 맞이하는 것. 「數子」는 이백과 원단구 · 원연 등 세 사람.

14 **高談混元**(고담혼원) : 「混元」은 천지의 원기(元氣). 혹은 천지개벽하던 초기의 원시 상태로, 곧 우주가 아직 형성되지 않았을 때의 형질이 나누어지지 않고 몽매한 상태를 말한다. 송 장군방(張君房)의 《운급칠첨(雲笈七籤)》권2에 "혼원은 혼돈의 시기 이전, 원기가 시작될 때의 일들을 말한다(混元者, 記事於混沌之前, 元氣之始也.)"라 하고, 《후한서 · 반고전(班固傳)》에 "그 도는 천지 사방에 이르고, 해 · 달 · 별빛에 드나들면서, 밖으로는 혼원을 돌고, 안으로는 호망*에 잠겨있다(厥道至乎經緯乾坤, 出入三光, 外運混元, 內浸豪芒.)"라 하였으며, 이현은 주에서 "「혼원」은 천지를 부르는 통

* 호망은 가는 터럭의 끝. 극히 작은 것을 형용한 것.

칭이다(混元, 天地之總名也.)"라고 했음.

15 **金書玉訣**(금서옥결) : 도교의 경전인 선서(仙書)와 보결(寶訣). 「金書」는 도교경전, 또는 천신(天神)의 조서(詔書)를 가리킨다. 《한무제내전》에 "시녀 기리용이 와서 말하기를, 「존모께서 금서의 비밀스런 글자 「육갑영비좌우책정」의 문장 열두 가지 일을 유철(劉徹; 한문제)에게 주고자 합니다」(侍女紀離容至云, 尊母欲得金書秘字六甲靈飛左右策精之文十二事, 欲授劉徹.)"라 하였으며, 양구자(梁丘子)의 《황정내경옥경서(黃庭內景玉經序)》에 "《황정내경경》은 일명 《대제금서》라고도 하며, 부상대제군의 궁중에서 이 경전을 낮에 암송하였다. 황금색 글씨로 새겨 썼기 때문에 금서라고 불렀다(黃庭內景經, 一名大帝金書, 扶桑大帝君宮中晝誦此經. 以金簡刻書之, 故曰金書.)"고 했음. 「玉訣」은 도교의 보결(寶訣)로, 《태평광기》권4〈선전습유(仙傳拾遺)〉에 "장해는 자가 공초이며, 도술을 부렸다. 화산 골짜기에 살면서 5리 안에 안개를 드리우고, 옥결과 금궤 속의 학문을 배워서 앉거나 선 채로 죽는 방법을 터득하였다(張楷, 字公超, 有道術. 居華山谷中, 能爲五里舞. 有玉訣金匱之學, 坐在立亡之道.)"는 기록이 있다.

29-3

白乃語及形勝[16], 紫陽因大誇仙城。元侯[17]聞之, 乘興將往。別酒寒酌, 醉青田[18]而少留, 夢魂曉飛, 度淥水以先去。

내가 풍경이 뛰어난 곳을 말할 때, 자양(紫陽)선생은 선성산(仙城山)을 크게 자랑하였는데, 원연이 이를 듣고 흥을 돋운 채 그곳으로 가려고 하였다네.

추위에 전별연을 차려놓고 청전주(青田酒)에 취하여 잠시 머뭇거리는데, 꿈속 혼백은 새벽녘에 녹수(淥水)를 건너 먼저 날아가는구나.

....

16 **形勝**(형승) : 명승(名勝), 지리적 형세가 뛰어나고 아름다운 곳. 《위서(魏書) · 풍량전(馮亮傳)》에 "높이 우뚝 솟은 명승지를 두루 둘러보고, 드디어 한적한 곳에 불교 사찰을 세웠다(周視崧高形勝之處, 遂造閑居佛寺.)"고 했으며, 원결(元結)은 〈우계에 노닐면서 학자에게 권하다(遊右溪勸學者)〉란 시에서 "성 아래에 작은 시내가 있으니, 경치가 뛰어나 감상하기에 좋은 곳이네(小溪在城下, 形勝堪賞愛.)"라 읊었다.

17 **元侯**(원후) : 「侯」는 당나라 때 사대부들 사이에 부르는 존칭으로, 원연(元演)을 가리킴.

18 **青田**(청전) : 술 이름. 서진 최표(崔豹)의 《고금주(古今注)하 · 초목(草木)》6에 "오손국에 청전나무 씨가 있었는데, 그 나무 열매는 어떻게 생겼는지 알 수 없으나 중국에서는 그 씨만 얻을 수 있었다. 맑은 물을 부으면 술 맛이 나면서 순주(醇酒)처럼 맛좋은 술이 되었다. 씨는 여섯 되들이 표주박처럼 큰데, 빈속에 물을 가득 채우면 잠깐 만에 술이 된다. 유장이 씨 두 개를 얻어 손님들을 모아 술상을 차려놓고 2십여 명과 함께 늘 마셨다. 씨 하나가 끝나면 다른 씨에 술이 가득 차서 다시 마실 수 있었다. 다 마시면 다시 물을 부어서 가득 차게 할 수는 있지만 오래 둘 수는 없었으니, 오래 두면 써서 마실 수가 없었다. 이 술을 청전주라 불렀다(烏孫國有青田核, 莫測其樹實之形, 至中國者, 但得其核耳. 得清水則有酒味出, 如醇美

好酒. 核大如六升瓠, 空之以盛水, 俄而成酒. 劉章得兩核, 集賓客設之, 常供二十人之飮. 一核盡, 一核所盛, 已復中飮. 飮盡隨更注水, 隨盡隨盛, 不可久置, 久置則苦不可飮. 名曰青田酒.)"는 기록이 전한다. 낙빈왕(駱賓王)의 〈가을 여러 공과 함께 한 술자리에서(秋日與群公宴序)〉의 서문에 "돈독한 교제를 맹서하고 함께 연로한 마음을 잊어버리세. 사랑스런 그대들과 마주앉아 청천주를 함께 마셔 보세나(既而誓敦交道, 俱忘白首之情. 款爾連襟, 共挹青田之酒.)"라 했음.

29-4

吾不凝滞於物, 與時推移[19], 出則以平交王侯, 遁則以俯視巢許[20]。朱紱狎我, 綠蘿未歸[21]。恨不得同棲烟林, 對坐松月[22]。有所款然, 銘契潭石[23]。

乘春當來, 且抱琴卧花, 高枕相待[24]。詩以寵別[25], 賦而贈之。

나는 사물에 막히지 않고 세상과 함께 조화하면서 나갔으니, 출세해서는 왕후장상(王侯將相)과 교유하고 은거해서는 소보(巢父)와 허유(許由)를 하찮게 보았다네. 붉은 인끈(관직)이 나를 유혹하여 푸른 넝쿨(綠蘿)풀 자라는 자연으로 돌아가지 못했으니, 원연과 안개 낀 숲에 함께 머물면서 송월(松月)을 마주하지 못한 것이 한스러워서, 흠모하는 마음을 연못 돌에 새겼노라.

봄에는 반드시 올 것이니, 그대는 거문고 안고 꽃 속에 누워 베개를 높이 베고 기다리시게나. 시를 지어 주면서 총총히 이별하노라.

....

19 **不凝滯於物, 與時推移**(불응체어물, 여시추이) : 사물에 막히지 않고 세상의 변화에 따라 태도를 바꾼다는 뜻. 《초사 · 어부사》에 "성인은 사물에 얽매이지 않고, 세상을 따라 변화하여 간다(聖人不凝滯於物, 而能與世推移.)"라 하고, 왕일(王逸)은 주에서 "그 몸을 곤욕스럽게 하지 않고, 세상 변화에 따라 원만하게 처세하는 것(不困辱其身也, 隨俗方圓.)"이라 했음.

20 **出則以平交王侯, 遁則以俯視巢許**(출즉이평교왕후, 둔즉이부시소허) : 「巢許」는 요임금 때의 은사인 소보(巢父)와 허유(許由). 이 두 구의 뜻은 내가 출사해서 교유할 때는 지체 높은 경상(卿相)이나 왕후(王侯) 등과 왕래하면서도 격에 맞추어 평등하게 사귀며, 세상에 숨어 은둔해서는 소보와 허유 등 고대의 저명한 은사들조차 높게 보지 않는다는 태도를 말한 것임.

21 **朱紱狎我, 綠蘿未歸**(주불압아, 녹라미귀) : 벼슬살이가 나를 친근하게 하였으므로 오히려 귀은(歸隱)할 생각을 하지 못했음을 말함. 「朱紱」은 패옥(佩玉)이나 인장을 매는 홍색 끈으로 관위를 대신 가리킨다. 《문선》권37 조식의 〈구자시표(求自試表)〉에 "그러므로 위로는 검은 면류관(군왕)에 부끄럽고, 아래로는 붉은 인끈(관리)에 부끄럽도다(是以上慚玄冕, 俯愧朱紱.)"라 하고, 이선은 주에서 "《예기》에서는 「제후들은 산에서 난 옥과 붉은 인끈을 착용했다」고 하였으며, 《창힐편》에서는 「발은 인끈이다」(禮記曰, 諸侯佩山玉而朱組綬, 蒼詰篇曰, 紱, 綬也.)"라 했음. 「狎」은 친근한 것. 「綠蘿」는 산속에 있는 푸른 넝쿨로 은거함을 가리키는데, 은자(逸人)들이 항상 산림속의 녹라를 짝하기 때문이다. 《문선》권21 곽박(郭璞)의 〈신선과 노닐며(遊仙詩)〉란 시에 "푸른 넝쿨 얽혀있는 숲 속은, 대그릇으로 온 산을 덮은 듯하네(綠蘿結高林, 蒙籠蓋一山.)"고 읊었

다. 또한 녹라는 실제 산 이름이기도 한데, 녹라산은 호남성 도원현에 있는 도교 명산이다. 《독사방여기요(讀史方輿紀要)》〈호광장사부(湖廣長沙府)·도원현(桃源縣)〉편에 "녹라산은 도원현 남쪽 15리에 있는데, 도교 서적에서는 제 42복지라 하였다. 산 아래로 연못이 있고 완강이 이곳을 지나므로 녹라강이라 부른다(綠蘿山在縣南十五里, 道書以爲第四十二福地, 下有潭, 沅江經此, 曰綠蘿江.)"고 했음.

22 **不得同棲烟林, 對坐松月**(부득동서연림, 대좌송월) : 자신이 원연과 함께 안개 낀 숲속에 앉아서 소나무 사이로 뜬 달을 바라보지 못하는 처지를 이르는 말.

23 **有所款然, 銘契潭石**(유소관연, 명계담석) : 마음속으로 흠모하는 충정을 연못가의 돌 위에 새긴다는 말. 「款然」은 진실하고 정성스런 모습. 《문선》권25 사령운의 〈옛 동산에 돌아와서 안·범 두 사람에게 지어 보내는 편지(還舊園作見安范二中書)〉에서 "옛 동산으로 돌아와서 편지를 보내니, 드리는 말씀이 실로 정성스럽도다(贈是反昔園, 語往實款然.)"라 했음.

24 **抱琴卧花, 高枕相待**(포금와화, 고침상대) : 「高枕」은 고침안면(高枕安眠)으로, 근심 없이 편안히 지내는 모습. 이 구는 그대는 꽃이 피어있는 산속에서 거문고 타고 즐기면서 근심없이 높이 누어서 내가 오기를 기다리라는 말이다.

25 **寵別**(총별) : 말이나 글을 주면서 이별하는 것. 소흔(蕭昕)의 〈형중승을 보내며 드리는 서신(送邢中丞書)〉에 "징문을 지어 주고 이별하면서, 멀리 떠나는 시름을 위로하였네(徵文寵別, 慰行邁之思.)"라 했다.

30.

任城縣廳壁記

임성현 관청 벽에 쓴 기문

천보 9년(750), 이백이 임성현령(任城縣令) 하지지(賀知止)를 위하여 그가 근무하는 관청 벽에 쓴 기문(記文)으로, 어진 정치를 펼치고 백성이 부유하도록 인도하는 유가(儒家)사상을 표현한 전형적인 문장이다.

이백은 임성현 백성들이 즐겁고 편안하게 생업에 종사하고 노인 봉양과 인재교육 등이 잘 시행되고 있는 성당(盛唐)의 모습을 기록하였는데, 이렇게 태평성대를 구가하는 기반이 되도록 기여한 현령 하공(賀公)의 정치적 업적에 대하여 높이 칭찬하고 있다. 또한 임성지방의 연혁 · 지리 · 풍속 · 건설 · 상업 · 교통 등 제반 상황에 대하여 자세하게 서술하여 역사적 자료로서의 가치도 높다.

이러한 내용을 구체적으로 담은 이 기문은 5개 단락으로 나눌 수 있다. 먼저 첫 번째 단락에서는 고대 청제 태호(太昊)의 후예인 풍씨(風氏)들이 세운 나라가 임성에 거주하였다는 사실과 이어서 주(周)나라에서 한(漢)을 거쳐 수(隋)나라까지의 임성의 역사와 연혁에 대하여 기술하고, 두 번째 단락에서는 먼저 노군(魯郡)의 11개

현 가운데 임성현은 요충지로 주위에 낭야산 · 거야택 · 궐국 · 호향성이 있다는 지리적 위치의 중요성을 서술했으며, 이어 이 고장은 한대 정균(鄭均)과 같은 뛰어난 인재들이 배출된 곳일 뿐만 아니라 한나라 임성효왕(任城孝王)과 위 조창(曹彰) 등 왕후장상이 이 지역의 왕으로 봉해졌다는 자부심과, 군자와 소인들은 각기 소임을 다한다는 특이한 풍속에 대하여 기술하였다. 세 번째 단락에서는 임성현의 성벽과 읍내 건물들의 웅려(雄麗)한 모습, 상인들이 모이고 화폐가 유통되는 상업의 번성, 인재들이 운집하고 왕래하는 통로가 된 중요한 지역임을 설명하였으며, 이어 덕행이 높은 하공 같은 사람이 현령으로 임명되어야만 이러한 중요한 임무를 감당할 수 있음을 기술하였다. 네 번째 단락에서는 임성현의 관할구역과 인구수에 대해 서술하고, 이어 현령 하지지가 노나라 정치(魯道)와 일치될 정도로 탁월한 업적을 세운 것을 기술했는데 이는 실제로 이백의 이상정치를 표현한 것이다. 마지막 다섯 번째 단락에서는 이백이 백성들의 여론을 듣고 현의 청벽(廳壁)에 후세까지 유전되도록 하공의 정치적 업적을 기록한다는 내용으로 이 청벽기를 쓴 원인을 서술했다.

이 임성현 관청 벽에 쓴 기문(廳壁記)은 산문가운데 매우 중요한 작품인데, 문장의 말미에서 밝힌 바와 같이 이백이 직접 현장에 가서 조사하고 여론을 청취한 후, 그 근거를 벽에 기록(白探奇東蒙, 竊聽輿論, 輒記於壁.)하였으므로 주관적인 억측을 배제한 기체(記體) 문장임을 알 수 있다.

「청벽기(廳壁記)」는 관청 벽 위에 쓴 비기(碑記)로 당대에 널리 유행하였는데, 처음에는 중앙의 대성(臺省)에서 시작하였으나 후에는 지방의 군현(郡縣)까지 퍼졌다. 《당어림(唐語林)》권8에 "조정의 여러 관아에는 벽에 기록한 기문이 있는데, 관청의 창건과 유지, 전수되는 과정을 처음부터 끝까지 서술하였다. 원래 기문을 쓴 목적은 대개 전임의 정치적 이력을 적어서 장래에도 건강하고 풍요롭게 하는데 있었다. 그러므로 기문의 체제는 사건설명이 상세하고 우아하게 작성함을 귀하게 여기되 심하게 장식하지 않았다. 그러나 근래에는 기문을 지을 때 근거없는 말을 많이 쓰고 있는데, 인재의 아름다움을 칭찬하고 공훈을 억누르거나 찬양해서 일을 기록하는 본래의 의미를 잃어버리고 있다. 위씨(韋氏)는 〈양경기(兩京記)〉에서 「낭관은 벽에 기록을 많이 했는데, 건물 앞뒤에 승진임용이나 출입을 기록하는 것이 점점 관습이 되었다. 이렇게 벽기의 기원은 당나라 조정의 대성(臺省)에서 시작하여 군읍(郡邑)까지 유행하게 되었다」고 말했다(朝廷百司諸廳, 皆有壁記, 叙官秩創置及遷授始末. 原其作意, 蓋欲著前政履歴而發將來健羡焉. 故爲記之體, 貴其說事詳雅, 不爲苟飾. 而近時作記, 多措浮辭. 褒美人材, 抑揚功閥, 殊失記事之本意. 韋氏兩京記云, 郎官盛寫壁記, 以記當廳前後遷除出入, 寖以成俗. 然壁記之起, 當自國朝已來, 始自臺省, 遂流郡邑耳.)"는 청벽기의 공과(功過)에 대한 기록이 있다.

「하지지(賀知止)」는 현종시 태자빈객을 지낸 하지장(賀知章)의 족제(族弟)인 하주(賀鑄)로, 천보초에 임성현령을 지냈다. 《경호유로시집(慶湖遺老詩集)》가운데 〈하주자서(賀鑄自序)〉에 "우리 집안은 회계(會稽)의 명문거족이다. …… 하주는 15대조 비서외감(하지장)의 종조부 아우로, 휘(諱)가 지지(知止)이다. 어려서 《노자》와 《주역》에 심취하여 몸소 농사지으며 벼슬하지 않았다. 개원 말에 현학(老莊)을 존숭하는 기풍이 일면서 본도에서 세 번이나 도학으로 천거하였으나 나아가지 않았다. 마침 조정에 그의 명성이 알려져 상우승(上虞丞)에 제수되었다가 임기가 만료되자 임성 현령으로 나아갔다. 당시 한림학사 이백이 이 지방 읍내를 유람하면서 하공과 함께 시와 술로 교유하였으며, 그의 아름다운 정사를 문장으로 지어 공당의 벽에 쓰고 후인들이 비석에 새겼는데, 지금도 전해진다. 오랜 뒤에 양곡(陽谷) 현령으로 옮겼다가 서거했다. 백성들이 그의 은혜를 사모하여 상여가 가지 못하도록 막자, 제때 발인하지 못하고 임시로 현 북쪽 들녘에 장사지냈다(吾家特會稽一族, …… 鑄十五代祖乃秘書外監之從祖弟, 諱知止. 少味老易, 躬耕不仕. 開元末興崇玄學, 本道三以道擧薦送, 不赴. 會有聞於朝者, 起家拜上虞丞. 秩滿, 試任城令. 時李翰林白寓遊是邑, 與公相從於詩酒間. 撰其美政, 書公堂之壁. 後人鑱刻於石, 今或存焉. 久之, 遷陽谷令, 卒官. 民懷其惠, 遮留喪車, 不得時發, 因權窆縣之北原.)"는 하지지의 행장에 대하여 기록하고 있다. 「임성현」은 당대 하남도 연주(兗州)이며, 지금의 산동성 제녕시(濟寧市)이다.

30-1

風姓之後, 國爲任城[1], 蓋古之秦縣[2]也。在《禹貢》則南徐之分[3], 當周成迺東魯之邦[4], 自伯禽到於順公, 三十二代。

遭楚蕩滅[5], 因屬楚焉。炎漢[6]之後, 更爲郡縣。隋開皇三年, 廢高平郡, 移任城於舊居[7]。邑乃屢遷, 井則不改[8]。

풍씨(風氏) 후예들이 나라를 세워 임성(任城)에 살았는데, 아마도 고대 진(秦)나라의 현(縣)이었으리라. 서경 《우공(禹貢)》편에서 남서(南徐)로 나누었고, 주(周)대에는 동쪽 노(魯)나라에 속하여 백금(伯禽)에서 순공(順公)에 이르기까지 32대를 지내왔다네.

전국 말엽 초(楚)나라에게 멸망당하여 초 땅으로 귀속되었으며, 화덕(火德)으로 세운 한(漢)나라 이후에는 다시 군현이 되었도다. 수(隋)나라 개황 3년(583)에 고평군을 없애고 임성의 옛 거주지로 옮겼으니, 읍(邑)은 여러 번 이동했지만, 우물은 바뀌지 않았다네.

....

1 **風姓之後, 國爲任城**(풍성지후, 국위임성) : 임성 백성들은 풍씨 성의 후예임. 《원화군현지(元和郡縣志)》권10 〈하남도 연주(兗州)〉편에 "임성현은 본래 한나라 옛 현으로, 동평국에 속하였다. 고대 임국은 태호씨의 후대로 성이 풍씨다. 《좌전》희공 21년에 「임 · 숙 · 수구는 모두 풍씨 성이다」라 하였고, 주에서 "「임」은 임성현이다. 《위지》에서는 문제(曹丕)가 언릉후 조창을 임성왕에 봉했다고 했으며, 제나라 천보 7년(556)에는 고평군을 이곳으로 옮겨서 임성현이 부속되었다. 수나라 개황 3년(583)에 고평군을 없애고, 연주에 속하도록 하였다」(任城縣, 本漢舊縣, 屬東平國. 古任國, 太昊之後, 風姓也. 左傳僖公二十一年曰, 任 · 宿 · 須句, 皆風姓也. 注曰, 任, 任城縣也. 魏志曰, 文帝封鄢陵侯彰爲任城王. 齊天保七年, 移高平郡於此, 任城縣屬焉. 隋開皇三年, 罷高平郡, 屬兗州.)"는 기록이 있음.

2 **古之秦縣**(고지진현) : 《문원영화》에서는 「秦之古縣」이라 하였음.

3 **禹貢則南徐之分**(우공즉남서지분) : 「우공」은 《상서(尙書)》의 편명으로 지리지(地理志) 성격의 중요한 저작인데, 그중에는 「南徐之

分」이라는 글자가 없다. 구태원의 《이백집교주》에 의하면 「南徐」는 육조시대에 경구(京口)이고, 당나라 윤주(潤州)로서 이곳과는 멀리 떨어져 있으므로 연주의 임성과 관련이 없다고 하였다.

4 **周成迺東魯之邦**(주성내동노지방) : 주(周)시대 임성은 노나라에 속하였으며, 노나라는 동쪽에 위치하므로 동노(東魯)라고 불렀다. 《원화군현지(元和郡縣志)》권10〈하남도 연주(兗州)〉편에 "연주는 노군이다. `연주지역으로, 또 서주 땅도 포함되었다. 춘추시대 노나라다(兗州, 魯郡. 禹貢兗州之域, 兼得徐州之地. 春秋時, 爲魯國.)"라 했음.

5 **自伯禽到於順公, 三十二代, 遭楚蕩滅**(자백금도어순공, 삼십이대, 조초탕멸) : 「伯禽」은 주대에 노나라 시조로서, 주공 희단(姬旦)의 장자임. 《사기 · 노주공세가(魯周公世家)》에 의하면, 주 무왕이 즉위하자 동생인 주공을 소호의 옛터인 곡부(曲阜) 땅에 봉하였다. 주공은 봉지에 직접 나가지 않고 남아서 무왕을 도왔으며, 무왕이 죽자 성왕(成王)을 도왔다. 그의 아들 백금이 노땅에 봉해져 곡부를 수도로 세웠다. 그 후 고공추(考公酋) · 양공희(煬公熙) · 유공재(幽公宰) 등이 서로 세습되다가, 경공(頃公) 24년(기원전 256년)에 초나라 고열왕(考烈王)에게 멸망하였다. 그래서 왕기는 이 문장의 「順公」은 「경공(頃公)」의 잘못이며, 또한 「三十二代」도 백금부터 경공까지 33대이므로 32대는 잘못된 것이라고 하였음.

6 **炎漢**(염한) : 고대의 음양가들은 금목수화토는 서로 상생 상극한다고 해석하였으며, 역대의 왕조도 이러한 순서로 교체한다고 하였다. 한대의 황제들은 자칭 화덕(火德)으로 떨치고 일어났으므로, 염한(炎漢)이라 불렀음.

7 **廢高平郡, 移任城於舊居**(폐고평군, 이임성어구거) : 수(隋)나라 초에는 북조(北朝)에서 주(州)가 군(郡)을 통치하고, 군은 현(縣)을

통치하는 구제도에 따랐으므로 개황 3년(583)에 군을 폐지하고 주가 현을 직접 관할하도록 바꾸었다. 임성현은 북제 천보 7년(556)에 고평군을 설치하여 임성현을 고평군에 속하도록 하였으며, 개황 3년 고평군을 폐지하고 임성현을 직접 연주에 속하도록 하였다. 「高平郡」은 동한 장제(章帝)때 설치되었고, 관청소재지(治所)는 지금의 산동성 미산(微山) 서북쪽에 있었음.

8 **邑乃屢遷, 井則不改**(읍내누천, 정즉불개) : 《주역 · 정괘(井卦)》에 "고을은 바뀌어도 우물은 고치지 않는다(改邑不改井.)"라 하고, 공영달은 《정의(正義)》에서 "이 괘는 군자가 덕을 닦고 백성을 진휼함을 밝힌 것이다. 변하지 않고 늘 있으며 시종일관 고치지 않고 만물을 영원토록 성장시키는 것으로, 우물보다 더 나은 것은 없다. 그러므로 덕을 닦는 괘로써 비유하고 우물(井)이라 불렀다(曰, 此卦明君子修德養民, 有常不變, 始終無改, 養物無窮, 莫過於井. 故以修德之卦取譬, 名之井也.)"라 하고, 또한 「改邑不改井(읍은 바뀌어도 우물은 변하지 않는다)」에 대하여 "「개읍불개정」은, 우물이 변하지 않는 덕을 지니고 있음을 밝힌 것이다. 이는 우물의 본체가 변하지 않음을 밝힌 것으로, 고을이 비록 옮겨져도 우물의 본체는 바뀌지 않으므로 이렇게 불렀다(改邑不改井者, 以下明井有常德. 此明井體有常, 邑雖遷移, 而井體無改, 故云改邑不改井也.)"고 설명했음. 여기서는 임성현이 비록 여러 차례 소속이 변하고 현성이 옮겨졌지만, 임성현을 관할하는 소재지는 변하지 않았음을 말한 것이다.

30-2

魯境七百里, 郡有十一縣[9], 任城其衝要[10]。東盤琅邪[11], 西控

鉅野[12], 北走厥國[13], 南馳互鄉[14]。

青帝太昊之遺墟[15], 白衣尙書[16]之舊里。土俗古遠[17], 風流清高, 賢良間生, 掩映[18]天下。地博厚, 川疏明。漢則名王分茅[19], 魏則天人列土[20]。

所以代變豪侈, 家傳文章[21]。君子以才雄自高, 小人則鄙樸難治[22]。

노군(魯郡) 7백 리 경계 안에는 11개 현이 있으니, 그 가운데 임성현은 요충지로다. 동쪽으로는 낭야산(琅邪山)이 웅크리고 있고, 서쪽으로는 거야택(鉅野澤)이 버티고 있으며, 북쪽으로 가면 궐국(厥國)이고, 남쪽으로 가면 호향성(互鄉城)에 닿는다네.

청제 태호씨(太昊氏)의 옛터이며, 백의상서 정균(鄭均)이 살았던 옛 마을로서, 고장의 풍속이 고박(古樸)하고 담원(淡遠)하며, 맑고 고아한 풍류를 지녀 어질고 뛰어난 인재가 종종 나와서 세상을 빛내고 있구나. 토지는 넓고 풍요로우며 냇물은 탁 트이고 밝아서, 한(漢)나라에서는 지체 높은 임성효왕(任城孝王; 劉尙)을 봉하였으며, 위(魏)나라에서는 걸출한 인사인 조창(曹彰)에게 토지를 나누어 주었도다.

그래서 역대로 호화로운 왕후(王侯)들이 거주하는 곳으로 변하여 문장들이 가전되었으므로, 군자는 뛰어난 재주로 자존심이 높았으며, 소인들은 고집이 세고 질박하여 다루기가 힘들었다네.

....

9 **魯境七百里, 郡有十一縣**(노경칠백리, 군유십일현) : 임성이 노군 7백 리 11개 현의 군사와 교통 요충지임을 말함. 「魯境」은 노군의 전체 경계. 노군은 연주(兗州)로 당 현종 천보 원년(742)에 노군으

로 고쳤다가 숙종 건원 원년(758) 다시 연주로 고쳤다. 「七百里」와 「十一縣」에 대하여는 《원화군현지》권10 〈하남도 연주(兗州)편〉에 "주의 경계는 …… 동서로 3백3십1리, 남북으로 3백5십3리이다. …… 현은 하구·금향·어대·추·습구·건봉·내무·곡부·사수·임성·중도를 관장하였다(州境 …… 東西三百三十一里南北三百五十三里. …… 管縣十一, 瑕丘·金鄕·魚臺·鄒·龔丘·建封·萊蕪·曲阜·泗水·任城·中都.)"고 했음.

10 **衝要**(충요) : 군사나 교통 등 방면의 요충지. 원굉(袁宏)의 《후한기(後漢紀)·영제기(靈帝紀)하》에 "지금 양주는 천하의 요해처이며, 국가를 지키는 울타리다(今涼州, 天下之要衝, 國家之藩衛也.)"라 했음.

11 **東盤琅邪**(동반낭야) : 임성의 동쪽에는 낭야(琅邪)군이 반거(盤踞)해 있는 것. 「琅邪」는 진(秦)나라 때 설치한 군명으로 기주(沂州)이며, 천보 원년(742) 낭야군으로 고쳤다가 건원 원년(758) 다시 기주로 바꿨다. 성 남쪽에 있는 낭야산 때문에 이런 이름이 붙어졌으며, 지금의 산동성 임기(臨沂)임.

12 **西控鉅野**(서공거야) : 임성의 서쪽으로는 거야택(鉅野澤)이 장악하고 있음. 「鉅野」는 큰 연못으로 지금은 말라서 육지로 되었지만, 당대에는 거야현(鉅野縣)에 있었으며, 지금의 산동성 거야현이다. 역도원(酈道元)의 《수경주·제수(濟水)》편 주에 "하승천이 말하기를, 거야호택은 광대하여 남으로 수사와 통하고, 북으로는 청제와 이어진다. 옛 현과 고성이 바로 연못 안에 있어서 이 성에 경비병을 주둔시켰으므로, 성의 소재지가 바로 거야 연못에 있었다. 동북으로 흘러나가 큰 평야가 되는데, 옛날 서쪽에서 기린을 잡았다는 장소가 바로 이곳이다(何承天曰, 鉅野湖澤廣大, 南通洙泗, 北連清濟, 舊縣故城, 正在澤中, 故欲置戍于此城, 城之所在則鉅野澤也. 衍東

北出爲大野矣. 昔西狩獲麟于是處也.)"라 했으며, 《원화군현지》에도 "대야택은 일명 거야로 운주 거야현 동쪽 5리에 있는데, 크기가 남북으로 3백 리이고 동서로 1백여 리다(大野澤, 一名鉅野, 在鄆州鉅野縣東五里, 南北三百里, 東西百餘里.)"라 했음.

13 **北走厥國**(북주궐국) : 북쪽으로 달려가면, 궐국에 닿는 것. 「厥國」은 고대 나라 이름으로, 지금의 산동성 문수현(汶上縣). 《태평환우기(太平寰宇記)》권13 〈운주 중도현(鄆州中都縣)〉편에 "고대에는 중도 지역이었으며, 한대에는 동평육현으로 동평국에 속하였다. 또한 옛 궐나라의 땅으로, 지금도 읍의 경내에 궐나라 정자가 있다(古中都之地, 漢爲東平陸縣, 屬東平國. 亦古之厥國地. 今邑界有厥亭存.)"고 했음.

14 **南馳互鄕**(남치호향) : 남쪽으로 가면 「互鄕」고성(古城)에 닿음을 말한 것. 「互鄕」은 지금의 산동성 동승현(東滕縣) 경내에 있는데, 당대에는 하남도 서주(徐州)에 속하고, 북쪽으로 연주와 이웃하고 있었다. 《원화군현지》권9 〈하남도 서주 등현(滕縣)〉편에 "합(호)향 옛성은 현 동쪽 2십3리에 있는데, 곧 《논어》에서 말하는 호향이 이곳이다(合(互)鄕故城, 在縣東二十三里. 則論語所謂互鄕是也.)"라 했음.

15 **青帝太昊之遺墟**(청제태호지유허) : 《초사 · 구사 · 질세(疾世)》에 "태호를 방문하였네(訪太昊兮)"라 하고, 왕일은 주에서 "「태호」는 동방청제(太昊, 東方青帝也.)"라 했다. 왕기는 주에서 《삼황본기(三皇本紀)》를 인용하여 "태호 포희씨는 풍성으로, 수인씨를 계승하여 천하의 왕이 되어 진(陳)땅에 도읍하였다. 그 후예들은 춘추시대에 임 · 숙 · 수구 · 전유에 거주하며, 모두 풍성의 혈통이었다(太皞庖犧氏, 風姓. 代燧人氏, 繼天而王, 都於陳. 其後裔, 當春秋時, 在任 · 宿 · 須句 · 顓臾, 皆風姓之胤也.)"라 했음. 여기서 「任」은

태호 풍성의 후예들이므로, 이백은 임성이 청제 태호의 옛 땅이라고 말하였음. 「遺墟」는 남아 있는 터(遺址), 곧 옛터.

16 **白衣尚書**(백의상서) : 동한의 정균(鄭均). 《후한서 · 정균전》에 "정균은 자가 중우로, 동평 임성사람이다. …… 황제가 동쪽으로 순행하여 임성을 지날 때, 정균의 집에 행차하면서 조서를 내려 종신토록 상서의 녹봉을 하사하였으므로 당시인들이 백의상서라고 불렀다(鄭均, 字仲虞, 東平任城人也. …… 帝東巡過任城, 乃幸均舍, 敕賜尚書祿以終其身, 故時人號爲白衣尚書.)"라 했음.

17 **土俗古遠**(토속고원) : 본토의 풍속이 고박(古樸)하고 담원(淡遠)한 것.

18 **掩映**(엄영) : 은연(隱然)하게 빛나는 것.

19 **漢則名王分茅**(한즉명왕분모) : 「名王」은 한나라 임성효왕(任城孝王) 유상(劉尙)이다. 《후한서 · 임성효왕열전》(권27)에 "임성효왕 유상은 원화 6년, 임성 · 항부 · 번 등 세 현의 식읍에 봉해졌다(任城孝王尚, 元和六年封, 食任城亢父樊三縣.)"라 했음. 「分茅」는 고대에 제후를 분봉할 때 그 지역의 흙을 백모(白茅)에 싸서 피봉자에게 수여하였는데, 이는 토지와 권력을 수여하는 것을 상징한다. 후대에는 왕후를 분봉하는 것을 「분모」라 하였다.

20 **魏則天人列土**(위즉천인열토) : 위(魏) 조창(曹彰)을 임성왕으로 삼은 것을 가리킨다. 「天人」은 재능이 걸출한 사람. 「列土」는 토지를 나누어 제후로 봉하는 것. 《삼국지 · 위지 · 조창전》에 "임성위왕 창은…… 황초 3년(222)에 임성왕으로 즉위했다(任城威王彰 …… (黃初)三年, 立爲任城王.)"고 했음.

21 **所以代變豪侈, 家傳文章**(소이대변호치, 가전문장) : 이 임성은 역대로 호화(豪侈)로운 왕후들이 분봉되었던 까닭에 그들의 예악과 교화도 대대로 가전(家傳)되었음을 말한다. 「文章」은 시(詩)와 예

(禮)의 교화와 거복(車服)·정기(旌旗) 등을 가리킴.

22 *君子以才雄自高, 小人則鄙樸難治*(군자이재웅자고, 소인즉비박난치) : 임성의 풍속에서 군자는 재주가 뛰어나고 자존심이 높아서 스스로 넉넉히 처리하는 장점을 지니고, 소인은 비루하고 질박하여 다스리기 힘듦을 말함.

30-3

況其城池[23]爽塏[24], 邑屋豊潤[25]。香閣倚日, 凌丹霄而欲飛[26], 石橋横波, 驚彩虹而不去[27]。其雄麗坱圠[28], 有如此焉。

故萬商往來, 四海綿歷[29], 實泉貨[30]之橐籥[31], 爲英髦之咽喉[32]。

故資大賢, 以主東道[33]。製我美錦, 不易其人[34]。

더욱 임성현내의 성벽과 해자(垓字) 연못은 시원하고 건조(乾燥)하였으며, 읍내 건물들은 높고 윤택하였도다. 아름다운 누각들은 해에 기댄 채 노을진 하늘로 날아가려 하고, 채색 무지개는 강물을 가로질러 놓인 돌다리 때문에 놀라서 가지 못하나니, 끝없이 웅려(雄麗)한 모습이 이처럼 광대하다네.

이런 이유로 수많은 상인이 왕래하는 곳이 되어 온 세상과 끊어지지 않고 이어지니, 실로 화폐들이 풀무에서 나오는 바람처럼 유통되고 뛰어난 인재들이 거쳐 가는 통로가 되었구나.

그래서 자질이 뛰어난 큰 인물이 동도(任城縣)의 주인(縣令)이 되어야 하므로, 우리에게 아름다운 비단을 재단해 주는 하공(賀公)을 다른 사람으로 바꾸지 못하리라.

....

23 **城池**(성지) : 성벽과 성을 두르고 있는 못인데, 후에는 널리 성시(城市)를 가리킴. 여기서는 임성의 시가(市街)와 하류(河流)를 말함.

24 **爽塏**(상개) : 높고 시원(高爽)하면서 건조(乾燥)한 것. 《좌전 · 소공(昭公) 3년》에 "처음 제나라 경공은 안자(晏嬰)의 집을 고치게 하려고 말하기를, 「그대의 집은 시장에 가까우며, 터가 낮고 좁아 시끄럽고 더러워서 살 수가 없으니, 높고 밝은 마른 땅에 다시 지으시게」(初景公欲更晏子之宅, 曰, 子之宅近市, 湫隘囂塵, 不可以居, 請更諸爽塏者.)"라 했는데, 두예는 주에서 "「상」은 밝은 것, 「개」는 마른 것(爽, 明. 塏, 燥也)"이라 하고, 공영달은 《정의》에서 "「개」는 고지이기 때문에 건조하다(塏, 高地, 故爲燥也.)"라 했음.

25 **邑屋豊潤**(읍옥풍윤) : 「豊潤」은 웅대하고 부유한 것. 여기서는 성내의 건물들이 어마하게 많고 집집마다 부유한 것을 말함.

26 **香閣倚日, 凌丹霄而欲飛**(향각의일, 능단소이욕비) : 누각이 높이 태양에 의지하여 노을진 하늘을 넘어 날아가려는 모습을 표현한 것으로, 누대의 높음을 형용하였다. 「香閣」은 성 가운데의 누각. 「丹霄」는 노을 진 하늘(霞空). 양 무제 소연(蕭衍)의 〈십유시(十喩詩)〉(5首)에 "푸른 성은 노을 진 하늘과 닿아 있고, 황금 누각에는 보랏빛 연기가 서리었네(青城接丹霄, 金樓帶紫煙.)"라 읊었음.

27 **石橋橫波, 驚彩虹而不去**(석교횡파, 경채홍이불거) : 「彩虹」은 무지개 모양의 돌다리(石橋)를 형용한 것. 여기서는 석교가 강물 위로 가로누워 있어 채색 무지개가 놀라서 가지 못하는 것을 표현하였다.

28 **坱圠**(앙알) : 쌍성연면사(雙聲連綿詞)로 광대하여 끝이 없는 모양. 가의(賈誼)의 〈복조부(鵩鳥賦)〉에 "조화옹이 사물을 만들어 전파하는데, 아득하게 멀고 넓어서 끝이 없어라(大鈞播物兮, 坱圠無垠.)"라 하고, 유량은 주에서 "「앙알」은 끝이 없는 것(坱圠, 無涯際也.)"

이라 했음.

29 **綿歷**(면력) : 연면(綿延)과 같은 말로, 시간이 끊임없이 이어져 유구하게 늘어지는 것. 《북사 · 최중방전(崔仲方傳)》에 "7백리까지 끊어지지 않고 이어졌다(綿歷七百里.)"라 했음.

30 **泉貨**(천화) : 돈, 화폐(錢貨). 《한서 · 식화지(食貨志)하》에 "그러므로 화폐는 금보다 귀중하고, 칼보다 날카로우며, 샘물처럼 흐르고, 베처럼 널리 퍼지며, 비단처럼 모인다(故貨寶於金, 利於刀, 流於泉, 布於布, 束於帛.)"라 하고, 안사고(顔師古)는 주에서 "여순은 「샘물처럼 흘러가는 것이다」(如淳曰, 流行如泉也.)"고 했음. 여기서는 임성이 화폐(錢貨)가 모이고 흩어지는 곳임을 말한 것이다.

31 **橐籥**(탁약) : 고대에 야련(冶煉)할 때 바람을 내어 불을 피우는데 사용하는 기구로, 곧 대장간에서 불을 일으키는 데 쓰는 풀무이다. 「橐」은 바람을 일으키는 기구이고, 「籥」은 바람을 보내는 관(管). 여기서는 돈이 풀무에서 나오는 바람처럼 끊임없이 유통되는 것을 말함. 《노자 · 제5장》에 "하늘과 땅 사이는 풀무(橐籥)와 같은 것이다. 비어 있으면서도 오그라들지 않고 움직일수록 바람이 더 나온다(天地之間, 其猶橐籥乎. 虛而不屈, 動而愈出.)"라고 했음.

32 **爲英髦之咽喉**(위영모지인후) : 「英髦」는 영준(英俊)과 같은 말로, 재주와 슬기(才智)가 걸출한 사람. 《문선》권54 유준(劉峻)의 〈변명론(辯命論)〉에 "옛날에 옥 같은 자질과 금 같은 용모를 지닌 인재들은 영준하고 통달하였다(昔之玉質金相, 英髦秀達.)"라 하고, 이선은 주에서 "「모(髦)」는 빼어난 것(髦, 俊也.)"이라 했음. 「咽喉」는 반드시 거쳐야 하는 통로. 이 구는 임성은 뛰어난 인재들이 반드시 거쳐가는 지역임을 말한 것이다.

33 **故資大賢, 以主東道**(고자대현, 이주동도) : 「資」는 제공(提供), 자조(資助). 「以主東道」는 동도의 주인이 되는 것, 곧 임성 현령에

임용되는 것. 여기서는 임성이 이렇듯 중요한 지방이므로, 반드시 대현을 도울 수 있는 사람이 와서 임성현의 주인이 되어야 함을 말한 것이다.

34 **制我美錦, 不易其人**(제아미금, 불역기인) : 임성현을 다스리는 것은 아름다운 비단옷을 잘 만드는 장인과 같은 고수(高手)이어야 하는데, 하공이 그와 같아서 다른 사람으로 바꿀 수 없음을 말한 것이다. 《좌전 · 양공31년》에 "자피(子皮)*는 윤하(尹何)에게 영지를 맡기려 하였다. 자산(子産)**이 「젊어서 적합할지 모르겠습니다」하자, 자피는 「공손하고 내가 좋아하므로 나를 배반하지 않을 것이다. 대부를 시켜서 배우게 하면, 다스리는 것을 더 잘 알 것이다」라고 하였다. 그러나 자산은 「안 됩니다. 누구나 사람을 좋아하게 되면, 그에게 이익이 되도록 요구할 것입니다. 지금 좋아하는 사람에게 정치를 맡기려고 하는데, 이는 오히려 칼을 잡을 줄 모르는 사람에게 칼을 주면서 베라고 하는 것과 같아서, 실제로 다칠 우려가 많습니다. …… 그대에게 고운 비단이 있으면 배우는 사람에게 말로는 설명해주면서, 재단을 시키지는 않을 것입니다. 중요한 관직이나 큰 도읍지는 자신을 보호하는 곳인데, 배우는 사람에게 재단을 시키는 것과 같습니다. 그것은 고운 비단보다 훨씬 더 중요합니다.」(子皮欲使尹何爲邑. 子產曰, 少, 未知可否. 子皮曰, 願, 吾愛之, 不吾叛也. 使夫往而學焉, 夫亦愈知治矣. 子產曰, 不可. 人之愛人, 求利之也. 今吾子愛人則以政. 猶未能操刀而使割也, 其傷實多. …… 子有美錦, 不使人學製詞解焉. 大官大邑, 身之所庇也, 而使學者製焉. 其爲美錦, 不亦多乎.)"라 하고, 두예는 주에서 "「제(製)」

---

* 정(鄭)나라의 재상.

** 자피의 보좌역.

는 재단하는 것으로, 도읍의 관직이 고운 비단보다 훨씬 중요함을 말한 것이다(製, 裁也. …… 言官邑之重, 多於美錦.)"이라 했음. 여기서 「製錦」은 현명한 사람이 현령이 되는 전고가 되었다.

30-4

今鄉二十六, 戶一萬三千三百七十一。帝擇明德[35], 以賀公宰之[36]。公溫恭克修, 儼碩有立[37]。季野[38]備四時之氣[39], 士元[40]非百里之才[41]。

撥煩彌閑[42], 剖劇無滯[43]。鏑百發克破於楊葉[44], 刀一鼓必合於桑林[45]。寬猛相濟[46], 弦韋適中[47]。一之歲肅而教之, 二之歲惠而安之, 三之歲富而樂之[48]。然後青衿向訓[49], 黃髮履禮[50]。耒耜就役[51], 農無遊手[52]之夫, 杼軸[53]和鳴, 機罕嚬蛾[54]之女。

物不知化, 陶然自春[55]。權豪鋤縱暴之心[56], 黠吏返淳和之性[57]。行者讓於道路[58], 任者併於輕重[59]。扶老攜幼[60], 尊尊親親[61], 千載百年, 再復魯道[62]。非神明博遠, 孰能契於此乎[63]?

지금 임성은 26개 마을에 호구가 1만3천3백7십1호인데, 황제께서는 덕행이 높은 하공(賀知止)을 선발하여 현령으로 삼았도다. 공(公)은 온화하고 공경스러우며, 수양을 잘 닦아서 장엄하고 탁월한 업적을 세웠으니, 계야 저부(褚裒)처럼 사시사철 큰 기개를 지녔으며, 사원 방통(龐統)처럼 재능이 뛰어나서 결코 1백리쯤 되는 한 개 현(縣) 만을 다스리는 작은 인재가 아니로다.

번잡한 공무를 처리할 때는 오히려 한가롭게 지냈으며, 어려운 일을 처리할 때는 조금도 지체하지 않고 해결했다네. 화살을 백번 쏘면 모두 버드나무 잎을 뚫었고, 칼을 한번 휘두르면 반드시 상림(桑林)의 음악과 합치되었으니, 관후함과 엄격함을 서로 조절하고, 거문고 줄과 가죽을 함께 지녀서 완급을 적당하게 조화시키는구나. 첫 번째 해에는 엄숙하게 백성들을 교화시켰고, 두 번째 해에는 은혜를 베풀어 백성들을 안정시켰으며, 세 번째 해에는 백성들을 부유하고 안락하게 만들었도다. 그런 후에 청년들은 공부를 좋아하게 되었고 노인들은 예절을 지켰으며, 쟁기와 보습으로 경작할 때에는 손을 놀리는 한가로운 농부가 없었으며, 베 짜는 소리가 화목하게 울릴 때는 베틀 옆에서 눈썹을 찌푸리는 여인이 없었다네.

만물들은 어느새 교화를 받아서 봄이 온 것처럼 즐거워했으며, 권세가와 호족들은 포악한 마음이 사라지고, 교활한 관리들도 순박하고 온화한 성품으로 되돌아왔다네. 행인들은 도로에서 양보하고 짐 진 사람들은 경중(輕重)을 나누어 도왔으며, 노인을 부축하고 어린이를 이끌었으며, 윗사람을 존중하고 일가들과 친근하게 지냈으니, 천백 년 전 노(魯)나라 주공(周公)의 정치로 회귀했도다. 만약 하공의 지혜가 신명처럼 광대하고 심원하지 않았다면, 뉘라서 이렇듯 노나라 정치(魯道)와 일치시킬 수 있었겠는가?

....

35 明德(명덕) : 품덕이 고결하고 완미한 것, 여기서는 덕행이 고상한 사람을 가리킴.

36 賀公宰之(하공재지) : 「賀公」은 「賀知止」로, 하지장(賀知章)의 족제(族弟)임. 앞 해설의 《경호유로시집(慶湖遺老詩集)·하주자서(賀鑄自序)》에서 자세히 소개되었다. 「宰之」는 현성(縣城)을 다스리는 현령(縣令).

37 **儼碩**(엄석) : 「儼」은 장중하고 공경한 것, 「碩」은 큰 것. 《시경 · 진풍(陳風) · 택피(澤陂)》에 "아름다운 임이여, 멋지고 훌륭하며 또 의젓하도다(有美一人, 碩大且儼.)"라 하고, 모전에 "「엄」은 엄숙하고 의젓한 모양(儼, 矜莊貌.)"이라 했다.

38 **季野**(계야) : 진(晉)나라 저부(褚裒; 303-350)의 자(字). 《세설신어 · 덕행(德行)》편에 "태부(謝安)는 저공을 매우 존중하여, 항상 「저계야는 말을 하지 않아도, 사시의 기운을 갖추고 있다」라고 칭찬했다(謝太傅絕重褚公, 常稱褚季野雖不言, 而四時之氣亦備.)"라 하고, 유효표 주에 "저부는 자가 계야며, 하남 양적사람이다(褚裒字季野, 河南陽翟人.)"라고 했음*.

39 **四時之氣**(사시지기) : 「四時」는 하루의 사시, 곧 아침(朝) · 낮(晝) · 저녁(夕) · 밤(夜)을 말하고, 또한 춘하추동 사계절을 가리키기도 하며, 사람의 기개와 도량이 큰 것에 비유하기도 한다.

40 **士元**(사원) : 삼국시대 방통(龐統; 179-214)의 자. 《삼국지 · 촉지 · 방통전》에 "방통은 자가 사원으로, 양양인이다. …… 선주가 형주를 통치할 때, 방통을 뇌양현령으로 삼았으나 고을이 다스려지지 않자 면직시켰는데, 오나라에서 노숙을 시켜 선주에게 서신을 보내면서 말했다. 「방사원은 백리를 다스리는 재주가 아니니, 그를 별가의 임무를 맡기면 뛰어난 재주를 펼칠 것입니다」(龐統, 字士元, 襄陽人也. …… 先主領荊州, 統以從事守耒陽令, 在縣不治, 免官. 吳將魯肅遺先主書曰, 龐士元, 非百里才也, 使處治中別駕之任, 始當展其驥足耳.)"라 했음.

---

* 《진서(晉書) · 저부전(褚裒傳)》에도 "裒少有簡貴之風, 與京兆杜乂俱有盛名. 冠于中興. 譙國桓彝見而目之曰, 季野有皮裏春秋. 其言外無臧否, 而內有所褒貶也. 謝安亦雅重之, 恒曰, 裒雖不言, 而四時之氣亦備矣."라 했다.

41 **百里之才**(백리지재) : 「百里才」는 한 개의 현을 다스리는 재주인데, 옛날 한 현의 관할지역 면적이 약 1백리이므로, 백리는 현의 대칭으로 쓰였음. 여기서는 하공이 진의 저부와 같은 덕행이 있을 뿐만 아니라 방통처럼 재능이 있으므로, 결코 현령으로서의 작은 재주가 아닌 더 큰 그릇으로 쓰일 것임을 말한 것이다.

42 **撥煩彌閑**(발번미한) : 「撥煩」은 번잡한 정무를 처리하는 것. 《남사 · 구중부전(丘仲孚傳)》에 "양 무제가 보위에 오르자, 다시 산음현령으로 임용되었다. 중부는 번잡한 업무를 잘 처리하고 임기응변에 뛰어나 관리들이 존경하고 감복하여 신명(神明: 神靈)이라 불렀으니, 정사를 처리하는 데는 세상에서 견줄 만한 이가 없었다(梁武帝踐阼, 復爲山陰令. 仲孚長於撥煩, 善適權變, 吏人敬服, 號稱神明, 政爲天下第一.)"라는 기록이 있음.

43 **剖劇無滯**(부극무체) : 「剖劇」은 처리하기 힘든 현의 문제를 해결하는 것. 「劇」은 「극현」으로, 공무가 번잡해 다스리기 어려운 현인데, 한나라에서는 평현(平縣)과 극현(劇縣)이 있었다. 《한서 · 진준전(陳遵傳)》에 "이에 삼보*와 극현을 다스릴만한 능력을 갖춘 진준을 천거하고, 욱이현령에 임명했다(迺擧遵能治三輔劇縣, 補郁夷令.)"라 했음. 이 두 구에서는 하지지가 번잡한 공무를 처리할 때, 조금도 지체하지 않고 어려운 일을 해결하였음을 말한 것이다.

44 **鏑百發克破於楊葉**(적백발극파어양엽) : 춘추전국시대 명궁인 양유기(養由基)의 고사를 인용하였는데, 백지전을 쏴서 모두 버드나무

---

* 한 무제(武帝)는 수도 장안이 소재한 경조윤(京兆尹)과 도성 부근의 좌풍익(左馮翊) · 우부풍(右扶風) 이 세 지역을 합쳐 군(郡) 행정구에 해당하는 삼보(三輔)라 불렀다. 동한 때에는 낙양으로 천도한 다음, 이 삼보를 조종(祖宗)의 능묘 소재지로 삼고 그 명칭을 고치지 않았다. 삼보의 관할 구역은 지금의 섬서성 위수(渭水) 유역 일대이다.

잎을 뚫을 수 있을 정도로 활을 잘 쏘는 것을 형용한 말로, 일을 처리하는 것이 이치에 맞아 모두 목적을 달성할 수 있음을 비유하였다. 「鏑」은 화살. 「克」은 능히. 「楊葉」은 버드나무 잎. 《전국책 · 서주책(西周策)》에 "초나라 양유기라는 사람은 활쏘기를 잘하였으니, 백보 밖에서 버드나무 잎을 쏘아 백발백중시켰다(楚有養由基者, 善射, 去柳葉百步而射之, 百發百中.)"라 했음.

45 ***刀一鼓必合於桑林***(도일고필합어상림) : 「桑林」은 탕(湯)임금 때의 무악(舞樂) 이름. 《장자 · 내편 · 양생주(養生主)》에 "포정(庖丁)이 문혜군(文惠君)을 위해 소를 잡는데, 손으로 잡고 어깨로 기대며, 발로 밟고 무릎으로 누르면서, 뼈 바르는 소리와 칼로 소 각뜨는 소리가 음률에 맞지 않는 것이 없었으니, 상림(桑林)의 무악에 합치되고, 경수(經首)의 가락에 들어맞았다. 문혜군이 말하길, 「아, 훌륭하도다! 기술이 어찌 이런 경지에 이를 수 있단 말인가?」(庖丁爲文惠君解牛, 手之所觸, 肩之所倚, 足之所履, 膝之所踦, 砉然嚮然, 奏刀騞然, 莫不中音, 合於桑林之舞, 乃中經首之會. 文惠君曰, 譆, 善哉. 技蓋至此乎.)"라 하고, 육덕명(陸德明) 주에 "《상림》에 대하여 사마씨는 상(商)나라 탕임금의 음악이라 하고, 최씨는 송(宋)나라의 무악 이름이다(桑林司馬云, 湯樂名. 崔云, 宋舞樂名.)"라고 했음. 여기서는 하지지가 임성현을 다스리는 이치가 포정이 소를 잡을 때 매번 칼이 적당하게 쓰임과 같음을 말한 것이다.

46 **寬猛相濟**(관맹상제) : 너그러움과 엄함으로 서로 조절하는 것. 일반적으로 상(賞)과 (罰)을 내리는 수단을 가리킨다. 《좌전 · 소공(昭公)20년》에 "공자가 말했다. 「옳구나. 정치가 관대하고 후덕해지면 백성들이 경박해지는데, 경박해지는 것을 시정하려면 엄격함으로 바로잡아야 한다. 엄한 정치는 백성들을 해치는데, 백성이 해침을 당하면 관대함을 베풀어야 한다. 관후함으로써 엄격함을 조절하고

엄격함으로써 관후함을 조절하면, 정치는 조화를 이루게 된다네」(仲尼曰, 善哉, 政寬則民慢, 慢則糾之以猛. 猛則民殘, 殘則施之以寬. 寬以濟猛, 猛以濟寬, 政是以和.)"라는 기록이 있음.

47 **弦韋適中**(현위적중) : 《한비자 · 관행(觀行)》에 "서문표는 성격이 급했기 때문에 부드러운 가죽을 차서 자신을 느슨하게 하였으며, 동안우는 마음이 느긋하므로 줄을 지녀서 자신을 긴장시켰다(西門豹之性急, 故佩韋以自緩, 董安于之心緩, 故佩弦以自急.)"라 하고, 《화양국지(華陽國志)》에도 "서문표는 가죽을 차서 스스로 관대하고, 복자천은 줄을 지녀 자신을 스스로 긴장시켰다(西門豹佩韋以自寬, 宓子賤帶弦以自急.)"라 했음. 후에는 「弦韋」로 완급(緩急)을 비유하였으니, 곧 「弦」은 활의 줄인데 줄이 팽팽한 것을 「급(急)」한 것에 비유하고, 「韋」는 짐승의 가죽인데 가죽의 부드러움을 「느슨함(緩)」에 비유하였다. 이 두 구는 하지지가 정사를 펼칠 때, 너그러움(寬)과 엄함(嚴)을 조화시켜 완급이 모두 적당하게 처리되었음을 말한 것이다.

48 **一之歲肅而教之, 二之歲惠而安之, 三之歲富而樂之**(일지세숙이교지, 이지세혜이안지, 삼지세부이낙지) : 첫 번째 해에는 엄숙하게 교화를 시행하고, 두 번째 해에는 은혜를 베풀어 백성들을 안정시켰으며, 세 번째 해에는 백성들을 부유하고 안락하게 만들었음을 말한 것. 이 세 구는 《시경 · 빈풍(豳風) · 칠월(七月)》의 "11월에 쌀쌀한 바람 불고, 12월엔 엄한 추위 닥치리니, …… 정월이면 쟁기를 손질하네(一之日觱發, 二之日栗烈 …… 三之日於耜.)"의 구절을 모방하였다.

49 **青衿向訓**(청금향훈) : 「青衿」은 학자(學子)의 옷인데, 여기서는 학생을 가리킴. 《시경 · 정풍(鄭風) · 자금(子衿)》에 "푸르고 푸른 옷깃이여, 내 마음에 아련히 남아 있네(青青子衿, 悠悠我心.)"라 읊

고, 모전에 "「청금」은 푸른 옷깃으로, 배우는 사람들이 입는 옷(靑衿, 靑領也, 學子之所服.)"이라 했음. 「向訓」은 훈육(訓育)시켜서 호학(好學)으로 향하게 하는 것. 청년들이 마음을 비운 채 공부를 좋아하는 것을 이른다.

50 **黃髮履禮**(황발이례) : 「黃髮」은 노인을 가리킴. 왕충의 《논형》에 "사람이 젊으면 두발이 검고, 노인은 두발이 흰데, 흰 것이 오래되면 노랗게 된다(人少則髮黑, 老則髮白, 白久則黃.)"라 하여, 황발은 수명이 긴 것을 상징한다. 《시경 · 노송 · 비궁(閟宮)》에 "누런 머리와 복어처럼 주름진 등을 가진 채, 오래 살기를 서로 겨루네(黃髮台背, 壽胥與試.)"라 하고, 정전(鄭箋)에서 "황발태배는 모두 장수를 상징한다(黃髮台背, 皆壽徵也.)"고 했음. 여기서는 노인들이 제도를 준수하고 예절을 따름을 말한 것이다.

51 **耒耜就役**(뇌사취역) : 「耒耜」는 쟁기와 보습으로, 고대에 경작할 때 흙을 갈아엎어 고르게 하는 농기구. 《운회(韻會)》에 "자루가 굽은 나무를 「뇌(쟁기)」라 하고, 쟁기의 끝(날)을 「보습」이라 한다(柄曲木曰耒, 耒端曰耜.)"고 했음*. 「就役」은 노동에 종사하는 것.

52 **遊手**(유수) : 한가로움을 좋아하여 손을 놀리며 쉬는 것.

53 **杼軸**(저축) : 「杼」는 베를 짜는 북(梭), 「軸」은 직물을 감는 베틀 기구. 여기서는 남자는 경작하고, 여자는 베 짜는 것을 비유하였다.

54 **顰蛾**(빈아) : 눈썹을 찌푸리는 것으로, 수심에 찬 모습을 형용한 말. 이 네 구는 농기구를 가지고 노동하면서 손을 놀리는 한가로운 농부도 없으며, 베 짜는 소리가 조화롭게 울리면서 베틀 옆에서 눈썹을 찌푸리는 여인이 없음을 말한 것이다.

55 **物不知化, 陶然自春**(물부지화, 도연자춘) : 「陶然」은 즐거운 모습.

---

* 《역경 · 계사》에 "(神農)斫木爲耜, 揉木爲耒, 耒耜之利, 以敎天下"라 했다.

도연명의 〈시운(時運)〉에 "이렇게 술 한 잔 마시고 나니, 마음이 기쁘고 저절로 즐겁구나(揮茲一觴, 陶然自樂.)"라 읊었다. 이 두 구는 무위이치(無爲而治)를 실행하는 것으로, 백성들은 부지불식간에 교육의 감화를 받아서 즐거워하는 것이, 봄날이 자연스럽게 와서 만물이 자라는 것과 같음을 표현한 것이다.

56 **權豪鋤縱暴之心**(권호서종포지심) : 하공의 덕치와 감화 아래에서 권세를 가진 호족들이 백성을 속이고 압박하는 포악한 마음이 사라진 것을 말함.

57 **黠吏返淳和之性**(힐리반순화지성) : 「黠」은 교활한 것. 교활한 관리들도 순박하고 온화한 성정으로 회귀함을 말함.

58 **行者讓於道路**(행자양어도로) : 길을 가는 사람들이 서로 길을 양보하는 것. 《공자가어 · 호생(好生)》에 "우와 예 두 나라가 땅을 다투며 시비가 일어나 다음 해까지 이어서도 해결되지 않았다. 이에 서로 「서백(西伯 : 文王)이 어진 사람이니, 그에게 가서 물어봅시다」고 하였다. 서백의 경내로 들어가 보니 농사짓는 자는 두둑을 양보하고, 나그네는 길을 양보하였다(虞芮二國, 爭田而訟, 連年不決. 乃相謂曰, 西伯仁也, 盍往質之. 入其境, 則耕者讓畔, 行者讓路.)"라는 기록이 있음.

59 **任者並於輕重**(임자병어경중) : 짐이 가벼운 젊은이가 무거운 짐을 진 어른을 도와주는 것으로, 노동할 때 젊은이가 노인을 돕는 것을 뜻하는 말. 《예기 · 왕제(王制)》에 "가벼운 짐은 혼자서 맡고, 무거운 짐은 나누어진다(輕任幷, 重任分.)"라 하였고, 공영달의 《정의(正義)》에 "「임(任)」은 부담하는 자가 함께 지고 메는 것을 말한다. 노인과 젊은이의 짐이 함께 가볍다고 젊은이에게만 지게하면 옳지 않으니, 곧 경중을 나누어서 무거운 것은 젊은이가 지게하고, 가벼운 것은 노인이 지게 하여야 한다(任, 謂有負擔者, 俱應負擔. 老少

並輕, 不可併與少者一人, 則分爲輕重, 重與少者, 輕與老者.)"라고 했음.

60 **扶老攜幼**(부로휴유) : 노인을 부축하고 어린이를 견인하는 것. 《전국책 · 제책(齊策)4》에 "맹상군이 설 나라로 갔는데, 도착하기 백 리 전부터 백성들은 노인을 부축하고 어린아이들의 손을 잡은 채 길 도중에서 그를 환영했다(孟嘗君就國於薛, 未至百里, 民扶老攜幼, 迎君道中.)"고 했음.

61 **尊尊親親**(존존친친) : 윗사람을 존경하고 친족과 친근하게 지내는 것. 《회남자 · 제속훈(齊俗訓)》에 "옛날 태공망 여상과 주공 단(丹)이 봉지를 받고 서로 만났다. 태공이 주공에게 묻기를 「어떻게 노나라를 다스리려 합니까?」, 주공은 「존존친친 하렵니다」고 대답하자, 태공은 「노나라가 지금부터 약해질 것이다」고 했다(昔太公望周公旦受封而相見. 太公問周公曰, 何以治魯. 周公曰, 尊尊親親. 太公曰, 魯從此弱矣.)"는 기록이 있음.

62 **魯道**(노도) : 주공이 노나라를 다스리는 도(정치)를 가리키는데, 곧 앞 문장의 「寬猛相濟」에서 「尊尊親親」까지의 다스리는 방법이다.

63 **非神明博遠, 孰能契於此乎**(비신명박원, 숙능계어차호) : 「契」는 서로 일치하다, 부합하는 것. 이 두 구는 만약 하공의 밝은 지혜가 신과 같으며 사려가 광대하고 심원하지 않았다면, 어떻게 주공(周公)이 다스리던 노도(魯道)와 서로 일치하여 여기까지 왔겠는가를 말한 것이다.

30-5

白探奇東蒙[64], 竊[65]聽輿論[66], 輒記於壁, 垂之將來[67]。

俾後賢之操刀[68], 知賀公之絕跡[69]者也。

내가(이백) 동몽산(東蒙山)의 기이한 경치를 구경하면서 몰래 백성들의 여론(輿論)을 듣고, 바로 장벽(牆壁)에 기록하여 이를 장래까지 유전되도록 하리로다.

그래서 뒤에 임용되는 현령들로 하여금 하공의 탁월한 정치적 업적을 알도록 해야 할 것이네.

……………

64 **東蒙**(동몽) : 산 이름. 당대에 하남도 기주(沂州)에 속하며, 지금의 산동성 몽음현(蒙陰縣) 서남쪽에 있다. 《원화군현지》권11 〈하남도 · 기주(沂州) · 비현(費縣)〉편에 "동몽산은 비현 서북쪽 75리에 있다. 《논어》에서 전유*를 옛날 선왕께서 동몽산의 제주(祭主)로 삼았다고 했다(東蒙山, 在縣西北七十五里. 論語曰, 夫顓臾, 昔者先王以爲東蒙主.)"라는 기록이 있음.

65 **竊**(절) : 몰래. 암암리에. 개인적인 견문을 표시하는 겸사.

66 **輿論**(여론) : 본래는 수레를 끄는 사람들의 말로, 백성들의 공통된 의견. 여기서는 하공에 대한 민중들의 담론. 《진서(晉書) · 왕침전(王沉傳)》에 "옛날부터 성현은 비방하는 말을 듣기 좋아해서 수레를 끄는 사람들의 이야기도 들었다(自古聖賢, 樂聞誹謗之言, 聽輿人之論.)"라 했음.

67 **輒記於壁, 垂之將來**(첩기어벽, 수지장래) : 이백이 들은 바를 하공이 근무하는 임성현 장벽(牆壁) 위에 기록하여 장래에 유전되도록

---

* 전유(顓臾)는 노나라의 부속국이거나, 혹은 삼황오제중 하나인 전욱(顓頊)의 후손인 왕 이름으로 추정 된다. 『서경 · 소고(召誥)』에 "任 · 宿 · 須句 · 顓臾, 風姓也, 實司大皞與有濟之祀."라 했다.

할 것이라는 말.

68 **操刀**(조도) : 이 말은 앞에서 소개한 바와 같이 《좌전 · 양공(襄公)31년》에 "지금 당신도 사랑하는 사람에게 정사를 맡기려고 하는데, 이는 오히려 정치에 미숙한 사람에게 고기를 베라고 시키는 것과 같아서, 그 사람에게 상처를 입히게 될 것이다(今吾子愛人則以政, 猶未能操刀而使割也, 其傷實多.)"라는 문장에서 나왔다. 후에는 「조도」는 관직에 임용되는 것을 비유하였음.

69 **絶跡**(절적) : 범상치 않은 사적(事蹟). 하공의 탁월하고 훌륭한 정치적 업적. 사마상여의 〈봉선문(封禪文)〉에 "특별히 뛰어난 사적이라고 할 만한 것은 없지만, 지금 사람들과 비교할 수는 있습니다(未有殊尤絶跡, 可考於今者也.)"라 했음.

| 저자 소개 |

이백李白

이백(李白; 701-762)은 자가 태백(太白), 호가 청련거사(靑蓮居士)로 우리에게는 주선옹(酒仙翁), 시천자(詩天子), 천상적선인(天上謫仙人) 등으로 널리 알려져 있으며 중국문학사상 최정상에 군림한 천재적 대문장가다.
그는 당대 최고의 전성기에서 쇠퇴의 길로 접어드는 전환기에 주로 활동했다. 어린 시절에는 제자백가와 시부(詩賦) 등 방대한 전적을 두루 독파하여 후일 대문장가가 될 소양을 쌓았으며, 청년기인 24세부터는 구세제민(救世濟民)의 큰 이상과 웅지를 가지고 중국 전역을 만유하면서 좌절을 겪기도 했다. 장년기인 천보(天寶) 초에는 3년 동안 장안에서 한림공봉(翰林供奉)을 지낸 후 사직하고, 재차 회재불우(懷才不遇)의 방랑생활을 했으며, 만년기로 접어든 55세 이후에는 안사란(安史亂)을 겪으면서 영왕(永王)의 사건에 연루되어 사형을 언도받고 유배와 사면 등을 거치다가 급기야 62세를 일기로 음주의 후유증으로 병사했다. 이렇듯 이백의 일생은 방랑(放浪)과 음주(飮酒), 호협정신(豪俠精神)과 구선학도(求仙學道), 겸제천하(兼濟天下)와 공성신퇴(功成身退) 등 유불선(儒佛仙)에 기초한 사상적 다양성을 띠고 있는데, 이러한 정서들이 그의 시가(詩歌)와 문부(文賦) 작품에 고루 나타나고 있다.

| 역주자 소개 |

황선재黃善在_국민대학교 교양대학 초빙교수

충청남도 공주에서 출생했다. 민족문화추진위원회국역연수원(현, 고전번역원), 건국대(학사), 한국외국어대(석사)를 거쳐 성균관대학교에서 중국문학박사학위를 받고 서경대와 성신여대에서 강의하였으며, 국민대학교 박물관학예부장, 중어중문학과 산학협력교수를 거쳐 현재 교양대학 초빙교수로 재직하고 있다. 저역서로 『李白과 杜甫』(공역, 까치출판사; 1992), 『이백 오칠언절구(五七言絶句)』(문학과 지성사; 2006), 『이태백 명시문선집』(박이정출판사; 2013) 등이 있으며, 이밖에도 「李白詩의 現實反映에 관한 硏究」, 「李白 樂府詩 硏究」, 「제천의 아름다움을 담은 사군강산삼선수석(四郡江山參僊水石)」, 「四部(經史子集)分類法」 등 다수의 논문이 있다.

한국연구재단
학술명저번역총서
[동양편] 624

이태백 문부집 上
李太白 文賦集

초판 인쇄 2020년 8월 17일
초판 발행 2020년 8월 30일

저　　자 | 이백李白
역 주 자 | 황선재
펴 낸 이 | 하운근
펴 낸 곳 | 學古房

주　　소 | 경기도 고양시 덕양구 통일로 140 삼송테크노밸리 A동 B224
전　　화 | (02)353-9908 편집부(02)356-9903
팩　　스 | (02)6959-8234
홈페이지 | www.hakgobang.co.kr
전자우편 | hakgobang@naver.com, hakgobang@chol.com
등록번호 | 제311-1994-000001호

ISBN 979-11-6586-097-4
978-89-6071-287-4 (세트)

값: 43,000원

이 책은 2016년도 정부재원(교육부)으로 한국연구재단의 지원을 받아 연구되었음
(NRF-2016S1A5A7021050).
This work was supported by National Research Foundation of Korea Grant funded by the Korean Government(NRF-2016S1A5A7021050).